월키 콜린스

39 세계문학 단편선

윌키 콜린스

박산호 옮김

H
현대문학

차례

쌍둥이 자매
The Twin Sisters

1800년 국왕의 첫 번째 알현식에 참석하려고 런던에 온 사람들 중에 미혼의 재력가로 스트릿필드란 신사가 있었다. 그가 탄 마차가 세인트제임스가를 천천히 지나가는 동안 그는 자연스럽게 시간을 때울 요량으로 재미있는 오락거리를 찾아 화려한 주위 풍경을 돌아봤다. 아주 화창한 날이었다. 거리에는 구경꾼들이 몰려들었고 거리 양쪽에 일렬로 늘어선 집들의 발코니마다 사람들이 나와서 마치 희귀한 구경거리를 보는 것처럼 호기심과 흥미 어린 눈빛으로, 지나가는 근사한 4륜 마차들과 그 안에 탄 멋진 사람들을 뚫어져라 보고 있었다. 아주 천천히 앞으로 나아가던 스트릿필드 씨의 마차가 막 거리 한가운데 다다르자 평소보다 더 오래 멈춰 서 있었다. 스트릿필드 씨는 무심코 마차에서 가장 가까이 있는 발코니를 올려다봤다. 거기에 여덟 혹은 열 명 정도 되는 숙녀들이 서 있었는데 모두 처음 보는 얼굴들이었지만 그중에서도 한 숙녀의 얼굴에 곧바로 시선이 쏠렸다.

그런 절세미인은 평생 처음이었다. 그녀의 얼굴을 본 순간 기분이 아주 이상해지면서 뭐라 설명할 수 없이 복잡하게 뒤섞인 여러 감정이 불현듯 마음속에서 차올랐다. 마차 행렬이 다시 움직이기 시작할 때까지 그는 자신이 어디에 있는지, 뭘 하고 있는지도 의식하지 못한 채 넋이 나간 상태로 그녀의 얼굴만 바라봤다. 그는 먼저 그 집의 번지수를 확인한 후에 다시 마차로 돌아와서 지금 이 느낌의 정체가 뭔지 살펴보고, 진정하라고 스스로를 타일렀다. 하지만 소용없었다. 그는 다들 '첫눈에 반했다'고 표현하는 기분 좋은 사랑의 열병에 걸린 것이다.

그는 입궁해서 친구들과 만나고, 궁정에서 치러야 할 의식을 다 거쳐 가는 내내 최면에 걸린 것처럼 행동했다. 그는 영혼 없이 말하고, 영혼 없이 움직였다. 온 정신이 발코니에서 본 아름다운 얼굴에 쏠려 아무것도 눈에 들어오지 않았다. 오후와 밤에 다 선약이 있었는데도 까맣게 잊어버린 채 그냥 집으로 돌아와 옷을 갈아입자마자 곧바로 세인트제임스가로 다시 걸어갔다.

그 발코니에는 아무도 없었다. 몇 시간 전만 해도 발코니에 나와 구경하던 숙녀들은 모두 가고 텅 비어 있었다. 하지만 이제는 그 모든 장애물들이 스트릿필드 씨의 호기심을 더 부추기기만 했다. 그는 그 젊은 숙녀의 부모가 누군지 알아내서, 다시 그 넋이 나갈 정도로 아름다운 얼굴을 봐야겠다고 굳게 결심했다. 이미 그의 심장 온도는 열병 환자처럼 한껏 치솟은 상태였다! 그는 한시도 지체하지 않고 그 집 아래층에 있는 가게를 찾아가 물건을 사서 가게 주인의 환심을 사면서 그의 수다를 들었다. 스트릿필드 씨의 질문에 대해 가게 주인이 할 수 있었던 대답은 시골에서 올라온 노신사 부부에게 숙소를 제공했는데 그 부부가 친구들 몇 명을 불러서 같이 발코니에서 알현식에 가는 마차를 구경하자고 했다는 것이었다.

스트릿필드 씨는 그 어떤 답변에도 낙심하지 않은 채 묻고 또 물었다. 노신사의 성함은 무엇인가? 딤스데일 씨입니다. 딤스데일 씨의 하인을 만날 수 있을까? 알랑거리는 가게 주인은 물론 그럴 수 있다고 대답했다. 딤스데일 씨의 하인을 당장 부르겠습니다, 나리.

몇 분 후에, 사랑의 증거라는 사슬에서 아주 중요한 연결고리인 하인이 나타났다. 그는 뚱뚱하고 거만한 데다 나이가 지긋한 사내로 마치 법정에서 증언이라도 듣는 법관처럼 아주 엄숙하고 근엄하고 침착하게 스트릿필드 씨의 말을 들었다. 스트릿필드 씨는 다소 혼란스러운 질문들을 속사포처럼 쏟아 내는 중간중간 그 젊은 숙녀에 대해 아주 자세하게 묘사하면서 거기에 대한 설명을 몇 번 덧붙이기도 했는데 모두 지어낸 말이었지만 아주 그럴싸했다. 그 하인은 아둔한 인간이고, 그런 사람들이 으레 그러듯이 의심도 많았지만, 그래도 자기에게 지금 말을 하는 상대가 신사라는 걸 알아차릴 만큼의 지각은 있었다. 거기다 그 신사가 은근슬쩍 쥐어 준 두둑한 팁 덕분에 의심이 수그러들면서 고마운 마음이 들었다. 그 하인은 오랫동안 심사숙고하고 반신반의한 끝에 결국 이 스트릿필드 씨가 물어보는 아름다운 숙녀가 바로 랭글리 양이란 결론에 도달했다. 그녀는 오늘 오전에 자매와 같이 발코니에서 열린 파티에 참석한 아가씨로 어느 소도시의 랭글리 홀 저택에 사는 랭글리 씨의 따님이었다. 그 랭글리 가족은 현재 정확한 주소를 밝힐 수 없는 런던의 어느 곳에 묵고 있는데 더 이상의 정보는 제공할 수 없다고, 하인은 말했다. 그는 그날 아침 그 집에 있었던 젊은 숙녀들은 랭글리 자매밖에 없었던 게 확실하다고 말했다. 하지만 스트릿필드 씨가 자신의 주인과 이야기를 하고 싶다면 언제고 그 메시지를 전달할 준비가 되어 있지만 그에 합당한 대가를 치러 달라고 했다.

하지만 스트릿필드 씨는 그만하면 충분히 들었기 때문에 곧바로 클럽을 향해 출발하면서, 그날 밤 잠자리에 들기 전에 반드시 랭글리 양에게 정식으로 소개받을 수 있는 방법을 찾아내리라고 굳게 결심했다. 그러기 위해 지체의 고하, 재산의 유무를 떠나 아는 지인이란 지인에게 다 물어봐야겠다고 생각했다. 클럽에 도착한 그는 결연한 마음으로 랭글리 홀에 사는 랭글리 씨를 알 만한 친구를 찾아 사방팔방에 물어보기 시작했다. 그는 저녁 식사하는 자리에서 한 미식가 신사의 식사를 방해하고, 올해는 작황이 좋지 않을 것 같다고 불평하느라 정신없는 대지주 신사의 말에 끼어들고, 지난 문학 비평의 중요한 의문점에 대해 열정적으로 토론하고 있는 신사들을 깜짝 놀라게 했다. 그 후에는 당구장, 탈의실, 흡연실에 난입했다. 그는 각료 회의를 주최하기 위해 밖에서 멋대로 돌아다니는 의원들을 찾으러 다니는 정신 나간 원내 총무 같아 보였다. 그리고 매번 자신의 목적을 이루지 못할 때마다 기필코 성공해야겠다는 의지가 점점 더 강해졌다. 마침내 그가 아는 모든 사람들에게 다 물어봤는데도 소득이 없어서 클럽 하우스의 홀에 서서 이제 어디 가서 물어봐야 하나 생각하던 차에 한 친구가 들어와서 그의 문제를 단번에 해결해 주었다. 세상에서 가장 소중하고 귀중한 그 친구는 랭글리 씨와 아주 친한 사이로, 최근에 랭글리 홀에 묵은 적이 있었다. 스트릿필드 씨는 이 친구에게 사랑에 빠진 사람만이 품을 수 있는 모든 관심과 걱정거리를 털어놓았다. 그리고 그 친구보다 더 마음에 품은 비밀을 잘 들어주는 사람도 없었다. 친구는 기혼자였기 때문에 스트릿필드 씨에게 그 어떤 농담도 하지 않았다. 또한 그의 이야기에 고개를 절레절레 흔들며 신중하게 행동하라고 권하는 그런 간섭도 삼갔다. 그는 오랜 결혼 생활에 닳고 닳은 남편도 아니었고, 오랫동안 홀아비로 지낸 사람도 아니었다. 그 친구가 성심성의껏 스트릿필드 씨의 구애 프로젝트에 참여한 이유는 그가 남성으로서 중매에 관심을 가지게 되는 인생에서 유일한 시기에 있었기 때문이다. 그는 새신랑이었다.

이틀 후에 스트릿필드 씨는 세상에서 가장 행복한 사람이 되었다. 그가 사랑하는 숙녀, 제인 랭글리 양을 소개받았기 때문이다. 그는 발코니에서 봤던 그 얼굴을 다시 한번 바라보는 대단히 귀중한 특권을 음미했고, 그 후에도 보고 싶을 때마다 찾아가서 봤다. 그것은 완벽한 천국이었다. 랭글리 씨 부부를 찾아오는 손님은 거의 없었다. 제인 양은 항상 만날 수 있었다. 그녀의 미모는 매일매일 그녀의 열렬한 숭배자인 스트릿필드 씨만을 위해 빛났고, 그녀의 미모 속에서 그의 사랑은 마치 온실에서 피는 꽃들처럼 아주 빨리 활짝 피어났다. 스트릿필드 씨의 구애에 대한 자세한 내용은 생략하고 그가 그녀의 마음을 사로잡았다는 아주 즐거운 사실을 신속하게 전하기 위해 이렇게만 말하겠다. 스트릿필드 씨가 제인 양을 소개받고 싶어 하는 목적이 랭글리 씨에게 바로 설명됐고, 그 설명이 끝나기도 전에 그의 마음이 훤히 다 보였다고. 스트릿필드 씨는 미남에, 교양 있고, 부자였다. 첫 번째와 두 번째 자격은 딸의 마음을 사로잡았고, 세 번째 자격은 아버지의 마음을 사로잡았다. 6주 후에 스트릿필드 씨는 제인 랭글리 양의 구혼자로 기꺼이 받아들여졌다.

결혼식 날짜가 정해졌다. 식은 랭글리 홀에서 하기로 해서 랭글리 가족은 그곳으로 가고, 약혼자만 어쩔 수 없이 남아 결혼식을 치르는 데 필요한 공적인 일들을 처리해야 했다. 열흘 동안 잔인한 변호사들이 그 불쌍한 약혼자를 런던에서 꼼짝도 하지 못하게 잡아 두고 결코 해결되지 않을 것 같은 법적 문제들—혼인의 신인 휘멘이 등에 진 그 무거운 짐들—을 가지고 골머리를 앓게 했다. 하지만 그렇게 고통스러울 정도로 오랫동안 계속되던 법의 행진도 드디어 끝이 나고 열흘간의 형기가 만료돼 마침내 해방된 스트릿필드 씨는 랭글리 홀로 떠날 수 있었다.

다가올 혼례를 빛내기 위해 랭글리 홀에서 성대한 파티가 열렸다. 파티에 참석한 사람들은 활인화*나 제스처 놀이, 보트 타기, 말을 타고 가는 소풍과 같이 온갖 종류의 놀이를 거쳐 결혼식을 정점으로 끝나는 수순(파티 안내문에 그렇게 나와 있었다)으로 즐길 예정이었다. 스트릿필드 씨는 늦게 도착했는데 저녁 식사가 준비돼 있었다. 그가 가까스로 옷을 갈아입고, 서둘러 응접실로 갔을 때 막 손님들이 거기서 나가던 참이었다. 그는 제인 양이 팔짱을 낄 수 있게 팔을 내밀었다. 새신랑이 친구들과 인사를 나누고, 낯선 사람들에게 소개를 받는 절차는 모두 저녁 식사를 하게 될 식탁에서 자기 자리에 앉을 때까지 미뤄졌다.

기도를 하고, 요리가 담긴 접시의 뚜껑이 벗겨지고, 사람들이 대화를 나누는 유쾌하고 시끄러운 소리가 막 시작됐을 때 스트릿필드 씨

---

* 살아 있는 사람이 분장해서 정지된 모습으로 명화나 역사적 장면을 연출하는 것.

의 눈이 식탁 맞은편에 앉은 한 아가씨의 눈과 마주쳤다. 근처에 있어서 그 순간 그를 보던 손님들은 다른 사람들이 모두 자리에 앉은 후에도 그가 계속 서 있는 걸 보고 왜 그러냐는 눈빛으로 바라보았다. 그들은 그의 얼굴이 갑자기 시체처럼 창백해지는 걸 보고 깜짝 놀라면서 불안해졌다. 그의 굳은 표정은 마치 마비된 것처럼 보였다. 친구 몇 명이 말을 걸었지만 처음 몇 분 동안 아무 대답도 하지 않았다. 그러다 여전히 맞은편에 앉은 아가씨에게서 눈을 떼지 못하던 그가 느닷없이 외쳤다. 그 목소리가 조금 전과 너무나 판이하게 달라서 그걸 들은 사람들은 다 깜짝 놀랐다. "저 얼굴이 바로 내가 발코니에서 본 그 얼굴이야! 저 여자만이 내가 결혼할 수 있는 유일한 여자야!" 다음 순간 그는 더 이상 설명하거나 사과하는 말은 한 마디도 없이 허겁지겁 그 방에서 나가 버렸다.

손님 한두 명이 무의식중에 그를 쫓아갈 것처럼 일어섰고, 나머지는 식탁 앞에 앉은 채 깜짝 놀라 아무 말도 하지 못하고 맞은편에 앉은 사람을 보기만 했다. 하지만 다른 사람이 무슨 행동을 하거나 뭐라고 말하기 전에, 스트릿필드 씨가 방을 나가고 문이 닫히는 바로 그 순간, 모든 사람의 시선은 가슴 아프게도 제인 랭글리 양에게로 쏠렸다. 그녀는 기절해 버렸다. 그녀의 엄마와 자매들이 곧바로 하인의 도움을 받아 그녀를 데려갔다. 그들이 나가는 동안 남은 사람들 사이에 다시 죽음 같은 정적이 내려앉았다. 모두 약속이나 한 듯 이 집 주인을 바라보았다.

랭글리 씨의 얼굴과 태도에서 그가 말없이 견디고 있는 고통과 근심이 절절히 드러났다. 하지만 처세에 능한 그는 그 어떤 말이나 행동으로도 현재 심경을 드러내지 않았다. 그는 다시 식탁 앞에 앉으면서 손님들에게도 그래 달라고 간청했다.

그는 방금 일어난 일이 별일 아닌 척하면서 손님들에게 그 일을 잊어 주거나, 그럴 수 없다면 분명 충분히 납득이 가도록 설명할 수 있는 단순한 사고로만 기억해 달라고 간청했다. 아마 스트릿필드 씨가한 농담에 지나지 않을 거라고. 그러기엔 좀 심각한 농담이었다는 건그도 인정하겠다고 했다. 어쨌든 방금 저녁 식사를 중단시킨 그 일이일어난 이유가 뭐였건 식탁 앞에 앉은 사람들 모두 배를 곯게 할 만큼 중요한 일은 아닐 거라고 했다. 그는 자신을 봐서라도 방금 일어난 일에 대해서 더 이상 신경 쓰지 말아 달라고 부탁했다. 랭글리 씨는 그렇게 말하면서 서둘러 종이에 몇 자 적어서 하인에게 주었다.그 쪽지는 스트릿필드 씨에게 쓴 것으로 이렇게 적혀 있었다. '두 시간 후에 서재에서 나와 단둘이 보기로 하지.'

저녁 식사가 시작됐다. 랭글리 가족의 여자 식구들과 스트릿필드씨의 관심을 그렇게 놀라운 방식으로 끌었던 여성의 자리만 공석으로 남아 있었다. 자리에 남은 사람들은 모두 랭글리 씨의 청에 따라아무 일도 없었던 것처럼 식사를 하려고 애썼지만 그런 시도는 처참하게 실패했다. 대화 사이사이 오랜 침묵이 흘렀고, 평범한 화제를꺼냈다가도 중간에 끊어져 버렸다. 친구들끼리 만난 게 아니라 낯선사람들이 모인 자리 같았다. 사람들은 평소와 달리 잘 먹지도, 마시지도 않았다. 사람들의 자세는 변하지 않았지만 목소리가 달라졌고,평소 같지 않게 다들 아주 조용했다. 친척들, 친구들, 지인들 모두 방금 전 이 가정에 처참한 재앙이 일어났다는 걸 감지했다. 모두 스트릿필드 씨의 그런 돌발 행동에 치명적이진 않더라도 아주 심각한 해명이 나오리라 예감했다. 그래서 좀 전에 일어난 일들이 남기고 간

14

불길하고 <u>으스스</u>한 영향을 떨쳐 버리기 위해 침착하게 행동하면서, 평소처럼 무심하고 유쾌한 일상을 재개하기란 아무 소용도, 가망도 없는 일이었다.

그래도 랭글리 씨는 계속 주인으로서 역할을 고집스레 해 나갔고, 식사가 끝나서 숙녀들이 일어나 퇴장할 때까지 이 축하연의 의식을 끈질기게 치렀다. 그다음에 시계를 본 후, 아들 하나를 불러서 자신을 대신해 손님들을 접대하라고 이르고 재빨리 그 방을 나갔다. 그는 복도를 걸어가다가 하인에게 딸이 어쩌고 있는지 물어보려고 딱 한 번 멈춰 섰다. 하인은 아가씨가 히스테리 발작을 일으켜서, 가족 주치의를 불러왔고, 의사가 도착한 후로 좀 진정됐다고 했다. 하인의 말이 끝나자, 랭글리 씨는 더 이상 아무 말도 하지 않고 곧바로 서재로 가서 안에 들어선 순간 서재 문을 잠가 버렸다.

스트릿필드 씨는 이미 거기서 기다리고 있었다. 그는 테이블에 앉아 앞에 놓인 책을 기계적으로 넘기면서 침착하게 보이려고 애를 쓰고 있었다. 랭글리 씨가 그의 가까이에 의자를 끌어다 앉은 후 낮지만 아주 단호한 어조로 대화를 시작했다.

"난 자네에게 마음을 가다듬고 자네의 입장을 충분히 고려할 수 있게 두 시간이란 시간을 줬어. 그러니 이제 오늘 내 식탁에서 왜 그런 행동을 했는지 설명할 준비가 돼 있으리라 생각하네."

"제가 무슨 설명을 할 수 있겠습니까? 이 끔찍한 운명에 대해 제가 무슨 말을 하고 무슨 생각을 할 수 있겠습니까?" 스트릿필드 씨는 여전히 고개를 들지 못한 채 힘없는 목소리로 당황하며 말했다.

"전례 없는 실수가 있었습니다! 치명적인 실수죠. 제가 예상할 수도 없었고, 어떻게 막을 수도 없는 그런 실수였습니다!"

"그런 과장된 표현은 그만하시지." 랭글리 씨가 냉정하게 그의 말을 잘라 버렸다. "난 그런 걸 좋아할 만한 나이도 아니고 그럴 입장도 아니니까. 난 이 자리에 아주 솔직하고 간단한 질문을 하러 왔어. 그러니 이건 내 권리이기도 한데 거기에 맞춰 솔직하게 대답해 주길 바라네. 자네, 스트릿필드는 내게 소개를 받으려고 그렇게 애를 썼지. 자넨 내 딸 제인에게 마음이 끌렸다고 하면서 청혼했어. 자네의 청혼을 (유감스럽게도 우리에게 불행한 일이었지만) 받아들였고, 결혼식 날짜도 정했어. 그런데, 이제 와서, 자네 맞은편에 앉은 내 딸의 쌍둥이 여동생을 보고 나서 이런."

"그녀의 쌍둥이 여동생이라고요!" 스트릿필드 씨가 소리쳤다. 그리고 떨리는 손으로 책의 페이지들을 구겨 버린 채 말하는 내내 그걸 움켜쥐었다. "전 이미 경의 가족과 이렇게 가까워졌는데 왜 제인 랭글리 양에게 쌍둥이 여동생이 있다는 말을 이제야 듣게 된 겁니까?"

"지금 내가 자네에게 설명을 해 보라고 했는데 이렇게 얕은꾀를 쓰는 건가?" 랭글리 씨가 화가 나서 반문했다. "분명 내 딸 제인과 클라라가 쌍둥이라는 말을 여러 번 들어 봤을 텐데."

"제 말과 명예를 걸고 맹세하건데 저는."

"자네의 말이나 명예는 내게 아무런 호소력이 없어. 이미 둘 다 의심이 가기 시작했으니."

"방금 경의 말씀에 반박하고 싶지만 이미 좋지 않은 상황이 더 악화되지 않도록 참겠습니다." 스트릿필드 씨는 지금까지 보여 줬던 것보다 한결 침착해진 태도로 말했다. "솔직히 말하면, 전 오늘에서야 처음으로 경의 자녀분들 중에 쌍둥이가 있다는 걸 알았습니다. 따님인 제인 양이 제게 여행 중인 여동생 클라라에 대해 자주 말하긴 했지만 쌍둥이 동생이란 말은 단 한 번도 하지 않았습니다. 오늘까지 전 진실을 알아낼 기회가 단 한 번도 없었습니다. 오늘까지 클라라 랭글리 양을 만난 적도 한 번도 없었고요. 그날 세인트제임스가의 집에 있는 발코니에서 처음 본 이후로 말입니다. 제가 런던에서 경의 가족을 만나서 친분을 쌓을 때 그 자리에 없었던 유일한 사람이 클라라 양이었습니다. 그녀야말로 알현식에 가던 길에 제 시선을 사로잡은 바로 그 아가씨였습니다. 경에게 저를 소개하려고 그렇게 애썼던 이유는 바로 그녀의 애정을 얻기 위해서였습니다. 제 눈에는 쌍둥이 자매가 치명적일 정도로 닮았습니다. 거기다 한 명은 하필 오랫동안 집에 없었는데 그게 이유였던 겁니다."

스트릿필드 씨가 침착하지만 서글픈 태도로 마지막 말을 하며 잠시 뜸을 들였다. 랭글리 씨는 그 말을 듣고 생각에 잠긴 것 같았다. 마침내 그가 입을 열었지만 혼잣말이었다.

"참으로 묘한 일이군! 알현식이 거행되던 그날 클라라가 런던을 떠나 이모를 보러 갔던 게 기억나는군. 그 후에 언니의 결혼식에 참석하기 위해 여기로 불과 이틀 전에 돌아왔지. 이런." 그는 이제 스트릿필드 씨에게 이야기를 하기 시작했다.

"자네가 말한 것처럼 우리 식구들 모두 평소에 우리끼리 하던 대로 클라라를 그냥 '클라라'라고만 말했다 쳐도, 아까 자네의 그 행동은 용서할 수 없네. 내 두 딸이 놀랄 정도로 닮았고, 평범한 다른 쌍둥이들보다 훨씬 더 닮았다고 나도 인정할 용의가 있지만, 그래도 둘은 다르게 생겼어. 물론 잘 알아보기 힘들 수는 있겠지만 그래도 모든 친척들과 친구들은 알아볼 수 있는 차이가 있단 말일세. 자네는 내 딸 클라라를 보고 첫눈에 반해서 그토록 강렬한 인상을 받았다고 주장해 놓고 어떻게 내 딸 제인이 자네가 그렇게 끌린 여자라고 소개 받았을 때 그 실수를 알아차리지 못했던 말인가?"

"경께서는 잊어버리셨군요. 제가 오늘까지 두 자매가 같이 있는 모습을 한 번도 본 적이 없다는 사실을 말입니다. 제가 처음 클라라 양을 발코니에서 봤을 때는 물론 둘 다 거기 있었지만 제 시선을 끈 사람은 클라라 양 하나였습니다. 집에 없었던 제인 랭글리 양의 동생이 쌍둥이 동생이었다는 걸 제가 알았더라면, 청혼을 하기 전에 어떤 대가를 치르고라도 그 동생을 만나 봤을 겁니다. 경께 고백하는 것이 제 의무겠지요, 랭글리 경, (경께서 그토록 의심하시는 제 정직성을 걸고 말씀드리는데), 처음 따님인 제인 양을 소개받았을 때 제가 봤던 그녀와 똑같이 생겼지만 동시에 발코니에서 본 여성과 어딘가 좀 다르다는 설명할 수 없는 느낌을 받았습니다. 하지만 곧 그런 느낌은 사라졌죠. 그때 그 상황에서 제가 그걸 단순한 변덕, 연인이 멋대로 하는 상상일 거라고 생각하지 않을 수 있었을까요? 전 그 느낌을 떨쳐 내 버렸습니다. 그 느낌은 그 이후로 더 이상 제게 영향을 미치지 못했습니다. 오늘까진 말입니다. 그러다 오늘 그녀를 보고 그게 제가 불행하게도 무시해 버린 경고였으며, 끔찍한 실수가 벌어졌지만 우리 중 누구도 탓할 수 없고, 그저 우리 모두 불운한 운명의 희생자가 됐다는 사실을 깨달았습니다!" 스트릿필드 씨는 이렇게 응수했다.

"그 말은 자네에겐 납득이 갈지도 모르겠지만 나에겐 그렇지 않네. 세상 사람들도 그 말에 납득이 가지 않을 것이고, 자네는 느닷없이 가장 공개적인 방식으로 약혼을 깨 버렸어. 우리 가족의 명예와 행복이 달린 아주 중대한 일을 말이야. 자넨 그렇게 행동한 이유를 밝혔네, 그건 사실이야. 하지만 그 이유들이 내 딸이 잃어버린 마음의 평화를 되찾아 줄 수 있을까? 어쩌면 영원히 그러지 못할지도 몰라. 그 이유가 사람들이 속삭이는 비방을 멈출 수 있을까? 그게 날 모르는 사람들이나 내 적들을 설득시킬 수 있을까? 그 말을 믿지 않는 데서 쾌감을 느낄 그런 사람들을? 자네는 자네와 나 둘 다 난감한 상황에 처하게 만들었어. 아니지, 난감하기만 한 게 아니라 위험하고 수치스러운 상황에 처하게 만들었어. 그 어떤 설득력 있고, 끝내주는 변명으로도 우리 둘 다 거기서 헤어날 수 없게 됐다고."

"제가 그 실수를 정말 절절히 한탄하고 있다는 사실을 제발 좀 믿어 주시기를 간청 드립니다. 이렇게 표현해도 된다면, 그 잘못은 제가 무의식중에 저지른 것입니다. 오늘 제가 저녁 식사 자리에서 한 말과 행동을 제발 용서해 주세요. 하지만 저는 더 이상은 할 수 없습니다. 감히 이 입으로 따님에게 결혼 서약을 할 수 없습니다. 그러기엔 도저히 제 양심과 제 마음이 허락하지 않습니다. 그렇게 하지 않는 것이 제인 양을 존중하는 정의로운 일이며, 또한 그녀에게 다가갈 모든 사람들을 위한 정의로운 일이기도 합니다. 그렇기 때문에 제 명예와 품위를 걸고 용기 내서 이렇게 간청합니다." 스트릿필드 씨가 애원했다.

"자넨 지금 이 일에 자네의 명예만 걸린 게 아니라 다른 사람들의 명예도 걸린 일이란 사실을 잊어버린 것 같군. 지금부터 자네가 뭘 해야 할지 고려할 때 그것도 고려해야 하는데 말이야." 랭글리 씨가 말했다.

"전 경에게 어떻게 해야 하는지, 그리고 이 가문과 친교를 맺은 이유를 토대로 어떤 책임을 지게 됐는지 잊은 게 아닙니다. 경의 관대함에 제가 너무 크게 의지하는 것 같지만, 제가 아주 솔직하고 거리낌 없이 말해도 된다면 전 아직도 따님과 결혼할 기대에 제 모든 희망을 걸고 있습니다. 클라라 랭글리 양과—"스트릿필드 씨가 말하다 멈췄다.

그의 입장은 점점 더 미묘하면서 위험해지고 있었다. 하지만 거기서 발을 빼려는 노력은 하지 않았다. 지금 이 절박하고 위험한 상황에 처해 당혹스러운 와중에도 난생처음 느껴 보는 여러 감정의 격랑에 괴로워진 그는 사랑에 눈이 멀어 최악의 위험을 무릅쓰고 필사적으로 모험을 하고 있었다. 격노한 랭글리 씨의 뺨이 서서히 붉어졌다. 그는 평정을 유지하기 위해 언뜻 봐도 어마어마하게 노력 중이었다. 하지만 입은 열지 않았다. 잠시 시간이 흐른 후에 스트릿필드 씨가 다시 이야기를 계속했다.

"아무리 제가 불운한 운명이었다고 표현해도, 제가 (제게는) 아주 중요한 문제를 진심으로 이야기하고 있다는 점은 헤아려 주실 거라고 믿습니다. 제발 제 입장에 서서, 지금까지 일어난 일들을 생각해 보시고, 이것이 아마도 제 입장을 변호할 수 있는 마지막 기회일지도 모른다는 점을 고려해 주십시오. 제가 경에게 그런 제 진심을 숨기는 게 가능했을지 제발 생각해 주십시오. 그리고 관용과 동정심을 베풀어 제가 저지른 실수를 만회할 기회를 허락해 주시면 감사하겠습니다. 대체 이런 경우엔 어떻게 표현해야 할지 모르겠습니다. 전 그저 따님인 클라라 양에 대한 제 느낌만 말씀드릴 수 있습니다. 처음 그녀를 봤을 때 받았던 그 느낌은 지금도 하나도 변하지 않았습니다. 그 감정이 어떤 것인지 분석하지는 못하겠습니다. 제 느낌이 일관성이 없고 모순되어 보이는 점은 저로서도 어떻게 할 수 없습니다. 그걸 어떻게 설명해야 할지도 모르겠습니다. 경과 다른 사람들이 보기에 제가 멋대로 변덕을 부리는 것처럼 보일지도 모르지만, 제 마음과 양심을 걸고 말씀드리는데 제 느낌과 확신은 처음 그녀를 본 그때나 지금이나 변함없습니다. 지금 화가 나신다고 조급하게 절 판단하셔서 제가 평생 실망과 불행 속에 살도록 하지 말아 주십시오. 적어도 경과 제가 나눈 대화를 두 따님에게 전해 달라는 제 부탁을 들어주세요. 이 대화가 저에 대한 두 따님의 마음에 어떤 영향을 미치는지 그 결과를 알려 주시면 감사하겠습니다. 조금 전에 일어난 일처럼 이렇게 전례 없었던 상황에서 두 따님이 기꺼이 무슨 생각을 하고 무슨 일을 할 각오가 됐는지 알려 주세요. 전 경과 두 따님의 결정을 기다리겠습니다. 오늘 일어난 일로 인한 고통과 분노가 지나간 후 경과 두 따님이 내리게 될 결정을 따르겠습니다."

랭글리 씨는 여전히 침묵을 지키고 있었다. 그의 입 속에선 분노에 찬 말들이 떠돌았다. 지금으로선 시기도 좋지 않고 무례하기 짝이 없는 스트릿필드의 제안을 비웃으며 그 자리에서 퇴짜를 놓으려는 말들이 금방이라도 터져 나올 것 같았다. 하지만 그는 다시 한번 마음을 다잡았다. 그리고 자리에서 일어나 깊은 생각에 잠겨 서재 안을 천천히 왔다 갔다 걸어 다녔다. 스트릿필드 씨 역시 너무 감정이 격해져서 더 이상 호소하지 않고 입을 다물었다. 이제 서재엔 한동안 침묵만 흘렀다.

앞에서 랭글리 씨가 세상 물정에 밝은 사람이라는 말은 이미 했다. 그는 자식들을 끔찍이 아꼈지만, 조금은 이기적인 면도 있었고 부를 중시하는 마음도 있었다. 이제 이 사태를, 복잡하게 얽히고설킨 매듭들을 어떻게 처리해야 할지 곰곰이 생각해 보니 너무나 기가 막히고 놀랍긴 했지만, 그의 생각은 서서히 '현실적으로' 돌아가기 시작했다.

그는 자신에게 쌍둥이 딸들 말고도 먹여 살려야 할 딸이 하나 더 있고, 거기다 자리를 잡고 살게 지원해 줘야 할 아들도 둘이나 있다는 점을 떠올렸다. 그는 세 딸에게 골고루 재산을 나눠 줄 만큼 부자도 아니고, 아들들이 명성을 날릴 만한 일을 순조롭게 시작할 정도로 인맥이 넓은 것도 아니었다. 반면 스트릿필드 씨는 대단한 재력가인 데다 권력자들과의 '인맥'도 넓었다. 아무리 이런 일이 일어났다고 해도 훌륭한 사윗감을 적어도 아내와 딸들과 상의도 안 해 보고 내쳐야 하나? 그는 그렇게 생각하지 않았다. 사실 스트릿필드 역시 놀라운 운명, 믿을 수 없는 우연과 사고의 피해자이지 않은가? 그러니 이런 상황에선 그의 입장도 감안해서 생각해 봐야 하지 않을까? 랭글리 씨는 그런 생각을 하기 시작했다. 그는 그런 모든 점들을 다 철저하게 고려해 보고 다시 평정을 찾아서 차갑지만 아까보다는 훨씬 더 침착한 어조로 대화를 재개했다.

"나는 어떤 합의나 약속도 할 수 없고, 이 대화에서 자네 입장에서나 내 입장에서나 어떤 결론도 내지 않을 것이네. 하지만 생각해 보니 우리의 대화를 내 아내와 딸들에게 전하는 것이 바람직할 듯하니 그렇게 하도록 하지. 그리고 그 결과를 자네에게 알려 주겠네. 그동안 자네도 내 의견에 동의하겠지만, 그다음에 하게 될 우리의 의사소통은 편지로만 하기로 하지."

스트릿필드 씨는 랭글리 씨가 마지막에 한 말에 숨겨진 암시를 못 알아들을 정도로 멍청한 사람이 아니었다. 오늘 이런 일이 일어났고, 뭔가 확실한 결정이 내려지기 전까지는 그가 이미 겪고 있는 이 고통과 불안이 쌍둥이 자매(약혼한 여자와, 사랑하는 여자!)가 있는 이 집에서 계속 머무는 한 열 배로 늘어날 거라는 점을 느꼈다. 그는 랭글리 씨가 한 제안에 동의한다는 말을 몇 마디 얼버무린 후에 서재를 나왔다. 그리고 그날 밤 랭글리 홀을 떠났다.

다음 날 아침 랭글리 홀에 남은 손님들은 전날 일어난 일의 세세한 정황에 대해 호기심을 충족시키지 못한 채 떠났다. 그들은 그저 예상하지 못한 놀라운 문제가 발생해서 결혼식이 연기됐다는 말만 들었다. 그 문제에 있어 어느 누구도 탓할 수 없으며, 모든 일이 마침내 밝혀지면 그때 설명하겠노라는 말만 들었다. 그때까지는 어떤 식으로든 그 일에 대해 자세히 설명할 수는 없을 것 같다고. 한낮이 됐을 때 모든 손님이 떠났다. 그들이 떠나자 기이하면서도 우울한 상황이 모습을 드러냈다. 어제까지만 해도 활기찬 사람들로 북적이고, 즐거운 웃음소리가 메아리치던 방들이 이제 다 텅 빈 채 고요해졌다. 일련의 '활인화'를 하기로 준비된 방의 무대 장치는 절반만 완성된 채 남아 있었다. 숙녀들이 입기로 했던 드레스들은 바닥에 여기저기 흩어져 있었다. 전날에 이어 작업을 계속하러 왔던 목수는 사방에 괴괴히 흐르는 불길한 침묵 속에서 연장들을 챙겨서 얼른 나갔다. 이쪽에는 읽다가 둔 마지막 페이지가 펼쳐진 책들이 놓여 있었고, 저쪽에는 아직 완성하지 못한 그림이 든 화첩과 뚜껑을 열어놓은 그림물감 통이 있었다. 사람들이 가 버린 당구대에 게임을 하다 중단된 흔적으로 당구 채와 공들이 있었다. 정원의 녹이 슨 테이블 위에는 반쯤 만들다 만 작은 꽃다발들이 흩어져 벌써 시들기 시작했다. 개들은 침울해져서 불안하게 집 안을 돌아다니면서 지난 며칠 동안 그들을 쓰다듬어 주고 먹이를 주던 다정한 손길이 그리워 낑낑거리며 사람들이 떠난 응접실을 배회했다. 손님들이 다 떠나고 쓸쓸한 저택의 풍경은 하나도 남김없이 구석구석에서 드러났다.

손님들이 떠난 즉시 랭글리 씨는 아내와 기나긴 대화를 나눴다. 그는 아내에게 스트릿필드 씨와 했던 대화를 들려주고, 아내에게서 엄청난 시련을 겪은 딸의 행동에 대해 자세히 듣고 놀란 한편 감탄했다. 딸에게 그런 면이 있는 줄은 처음 알았다.

랭글리 부인은 남편의 첫 질문에 이렇게 대답했다. "그 격렬한 증상들이 잦아들고, 히스테리 발작이 진정되자마자, 제인은 갑자기 새로운 성격이 생겨서 완전히 딴 사람이 된 것 같았어요. 의사 선생님에게 이만 가 달라고 애원하더군요. 나와 동생인 클라라랑만 있고 싶다고요. 그래서 다른 사람들이 다 방을 나갔을 때 제인은 우리가 처음에 앉혀 놓은 안락의자에 앉아서 두 손으로 얼굴을 가리고 있었답니다. 그러면서 잠시만 자기에게 아무 말도 하지 말아 달라고 부탁하더군요. 그동안 제인은 잠시 전율한 걸 빼고는 아무 말도 하지 않고 가만히 앉아 있었어요. 마침내 고개를 들었을 때 우리는 제인의 얼굴이 시체처럼 창백해진 데다 이상하게 낯설어진 표정을 보고 깜짝 놀랐어요. 하지만 제인이 아주 조리 있으면서도 진지하게 말해서 또다시 놀랐지 뭐예요. 우린 대체 어떻게 생각해야 할지, 뭘 해야 할지도 몰랐거든요. 그때 우리에게 말하는 사람이 우리 딸 제인 같지도 않았어요."

"제인이 뭐라고 했는데?" 랭글리 씨가 애가 타서 물었다.

"제인은 그 일이 일어난 순간 자기 입장으로서는 감사한 마음이 들었다고 하더군요. 그 끔찍한 발견이 너무 늦게 일어나지 않아서 신께 감사하다고. 그러지 않았다면 그녀의 결혼 생활은 아주 외롭고 불행했을 거라고. 스트릿필드 씨가 그 치명적인 발언을 하기 직전까지 제인은 그를 아주 열렬하게 사랑하고 있었다고 말했어요. 이제 그의 실수에 대한 속죄로 그 어떤 설명도, 후회도(스트릿필드 씨가 둘 중 하나를 한다 해도), 어떤 세속적인 설득이나 명령을 한다 해도(스트릿필드 씨가 성급하게 한 약혼을 지킬 의무와 속죄할 의무가 있다고 생각할 경우에) 제인은 절대로 그의 아내가 될 수 없다고 했어요."

"스트릿필드 씨는 절대로 제인의 결심을 시험하지 않을 거요." 랭글리 씨가 쓰라린 마음으로 말했다. "그자는 이 방에서 자신이 한 약혼을 파기하겠다고 다시 말했으니까. 아니, 거기서 한술 더 떠서 그자는."

"그 문제에 대해 제인이 한 중요한 말을 당신에게 전해야 해요." 랭글리 부인이 끼어들었다. "내가 아까 전한 것처럼 제인이 처음에 그런 이야기를 한 후에 그동안 일어난 일들에 대해 생각했다고 하더군요. 아마 우리가 상상하는 것보다 더 침착하게 생각했던 것 같아요. 저녁 식사 자리에서 스트릿필드 씨가 했던 말, 그와 동생 클라라 사이에 순간 서로를 알아본 표정이 오간 걸 제인도 목격했고, 스트릿필드 씨가 런던에서 우리 가족과 친분을 쌓는 내내 마침 클라라가 집에 없었던 점을 이제 제인이 다 기억해 내고 그걸 내게 일깨워 주더군요. 그 치명적인 실수의 원인과, 그 일이 일어난 방식을 제인은 직감적으로 알아차린 것 같아요. 우리는 제인에게 당분간은 그 일에 대해 말하지 말자고 애원했지만 제인은 그것이 자신의 의무라고 하더군요. 자기 때문에 식구들 모두 견디고 있는 근심과 고통을 덜어 줄 방법을 제시하는 것이 자신의 의무라고. 그 어떤 말로도 그 아이가 지닌 불굴의 용기와 숭고한 인내심을 표현할 수 없어요." 마지막 말을 하는 랭글리 부인의 목이 메었다. 몇 분이 지나고 나서야 그녀는 다시 마음을 가다듬고 이야기를 계속했다.

"난 당신에게 제인이 보낸 메시지를 전해야 해요. 제인이 그토록 간청했으니 스트릿필드 씨와 우리 가문의 친교를 끊어서도 중단해서도 안 되고, 그의 행동을 자비로운 시선으로 봐야 한다고요. 그의 그런 행동은 피치 못해 일어난 사고와 그렇게 될 수밖에 없는 상황만 탓해야 한다고. 나에게 그렇게 말한 후에 제인은 동생인 클라라를 봤어요. 클라라는 언니 옆에 앉아서 그 상황에 완전히 압도돼 흐느껴 울고 있었죠. 제인은 클라라에게 키스하고 나서 이렇게 말했어요. 이일에서 누군가를 탓해야 한다면 그건 자기 자매라고, 둘이 너무 닮아서 사람들은 누가 클라라고 누가 제인인지 알아볼 수 없으니 말이죠. 제인은 얼굴에 희미한 미소를 띠면서 장난스럽게 말하려고 했는데 그렇게 애쓰는 모습에 클라라와 나, 우리 둘 다 가슴이 무너지더군요. 그리고 내가 죽는 날까지 결코 잊을 수 없는 다정한 어조와 태도로 제인이 동생 클라라에게 부탁했어요. 서로에 대한 애정과 신뢰를 걸고 진심으로 자신의 질문에 대답해 달라고. 클라라가 국왕의 알현식 날 스트릿필드 씨를 발코니에서 봤는지 그리고 그 후에 그가 그녀를 알아보고 기억한 것처럼 그녀도 그를 저녁 식사 자리에서 보고 기억이 났는지 물어봤어요. 제인이 그 질문을 두 번이나 한 후에야, 그것도 아주 애정 어린 목소리로 솔직하게 물어보고 나서야 클라라는 용기를 내서 마음을 가다듬고 대답하더군요. 그 알현식 날 스트릿필드 씨를 봤고, 그 후에 런던을 떠난 후에도 그를 죽 생각해 왔고, 그가 클라라를 알아본 것처럼 클라라 역시 우리 저녁 식사 자리에서 그를 알아봤다고."

"그런 일이 있을 수 있다니! 난 예상도 못 했다는 걸 인정하지. 나는 단 한순간도 그런 생각은 못 했어." 랭글리 씨가 말했다.

아내가 계속해서 말했다. "아마도, 당신이 지금 제인을 보고 직접 판단하는 게 최선일 것 같아요. 나로서는 이런 크나큰 시련을 겪은 상황에서 제인의 숭고한 체념이 너무 놀랍고 감동적이어서 그 아이가 이 상황에서 적절하다고 생각한 대로 행동하는 것이 좋다는 충고 밖에 할 수 없었어요. 지금 이 상황에서 우리가 제인을 인도하는 게 아니라 제인이 우리를 인도하고 있다는 생각이 들기 시작했어요."

랭글리 씨는 마음을 정하지 못한 채 몇 분 동안 그대로 있다가 서재를 나가서 제인 랭글리의 방으로 갔다.

그가 노크를 했을 때 문을 연 사람은 클라라였다. 클라라의 얼굴엔 혼란과 슬픔이 섞여 있었고, 아버지가 잠시 멈춰 서서 그녀에게 뭔가 말할 것처럼 보이자 그녀는 그저 방 안쪽을 가리켜 보이고 한 마디도 하지 않은 채 서둘러 나가 버렸다.

랭글리 씨는 부인에게 전날 이후로 딸에게 일어난 변화를 듣고 마음의 준비를 하고 있었다. 하지만 직접 딸을 보니 경악한 나머지 말문이 막혔다. 이 불쌍한 딸이 어렸을 때부터 매력적이었던 점 중 하나는 바로 곱디고운 피부였다. 그런데 그토록 건강하고 아름답게 빛나던 피부가 지금은 모든 생기가 사라져 완전히 무채색으로 보였다. 표정 역시 랭글리 씨가 보기에 아주 침울해져 있었다. 청춘 특유의 상쾌한 분위기는 흔적도 없이 사라져 버리고 단호하고 사려 깊은 낯선 성격이 보였다. 제인의 이런 표정은 아버지로서는 처음 보는 것이었다. 제인은 창문을 활짝 열어 놓은 창가에 앉아 있었다. 널찍한 창으로 화창하고 아름다운 바깥 풍경이 한눈에 들어왔다. 그녀의 무릎엔 엄마가 준 성경책이 펼쳐져 있었다. 아버지가 들어왔을 때 제인은 그걸 읽던 중이었다. 그는 자식에게 이야기를 하려고 다가가다 생전 처음 말문이 막혀 멈춰 섰다.

"유감스럽게도 제가 좀 아파 보이죠." 제인은 한 손을 그에게 내밀며 말했다. "그래도 보기보단 훨씬 나은 상태예요. 하루나 이틀 정도 지나면 훨씬 더 좋아질 거예요. 제가 보낸 메시지는 들으셨어요, 아버지? 엄마가 말씀하셨어요?"

"아가, 그 이야긴 아직 하지 말자. 며칠 더 기다려 보자꾸나." 랭글리 씨가 말했다.

제인은 이제 조금 흔들리는 목소리로 이야기를 계속했다. "아버지는 항상 제게 다정하게 대해 주셨죠. 그러니 제 말을 들어주실 거라고 믿어요. 할 말은 별로 없지만 그래도 지금 해야 해요. 그 후에 다시는 이 이야기는 하지 말아요. 그동안 일어난 일은 다 잊어 주시겠어요? 제가 아버지에게 해 달라고 간청한 일은 이미 들으셨죠? 그 이—스트릿필드 씨—(그녀는 잠시 목소리가 나오지 않아 입을 다물었다가 거의 곧바로 다시 기운을 냈다) 스트릿필드 씨가 계속 우리 집에 머물 수 있게 해 주시겠어요? 이미 떠났다면 다시 불러들여서 클라라에게 자신의 생각을 설명할 수 있는 기회를 주시겠어요? 불쌍한 클라라가 날 위해 그이를 만나길 거부한다면, 그 아이의 말은 듣지 마세요. 이 일은 분명 이렇게 처리해야 한다고 전 확신해요. 전 아주 침착하게 이 일을 생각했고 그게 옳다고 느껴요. 그리고 아버지에게 간청할 일이 하나 더 있어요. 스트릿필드 씨가 우리 집에 있는 동안 전 이모 집에 가서 지내도록 허락해 주세요. 이모가 절 얼마나 예뻐하시는지 아버지도 아시잖아요. 이모 집은 우리 집에서 가면 하루도 안 걸리니까. 지금으로선 제가 여기 없는 게 모두를 위한 (무엇보다 저를 위한) 최선이에요. 그리고 사랑하는 아버지! 전 항상 아버지가 너무 예뻐해 주셔서 버릇이 없는 아이였죠. 그래도 아버지가 여전히 제가 하자는 대로 해 주실 거라는 걸 알아요. 제가 부탁한 대로 해 주신다면 저는 이 모진 시련을 곧 극복할 수 있어요. 제가 이모네에 가 있으면 다시 좋아질 거예요. 만약."

그녀는 여기서 말을 멈추고, 떨리는 한 팔로 아버지의 목을 안고, 그의 가슴에 자신의 얼굴을 숨겼다. 몇 분 동안 랭글리 씨는 딸의 간청에 답할 자신이 없었다. 이 딸의 윤리적으로 영웅적인 행위는 감동적일 뿐만 아니라 숭고하기까지 했다. 지금까지 살면서 힘들고 절박한 위기라고는 겪어 보지 못한 어린 딸이 이제 타고난 순수하고 강인한 마음으로 고통스럽고 잔인한 시련을 초월하고 일어선 것이다. 평생 동안 지속되도록 예정된 삶의 목적과 애정을 갑작스럽게 정지시킨 재난에 맞닥뜨린 상황에서 그녀의 인내심과 운명을 감수한 마음이 전면에 등장해 미덕과 아름다움의 절정으로 피어난 것이다. 아버지는 딸의 이런 면들을 생각하고, 딸이 앞으로 치르게 될 희생의 크기를 막연하게나마 짐작해 보면서, 그녀에게 일어난 불행의 본질을 생각해 봤다. 그것은 누구도 예견할 수 없었던 치명적인 운명이자, 다시 돌이킬 수도, 누군가를 원망할 수도 없는 사고이며, 어떤 판단을 내려도 뭐라고 호소할 수 없는 일이었다. 그는 이 불행이 어떻게 일어났는지, 어떤 말들과 어떤 행동들로 인해 생겨났는지 기억하고 딸이 방금 그에게 한 감동적인 탄원을 그의 세속적인 의심과 지혜라는 잣대로 판단하는 것은 불경스러운 일이라고 느꼈다. 그는 딸의 무릎에 펼쳐진 성경에 시선이 갔다. 그리고 제자들 가운데 교사이자 본보기로 보내진 그 어린아이를 떠올렸다. 그가 마침내 딸에게 기나긴 대답을 했을 때 그것은 딸을 지도하거나 조언을 하기 위해서가 아니라 그녀를 위로하고 그녀의 부탁을 들어주겠다는 말이었다.

그들은 제인의 출발을 며칠 미뤘다. 그녀의 결심이 흔들리는지, 그녀의 육체적 허약함이 악화되는지 보기 위해서였지만 제인은 단호했다. 그녀의 외모는 좋은 쪽으로든 나쁜 쪽으로든 변하지 않았다. 저녁 식탁에서 그 놀라운 사건이 일어나고 일주일이 지난 후에 그녀는 이모 집에 도착해 일체 외출을 삼가하고 집에서 칩거했다.

제인이 집을 떠날 무렵 스트릿필드 씨가 보낸 편지가 한 통 도착했다. 그것은 그가 랭글리 씨에게 이미 말한 내용을 요약한 것에 지나지 않았다. 하지만 이번 편지에는 좀 더 강한 어조이면서 동시에 좀 더 공손한 용어로 표현돼 있었다. 랭글리 씨는 간단하게 답장을 보냈다. 아직 아무것도 결정되지 않았지만, 다음번 편지에 최종적인 답을 하겠다고.

두 달이 지났다. 그 기간 동안 제인의 아버지와 어머니가 이모 집을 자주 찾아가 제인을 만났다. 제인은 여전히 침착하고 단호했다. 그리고 그 일이 처음 일어났을 때처럼 여전히 창백하면서 사려 깊었다. 제인의 부모는 의사들에게 상담했다. 그들은 제인의 신경계가 충격을 받았다고 했고, 시간이 지나면 좋아질 것이란 희망이 있고, 환자의 마음이 놀랄 정도로 강인하니 환자가 바라는 대로 다 해 줄 필요가 있다고 했다. 그다음에 부모는 이모에게 조언을 구했다.

이모는 괴짜에다 남성적인 성격의 여성으로, 본인도 일찍이 실연당한 경험이 있어서 평생 독신으로 살아왔다. 이모는 항상 그랬듯이 거리낌 없이 무뚝뚝하게 자신의 의견을 말했다. "제인이 해 달라는 대로 해 줘! 그 불쌍한 아이는 너희 가족 모두를 합친 것보다 윤리적으로 더 많은 용기와 결단력이 있는 아이야! 난 누구보다 그 아이가 치러야 할 희생을 잘 알아. 하지만 그 아이는 그러기로 했어. 그것도 아주 숭고하게. 다른 사람들은 그걸 보면 영웅적인 일이라고 할지도 모르지. 나라면 선하고, 고결하고, 용감한 여성이라고 하겠어! 제인이 원하는 대로 해 줘! 그 불쌍하고 이기적인 놈이 원하는 대로 제인의 동생과 결혼시켜. 그 자식은 이미 사람 얼굴을 가지고 실수를 한 번 했잖아. 신붓감을 고르는 데 또 다른 실수를 한 건 아닌지 살면서 깨우치게 될지 한번 보자고! 제인은 그런 놈에게 주긴 너무 아까워. 다른 놈들도 그렇고! 제인은 내게 맡겨. 여기 머물게 해. 그때 일어난 일로 제인이 손해 볼 일은 없게 할 테니! 너희들도 이 집이 내 집인 건 알고 있잖아. 난 이 집을 제인에게 물려줄 거야. 내가 죽으면 말이지. 내게 재산도 좀 있는 건 알 테고. 그것도 제인에게 남길 거야. 유언장에도 이미 그렇게 써 놨어. 다 그렇게 처리해 놨고! 집에 돌아가서 그 놈을 오라고 하고, 클라라에게 더 이상 호들갑 떨지 말고 그 놈이랑 결혼하라고 해! 내 의견을 듣고 싶다고 했지. 이게 내 의견이야!"

마침내 랭글리 씨는 결정했다. 스트릿필드 씨에게 랭글리 홀로 오라는 중요한 편지를 썼다. 제인이 예견한 것처럼 클라라는 처음에는 그와 어떤 대화도 하지 않으려 했지만 언니인 제인이 그녀에게 편지를 보냈고, 아버지가 야단을 쳐서 곧 마음을 바꿨다. 이 쌍둥이 자매는 얼굴만 닮았지 성격은 완전 딴판이었다. 클라라는 평생 남들의 의견에 따라 살아왔고, 이번에도 그렇게 했다.

일단 자신의 입장을 호소할 기회를 허락받자 스트릿필드 씨는 적극적으로 움직였다. 그의 두 번째 구애에 수반된 클라라의 의심과 문제들에 대해 자세히 이야기하는 건 별 의미가 없을 것 같다. 모두 알

다시피 그는 전례 없이 놀라운 상황에서 새로운 상대에게 또다시 구애해야 했으니까. 이제 이 이야기는 그나 클라라와는 아무 관계가 없다. 그가 결국 양심의 가책을 느끼는 클라라의 마음을 사로잡았다는 말만으로도 충분할 것 같다. 몇 달 후에 랭글리 씨와 친한 친구들은 다시 그의 식탁에 결혼식의 손님으로 모여서 스트릿필드 씨에게 다가올 클라라와의 결혼을 축하하게 됐다. 그가 제인과의 다가올 결혼식을 축하하기 위해 모인 날로부터 1년도 채 지나지 않았는데!

그날의 결혼식은 엄숙하고도 슬프게 진행됐다. 손님들 중 일부는 (특히 결혼하지 않은 숙녀들은) 클라라 양이 너무 쉽게 마음을 허락했다고 생각했다. 그 자리에 없는 불쌍한 처녀의 입장에 자신을 대입해 보는 손님들도 있어서 결혼식 분위기는 결코 유쾌하지 않았다. 하지만 이번에는 그 결혼식을 방해할 어떤 일도 일어나지 않았다. 식은 예정대로 치러졌고, 그 직후에 스트릿필드 씨와 신부는 유럽으로 여행을 떠났다.

그들이 떠난 날 제인 랭글리는 집으로 돌아왔다. 그녀는 동생의 결혼에 대해 어떤 언급도 하지 않았다. 그리고 그녀가 있는 자리에서는 아무도 그 이야기를 하지 않았다. 그녀의 뺨엔 여전히 혈색이 돌아오지 않았고, 그녀의 태도 역시 전과 같은 생기는 보이지 않았다. 그녀가 겪은 충격이 평생 갈 흔적들을 남긴 것이다. 하지만 시간이나 결연한 의지로도 지울 수 없는 기억의 무게에 짓눌려 그녀가 침몰하고 있다는 증거는 보이지 않았다. 그녀의 강인하고 순수한 마음은 변화를 겪었지만 쇠퇴하진 않았다. 그녀의 성격에서 밝고 쾌활한 부분은 다 사라졌지만 고귀한 면은 그대로 남아 있었다. 가족과 친구들에게 그녀가 이토록 다정하고 친절하게 대한 적은 처음이었다.

오랜 시간이 흐른 후 스트릿필드 씨가 신부와 같이 영국에 돌아와 제인과 처음 만났을 때, 당혹스럽고 난감해하는 쪽은 제인이 아니라 그 부부라는 걸 사람들은 눈치챘다. 그들이 랭글리 홀에 머무는 동안 제인은 그들을 피하려는 어떤 기미도 보이지 않았다. 가족 중에서 제인보다 더 그 부부를 따뜻하게 맞은 사람도 없었다. 제인은 그 누구보다 그들의 미래 계획과 프로젝트에 대한 이야기를 잘 들어줬고, 그 부부가 자기 집으로 떠났을 때 그녀보다 더 친절하고 우아하게 작별 인사를 한 사람도 없었다.

우리의 이야기는 거의 끝났다. 남은 이야기는 몇 마디 말로 그 후 오랜 세월에 걸쳐 일어난 일들을 들려주겠다. 시간이 계속 흘러서 랭글리 홀 식구들이 죽으면서 변화가 일어났다. 앞에서 언급한 사건들이 일어나고 5년 후 랭글리 씨가 세상을 떠났고, 그로부터 얼마 후에 랭글리 부인이 그의 뒤를 따랐다. 두 아들 중에서 장남은 변호사로 성공했고, 차남은 외국 대사관의 특별 담당관이 됐다. 랭글리 부부의 셋째 딸은 시집가서 스코틀랜드 저택에서 남편과 같이 살고 있다. 스트릿필드 부부는 자식들을 낳아서 키웠다. 평생 종사한 경력이 끝난 사람들도 있고, 삶의 목적이 변한 사람들도 있지만, 제인 랭글리는 아무것도 변하지 않은 채 그대로 남아 있었다.

그녀는 이제 이모와 같이 살고 있다. 세속적인 의무를 지키고 여가를 보내러 그녀의 다른 가족들이나 친한 친구 한두 명이 그녀를 찾아오곤 했다. 그녀에게 청혼하는 남자들도 있었지만 다 거절했다. 젊은 날 처음이자 마지막 사랑의 희망을 포기하고 열정도 무너진 제인은 그 사랑을 순수한 추억으로 간직하며 조용히 슬픔에 잠긴 삶을 살았다. 그 사랑이 여전히 그녀의 마음을 지켜 주고, 보호했다. 세월이 계속 흘렀지만 슬프고 한결같은 그녀의 삶에는 아무런 변화가 없었다. 그러다 이모가 죽으면서 그때까지 손님으로 살던 집의 안주인이 됐다. 그 후 사람들은 제인이 자신의 삶을 좀 더 다양하게 만들어 보려는 노력도 점점 덜하고, 다른 사람들과 어울리면서 그 오랜 추억을 잊어버리려는 노력도 더 안 하는 걸 알아차렸다. 친척들과 친구들이 보내는 초대를 그녀는 점점 더 자주 거절했다. 그녀도 이젠 나이 들어가고 있었다. 매년 해가 바뀔수록 바깥세상의 분주한 삶에 그녀는 더욱더 관심을 잃어 갔다.

그래서 제인은 예전에 공부했고 좋아하던 책들과, 희망과 행복에 차 있던 시절에 연주해서 좋아하던 음악으로 자신의 고독한 일상을 채웠다. 그때 그 시기와 아주 조금이라도 관련된 것은 모두 그녀에게 헤아릴 수 없는 가치를 지니게 되면서 그녀는 초기에 모아 놓은 수집품들로 이룬 안식처 속에서 좀 더 철저하게 은둔하게 됐다. 그녀의 내면에 있는 나약함 때문에 이렇게 세상과 세상에 대한 흥미를 다 버린 것일까? 마치 아무 희망도 없는 사람처럼? 그녀가 치렀던 그 거대한 희생과 결단 덕분에 이렇게 허망한 추억이라는 서글픈 사치를 탐닉하며 사는 권리를 얻게 됐을까? 누가 감히 그렇다고 이야기하겠는가? 누가 감히 그녀에게 과거만 생각하면서, 추억을 돌아보며 살 수는 없다고 말할 수 있겠는가?

그래서 그녀는 그렇게 홀로 하지만 외롭지 않게, 희망이 없지만 절망하지 않으며, 세상으로부터 거리를 두고 살았다. 다만 가난한 사람들을 돕기 위한 자선 활동을 하고, 고통받는 이들을 도와주고, 지금까지 살아 있는 가족들과 오랜 친구 몇 명이 평화롭게 은둔하는 그녀를 찾아올 때만 제외하고. 그리고 조카들에게 계속 작은 선물들을 보낼 때만 제외하고. 조카들은 대부분 한 번도 만나 보지 못한 '친절한 숙녀'이자 보이지 않지만 선한 영향력을 미치는 그녀를 숭배했다. 제인은 그렇게 남은 생애를 살았다. 마지막 숨을 내쉬는 순간까지 차분하고 고요하게 그 누구도 탓하지 않으면서.

　독자들이여, 인간사의 드라마에서 감동적이고 애처로운 일들은 모두 기사도와 로맨스의 시대가 종말을 고하면서 사라졌다는 말을 듣게 되면, 제인 랭글리를 떠올리며 그에 대한 반박으로 **쌍둥이 자매** 이야기를 전해 주길 바란다!

페루지노 포츠 씨의 인생길

A Passage in the Life of Mr. Perugino Potts

18○○년 12월 7일―로마에 온 지 막 일주일이 됐는데 나는 일기를 쓰기로 결심했다. 나와 같은 입장에 처한 사람들이라면 대부분 이 '영원의 도시'의 유물들에 대해 쓰는 것으로 이 결심을 실행할 것이다. 나는 그런 건 쓰지 않겠다. 나는 그보다 더 흥미로운 주제인 나자신에 대해 쓰겠다.

내 생각이 틀릴지도 모르지만, 역사화를 그리는 화가로서 가까운 장래에 내 전기가 나올 것 같은데 그때 나에 대한 개인적이고 상세한 정보가 필요할 것이다. 내가 세상을 떠난 후에도 남아 있는 내 친구들은 분명 나를 애정 어린 마음으로 기억하리라고 굳게 믿지만, 대체로 그런 자세한 사정은 내가 직접 전기 작가에게 제공하는 편이 나을 것 같다. 미래의 내 전기 작가는 내가 묘사한 나의 모습을 받게 될 것이다. 나는 그림도 그리니, 내 성격 묘사도 내가 못 할 것이 없지 않은가? 새 일기장을 시작하게 됐으니 마침 그렇게 할 수 있는 좋은 기회가 왔고, 냉큼 그 기회를 잡을 수밖에!

나는 요람에 있을 때부터 예술가가 될 운명이었다. 내 아버님은 대단히 탁월한 감정가이자 위대한 수집가였다. 아버님은 당신이 좋아하는 회화 대가의 이름을 따서 내 이름을 '페루지노'라고 지어 주고, 유산으로 연 수입 500파운드를 남기면서, 임종하는 자리에서 포츠같은 위대한 화가가 되어 왕립 미술원에 들어가거나, 적어도 그러려고 시도하다 죽으라는 유언을 남기셨다. 나는 아버님의 말씀을 따르겠다고 결심했지만, 아직까지 왕립 미술원에 들어가지 못했다. 그렇다고 이미 세상을 떠난 부모님이 말씀하신 대안에 따라 죽을 생각은 손톱만큼도 없다. 차라리 왕립 미술원이 먼저 파멸하기를 바라고 말지! 나는 그 형편없이 운영되는 조직인 왕립 미술원의 판단이 틀렸다는 점을 증명하겠다는 확실한 목적을 가지고 최대한 오래 살 작정이다.

내 표현이 좀 지나치다고 생각될지도 모르겠다. 구체적인 사실을 예로 들어 내 말이 옳다는 점을 보여 주겠다. 나는 지난 7년 동안 왕립 미술원에서 매년 주최하는 전시회에 한자리를 얻기 위해 노력해 왔지만 계속 실패했다. 7년 내내 겸손한 천재인 내가 왕립 미술원에게 문전박대를 당한 것이다. 그 7년 동안 내가 들은 대답은 항상 똑같았다. "이 전시회와 맞지 않습니다!" 첫해에 내가 그린 그림은 〈탑에 있는 왕자들의 질식〉이었다. 나는 근육질의 살인자들, 살이 축 늘어진 통통한 아이들을 아주 화려하게 채색했다. 루벤스 스타일로 그렸는데 퇴짜를 맞았다! 다음 해에는 종교적이고 아주 엄숙한 〈현명한 동정녀들과 어리석은 동정녀들〉이란 그림을 출품했다. 뼈만 앙상한 여자들 열 명이 아주 난해한 자세를 취하고 있고, 그 뒤에 배경으로 풍경을 그려 넣었다. 원근법을 반대로 시도해 봤는데 또 퇴짜 맞았다! 세 번째 해에는 기법을 바꿔서 감상적이면서 애처로운 풍으로 그려 봤다. 이번에는 염소와 같이 있는 스턴*의 마리아풍으로. 마리아가 울고, 염소도 울고, 스턴 본인(배경에 있음)도 울고 있는 그림이었다. 스턴은 얇고 흰 손수건에 얼굴을 묻은 채 흐느껴 울었는데 그 손수건은 눈물에 축축하게 젖어 있었다. 그것 역시 퇴짜 맞았다! 4년차에 나는 다시 가정적이고 익숙한 풍경으로 돌아갔다. 한밤중에 부엌에서 젊은 하녀가 근위 보병 제1연대의 이등병과 결혼하자는 약속을 하는 동안, 근처에 사는 경찰이 절망에 빠져 유리창 너머 난간 위에서 질투에 이글거리는 눈으로 그들을 노려보는 광경이었다. 또 퇴짜 맞았다! 5년차에는 인물을 포기하고 풍경에 내 모든 영혼을 쏟아부어 고전적인 풍경화를 그렸다. 폐허가 된 기둥 세 개, 소나무 다섯 그루, 호수 하나, 신전 하나, 멀리 보이는 산과 황홀한 일몰이 들어간 풍경화를 보냈다. 나는 무너진 기둥들 앞에 고대 로마의 토가를 입은 요정들이 춤을 추는 모습을 그려 넣어서 그림에 생동감을 주고 50기니라는 터무니없이 저렴한 가격을 불렀는데도 퇴짜를 맞았다! 여섯 번째 해에 나는 더 이상 마음을 다치기도 싫고 돈도 안 되는 순수 예술을 버리고 초상화를 선택했다. 나는 〈숙녀의 초상화〉(그녀는 직업 모델로 시간당 1실링의 모델료를 받았지만 그건 상관없다)를 그렸다. 하얀 새틴 드레스를 입고 조용히 미소 짓는 그녀를 매혹적으로

* 영국의 성직자이자 소설가.

그렸다. 배경에는 붉은 커튼과 둥근 테이블 위에 놓인 아름답게 장정된 책들과 뇌우가 치는 먹구름이 있었다. 그것 역시 퇴짜 맞았다! 7년째 되는 해에 나는 겸손하게 모든 것을 운명에 맡기기로 하고, 스케일을 축소해서 내가 할 수 있는 가장 작은 크기의 정물화를 그렸다. 길이 6인치, 폭 4인치인 캔버스에 짐꾼의 찻주전자, 파이프 하나, 빵과 치즈가 담긴 접시 하나를 깜짝 놀랄 정도로 실물과 유사하게 그리고 〈노동자의 최고의 친구〉라는 감동적인 제목을 달았다. 그게 내가 그들에게 마지막으로 바치는 수수한 작품이었다. 그런데 세상에 그것마저도! 아무것도 남지 않은 가난한 예술가인 내가 가장 소중히 여기는 그 그림마저도 퇴짜 맞았다! 8년차 되는 해에 그만 왕립 미술원에 넌더리가 나서 이탈리아에서 화가로서 야심을 품을 수 있는 좀 더 고귀한 분야를 찾아 나섰다. 8년이란 시간이 날 여기 로마로 인도한 것이다. 로마여, 내가 왔다! 나, 페루지노 포츠가! 라파엘과 미켈란젤로의 본거지에서 그들과 한판 승부를 벌이겠다고 맹세했다. 이 얼마나 원대한 계획인가!

　내 키는 (굽이 높은 부츠를 신으면) 160센티미터다. 외관상으로는 내 키가 작다는 점을 인정한다(후대에 이런 점을 숨기지 않겠다). 나는 콧수염과 지적인 능력을 제외하면 이렇다 할 뛰어난 점은 없다. 나는 미남이지만 피부색이 옅은 편이고, 지금까지 아주 객관적으로 봤을 때 내 기질과 성격에 탓할 점은 하나도 찾지 못했다. 내 안에서 활활 타오르는 예술가적 야망은 은은한 빛을 내며 밖으로 발산되고 있다. 한마디로 유쾌한 성격의 천재란 소리다. 할 말은 많지만 더 이상 보텔 수 없을 것 같다. 지금 이탈리아제 종이에 이탈리아제 펜으로 아주 힘들게 이 일기를 쓰고 있으니까. 펜에선 계속 종이를 직직

긁는 소리가 나고, 종이는 압지로 만든 것처럼 물 같은 잉크를 빨아 들이고 있다. 인간의 인내심에도 한계란 게 있다. 어쩔 수 없이 오늘 일기는 이만 포기하겠다!

12월 8일—원래는 내 흥미로운 자서전과 같은 글에 들어갈 세세한 점들을 어제에 이어 쓰려고 했지만, 글을 쓰려다 별안간 새 그림에 대한 아이디어가 떠올라 멈췄다. 그림의 소재는 르네상스 시대 이전의 폴리카르포스 주교가 사도 서간을 쓰고 있는 장면이다. 시스티나 성당의 천장화인 미켈란젤로의 예언자들 스타일로 숭고하게 표현할 것이다. 폴리카르포스 주교는 실물보다 몇 배 더 크게 그리고, 수염과 근육도 아주 풍성하고 탄탄하게 묘사해야지.

12월 9일—훌륭한 모델을 구할 수 없겠냐고 주위에 물어봤는데 내가 원하던 바로 그런 스타일의 남자를 찾아냈다. 내가 그의 초라한 집에 들어갔을 때 그는 아침 식사를 준비하고 있었다. 음식은 원시적일 정도로 간소한 데다 강한 냄새가 풍기는 게 특징이었다. 그는 먼저 자신의 단검을 꺼내서 딱딱한 빵 껍질을 한 조각 크게 잘라 냈다. 그리고 이 껍질의 바깥 부분에 마치 영국 농가에 있는 호두나무 테이블처럼 반짝반짝 윤이 날 때까지 마늘을 대고 문질렀다. 껍질 안쪽은 오일과 식초로 흠뻑 적셨다. 그런 조리 과정을 다 마쳤을 때 빵 껍질은 마치 송아지 가죽으로 만든 윤이 나는 받침 접시 속에 있는 차가운 습포제 같아 보였다. 그는 내가 지켜보는 동안 이 놀라운 화합물을 게걸스럽게 한껏 음미하며 먹었다. 인상으로만 봐선 성격을 짐작하기가 좀체 힘든 인물이었다. 그의 얼굴엔 부리부리한 두 눈과 갈

고리 같은 코가 수풀처럼 무성한 머리 속에서 삐져나와 있었다. 와우, 정말 대단한 머리카락이었다! 내가 원하던 바로 그 진회색 머리카락이었다. 거기다 수염도 장관이었다! 내가 지금까지 본 중에 가장 독실해 보이는 수염이었다. 나는 그 자리에서 그를 고용하고, 내 캔버스에서 그가 표현하게 될 인물의 이름을 따서 폴리카르포스 2세라고 별명을 지어 줬다.

12월 10일—폴리카르포스 2세가 와서 캔버스 앞에 앉았다. 그는 예의가 바르고, 말이 많은 데다, 몸에 벼룩이 우글거리는 것 같았다. 나는 마지막에 언급한 그의 개인적인 특징에 대해 그와 이야기를 나눴다. 그는 자신의 몸에 있는 벼룩들이 그를 떠나 내게 옮겨 오진 않을 거라고 설득력 있게 주장했다. 그 벼룩들은 애국심이 많아서 영국 사람보다 이탈리아 사람을 선호한다고. 나는 그의 말이 맞을 거라고 믿고 화제를 바꿔서 그의 내력에 대해 물었다. 그의 대답을 들어 보니 아주 어렸을 적부터 모든 사람들에게 학대당하고 오해받아 온 모양이었다. 그의 부모, 친척들, 신부들, 경찰, 지위 고하를 막론하고 모두 그를 잔인하게 다루고, 박해하고, 그가 하지도 않은 일들을 저질렀다고 혐의를 제기하면서 가차 없이 추적했다. 그는 자신이 이렇게 불행해진 이유 중에 자신의 성격이 정직한 데다 신심이 깊어서 세상의 악의에 노출된 것도 있고, 또 영국이란 국가에 사심 없이 강렬한 애착을 가진 점 때문에 편견으로 가득 찬 동포들이 그를 못난 놈으로 보는 이유도 있다고 했다. 그는 이 말을 하면서 흐느껴 울었다. 그의 수염은 흘러내리는 눈물 때문에 비탄에 잠긴 수염이 되었다. 이 얼마나 선량한 폴리카르포스인가! 그의 몸에 벼룩이 끓긴 하지만 나는 이미 그의 처지를 동정하게 됐다.

12월 11일―내 훌륭한 모델이 또다시 그림을 위해 포즈를 취했다. 이제 이 거대한 인물의 스케치가 다 완성됐다(내 작업 속도가 얼마나 빠른가). 여기에 기울인 내 육체적인 분투는 어마어마했다. 높이 4.2미터나 되는 캔버스를 폴리카르포스의 초상화가 바닥에서 꼭대기까지 꽉 채우고 있다. 나는 끝도 없이 발판 사다리를 오르락내리락해서 겨우 이 그림을 그릴 수 있었다. 그림을 그리기 위해 일종의 트레드밀을 오르락내리락하는 영웅적인 행위를 한 셈이다. 하지만 나는 이미 그 노고를 보상해 주는 승리의 달콤함을 맛보았다. 내 모델이 내 그림에 감동한 것이다. 그는 자신의 내력을 이야기하면서 눈물을 흘렸던 것처럼 내 그림에 깊이 감화돼서 눈물을 흘렸다. 이탈리아인들은 대단히 탁월한 취향을 타고났구나! 이 얼마나 풍부한 감수성이란 말인가! 이렇게 무지한 자도 공감할 수 있는 천재의 작품이라니! 지극히 사무적이고 무뚝뚝한 영국인의 성향과 비교하면 이 얼마나 기분 좋은 차이인가! 이 폴리카르포스 2세와 비교하면 영국 왕립 미술원 회원들은 얼마나 둔감한가?

12월 12일―모델이 다시 와서 또 울었다. 지나간 자신의 사연을 또 읊었다. 그리고 내 그림을 보고 또다시 황홀경에 빠졌다. 그에게서 마늘 냄새가 그리 독하게 나지만 않았으면 좋았을 텐데. 그에게 인간적으로 대단히 끌리지만 그의 마늘 냄새 때문에 괴롭다. 나는 그에게 흑색 물감과 흰색 물감을 사 오라고 심부름을 보냈다. 폴리카르포스의 수염을 칠할 때 그 물감들을 두텁게 바를 작정이었다. 물감을 사오라고 영국 돈으로 4펜스 정도 되는 돈을 줬다. 그 정직한 사람은 물감과 함께 잔돈을 남겨 와서 믿을 만한 사람이라는 점을 입증했다. 불쌍한 폴리카르포스! 사람들에게 불쌍하게 박해받는, 길 잃은 양이여! 이 악의에 찬 세계가 너의 순결한 등에 난 털을 그슬려 버렸구나. 이 영국 화가의 다정한 보살핌 아래 그 털이 다시 자라나는 걸 지켜보리라!

12월 13일, 14일, 15일, 16일—그림을 그리는 데 너무 열중해서 규칙적으로 일기를 쓰지 못했다. 4미터가 넘는 거대한 캔버스에 나흘 동안 작업하느라 사다리를 오르락내리락한 거리가 족히 몇 마일은 됐을 것이다. 내가 써야 할 물감의 양이 너무 많아서 그 냄새가 폴리카르포스의 마늘 냄새까지 뒤덮어 버렸고, 좀 더 시간이 흐르면 그의 몸에 있는 모든 벼룩들까지도 독살시킬 것 같다는 생각이 들 정도였다. 난 기진맥진했고, 특히 종아리가 지독하게 아팠지만 내가 작업하는 위대한 작품에서 기운을 얻었고, 내 천재성의 진가를 잘 알고 심부름을 잘해 주는 좋은 모델 덕분에 피로마저도 즐기게 됐다. 지적으로나 육체적으로나 나는 순수 예술계의 삼손이 된 것 같은 느낌이 들었다.

12월 17일—공포! 창피! 각성! 절망! 폴리카르포스 2세가 내 시계, 목걸이, 그리고 영국 돈으로 5파운드에 달하는 이탈리아 돈이 든 지갑을 가지고 도망쳤다. 나는 하늘 아래 가장 고독하고, 가장 어처구니없게 속고, 불행한 인간처럼 느껴진다. 나는 징징거리는 위선적인 악당에게 속은 호구였던 것이다! 내 스튜디오에는 아직도 그의 마늘 냄새가 짜증 날 정도로 역하게 떠다니면서 내 코와 기분을 잡치고 있다. 이 처참한 날에 대해 더 이상 글을 쓸 수 없다. 이대로 돌아 버리거나 아니면 지금 당장 저녁 식사를 하러 가야 한다. 저녁을 먹는 건 아직 내가 할 수 있는 일에 속하니 두 번째 방법을 택하도록 하겠다. 나가자! 천연 그대로의 새끼 염소 고기와 피스타치오가 나오는 로마 요리를 먹으며 이 절망을 잊도록 하자!

 12월 18일―천연 그대로의 로마 요리가 내겐 맞지 않았다. 나는 4.2미터 높이의 캔버스에 두껍게 색을 칠했지만 아직 완성되진 않은 폴리카르포스의 초상화 앞에서 금방이라도 토할 것 같은 기분으로 앉아 있었다. 비탄에 찬 지금이 내 실패의 내력을 들려줄 좋은 기회다. 그 일은 이렇게 일어났다. 내 다리가 워낙 튼튼하긴 하지만 17일 아침에 세 시간 동안 쉬지 않고 사다리를 올라가서 폴리카르포스의 수염을 한 가닥 그리고, 또 끝도 없이 사다리를 내려가 방 저쪽 끝으로 걸어가서 방금 한 그 붓질의 효과를 확인하느라 결국 다리의 힘이 풀려 버렸다. 나는 그 믿을 수 없는 모델에게 좀 쉬라고 하면서 먼저 내가 쉬는 식으로 본보기를 보였다. 피로와, 끝도 없이 밀려드는 작품에 대한 아이디어의 무게에 짓눌리고 지쳐서 잠이 들었다. 내 그림 앞에서 뚜렷한 이유도 없이 바보처럼 그만 잠이 들어 버린 것이다. 고된 작업에 지친 영국 화가가 순진하게 휴식을 취했는데, 그 징징거리는 이탈리아 악당이 화가의 수면을 악용한 것이다! 수염을 기른 악당은 내가 잠든 사이에 뻔뻔스럽게 내 목에 걸려 있던 목걸이를 벗기고, 내 조끼에 있던 시계를 꺼내고, 내 주머니에 있던 지갑을 꺼내 갔다. 나는 해 질 녘에 잠이 깼다. 큰 소리로 하품을 했지만 응답하는 이가 없었다. 나는 더 큰 소리로 그를 불렀지만 대답하는 소리가 들리지 않았다. 나는 촛불을 켰다. 내 목걸이도 없고, 시계도 없고, 지갑도 없고, 폴리카르포스도 없었다. 잠시 후에 당황하기도 하고 두려움이 치민 나는 그 배신자의 집으로 서둘러 갔다. 그 집에 사는 사람들은 그가 집에 없다는 점만 빼고 그에 대해 아는 게 하나도 없었다. 나는 격노해서 그 집에 세 들어 사는 사람들에게 내가 당한 일을 소리쳤다. 그들 중에서 수염을 기른 또 다른 남자가 당장 그 입을 다물지 않으면 날 죽이겠다고 협박했다. 그 수염 기른 남자의 엄마가 내게 그만 집에 가라고 권했다(그 말을 하면서 나를 향해 기분 나쁘게 구정물로 가득 찬 냄비를 휘둘렀다). 나는 그녀의 조언을 받아들였다. 도둑들의 소굴에 있을 때는 그러고 싶어도 용기를 내기가 쉽지 않다.

12월 19일—경찰에게 내가 당한 범죄에 대해 보상해 달라고 요청했다. 그들은 처음에는 내 요청을 농담으로 받아들이는 것 같더니 그 다음에는 모욕으로 받아들였다. 폴리카르포스 2세를 잡을 수 없습니까?(내가 물었다.) 그래요, 시간이 좀 지나면 그를 잡을 수 있을지도 모릅니다. 그렇다면 왜 당장 놈을 잡아들이지 않나요? 도대체 정의의 이름으로 왜 그러지 않는 건데? 그래 봤자 아무 소용없기 때문이란다. 놈은 지금쯤이면 이미 그 시계와 목걸이를 팔아 버리고, 돈은 다써 버렸을 테니까. 게다가 놈을 잡았다고 쳐도, 놈을 처벌하기가 곤란하단다. 감옥이 이미 다 차서 놈을 집어넣을 자리가 없단다. 나는 영국인이라서 부자일 테니 그 정도 손해는 감당할 수 있을 것이고. 그러니 그 나쁜 이탈리아인을 가지고 소란 피우지 말고 그냥 떠나는 게 낫겠다고. 이런 브루투스 같은 놈들을 보았나! 이걸 로마의 정의라고 할 수 있나?

12월 20일─동료 화가가 찾아왔다. 독일인으로 하루 종일 자기 나라 노래들을 흥얼거리고, 그림은 생 스베르의 묵시록 스타일로 그리고, 1년에 40파운드의 수입으로 살아간다. 이 존경받는 동료 화가가 내가 당한 불행한 일을 듣고 조언을 했다. 그는 이탈리아 경찰들에게 두둑하게 뇌물을 먹이지 않는 한 어떤 도움도 받지 못할 거라고 말했다. 그 후에 경찰이 정말 단호하게 수사를 한다 쳐도 폴리카르포스나 그의 친구들이 야밤에 내 가슴에 단검을 푹 쑤셔 박아서 자기들에게 방해가 되지 않게 할 가능성이 아주 높다고 말했다. 내가 내 돈이나 생명을 소중하게 생각한다면 그 문제는 더 이상 건드리지 않는 게 좋겠다고. 그 독일 화가는 자신의 파이프에 불을 붙이며 말했다.

"아, 영국 형제여, 여기는 당신 나라가 아니거든. 로마인들은 마음과 육체에 위로가 되는 미덕은 실천하지 않아. 이들은 어떤 정의도 실현하지 않고, 맥주도 안 마시지."

12월 21일─이 문제에 대해 성숙한 어른답게 심사숙고한 끝에 로마를 떠나는 것이 낫겠다는 결론에 이르렀다. 그런 참사를 당했으니 그 그림을 계속 그리는 건 불가능했다. 그 작업을 하면서 끝도 없이 샘솟던 영감도 말라 버렸다. 게다가 날 시기하는 동료 학생들이 이미 내가 당한 재난에 대해 농담을 하기 시작했다. 그리고 어쩌면 폴리카르포스 2세가 매일 밤, 거리 모퉁이에서 내 목숨을 노리며 어슬렁거리고 있을지도 모를 일이었다. 사람들의 조롱에 시달리는 데다 암살

위협까지 받고 있으니 품위 있게 퇴각하는 것 외에 다른 길이 없었다. 로마여 잘 있거라! 로마인들도! 너희들과 같이 지냈던 거장 또 하나가 이제 분노한 데다 따돌림까지 받았노라! 나 포츠는 코리올라누스 같은 신세가 됐구나.

12월 22일—아침 일찍 내 캔버스를 떼어 내서, 돌돌 말아, 친구인 독일 화가의 스튜디오에 맡겼다. 그는 이렇게 거대한 캔버스를 채울 수 있을 정도로 페인트를 많이 살 수 있는 형편이 되면 곧바로 내 작품을 완성하겠다고 약속했다. 나는 말없이 그와 악수하고, 내 그림 작업을 시작할 때 쓰라고 검은색 물감을 줬다. 30분 후에 나는 피렌체로 향했다. 나는 메디치의 비너스 발치에서 지적인 위로를 받기 위해 서둘러 갔다.

12월 24일—밤늦게 토스카나의 수도인 피렌체에 도착했다. 비, 우박, 눈, 바람이 골고루 섞인 허리케인이 불고 있었다. 이탈리아 날씨가 좋다고 찬양하는 사람들은 이탈리아 여관 주인들에게 돈을 받은 게 틀림없다. 난 평생 영국에서 살았지만 이런 살 떨리는 추위는 태어나서 처음 겪는다.

12월 25일—나는 하숙집을 문의할 목적으로 소개장을 받아 둔 이탈리아 신사를 찾아갔다. 그에게 나는 침실 하나와 스튜디오 하나만 있으면 된다고 말했다. 그는 마르체사 궁전(그곳의 스튜디오는 길이가 15미터나 되는데, 내 마음에 들지 모르겠단다)에서 둘 다 구할 수 있을 거라고 알려 줬다. "궁전에서 하숙을 하다니!" 내가 감탄해서 소리쳤다. "그렇답니다. 그리고 아주 저렴하기까지 해요." 새로 사귄 친구가 대답했다. 저렴하다니! 그 궁전의 안주인인 마르치오네스가 하숙비를 좀 깎아 줄까요? 기꺼이 그럴 겁니다. 그 안주인이 당신의 1년 수입인 50파운드를 몽땅 다 하숙비로 가져가진 않지요.

"그 안주인에게 자식이 있나요?"

"시집 안 간 딸인 마르체시나가 있습니다."

"마르체시나가 무슨 뜻입니까?"

"애정을 담은 표현이지요. 작은 마르치오네스란 뜻이죠, 영국식 표현으로 하면 말입니다."

이 마지막 답변에 마음이 정해졌다. 상냥한 마르치오네스 포츠의 평화로운 모습이 내 머릿속에서 맴돌았다. 운도 지독히 없는 데다, 내가 어떤 돌이킬 수 없는 굴욕적인 상황에 뛰어들었는지 상상도 하지 못한 채 나는 궁전의 주소를 물어보고, 그 마르치오네스 모녀의 하숙집에서 머물기로 결심했다. (오늘은 크리스마스였는데 로스트비프나 자두 푸딩도 없었다. 이탈리아 귀족들과 같이 살게 될 눈부신 미래가 나를 기다리고 있었지만 그래도 영국에 있었더라면 좋았을 것이란 생각이 들었다.)

12월 26일─밤새 폴리카르포스 2세에 대한 악몽에 시달린 후에 그 귀족 부인의 궁전으로 갔다. 그런 꿈을 꾼 건 내가 그 악당을 다시 만나게 된다는 경고일까? 나는 뒷길에 있는 그 궁전을 발견했다. 여기저기 수리해야 할 곳이 아주 많아 보이는 거대한 건물이었다. 뜰에 깔린 판석 사이사이로 풀이 무성하게 자랐고, 뜰 한가운데 있는 분수는 바짝 마른 데다 잡초와 웅덩이들로 둘러싸여 있었다. 계단에는 단단한 흙이 말라붙어 울퉁불퉁했다. 미래 하숙집의 그런 무시무시한 외관을 본 순간 도망쳤어야 했는데 나는 마르체시나만 생각하고 있었다. 그러다 마르체사의 안주인을 봤다. 맙소사, 이탈리아 노파들은 살이 다 어디로 가 버린 것일까? 대체 이들은 뭘 먹기에 이렇게 말랐나, 대체 이들은 죽을 때도 이런 몰골인가? 왜 이탈리아 반도를 통틀어 60대 뚱뚱한 숙녀란 찾아볼 수 없지? 아, 이 안주인은 완전히 전형적인 이탈리아 노파였다! 키는 작고, 허리는 꼬부랑 할머니에, 살이라곤 한 점도 없었다. 노랗고 쪼글쪼글한 피부는 바짝 말라 뼈가 그대로 보일 정도였다. 코는 기이할 정도로 뾰족한 매부리코에 뺨도 홀쭉해서 매서운 인상이었다. 머리는 백발에, 눈은 불타오르는 검은색이고, 거기다 최악은 내가 지금까지 만나 본 영국의 그 어떤 요양도시의 하숙집 안주인보다 더 은밀하게 다가와 살랑거리는 태도였다. 그녀는 내게 뭔가 끔찍한 마력을 휘두른 게 틀림없었다. 그녀와 만난 지 10분도 안 돼서 그녀의 올가미에 걸려 침실과 스튜디오를 전세 냈으니까. 침실은 궁전치고는 작아서 길이가 9미터에 폭이 6미터밖에 안 됐다. 스튜디오는 왕릉처럼 거대한 응접실로 길이 18미터에 폭이 12미터로 바닥에는 대리석이 깔려 있었고, 벽난로나 가구는 한 점도 없어서 12월이라 밖에 눈이 내리는 날씨에 전혀 아늑해 보이지 않았다. 이런 곳에서 그림을 그리느니 차라리 초소에 앉아서 그리는 게 낫지!

12월 27일—내 던전*으로 왔다. 이곳을 그것 말고 달리 부를 이름

---

* dungeon. 과거 성 안에 있던 지하 감옥.

이 없다. 방금 마르체시나를 봤는데 순간 머리가 핑 돌면서 어지러워서 쓰러질 것 같았다. '작은 마르치오네스'—내 친구가 번역한 그녀의 이름을 써 보자면—는 슬리퍼를 신은 키가 180센티미터였다. 그녀의 머리카락과 눈동자는 잉크처럼 새까맸다. 그녀의 팔뚝은 내 허벅지만큼 굵었고, 피부는 누리끼리했다. 그녀는 내가 지금까지 만나서 기억하는 사람 중에 가장 뚱뚱했다. 이제 그 노파의 지방이 다 어디로 갔는지 알겠다. 딸인 마르체시나에게 다 간 것이다. 이 놀라운 귀족 아가씨에게 소개를 받자마자 본능적으로 든 결심은 이런 것이었다. '당신과 친해져야겠군, 체격으로 봐서 당신은 날 무지막지하게 두들겨 팰 수 있을 것 같아!'

12월 28일—이 두 숙녀의 가정생활은 상당히 특이했다. 내가 관찰한 바로는 이 두 여인 모두 드레스라는 게 없는 것 같았다. 둘 다 아무 형태도 없는 짙은 색 가운들을 아주 불가사의한 방식으로 몸에 겹겹이 싸매고 있었다. 그리고 두 사람은 전적으로 샐러드만 먹고 사는 것처럼 보였다. 이들은 온갖 종류의 채소뿐 아니라, 빵과 견과류와 스펀지케이크까지 넣어서 샐러드를 만들었다. 만약 마르체시나가 사고로 자기 몸에 불을 낸다면, 그녀가 섭취하는 기름의 양으로 봐서 베이컨처럼 지글지글 타오를 거라고 난 확신했다. 두 숙녀 모두 내가 스튜디오에서 그림을 그릴 때 그곳에 같이 있었다. 내가 얼어 죽지 않으려고 거기에 숯이 든 보온용 냄비를 뒀는데 모녀는 돈도 아낄 겸 불 곁에 있고 싶었기 때문이다. 하지만 내 불 말고도 그녀들은 무릎 사이에 자기만의 난방 장치를 가지고 다녔다. 아치 모양의 손잡이가 달린 작은 옹기 병으로 그 속에 불타는 숯이 들어 있었다. 아주 특별한 이동식 화로로 두 사람은 하루 종일 그 옹기 병을 무릎 사이에 끼우고 있다. 난 마르체시나가 불이 활활 타오르는 숯이 가득 든 두 번째 옹기 병을 자신의 가운 밑에 두고 발을 데우고 있을 것이란 의심이 들었지만 확실하진 않았다.

12월 29일—힘센 마르체시나가 내게 그림의 소재를 하나 제안했다. 시빌레* 콘셉트로 자신의 실물 크기 초상화를 그려 보라는 것이었다. 아, 하늘이시여! 그런 그림을 그리려면 또 다른 거대한 캔버스가 있어야 하겠군! 이건 여성 버전의 〈폴리카르포스〉가 되겠어! 또다시 사다리를 끝도 없이 오르락내리락하라고! 검은 페인트는 또 얼마나 사야 하는데! 하지만 나는 그 제안에 따라야 한다. 마르체시나는 그때까지 내게 아주 친절하고, 가끔은 놀랄 정도로 애정이 넘치는 태도로 대했기 때문이다. 하지만 만약 내가 그녀의 제안에 반대하거나, 그녀의 의견을 무시한다면 분명 날 한 방에 날려 버릴 거라는 강한 확신이 들었다! 대체 왜! 내가 왜 이탈리아에 왔던고!

1월 1일—붉은색 잉크를 써서 이날을 특별히 기록해 둔다. 나의 새해는 지금까지 그 누구에게 일어난 모험보다 더 놀라운 모험으로 시작됐다—여기에는 뮌하우젠 남작**도 포함된다. 잊지 않도록 여기에 그 자세한 이야기를 적어 보겠다.

내가 오늘 아침 미래의 시빌레 그림을 그리기 위한 스케치를 막 시작했을 때 그림의 주인공이 허겁지겁 내 스튜디오로 들어왔다. 그녀

* 그리스 신화에 나오는 무녀.
** 독일의 군인으로 모험담의 주인공.

는 보닛을 쓰고 내가 그녀를 만난 후 처음으로 드레스를 입고 있었다. 하지만 그 드레스란 게 사실은 속치마 같아 보였다.

"키 작은 분이 부지런하시기도 하지." 그녀는 익살스러우면서도 권위 있게 말했다. "모자를 쓰고 나랑 같이 나가요."

물론 나는 곧바로 그 명령에 따랐다. 우리는 산타 거시기 수녀원 성당(실명을 쓰면 명예훼손으로 고소당할까 봐 못 쓰겠다)에 가서 새로 들어온 살아 있는 기적을 보러 간다고 했다. 그것 때문에 피렌체 사람들 모두 깜짝 놀라고 감탄하느라 난리도 아니라고 했다. 그 기적의 주인공은 장님이었다가 어떤 성모마리아 조각상에 기도해서 기적적으로 시력을 회복한 불쌍한 남자였다. 고작 이틀 동안 기도를 올렸는데 마치 내가 영국에서 본 기억이 있는 엉터리 약병의 라벨에 나온 치통을 앓는 남자처럼 '바로 치유됐다'고 했다. 그는 시력을 찾았을 뿐만 아니라 신심이 깊은 부자들이 기부한 돈으로 부자가 됐다고 했다. 그는 매일 성당에 전시되는데 그를 찾아가서 보는 것이 요즘 피렌체에서 가장 인기 있는 구경거리라고.

아이고! 우리는 성당에 갔다. 성당 안은 가관이었다. 사람들이 바글바글 모여 있었고, 제복을 입은 군인들이 질서를 유지하기 위해 와 있었다. 오르간은 천둥 같은 소리를 내며 장엄하게 연주되고, 성가대는 〈호산나〉를 불렀고, 향에서 피어오르는 연기구름들이 천장에 떠돌았고, 신자들은 각자 자리를 찾아 무릎을 꿇거나 엎드렸다. 전체적으로 로마 가톨릭 미사의 장엄한 풍경이 거대한 축제처럼 펼쳐지고 있었다. 내 동반자의 말이 맞았다. 정말 장관이었다.

육중한 체격에 지체 높은 마르체시나가 군중을 헤치고 의기양양하게 날 끌고 앞으로 걸어갔다. 성당 깊숙이 안쪽에서 우리는 기적을 행한 그 성모마리아 조각상을 봤다. 그것은 높은 곳에 놓여 신자들이 바친 수많은 보석으로 화려하게 꾸며져 있었다. 하지만 그 기적을 받은 남자를 보긴 쉽지 않았다. 그는 다섯 겹으로 빙빙 둘러선 한 무리의 구경꾼들에게 싸여 있었다. 하지만 얼마 못 가서 불굴의 마르체시나가 용케 사람들을 밀어제치고 나를 끌면서 모든 장애물을 통과했다. 우리는 마침내 첫 번째 줄에 이르렀다. 나는 키가 큰 남자의 팔꿈치 밑에서 죽어라고 고개를 들어 보았다.

맙소사, 이거야말로 악당의 악행과 위선의 결정체가 아닐 수 없었다! 그것은—맞다! 그를 잘못 볼 수는 없었다. 그는 바로 **폴리카르포스 2세였다!**

전에는 내 눈을 의심한다는 것이 어떤 느낌인지 정말 몰랐다. 하지만 여기선 도저히 의심할 여지가 없었다. 성모마리아를 경배하는 우아한 포즈로 조각상 밑에서 무릎을 꿇고 있는 사람은 바로 악행을 저지른 그 악당 모델이었다. 그랬던 그가 현재 이곳에서 기적을 일으켜 가장 인기 있는 영웅으로 변신한 것이다. 그의 야비한 수염 위로 눈물이 흘러내리고 있었다. 바로 내 스튜디오에서 그랬던 것처럼. 로마에서 그랬던 것처럼 주위의 향냄새에 섞여 희미하게 떠도는 마늘 냄새를 맡을 수 있었다. 내 사기꾼 모델이 피렌체에 와서 기적을 일으킨 장님 사기를 벌인 것이다. 저명한 수녀들이 있는 수녀원의 성당에서 기적이 일어났다는 사기를 치다니. 이 자식은 한 방에 악행의 정점에 도달한 것이다.

그를 알아보고 충격을 받은 나는 순간 이성을 잃었다. 나는 여기가 어디인지도 잊어버리고, 주위에 사람들이 많은 것도 잊어버리고, 무의식중에 경악해서 영국식 감탄사를 큰 소리로 외쳤다. "이럴 수가!"

주위에 있던 구경꾼들이 곧바로 고개를 돌려 나를 봤다. 구경꾼들 사이에 있던 신부 하나가 근처에 서 있는 군인에게 손짓을 하면서 말했다. "저기 저 영국 이단자를 끌어내." 그것은 인내심을 가지고 참기엔 너무 폭력적인 조치였다. 나는 진실을 지키겠다고 굳게 결심했고, 동시에 폴리카르포스 2세에 대한 복수를 하고 싶었다.

"신부님. 절 쫓아내시기 전에 이 수도원의 대 수녀원장님과 단둘이 이야기를 나누고 싶습니다." 내가 신부에게 말했다.

"저 이단자를 끌어내!" 편견에 찬 신부가 격노해서 외쳤다.

"이단자를 끌어내라." 분개한 구경꾼들도 같이 외쳤다.

"절 끌어낸다면, 제 요청을 들어주지도 않고 그렇게 한다면, 절 이 성당에서 쫓아내기 전에 어떤 사실을 공개적으로 선언할 것입니다. 그건 신부님이 결코 밝히지 않기 위해 저기 저 조각상에 있는 보석 중 가장 좋은 것을 제게 기꺼이 내주려고 할 그런 사실입니다. 제가 대 수녀원장님과 이야기를 할 수 있게 해 주시겠습니까?"

그렇게 말하는 동안 원래는 맑고 자애로운 내 눈동자에서 격노의 불꽃이 번쩍거리고, 평소에는 침착하고 그윽한 내 목소리가 저항의 나팔 소리처럼 크게 울린 게 분명했다. 신부가 대번에 전략을 바꿨으니까. 그는 내 팔을 잡은 군인에게 풀어 주라고 손짓했다.

"저 영국인은 미쳤으니 힘이 아니라 말로 설득해야겠군." 약삭빠른 신부는 신자들에게 그렇게 말했다.

"그는 미친 게 아니라 천재일 뿐이에요." 거대한 체격에 마음도 넓은 마르체시나가 내 편을 들면서 외쳤다.

"그 사람은 내게 맡기고, 여러분은 모두 조용히 하세요." 신부는 그렇게 말하면서 내 팔을 잡고 재빨리 군중 속에서 끌어냈다.

그는 성당 뒤쪽에 있는 작은 방으로 날 데려가서, 문을 조심스럽게 닫은 후에, 휙 돌아서서 사나운 표정으로 날 보며 말했다.

"자, 미치광이 영국인, 대체 원하는 게 뭐야?"

"이런 편견에 찬 이탈리아인을 보았나! 난 저기 있는 당신의 그 기적의 사나이가 도둑이자 사기꾼이란 걸 입증하고 싶소. 난 저자를 압니다. 그는 피렌체에 왔을 때 나처럼 눈이 말짱하게 보였단 말이오." 나는 화가 나서 대답했다.

신부는 격분해서 표정이 섬뜩하게 변하며 다시 입을 열었는데 그때 방의 저쪽에 있는 두 번째 문이 열리면서 여자 수도원장이 들어왔다.

그녀는 처음에는 신부처럼 날 다루려고 했다. 나는 평생 그보다 더 사납고, 더 비쩍 마르고, 더 기세등등한 노파는 본 적이 없었다. 하지만 그들이 아무리 날 괴롭혀도 소용없었다. 난 내가 옳다는 걸 알고 있었다. 그래서 사나이답게 내 의견을 고수했다. 폴리카르포스 강도 사건을 다 이야기한 후에 나는 내 모델이자 도둑이자 기적의 사나이라고 그들이 벌인 사기극의 주인공인 저자의 정체를 증명해 줄 증인들을 불러와서 내 주장에 반박할 수 없게 할 것이라고 선언하며 내 이야기를 멋지게 끝냈다. 내 위협이 효과를 발휘해서 수녀원장이 정말로 겁을 집어먹고, 그 자리에서 나와 타협하려고, 다시 말하면 내게 사기를 치기 시작했다.

나는 지금까지 살아오면서 교활한 노파들을 아주 많이 만나 봤다. 우리 학교에서 타르트를 팔던 노파도 잔꾀를 자주 부렸고, 우리 아버지를 감언이설로 꾀어서 유산을 빼돌린 우리 이모도 교활했다. 내가 런던에서 고용한 세탁부 노파도 잔머리를 사정없이 굴렸고, 지금 내가 머물고 있는 하숙집 주인인 마르치오네스도 그런 간교한 노파이지만, 이 수녀원장은 그 네 명을 합친 것보다 더 교활했다. 그녀는 숨도 쉬지 않고 내게 알랑거리며 아부하고, 눈물을 흘리면서 읍소하고, 날 위해 기도하고, 내게 빌었다. 폴리카르포스 2세가 내게 친 엄청난 사기마저도 이 수녀원장이 지금 열연하고 있는, 도무지 속을 헤아릴 수 없이 의뭉한 연기와 비교하면 아마추어로 보일 정도였다!

물론 그녀가 지금 내게 이렇게 폭포수처럼 쏟아 내는 호소와 탄원은 모두 폴리카르포스가 장님이 아니란 사실을 내가 밝히지 못하게 하려는 목적 하나를 위해서였다. 그녀의 성당에서 이 기적의 전시회를 계속하려는 목적에 대해 그녀가 내놓은 변명은 그녀와 이 성당에 있는 모든 수녀들이 (그리고 미사를 집전하는 신부들까지 포함해서) 로마에서 찾아온 이 부랑자에게 속았다는 것이었다. 그녀의 주장이 사실인지 아닌지는 나로서는 말할 수 없다. 나는 수녀원장이 나를 설득하는 내내 그녀가 한편으로 날 가지고 놀고 있다는 점을 희미하게나마 의식했다. 하지만 아무래도 그녀가 한 말 중 일부는 믿지 않을 수 없었다. 나는 어쩔 수 없이 그녀의 부탁을 들어주기로 했다. 이렇게 순순히 그녀의 청을 들어주는 대가로 그녀는 폴리카르포스에게 그를 위해 모금한 돈을 한 푼도 주지 않은 채 아주 큰 창피를 주고 성당에서 쫓아낼 것이라고 고마운 마음으로 약속했다. 그 기부금은 마침 아직도 성당의 헌금함에 그대로 있다고 했다. 그래서 내 물건을 훔쳐 간 모델에 복수한 나는 아주 흡족한 마음으로 (기적의 사나이가 사라진 이유를 사람들에게 설명할 책임을 진) 그 수녀원장에게 공손하게 그녀가 사람들에게 무슨 설명을 하건 나는 거기에 반박하지 않겠노라고 단언했다. 그렇게 이야기를 끝내자 독실한 수녀원장은 내게 축복을 내렸다. 신부도 그렇게 했고, 나는 그들에게 내 이름을 적어 주고 나왔다. 그들은 이 이름을 수도원에서 지체가 높은 명사 신도들의 명단에 올려 모두 천국에 가게 해 달라고 수녀원장이 하는 기도의 혜택을 받게 해 줄 것이다! 나는 이교도로 군인에게 잡혀서 강제 퇴장당하는 게 아니라 아주 다른 방식으로 나왔다!

1월 2일—어제 그렇게 흥미진진한 일을 겪고 나서 오늘은 조용히 집에서 보냈다. 마르체시나의 행동 때문에 점점 심각하게 불안해지기 시작했다. 맙소사! 그녀가 나와 사랑에 빠질 셈인가? 끔찍하게도 지금 상황으로 봐선 그럴 것 같았다. 어제 궁전으로 돌아오자마자 그녀는 실제로 나를 끌어안았다! 내 승리를 축하해 주는 그녀의 숨 막히는 포옹에 반쯤 질식할 뻔했다. 포옹이 끝난 후에, 그녀는 장난스럽게 나를 구석으로 밀어 붙여 꼼짝 못 하게 하고 성당에서 일어난 내 모험을 다 털어놓게 만들었다. 더욱 나쁜 일은, 그로부터 30분도 채 지나지 않아서 그녀가 뻔뻔스럽게도 자신의 가운 밑에 있는 발을 덥히는 옹기 병을 꺼내 주길 원한 것이다. 거기에 옹기 병이 있을 거라는 내 짐작이 맞았다. 그녀는 그 병 속에서 타고 있는 석탄을 쑤석거려서 불이 더 타도록 한 후에 다시 집어넣어 달라고 했다. 마치 자기가 숄을 걸치는 걸 도와 달라고 하는 것처럼 아주 태연하게 말했다. 상황이 아주 안 좋아 보인다. 내가 어떻게 해야 더 나았을까? 지금이라도 도망쳐야 하나?

1월 3일—또 다른 모험을 했다. 이번에는 생사가 오가는 무서운 모험이었다. 오늘 저녁에 누가 마르체시나에게 오페라의 특별석 티켓을 줬다. 그녀는 나를 데리고 갔다. 망할 여자 같으니라고! 그녀는 이제 온갖 곳에 다 나를 데리고 가려고 한다! 달빛이 아름답게 빛나는 밤이었기 때문에 우리는 걸어서 집으로 돌아왔다. 광장을 가로지를 때 어떤 남자가 우리 뒤를 따라오는 걸 알아차리고 나는 마르체시나에게 빨리 가자고 재촉했다. "절대 안 돼요!" 그 가공할 만한 여자가 외쳤다. "우리 가족 중 그 누구도 두려움이란 걸 알지 못해요. 그리고 우리 가문의 훌륭한 딸로서 나 역시 두려움을 모릅니다! 용기를 내세요, 포츠 씨. 그리고 나와 같이 속도를 맞춰 걸어요!"

다 좋은 말이지만 우리 가문은 포츠 가문이고, 우리 가문 사람들은 모두 인생에서 한번쯤은 두려움을 피부로 겪어 봤다. 내 입장이 아주 난처해졌다. 마르체시나가 단호하게 내 팔을 꽉 잡고 가면서 발걸음을 서두르는 게 아니라 오히려 늦추고 있지 않은가! 그 남자는 여전히 우리를 따라오면서 항상 같은 거리를 유지했는데 아마 우리에게 강도짓을 하거나 암살을 하거나 아니면 둘 다 할 작정인 것 같았다. 나는 마르체시나가 가문의 품위 따위는 잊어버리고 달려 준다면 5파운드도 기꺼이 줄 수 있을 것 같았다.

그렇게 500번쯤 뒤돌아본 후에, 막 궁전이 있는 뒷길로 들어왔을 때 의문의 낯선 사내가 사라져서 얼마나 마음이 놓였는지 모른다. 그런데 바로 다음 순간 경악스럽게도 바로 우리 앞에 선 그 사내를 봤다. 그는 우리를 막으려고 앞질러 가서 기다린 모양이었다. 우리는 달빛 속에서 그 사내와 정면으로 마주쳤다. 죽음과 파멸이 눈앞에 닥쳤다! 또다시 폴리카르포스 2세와 만난 것이다!

"난 네놈을 알아!" 그 악당이 나를 보고 이를 갈면서 으르렁거렸다. "네놈이 날 성당에서 쫓겨나게 만들었지! 나쁜 새끼! 내가 복수할 거야!"

그가 입고 있던 조끼에 손을 찔러 넣었다. 내가 도와 달라고 희미하게나마 소리를 지르기도 전에 용감무쌍한 마르체시나가 재빨리 그의 수염과 손목을 낚아채면서 그를 벽에 몰아붙여 꼼짝도 못 하게 했다. "지나가세요, 포츠 씨!" 이 암사자 같은 여자가 아주 흡족하게 말했다. "지나가세요. 우리 사이로 지나갈 공간이야 충분하니까요." 내가 그들 사이를 지나쳐 가는 동안 뒤에서 뭔가 걷어차이는 소리가 들려서 고개를 돌려 보니 폴리카르포스 2세가 길가 하수구에 엎어져 있었다. "라, 라, 라, 라, 라." 마르체시나가 〈수오니 라 트롬바〉(방금 우리가 본 오페라에서 나온 곡)를 부르며 다시 내 팔짱을 끼고 나를 안전하게 궁전의 계단 위로 이끌었다. "오늘 저녁 식사는 샐러드랍니다, 포츠 씨!" 위풍당당한 로마의 여자 교도원 같은 여성이여! 그녀는 암살범을 걷어차면서 동시에 샐러드에 대한 이야기를 할 수 있구나!

1월 4일—간밤에는 번뜩이는 단검의 날로 암살당하는 악몽에 시달리느라 잠을 제대로 못 잤다. 사실 피렌체에서 내 삶은 더 이상 안전하지 않다. 내가 가는 곳마다 마르체시나를 경호원으로 데리고 갈 수도 없지만(그녀는 이미 내게 너무 강력한 애정을 품고 있었다), 여전사 같은 그녀의 보호를 받지 않는다면 피에 굶주린 폴리카르포스가 다음번에 내 목숨을 노릴 때 어느 누가 끼어들어 날 도와줄 것인가? 난 전에 생각했던 것과 달리 내가 용감한 남자가 아니라는 현실을 깨닫고 두려워지기 시작했다. 왜 용기를 내서 마르체시나와 그 엄마에게 경고하고 피렌체를 떠나지 않았냐고? 오, 주여! 이제 그녀가 그림 모델을 서러 오고 있다! 그녀는 다시 날 껴안을 것이다! 난 그녀가 그럴 거라는 걸 안다! 그녀는 이제 날 포용하는 습관이 생겼다. 그녀는 자신의 거대한 몸집과 힘을 부당하게 이용하고 있다. 왜 자신과 맞는 체격과 무게의 남자를 껴안지 않는 것인가?

1월 5일—또다시 문제가 생겼다! 나는 아무래도 곧 죽을 것 같다. 단검에 찔려 죽지 않는다면 이 끝나지 않는 곤경 속에서 죽게 될 것이다! 난 지금 무고한 사내를 칼로 찔러서 보상금으로 3파운드 정도 되는 돈을 내야 한다. 그 일이 어떻게 일어났는지 이야기하겠다. 어제 나는 황혼 녘에 마르체시나에게서 벗어나(그녀는 내가 예견한 것처럼 날 껴안았다) 곧바로 밖에 나가서 폴리카르포스의 공격에 대비한 방어책으로 속에 칼이 든 지팡이를 한 자루 샀다. 이제 일종의 무기 없이는 밤에 혼자 궁전에 돌아가는 길이 무섭다는 말을 고백해야겠다. 궁전에서는 모두 잠자리에 들 준비가 되기 전까지는 뜰의 문을 절대 닫아 놓지 않는다. 궁전으로 올라가는 계단은 맨 위쪽까지 아주 깜깜해서 암살을 기도하는 자에게는 최적의 장소인 셈이다. 그 점을 알기 때문에 나는 새로 산 칼(약 90센티미터 길이의 아주 무시무시해 보이는 철제 꼬챙이 같은 검이다)을 자루에서 꺼내서 쥐고, 집을 향해 걸어가, 궁전의 첫 계단을 오르는 순간 어둠 속에서 폴리카르포스 같은 사람을 봤다. 나는 그 칼을 들어서 저녁거리로 먹을 종달새를 찌르는 것처럼 내 앞의 허공을 가장 과학적이고 완벽한 방법으로 무수히 찔렀다. 내가 고안한 방어 시스템을 이용해 두 번째 계단에 올라 구석을 살펴보고 있을 때 내 칼끝에 뭔가 부드러운 물체가 닿으면서 내 귀에 인간이 내지르는 고통스러운 비명이 들렸다. 그 순간 혼비백산한 나 역시 비명을 지르며 그대로 대자로 쓰러져 버렸다.

마르체시나가 그 소리에 한 손에 램프를 든 채 계단으로 달려 나왔다. 나는 일어나 앉아 주위를 필사적으로 둘러봤다. 거기에 궁전에서 일하는 늙고 불쌍한 수위가 한쪽 구석에서 피를 흘리며 흐느껴 울고 있었고, 내 치명적인 검이 그 이탈리아인의 옆 주머니에 있는 질긴 이탈리아 쇠고기 덩어리에 박혀 있었다! 그 살덩어리가 마치 자석처럼 내 칼을 유혹한 게 분명했는데 그게 수위의 목숨을 살렸다. 그는 별로 다치지 않았다. 그 쇠고기(그가 내 하숙집에서 그걸 훔쳐서 달아나려고 했을 때 내 복수의 칼날이 그 고기와 만난 것이다)가 방패 같은 역할을 해서 큰 상처를 입지 않을 수 있었던 것이다. 마르체시나는 곧바로 그 사실을 알아내고 도둑질했다고 그 수위를 호되게 나무라기 시작했다. 수위는 자길 찔렀다고 나에게 비난을 퍼부었고, 누구도 혼낼 사람이 없었던 나는 이런 새로운 곤경에 빠지게 한 운명에 화를 냈다. 우리가 고래고래 소리 지른 말들을 차마 여기에 적을 수도 없다. 우리 셋 모두 고대부터 내려오는 상스러운 욕이란 욕은 다 퍼부었다. 마침내 나는 수위에게 몸에 지니고 있던 돈이란 돈은 다 줘서 진정시키고 마르체시나에게 궁전의 부엌을 장식할 새로운 꼬챙이로 내 검을 받아 달라고 청했다. 그녀는 나를 '천사'라고 부르고 그 자리에서 날 숨이 막히게 끌어안았다. 만약 내일까지 이 포옹하는 못된 버릇을 그만두지 않으면 영국 대사에게 가서 도움을 청할 것이다. 안 그러면 내 성을 갈겠다!

1월 6일―어떤 도움도 받을 수 없다! 어떤 영국 대사도 내 권리를 보호할 수 없다! 이제 더 이상 폴리카르포스 2세의 살해 위협도 날 겁줄 수 없다! 지금까지 내가 겪은 모든 재앙이 하나의 거대한 불행으로 똘똘 뭉쳐서 평생 동안 지속될 것이다. 마르체시나가 나와 결혼하겠다고 선언했다!

어젯밤에 내가 수위에게 돈을 준 후에 한 저녁 식사 자리에서 그 일이 벌어졌다. 우리 모두 이 지긋지긋한 궁전의 정자에 있는 식탁에 앉아서 그날도 변함없이 항상 나오는 샐러드를 소처럼 뜯어 먹고 있었다. 마르체시나가 샐러드에 식초를 들이붓는 모습을 보고, 나를 향해 그런 암시가 담긴 말을 하기 전부터 배가 슬슬 아프기 시작했다. 그녀는 대단히 노골적인 힌트를 줬는데 사실 지난 사나흘 동안 그녀는 계속 그런 식으로 날 두렵고 당혹스럽게 만들었다. 나는 말없이 앉아 있었다. 영국에서였다면 창가로 달려가 경찰에게 와 달라고 소리를 질렀을 것이다. 하지만 나는 지금 피렌체에서 여전사 앞에 무방비 상태의 외국인으로 앉아 있었다. 마르체시나는 내게 무시무시한 추파를 던지며 겁을 줘 이 운명을 받아들이게 하려고 했다. 그녀는 곧 추파의 다음 단계로 넘어갔다. 우리 모두 샐러드 접시를 받고 먹기 직전에 마르체시나가 비쩍 마르고 살결이 누런 늙은 엄마를 보며 말했다.

"어머니, 제가 결혼해도 될까요?" 그녀가 말했다.

"사랑하는 아가. 너도 나이가 찼으니 그 선택은 네게 맡기마. 누구 마음에 둔 사람이 있니?" 노모가 대답했다.

"그렇다면 좋아요. 아주 잘됐어요! 포츠 씨! 제 손을 잡아 주세요." 여전사가 말했다.

그녀는 사악한 미소를 지으면서 그 힘센 주먹을 내게 내밀었다. 이 손을 잡지 않으면 내 목이 부러질 것 같은 느낌이 들었다. 지금 와서 생각해 보면 차라리 목이 부러지는 편을 택했기를 처절하게 바라고 있다. 하지만 불행하게도 두려움에 질린 나는 전자를 선택하는 오판을 저질렀다. 그녀가 어마어마한 힘으로 내 손을 잡아서 내 손가락뼈들이 우두둑 소리가 났다.

"당신은 키도 작고 귀족도 아니죠." 마르체시나가 마치 시장에서 사려는 고깃덩어리를 보는 것처럼 날 저울질하는 눈빛으로 찬찬히 훑어보며 말했다. "하지만 당신은 날 아내로 맞을 수 있는 체격과 지위가 있어요. 그러니 우리 모두 행복하도록 어서 그러겠다고 대답하고 샐러드를 먹도록 하죠."

"죄송합니다." 나는 서늘한 공포에 질려 전신을 조금씩 떨면서 말했다.

"죄송하지만 저는 정말."

"자, 자." 마르체시나가 또다시 내 손을 으스러져라 쥐면서 내 말을 잘라 버렸다.

"성격이 너무 소심해도 단점이 됩니다. 내가 당신에게 줄 행복에 대한 대가로 당신에겐 천재성과 재산이 있잖아요. 아유, 이 겸손하고 작은 천사 같은 양반! 나머지 문제에 대해서는, 나의 존경하는 어머니!" 그녀는 노파를 향해 고개를 돌리며 말을 이어 갔다.

"일주일 뒤에 결혼식을 올릴까요?"

"그러지, 일주일 뒤에." 그 어느 때보다 안색이 누래 보이는 노모는 큼지막한 스푼으로 접시에 있는 오일과 식초를 쓸어 먹었다. 그리고 내게 축복했다. 나는 마르체시나의 손등에 키스를 하라는 명령을 받았다. 잘 자라는 인사를 듣고 정신을 차리자 텅 빈 샐러드 접시 세 개만 덩그러니 남아 있었다. 다들 다음 주 결혼식 준비를 하러 가고 나만 남은 것이다. 그 계획이 취소될 가능성은 하나도 없이!

나는 지금 모두가 잠든 한밤중에 그 어느 때보다 초롱초롱한 정신으로 이 일기를 쓰고 있다. 여기는 내 방이다. 문은 잠겼고 마르체시나와 그 노모가 들어올 가능성에 대비해 문 앞에 바리케이드를 쳐 놨다. 머리부터 발끝까지 사정없이 식은땀이 흐르지만, 그래도 내일은 꼭 도망치기로 굳게 결심했다. 내 짐은 어쩔 수 없이 여기 그대로 남겨 두고, 도망칠 계략을 생각해 내지 못하면 떠나지 못할 것이다. 내일, 궁전 문이 열리는 순간, 지갑과 여권과 취침용 모자만 가지고 도망칠 것이다! 쉿! 방문 밖에서 몰래 숨 쉬는 소리가 들렸다. 문의 열쇠 구멍에 누군가 눈을 대고 있다. 그 노파가 날 지켜보고 있었다! 밖의 거리에선 발소리가 들렸다. 폴리카르포스 2세가 집 앞에서 단검을 든 채 숨어서 기다리고 있을 것이다! 내가 내일 아무리 은밀하게 감쪽같이 도망친다 해도 나는 미행당할 것이다! 결혼과 살인—살인과 결혼이 남은 생 내내 번갈아 가며 날 위협할 것이다! 예술이여, 안녕! 이후 내 삶은 영원한 도주로 점철될 것이다!

앞서 나온 단락에 이어 편집자가 남긴 쪽지

'도주'라는 불길한 단어와 함께 포츠 씨의 일기는 거기서 중단됐습니다. 내가 이 원고를 입수한 경위는 다음과 같습니다. 일전에, 런던의 내 서재에 조용히 앉아 있는데 느닷없이 방문이 요란하게 열리더니, 그 박복한 포츠 씨가 머리가 엉망으로 헝클어진 상태로 눈을 부라리면서 정신없이 뛰어 들어왔습니다.

"이걸 출간해 줘!" 재능은 있지만 불행한 내 친구가 소리쳤습니다.

"날 위해 영국 국민들이 협조해서 날 보호할 수 있게 요청해 줘! 마르체시나가 날 쫓고 있어. 그 여자가 나를 따라 영국까지 왔어. 지금 이 거리 끝에 있어! 안녕, 안녕, 영원히 안녕!"

"마르체시나가 누구야? 자넨 어디로 가는 건가?" 경악한 내가 소리쳤습니다.

"스코틀랜드! 헤브리디스 제도에서 내가 찾을 수 있는 가장 외딴 섬의 아무도 들어올 수 없는 깊은 동굴에 숨으러 갈 거야!" 포츠는 그렇게 외치면서 미친 사람처럼 방을 나가 버렸습니다. 나는 거리가 보이는 창가로 달려갔다가, 때맞춰 내 친구가 나는 것처럼 빠르게 도망치는 모습을 봤습니다. 그의 뒤를 따라 어마어마하게 비대한 체구의 여자가 도저히 봐 줄 수 없는 자세로 달음박질치고 있었습니다. 저 여자가 마르체시나일까요? 내 친구를 위해 나는 부디 그녀가 마르체시나가 아니길 간절히 빕니다.

미치광이 몽크턴
Mad Monkton

I

윈코트 수도원의 몽크턴 일가는 이 지방 사람들과 교류가 별로 없었기 때문에 성격이 어둡다는 평판이 있었다. 그들은 우리 아버지나 근처에 사는 한 귀부인과 그녀의 딸을 제외하면 결코 다른 사람들의 집을 방문하지 않았고, 자신의 집에 다른 사람들을 들이지도 않았다.

그 식구들 모두 확실히 자부심이 강하긴 했지만 그래서가 아니라 두려움 때문에 이웃과 가까이 하지 않았다. 그 가족은 여러 세대에 걸쳐 내려온 심각한 정신질환으로 고통을 받았는데, 그들을 둘러싼 분주하고 작은 세상 사람들과 교류하면 그 고통을 드러낼 수밖에 없었기 때문에 접촉을 꺼린 것이다. 과거에 몽크턴 일가의 근친 두 명이 저지른 범죄에 대한 무서운 이야기가 있었다. 그때 최초로 그 가문의 정신병이 나타났다고 하지만 굳이 그 이야기를 다시 해서 누구에게든 충격을 줄 필요는 없을 것이다. 다만 이 가문에서는 적당한 간격을 두고 거의 모든 형태의 정신병이 출현했다는 언급으로 충분할 듯싶다. 그중에서도 편집증이 가장 자주 나타나는 고통 중 하나였다. 나는 이런 사정을 소상히 알고 있었는데 그중 한두 가지는 아버지에게서 들었다.

내가 어렸을 때 그 수도원에 몽크턴 가문 사람은 단 세 명이 남아 있었다. 몽크턴 부부와 그들의 외아들이자 가문의 후계자인 알프레드였다. 이 가문에서 그때까지 살아 있었던 또 다른 가족은 몽크턴 씨의 동생인 스티븐이었다. 그는 독신으로 스코틀랜드에 대단히 비옥하고 광대한 토지를 소유하고 있었지만 거의 유럽에서 살다시피 했고, 파렴치한 방탕아라는 평판이 있었다. 윈코트의 가족은 이웃 사람과 일절 교류하지 않았던 것처럼 그와도 연락을 주고받지 않고 살았다.

윈코트 수도원에 출입할 수 있는 특권을 받은 사람은 우리 아버지와 한 귀부인과 그녀의 딸뿐이었다는 말은 아까 언급했다.

우리 아버지는 몽크턴 씨와 오래전에 같이 학교와 대학교를 다닌 친구고, 나중에 어떤 사고를 계기로 아주 가까워져서 두 사람이 윈코트에서 계속 친하게 지냈던 점은 쉽게 이해할 수 있었다. 엘름슬리 부인(내가 아까 언급한 귀부인)이 몽크턴 가족과 친하게 지낸 이유는 나도 잘 설명할 수 없다. 그녀의 죽은 남편이 몽크턴 부인과 먼 친척이었고, 우리 아버지는 그 딸의 후견인이었다. 하지만 이런 사정만으로는 왜 엘름슬리 부인과 수도원의 식구들이 가깝게 지냈는지 나로서는 이해할 수 없었다. 하지만 분명 그들은 친했고, 그렇게 두 가족이 계속 서로의 집을 오간 결과가 시간이 흐르자 뚜렷하게 나타났다. 몽크턴 씨의 아들과 엘름슬리 부인의 딸이 서로 좋아하게 된 것이다.

나는 그 젊은 숙녀를 볼 기회가 별로 많지 않았다. 그저 그 당시 그녀가 우아하고, 상냥하며, 매력적인 아가씨로, 알프레드 몽크턴과는 외모와 성격이 아주 다르다는 점만 알았다. 하지만 아마 그래서 둘이 사랑에 빠진 이유도 있을 것이다. 사람들은 곧 둘의 마음을 눈치챘고, 양가 부모 모두 둘의 교제를 반대하지 않았다. 근본적인 면에서 재산만 제외하고 엘름슬리 가문은 몽크턴 가문과 신분이 비슷했고, 신부의 가난은 윈코트 가문의 후계자로서는 전혀 중요하지 않았다. 알프레드는 아버지가 세상을 떠나면 1년에 3만 파운드의 수입이 나오는 유산을 물려받을 거라는 사실이 널리 알려져 있었다.

그래서 양가 부모들은 지금 당장 이 커플이 결혼하기엔 어리다고 생각했지만, 에이다와 알프레드가 약혼하지 못할 이유는 없다고 생각해서 알프레드가 2년 후에 성년이 되면 그때 결혼식을 치르자고 합의했다. 그 문제에서 부모 다음으로 상의할 사람은 에이다의 후견인이었던 우리 아버지였다. 아버지는 그 가족의 불행이 아주 오래전에 몽크턴 부인에게서 나타났다는 사실을 알고 있었다. 몽크턴 부인은 남편과 사촌 간이었다. 의미심장하게 병이라고 불렸던 그 증상은 주의 깊게 치료해서 완화됐다가 결국 사라졌다고 전해졌다. 하지만 우리 아버지는 그 말에 현혹되지 않았다. 아버지는 유전적인 오점이 그 가문에 여전히 도사리고 있다는 것을 알았다. 아버지는 언젠가 친구의 외동딸이 낳은 아이에게서 그 병이 다시 나타날 근본적인 가능성을 떠올리며 공포에 사로잡혔다. 그래서 약혼에 반대한다는 의사를 분명히 밝혔다.

그 결과 아버지는 윈코트 수도원과 엘름슬리 부인의 집 둘 다 출입할 수 없게 되었다. 하지만 이 절교도 그리 오래갈 수 없었던 것이 몽크턴 부인이 얼마 못 가 세상을 떠나고 말았다. 아내와 유달리 금슬이 좋았던 몽크턴 씨는 아내의 장례식에 참석했다가 지독한 감기에 걸렸다. 그는 그걸 대수롭지 않게 생각하고 방치했다가 급기야 폐까지 나빠지고 말았다. 몇 달 후에 그는 아내 곁으로 따라갔다. 그렇게 알프레드가 그 웅장하고 오래된 수도원과 주위에 뻗어 있는 넓은 땅의 주인이 되었다.

이즈음 엘름슬리 부인은 그들의 약혼에 대해 우리 아버지의 동의를 얻으려고 또다시 애를 쓰는 무례를 범했다. 아버지는 전보다 더 적극적으로 반대했다. 그로부터 1년이 훨씬 넘는 시간이 흘러갔다. 알프레드가 곧 성년이 되는 시간이 다가오고 있었다. 나는 대학에서 돌아와 집에서 오랜 휴가를 보내면서 젊은 몽크턴과 더 잘 알고 지내려고 노력했다. 그런 내 시도들을 알프레드는 아주 공손하게, 하지만 내가 다시는 그에게 접근하지 못하게 만드는 방식으로 피해 갔다. 평범한 상황에서 이렇게 친구 하자고 다가갔다가 거부당했다면 굴욕스러웠을지도 모르겠지만 우리 집에서 정말 불행한 일이 일어나면서 그런 사소한 감정 따위는 사라져 버렸다. 지난 몇 달 동안 아버지의 건강이 계속 나빠지는 바람에, 내가 글을 쓰는 바로 이 시점에서 우리 가족은 아버지의 별세라는 돌이킬 수 없는 불행을 맞아 비탄에 젖었다.

우리 아버지의 죽음을 계기로 일을 약식으로 처리했거나 혹은 돌아가신 엘름슬리 씨의 유언장에 있는 오류를 이용해 에이다의 엄마는 에이다의 운명을 혼자서 결정할 수 있게 됐다. 그 결과 우리 아버지가 생전에 그토록 일관되게 반대하신 약혼을 즉시 할 수 있게 되었다. 그 사실이 널리 알려지자마자 엘름슬리 부인과 가까운 친구들 중에서 몽크턴 가족에 대한 이야기를 알고 있던 친구들이 겉으로는 약혼을 축하하면서 거기다 세상을 떠난 몽크턴 부인에 대한 의미심장한 언급을 조금씩 섞어 가며, 알프레드의 성향에 대해 탐색하는 질문을 과감하게 던졌다.

엘름슬리 부인은 항상 그렇게 공손하게 던지는 남들의 물음에 대담하게 대답했다. 그녀는 먼저 친구들이 구체적으로 언급하길 꺼려하는 몽크턴 가족에 대한 수상한 이야기들이 있다는 점을 인정하고, 그다음에 그런 이야기들은 다 악질적인 중상일 뿐이라고 단언했다. 그 유전적인 오점은 이미 몇 세대 전에 소멸됐다고 했다. 알프레드는 최고의 젊은이이자 세상에서 가장 친절하고 멀쩡한 청년이라고 했다. 그는 학문 연구와 집에서 조용히 지내는 생활을 사랑하며, 에이다도 그의 그런 취향에 공감하고, 편견 없는 선택을 했다고. 에이다를 그 집으로 시집보내서 애를 희생시킨다는 그런 얘기를 또 한 번 하기만 하면, 그건 그녀에 대한 모욕으로 간주할 것이고, 딸에 대한 자신의 애정에 그런 식으로 의문을 제기하는 것은 추악한 일이라고 말했다. 그렇게 단호한 답변을 들은 사람들은 입을 다물었지만 그렇다고 납득을 한 건 아니었다. 그들은 의심하기 시작했고, 사실 그게 진실이기도 했다. 엘름슬리 부인은 이기적인 속물이자 욕심이 많아서 딸을 부잣집으로 시집보내고 싶어 했고, 에이다가 이 지방에서 가장 큰 부잣집 안주인이 되는 걸 보는 한 어떤 결과가 나올지는 아무 관심이 없었다.

하지만 엘름슬리 부인의 삶에서 가장 중대한 목적을 이루지 못하게 운명이 방해하는 것처럼 보였다. 우리 아버지의 죽음으로 불길한 이 결혼의·장애물이 제거되려는 순간 에이다의 건강이 안 좋아지면서 또다시 결혼에 차질이 생기고 말았다. 의사들을 백방으로 찾아다니며 진찰을 받은 결과 그 결혼을 반드시 연기하고, 엘름슬리 양은 한동안 영국을 떠나 좀 더 따뜻한 곳에서 살아야 한다고 했다. 내 기억이 맞다면 그곳은 프랑스 남부였다. 그래서 알프레드가 성인이 되기 바로 직전에 에이다와 그녀의 엄마는 유럽으로 떠났고, 그 젊은 연인들의 결합은 무기한 연기하는 데 합의했다.

이런 상황에서 알프레드 몽크턴이 어떻게 할지 이웃 사람들 몇몇이 궁금해했다. 그가 연인을 따라 유럽으로 갈 것인가? 아니면 요트를 타러 갈까? 혹은 마침내 오래된 수도원의 문을 활짝 열고 연회를 주최해서 에이다의 부재와 연기된 결혼을 잊기 위해 노력할까? 그러나 그는 아무것도 하지 않았다. 그저 윈코트 저택에 틀어박혀 전에 부친이 그랬던 것처럼 수상할 정도로 고독하고 기이한 생활을 이어 갔다. 그 수도원에서 그의 벗이라고는 늙은 신부 하나밖에 없었다. 몽크턴 가문은, 내가 진즉에 말했어야 했는데, 로마 가톨릭 신자로 그 신부는 알프레드가 어렸을 때부터 가정교사 역할을 했다. 알프레드는 이제 성인이 됐지만 그 중요한 행사를 기념하기 위한 개인적인 만찬조차 열지 않았다. 이웃 사람들은 알프레드의 아버지 생전에 그를 초대했다가 거절당한 무례를 잊기로 하고 다시 알프레드를 그들의 집에 초대했다. 하지만 그는 지극히 공손하게 그런 초대들을 다 사양했다. 사람들은 이에 굴하지 않고 윈코트 저택을 방문했지만 그들이 현관에서 명함을 두고 인사를 청하자마자 그에 못지않게 단호한 기세로 번번이 쫓겨났다. 이렇게 불길하고 짜증스러운 상황이 반복되자 사람들은 모두 알프레드 몽크턴이란 이름만 들어도 그 속내를 전혀 짐작할 수 없다며 고개를 절레절레 흔들게 됐다. 그들은 그 가족의 불행을 암시하면서 화를 내거나 혹은 서글픈 마음으로 타고난 성향을 어쩔 수 없는 알프레드가 낡고 고독한 집에서 기나긴 시간을 어떻게 보낼지 궁금해했다.

그 궁금증에 대한 답은 찾기 쉽지 않았다. 예를 들어 신부에게 물어봐도 아무 소용이 없었다. 그는 아주 말수가 적고 예의 바른 늙은 신사로 항상 그 질문에 재빨리 정중하게 대답해서 어마어마한 양의 정보를 알려 주는 것 같았지만, 돌아서서 다시 생각해 보면 알맹이가 있는 대답은 하나도 없었다. 그 저택의 살림을 맡은 가정부는 괴팍한 노파로 인정사정없이 퉁명스럽게 사람들을 쫓아 버리는 데다 성격이 너무 사납고 뚱해서 애초에 다가가기도 쉽지 않았다. 저택에서 일하는 몇 안 되는 하인들은 모두 그 가문에서 오랫동안 일해서 사람들 앞에서는 말을 삼가는 습관을 몸에 익혔다. 그나마 정보를 얻을 수 있는 곳은 저택의 식탁에 올라가는 음식을 공급하는 농장 하인들이었는데 그들의 입을 통해서 나온 정보조차 모호하기 그지없었다.

'젊은 주인님'이 서재에서 먼지투성이인 서류 뭉치를 들고 오락가락하는 모습을 본 하인들이 몇 명 있다고 했다. 저택에 사람들이 머물지 않는 곳에서 느닷없이 기괴한 소리가 들려서 보니, 젊은 주인님이 오랫동안 닫혀 있던 방들을 환기시키고 햇빛이 들어오게 하려는 것처럼 오래된 창문을 억지로 열더라고 한 하인들도 있었다. 젊은 주인님이 올라가시는 모습을 본 기억이 정말 없는데 느닷없이 허물어져 가는 위험한 탑 꼭대기에 서 있는 모습을 봤다는 하인들도 있었다. 그런 탑들은 한때 수도원에 살았던 수도사 유령들이 떠도는 곳이라는 소문이 난 장소였다. 그렇게 하인들이 목격하고 관찰한 이야기들이 외부인들에게 전해지면 사람들은 "불쌍한 몽크턴가의 청년이 조상들의 선례를 그대로 따라가는 거"라고 한층 더 굳게 믿게 되었고, 이 불행의 근원에 그 신부가 있다는 아무 근거 없는 믿음도 계속 강해지는 것 같았다.

지금까지 나는 주로 사람들에게 전해 들은 이야기를 근거로 이야기해 왔다. 이제부터 내가 할 이야기는 내가 직접 겪은 경험을 토대로 한 것이다.

Ⅱ

알프레드 몽크턴이 성인이 되고 약 5개월 후에 나는 대학을 떠나서, 해외여행을 하며 즐거운 시간도 갖고 새로운 배움의 길을 찾기로 결심했다. 내가 영국을 떠났을 때 몽크턴은 아직도 수도원에서 은둔 생활을 하고 있었고, 집안 대대로 내려오는 유전병에 이미 굴복하지 않았다면 금방 그렇게 될 것이라고 모두 추측했다. 소문에 에이다는 해외로 요양을 간 덕을 봐서 두 모녀가 윈코트 가문의 후계자인 알프레드와 오래된 관계를 재개하기 위해 영국으로 돌아오는 중이라고 했다. 그들이 영국에 도착하기 전에 나는 여행을 떠나 목적지를 확실히 정하지 않은 채 유럽 대륙의 절반을 떠돌고 있었다. 그렇게 마음 가는 대로 여기저기 다니다 결국 나폴리로 갔는데 거기서 옛 학교 친구를 만났다. 그는 영국 대사관의 담당관으로 일했고, 거기서 알프레드 몽크턴과 관계된 놀라운 사건들이 일어났다. 이제부터 시작되는 흥미로운 이야기는 바로 그 사건들에 대한 것이다.

어느 날 아침 한 별궁의 정원에서 그 담당관 친구와 같이 빈둥거리고 있는데 한 청년이 지나가다가 내 친구와 고개를 숙여 인사를 주고받았다.

그 청년의 검고 간절한 눈동자와 창백한 뺨, 기이하게 긴장되고 수심에 찬 표정이 어디서 본 것 같다는 생각이 들었다. 그러다 알프레드 몽크턴의 얼굴이란 기억이 퍼뜩 떠올라 친구에게 물어보려던 차에 친구가 먼저 묻지도 않았는데 말해 주었다.

"저 청년은 알프레드 몽크턴이야. 자네 고향 출신이니까 자네도 알 텐데." 친구가 말했다.

"잘 아는 사이는 아니야. 내가 윈코트 근처에서 마지막으로 봤을 때는 엘름슬리 양과 약혼한 상태였는데. 이제 두 사람은 결혼했나?" 내가 물었다.

"아니, 그리고 절대 해서도 안 되지. 그는 다른 가족들이 간 길을 갔거든. 간단하게 말하자면 저 친구는 미쳤어."

"미쳤다고! 하지만 영국에서 저 친구에 대해 떠돌던 소문을 생각하면 놀랄 일도 아니군."

"난 무슨 이야기나 소문을 듣고 하는 말이 아니야. 저 친구가 나와 다른 수백 명의 사람들 앞에서 한 말과 행동을 보고 한 말이지. 자네도 분명 그 이야기를 들었을 텐데?" 친구가 말했다.

"아니. 난 지난 몇 달 동안 영국이나 나폴리에서 나온 소식은 하나도 못 들었어."

"그럼 내가 아주 기묘한 이야기를 해 줄게. 자네도 물론 알프레드에게 스티븐 몽크턴이란 삼촌이 있는 건 알지. 음, 얼마 전에 그 삼촌이 프랑스 남자와 로마에서 결투를 했다가 총에 맞아 죽었어. 그 결투의 입회인들과 프랑스 남자(그는 하나도 안 다쳤다더군)는 원래 그런 일에서는 으레 그러듯이 모두 뿔뿔이 흩어져서 도망쳤지. 우리는 결투가 일어나고 한 달이 지난 후에야 자세한 사정을 듣게 됐어. 스티븐 측의 입회인이 파리에서 폐결핵으로 죽고 나서 남긴 문서에 나온 그 결투 이야기가 프랑스 신문에 실린 거야. 문서에는 결투를 어떻게 했고, 어떻게 끝났는지는 나왔지만 그 이상은 없었다더군. 그때부터 지금까지 살아 있는 또 다른 입회인과 프랑스인은 추적할 수 없었어. 결투에 대해 사람들이 아는 거라곤 스티븐 몽크턴이 총에 맞아 죽었다는 사실뿐이지. 그 작자는 악명 높은 악당이었기 때문에 아무도 그의 죽음을 애석하게 생각하지 않았고. 그가 어디서 죽었고, 시체는 어떻게 됐는지는 여전히 아무도 풀 수 없는 미스터리로 남았어."

"하지만 그 사건이 알프레드와 무슨 상관이 있어?"

"조금만 더 기다리면 다 듣게 돼. 삼촌이 죽었다는 소식이 영국에 전해지고 나서 곧바로 알프레드가 뭘 한 줄 알아? 그는 실제로 엘름슬리 양과의 결혼식을 연기했어. 그때 막 하려던 결혼식을 연기하고, 여기 와서 천하의 빌어먹을 악당인 삼촌이 묻힌 곳을 찾겠다고 사방으로 돌아다니고 있단 말이야. 그가 삼촌의 시체를 찾아서 영국으로 가져가 윈코트 수도원 예배당 지하에 있는 가족 묘지에 다른 가족들과 같이 묻을 때까지 절대로 영국에 돌아가지 않겠다는 걸 아무도 말릴 수가 없어. 그는 그 정신 나간 목적을 달성하겠다고 지난 석 달간 돈을 물 쓰듯 쓰고, 시체를 찾아 달라고 경찰들을 괴롭히고, 남자들의 비웃음을 사고, 귀부인들을 화나게 만들었지. 그렇게 애를 썼는데도 아무 진척이 없어. 거기다 자신이 왜 그런 짓을 하는지 누구에게도 설명하려 들지 않아. 아무리 비웃어도, 아무리 논리적으로 설득해서 말려 보려고 해도 도통 먹히질 않더군. 방금 그를 만났을 때, 나는 마침 그가 로마에 새 정보원들을 보내서 삼촌이 총에 맞은 곳을 찾아보고 조사해 달라는 요청을 하러 경찰국장에게 가는 중이라는 걸 알고 있었어. 그런데 내 말 좀 들어 봐. 그런 미친 짓을 하는 내내 이 작자가 자기는 엘름슬리 양을 정열적으로 사랑하고 있으며 그녀와 떨어져서 너무나 불행하다고 자기 입으로 고백했지 뭐야. 도대체 그게 뭐하자는 짓인지 생각 좀 해 봐! 아무도 시키지도 않았는데 사랑하는 연인을 놔두고 가문의 수치이자 평생 한두 번 만나 봤을까 말까 한 삼촌의 시체를 찾으러 여기까지 왔단 말이야. 영국에서 사람들이 '미친 몽크턴 일가'라고 불렀다지만 내가 보기엔 알프레드가 가장 확실하게 돌았어. 그는 솔직히 별 재미난 일도 없는 이곳에서 가장 큰 흥밋거리지. 하지만 영국에 있는 그 불쌍한 아가씨를 생각하면 나로서는 그자를 비웃기보단 경멸해 주고 싶은 마음이야."

"그럼 자네는 엘름슬리 양을 알고 있단 말이야?"

"아주 잘 알지. 요전 날도 그 아가씨의 어머니가 내게 영국에서 편지를 보냈어. 에이다 양을 만나고 난 후에 편지를 썼다더군. 이 몽크턴이란 작자가 무모한 짓을 하는 바람에 에이다의 친구들은 모두 화가 날 대로 난 상태야. 그들은 모두 에이다에게 파혼하라고 호소하고 있어. 지금 상황으로 봐선 그녀가 그럴 마음이 있다면 그럴 수 있을 것 같아 보여. 심지어 천박하고 이기적인 그녀의 엄마까지도 결국 상식에 항복해서 나머지 가족들 편을 들고 있어. 하지만 그 착하고 믿음 깊은 아가씨는 절대로 몽크턴을 포기하려 들지 않아. 그녀는 이 미친 짓을 하는 몽크턴의 비위를 맞춰 주면서 그가 은밀하게 그렇게 갈 수밖에 없었던 이유를 자기에게만 비밀로 가르쳐 줬다고 주장하더군. 그녀는 오래된 수도원에서 그와 함께 지내면서 그를 항상 행복하게 만들 수 있고, 둘이 결혼하면 더 행복하게 해 줄 수 있다고 했어. 간단히 말하면 그녀는 그를 너무나 사랑해서 마지막 순간까지 그를 믿겠다는 거야. 그 어떤 것도 그녀의 믿음을 흔들 수 없어. 그녀는 알프레드에게 인생을 바치기로 결심했고 그렇게 할 거야."

"그러지 않았으면 좋겠는데. 사람들이 보기엔 알프레드의 행동이 미친 것 같아도 어쩌면 우리가 상상할 수 없는 피치 못할 사정이 있을지도 모르지. 알프레드가 일반적인 화제에 대해 이야기할 때도 그렇게 정신 나가 보였나?"

"전혀 그렇지 않았어. 그 친구에게 자주는 아니지만 말을 시키면 아주 합리적이고 교양 있는 사람처럼 이야기를 하더군. 자신이 여기에 온 목적에 대해 입을 다물고 있을 때면 아주 다정하고 온화해 보여. 다만 그러다가도 방랑자인 삼촌 이야기만 나오면 바로 그 광기가 튀어나오지. 요전 날 어떤 귀부인이 물론 농담으로 삼촌의 유령을 한 번이라도 본 적이 있느냐고 물었어. 그는 마치 악마를 보는 것처럼 무서운 얼굴로 그 부인을 노려보면서 언젠가는 그와 삼촌이 그녀의 질문에 같이 대답을 하게 될 거라고 하지 뭐야. 그들이 지옥에서 와서 그런 대답을 해야 한다면 말이지. 우린 모두 그의 대답을 비웃었지만, 귀부인은 그의 험악한 표정을 보고 졸도했지 뭐야. 덕분에 우리는 귀부인이 히스테리 발작을 일으켜서 각성제를 맡는 장면을 목격하게 됐지. 만약 다른 인간이 그렇게 아름다운 여성을 기절시킬 정도로 겁을 줬다면 당장 쫓겨났겠지만, 우리가 '미치광이 몽크턴'이라는 별명을 붙인 그자는 나폴리 사교계에서 특권층에 속한 미치광이거든. 그는 영국인이고, 미남에다 1년 수입이 3만 파운드나 되는 부자니까. 그는 그 의문의 결투가 벌어진, 아무도 모르는 곳으로 그를 인도해 줄 사람을 만나게 될지도 모른다는 기약 없는 희망을 품고 사방을 쏘다니고 있어. 만약 자네를 그에게 소개하면 그는 분명 그 결투에 대해 아는 게 있느냐고 물어볼 거야. 하지만 그 질문에 대답한 후에는 그 이야기를 계속하지 않도록 조심해야 해. 그자가 정말 정신이 나갔는지 확인하고 싶지 않은 이상 말이야. 만약 그러고 싶다면, 그 삼촌 이야기만 슬쩍 해 봐도 결과를 직접 자네 눈으로 확인할 수 있을 거고."

담당관 친구와 이야기를 나누고 하루나 이틀이 지난 후에 한 야회에서 몽크턴을 만났다. 그는 내 이름을 듣는 순간 얼굴이 확 달아오르더니 날 한쪽 구석으로 끌고 가서 몇 년 전 그와 친해지려 했던 내 노력을 자신이 차갑게 거부한 것을 용서해 달라고 부탁했다. 그는 그때 자기가 고마운 줄도 모르고 용서받을 수 없는 짓을 저질렀다면서 아주 진심으로 간절하게 사과해 날 놀라게 했다. 그다음에 그는 내 친구가 경고했던 것처럼 의문의 결투가 일어난 장소에 대해 혹시 아는 것이 있는지 물어봤다.

내게 그 질문을 할 때 그의 얼굴에 아주 놀라운 변화가 일어났다. 지금까지 그랬던 것처럼 날 똑바로 보면서 물어본 게 아니라 그의 시선이 방황하다가 우리 옆에 있는 텅 빈 벽이나 벽과 우리 사이에 있는 허공을 아주 사납고 매섭게 노려보았는데 어느 쪽을 보았는지는 알 수 없었다. 나는 스페인에서 나폴리로 배를 타고 왔기 때문에 그의 조사를 도울 방법이 없다고 간단하게 설명해서 그의 궁금증을 풀어 줬다. 그는 더 이상 그 화제에 대해선 이야기하지 않았다. 그리고 친구의 경고를 염두에 둔 나는 조심스럽게 일반적인 화제로 대화를 이끌어 갔다. 그는 다시 내 얼굴을 똑바로 바라봤는데, 그 후로 구석에 서 있는 내내 다시는 텅 빈 벽이나 우리 사이에 있는 빈 공간으로 시선을 주지 않았다.

그는 말하기보단 듣는 편을 선호했지만, 일단 입을 열었을 때 미친 사람이라고 추정할 만한 구석은 전혀 없었다. 이야기를 해 보니 그는 독서를 다방면으로 그것도 아주 깊게 했고, 어떤 주제가 화제로 나와도 그간 독서로 쌓은 지식을 아주 적절하고 훌륭하게 적용해서 대화를 풀어 갔다. 그는 대화 중에 주제넘게 나서서 자신의 의견을 강요하지도 않았고, 잘난 체하면서 자신의 지식을 숨기는 척하지도 않았다. 그의 태도는 그 자체로 '미치광이 몽크턴'이라는 별명과 정반대되는 것이었다. 그의 모든 행동이 아주 숫기가 많고, 조용하고, 침착하고 온순해서 때로는 여성적으로 느껴질 정도였다. 처음 만난 날 밤 우리는 아주 오랫동안 이야기를 나눴고, 그 후로도 기회가 생길 때마다 종종 만나 친분을 쌓았다. 나는 그가 날 마음에 들어 한다는 느낌을 받았고, 엘름슬리 양을 어떻게 대했는지에 대한 이야기를 들었고, 가문의 내력과 그의 행동에 대한 소문 때문에 평판이 좋지 않다는 걸 알면서도 그가 좋아지기 시작했다. 우리는 같이 마차를 타고 시골로 가서 조용히 드라이브를 즐겼고, 해변에 가서 요트도 자주 탔다. 하지만 그의 행동에서 도저히 이해가 되지 않는 두 가지 기묘한 점이 있었는데 그것만 아니었다면 함께 있을 때 혈육과 같이 있는 것처럼 편했을 것이다.

첫 번째 기묘한 점은 우리가 처음 만나서 그가 내게 결투에 대해 아는 점이 있느냐고 물었을 때 그의 얼굴에 떠오른 표정을 그 후에도 몇 번 더 봤다는 것이다. 당시에 무슨 이야기를 하건, 어디서 뭘 하건 상관없이 가끔 그는 갑자기 내게서 얼굴을 돌려 나의 왼쪽이나 오른쪽을 뚫어져라 봤는데 항상 거기엔 아무것도 없었다. 그런데도 그는 언제나 똑같이 사납고 격렬한 표정으로 허공을 보았다. 이건 정말 광기이거나 심기증*처럼 보였지만 그렇게 기이한 행동을 하는 이유를 묻기가 두려워 항상 그런 모습은 못 본 척했다.

두 번째로 이상한 점은 그가 나랑 같이 있을 때는 단 한 번도 자신이 나폴리에 온 용건을 언급한 적이 없었고, 단 한 번도 엘름슬리 양이나 윈코트 수도원에서 어떻게 살았는지에 대해 말한 적이 없었다는 점이다. 그것 때문에 나뿐만 아니라 우리 둘이 친하다는 점에 주목한 사람들 모두 놀랐다. 그들은 그가 분명 내게 자신의 모든 비밀을 털어놨을 거라고 생각했다. 하지만 곧 이 미스터리와 당시에는 내가 의심도 하지 않았던 다른 미스터리 몇 개가 밝혀지게 되었다.

어느 날 밤 나는 한 러시아 귀족이 주최한 성대한 무도회에서 그를 만났다. 그 귀족의 이름은 그때도 제대로 발음하기 힘들었고, 지금은 기억도 안 난다. 나는 응접실에 있다가, 무도회장으로 갔다가, 다시 사람들이 카드놀이를 하는 방에 갔다가 나와서 궁전의 한쪽 끝에 있는 작은 방에 가게 됐다. 절반은 온실이고, 절반은 방인 그곳은 무도회에 맞춰 홍등으로 예쁘게 장식되어 있었다. 내가 갔을 때 마침 방에는 아무도 없었다. 창밖으로 보이는 이탈리아의 부드럽고 은은한

* 건강에 대해 지나치게 걱정하고 아무 이상이 없는데도 자신이 병들었다고 생각하는 심리 상태.

달빛에 흠뻑 젖은 지중해가 황홀하도록 아름다워서 나는 창가에 오랫동안 서서 밖을 내다보며, 무도회장에서 거기까지 흘러들어 온 희미한 음악 소리를 듣고 있었다. 내가 멀리 영국에 두고 온 친족들을 생각하고 있을 때 누군가 조용히 부르는 내 이름을 듣고 깜짝 놀라 그 생각에서 빠져나왔다.

나는 고개를 홱 돌렸다가 방에 들어와 서 있는 몽크턴을 봤다. 그의 얼굴은 백지장처럼 창백했고, 눈은 내가 전에도 언급했듯이 격렬하고 사나운 표정으로 내가 아닌 다른 곳을 보고 있었다.

"자네 오늘 밤은 무도회에서 일찍 나가도 괜찮겠나?" 그는 여전히 내가 아닌 딴 곳을 보면서 물었다.

"괜찮아. 내가 자네를 위해 뭐 해 줄 일이 있나? 자네 어디 아픈가?" 내가 대답했다.

"아니. 적어도 말로 할 수 있는 일은 아니야. 내 방에 와 주겠나?"

"원한다면 당장 가지."

"아니, 당장은 오지 마. 난 지금 곧바로 집으로 가겠네. 하지만 자네는 30분 있다 와 주게. 자네가 우리 집에는 한 번도 와 보지 않았다는 건 알지만 쉽게 찾을 수 있을 거야. 여기서 가까워. 여기 내 주소가 적힌 명함이 있네. 오늘 밤 반드시 자네와 이야기를 해야 해. 내 목숨이 달린 일이네. 제발 와 주게! 제발, 지금부터 30분이 지나서 꼭 와 줘!"

나는 시간을 지키겠다고 약속했고 그는 곧바로 떠났다.

몽크턴 같은 사람이 내게 한 말을 듣고 난 후 그가 정한 시간을 때우기 위해 내가 얼마나 불안하고 초조한 한편으로 나로서도 정체를 짐작할 수 없는 기대를 품은 채 기다렸을지 쉽게 상상할 수 있을 것이다. 30분이 지나기 전에 나는 무도회장을 나왔다.

계단 맨 위에서 대사관의 담당관인 친구와 만났다.

"뭐야! 벌써 가려고?" 친구가 말했다.

"응. 아주 신기한 탐험을 하러 가네. 지금 몽크턴이 초대해서 그의 집에 가는 중이야."

"설마! 저렇게 환한 보름달이 떴는데 혼자 '미치광이 몽크턴'을 만나러 가다니 정말 대담한 친구군."

"그 친구는 불쌍하고 아픈 사람일 뿐이야. 게다가 난 자네처럼 그 친구가 미쳤다고 생각하지 않아."

"그건 그럼 더 이상 거론하지 말기로 하지. 하지만 내 말 잘 들어. 그 친구는 지금까지 어떤 특별한 목적 없이는 아무도 들이지 않았던 곳에 자네를 초대한 거야. 자네는 오늘 밤 평생 잊지 못할 뭔가를 보거나 듣게 될 거라고 내가 예언하지."

우리는 헤어졌다. 몽크턴이 사는 집의 현관문을 노크했을 때 계단에서 친구가 했던 마지막 말이 떠올랐다. 그 말을 들었을 때는 그냥 웃어 넘겼지만 어쩌면 그의 예언이 실현되는 게 아닌가 하는 의심이 들기 시작했다.

Ⅲ

문지기가 몽크턴의 방이 있는 층으로 날 안내했다. 위층으로 올라가다가 층계참에서 그의 방문이 빠끔히 열려 있는 걸 봤다. 내가 노크하기도 전에 그가 들어오라고 불러서 내 발소리를 들은 모양이라고 짐작했다.

방에 들어갔다가 알프레드가 테이블 옆에 앉아 편지 몇 장을 들고 있는 걸 봤다. 그는 막 편지들을 하나로 모아서 정리하고 있었다. 그가 앉으라고 청했을 때 본 그의 표정은 아까보다는 진정됐지만 여전히 안색은 창백했다. 그는 와 줘서 고맙다고 하면서 내게 할 아주 중요한 이야기가 있다고 다시 말했다. 그러고 나서 잠시 입을 다물었는데 언뜻 봐도 앞으로 할 이야기가 너무 당혹스러워서 그러는 게 분명했다. 나는 내 조언이나 도움이 그에게 힘이 된다면 기꺼이 그렇게 하겠다고 다짐하며 그의 마음을 편하게 해 주려고 애썼다.

내가 그 말을 하는 동안 그의 시선이 다시 내 얼굴을 떠나 천천히 아주 조금씩 움직이는 게 보였다. 그러다 어느 지점에서 멈췄는데 과거에 나를 놀라게 했던 것처럼 똑같이 매서운 표정을 띠고 있었다. 그의 표정이 다시 내가 한 번도 보지 못했던 모습으로 변했다. 그는 내 앞에 마치 사신에게 사로잡힌 남자처럼 처참한 표정으로 앉아 있었다.

"자넨 아주 친절하군." 그는 힘없는 목소리로 천천히 말했는데, 나를 보고 말하는 게 아니라 그의 시선이 여전히 못 박혀 있는 곳을 향해 말했다. "자네가 날 도울 수 있다는 건 알지만."

그가 문득 말을 멈췄다. 그의 얼굴이 백지장처럼 하얗게 질렸고, 온 얼굴에 땀이 나기 시작했다. 그는 말을 이어 가려고 애를 쓰면서 한두 마디 하다가 다시 멈춰 버렸다. 그런 그의 상태에 깜짝 놀란 나는 의자에서 일어나 테이블 위에 있는 물주전자에서 물을 따라 주려고 했다.

그는 나와 동시에 벌떡 일어났다. 그 순간 그동안 들어 온 그의 광기에 대한 온갖 수상한 소문들이 퍼뜩 떠올라 무의식중에 한두 발자국 뒤로 물러났다.

"멈춰." 그가 다시 앉으면서 말했다. "난 신경 쓰지 마. 그리고 의자에서 일어나지 말게. 자네가 괜찮다면 이야기를 하기 전에 좀 바꾸고 싶은 게 있는데. 자네 좀 더 환한 빛 속에 앉아도 괜찮겠나?"

"그럼."

나는 그때까지 독서용 램프 불빛이 비치는 곳에 앉아 있었다. 그 불빛이 방에서 보이는 유일한 불빛이었다.

내가 그렇게 대답하자 그는 다시 일어나서, 다른 방으로 갔다가, 큰 램프 하나를 가지고 돌아왔다. 그리고 테이블에서 초 두 자루를 가져오고, 벽난로 선반에 있는 초 두 자루를 더 가져와서 놀랍게도 우리 사이에 그 초들을 다 세웠다. 그의 손이 너무 심하게 떨려서 어쩔 수 없이 그는 불붙이기를 포기하고 내가 도울 수 있게 했다. 그의 지시에 따라 나는 또 다른 램프와 초 네 자루에 불을 붙인 후에 독서용 램프의 전등갓을 벗겼다. 이렇게 우리 사이에 불을 환하게 밝히고 다시 앉자 평소처럼 그가 온화한 태도로 돌아왔다. 이번에는 그도 망설이지 않고 곧바로 이야기를 이어 갔다.

"나에 대한 소문들을 들었냐고 자네에게 묻는 건 아무 소용없는 일이겠지. 자네가 그랬다는 걸 난 알고 있어. 오늘 밤 나는 자네에게 그런 소문들이 나오게 된 내 행동에 대한 이유를 설명하려고 해. 지금까지 내 비밀은 딱 한 사람에게만 털어놨지만 이제 자네에게도 그 비밀을 털어놓으려고 하네. 거기엔 특별한 목적이 있는데 이제 곧 알게 될 거야. 하지만 먼저 내가 영국을 떠날 수밖에 없었던 그 중대한 문제가 뭔지 그것부터 말하려고 하네. 난 자네의 조언과 도움이 필요해. 그리고 자네에게 아무것도 숨기지 않기 위해, 자네의 인내심과 친구로서 얼마나 공감하는지 시험하고 싶어. 자네에게 내 한심한 비밀을 말하는 모험을 감행하기 전에 말이야. 자네의 솔직하고 개방적인 성격을 이렇게 대놓고 의심하는 날 용서해 주겠나? 우리가 처음 만난 후로 그동안 친절하게 대해 준 자네에 대한 내 배은망덕한 행위를 말이야.”

나는 그런 말은 하지 말고 그냥 이야기를 계속하라고 간청했다.

그는 이야기를 이어 갔다. “자네도 알다시피 난 스티븐 삼촌의 시체를 찾아서 영국에 있는 우리 가족 묘지에 묻기 위해 여기 왔어. 자네는 또한 내 이런 노력이 아직 성공 못 했다는 것도 알 걸세. 지금은 이런 내 목적이 얼마나 기이하고 이해할 수 없는 것인지에 대한 문제는 일단 접어 두게나. 그리고 여기 줄이 쳐진 이 신문 기사를 한번 읽어 보게. 이게 지금까지 삼촌이 쓰러진 치명적인 결투에 대해 내가 확보한 유일한 증거야. 자네가 내 입장이라면 이걸 읽고 어떤 조치를 취할지 의견을 들어 보고 싶네.”

그는 내게 오래된 신문 한 장을 건넸다. 그때 읽은 내용은 아직도 내 기억에 생생하게 각인돼 있다. 그토록 오랜 시간이 흘렀는데도 독자들에게 모든 사실들을 정확히 여기에 옮겨 놓을 수 있을 정도로 잘 기억하고 있다.

내 기억에 그 기사는 프랑스의 세인트 로 백작과 영국 신사인 스티븐 몽크턴 씨 사이에 벌어진 치명적인 결투에 관해 당시 대중이 품은 대단히 큰 호기심에 대한 논평이었다. 기사를 쓴 저자는 이어서 이 결투가 시작부터 끝까지 극히 은밀하게 진행된 점을 자세하게 기술하고, 그가 이 글을 처음 시작할 때 언급한 어떤 원고가 발표되길 바란다고 했다. 그렇게 되면 그 사건에 대해 더 많은 정보를 가진 상대방 측에서 새로운 증거가 나올지도 모른다고. 그 원고는 몽크턴 씨의 입회인인 풀롱 씨의 문서 중에서 발견됐다. 그는 결투가 벌어진 도시를 떠나 고향인 파리에 돌아온 직후 건강이 급속도로 악화돼 결국 세상을 떠났다. 그의 기록은 독자들이 가장 알고 싶어 하는 바로 그 부분에서 끊긴 채 미완성으로 남았다. 이유는 찾을 수 없었고, 고인이 남긴 서류들을 모두 샅샅이 뒤져 봤지만 그 중요한 주제에 대한 내용이 든 두 번째 원고도 발견되지 않았다.

다음에 그 입회인이 남긴 기록의 내용이 나왔다.

그것은 몽크턴 씨의 입회인인 풀롱 씨와 세인트 로 백작의 입회인인 달빌 씨가 개인적으로 작성한 합의 내용이었다. 거기에 결투를 진행하는 데 필요한 모든 절차가 적혀 있었다. 그 문서의 날짜는 '2월 22일 나폴리'로 되어 있었고, 일곱 혹은 여덟 개의 조항으로 나뉘어져 있었다.

첫 번째 조항은 싸움의 본질을 묘사한 것이었다. 당사자들 양자에게 아주 수치스러운 일이니 내가 새삼스레 그 내용을 기억할 필요도, 여기에 옮길 필요도 없다. 두 번째 조항은 결투 신청을 받은 쪽이 권총을 무기로 골랐고, 결투를 신청한 사람(뛰어난 검객)은 그래서 그 총격의 첫 발의 결과로 승부를 내자고 주장했다. 입회인들은 서로 못 잡아 죽여서 안달하는 결투 당사자들이 만난 후에 필연적으로 누군가 죽게 될 것이니 무엇보다 그 결투는 다른 사람들에게 전적으로 비밀로 해야 하고, 결투가 벌어질 장소는 당사자들에게도 미리 알려 주지 말자고 결정했다. 거기다 최근에 교황이 이탈리아 통치자들에게 이탈리아에서 창피할 정도로 자주 발생하는 결투 관행을 언급하면서 앞으로 결투를 벌인 사람들은 강력한 처벌을 받게 하는 법을 실시하라고 촉구했기 때문에 이렇게 모든 일을 비밀로 처리할 수밖에 없다는 말이 덧붙여져 있었다.

세 번째 조항은 결투 방식을 준비하는 절차에 대해 자세하게 기술돼 있었다.

결투 현장에서 입회인들이 권총에 장전하고, 결투 참가자들은 서로에게서 30보 떨어진 곳에 서서 첫 번째 공격의 순서를 정하기 위해 동전을 던지기로 했다. 그 동전 내기에서 이긴 사람이 결투 전에 정한 자리에서 10보 앞으로 나가서 권총을 쐈다. 만약 그가 상대를 맞추지 못하거나 다치게 하지 못한다면, 상대가 원할 경우에는 남은 20보를 다 걸어가서 총으로 반격할 수 있다고 했다. 이렇게 하면 결투에서 첫 사격에 승부가 확실하게 결정될 것이고, 당사자들과 입회인들은 그 약속을 철저하게 지키겠다고 맹세했다.

네 번째 조항은 이 결투를 나폴리 공국 밖에서 치르는 데 합의했다는 내용을 기술하고 있었다. 하지만 정확한 장소는 그때그때 상황에 따라 입회인들이 결정하는 것으로 하겠다고 나와 있었다. 지금 기억하기에 남은 조항들은 모두 사람들에게 발각되지 않기 위해 해야 할 각기 다른 예방 조치들을 상술한 것이었다. 결투 당사자들과 입회인들은 개별적으로 나폴리를 출발해서 마차를 여러 번 갈아탄 후에, 어떤 마을에서 만나기로 했고, 그러지 못할 경우엔, 나폴리에서 로마 사이 주요 도로에 있는 어떤 역참에서 만나기로 했다. 그들은 마치 스케치 여행을 떠난 화가들처럼 스케치북, 물감 상자와 접의자를 가져오기로 했다. 그리고 배신자가 생길 경우를 염려해서 결투 현장에 어떤 길 안내인도 고용하지 않은 채 걸어서 오기로 했다. 그런 일반적인 사항들이 나와 있었고, 나머지는 결투가 끝난 후 생존자들의 도주를 돕기 위한 방법들이 이 놀라운 문서의 끝부분에 나와 있었다. 그 문서는 입회인들의 이름 머리글자로만 서명이 돼 있었다.

그 머리글자들 바로 밑에 '파리'라고 적힌 이야기가 시작됐는데, 분명 그 결투를 극히 자세하게 묘사할 작정으로 쓴 이야기였다. 그 필적은 세상을 떠난 입회인의 필적이었다.

피로에 지친 이 문제의 신사 풀롱 씨는 세인트 로 백작과 몽크턴 씨의 적대적인 만남의 목격자가 적은 이야기가 앞으로 중요한 문서가 될지도 모르는 상황이 발생할 것 같다고 적었다. 따라서 그는 입회인 중 하나로서 그 결투가 당사자들이 미리 합의한 조항에 의거해서 실시됐으며, 당사자들 둘 다 용감하고 명예로운(!) 남성답게 처신했다고 적었다. 그는 또한 둘 중 어느 한쪽이라도 위태로워지지 않도록 그의 증언이 적힌 이 문서를 안전한 곳에 맡겨 둘 것이며, 아주 절박하고 위급한 상황을 제외하고 그 어떤 경우에도 공개해선 안 된다고 엄격하게 지시했다고 적었다.

이렇게 이야기를 시작한 후 풀롱 씨는 자세한 합의 사항을 모두 정하고 어떤 장소(그곳의 이름은 나와 있지 않았고, 심지어 그곳 가까이 있는 지명조차 나오지 않았다)에서 결투가 이틀 후에 실시됐다고 했다. 합의한 대로 두 사람은 서로에게서 30보 떨어진 자리에 섰고, 세인트 로 백작이 동전 던지기에서 이겨서 열 발자국을 걸어가 먼저 총을 쏴서 상대의 몸을 맞혔다. 몽크턴 씨는 곧바로 쓰러지진 않고, 비틀거리며 여섯, 일곱 발자국 앞으로 걸어 나와 백작에게 권총을 쐈지만 빗나갔고 그 자리에서 쓰러져 죽었다. 그다음에 풀롱 씨는 수첩에서 종이를 한 장 찢어서 거기에 몽크턴 씨가 죽은 방식을 간단하게 적고, 그 종이를 몽크턴 씨의 옷에 핀으로 꽂아 놨다. 이 절차는 시체를 현장에서 안전하게 없애기 위해 짠 계획의 특수성 때문에 꼭 필요했다. 시체를 처리할 계획이 뭐였는지, 시체를 가지고 뭘 어떻게 했는지는 그 문서에 나와 있지 않았다. 이 핵심적인 부분에서 이야기가 갑자기 중단됐다.

신문 기사의 각주에는 그저 이 서류를 신문에 싣기 위해 행한 절차를 기술하고 이 글의 첫 부분에 나온 말을 다시 반복하면서 풀롱 씨가 맡긴 서류를 가지고 있던 사람들에게서도 그 뒤의 이야기는 찾을 수 없었다고만 나와 있었다. 이제 내가 읽은 그 기사를 독자 여러분에게 다 전했고 스티븐 몽크턴 씨의 죽음에 관해 당시 알려진 내용도 다 말했다.

내가 그 기사를 알프레드에게 다시 건넸을 때 그는 너무 동요해서 말을 하지도 못했지만 그래도 몸짓으로 내 의견을 듣길 간절히 기다리고 있다는 뜻을 전했다. 나는 아주 난감하고 고통스러운 입장에 처했다. 내가 신중하게 행동하지 않을 경우 어떤 결과가 나올지 예측도 할 수 없으니, 처음에 내 의견이 어떻다는 걸 밝히기 전에 먼저 그에게 조심스럽게 질문해 보는 게 제일 안전하겠다는 생각만 들었다.

"내가 조언을 하기 전에 먼저 질문을 한두 가지 해도 괜찮겠나?" 내가 물었다.

그는 초조하게 고개를 끄덕였다.

"그래, 그래. 어떤 질문이든지 자네가 원하는 걸 해 봐."

"삼촌이 살아 계실 때 자주 만났었나?"

"난 평생 삼촌을 딱 두 번 봤는데 그 두 번 다 내가 아주 어렸을 때였지."

"그럼 삼촌을 개인적으로 대단히 존경한다고 할 순 없겠군?"

"존경이라고! 삼촌을 조금이라도 그런 식으로 느꼈다면 창피한 일이지. 삼촌은 어딜 가건 우리 가문을 욕보였어."

"삼촌의 시체를 되찾으려는 건 가족이기 때문인가?"

"그런 동기도 있겠지만 그걸 왜 묻는 건가?"

"자네가 수색을 도와줄 경찰을 고용했다는 말을 들었을 때 경찰 본부에 구체적인 이유를 대서 그들을 설득했는지 알고 싶어서 그래."

"난 그들에게 아무 이유도 말해 주지 않았어. 그저 내가 원하는 수사에 대한 대가를 지불했고, 그들은 내 후한 씀씀이에 보답해 아주 치욕스러운 무관심으로 보답하더군. 난 일개 외국인이고, 이곳의 언어도 서툴러서 나로서도 할 수 있는 일이 별로 없었어. 로마와 이곳 나폴리 정부 모두 날 도와주는 척하고, 내가 원하는 것처럼 조사하고 수색하는 척했지만 그 이상은 손 하나 까딱하지 않았어. 그들은 내 면전에 대고 날 모욕하고 비웃은 거나 다름없었지."

"자네는 그게 불가능하다고 생각하지 않나—내가 그들의 부당한 행위를 변명하려거나 나도 그들과 같은 생각을 하고 있다는 말을 하려는 건 아니네—내 말은 경찰이 자네가 진심으로 삼촌을 찾고 싶은지 믿지 못할 가능성도 있지 않을까?"

"진심이 아니라니!" 그는 그렇게 부르짖으며 벌떡 일어나서 사나운 눈으로 날 보면서 호흡이 가빠졌다. "진심이 아니라니! 자네도 내가 진심이 아니라고 생각하는군. 말로는 아니라고 하지만 자네도 그들과 똑같이 생각하는 걸 알겠어. 그만하게. 더 말하기 전에 자네 눈으로 보면 납득이 갈 거야. 이리 오게—잠시만—단 1분만 시간을 내 줘!"

나는 그를 따라 그의 침실로 갔다. 그 방은 우리가 있던 거실을 통해 들어갈 수 있었다. 그의 침대 옆 한쪽에 아무 장식이 없는 커다랗고 단순한 포장용 목재 상자가 하나 세워져 있었다. 상자의 길이는 2미터가 넘었다.

"뚜껑을 열어서 안을 보게. 자네가 볼 수 있도록 내가 촛불을 들 테니." 그가 말했다. 나는 그의 지시를 따랐다가 그 안에 납으로 만든 관이 있는 걸 보고 깜짝 놀랐다. 그 관에는 몽크턴 가문의 문장과 '스티븐 몽크턴'의 이름이 옛날풍으로 멋지게 새겨져 있었다. 이름 밑에 그의 나이와 죽은 연유가 덧붙여져 있었다.

"난 삼촌을 위해 관도 준비해 놨어. 이제 진심으로 보이나?" 알프레드가 내 귀에 가까이 대고 속삭였다.

진심이라기보다는 광기처럼 보여서 그의 질문에 대답하질 못하고 움츠러들었다.

"그래! 그렇지! 이제 자네도 내가 진심이란 걸 믿는 게 보이는군." 그가 재빨리 말을 이어 갔다. "이제 옆방으로 다시 돌아가서 둘 다 아무 거리낌 없이 이야기할 수 있겠군."

다시 우리 자리로 돌아왔을 때 무의식중에 내 의자를 테이블에서 좀 떨어진 자리로 옮겼다. 나는 무슨 말을 하고 뭘 해야 할지 모르는 혼란스러운 상태가 되어 순간적으로 우리가 촛불을 켰을 때 그가 지정해 준 자리를 잊어버린 것이다. 그가 노골적으로 그 점을 일깨워 줬다.

"테이블에서 멀어지지 말게. 계속 불빛이 비치는 곳에 앉아 있어! 내가 이 부분에 있어서 왜 이렇게 까다롭게 구는지 곧 말해 줄 테니. 하지만 먼저 조언을 해 주게. 아주 큰 어려움과 불행에 빠져 있는 날 도와주게. 그리 해 주겠다고 자네가 약조한 걸 잊지 말게나." 그는 간절하게 말했다.

　나는 생각을 정리하려고 사력을 다한 끝에 마침내 성공했다. 그와 같이 있을 때 이 문제를 진지하게 다루지 않는다면 애초에 여기 있을 필요도 없었다. 그에게 최선을 다해 조언하지 않는다면 매우 잔인한 짓이 될 것이다.

　"나폴리에서 결투에 대한 구체적인 사항들을 정하고 이틀 후에 나폴리 밖에서 결투가 행해진 건 자네도 알고 있네. 물론 이 점 때문에 자네는 결투 장소에 대한 수사는 로마의 영토에 국한해서 해야 한다고 생각했겠지?" 내가 물었다.

　"물론이지. 지금까지 수사는 그곳에만 집중했네. 경찰의 말을 믿을 수 있다면, 경찰과 경찰의 정보원들은 나폴리에서 로마로 가는 모든 주요 도로에서 결투를 했을 만한 장소(그 정보를 제공하면 크게 보상해 주겠다고 내 이름을 걸었지)를 수사했다고 하네. 그들은 또한 결투 당사자들과 입회인들의 인상착의에 대한 정보를 사람들에게 배포했어. 적어도 그렇게 했다고 내게 말했지. 그리고 그 역참에서 들어오는 관련 정보를 관리하면서 수사를 감독하라고 수사관도 하나 배치했고. 그리고 그들이 만나서 결투 내용에 대해 합의를 봤다고 언급된 마을에도 또 다른 수사관을 파견했고. 거기다 외국 정부들과 서신 왕래를 통해 세인트 로 백작과 달빌 씨의 집이나 그들의 피난처를 추적해 보려고 노력했지. 그들이 정말 그런 노력을 했다고 쳐도, 지금까지 소득은 하나도 나오지 않았어."

　나는 방금 들은 말을 잠시 고려해 보고 말을 이어 갔다. "내 느낌으로는 주요 도로를 따라서 혹은 로마 근처에서 한 수사는 모두 허사였을 가능성이 클 것 같아. 자네 삼촌의 유해를 발견하는 문제는 그가 총을 맞은 곳을 발견하는 것과 같은 문제야. 결투에 참가하거나 관여한 사람들은 분명 도망가면서 시체를 운반하다가 사람들에게 들키는 위험을 무릅쓰려 하지 않았을 테니까. 그렇다면 바로 그곳을 찾아내야 하는 거지. 이제 한번 찬찬히 생각해 보세. 그 결투 당사자들과 입회인들은 가면서 여러 번 마차를 갈아탔고, 같이 오지 않고 둘씩 따로 왔어. 그러니 분명 길을 멀리 돌아서 왔을 거야. 그리고 사람들의 눈을 속이기 위해 역참이 있는 마을에서 일단 멈췄겠지. 그다음엔 아마 그 누구의 안내도 받지 않은 채 상당한 거리를 자기들끼리 걸어서 갔을 거야. 그런 점들을 다 따져 보면 이틀이란 시간에서 그들이 그렇게 조심해서 왔으니(그들이 그랬다는 건 우리도 알잖아) 분명 남은 시간이 별로 없었을 거야. 물론 그들은 동틀 녘에 길을 떠나 밤에도 멈추지 않고 계속 여행했겠지만 말일세. 따라서 나는 그 결투가 나폴리 국경 근처 어딘가에서 일어났을 거라고 믿네. 그리고 내가 수사관이었다면, 나는 국경과 나란히 있는 곳을 찾아서 서쪽에서부터 시작해 동쪽으로 가면서 산속에 있는 외딴 곳들을 찾아봤을 거야. 난 그렇게 생각하네. 자네 생각에 그렇게 해 볼 만한 가치가 있는가?"

순간 그의 얼굴이 상기됐다. "대단한 영감을 주는 발상이라고 생각하네!" 그가 외쳤다. "당장 우리의 계획을 실시하도록 하지. 경찰은 믿을 수 없어. 내일 아침 내가 직접 떠나야 해. 그리고 자네는."

그는 말을 멈췄고, 별안간 얼굴이 창백해졌다. 그는 땅이 꺼져라 한숨을 쉬면서 다시 허공을 뚫어져라 쳐다보았다. 또다시 그의 표정이 시체처럼 딱딱하게 굳어졌다.

그러더니 힘없는 목소리로 말했다. "내일 계획을 이야기하기 전에 내 비밀을 말해 줘야겠지. 이 모든 이야기를 고백하는 걸 더 이상 망설인다면, 나는 자네가 그동안 내게 보여 준 친절을 받을 만한 가치가 없는 놈이고, 이 고백을 다 들었을 때 자네가 기꺼이 도와주길 바랄 만한 염치도 없는 놈이지."

나는 그에게 진정하고, 침착하게 이야기할 수 있게 될 때까지 기다리라고 호소했지만 그는 내 말을 듣지 않는 것 같았다. 그는 아주 내키지 않는 듯이 천천히 힘겹게 내게서 몸을 조금 돌려서 테이블을 향해 고개를 숙이고 두 손으로 머리를 부여잡았다. 아까 방에 들어왔을 때 그가 들고 있던 편지가 그의 눈 바로 밑에 있었다. 그는 고집스럽게 그 편지만 보면서 이야기를 계속했다.

IV

"자네는 나와 고향이 같지. 그러니 아마 우리 가문에 대한 오래되고 기이한 예언에 대해 들어 봤을 거야. 그 예언은 지금까지 윈코트 수도원의 전통으로 남아 내려오고 있지." 그가 말했다.

"그런 예언은 들어 봤어. 하지만 그 예언의 내용에 대해선 전혀 몰라. 그저 자네 가문의 멸망 같은 뭐 그런 걸 예언하고 있지 않나?" 내가 대답했다.

"그 예언의 기원에 대해선 우리 가문에서 한 번도 조사해 보지 않았어. 가문에 전해 내려오는 문서들 중 그 어떤 것에도 이에 대해 나온 건 없어. 늙은 하인들과 늙은 소작인들이 그들의 아버지들과 할아버지들에게서 그런 예언을 들었다는 기억만 남아 있지. 헨리 8세 때 수도사들의 뒤를 이어 우리가 그 수도원을 받았는데, 수도원의 수도사들이 어떤 방식으로 예언을 알게 됐어. 내가 시를 발견했지. 그 시를 통해 우리는 예언이 아주 오래전에 수도원 문서 중 하나의 백지에 쓰여 있었다는 걸 알아냈어. 이게 바로 그 시야. 그걸 시라고 할 수 있다면 말이지.

> 윈코트 지하 납골당의 자리 하나가
> 몽크턴의 핏줄을 기다리고 있을 때
> 그 외로운 영혼이 무덤도 없이
> 열린 하늘 아래 누울 때
> 광대한 토지의 소유자로 태어났건만
> 몸 하나 누일 곳 없는 신세가 됐을 때
> 그것이 몽크턴 가문의 멸망을 나타내는
> 상징이 될 것이다.
> 점점 더 빠르게 자손이 줄어들고,
> 계속 줄어서 마지막 남은
> 주인에 이르기까지.
> 인간의 시야로부터, 햇살로부터
> 몽크턴 가문은 사라질 것이다.

"이 예언은 고대 신탁처럼 아주 애매모호해 보이는데." 그가 내 반응을 기다리는 걸 보고 나는 이렇게 말했다. 알프레드는 뭔가 더 말해 주길 바라는지 그 시를 다시 읊었다.

"애매모호하건 아니건 예언이 실현되고 있어. 내가 이제 그 최후의 주인이 됐어. 예언이 암시하는 우리 가문의 마지막 장손이지. 그리고 스티븐 몽크턴의 시체는 윈코트 수도원의 납골당에 있지 않아. 내 말에 반박하기 전에 잠깐만 기다려 봐. 아직 내 말이 끝나지 않았어. 우리 가문이 수도원을 물려받기 훨씬 전에, 우리가 그 수도원 근처 고대 영주의 저택(그 저택은 오래전에 허물어져서 사라졌어)에서 살 때 우리 가문의 묘지는 바로 수도원 예배당 지하에 있는 납골당이었어. 그 옛날부터 우리 가문의 멸망에 대한 예언을 가문 사람들이 이미 알고 두려워했건 아니건, 이것 하나는 확실해. 어떤 위험이나 어떤 희생을 치르더라도 몽크턴 가문의 핏줄은 (수도원에 살건 스코틀랜드의 영지에 살건) 모두 윈코트 수도원 납골당에 묻혔어. 고대에 치열한 전투를 치르던 시절에도 외국 땅에서 쓰러진 내 조상들의 시신을 찾아와 윈코트에 묻었어. 그러려면 어마어마한 몸값을 치러야 했을 뿐 아니라 때로는 산 자들의 피까지 흘려야 했지. 이 미신은, 자네가 그렇게 부르고 싶다면, 그 오랜 시절부터 지금까지 계속 끈질기게 이어졌어. 수세기 동안 수도원의 납골당에 시신을 안장하는 관습은 중단된 적이 한 번도 없었어, 이번 한 번을 제외하고 말이야. 이 예언에서 채워지길 기다리고 있다는 그 자리는 바로 스티븐 몽크턴의 자리야. 영원한 안식을 누리기 위해 땅속에 묻어 달라고 외치는 목소리는 바로 죽은 자의 영혼이 외치는 소리라고. 나는 그자들이 우리 삼촌이 쓰러진 바로 그곳에 시신을 묻지도 않고 그대로 팽개쳤다는 걸 내 눈으로 본 것처럼 확실히 알아!"

그는 내가 반박하려고 한 마디를 하기도 전에 날 제지하고 천천히 일어나서 좀 전에 그의 시선이 헤맨 곳을 손으로 가리켰다.

그리고 엄숙하게 큰 소리로 말했다. "자네가 내게 뭘 물어보고 싶은지 짐작할 수 있어. 자네는 내가 어떻게 그런 미신의 시대에 가장

무지한 자들만이 현혹될 수 있는 엉터리 예언을 믿을 정도로 미칠 수 있는지 묻고 싶겠지. 내가 대답해 주지(이때 그의 목소리가 갑자기 속삭이는 소리로 줄어들었다). 바로 이 순간 스티븐 몽크턴이 저기 서서 내 믿음이 사실이라는 점을 확인시켜 주고 있기 때문이야."

그가 나와 대면했을 때 그의 얼굴에서 무시무시한 공포와 경외감이 비쳤기 때문인지, 혹은 그때까지 알프레드가 미쳤다는 말을 내가 단 한 번도 믿지 않았지만 이제 그게 사실이었다는 점이 드러났기 때문인지 모르겠지만, 알프레드가 그 말을 하는 동안 내 피는 서늘하게 식어 버렸다. 나는 할 말을 잃은 채 그 자리에 가만히 앉아 감히 고개를 돌려 그가 손으로 가리키는 내 옆을 바라보지 못했다.

그는 아까처럼 속삭이는 목소리로 이야기를 계속했다.

"저기서 거무스름한 피부의 남자가 얼굴을 가리지 않은 채 서 있는 모습이 보여. 아직까지 권총을 쥔 한 손은 허리 옆에 힘없이 축 처져 있지. 또 한 손은 피투성이 손수건을 입에 대고 누르고 있어. 죽음의 고통스러운 경련이 일어나 얼굴이 뒤틀려 있어. 하지만 나는 저 얼굴이 어렸을 때 윈코트 수도원에서 날 높이 안아 올려서 두 번이나 놀라게 한 바로 그 남자의 얼굴이란 걸 알아. 나는 유모들에게 저 남자가 누구냐고 물었어. 그랬더니 내 삼촌이라고 했어. 스티븐 몽크턴 삼촌이라고. 마치 산 사람처럼 저기 서 있는 그가 이제 자네 옆에 서 있어. 그는 크고 검은 눈으로 죽일 것처럼 나를 노려보고 있지. 삼촌이 총에 맞아 죽은 후로 나는 계속 그를 봐 왔어. 고국에서도, 해외에 나와서도. 깨어 있을 때나, 잘 때나. 밤낮으로 우린 항상 같이 있지. 내가 어딜 가건 말이야!"

속삭이는 목소리가 점점 작아져서 알아들을 수도 없는 중얼거림으로 변하는 사이에 그는 이 마지막 말을 했다. 알프레드의 시선이 향하는 방향과 그의 눈에 떠오른 표정으로 봐서 유령에게 말하고 있는 게 아닌가 의심이 들었다. 그 순간 내가 그 유령을 봤더라면, 지금 그를 보는 것보다는 덜 무서울 거라는 생각이 들었다. 허공을 응시하며 알아들을 수 없는 소리로 중얼거리는 알프레드가 훨씬 더 무서웠으니까. 나는 생각보다 훨씬 더 많이 충격을 받았다. 이런 그와 가까이 있는 것이 문득 겁이 나 한두 발자국 뒷걸음질 쳤다.

알프레드는 곧바로 내 행동을 알아차렸다.

"가지 말게! 제발, 제발 가지 마. 내가 자네를 불안하게 만들었나? 내 말을 믿지 않나? 이 불빛들 때문에 눈이 아픈가? 내가 자네를 이토록 밝은 촛불 빛 속에 앉힌 이유는 유령에게서 뿜어져 나오는 빛을 보는 게 참을 수 없어서였어. 해가 질 때 어둠 속에 앉아 있으면 항상 유령에게서 빛이 뿜어져 나오지. 제발 가지 말게. 아직은 날 두고 가지 말아 줘!"

이 말을 하는 그의 얼굴에 너무나 크나큰 쓸쓸함과 형언할 수 없는 고통이 비쳐서 그가 불쌍해진 나는 다시 침착해졌다. 나는 다시 의자에 앉아서 그가 원하는 한 계속 같이 있겠다고 말했다.

"정말 고맙네. 자네는 인내와 친절의 화신이야." 그는 그렇게 말하면서 원래 자기 자리로 돌아가서 평소처럼 온화한 태도로 돌아왔다. "이제 내가 어딜 가나 날 따라오는 은밀한 고통을 털어놨으니, 침착하게 나머지 이야기를 다 할 수 있을 것 같아. 아까 말한 것처럼 우리 삼촌 스티븐은." 그는 자신의 입으로 그 이름을 말하는 순간 재빨리 고개를 돌려 테이블을 내려다봤다. "스티븐 삼촌은 내가 어렸을 때 윈코트에 두 번 왔는데 두 번 다 삼촌이 너무나 무서웠네. 삼촌은 그

저 날 안아 올려서 내게 말했는데—나중에 들으니 그로서는 아주 다정하게 말했다고 하더군—그래도 난 삼촌이 너무나 무서웠어. 아마 키가 어마어마하게 큰 데다, 얼굴도 거무스름하고, 덥수룩한 검은 머리와 수염에 겁을 집어먹은 것 같네. 다른 아이들도 그런 모습을 봤으면 아마 겁이 났을 테지. 삼촌을 보는 것만으로도 그때는 이해할 수도 없고 설명할 수도 없는 기이한 영향을 받았던 것 같아. 그게 뭐였건 삼촌이 떠나고 오랜 시간이 흐른 후에도 나는 삼촌 꿈을 자주 꿨고, 혼자 어둠 속에 있을 때는 삼촌이 몰래 다가와 날 잡아가는 상상을 하곤 했어. 날 보살피던 하인들이 그걸 알아내고 내가 말을 듣지 않거나 다루기 힘들 땐 스티븐 삼촌이 잡으러 온다고 을러대곤 했지. 커 가면서도 나는 여전히 멀리 있는 삼촌에 대한 희미한 공포와 혐오감을 간직하고 있었어. 아버지나 어머니가 삼촌의 이름을 거론할 때마다 왜 그런지 이유도 모르면서 항상 집중해서 들었지. 삼촌에게 뭔가 끔찍한 일이 일어났거나 혹은 내게 일어날 거라는 설명할 수 없는 불길한 예감을 느끼면서 들었어. 그 느낌은 나 혼자 수도원에 남게 됐을 때 비로소 바뀌었지. 그러다 그 공포가 호기심과 합쳐져서 내 속에서 서서히 자라는 것처럼 느껴지기 시작했어. 우리 혈통의 멸망을 예측한 그 오래된 예언의 기원이 궁금해지기 시작했단 말이야. 지금까지 내가 한 말 이해했나?"

"한 마디도 빼놓지 않고 아주 열심히 다 듣고 있어."

"그렇다면 먼저 내가 아주 오래된 시의 일부를 찾아냈다는 걸 알아 두게나. 우리 집 서재에 있는 고서에 나온 아주 진기한 이야기로 그 시의 일부가 인용돼 있었어. 그 인용된 시가 나온 페이지의 맞은편 페이지에 검은 머리 남자를 묘사한, 조잡하고 오래된 목판화가 붙어 있었어. 그 남자의 얼굴이 기이하게도 내가 기억하는 스티븐 삼촌과 너무 똑같아서 그걸 보고 식겁했네. 아버지에게 그 목판화에 대해 물어봤을 때—아버지가 돌아가시기 얼마 전 일이었네—아버지는 그것에 대해 모르시거나, 모르시는 척했지. 그리고 나중에 내가 예언에 대해 언급했을 때는 짜증을 내시면서 화제를 바꿔 버리셨어. 우리 성당 신부님에게 물어봤을 때도 반응은 똑같았어. 신부님은 그 초상화가 우리 삼촌이 태어나기도 전인 몇 세기 전에 만들어진 것이고, 예언은 엉터리 시이자 헛소리라고 일축했지. 나는 신부님이 헛소리라고 하는 그 시에 대해 종종 언급했지. 신부님에게, 우리는 기적을 행하는 선물이란 형태로 신의 은총을 몇몇 사람들이 받았다고 아직까지 믿고 있으니, 예언이란 선물 역시 있다고 믿는 게 옳지 않느냐고 따졌지. 신부님은 나와 논쟁하려고 하지 않았어. 그런 하찮은 것들을 생각하느라 시간 낭비를 해선 안 된다는 말만 하셨지. 나한테 쓸데없이 상상력이 풍부하다고 하시면서 그걸 발휘하지 말고 억눌러야 한다고 하셨고. 그런 조언을 들어 봤자 내 호기심은 더 커지기만 했어. 나는 아무도 몰래 수도원에서 가장 오래되고 사람이 살지 않았던 곳들을 찾아보겠다고 결심했지. 그래서 잊힌 가문의 서류들로부터 그 초상화의 정체를 알아낼 수 있는지, 그리고 언제 그 예언이 쓰였거나 누가 그 예언을 말했는지 알아내겠다고 말이야. 자네, 한 번이라도 혼자 고택에서 오랫동안 방치된 방에서 하루를 보낸 적 있나?"

"단 한 번도 없어! 전혀 내 취향이 아니거든."

"아하! 그 수색을 시작했을 때 얼마나 재미있었는지 몰라! 다시 한번 그렇게 살아 보고 싶어. 얼마나 스릴이 넘치고, 얼마나 기괴한 발견을 많이 했는지. 아주 터무니없는 상상들을 하고, 무시무시한 공포에 사로잡히기도 하고. 그때 나는 매우 흥미진진한 삶을 살았던 거야. 거의 백년 동안 살아 있는 사람은 단 한 번도 들어가 본 적이 없는 방의 문을 부수고 들어갈 생각을 한 거지. 오랫동안 공기도 안 통해서 탁하고, 괴괴한 정적이 흐르는 그곳으로 들어가 첫 발자국을 디디고, 닫힌 유리창들과 썩어 가는 커튼 사이로 희미하고 역겨운 햇살이 떨어지고, 발을 디딜 때마다 유령처럼 삐걱거리며 비명을 지르는 낡은 나무 바닥을 생각하며 아주 조심스럽게 발을 디디지. 희미한 햇살 속에서 지나간 시절의 무기, 투구, 기이한 태피스트리들에 다가가는 순간 그것들이 움직이는 것 같은 느낌이 들고, 거대한 캐비닛과 철제 걸쇠가 달린 나무 상자들 속을 들여다보는 생각을 해 보지. 그런 것들을 억지로 열어 봤을 때 어떤 공포가 뛰쳐나올지 모르는 상태로 말이야. 그 안에 들어 있는 것들을 하나하나 자세히 보다 보면 어느새 황혼이 슬금슬금 다가오고 그 쓸쓸한 곳에서 어둠이 무시무시하게 커지는 거야. 거기서 나오려고 하다가도 마치 뭔가가 자네를 붙드는 것처럼 떠나질 못하는 거야. 밖에서는 바람이 세차게 울부짖고, 자네 주위를 둘러싼 그림자들이 어두워지면서 의식하지 못한 사이에 가까워지지. 그걸 생각해 보면 자네는 그 당시 내 삶을 가득 채웠던 스릴과 서스펜스와 공포의 매력을 상상할 수 있을 거야."

(나는 그런 삶을 상상하는 것이 꺼려졌다. 내 눈으로 직접 보는 것처럼 그 결과를 보고 있는 것만으로도 이미 끔찍했다.)

"음, 나는 그렇게 몇 달 동안 계속 뒤졌어. 잠시 중단했다가도 또 시작했지. 어느 방향으로 추적해 보건 항상 내 마음을 끄는 뭔가를 발견했지. 과거의 범죄들, 그동안 나를 제외한 모든 이들의 눈을 피해 숨겨 온 은밀하고 사악한 행위들에 대한 충격적인 증거들이 다 드러났네. 때로 그런 발견들은 수도원의 특정 부분과 관련이 있었지. 그건 그것대로 아주 흥미로웠어. 가끔은 우리 저택의 갤러리에 있는 오래된 초상화들 몇 점과 관련이 있기도 했고. 그런 사실들을 알아낸 후로는 초상화들을 보기가 정말 겁이 나더군. 가끔은 그렇게 해서 알아낸 결과들이 너무 끔찍해서 조사를 다 포기하겠다고 결심했던 때도 있었어. 하지만 결코 그 결심을 지킬 수 없었지. 조사를 계속해 보고 싶은 유혹이 일정한 간격을 두고 참을 수 없을 정도로 강해지는 게 느껴졌거든. 그러면 다시 유혹에 굴복해서 또 조사를 시작했지. 결국 나는 그 빈 페이지에 쓰인 예언 전문이 든 책을 찾아냈어. 그건 수도사들의 책이었지. 이 첫 번째 성공에 고무된 나는 우리 가문의 족보를 좀 더 파 보기로 했지. 그때까지 그 의문의 초상화의 정체에 대해 아무것도 알아내지 못했어. 하지만 그 초상화가 스티븐 삼촌과 기이할 정도로 닮았다는 내 직감과 마찬가지로 초상화의 주인공이 예언과 밀접한 관련이 있을 것이고, 그가 다른 누구보다 예언에 대해 잘 알 거란 확신이 들었어. 그와 의사소통을 할 어떤 방법도 없었고, 내가 품은 기이한 생각이 옳은지 틀린지 알아낼 방법도 없었는데 그러다 바로 이 방에서 내게 나타난 끔찍한 증거와 같은 방식으로 내 모든 의심이 대번에 풀린 날이 찾아왔어."

그는 잠시 말을 멈추고 강렬하면서도 미심쩍은 눈빛으로 나를 바라봤다. 그러더니 지금까지 해 준 이야기를 다 믿느냐고 물었다. 내가 즉시 그렇다고 대답하자 그는 만족한 듯 이야기를 이어 갔다.

"2월의 어느 맑은 날 저녁에 나는 수도원의 서쪽 탑에, 사람이 살지 않은 방 중 하나에 혼자 서서 해가 지는 풍경을 바라보고 있었어. 해가 막 지기 직전에 뭔가가 날 덮쳐 오는 느낌이 들었는데 그걸 뭐라 설명할 수가 없어. 아무것도 보이지 않고, 아무것도 들리지 않고, 아무것도 알 수 없었어. 갑자기 나 자신을 망각하는 순간이 와 버린 거야. 기절한 것도 아니야, 바닥에 쓰러지지 않았으니까. 난 그때 서 있던 곳에서 1인치도 움직이지 않았지. 그런 것이 가능하다면 그때 나는 죽지 않은 상태에서 잠시 영혼과 육체가 분리된 거야. 하지만 당시 내 상황을 묘사하는 건 어떤 식으로든 불가능해. 그런 내 상태를 무아지경이라거나 강경증*이라고 불러도 좋지만 그때 내가 창가에서 완전히 의식이 없는 상태로 서 있었다는 걸 알아. 해가 완전히 지기 전까지 그렇게 몸과 마음이 죽은 상태로 있었지. 그러다 다시 감각이 돌아왔어. 그리고 눈을 떴을 때 스티븐 몽크턴의 유령이 바로 내 맞은편에 서 있었어. 아주 희미하게 보였지. 지금 이 순간 자네 옆에 서 있는 것처럼 말이야."

"그게 결투 소식이 영국에 도착하기 전에 일어난 일이었나?" 내가 물었다.

"그 소식이 윈코트에 도달하기 **2주 전이었네**. 그 소식을 들었을 때도 우리는 결투가 일어난 날이 언제였는지는 듣지 못했어. 자네가 조금 전에 읽은 서류가 프랑스 신문에 나왔을 때 비로소 그 사실을 알게 됐지. 자네도 기억하겠지만 서류가 서명된 날짜는 2월 22일이었어. 그리고 결투는 그로부터 이틀 후에 치러졌다고 거기 적혀 있었지. 내가 그 유령을 본 날짜를 내 수첩에 적어 놨거든. 유령이 내게 처음 나타난 날 말이야. 그날이 바로 2월 24일이었네."

그는 마치 내가 뭔가 말하길 바라는 것처럼 다시 입을 다물었다.

---

* 몸이 갑자기 뻣뻣해지면서 순간적으로 감각이 없어지는 상태.

그런 이야기를 듣고 난 후에 내가 뭐라고 말할 수 있겠는가? 내가 무슨 생각을 할 수 있겠나?

그는 이야기를 이어 갔다.

"유령을 처음 봤을 때 무서운 와중에도 우리 가문에 대한 예언이 퍼뜩 떠오르더군. 그러면서 전에 내가 품었던 확신도 떠올랐지. 지금 내가 본 이 유령이 내 파멸을 경고하고 있다고 말이야. 정신을 조금 차리자마자 그래도 내가 본 것이 진짜인지 시험해 봐야겠다는 생각이 들더군. 내가 나의 병적인 상상력에 속은 게 아닌지 알아내야 했지. 나는 탑을 나갔어. 그랬더니 유령이 날 따라오는 거야. 나는 평계를 대고 수도원의 응접실을 아주 환하게 밝혔어. 그 유령은 여전히 내 맞은편에 서 있더군. 나는 공원으로 걸어갔어. 그날은 별이 총총 뜬 맑은 밤이었지. 나는 집에서 나가서 몇 마일을 걸어 바닷가로 갔어. 여전히 단말마의 고통에 사로잡힌 그 키 크고 얼굴이 거무스름한 남자가 날 따라왔어. 그 후로 더 이상 내 운명과 맞서 싸우려 하지 않았어. 나는 수도원으로 돌아와 불운한 운명을 체념하고 받아들이려 했지. 하지만 그럴 수 없었어. 나에게는 목숨보다 더 소중한 희망이 있었어. 그걸 잃는다는 생각만 해도 몸서리가 쳐질 만큼 소중한 보물이지. 유령이 나의 죽음을 경고하며 나와 보물 사이에 장애물로 서 있었을 때, 소중한 희망과 내 불행이 참을 수 없을 정도로 커져만 갔어. 내가 지금 뭘 암시하는지 자네도 알 거야. 자네도 내가 약혼해서 결혼을 앞두고 있다는 소식은 들었겠지?"

"그래. 여러 번 들었어. 나도 엘름슬리 양을 몇 번 만난 적도 있고."

"그녀가 날 위해 얼마나 많은 희생을 했는지 자네는 결코 모를 걸세. 지난 몇 년 동안 내가 어떤 마음으로 살았는지 자네는 상상도 못

할 거야." 그의 목소리가 떨리더니 이윽고 눈에 눈물이 고였다. "하지만 지금 그 말을 입에 올릴 상태가 아닌 것 같네. 수도원에서 그녀와 같이 지냈던 행복한 시절을 생각만 해도 마음이 무너질 것 같아서 말이야. 다른 화제로 다시 돌아가지. 그 후로 나는 그 무서운 유령이 내가 어딜 가건 언제 어느 때나 나를 따라다닌다는 사실을 누구에게도 말하지 않았네. 철저하게 비밀에 붙였지. 내가 유전으로 정신병을 물려받았다는 극히 불쾌한 세상의 이야기들을 알기 때문에 그랬던 거야. 그리고 섣불리 그런 고백을 했다가 그걸 부당하게 이용하는 사람이 나올까 봐 두렵기도 했고. 그 유령이 항상 내 맞은편에 서 있어서 내가 누구와 대화하건 그 사람 옆이나 앞에 나타나긴 하지만, 나는 이내 내가 그걸 보고 있다는 걸 숨기는 법을 익혔어. 내가 자네에게 들킨 것처럼 몇 번 희귀한 경우를 제외하곤 말이야. 하지만 그것도 에이다와 있을 때는 소용이 없었어. 우리의 결혼식이 다가오고 있었지."

그는 이야기를 멈추더니 몸서리를 쳤다. 나는 그가 감정을 추스를 때까지 묵묵히 기다렸다.

그는 다시 이야기를 시작했다.

"생각해 보게. 내가 약혼녀를 볼 때마다 항상 그 끔찍한 유령을 보면서 얼마나 큰 고통을 겪었을지! 그녀의 손을 잡을 때 그 유령을 통과해서 손을 잡는 것 같은 느낌을 생각해 보라고! 그녀와 눈이 마주칠 때마다 항상 그 천사 같은 차분한 얼굴과 괴로움에 사로잡힌 유령의 얼굴을 같이 봐야 하는 내 마음이 어땠을지! 그걸 생각하면 내 비밀을 그녀에게 털어놓은 이유를 자네도 이해할 걸세. 그녀는 그 최악의 비밀을 알려 달라고 간절하게 호소했어. 아니지, 꼭 알아야겠다고 고집을 부렸어. 그녀의 요청에 따라 난 비밀을 다 털어놓고 그녀에게 우리의 약혼을 깰 수 있는 자유를 줬지. 그녀에게 작별 인사를 하는 순간 내 마음은 죽을 생각으로 가득 차 있었네. 우리가 헤어진 후에도 여전히 내 목숨이 이어지고 있다면 자살할 생각이었지. 그녀는 내가 그런 생각을 했는지 의심했어. 아니 알고 있었고, 그녀의 선한 영향력으로 그런 자살 충동을 다 없앨 때까지 절대 내 곁을 떠나지 않았어. 하지만 그녀를 위해 나는 살아 있어선 안 됐던 거야. 그녀를 위해 여기까지 날 오게 한 그 계획을 시도하면 안 되는 거였어."

"그럼 자네가 여기 나폴리에 온 게 엘름슬리 양이 제안해서라는 건가?" 나는 놀라서 물었다.

"그녀가 내게 한 말 덕분에 여기 올 계획을 세울 수 있었다는 뜻일세. 나는 그 유령이 내 죽음을 불러오는 사자로 나타났다고 믿는데 그녀는 어떤 일이 있어도 날 떠날 수 없다고, 날 위해, 나만을 위해 어떤 시련이라도 다 견디고 살 거라고 했어. 그 말을 들었을 때 위로가 되기보다 오히려 고통스러웠네. 하지만 그 후에 유령이 나에게 나타나서 이루려고 하는 목적에 대해 둘이 같이 추론해 봤을 때 내 생각이 크게 달라졌네. 그녀가 내게 유령의 임무는 악한 것이 아니라 선한 것일지도 모른다고, 유령이 내게 하려는 경고는 내게 손해가 되는 것이 아니라 이로운 것일지도 모른다고 했을 때 크게 달라졌지. 그녀의 그런 말에, 삶에 대한 새로운 희망을 주는 새로운 아이디어가 즉시 떠올랐네. 나는 그때도, 지금도 여기서 내가 해야 할 일을 명시한 초자연적인 위임장을 받았다고 믿고 있네. 그 믿음 속에서 살고 있지. 그게 없다면 난 죽고 말거야. 그녀는 그런 내 믿음을 결코 비웃지 않았고, 미쳤다고 조롱하지도 않았어. 내가 한 말을 잘 들어주게! 수도원에서 내 앞에 나타난 유령, 그 후로 내 곁을 한 번도 떠나지 않은 유령, 지금도 자네 옆에 서 있는 그 유령은 내게 우리 혈족을 지배한 그 죽을 운명에서 도망치라고 경고하고 있는 거야. 그리고 내가 그걸 피하려면, 땅속에 묻히지 못한 자를 찾아서 묻어야만 하는 거야. 인간의 사랑과 관심도 그 끔찍한 요청에 따라야 하지. 자기를 땅속에 묻어 달라는 시체에게 안식처를 찾아 주기 전까지 유령은 결코 날 떠나지 않을 걸세! 난 윈코트 지하 납골당에 비어 있는 그 자리를 채우기 전까지는 감히 돌아갈 수 없어. 감히 결혼할 수도 없고."

이 말을 하는 동안 그의 눈빛이 번득이더니 눈이 커지고, 목소리가 깊어지면서 표정에서 광기와 환희가 섞인 미묘한 기운이 뿜어져 나왔다. 나는 충격을 받은 한편으로 슬프기도 했지만 그의 이야기에 반박하거나 논리적으로 그를 설득하려는 시도는 하지 않았다. 그 유령이 환영이라거나 병적인 상상이라는 진부한 말을 해 봤자 아무 소용도 없을 테니까. 자연적인 원인 때문에 이런 엄청나게 특이한 우연의 일치들과 그가 말한 사건들이 일어났다고 설명하려 해 봤자 오히려 역효과만 날 것이다. 그가 엘름슬리 양에 대해 잠깐 이야기했지만 그를 세상에서 가장 많이 사랑하고 어느 누구보다 오랫동안 그를 알아온 그 불쌍한 아가씨의 유일한 희망이 마지막 순간까지 그의 망상에 장단을 맞춰 주는 것이란 것만큼은 알게 됐다. 자신의 애정으로 그의 정신을 되돌릴 수 있을 것이라는 믿음에 그녀는 아직도 너무나 충실하게 매달리고 있었다! 그녀는 단호하게 스스로를 희생해서 그의 병적인 환상을 지켜주고 있다. 앞으로도 결코 오지 않을 행복한 미래를 바라며! 나는 엘름슬리 양에 대해 아는 바가 거의 없었지만 그녀의 상황을 생각하면 그때나 지금이나 너무도 마음이 아프다.

"사람들은 나를 미치광이 몽크턴이라 부르지!" 알프레드가 갑자기 지난 몇 분 동안 우리 사이에 흐르던 정적을 깨고 외쳤다.

"여기나 영국이나 모든 사람들이 내가 미쳤다고 생각해. 자네와 에이다만 빼고 말이야. 그동안 그녀가 내 구원이었는데, 이제 자네도 내 구원이 될 걸세. 처음 별궁에서 걷고 있는 자네를 만났을 때 뭔가 예감이 들었어. 그동안 자네에게 내 비밀을 털어놓고 싶은 강렬한 욕망과 싸워 왔네. 오늘 밤 무도회에서 자네를 봤을 때 더 이상 참을 수 없었어. 조용한 방에 자네 혼자 서 있었을 때 유령이 날 자네에게로 이끌고 간 것 같았지. 결투 장소를 찾는 방법에 대한 자네의 아이디어를 더 들려주게. 만약 내가 내일 직접 그걸 찾으러 간다면, 먼저 어딜 가야 할까? 어디로?"

그는 이야기를 멈췄다. 언뜻 보기에도 이제 탈진한 듯했고 정신이 혼란스러워진 듯했다. "내가 뭘 해야 하지? 기억이 안 나. 자넨 모든 걸 알고 있어. 날 도와주지 않겠나? 내 불행 때문에 난 스스로를 도울 수 없게 돼 버렸네."

그는 말을 멈추고, 혼자 국경에 가면 실패할지도 모른다는 말을 중얼거리더니, 여기서 더 지체되면 상황이 치명적으로 변할지도 모른다는 말을 정신없이 하다가 '에이다'라는 이름을 불러 보려 했지만, 첫 글자를 발음하자마자 목소리가 흔들리더니, 갑자기 날 외면하면서 울음을 터트리고 말았다.

그 순간 그가 너무 불쌍해서 그만 마음이 흔들려 내가 맡은 다른 의무들은 생각하지도 않은 채, 그가 부탁하는 건 뭐든 하겠다고 약속해 버렸다. 그가 고개를 들고 내 손을 덥석 잡았을 때 그의 얼굴에 떠오른 들뜨고 득의만만한 표정을 보자 좀 더 신중했어야 했다는 생각이 들었다. 하지만 이미 해 버린 말을 되돌리기엔 너무 늦었다. 그를 진정시킬 수 없다면, 그다음에 내가 할 수 있는 차선은 가서 이 모든 일을 나 혼자 냉정하게 생각해 보는 것이었다.

"그래, 그래." 그를 진정시키려고 내가 한 몇 마디 말에 대한 대답으로 그가 이렇게 응수했다.

"내 걱정은 하지 마. 자네가 도와주겠다는 말을 해 준 후로, 난 어떤 긴박한 상황이 닥쳐도 이성을 잃지 않고 침착하게 행동하겠네. 나는 유령에 너무나 익숙해졌기 때문에 이젠 그 존재를 거의 느끼지도 못할 정도야. 게다가 여기에 상심한 마음의 치료제인 편지가 있잖나. 이 편지들은 에이다가 보낸 거야. 내 불행을 견딜 수 없을 것 같은 마음이 치밀 때마다 진정하기 위해 이 편지들을 읽어 보곤 하지. 오늘 밤에도 자네가 오기 전에 30분 동안 이 편지들을 읽고 싶었다네. 자네와 이야기할 수 있는 상태가 되도록 말이지. 그리고 자네가 떠나면 다시 읽어 볼 거야. 그러니까 다시 말하지만 내 걱정은 하지 마. 자네가 도와주면 성공할 수 있을 거라는 걸 난 알아. 그리고 우리가 영국에 돌아가면 에이다가 자네에게 고마워할 거야. 자네는 그럴 자격이 충분해. 나폴리에서 내가 미쳤다고 떠드는 얼간이들을 만나면 그 말에 반박하느라 굳이 기운 빼지 말게. 그 추문은 너무나 야비한 것이니 결국엔 자승자박할 걸세."

나는 다음 날 일찍 오겠다고 약속하고 그의 집을 나왔다.

호텔로 돌아왔을 때, 오늘 밤 그런 알프레드의 모습을 보고 이야기를 들은 후에 잠을 자는 건 불가능할 것 같았다. 그래서 파이프에 불을 붙이고 창가에 앉았다. 교교한 달빛을 보고 있자니 얼마나 마음이 상쾌해지던지! 나는 뭐가 최선인지 생각해 보려고 노력했다. 우선 의사들이나 영국에 있는 알프레드의 친구들에게 호소하는 건 불가능할 것 같았다. 알프레드가 이렇게 힘든 상황에서 그동안 고통스럽게 간직한 비밀까지 털어놓은 마당에 그의 지적 능력에 장애가 있다는 생각은 도저히 들지 않았다. 그다음으로 아까 경솔하게 그랬던 것처럼 다시 그를 설득해서 삼촌의 시체를 찾는다는 생각을 포기하게 하려는 시도 역시 소용없을 것 같았다. 이렇게 두 가지 결론에 이르자, 날 곤혹스럽게 만드는 실질적인 문제는 그의 그 기이한 목적을 이루기 위해 내가 그를 돕는 행위를 정당화할 수 있느냐는 것이었다.

내 도움으로 그가 몽크턴의 시체를 찾아서 영국으로 돌아간다고 치면, 그런 일들이 벌어진 후에 분명 치르게 될 결혼식에 내가 일조하는 꼴이 될 텐데 그게 과연 옳은 일일까? 어떤 위험을 무릅쓰고라도 막아야 하는 것이 인간의 도리인 것처럼 보이는 그런 결혼식을? 그 의문을 계기로 나는 그의 광기가 어느 정도인지, 혹은 좀 더 조심스럽고 정확한 표현을 써서 그의 환상이 어느 정도인지 생각하게 됐다. 다른 평범한 주제에 대한 이야기를 할 때면 그는 확실히 제정신이었다. 아니, 오늘 밤 그는 아주 분명하고 정확하게 자신의 의사와 이야기를 전달했다. 유령 이야기에 대해 생각해 보자면, 다른 지적인 사람들도 자신이 유령에게 쫓기고 있다고 생각하고 극심한 중압감에 시달려서 이성적인 사고 능력이 부족한 상태에서 그러한 이야기를 쓰기도 했다. 그러니 오래된 예언이 사실이고 그가 상상한 유령이 임박한 재난을 경고하며 그것을 피하라는 초자연적인 경고를 했다고 믿는 몽크턴의 확신은 사실 환상에 불과하다. 또한 애초에 그가 환영을 본 이유는 선천적으로 흥분하기 쉬운 기질인 데다 혼자서 고독한 생활을 해 왔고, 거기다 대대로 내려오는 정신병의 영향을 받기 쉬웠을 것이다.

이 병은 치료할 수 있을까? 나보다 알프레드를 훨씬 더 잘 아는 엘름슬리 양의 행동으로 봐선 그렇게 생각하는 것 같았다. 그런데 내가 확인해 보지도 않고 그녀의 생각이 틀렸다고 판단할 만한 이유나 권리가 있을까? 내가 그와 같이 국경에 가길 거절하면 그는 분명 혼자 출발해서 온갖 실수를 저지를 것이고, 그러다 무수한 사고를 당하게 될 것이다. 반면 나는 한가하게 시간을 마음대로 쓸 수 있어서 잠시 나폴리에 머무는 처지에 그에게 그렇게 원정을 떠나 보라고 말해 놓고 혼자 가게 내버려 둬도 되는 것일까? 그것도 내게 비밀을 털어놓으라고 부추기기까지 한 마당에 말이다. 이런 식으로 나는 그 문제를 계속 고민하면서 여러 각도에서 생각해 봤다. 유령 이야기라면 다 비웃는 사람으로서 나는 알프레드가 스티븐 삼촌의 부고가 영국에 도착하기도 전에 유령을 봤다는 망상에 빠져 있다고 굳게 믿었다. 그런 이유로, 내 불쌍한 친구의 망상에는 손톱만큼의 영향도 받지 않은 채 마침내 그를 따라 그 기묘한 수색 작업에 나서기로 결정했다. 흥미로운 일이라면 덮어놓고 좋아했던 내 성향도 그런 결정을 내리는 데 한몫했을 것이다. 하지만 스스로를 변명해 보자면 정말 친구가 안쓰럽기도 했고, 할 수만 있다면 저 멀리 영국에서 약혼자를 굳게 믿으며 간절한 희망을 품고 기다리는 그 불쌍한 아가씨의 근심을 덜어 주고 싶었다.

떠나기 전에 알프레드와 한 번 더 이야기를 나눈 후 내가 여행 준비를 하는 과정에서 나폴리에 있는 친구들 대부분에게 우리의 여행 목적이 알려졌다. 당연히 사람들은 깜짝 놀랐고, 몽크턴만 미친 게 아니라 나도 미친 것 같다는 의심을 노골적으로 표현했다. 어떤 사람들은 실제로 내게 스티븐 몽크턴이 얼마나 뻔뻔하고 방탕한 인간이었는지 말해서 내 결심을 꺾으려고 노력하기도 했다. 내가 그에게 개인적인 관심이 있어서 그의 시체를 찾으려는 줄 아나 보다! 그런 식으로 사람들이 날 설득하려 들거나 비웃었지만 내 마음은 한 치도 흔들리지 않았다. 난 이미 결단을 내렸고, 그때나 지금이나 황소고집인 성격은 여전했다.

이틀 후에 나는 모든 준비를 마치고 원래 정한 시간보다 몇 시간 일찍 여행할 마차를 집 앞에 오라고 지시했다. 여기서 알고 지낸 영국 지인들이 우리가 떠날 때 우리의 수색 작업을 '응원'해 주겠다는 장난스러운 협박을 했는데, 알프레드를 위해 그건 피하는 게 좋겠다고 생각했기 때문이다. 그는 이미 이 여행을 준비하면서 지나치게 들떠 있었다. 그래서 해가 뜨자마자 거리에 우리를 구경하러 나온 사람이 하나도 없을 때 조용히 나폴리를 떠났다.

이제 '미치광이 몽크턴'과 같이 로마 국가들의 국경을 따라, 죽은 결투 참가자의 시체를 찾으러 떠났으니 그 과정에서 어려운 일도 있었고, 본능적으로 단 하루라도 미래를 고대하는 일은 없었을 거라는 점은 아무도 의심하지 않을 것이다!

V

나는 우선 국경 가까이 있는 폰디라는 마을을 수색 본부로 결정하고, 미리 대사관에 요청해서 안에 관이 든 몽크턴의 나무 상자를 거기로 보내 놨다. 우리는 여권 외에도 대부분의 중요한 국경 마을의 관청에 보내는 소개장들을 가지고 갔고, 마지막으로 수색 작업에서 필요한 도움은 다 받을 수 있도록 돈도 충분히 가져갔다(몽크턴의 어마어마한 재력 덕분이었다). 이런 다양한 자원 덕분에 우리는 모든 시설을 이용할 수 있었고, 죽은 삼촌의 시체를 찾기 위한 도움을 받았다. 하지만 목적을 이루지 못하고 실패할 가능성이 아주 높은 상황에서, 미래 전망을—특히 내가 이 책임을 진 후로—생각하기란 즐겁지 않았다. 폰디로 난 길을 따라 이탈리아의 눈부신 햇살을 받으며 가는 동안 불안하고 거의 절망적인 기분이었다는 점을 솔직히 고백한다.

이틀 동안 우리는 아주 편안하게 여행했다. 몽크턴의 몸 상태를 배려해서 내가 천천히 가자고 주장했기 때문이다.

여행 첫날 알프레드가 극도로 불안해서 나는 조금 두려워졌다. 그는 내가 그동안 봐 왔던 것보다 훨씬 더 정신적으로 불안한 증상들을 여러모로 드러냈다. 하지만 이틀째가 되자 우리의 수색 여행에 적응한 것처럼 보였고, 한 가지만 제외하면 대체로 기분도 좋고 침착해 보였다. 그는 죽은 삼촌 얘기가 나오기만 하면 여전히 그 오래된 예언에 강력한 힘이 있다고 주장했고, 그가 봤거나 항상 보고 있다고 생각하는 유령의 영향을 받아 스티븐 몽크턴의 시체가 어디 있건 땅속에 묻히지 않은 상태로 있다고 우겼다. 다른 이야기를 할 때면 항상 내 의견을 존중하면서 부드럽게 이야기하는데, 이 문제만은 어떤 식으로든 설득할 수 없을 정도로 고집을 부리며 자신의 기이한 의견을 주장했다.

사흘째 되는 날 우리는 폰디에서 휴식을 취했다. 관이 든 그 나무 상자도 도착해서 안전한 곳에 보관했다. 우리는 노새를 몇 마리 구하고, 그 지방을 제 손바닥처럼 훤하게 아는 안내인을 한 명 고용했다.

우리는 이 여행의 목적을 교양 있는 계층 사이에서도 가장 신뢰할 수 있는 사람들에게만 밝히는 게 낫겠다는 생각이 들었다. 그런 이유로 우리는 그 치명적인 결투 참가자들처럼 나흘째 되는 날 아침 일찍 그림을 그리기에 좋은 풍경을 물색하는 화가들처럼 스케치북과 물감 상자를 가지고 출발했다.

로마의 국경 안에서 북쪽으로 몇 시간 여행한 우리는 일반적인 여행자들은 가지 않는 작은 벽촌에 멈춰 우리도 쉬고 노새도 쉬게 했다.

이 마을에서 그나마 조금이라도 중요한 인물은 신부 하나밖에 없었다. 나는 몽크턴에게 내가 돌아올 때까지 안내인과 같이 기다리라고 하고 그 신부에게 물어보러 갔다. 이탈리아어를 꽤 유창하게 구사하는 나는 목적에 맞게 정확히 표현하면서 용건을 아주 공손하고 조심스럽게 소개했다. 하지만 내가 한 마디 한 마디 할 때마다 그 가련한 신부는 점점 더 겁을 먹고 당황했다. 결투 참가자들과 입회인들 그리고 한 사람이 죽었다는 말에 그는 놀라서 제정신이 아닌 것 같았다. 그는 내게 연신 고개를 숙여 인사하고, 초조해서 안절부절못하고 계속 하늘을 보면서, 어깨를 으쓱해 가며 아주 빠르게 이탈리아식으로 내가 무슨 이야기를 하는지 하나도 모르겠다고 말했다. 그게 내 첫 실패였다. 다시 몽크턴과 안내인을 만났을 때 내가 풀이 죽어 있었다는 점을 고백해야겠다.

한낮의 열기가 가신 후에 우리는 다시 여행을 떠났다.

그 마을에서 약 5킬로미터 정도 떨어진 도로, 아니 그보다는 우마차나 다니는 길이 두 방향으로 갈라졌다. 안내인이 오른쪽 길은 산으로 올라가서 10킬로미터쯤 떨어진 수도원에 이른다고 알려 줬다. 그 수도원을 넘어가면 곧 나폴리 국경이 나온다고 했다. 왼쪽 길은 로마의 영토 깊숙이 들어가 오늘 하룻밤 잘 수 있는 작은 마을이 나올 것이라고 했다. 로마 땅은 우리의 수색 목적에 맞게 가장 먼저 가야 할 곳이자 가장 적합한 장소로 보였고, 거기서 아무 소득도 거두지 못한 채 폰디로 돌아온다 해도 수도원은 항상 갈 수 있는 거리에 있었다. 게다가 왼쪽 길로 가면 우리가 탐험하기 시작한 지방의 가장 넓은 땅으로 들어가게 되는데, 나는 항상 가장 큰 장애물을 제일 먼저 돌파하고자 하는 성향이 있었다. 그래서 우리는 대담하게 왼쪽 길로 결정했다. 이렇게 결단하고 감행한 우리의 원정은 일주일이 걸렸지만 아무 소득이 없었다. 우리는 아무것도 발견하지 못한 채 폰디에 있는 본부로 돌아왔는데 너무 당혹한 나머지 이제 어디로 가야 할지 알 수 없었다.

나는 실패 그 자체보다 그것이 몽크턴에게 미친 영향 때문에 훨씬 더 불안해졌다. 우리가 왔던 길을 되짚어 돌아오자 그의 결심은 완전히 무너져 버린 것 같았다.

그는 처음에는 초조해하면서 변덕을 부리더니 곧 이어 입을 다문 채 낙심했다. 그러다 마침내 몸과 마음 모두 완전히 혼수상태에 빠져서 나는 매우 불안해졌다. 우리가 폰디로 돌아온 다음 날 아침 그가 한도 끝도 없이 자는 바람에 그의 뇌에 병이 난 게 아닌가 하는 의심이 들었다. 그날 하루 내내 그는 나와 거의 한 마디도 나누지 않았고, 단 한 번도 제대로 잠이 깬 것 같지 않았다. 그다음 날 아침 그의 방에 갔다가 그가 혼수상태에 빠져 있는 걸 발견했다. 우리를 따라온 그의 하인이 윈코트 수도원에서 아버지가 살아 계실 때도 우리가 지금 목격한 이런 증상을 알프레드가 보인 적이 한두 번 있었다고 말해 줬다. 그 말을 듣자 마음이 조금 편안해지면서 다시 이 수색의 목적을 생각해 보게 됐다.

나는 알프레드의 상태가 나아질 때까지 혼자서 시체를 찾으며 시간을 보내기로 결심했다. 수도원으로 가는 길은 아직 탐험하지 않았다. 지금 그 길로 출발하면 몽크턴과 하루만 떨어져 있으면 되고, 적어도 돌아와서 그에게 결투 장소에 관한 의문을 또 하나 해결했다는 만족감을 안겨 줄 수 있을 것이다. 그 생각을 하자 마음을 정할 수 있었다. 알프레드가 깨어나서 내가 어디 갔는지 물어볼 경우를 대비해 메시지를 남기고 우리가 처음 원정을 시작했을 때 멈춰 쉬었던 그 마을을 향해 다시 한번 출발했다.

그 수도원으로 걸어가기 위해 나는 길이 갈라지는 곳에서 안내인에게 노새들을 맡기고 헤어졌다. 그들은 마을로 돌아가서 내가 돌아오길 기다리기로 했다.

그 길의 첫 6킬로미터까지는 탁 트인 곳에서 완만하게 올라가다가, 그 후로 갑작스럽게 가팔라지면서 점점 더 울창한 숲속으로 끝도 없이 들어가게 됐다. 시계를 보고 예정된 거리를 거의 다 걸었다는 걸 확인했을 때 주위는 사방이 숲으로 막혀 있었고 무성한 나뭇잎들과 가지에 가려져 하늘도 잘 보이지 않았다. 그래도 나는 유일한 길잡이인 그 가파른 길을 따라 계속 걸었다. 10분쯤 걸어가자 갑자기 어느 정도 사방이 트이고 평평한 땅이 나오면서 내 앞에 수도원이 보였다.

그곳은 어둡고, 낮고, 불길해 보이는 곳이었다. 인기척도 없고 뭔가 움직이는 모습도 전혀 보이지 않았다. 한때는 흰색이었을 예배당의 전면에는 온통 초록색 얼룩이 죽죽 그어져 있었다. 수도원을 둘러싼 묵직하고 거친 벽의 틈마다 이끼가 짙게 끼어 있었다. 지붕과 옥상

난간의 길게 갈라진 틈마다 길고 호리호리한 잡초들이 자라서 축 늘어졌고, 창살을 두른 기숙사 유리창 안팎으로 잡초들이 하늘거렸다. 수도원 입구 맞은편 십자가에 나무로 만든 충격적으로 큰 실물 크기의 예수 그리스도가 못 박혀 있었다. 그 십자가 밑부분에 꿈틀거리며 기어 다니는 초록색 생물들이 우글거렸는데, 그 미끌미끌하고 썩은 듯이 보이는 것들이 십자가상 위까지 올라오는 걸 보자 놀라서 뒤로 물러서고 말았다.

수도원 문 옆에 손잡이가 끊어진 종을 당기는 줄이 걸려 있었다. 나는 문으로 다가가서—망설였는데 왜 그런지는 나도 잘 모르겠다—고개를 들어 다시 수도원을 보고, 건물 뒤쪽으로 돌아갔다. 이제 뭘 해야 할지 생각할 시간을 벌고 싶었고, 수도원 문 앞에서 들어가도 되는지 허락을 구하기 전에 기이하게도 사정없이 발동하는 호기심에 떠밀려 수도원 밖에서 볼 수 있는 건 다 봐 둬야겠다는 마음이 들어서였다.

수도원 뒤에서 벽에 붙여 지은 별채를 하나 발견했다. 엉성하게 지어서 다 썩어 가는 건물로, 지붕도 대부분 떨어져 나갔고, 한쪽 벽에 들쭉날쭉한 구멍이 하나 있었는데 아마도 한때 창문이 있었던 자리 같았다. 별채 뒤에 나무들이 무시무시할 정도로 빽빽하게 자라 있었다. 그 나무들을 보는데 저쪽에 있는 땅이 위로 솟구친 것인지 아니면 밑으로 내려앉은 것인지 구분할 수 없었다. 거기에 풀이 우거졌는지, 아니면 흙바닥인지, 아니면 바위투성이인지도 알 수 없었고. 그저 사방에 퍼져 있는 나뭇잎들, 가시가 있는 관목들, 고사리들과 긴 풀만 보였다.

그 불쾌한 침묵을 깨며 나오는 소리는 하나도 없었다. 주위를 둘러

싼 무성한 나무들 속에서 새소리 하나 들리지 않았고, 음울한 벽 너머 수도원 정원에서 사람의 목소리 하나 들리지 않았으며, 성당 탑에서 종소리도 울리지 않았다. 허물어진 별채에서는 개 울음소리 하나들리지 않았다. 죽음 같은 침묵이 이곳의 고독을 형언할 수 없을 정도로 깊어지게 만들었다. 침묵이 내 영혼을 짓누르기 시작하는 게 느껴졌다. 거기다 숲은 나로서는 산책하기에 좋은 장소가 아니었기 때문에 더 그랬다. 시인들이 숲속의 삶을 노래할 때 종종 표현하는 목가적인 행복이 내게는 산속이나 평야의 삶보다 매력이 없어 보였다. 숲속에 있을 때면 하늘의 무한한 아름다움과 그 밑 지상의 풍경에서 풍기는 달콤하고 부드러운 거리감이 너무나 그리웠다. 나는 신선한 공기가 나뭇잎들 속에 갇혀 고통받는 느낌에 불쾌해졌고, 나무들 사이 깊숙한 곳에서 희미하게 빛나는 고요하고 신비한 햇살을 볼 때면 기쁘다기보다는 항상 두려웠다. 초목의 경이로운 아름다움을 제대로 음미할 줄 모르는 둔감한 인간이라는 비판을 받을 수도 있겠지만, 숲속에 깊이 들어가면 거기서 빠져 나올 때가 산책에서 가장 좋아하는 부분이라는 점을 솔직하게 고백해야겠다. 숲속이 아닌 나무가 없는 평지, 야생의 언덕, 황량한 산 정상같이 숲을 벗어난 곳이라면 어디나 좋았다. 내 위에 탁 트인 하늘과 내 시야가 미치는 곳이라면 어디까지나 멀리 볼 수 있으니 말이다.

이런 고백을 했으니, 그 폐허가 된 별채 옆에 섰을 때 지금까지 왔던 길을 되짚어 걸어가 이 숲에서 빠져나가고 싶은 충동을 느꼈다고 해도 놀랄 사람은 없을 것이다. 실제로 돌아서서 이곳을 떠나려고 했다가 여기까지 온 용건이 불현듯 떠올라 그 자리에 멈춰 섰다. 문 옆에 달린 종을 울리면 들어오라는 허락을 받을 수 있을지 심히 의심스러웠다. 설사 안에 들어간다 해도, 거기 사는 사람들이 내가 찾는 정보에 대한 단서를 줄 수 있을지는 더 의심스러웠다. 하지만 몽크턴을 도울 수 있는 방법을 시도조차 하지 않고 가 버리는 건 그에 대한 의무를 저버리는 것이었다. 그래서 수도원 앞으로 다시 돌아가서 일단 모험 삼아 문에 달린 종을 울리기로 결심했다.

그렇게 삐죽삐죽한 구멍이 있는 별채 벽 옆을 지나치다 우연히 고개를 들었는데 그 구멍이 창문보다 훨씬 더 높은 곳에 뚫린 게 보였다.

그걸 살펴보려고 멈추자 숲속 공기가 아까보다 더 갑갑하고 불쾌하게 내 목을 조여 오는 것 같았다.

나는 1분 정도 기다렸다가 넥타이를 풀었다.

갑갑하다고? 분명 이건 갑갑한 것 이상이었다. 대기는 내 폐보다 코에 더 역겹게 느껴졌다. 공기 중에 표현할 수 없는 어떤 냄새가 희미하게 떠돌고 있었다. 전에 한 번도 맡아본 적이 없는 냄새였고, 별채로 다가갈수록 그 근원에 가까워진다는 생각이 들었다(이제 내 관심은 온통 그 냄새에 쏠렸다).

두세 번쯤 맡아 보고, 사실임을 확인했을 때, 더 이상 호기심을 참을 수 없었다. 주위에 돌과 벽돌 조각들이 널려 있었다. 나는 몇 개를 모아서 벽의 구멍 밑에 쌓아 놓고, 그 위에 올라섰다. 그러고는 내 행동을 살짝 부끄러워하며 별채 안을 들여다봤다.

구멍을 통해 내 눈에 들어온 끔찍한 광경은 바로 어제 본 것처럼 지금도 기억에 너무나 생생하게 남아 있다. 이렇게 오랜 시간이 흘렀는데도 또다시 그 오래된 공포에 몸서리를 치지 않고는 이 글을 쓸 수 없을 지경이다.

구멍 안을 들여다봤을 때 처음 받은 인상은 어떤 긴 물체가 누워 있다는 것이었다. 그 물체는 전신이 옅은 파란 색으로 물든 채 탁자 위에 있었는데, 흉물스럽기 짝이 없으면서도 어쩐지 인간과 반쯤 닮았다는 느낌이 들었다. 나는 그걸 다시 보고 그게 사람이라는 것을 확신했다. 그것을 덮은 베일 위로 이마, 코, 턱이 희미하게 돌출돼 있었다. 그리고 가슴과 그 밑의 움푹 파인 동그란 윤곽이 보였다. 거기다 무릎과 뻣뻣하게 굳어 위로 향한 섬뜩한 발 두 개도 보였다. 이번에는 좀 더 주의 깊게 봤다. 깨진 지붕 사이로 들어오는 희미한 햇빛에 내 시력도 적응이 됐고, 머리에서 발끝까지 길이가 대단히 긴 점으로 판단하건대 내가 보고 있는 건 남자의 시신이라고 확신했다. 분명 한때는 그 위에 시트가 덮여 있었다가 천장이 뚫려서 사방에 노출된 시신이 썩어 가면서 그걸 덮은 시트 역시 흰 곰팡이가 피고 썩어서 옅은 파란색으로 변한 것이다.

얼마나 오랫동안 그 끔찍하게 썩어 가는 시신을 보고 있었는지 모르겠다. 시신은 주위의 고요한 공기를 오염시키고, 시체를 비추는 햇빛마저도 얼룩지게 하는 것 같았다. 마치 바람이 부는 것처럼 나무들 사이 멀리서 둔탁한 소리가 나는 걸 들었던 기억이 난다. 그 소리가 내가 서 있는 곳 근처로 슬금슬금 다가오는 것 같았다. 그러다 별채 지붕 틈으로 낙엽 한 장이 소리 없이 시체 위로 빙글빙글 돌다가 떨어지자 멍해졌던 나는 다시 기운이 나면서, 긴장을 풀었다. 내가 보고 있던 광경에 나뭇잎이 떨어지면서 일어난 그 미세한 변화가 내게 즉각적인 효과를 발휘했다. 나는 땅바닥으로 내려와서, 돌무더기 위에 앉아, 얼굴을 뒤덮은 땀을 닦아 내면서, 그때 처음 알았다. 예상도 못 했던 끔찍한 광경을 보고 나서 그것이 생각보다 내게 더 큰 충격을 줬다는 걸 깨달았다. 몽크턴의 예언, 즉 우리가 그의 삼촌의 시체를 발견하는 데 성공한다면, 그것이 땅속에 묻히지 않은 상태로 있다는 걸 알게 될 것이란 말이 저 탁자와 그 위에 있는 끔찍한 시체를 보는 순간 떠올랐다. 순간 내가 그 시체를 발견했다는 확신이 들었다. 그리고 그 오래된 예언이 다시 떠올랐다. 나는 기이한 갈망과 슬픔, 애매한 불운의 예감, 설명할 수 없는 공포를 느끼다 멀리 떨어진 마을에서 내가 돌아오길 기다리는 그 불쌍한 청년을 떠올리며 순간적으로 미신에 찬 공포가 밀려들어서 모든 판단력과 결의를 상실할 뻔했다. 마침내 정신을 차리고 방금 막 어마어마한 육체적 고통을 겪은 것처럼 힘이 빠지고 현기증이 일면서 공포는 사라졌다.

나는 수도원 문 앞으로 급히 돌아가서 정신없이 종을 울렸다. 그리고 잠깐 기다렸다가 다시 울리자 발소리가 들렸다.

문 한가운데, 바로 내 얼굴 맞은편에 길이가 몇 인치밖에 안 되는 미닫이 판이 보였다. 누군가가 안에서 그 판을 밀어서 열었다. 그 미닫이문의 쇠창살을 통해 옅은 회색의 흐릿한 눈 두 개가 멍하니 날바라봤고, 힘없이 조금 쉰 목소리가 들렸다.

"원하는 게 뭐요?"

"전 여행자입니다." 내가 그렇게 이야기를 시작했다.

"여기는 별것 없는 수도원이오. 여행자들이 볼만한 건 하나도 없어요."

"뭘 보러 온 게 아닙니다. 꼭 물어봐야 할 중요한 질문이 하나 있어요. 이 수도원의 누군가는 꼭 대답해 주실 수 있으리라 믿습니다. 절들어가게 해 주실 수 없다면, 적어도 여기 나와서 저랑 이야기를 하시지요."

"혼자요?"

"혼자 있습니다."

"거기 여자는 없고?"

"없습니다."

문의 빗장이 천천히 열렸고, 카푸친회 수도회의 늙은 수사 한 명이 내 앞에 서 있었다. 그는 아주 노쇠하고, 의심이 많은 데다 몰골이 몹시 추레했다. 나는 너무 흥분하고 초조해서 격식을 갖춰 인사말을 나누며 낭비할 시간이 없었다. 그래서 곧장 그 수도사에게 내가 어떻게 별채의 구멍을 들여다보게 됐고, 거기서 뭘 봤는지 이야기하면서, 내가 본 그 시체는 누구였으며, 왜 매장도 하지 않고 거기 놔뒀냐고 다짜고짜 물었다.

그 늙은 수도사는 물기가 많고 수상쩍게 반짝이는 눈으로 날 보면서 내 이야기를 들었다. 그는 손에 주석으로 만든 낡은 코담뱃갑을 들고 있었는데 내가 이야기를 하는 동안 손가락으로 상자 속 코담배 가루를 천천히 안쪽으로 쓸어서 모았다. 내가 이야기를 마치자 그는 고개를 설레설레 저으며 말했다.

"별채의 그건 확실히 흉측한 광경이오. 내가 지금까지 본 광경 중 가장 추한 광경이지."

"지금 그 광경에 대해 말하자는 게 아닙니다." 나는 초조하게 대꾸했다.

"저는 그 남자가 누구인지, 어떻게 죽었는지, 그리고 왜 제대로 매장하지 않았는지 묻고 있는 겁니다. 그 이유를 말해 줄 수 있습니까?"

그는 마침내 손가락으로 잡은 담배 가루 서너 톨을 천천히 콧구멍 속으로 넣으면서, 그런 내내 그 상자를 열고 코 밑에 대서 한 알이라도 흘리지 않도록 조심하며 아주 탐욕스럽게 한두 번 들이마셨다. 그리고 담뱃갑을 닫더니 다시 물기 많은 눈을 아까보다 더 수상하게 반짝이며 나를 바라봤다.

"그렇지. 우리 별채에 있는 그건 아주 흉측한 광경이오. 정말 아주 흉측하지!" 수도사가 말했다.

그때처럼 내 성질을 누르기 힘들었던 적도 없었다. 하지만 나는 금방이라도 입 밖으로 튀어나올 것 같은 세상의 모든 수도사들에 대한 불경스러운 표현들을 꾹꾹 눌러서 참으며 다시 한번 사람을 열 받게 하는 그 노인의 의뭉함을 격파하려고 시도했다. 노인의 마음을 사로잡을 수 있게 다행히 나도 코담배파였는데 마침 주머니에 최고급 영국제 코담배로 가득 찬 담뱃갑이 있었다. 나는 그걸 뇌물로 꺼냈다. 그게 내 최후의 수단이었다.

"방금 보니 담뱃갑이 빈 것 같은데요. 제 것 한번 맛보시겠습니까?"

수도사는 갑자기 회춘이라도 한 것처럼 너무나도 민첩하게 내 제안을 받아들였다. 그는 내가 지금까지 본 중 그 어떤 남자보다도 더 크게 담배 한 줌을 집어서 한 톨도 흘리지 않은 채 천천히 코에 넣고 눈을 반쯤 감고 들이마신 후 부드럽게 고개를 흔들면서, 아버지처럼 자애로운 손길로 내 등을 다독였다.

"아, 내 아들아. 이 얼마나 맛있는 담배인가! 아, 내 아들이자 사랑스러운 여행자여, 그대를 사랑하는 이 영혼의 아버지가 한 번만 더 그 담배를 맛볼 수 없을까!"

"제가 그 담뱃갑을 채워 드리죠. 그러고도 충분히 남을 겁니다."

내 말이 끝나기도 전에 그는 낡은 담뱃갑을 내밀었다. 그리고 아버지 같은 손으로 내 등을 조금 전보다 더 흡족하게 두드렸다. 그러면서 기운 없고 쉰 목소리로 능수능란하게 내 칭찬을 해 댔다. 내가 이 늙은 수도사의 약점을 발견한 모양이었다. 담뱃갑을 돌려주면서 나는 곧바로 그 약점을 이용했다.

"아까 그 화제를 다시 거론해서 번거로우시겠지만, 전 별채에 있는 끔찍한 광경에 대해 수도사님이 해 주시는 설명을 들어야만 하는 특별한 이유가 있어서요."

"들어오게." 수도사가 대답했다.

그는 나를 데리고 안으로 들어가서 문을 닫은 후에, 앞장서서 풀이 무성하게 자란 뜰을 가로질렀다. 그리고 문 밖에서 마주 보이던 텃밭을 지나 천장이 낮고 아주 긴 방으로 들어갔다. 거기에는 더러운 목재 찬장 하나와 조잡하게 조각이 된 의자 몇 개, 흰 곰팡이가 핀 장식용 그림이 한두 점 있었다. 그 방은 성구 보관실이었다.

"여긴 아무도 없고, 아주 서늘하고 좋은 방이지." 늙은 수도사가 말했다. 너무 눅눅해서 나는 몸서리가 쳐질 정도였는데.

"교회 안을 구경하고 싶나? 제대로 수리해서 유지할 수만 있다면 아주 아름다운 교회인데 그럴 수가 없어. 아! 우린 저주를 받았어. 너무 가난해서 우리 교회를 수리할 수 없단 말이지!" 그가 말했다.

그는 고개를 절레절레 흔들면서 커다란 열쇠 뭉치를 더듬거리기 시작했다.

"교회는 신경 쓰지 마세요. 제가 알고 싶은 걸 말해 줄 수 있습니까, 아닙니까?" 내가 물었다.

"다 말해 주지. 처음부터 끝까지 전부 다. 자네가 잡아당긴 종소리에 내가 나가 줬잖아. 난 항상 그렇게 한다네." 수도사가 말했다.

"대체 그 종과 이곳에 있는 시체와 무슨 관계가 있습니까?"

"내 말 좀 들어 보게, 내 아들아. 그러면 알게 될 거야. 얼마 전에, 그러니까 몇 달 전일거야. 아, 난 너무 늙어서 깜박했어. 그게 몇 달 전인지는 모르겠어. 아! 난 불쌍하기도 하지. 나는 완전 늙은 수도사라니까!"그는 이 말을 하면서 다시 코담배를 한 줌 집어서 코에 넣으며 스스로를 위로했다.

"정확한 시기는 신경 쓰지 말라니까요. 그건 관심 없어요." 내가 말했다.

"좋아. 이제 이야기를 해 보지. 음, 그러니까 몇 달 전이라고 하지. 이 수도원에 있는 우리들은 다 아침을 먹고 있었어. 정말이지 형편없는 아침 식사야, 이곳 식사란 게 말이야! 아침을 먹는데 갑자기 탕! 탕! 이렇게 두 번 소리가 나더라고. '총이다' 내가 말했지. '저들이 뭘 쏘고 있는 걸까요?' 하고 제레미 수도사가 말했지. '사냥감이겠지.' 빈센트 수도사가 대꾸했어. '아, 사냥감!' 제레미 수도사가 말했지. '총소리가 또 나면 사람을 보내서 무슨 일인지 알아봐야겠군.' 수도원장님이 말씀하셨지. 총소리는 더 이상 들리지 않아서 우린 그 형편없는 아침을 계속 먹었어."

"그 총소리는 어디서 났나요?" 내가 물었다.

"밑에서 났어. 수도원 뒤쪽에 있는 큰 나무들 너머에 공터가 있어. 거기가 웅덩이만 그렇게 많지 않아도 좋은 땅인데. 하지만 아! 우린 저주를 받았지. 우리가 사는 이곳은 얼마나 축축하고 눅눅한지 원! 너무 눅눅해!"

"음, 그 총성이 들린 후에 무슨 일이 있었나요?"

"곧 그 이야기를 할 거야. 우린 아직 아침을 먹고 있었지. 모두 아무 말도 하지 않았어. 대체 여기서 뭐 할 이야기가 있겠나? 우리 믿음,

우리 텃밭과 우리의 형편없고 또 형편없는 아침 식사와 저녁 식사 말
고 대체 뭐가 있겠냐고? 모두 그렇게 말없이 있는데 갑자기 밖에서
종이 울리는 거야. 그런 적이 한 번도 없었는데. 정말 지독한 종소리
였지. 모두 음식을 씹다가 멈췄어. 그 형편없는 음식을 입에 물고 있
다가 삼키기도 전에 멈춰 버린 거야. '가 보게. 어서 가 봐. 그건 자네
의 의무야. 문에 나가 봐.' 수도원장님이 말씀하셨지. 나는 발끝으로
살살 걸어가서, 문 앞에서 기다리다가, 무슨 소리가 나는지 들어 보
고, 문에 있는 작은 덧문을 밀어서 밖을 슬쩍 내다봤지. 그랬더니 아
무것도, 정말 아무것도 안 보이더라고. 난 용감한 사람이야. 절대 그
어느 것에도 겁먹지 않아. 그래서 내가 어떻게 했는지 알아? 내가 문
을 열었지. 아하! 성모마리아님이여, 그런데 우리 수도원 문지방에
뭐가 누워 있었는지 알아? 남자, 죽은 남자였어! 아주 큰 남자였지!
자네보다 크고, 나보다 크고, 우리 수도원에 있는 그 누구보다 큰 남
자였어. 입고 있는 멋진 코트 단추는 끝까지 채우고, 검은 눈으로 하
늘을 빤히 올려다보고 있었고, 셔츠 앞쪽에서 피가 계속 흘러나오더
군. 내가 어떻게 하겠어? 난 비명을 한 번 지르고, 또 지른 후에 수도
원장님에게 달려갔지!"

　나폴리의 알프레드 방에서 프랑스 신문으로 읽었던 그 치명적인
결투의 세세한 내용이 생생하게 기억났다. 늙은 수도사의 마지막 말
을 듣는 동안 내가 별채를 들여다보며 처음 들었던 의심은 확신으로
변했다.

　"그러니까 지금까지 제가 이해한 바로는 제가 방금 별채에서 본 그
시신이 수도사님이 수도원 밖에서 죽은 채로 발견한 그 남자의 시신
이라는 거네요. 이제 왜 그 사람을 제대로 묻어 주지 않았는지 그 이

유를 말해 주세요." 내가 말했다.

"잠깐, 잠깐만 기다려. 수도원장님이 내 비명 소리를 듣고 밖으로 나오셨지. 우리 모두 문으로 달려가서 그 큰 남자를 들어 올려서 자세히 살펴봤지. 죽었어! (손으로 찬장을 탁 치면서) 이런 물건처럼 죽은 거야. 우리가 다시 들여다보니까 그 남자의 코트 깃에 쪽지가 하나 핀으로 꽂혀 있었어. 아하! 내 아들, 그 소리를 들으니 깜짝 놀라는군. 결국엔 내 이야기를 듣고 놀랄 거라고 생각했어." 수도사가 대답했다.

나는 정말 놀랐다. 쪽지는 분명 그 입회인의 중간에 끊긴 이야기에 언급된 바로 그 수첩에서 찢어 낸 종이임에 분명했다. 남자가 어떻게 목숨을 잃었는지에 대한 사연을 간단하게 적은 바로 그 종이 말이다. 만약 시체의 신원을 판별하는 데 확증이 필요하다면 바로 그 증거가 여기 나온 것이다.

"그 종이에 무슨 내용이 쓰였을 거라고 생각하나? 우린 모두 그걸 읽고 전율했지. 이 남자는 결투를 하다 죽은 거야. 그 사람, 그 불쌍한 사람은 절대 해선 안 될 대죄를 저지르다 죽은 거지. 그리고 그가 죽는 걸 본 사람들이 우리 카푸친회 수도사들, 성직자들, 하늘의 종들, 교황 성하의 자식들인 우리들에게 그를 묻어 달라고 부탁했어! 아! 하지만 우리는 그 쪽지를 읽었을 때 격노했어! 고통스러워 신음하고, 손을 비틀고, 외면하고, 수염 위로 눈물을 흘리며, 우리는."

"잠깐만요." 나는 그 노인이 자기 이야기를 하느라 열을 올리는 걸 보고, 지금 막지 않으면 별 중요하지도 않은 이야기를 끝도 없이 늘어놓을 거라는 걸 알았다.

"잠깐만요. 죽은 남자의 코트에 핀으로 꽂혔던 쪽지를 보관하고 있나요? 제가 그걸 좀 볼 수 있을까요?"

수도사는 내게 대답을 할 것처럼 하다가 갑자기 말을 멈췄다. 나는 그의 눈이 내 얼굴을 떠나 다른 곳으로 향하는 걸 보고 동시에 내 뒤에서 문이 조용히 열렸다가 닫히는 소리를 들었다.

즉시 뒤를 돌아보자 방 안에 또 다른 수도사가 있는 게 보였다. 키가 크고, 비쩍 마르고, 검은 수염을 기른 수도사로 그가 나타나자 코담뱃갑을 가지고 있는 내 친구는 갑자기 아주 점잖고 신앙심이 깊어 보였다. 나는 그가 수도원장일거라고 추측했고, 그가 내게 말을 건 순간 내 짐작이 맞았다는 걸 알았다.

"나는 이 수도원의 원장입니다." 그는 조용하고 또렷한 목소리로 말하면서 내 얼굴을 차가운 시선으로 주의 깊게 바라보며 말했다.

"우리 수도사와 같이 나누는 대화의 뒷부분을 들었는데 당신이 그 죽은 남자의 코트에 핀으로 꽂혀 있었던 쪽지를 보고 싶어 하는 이유가 궁금하군요."

그가 아주 침착하게 우리의 대화를 들었다고 인정하고 조용하면서도 위엄 있는 태도로 질문해서 난 놀라고 당황했다. 처음에는 대체 어떤 말투로 대답을 해야 할지 알 수 없었다. 그는 내가 주저하는 모습을 찬찬히 살펴보더니, 그 이유를 오해하고, 늙은 수도사에게 그만 물러가라고 신호를 보냈다. 그는 자신의 긴 회색 수염을 겸손하게 쓰다듬으며 '맛있는 코담배'를 수도원장 몰래 획득했다는 사실에 은밀하게 기뻐하면서 발을 질질 끌며 나갔다. 그는 방을 나가기 전 문가에서 수도원장에게 아주 정중하게 고개를 숙여 인사하고는 나갔다.

"자, 전 지금 당신의 대답을 기다리고 있습니다." 수도원장은 아주 냉정하게 말했다.

"아주 간략하게 말씀드리겠습니다." 나는 그의 말투를 그대로 따라했다.

"전 이 수도원의 부속 건물인 별채에서 매장하지 않은 시체를 봤는데 역겹고 끔찍했습니다. 전 저 시체가 영국의 지체 높고 부유한 신사의 시신이라고 믿고 있습니다. 그는 결투를 하다가 목숨을 잃었죠. 저는 그 신사의 조카와 같이 이곳에 왔습니다. 그는 죽은 신사의 유일한 친척으로 삼촌의 시체를 찾으려는 목적 하나로 여기까지 온 겁니다. 제가 그 시신에서 발견된 쪽지를 보고 싶어 하는 이유는 그 쪽지가 제가 방금 언급한 그 친척의 신원을 밝혀서 제 친구의 목적을 달성할 수 있을 거라고 믿기 때문입니다. 이만하면 충분한 답변이 되었는지요? 그리고 제게 그 쪽지를 볼 수 있게 허락해 주시겠습니까?"

"당신의 답변에 만족했습니다. 그리고 그 쪽지를 당신에게 보여 주지 못할 이유는 없지요. 하지만 먼저 말할 게 한 가지 있습니다. 그 시체를 보고 당신이 받은 인상을 표현할 때 당신은 '역겹고', '끔찍하다'고 했습니다. 우리 수도원의 땅에서 본 광경에 대해 그런 표현을 쓴다는 건 당신이 성스러운 가톨릭 신자가 아니라는 뜻이겠지요. 그러니까 당신은 내게서 어떤 설명도 들을 권리가 없습니다. 그래도 호의를 베푸는 뜻으로 설명해 드리죠. 그 죽은 자는 대죄를 지었기 때문에 용서받을 수 없었습니다. 우리는 그의 시체에서 발견한 쪽지로 그 정도 내용을 추론했지요. 그리고 우리가 본 것과 들은 것을 토대로 그가 교회 땅에서 살해됐으며, 결투는 범죄라는 특별법을 위반하다가 죽었다는 것도 알게 됐습니다. 우리 교황 성하께서 직접 서명해서 로마 전역에 있는 신도들에게 보낸 편지에서 그 법을 엄격하게 시행하라고 촉구하셨는데도 말입니다. 이 수도원 안의 땅은 축성을 받았습니다. 그래서 우리 가톨릭 신자들은 종교를 위반한 자들, 우리 교황 성하의 적들, 이 신성한 땅에서 가장 신성한 법을 어긴 자들을 묻을 수 없습니다. 이 수도원 밖으로 나가면 우리는 아무런 권리도, 권력도 없습니다. 우리에게 둘 다 있다면 우리는 수도사들이지, 무덤 파는 일꾼들이 아니며, 우리가 치르는 장례는 교회의 기도와 승인을 받은 것뿐입니다. 이것이 내가 당신에게 할 수 있는 설명입니다. 여기서 기다리면 그 쪽지를 가져오겠습니다." 수도원장은 그렇게 말하고 처음에 들어왔던 것처럼 조용히 방을 나갔다.

나는 이 신랄하고 무례한 설명에 대해선 생각할 시간이 거의 없었고, 그저 그 말을 한 수도원장의 말과 태도에 조금 언짢아하고 있을 때 수도원장이 쪽지를 들고 돌아왔다. 그는 내 앞에 있는 찬장 위에 그 쪽지를 내려놨다. 나는 연필로 급하게 쓴 쪽지를 읽었다. 내용은 다음과 같았다.

이 쪽지는 영국 귀족인 스티븐 몽크턴 씨의 시신에 붙여 놓습니다. 그는 양쪽 다 용감하고 명예롭게 싸운 결투에서 총에 맞아 숨졌습니다. 그의 시신은 이 수도원 문 앞에 남겨 뒀습니다. 이곳의 수도사들이 묻어 주길 바라는 마음에서입니다. 이 결투에서 살아남은 사람들은 즉시 뿔뿔이 흩어져서 각자의 안전을 도모하기 위해 도주해야 하므로 어쩔 수 없습니다. 사망한 분의 입회인이자 이 설명을 쓰는 나는 신사로서 명예를 걸고 이 결투를 하다 사망한 분은 결투를 하기 전에 미리 정한 규칙들을 엄격하게 준수해서 공정한 방식으로 총을 맞고 사망했다는 사실을 서면으로 증명하는 바입니다.

F

'F'라. 나는 몽크턴 씨의 입회인인 풀롱 씨의 머리글자 F를 쉽게 알아봤다. 그는 파리에서 폐결핵으로 죽었다.

시체 발견과 신원 증명이 완벽하게 끝났다. 이제 알프레드에게 소식을 전하고 여기 별채에서 시신을 운반할 수 있는 허가를 받기만 하면 된다. 내가 제정신인지 순간 의심할 뻔하다가 알프레드와 같이 나폴리를 떠날 때는 허무맹랑한 목적이라고 생각했던 일을 사실상 우연히 해냈다는 점을 깨달았다.

"이 쪽지가 결정적인 증거네요." 나는 쪽지를 다시 수도원장에게 건네며 말했다. "별채에 있는 시신이 우리가 찾고 있던 시신이라는 사실은 의심의 여지가 없습니다. 몽크턴 씨의 조카가 시신을 영국의 가족 묘지로 옮기고 싶다면 무슨 문제가 있을지 물어봐도 될까요?"

"그 조카는 어디 있습니까?" 수도원장이 물었다.

"지금 폰디란 마을에서 제가 돌아오길 기다리고 있습니다."

"그가 친척이란 사실을 증명할 수 있습니까?"

"그렇습니다. 그는 그 점을 확실히 증명할 서류들을 가져왔습니다."

"그 조카란 분이 이곳 정부의 허가를 받아 오면 아무 문제 없이 뜻을 이룰 수 있을 겁니다."

나는 이렇게 부루퉁한 사람과 1분도 더 이야기하고 싶지 않았다. 거기다 날이 빠르게 지고 있었다. 가다가 밤이 되든 말든 폰디로 돌아갈 때까지 결코 멈추지 않겠다고 굳게 마음먹었다. 그래서 수도원장에게 곧 다시 연락하겠다고 말한 후에 인사를 하고 급히 그 방을 나왔다.

수도원 문 앞에서 주석 담뱃갑을 가진 내 친구가 날 내보내 주려고 기다리고 있었다.

"몸조심해요." 늙은 수도사가 작별 인사로 내 어깨를 다독이며 말했다. "당신을 사랑하는 영혼의 아버지에게 얼른 돌아와서 그 맛있는 코담배를 조금만 더 주는 호의를 베풀어 줘요."

VI

나는 전속력으로 노새를 맡겨 놓은 마을로 돌아가서, 노새에 안장을 얹고, 해가 지기 직전에 폰디에 도착하는 데 성공했다.

호텔 계단을 올라가는 동안 시신을 발견했다는 소식을 알프레드에게 어떻게 하면 가장 잘 전할 수 있을지 고민했다. 그 소식을 들을 수 있도록 마음을 대비시키지 않으면, 그처럼 몸이 약한 상태에서는 치명적인 영향을 받을지도 모른다. 그의 방문을 열었을 때 더 이상 어떻게 해야 할지 알 수 없었다. 거기다 그와 대면했을 때 그가 날 맞은 방식이 너무 놀라워 잠시 어안이 벙벙해졌다.

마지막으로 알프레드를 봤을 때 무기력하던 모습은 말끔히 사라지고 없었다. 그의 눈은 반짝였고, 뺨은 붉게 상기돼 있었다. 내가 들어가자 그는 침대에서 벌떡 일어나면서, 내가 내민 손을 잡지도 않았다.

"자넨 날 친구로 대우하지 않았어." 그가 격렬하게 말했다.

"나도 없이 혼자서 수색을 계속할 권리는 자네에게 없단 말일세. 자네는 날 여기 혼자 남겨 둘 권리가 없었어. 자네를 믿다니 내 판단이 틀렸어. 자네는 다른 사람들이랑 다를 게 하나도 없어."

이쯤 됐을 때 나는 조금이나마 정신을 차리고 그가 더 이상 말하기 전에 대답할 수 있었다. 지금 상태로는 그를 이성적으로 설득하거나 내 입장을 변호하는 것이 아무 소용이 없었다. 나는 모든 위험을 무릅쓰기로 작정하고 곧바로 소식을 전했다.

"자네가 없는 동안 내가 자네에게 아주 좋은 일을 했다는 걸 알게 되면 자네는 날 좀 더 공정하게 대할 거야. 내가 큰 착각을 한 게 아니라면 우리가 나폴리를 떠난 목적이 생각했던 것보다 더 가까운 곳에—"

즉시 그의 뺨에서 핏기가 사라졌다. 내 표정 때문인지 아니면 내 목소리에서 뭔가 드러났는지는 나도 모르겠지만 유달리 민감하고 예민한 그는 내 말이 무슨 뜻인지 대번에 알아차렸다. 그는 내 눈을 뚫어져라 바라보면서 내 팔을 꽉 움켜쥐었다. 그리고 간절하게 속삭였다.

"당장 진실을 말해 줘. 그를 찾았나?"

망설이기엔 너무 늦었다. 나는 그렇다고 대답했다.

"매장돼 있었나?"

그 질문을 할 때 그의 목소리가 갑자기 올라가면서 다른 손으로 나의 다른 쪽 팔을 움켜쥐었다.

"매장돼 있지 않았어."

내가 그 말을 끝내기도 전에 다시 그의 뺨이 상기됐다. 그리고 다시 나를 보는 그의 눈이 반짝이더니 갑자기 의기양양한 웃음을 터트려서 난 깜짝 놀란 동시에 충격을 받았다.

"내가 자네에게 뭐라고 했나? 이제 그 오래된 예언에 대해 자네는 뭐라고 할 건가?" 그는 그렇게 소리 지르면서 내 팔을 잡은 두 손을 내리고, 방을 서성이기 시작했다. "자네가 틀렸다고 인정해. 인정하라고. 내가 삼촌을 안전하게 관에 넣으면 그땐 온 나폴리 시민이 인정하겠지!"

그의 웃음소리가 점점 더 커지면서 격렬해졌다. 그를 진정시키려 했지만 허사였다. 그의 하인과 여관 주인이 왔지만, 더 소란스러워지기만 해서 그들을 다시 내보냈다. 그들을 내보내고 문을 닫았을 때 테이블 위에 엘름슬리 양이 보낸 편지들이 놓인 걸 봤다. 내 불쌍한 친구가 아주 소중히 간직하면서 수도 없이 읽고 또 읽었던 편지였다. 테이블 옆을 막 지나치는 날 본 알프레드가 그 편지 더미를 봤다. 편지를 쓴 사람과 관련된 미래에 대한 새로운 희망, 그의 마음속에 잠들어 있던 그 희망을 내가 가져온 소식이 깨우는 바람에 약혼녀를 떠올리는 소중한 물건을 보자 그는 벅차오르는 감정에 압도된 것 같았다. 그의 웃음이 멈추고, 표정이 변하면서 테이블로 달려가 편지 더미를 움켜쥐고 그걸 보다가 날 보는 순간, 나도 그만 감동하고 말았다. 그는 테이블 옆에 무릎을 꿇은 채 편지에 얼굴을 묻고 울음을 터트렸다. 나는 새로운 감정에 휩싸인 그를 방해하지 않으려고 한 마디도 하지 않은 채 방을 나왔다. 시간이 조금 흐른 후에 다시 돌아갔을 때 그는 조용히 의자에 앉아 무릎에 놓인 편지 다발 중 한 통을 읽고 있었다.

그의 표정은 다정하기 그지없었고, 일어서서 날 맞으며 두 손을 내미는 태도는 여성스러울 정도로 부드러웠다.

그는 이제 내 이야기를 들을 수 있을 정도로 상당히 진정됐다. 나는 내가 발견한 그 시체의 상태를 자세히 묘사하는 부분만 빼고 하나도 남김없이 다 들려줬다. 나는 먼저 시체를 옮기는 일은 전적으로 내게 맡겨 두고, 그는 관에 들어가게 될 시체가 정말로 우리가 찾던 그 시체가 맞는다는 확인을 받은 후에 폴롱 씨가 쓴 쪽지를 보는 것으로 만족해야 한다고 설득했다. 그 외에 그가 앞으로 맡아야 할 역할에 대해서는 어떠한 지시도 하지 않았다.

"자네는 나처럼 비위가 강하지 않아. 그래서 관에 시신을 넣고 납땜해서 안전하게 자네 손에 들어가는 걸 볼 때까지는 이제부터 해야 할 일은 전적으로 내게 맡겨 달라고 이렇게 간청하는 걸세. 그 일이 마무리되면 그때부터는 자네가 알아서 하게." 나는 이렇게 지시하는 것에 대해 사과의 의미로 말했다.

"자네의 친절에 대해 감사하고 싶네. 친형제라도 이보다 더 날 아껴 줄 수 없고, 더 끈기 있게 날 도와줄 수 없을 거야." 그가 대답했다.

그는 그러다 말을 멈추고 생각에 잠겼다가 천천히 엘름슬리 양이 보낸 편지들을 묶어서 정리했다. 그러다 갑자기 내 뒤에 있는 벽을 내가 너무나 잘 아는 기이한 표정으로 바라봤다. 나폴리를 떠난 후로 나는 알프레드를 흥분시키지 않기 위해 의도적으로 아무짝에도 쓸모 없고 충격적이기만 한 유령이라는 화제를 거론하지 않았다. 알프레드는 언제나 그 유령이 자기를 따라다닌다고 굳게 믿고 있었다. 하지만 지금은 아주 침착한 상태여서 그 위험한 화제를 꺼내도 격렬하게 반응할 것 같지 않았다. 그래서 대담하게 그 이야기를 꺼내 봤다.

"유령이 아직도 자네에게 나타나나?" 내가 물었다.

그는 나를 보고 싱긋 미소를 지었다.

"내가 가는 곳마다 따라다닌다고 말하지 않았나?" 그의 시선은 다시 허공으로 돌아갔고, 마치 방에 있는 제삼자와 계속 이야기를 하는 것처럼 그쪽을 향해 말했다. "우리는 헤어질 거야. 윈코트 납골당의 빈자리가 채워지면. 그때 나는 수도원 예배당의 제단 앞에 에이다와 같이 설 거고, 나의 눈이 그녀의 눈과 마주칠 때 거기에 더 이상 고통받는 그의 얼굴은 보이지 않겠지." 그는 천천히 부드럽게 말했다.

그렇게 말하고 나서 그는 두 손에 얼굴을 기댄 채, 한숨을 쉬고 나서 오랜 예언의 시를 조용히 읊기 시작했다.

윈코트 지하 납골당의 자리 하나가
몽크턴의 핏줄을 기다리고 있을 때
그 외로운 영혼이 무덤도 없이
열린 하늘 아래 누울 때
광대한 토지의 소유자로 태어났건만
몸 하나 누일 곳 없는 신세가 됐을 때
그것이 몽크턴 가문의 멸망을 나타내는
상징이 될 것이다.
점점 더 빠르게 자손이 줄어들고,
계속 줄어서 마지막 남은
주인에 이르기까지.
인간의 시야로부터, 햇살로부터
몽크턴 가문은 사라질 것이다.

알프레드가 마지막 줄을 조금 두서없이 중얼거린 것 같은 생각이 들어서 화제를 바꾸려고 애를 써 봤다. 하지만 그는 내 말은 아랑곳하지 않고 계속 혼잣말을 했다.

"몽크턴 가문은 사라질 거야, 하지만 내 대에는 아니야. 그 운명은 더 이상 날 기다리지 않아. 난 땅에 묻히지 못한 그 시체를 묻을 거야. 윈코트 납골당에 있는 빈자리를 내가 채울 거야. 그다음에. 그다음에 새 인생, 에이다와 새 인생을 사는 거야!" 그는 그렇게 말하고 나서 여행 가방을 끌어당겨 거기에 편지 다발을 넣고, 종이 뭉치를 꺼냈다.

"에이다에게 편지를 써야겠어. 이 기쁜 소식을 전해야지. 그녀가 이걸 알게 되면 나보다 더 기뻐할 거야." 그는 내게 몸을 돌리면서 말했다.

오늘 일어난 일들에 지친 나머지 나는 그가 편지를 쓰게 놔두고 내 침대로 갔다. 하지만 너무 걱정이 돼서 그런지 아니면 너무 지쳐서인지 잠을 잘 수 없었다. 그렇게 뜬눈으로 누워 있다 보니 자연스럽게 오늘 수도원에서 시체를 발견한 일과 앞으로 그것 때문에 벌어지게 될 일들을 생각하게 됐다. 미래에 대해 생각했을 때 나도 그 이유를 설명할 수 없는 울적한 기운이 내 영혼을 짓눌렀다. 왜 이렇게 불길하고 우울한 느낌이 드는지 나로서도 이유를 알 수 없었다. 내 불쌍한 친구가 그토록 중요하게 생각하던 시체를 찾아냈으니 며칠 후면 시체는 분명 그의 손에 들어올 것이다. 그는 나폴리를 떠나는 첫 번째 상선에 그 시체를 싣고 영국으로 출발할 것이다. 그렇게 기이한 충동도 만족시켰으니 적어도 이젠 제정신을 찾을 것이라고 바랄 만한 이유도 생겼다. 그가 윈코트에서 새로운 인생을 살게 되면 행복해질 텐데. 이렇게 하나씩 차근차근 생각해 보면 우울해질 이유가 하나도 없는데. 그런데도 밤새 이해할 수 없고, 상상할 수도 없는 심한 우울증 때문에 마음이 너무나 무거웠다. 동이 터서 상쾌한 새벽 공기를 마시려고 밖으로 나왔을 때도 무거운 마음은 여전했다.

날이 밝으면서 여기 지방 정부들과 시작한 협상에 몰두하게 됐다.

이탈리아 관리들과 한 번이라도 상대해 본 사람만이 우리가 이탈리아 관리들과 만나면서 얼마나 인내심을 발휘해야 했는지 상상할 수 있을 것이다. 그들은 우리를 한 부서에서 다른 부서로 계속 보냈다. 그들의 노골적인 시선을 받으며 재차 서류 검토를 받고, 얼떨떨한 상황에 처했다. 그 사건이 특별히 어렵거나 복잡해서가 아니라 사건을 담당한 관계자들이 모두 최대한 시간을 끌며 자신이 얼마나 중요한 인물인지 과시하느라고 그런 것이었다. 이탈리아에서 처음으로 그런 공적인 업무를 처리하느라 하루를 몽땅 다 보낸 나는 어쩔 수 없이 해야 하는 어이없고 형식적인 절차들은 모두 알프레드에게 맡겨 버리고 수도원 별채에 있는 시신을 안전하게 운반하는 진짜 심각한 임무로 고심했다.

내가 생각해 낸 최선의 방책은 로마에 있는 친구에게 편지를 쓰는 것이었다. 로마에는 교회 고관들의 시체를 방부 처리하는 관습이 있어서 우리의 이 비상사태에 필요한 화학 물질을 구할 수 있을 것이라고 추론한 것이다. 나는 편지에 시신을 꼭 옮겨야 할 일이 있다고 간단하게 쓴 후에 내가 발견한 시신의 상태를 묘사하고, 우리를 도와줄 적임자를 구할 수만 있다면 비용은 얼마가 되건 내겠다고 했다. 여기서 또다시 여러 가지 문제들이 발생했고, 또다시 아무짝에도 쓸모없는 형식적인 절차들이 끼어들어서 해결해야 했지만 결국 인내심과 돈이 강력한 효과를 발휘해서 우리가 요구한 일을 처리하기 위해 로마에서 특별히 두 남자가 왔다.

여기서 그 부분에 대한 이야기를 자세하게 묘사해서 독자 여러분을 충격에 빠지게 할 필요는 없을 것이다. 화학적인 방법을 써서 시체의 부패를 멈춰 관에 넣고 아주 안전하고 편리하게 운반할 수 있도록 했다고 말하면 충분할 것이다. 아무 쓸모없는 문제들을 해결하느라 열흘 가량이 지체된 후 나는 마침내 수도원의 별채가 비워진 모습을 보며 만족하게 됐다. 그리고 마지막으로 그 늙은 카푸친 수도사와 같이 코담배를 피우는 의식, 아니 코담배를 주는 의식을 치렀고, 여행을 떠날 마차들을 여관 문 앞에 대기시키라고 지시했다. 나폴리를 떠난 후로 거의 한 달도 지나지 않아 우리는 우리를 알고 그 계획에 대한 이야기를 들은 모든 친구들이 전혀 실용성 없는 계획이라고 비웃은 임무를 완수하고 나폴리로 돌아왔다.

나폴리로 돌아와서 제일 먼저 할 일은 관을 영국으로 옮길 수단을 확보하는 것이었다. 사실 배편이었다. 영국의 어느 항구든 그곳에 갈 목적으로 항해하는 상선을 찾아 백방으로 수소문했지만 결과는 만족스럽지 못했다. 시신을 영국으로 즉시 운반하는 방법은 하나밖에 없었는데 배를 단기간 빌리는 것이었다. 어서 빨리 돌아가고 싶어 조바심이 나는 데다 관이 윈코트 납골당에 안치되는 모습을 보기 전까지는 항상 옆에 두어야겠다고 다짐한 몽크턴은 즉시 배 한 척을 세냈다. 항구에서 가장 먼저 항해할 준비가 된 배는 시칠리아의 쌍돛대 범선이었다. 내 친구는 그 배를 계약했다. 최고의 선박 수리 장인들이 배가 곧 출발할 수 있도록 준비를 시작했고, 나폴리에서 가장 뛰어난 선장과 선원들을 골라서 채용했다.

몽크턴은 또다시 그가 할 수 있는 가장 따뜻한 말로 내가 한 일들에 대해 고마운 마음을 표현하면서도 영국으로 가는 항해에 같이 가자는 부탁은 결코 하지 않았다. 하지만 내가 먼저 자진해서 그 배를 타고 같이 가겠다고 제안하자 그는 크게 놀라고 기뻐했다. 내가 목격한 그 기이한 우연의 일치들, 나폴리에서 우리가 처음 만난 후 내가 한 놀라운 발견 같은 것들 덕분에 그와의 만남은 내 인생에서 가장 큰 흥미와 관심사가 됐다. 난 결코 그의 망상이 진짜라는 생각은 하지 않았다. 불쌍한 친구. 하지만 그 놀라운 모험을 끝까지 따라가서 결말을 보고 싶은 내 간절한 마음이 어서 윈코트 납골당에 관이 놓이는 모습을 보고 싶어 하는 그의 불안한 마음만큼이나 컸다고 말해도 결코 과장이 아니다. 유감스럽게도 그에 대한 우정만큼이나 호기심이 강했기 때문에 그와 같이 배를 타고 영국에 가겠다고 제안한 것이다.

우리는 화창하고 잔잔한 어느 날 오후 항해를 시작했다.

내가 그를 알게 된 후 처음으로 알프레드는 기분이 아주 좋아 보였다. 그는 온갖 종류의 화제에 대해 이야기를 하고 농담을 하고, 뱃멀미를 할까 봐 두려워서 기분이 밝지 않은 나를 놀리기도 했다. 사실 그런 두려움은 전혀 없었다. 그것은 내가 폰디에서 겪었던 설명할 수 없는 우울증이 다시 돌아온 것에 대한 변명이었다. 모든 것이 순조로웠다. 배에 탄 사람들 모두 기분이 좋았다. 선장은 배를 마음에 들어 했고, 이탈리아와 몰타 출신의 선원들은 이렇게 시설이 좋은 배를 타고 짧은 항해를 마치면 두둑한 임금을 받게 될 생각에 신나 했다. 나만 혼자 마음이 무거웠다. 도무지 그렇게 울적할 이유가 없는데도 그랬다. 난 우울증과 싸웠지만 번번이 지고 말았다.

바다에 나온 첫날 밤늦게 나는 뭔가 알게 됐는데 그것 때문에 몹시 불안해지고 말았다. 몽크턴은 선실에 있었는데 선실 바닥에 관이 든 상자가 있었고, 나는 갑판에 있었다. 바람이 잦아들면서 바다는 고요해졌고, 나는 한가롭게 돛자락이 바람에 펄럭이는 모습을 지켜보았는데 선장이 와서 키를 잡은 선원이 듣지 못하는 곳으로 날 데리고

가 귀에 대고 속삭였다.

"배 앞부분에 있는 선원들이 뭔가 이상해요. 해 지기 직전에 모두 갑자기 조용해지는 거 봤습니까?"

나도 그걸 봐서 그렇다고 대답했다.

"배에 몰타 출신의 소년이 하나 있어요. 영리하긴 한데 좀 못된 놈이에요. 그 자식이 선원들에게 당신 친구의 선실에 있는 상자 속에 시체가 있다고 말하고 다녔다는 걸 알아냈습니다." 선장이 말했다.

선장의 말에 가슴이 철렁해졌다. 선원들이 얼마나 비합리적으로 미신을 믿는지 알고 있었기 때문에—특히 외국 선원들이 그렇다—배에 관을 싣기 전에 그 상자에 몽크턴 씨가 아주 소중히 여기는 비싼 대리석 조각상이 있어서 항상 자기 눈에 띄는 곳에 놔둔다는 말을 미리 배에 퍼뜨려 놨다. 그런데 몰타 소년은 어떻게 조각상으로 속인 그 내용물의 정체가 인간의 시신이란 걸 알아냈을까? 그 수수께끼를 골똘히 생각하다가 문득 몽크턴의 하인이 의심스러워졌다. 그는 이탈리아어를 유창하게 하는 데다 구제 불능의 수다쟁이라는 게 떠올랐다. 우리를 배신했다고 질책했을 때 그는 부인했지만 나는 오늘날까지 그의 말을 믿지 않는다.

"그 악마 같은 꼬맹이가 어디서 시체에 대한 말을 들었는지 절대 말을 안 하려고 해요. 내가 그런 비밀을 캘 입장도 아닙니다만, 그 소년이 한 말이 진실이건 아니건 선원들에게 아니라고 반박하시는 게 좋을 듯해요. 저자들은 유령을 믿는 바보들이고, 나머지 선원들도 그렇습니다. 우리가 시체와 같이 항해할 거라는 사실을 알았다면 절대 계약서에 서명하지 않았을 거라고 말하는 선원들도 있어요. 다른 선원들은 툴툴거리고만 있고. 하지만 날씨라도 거칠어지면 선원들이 문제를 일으킬까 봐 두렵습니다. 당신이나 또 다른 신사분이 꼬맹이의 말에 반박하지 않는 한 그런 사태가 생길 겁니다. 선원들은 당신이나 당신 친구가 신사의 명예를 걸고 몰타 소년이 거짓말쟁이라고 맹세한다면 그 꼬맹이를 밧줄 채찍으로 때려 주겠다고 합니다. 하지만 그렇게 하지 않으면 그 소년의 말을 믿겠다고 결정했어요."

선장은 거기서 이야기를 멈추고 내 대답을 기다렸다. 나는 어떤 대답도 할 수 없었다. 나는 이 비상사태에 절망했다. 거짓 맹세를 해서 소년을 벌 받게 하는 방법은 생각도 할 수 없었다. 그렇다면 이 처참한 딜레마에서 우리는 어떻게 빠져나갈 수 있을까? 방법을 생각해 낼 수 없었다. 나는 우리를 위해 관심을 가져 준 선장에게 고맙다고 하고 어떻게 할지 생각할 시간을 좀 가지겠다고 했다. 그리고 내 친구에게는 절대 이 이야기를 하지 말아 달라고 했다. 그는 부루퉁해하긴 했지만 입을 다물고 있겠다고 하고 가 버렸다.

아침에 항해를 떠날 때는 미풍이 불 거라고 예상했지만 바람은 전혀 불지 않았다. 정오가 될 무렵 대기는 참을 수 없을 정도로 후텁지근해졌고, 바다는 유리처럼 잔잔해 보였다. 나는 선장의 시선이 종종 걱정스럽게 바람이 불어오는 쪽으로 향하는 걸 봤다. 그쪽 저 멀리 파란 하늘에 아주 작은 먹구름 하나가 보였다. 나는 저 먹구름이 바람을 몰고 올지 물어봤다.

"우리가 원하는 것보다 훨씬 더 많이 몰고 올 겁니다." 선장이 퉁명스럽게 대꾸했고, 그 후에 놀랍게도 선원들에게 돛을 내리라고 명령했다. 하지만 그 지시에 선원들이 노골적으로 성질을 드러냈다. 그들은 부루퉁해서 선장이 시키는 일을 굼벵이처럼 느리게 하면서 내내 투덜거렸다. 욕설을 퍼붓고 협박을 해 가며 선원들을 재촉하는 선장의 태도로 봐서 우리가 위험에 처한 걸 알았다. 나는 다시 바람이 불어오는 쪽을 봤다. 아까 그 작던 먹구름이 이제 어마어마하게 커졌고, 수평선에 보이는 바다의 색깔이 변했다.

"이제 곧 돌풍이 불어닥칠 겁니다. 밑으로 내려가세요. 여기선 방해만 됩니다." 선장이 말했다.

나는 선실로 내려가서 몽크턴에게 다가올 사태를 준비시켰다. 그는 폭풍이 다가올 때 갑판에서 뭘 봤는지 물었다. 배가 이제 곧 두 쪽으로 갈라지기라도 할 것처럼 양쪽으로 세게 잡아당겨지는 것 같은 느낌을 받았다. 그러다 배가 우리를 태운 채 빙글빙글 돌더니, 한동안 조용하다가 이내 배의 널빤지 하나하나가 다 떨리기 시작했다. 그 다음에는 배에 엄청난 충격이 가해져서 우리는 앉은 자리에서 내동댕이쳐졌고, 배가 뭔가와 충돌하면서 귀가 먹을 것 같은 굉음이 들리더니, 물이 선실 안으로 쏟아져 들어오기 시작했다. 우리는 반쯤 물에 잠긴 채 허우적거리다 겨우 갑판으로 기어 올라갔다. 그 돛단배는 항해 용어로 말하자면 '측면에 풍파를 받아서' 이제 옆으로 누워 있었다.

우리가 전적으로 바다의 자비에 맡겨졌다는 확실한 사실 하나를 제외하면 이 엄청난 혼란 속에서 아무것도 뚜렷하게 볼 수 없었던 나는 배 앞부분에서 선원들이 큰 소리로 하는 요구와 고함 소리를 단번에 지워 버리는 목소리를 하나 들었다. 그 말은 이탈리어였지만 나는 아주 쉽게 그 치명적인 의미를 알아들었다. 배의 화물칸에 구멍이 뚫려서 바닷물이 미친 듯이 쏟아 들어오고 있었다. 선장은 이런 새로운 위기에도 이성을 잃지 않았다. 그는 앞 돛대를 잘라 낼 도끼가 필요하다고 하면서, 선원들 몇 명에게 그를 도우라고 지시하고, 다른 선원들은 펌프로 배에 들어온 물을 퍼내라고 시켰다.

하지만 선장이 그 말을 하자마자 선원들이 대놓고 반란을 일으켰다. 그들의 우두머리가 사나운 표정으로 날 노려보면서 승객들은 마음대로 해도 좋으나, 그와 한솥밥을 먹는 동료들은 보트를 타고 이 저주받은 배를 떠날 것이라고, 시체가 탄 이 배는 바닷속으로 가라앉을 거라고 말했다. 그가 그렇게 말하는 동안 선원들이 고함을 질렀고, 그중 몇 명이 내 뒤를 조롱하는 표정으로 손짓하는 게 보였다. 돌아보자 그때까지 내 옆에 가까이 있던 몽크턴이 선실로 돌아갔다. 나는 곧장 그를 따라갔지만, 갑판에 바닷물이 들어와 아수라장이 됐고, 배가 기울어져서 천천히 기어가지 않고는 움직일 수 없었으므로 몽크턴을 따라잡는 건 불가능했다. 내가 마침내 선실로 내려갔을 때 그는 관 위에 쭈그리고 앉아 있었다. 선실에 들어온 물이 그의 주위에서 빙빙 도는 사이에 배가 크게 들썩이더니 밑으로 떨어지기 시작했다. 나는 마치 뭔가 경고하는 것처럼 그의 눈이 환해지고, 뺨이 붉어지는 걸 봤다. 나는 그런 그에게 다가가 말했다.

"알프레드, 이제 어쩔 수 없이 우리의 불운을 받아들이고 목숨을 구하기 위해 최선을 다하는 수밖에 없네."

"자넨 자네의 목숨을 구하게." 그는 내게 손을 내저으며 소리쳤다. "자네에겐 미래가 있으니까. 이 관이 바닷속으로 들어갈 때 내 미래도 사라지는 거야. 배가 가라앉으면, 내 숙명이 이뤄진 것으로 알고 배와 운명을 같이 하겠네."

나는 그의 얼굴을 보고 어떤 식으로도 그를 설득할 수 없다는 걸 깨닫고 다시 갑판으로 올라갔다. 선원들은 배가 옆으로 누운 바람에 위로 올라온 큰 보트를 물에 띄우기 위해 모든 장애물들을 잘라 없애고 있었다. 선장은 자신의 권위를 회복하기 위해 마지막으로 헛된 노력을 하고 나서 그런 그들을 묵묵히 바라보았다. 격렬한 돌풍은 이미 그 힘을 다 써 버린 듯했고, 나는 우리가 배에 남는다면 정말 살 가능성이 하나도 없느냐고 물었다. 선장은 선원들이 그의 명령을 따랐다면 기회가 있었을지도 모르겠지만, 지금은 모든 희망이 사라졌다고 했다. 몽크턴의 하인은 믿을 만한 사람이 아니어서 나는 선장에게 아주 솔직하고 간단하게 내 불행한 친구의 상태에 대해 털어놓은 후에 좀 도와줄 수 있을지 물었다. 그는 고개를 끄덕였고 우리는 함께 선실로 내려갔다. 지금 이날까지도 몽크턴의 망상이 얼마나 강력하고 끈질긴지 그때 우리가 최후의 수단을 쓸 수밖에 없었던 상황을 쓰기가 너무 고통스럽다. 우리는 어쩔 수 없이 그의 두 손을 묶어서 갑판까지 끌고 왔다. 선원들은 배를 막 띄우려던 참이었고, 처음에는 우리를 받아 주려 하지 않았다.

"이 겁쟁이들! 이 보트에 시체가 있냐? 그 시체는 배와 같이 바닷속으로 떨어질 거 아닌가? 우리가 보트에 탄다 해도 뭐가 두려운 건데?" 선장이 소리쳤다.

선장이 이렇게 호통을 치자 바라던 효과가 났다. 선원들은 스스로가 창피해져서 마음을 바꿨다.

침몰하는 배에서 막 내려가려고 했을 때 몽크턴은 내게서 벗어나려고 애를 썼지만, 나는 그를 꽉 붙잡았고, 그는 다시는 그런 시도를 하지 않았다. 그는 내 옆에 앉아 고개를 푹 숙인 채 선원들이 노를 저어 배에서 멀어지는 동안 꼼짝도 하지 않은 채 아무 말도 하지 않았다. 몽크턴이 그렇게 앉아 있을 때 모두 배에서 조금 떨어지자 노 젓기를 멈췄고 곧 배가 가라앉는 걸 지켜봤다. 몽크턴은 배가 침몰하고, 선체가 천천히 깊은 바닷속으로 들어갈 때도 아무 말도 하지 않았고, 움직이지도 않았다. 배는 망설이는 것처럼 잠시 그 자리에 머물렀다가, 다시 위로 조금 올라왔다가, 가라앉아서 다시는 올라오지 않았다.

배는 죽은 화물을 실은 채 가라앉았다. 그렇게 우리가 거의 기적적으로 찾은 시체, 그렇게 조심스럽게 보존한 시체를 우리가 손쓸 수 없는 곳으로 낚아채서 가 버렸다. 시체를 안전하게 보관해서 가져가는 데 살아 숨 쉬는 두 사람의 사랑과 운명이 기묘하게 얽혔는데도 말이다! 배가 깊은 바다로 사라져 다시는 보이지 않게 되자, 내 옆에 앉은 몽크턴이 온몸을 덜덜 떨면서 서글프게 혼잣말하는 소리가 들렸다. 그는 계속 "에이다" 하고 부르고 있었다.

나는 그의 생각을 다른 방향으로 돌리려고 애를 썼지만 아무 소용이 없었다. 그는 배가 한때 있었던 바다의 그 자리를 가리켰는데, 거기엔 굽이치는 파도 외에는 아무것도 보이지 않았다.

"윈코트 납골당의 빈자리는 영원히 빈 채로 남아 있을 거야."

그는 그렇게 말하고, 잠시 서글프고 간절한 눈빛으로 날 보고 나서, 고개를 돌려 두 손으로 얼굴을 감싸고 더 이상 아무 말도 하지 않았다.

우리는 밤이 되기 전에 한 무역선에 발견되어 구조돼 스페인의 카르타헤나에 상륙했다. 알프레드는 고개를 들지 않았고, 그 상선을 타고 가는 동안 다시는 먼저 내게 말을 걸지 않았다. 하지만 나는 그가 종종 두서없이 혼잣말하는 모습을 보며 불안해졌다. 그는 끊임없이 오래된 예언의 구절들을 중얼거리고, 윈코트 납골당에 비어 있는 그 운명적인 자리를 언급하고, 서투른 발음으로 했던 말을 하고 또 했다. 나는 영국에서 그가 돌아오길 기다리는 불쌍한 아가씨의 이름을 그렇게 서투른 발음으로 부르는 걸 듣는 것이 형언할 수 없을 정도로 괴로웠다. 그것만이 내가 그녀를 생각하며 불안해했던 이유는 아니었다. 항해가 끝나갈 무렵 알프레드는 열이 치솟았다가 그다음엔 오한이 드는 식으로 번갈아 가며 앓았는데 나는 무지하게도 그게 학질 때문일 거라고 생각했다. 하지만 곧 내 생각이 틀렸다는 걸 알았다. 우리가 상륙한 지 하루도 채 못 가서 그의 상태가 너무나 악화돼 나는 카르타헤나에서 구할 수 있는 최고의 의사를 구했다. 의사들은 항상 그렇듯이 하루나 이틀 정도 환자가 앓는 질환의 원인에 대해 각각 다른 진단을 내렸지만, 얼마 못 가서 걱정스러운 증상들이 나타났다. 의사들은 그가 위독한 뇌척수염을 앓고 있다고 했다.

충격을 받고 슬픔에 빠진 나는 이제 내게 새로 지워진 책임 앞에서 처음에는 어떻게 해야 할지 알 수 없었다. 결국 나는 알프레드의 가정교사였던 그 늙은 신부에게 편지를 쓰기로 결심했다. 내가 알기로 그는 아직 윈코트 수도원에 살고 있었다. 나는 그 신부에게 그동안 일어난 일을 다 이야기하고, 엘름슬리 양에게 이 슬픈 소식을 최대한 부드럽게 전해 주고, 몽크턴의 마지막 순간까지 내가 옆에 있어 주겠다고 약속했다.

편지를 부치고 나서 지브롤터에 있는 영국 최고의 의사를 구해 오라고 심부름꾼을 보낸 후에, 나는 이만하면 내가 할 수 있는 최선을 다했고, 이제 남은 건 희망을 가지고 기다리는 것뿐이라고 생각했다.

내가 불쌍한 친구의 침상을 지키는 동안 아주 슬프고 걱정스러운 시간들이 흘러갔다. 나는 친구의 망상을 부추기는 짓을 한 것이 옳은 행동이었는지 생각하고 또 생각했다. 하지만 알프레드와 처음 그 이야기를 나눴을 때가 떠올라 지금까지 행했던 일들이 모두 합당한 일이었다는 생각이 들었다. 알프레드를 최대한 빨리 영국으로, 그가 돌아오길 열망하는 약혼녀에게로 보내는 길은 내가 택한 그 길밖에 없었다. 그 누구도 예견할 수 없었던 재앙이 일어난 건 내 잘못이 아니었다. 하지만 그 재앙이 일어나서 돌이킬 수 없는 상태가 됐는데, 그가 육체적으로는 회복이 된다고 해도 정신질환은 어떻게 싸울 것인가?

나는 그의 정신에 있는 유전적 오점, 스티븐 몽크턴을 어렸을 때처음 보고 결코 헤어나지 못했던 유치한 두려움, 그가 수도원에서 했던 위험할 정도로 고립된 생활, 유령이 계속 따라다니며 실제로 존재한다는 그의 굳은 믿음을 돌이켜 보면서 그 오래된 예언에 나오는 말 하나 하나에 서린 그의 미신 같은 믿음을 떨쳐 버릴 희망을 상실했다는 걸 고백한다. 그 예언이 진실이라는 걸 입증하는 것처럼 일어난 일련의 놀라운 우연의 일치들이 내게 그토록 강하고 오래가는 인상을 남겼다면(그건 분명 그랬다), 그런 일들이 알프레드의 약한 마음에 절대적인 확신을 심어 줬다는 점 또한 당연하지 않겠는가? 내가 그 문제로 그와 언쟁을 벌이고, 그가 내게 반박한다면, 내가 어떻게 그 말에 응수할 수 있을까? 만약 그가 이렇게 말한다면? "그 예언은 가문의 최후를 가리키고 있어. 내가 그 가문의 마지막 후손이야. 그 예언은 윈코트 납골당의 빈자리를 언급했어. 지금도 납골당에 그 자리가 있어. 예언을 믿고 내가 자네에게 스티븐 몽크턴의 시체는 땅에 묻히지 않았다고 했는데, 자네가 그게 사실이란 걸 알아냈잖아." 그가 그렇게 말한다면 "그건 그저 기이한 우연의 일치일 뿐이야"라고 내가 말해 봤자 무슨 소용이 있겠는가?

그가 회복할 경우 내 앞에 놓인 과업을 생각하면 할수록, 나는 점점 더 낙담하게 됐다. 알프레드를 진찰한 영국 의사가 내게 말했다. "환자의 열은 내릴지 모르겠지만, 그는 한 가지 생각에 집착하고 있습니다. 그 생각이 밤이나 낮이나 그의 머릿속을 떠나지 않을 것이고, 그것 때문에 이성이 흐트러져서 결국엔 그를 죽이고 말 겁니다. 당신이나 환자가 그 생각을 없애지 않는 한 말입니다." 의사가 그런 말을 하면 할수록, 나는 나의 무력함을 더 절실하게 느꼈고, 희망 없는 미래에 대한 생각은 하나도 하고 싶지 않았다.

난 그저 윈코트에서 올 답장만 기다렸다. 그래서 어느 날 두 신사가 나와 이야기하고 싶어 한다는 말을 듣고, 그중 하나는 늙은 신부고, 두 번째 신사는 엘름슬리 양의 친척이란 걸 알게 됐을 때 놀랍기도 하고 크게 안도했다.

그들이 도착하기 직전에 알프레드의 열은 내렸고, 의사는 알프레드가 고비를 넘겼다고 말했다. 신부와 엘름슬리 양의 친척 둘 다 환자가 언제 영국으로 돌아갈 수 있을 정도로 체력을 회복할지 알고 싶어 했다. 그들은 알프레드를 집으로 데려가려고 일부러 카르타헤나에 왔고, 고향의 공기를 쐬면 회복될 것이라고 나보다 훨씬 더 큰 희망에 차 있었다. 영국으로 갈 여정에 관한 중요한 질문에 다 묻고 대답한 후, 나는 조심스럽게 엘름슬리 양의 안부를 물었다. 친척이 대답하길 그녀는 알프레드 때문에 육체적으로나 정신적으로나 고통이 심하다고 했다. 그들은 같이 스페인으로 오겠다는 그녀를 말리려고 어쩔 수 없이 알프레드의 병세가 그렇게 심각하지 않다고 거짓말까지 해야 했다.

몇 주가 흐르는 동안 알프레드의 체력은 다소 회복됐지만 마음의 병은 전혀 차도가 없는 듯했다.

회복을 시작한 첫날부터 뇌척수염이 그의 기억력에 기이한 영향을 미친 사실이 드러났다. 그는 최근에 일어난 사건들에 대한 기억을 전부 잃어버렸다. 나폴리, 나, 이탈리아로 간 여행에 관한 모든 기억이 그의 머릿속에서 기이한 방식으로 사라져 버렸다. 최근에 일어난 일들에 대한 기억이 너무나 철저하게 떨어져 나간 탓에 의식을 회복한 첫날 늙은 신부와 그의 하인은 쉽게 알아봤지만 나는 결코 알아보지 못했다. 하지만 내가 그의 침대 옆으로 다가갔을 때 그가 너무나도 애석한 한편으로 의심스러운 표정으로 날 봐서 형언할 수 없는 괴로움을 느꼈다. 그의 모든 질문은 엘름슬리 양과 윈코트 수도원에 대한 것이었고, 그의 모든 이야기는 아버지가 아직 살아 계실 때에 관한 것이었다.

의사들은 최근에 일어난 사건에 대한 기억을 잃어버린 것이 환자에게 나쁘기보다는 좋은 쪽으로 작용하고 있으며, 기억 상실은 일시적인 것으로 드러날 것이고, 그것으로 그의 병을 치유해서 마음을 편안하게 한다는 첫 번째 목적이 이뤄졌다고 말했다. 나는 그들의 말을 믿으려고 노력했다. 그리고 알프레드가 떠나는 날이 왔을 때 그를 고향으로 데려가는 오랜 친구들이 그랬던 것처럼 나도 낙관적으로 생각해 보려고 애를 썼다. 하지만 나로서는 그러기가 너무 힘들었다. 살아생전에 다시는 그를 보지 못할 거라는 불길한 예감이 또다시 내 마음을 짓눌렀고, 불쌍한 친구가 몹시 수척해진 모습으로 반쯤 도움을 받으며 여행용 마차에 올라, 집으로 가는 길을 떠났을 때 눈물이 났다.

알프레드는 결코 나를 알아보지 못했고, 의사들은 그에게 시간을 좀 주라고 애원했다. 그럴 시간이 없었는데도. 하지만 의사들이 요청했던 것처럼 나는 그를 따라 영국까지 가야 했다. 그 후에는 다른 곳으로 떠나는 것 외에 달리 할 일이 없었고, 알프레드를 간호하면서 근심하느라 울적해져 있던 마음과 지친 몸을 회복해야 했다. 스페인의 유명한 도시들은 새롭지 않았지만 나는 그곳을 다시 방문해서 알람브라와 마드리드에서 예전에 받았던 인상들을 되살렸다. 한두 번 동방으로 성지 순례를 떠날까 생각하기도 했지만, 최근에 일어난 일들 때문에 나는 냉철해지고 달라졌다. 그러다 '향수병'이라고 하는 갈망, 뭔가 만족스럽지 못한 느낌에 마음이 괴로워져서 영국으로 돌아가기로 결심했다.

알프레드가 윈코트에 돌아가자마자 신부가 나에게 편지를 써서 파리에 있는 내 은행가에게 보내겠다고 약속했기 때문에 나는 파리를 경유해서 영국으로 갔다. 만약 내가 동방으로 갔다면 편지는 그쪽으로 전송됐을 것이다. 그 사태를 방지하기 위해 미리 편지를 보냈다. 그래서 파리에 도착하자마자 은행가에게 들러 편지를 가지고 호텔로 갔다.

편지를 손에 쥔 순간, 편지 겉봉에 둘러진 검은 띠로 최악의 사태가 일어난 걸 알았다. 알프레드가 죽은 것이다.

하지만 한 가지 위로가 되는 점은 알프레드가 고대 예언의 실현을 야기한 그 치명적인 일들에 대한 언급은 한 번도 하지 않은 채 고요하게, 거의 행복하게 눈을 감았다고 했다. 신부는 편지에 이렇게 썼다. "내가 사랑하는 제자는 집에 돌아와서 처음 며칠은 조금 회복되는 듯싶었습니다. 하지만 끝내 기운을 회복하지 못했고, 얼마 못 가열이 나는 증상이 재발했습니다. 그 후에는 매일매일 서서히 악화돼서 결국 최후의 슬픈 여행을 떠났습니다. 엘름슬리 양은 (내가 이 편지를 쓰는 걸 알고 있습니다) 당신이 알프레드에게 베푼 모든 친절에 깊이 감사드린다고 전해 달라고 했습니다. 우리가 그를 집으로 데려왔을 때 그녀는 결혼을 약속한 아내로서 그를 기다렸고, 아내로서 당연히 그래야 하는 것처럼 그를 간호하겠다고 말했습니다. 엘름슬리 양은 결코 그의 곁을 떠나지 않았습니다. 알프레드는 그녀를 보며, 그녀의 손을 잡은 채 숨을 거뒀습니다. 그가 집으로 돌아와서 죽는 날까지 단 한 번도 나폴리에서 일어난 일들이나, 그 후에 배가 난파된 일에 대해 언급하지 않았다는 걸 당신이 알면 조금 위로가 될 겁니다."

편지를 읽은 지 사흘 후에 나는 윈코트에 도착해서 신부로부터 알프레드의 마지막 순간에 대한 자세한 이야기를 들었다. 알프레드가 원해서 수도원 납골당에 있는 빈자리에 묻혔다는 소식을 들었을 때 내가 느낀 충격은 말로 설명하기가 결코 쉽지 않다.

신부가 나를 데리고 그곳으로 갔다. 음산하고 추운 지하 건물로, 색슨족의 묵직한 아치형 구조물로 받쳐진 지붕은 아주 낮았다. 납골당 양쪽으로 관들이 줄줄이 놓여 있었고, 그 사이사이 틈새는 아주 좁았다. 신부가 한 손에 램프를 든 채 지나갈 때마다 여기저기서 못과 은제 장식물들이 반짝였다. 납골당 끝부분의 조금 밑으로 내려간 곳에 멈춰서 신부가 가리켰다. "그는 여기 아버지와 어머니 사이에 누워 있습니다." 나는 조금 더 다가가서 봤다. 처음에는 그저 길고 어두운 터널 같은 것만 보였다.

"이곳이 유일하게 비어 있는 자리입니다. 만약 스티븐 몽크턴 씨의 시신이 여기로 옮겨졌다면, 그의 관이 저기 있었을 겁니다." 나를 따라온 신부가 말했다.

순간 소름이 오싹 끼치면서 두려워졌는데, 지금은 그런 감정을 느꼈다는 것이 부끄럽지만 그때는 나로서도 도저히 어쩔 수 없었다. 그 납골당 끝을 지나 열린 문 밖으로 나왔을 때 평화로운 햇살이 기분 좋게 쏟아졌다. 나는 납골당에 등을 돌린 채 햇살과 신선한 공기가 있는 곳으로 서둘러 갔다.

내가 납골당을 나와 풀이 무성하게 자란 숲속의 빈터를 걸어가고 있을 때 뒤에서 여자의 드레스 스치는 소리가 들렸다. 돌아보자 상복을 입은 젊은 숙녀가 다가오고 있었다. 내게 손을 내민 여인의 사랑스럽고 슬픈 얼굴과 태도를 보자 곧바로 그녀가 누군지 알 수 있었다.

"여기 오셨다는 말을 들었어요. 그 말을 듣고 나는." 그녀의 목소리가 조금 흔들렸다. 그녀의 입술이 떨리는 걸 보며 마음이 너무나 아팠지만, 내가 뭐라고 미처 말을 하기도 전에 그녀는 다시 마음을 추스르고 이야기를 이어 갔다.

"당신의 손을 잡고 알프레드에게 형제처럼 친절하게 대해 주셔서 고맙다는 인사를 하고 싶었어요. 그리고 당신이 하신 모든 일은 최선의 결과를 내기 위해 그이를 배려해서 다정한 마음으로 하셨다는 걸 안다는 말을 하고 싶었어요. 아마 당신은 곧 이곳을 떠날 것이고, 우리는 다시는 만나지 못할지도 모릅니다. 알프레드가 친구를 원했을 때 그에게 친절하게 해 주셨던 걸 결코 잊지 않을 겁니다. 내가 살아 있는 한 이 세상의 누구보다 당신을 감사한 마음으로 기억할 겁니다."

너무나도 부드러운 목소리로 이야기를 하는 내내 살짝 떠는 모습,

창백하고 아름다운 얼굴, 그녀의 슬프고 고요한 눈에 비친 꾸밈없는 솔직함에 나는 너무 큰 감동을 받아서 처음에는 대답도 제대로 하지 못한 채 몸짓만 했다. 내 목소리가 제대로 나오기도 전에 그녀는 다시 한번 내 손을 잡아 주고 떠나갔다.

　다시는 그녀를 보지 못했다. 인생에서 일어나는 우연과 변화들이 우리를 영원히 갈라놨다. 아주 오래전 마지막으로 그녀의 소식을 들었을 때, 그녀는 죽은 알프레드의 기억을 충실히 지키면서 알프레드 몽크턴의 미망인으로 살아가고 있다고 했다.

아주 기묘한 침대
A Terribly Strange Bed

대학에서의 배움을 끝낸 직후에 나는 어쩌다 파리에서 영국인 친구와 같이 지내게 됐다. 그때 우리는 둘 다 젊었고, 우리가 머무는 유쾌한 도시에서 이렇게 말해서 유감스럽지만, 아주 자유분방하게 살았다. 어느 날 밤 우리는 팔레 루아얄 극장 근처에서 빈둥거리며 다음엔 또 무슨 재미있는 곳을 가볼까 궁리 중이었다. 내 친구는 프라스카티 카페에 가 보자고 했다. 하지만 거긴 내 취향이 아니었다. 나는 그곳을 속속들이 알았다. 거기서 재미로 돈을 수도 없이 잃기도 하고 따기도 했지만 시간이 지나자 그것도 시들해졌고 나중엔 도박이라는 사회적 변칙을 그럴싸하게 포장해 놓은 사치스러운 그곳이 지겨워졌다.

나는 친구에게 말했다. "제발 좀 다른 곳에 가자. 가짜 생강 쿠키 반짝이를 뿌려서 스릴 넘치는 도박장인 척 꾸민 곳 말고 정말 불량배들이 단골로 다니는 가난에 찌든 노름판에 가 보자고. 화려한 프라스카티를 벗어나서 다 해진 코트를 입은 남자나 코트가 아예 없는 남자나, 초라하든 말든 행색에 상관없이 다 받아 주는 그런 도박장에 가 보자고."

"좋아. 자네가 원하는 그런 노름판에 가려면 굳이 팔레 루아얄 밖으로 나갈 것도 없어. 바로 앞에 딱 그런 곳이 있으니까. 소문에 따르면 자네가 보고 싶어 하는 그런 불량한 노름꾼들은 다 있는 것 같던데." 친구가 대꾸했다. 잠시 후에 우리는 그 도박장에 도착해서 들어갔다.

위층으로 올라가서 모자와 지팡이를 문지기에게 맡기자, 도박장에 입장할 수 있었다. 손님이 많진 않았다. 우리가 들어갔을 때 고개를 들어 우리를 본 사람들이 몇 명 안 됐지만 모두 자신의 계층을 아주 서글플 정도로 잘 대변하는 진짜배기들이었다.

우리는 부랑자들을 보러 왔지만 이들은 그보다 훨씬 더 처참했다. 악당이라고 하면 어느 정도는 쉽게 눈에 들어오는 코믹한 면이 있기 마련인데, 여기 있는 사람들은 비극, 무언의 섬뜩한 비극 그 자체였다. 방 안에 흐르는 정적은 끔찍했다. 긴 머리에 비쩍 마르고 초췌한 젊은 남자가 하나 있었는데, 그는 퀭한 눈으로 딜러가 카드를 뒤집는 모습을 사납게 노려보면서 한 마디도 하지 않았다. 군살이 축축 늘어진 비대한 몸집에 여드름이 덕지덕지 난 한 노름꾼은 흑이 몇 번이나 이기고, 백이 몇 번이나 이기는지 종이에 꾹꾹 눌러 표시하는 내내, 마찬가지로 입을 꾹 다물고 있었다. 여기저기 기운 군인용 외투를 입고 주름이 자글자글하고 탐욕스러운 눈빛의 어떤 노인은 마지막 한 푼까지 탈탈 털려서 더 이상 노름을 할 수 없는데도 끈질기게 남아서 게임을 구경하면서 입을 꼭 다물고 있었다. 이런 분위기 때문에 딜러의 목소리마저 기묘하게 흐리고 불분명하게 들렸다. 한번 신나게 웃어 보려고 그곳에 갔는데 내 앞에 펼쳐진 장면에 눈물이 나올 것 같았다. 이 방 분위기 때문에 나까지 순식간에 침울해지는 것 같아 어서 신나게 놀아야겠다고 생각했다. 공교롭게도 나는 가장 가까이 있는 테이블로 가서 게임을 시작하는 것으로 그 문제를 해결했다.

이제 이야기가 슬슬 나오겠지만 그보다 더 공교롭게도 나는 이겼다. 그것도 엄청나게, 어마어마하게 너무나 빨리 이겨서 도박장의 단골들이 다 내 주위로 몰려들었다. 그들은 간절한 열망과 미신을 믿는 눈으로 내 앞에 놓인 돈을 빤히 보면서, 저 영국 이방인이 이러다 물주의 판돈을 다 쓸어 가겠다고 서로에게 속삭였다.

그 게임은 루주 에 누아르*였다. 나는 유럽의 모든 도시에서 그 게임을 해 봤지만 단 한 번도 거기서 이길 수 있는 확률 이론에 관심을 두거나 공부하려고 한 적은 없었다. 그 게임은 모든 도박꾼들에게 현자의 돌과 같은 것이다! 그런데 엄밀히 말하면 나는 진정한 노름꾼은 아니었다. 내게 인간의 마음을 좀먹어 들어가는 도박에 대한 열정은 없었다. 나는 그저 재미로 도박을 했다. 살면서 돈이 부족한 적이 단 한 번도 없었기 때문에 돈이 필요해서 도박에 의지한 적도 없었다. 도박에 빠져 밤낮으로 도박하느라 감당할 수 없을 정도로 돈을 잃은 적도 없었고, 지나친 행운에 넋이 나갈 정도로 엄청난 돈을 따서 집에 간 적도 없었다. 간단히 말하면 내가 그때까지 무도장이나

* 적색과 흑색 무늬의 테이블에서 하는 카드 도박.

오페라 극장에 자주 간 것처럼 도박장을 들락거렸던 이유는 그게 내게는 단순한 오락거리였고, 남는 시간에 달리 할 일이 없어서였다.

하지만 이번에는 아주 달랐다. 나는 생전 처음으로 게임에 대한 열정을 실제로 느꼈다. 처음에는 내가 거둔 성공에 당황했다가, 그다음엔 그야말로 글자 그대로 그것에 취했다. 믿을 수 없게 들리겠지만 정말 그동안은 나는 이길 확률을 따져 보고 그에 따라서 계산적으로 게임을 하면 항상 졌다. 반면 모든 걸 운에 맡기고 그냥 내키는 대로 하면 확실히 이겼다. 물주가 이길 가능성이 아주 큰 판에서도 항상 내가 이겼다. 처음에는 거기 있던 단골 노름꾼 중 몇 명이 조심스럽게 내 패에 돈을 걸었지만 내가 재빨리 판돈의 규모를 키워 나가자 그들은 감히 위험을 무릅쓰지 못했다. 그들은 하나씩 게임을 그만두고, 숨도 크게 쉬지 못한 채 내 게임을 지켜봤다.

시간이 흐를수록 나는 판돈을 거침없이 올렸고, 계속 이겼다. 실내는 격렬한 흥분과 열기에 휩싸였다. 금화들이 내 앞으로 옮겨질 때마다 이곳에 흐르던 침묵이 여러 개의 언어로 내뱉는 감탄사와 욕설들로 깨졌다. 쉽게 동요하지 않는 딜러마저도 내 승리에 놀라고 격분해서 프랑스어로 욕설을 내뱉으며 칩을 그러모으는 도구인 레이크를 바닥에 내동댕이쳤다. 그 자리에서 냉정을 잃지 않았던 단 한 사람은 바로 내 친구였다. 그는 내 옆으로 와서 지금까지 딴 돈으로 만족하고 이제 그만 가자고 애원하는 말을 영어로 속삭였다. 친구를 변호하기 위해 덧붙이자면 그는 몇 번이나 위험하다고 경고하며 같이 가자고 호소했다가 내가 냉정하고 매몰차게 거절한 후에야(나는 도박의 맛에 정신없이 취해 있었다) 그곳을 떠났다.

친구가 떠난 직후에 뒤에서 누군가 쉰 목소리로 부르짖었다. "허락해 주십시오, 친애하는 선생님. 선생님이 방금 떨어뜨리신 금화 두 개를 제자리에 올려놓을 수 있게 허락해 주십시오. 대단한 행운입니다, 선생님! 노병으로서, 이 바닥에 오랫동안 몸담고 있었던 사람으로서 제 명예를 걸고 말하는데 선생님 같은 행운아는 오늘 처음 봤습니다! 정말 처음입니다! 계속하세요! 대담하게 게임을 계속해서 물주의 판돈을 쓸어 버리세요!"

돌아보자 장식 단추와 장식 수술이 달린 프록코트를 입은 키 큰 남자가 아주 정중하게 미소를 지으며 내게 고개를 끄덕이고 있었다.

그때 제정신이었다면 그를 좀 수상한 늙은 군인이라고 생각했을 것이다. 핏발이 선 그의 눈은 퉁방울눈이었고, 콧수염은 지저분한 데다, 코가 부러져 있었다. 그의 목소리에서 병영에서 들을 수 있는 억양 중에서도 가장 상스러운 억양이 드러났고, 그의 손은 지금까지 내가 본 중에서, 심지어는 프랑스에서도 가장 지저분했다. 하지만 그런 사소한 개인적 특징들을 보면서도 그때는 어떤 혐오감도 느끼지 않았다. 나는 폭주하는 승리의 기쁨에 취하고 미친 듯이 들떠서 나 보고 게임을 계속하라고 하는 사람은 누가 됐든 '친해질' 준비가 되어 있었다. 나는 그 늙은 군인이 권하는 코담배 한 줌을 받고, 그의 등을 두드리고, 그가 세상에서 가장 정직한 사람이라고 소리쳤다. 그리고 내가 지금까지 만난 군인 중에 가장 영예로운 노병이라고 했다. "계속하세요!" 군인 친구는 흥분해서 손가락을 튕겨 딱딱 소리를 내며 외쳤다. "계속해서 이겨 버려요! 물주의 판돈을 싹쓸이하세요! 내 용감한 영국 전우여, 판돈을 다 쓸어 버립시다!"

그렇게 게임을 계속했는데 얼마나 판돈을 올렸던지 그로부터 15분이 지나자 딜러가 외쳤다. "신사 여러분, 오늘 밤 게임은 이만 중단하겠습니다." 물주가 가진 모든 지폐와 금화가 이제 내 손 밑에 무더기로 쌓여 있었다. 이 도박장의 유동 자본이 몽땅 다 내 주머니에 들어가길 기다리는 것이었다!

"그 돈을 선생님의 손수건에 넣고 야무지게 묶어 놓으세요, 훌륭하신 선생님." 내가 쌓인 금화 더미를 거칠게 두 손으로 쓸어 담고 있을 때 노병이 말했다. "군대에서 저녁 먹고 남긴 걸 가져갈 때 하는 식으로 손수건에 돈을 넣고 묶으세요. 그 돈을 선생님의 바지 주머니에 그냥 넣으면 너무 무거워서 주머니가 터져 버릴 겁니다. 그래요! 그렇게 해야죠. 손수건에 지폐와 동전을 다 넣어요! 그렇죠! 정말 대단한 행운을 잡으셨어요! 잠깐만요! 바닥에 금화 하나가 떨어져 있어요! 내가 널 찾아냈구나! 자, 선생님, 그 손수건 귀퉁이를 이중 매듭으로 단단하게 묶으면 안전합니다. 만져 보세요! 이 행운을 만져 보세요! 포탄만큼이나 단단하고 동그랗지 않습니까. 아! 아우스터리츠*에서 놈들이 우리에게 이런 포탄을 쐈더라면! 그랬더라면! 자, 오래전에 근위 보병 연대 병사로서 그리고 용감한 전직 프랑스 육군 병사로서 복무한 제가 이제 할 일이 뭐가 남아 있을까요? 제가 뭘 부탁드릴 수 있나요? 제 부탁은 간단합니다. 제 소중한 영국 친구인 선생님이 저랑 같이 샴페인 한 병을 마시면서 헤어지기 전에 거품이 흐르는 잔으로 행운의 여신에게 건배 한번 하자고 간청합니다!"

용감하고 성격 좋고 훌륭한 전직 병사여! 샴페인, 좋지! 만세! 만세! 행운의 여신을 위해 또다시 영국식으로 건배하자! 만세! 만세! 만세!

---

* 나폴레옹 보나파르트가 오스트리아-러시아군을 무찌른 곳.

"브라보! 영국 신사여! 몸속에 유쾌한 프랑스의 피가 흐르는 싹싹하고 우아한 영국 신사여! 한 잔 더 할까요? 아, 좋죠! 병이 비었군요! 걱정 말아요! 샴페인! 늙은 군인인 내가 한 병 더 주문할게요. 봉봉 캔디 반 파운드도 같이!"

"아니, 아니, 과거에 용감했던 전직 군인! 절대 안 되네! 좀 전에는 자네가 샀으니 이번에는 내가 사지. 이것 봐! 다 마셔 버리자고! 프랑스 육군! 위대한 나폴레옹! 내 친구! 딜러! 정직한 딜러의 아내와 딸들—만약 그에게 아내와 딸들이 있다면! 그리고 모든 숙녀들을 위해! 세상의 모든 사람을 위해 건배!"

샴페인을 두 병째 비웠을 때 액체로 된 불을 마셔서 뇌가 불길에 휩싸여 활활 타는 느낌이 들었다. 전에는 와인을 아무리 많이 마셔도 이렇지 않았는데. 엄청나게 흥분한 상태에서 마셔서 몸을 자극하는 효과가 난 걸까? 내가 술을 마시기 전에 속이 안 좋았나? 아니면 이 샴페인이 놀랄 만큼 독한 술인가?

"과거에 용감했던 프랑스 육군 병사! 난 지금 불타고 있어! 자네는 어떤가? 자네가 내 몸에 불을 질렀어. 아우스터리츠의 영웅, 내 말 듣고 있어? 샴페인을 한 병 더 주문해서 이 불을 끄도록 하지!" 내가 정신없이 들뜬 상태에서 이성을 잃고 소리쳤다.

그 늙은 군인이 머리를 설레설레 저으며 퉁방울눈을 사정없이 굴리는 바람에 저러다 눈알이 빠질 것 같았다. 그는 더러운 집게손가락을 자신의 부러진 코 옆에 댔다. 그리고 근엄하게 "커피!"라고 외치더니 곧바로 안쪽 방으로 달려갔다.

그 기이한 노병이 한 말이 그때까지 남아 있던 도박꾼들에게 마법과 같은 효과를 발휘한 것 같았다. 그들은 일제히 일어나서 나갔다.

아마 취기를 이용해서 조금이라도 득을 보길 기대하고 있다가 새로 사귄 내 친구가 자비롭게도 내가 고주망태가 되지 않도록 말리려는 모습을 보고 내 상금으로 한몫 잡아 보려는 희망을 버린 것이다. 동기가 뭐였건 그들은 떼거지로 나가 버렸다. 늙은 병사가 돌아와서 다시 내 맞은편에 앉았을 때 방 안에는 우리 말고는 아무도 없었다. 딜러가 방과 붙은 일종의 대기실에서 조용히 저녁을 먹는 모습이 보였다. 이제 아까보다 한층 더 깊어진 침묵이 흘렀다.

'과거에는 용감했던' 군인의 얼굴에도 갑작스러운 변화가 나타났다. 그는 별안간 불길하고 엄숙한 표정을 지었다. 그리고 다시 이야기를 시작했을 때 그의 말엔 어떤 욕설도 없었고, 손가락을 퉁겨서 강조하는 버릇도 사라졌고, 감탄사로 말하는 사이사이에 양념을 치지도 않았다.

"제 말을 좀 들어 보세요." 그는 이상하게 마치 비밀이라도 털어놓는 것처럼 은밀한 말투로 말했다. "이 늙은 군인의 조언을 들어 보세요. 제가 이 집의 안주인(요리를 끝내주게 잘하는 아주 매력적인 여인이랍니다!)에게 가서 특별히 아주 진하고 맛 좋은 커피를 타야 한다고 단단히 일러 놨어요. 댁에 가실 생각을 하기 전에 그 사랑스럽게 들떠 있는 흥분을 가라앉히고 가기 위해 커피를 꼭 마셔야 합니다. 꼭 마셔야 해요, 나의 선량하고 우아한 친구여! 오늘 밤 그런 거액을 가지고 집에 가려면 정신을 똑바로 차리고 가야 할 신성한 의무가 있습니다. 선생님이 오늘 대단한 승리를 거둔 승자라는 사실을 오늘 밤 여기 온 신사 몇 명이 목격했잖습니까. 그들은 어떤 면에서는 아주 훌륭하고 존경할 만한 친구들이지만, 그들도 인간이라서 인간적인 약점이 있답니다. 제가 더 이상 말할 필요가 있을까요? 아, 아니죠, 아니겠죠! 제 말을 이해하셨죠! 자, 이제 이렇게 하셔야 합니다. 다시 머리가 맑아지시면 마차를 부르세요. 마차에 타시면 창문은 다 닫으시고 마부에게 가로등이 환하게 켜져 있는 대로로만 달려서 집으로 가라고 하세요. 그렇게 하시면 내일 아침 일어나셔서 이렇게 정직한 조언을 준 늙은 군인에게 감사하게 될 겁니다."

과거에 용감했던 그 군인이 금방이라도 눈물이 나올 것 같은 신파조로 연설을 마쳤을 때, 커피포트와 함께 잔 두 개가 나왔다. 나를 지극히 배려하는 내 친구가 내게 고개를 숙여 인사를 하며 커피를 따라 한 잔을 건넸다. 목이 말라 죽을 것 같았던 나는 단번에 그 커피를 들이켰다. 마시자마자 곧바로 머리가 어질어질해지면서 마시기 전보다 더 강한 취기가 몰려왔다. 방이 사정없이 빙글빙글 돌았고, 늙은 군인이 내 앞에서 마치 증기기관의 피스톤처럼 규칙적으로 올라갔다 내려오는 것처럼 보였다. 내 귓속에서 들리는 요란한 노랫소리에 반쯤 귀가 멀 것 같았고, 완전한 혼란스러움과 무력감과 멍청한 느낌이 날 덮쳤다. 나는 의자에서 일어서면서 넘어지지 않으려고 테이블을 꽉 움켜쥐고 속이 너무 안 좋다고 더듬거렸다. 너무 안 좋아서 어떻게 집에 가야 할지도 모르겠다고.

"내 소중한 친구여." 늙은 군인이 말했는데 그의 목소리조차 오르락내리락하는 것처럼 느껴졌다. "내 소중한 친구여, 그런 상태로 집에 가는 건 미친 짓입니다. 가다가 분명 돈을 다 잃게 될 거고. 아주 쉽게 강탈당하고 살해될지도 모릅니다. 전 여기서 오늘 밤 잘 겁니다. 당신도 여기서 주무세요. 여기 침대가 아주 끝내줍니다. 하룻밤 자면 샴페인의 취기도 가실 것이고, 내일 오늘 딴 돈을 가지고 안전하게 집으로 돌아갈 수 있습니다. 내일 훤한 대낮에 돌아가세요."

내겐 두 가지 생각밖에 남지 않았다. 하나는 손수건 안에 가득 든 돈을 절대로 놓지 말아야겠다는 것과 당장 어딘가에 누워서 편하게 자야겠다는 생각이었다. 그래서 침대에 대한 제안을 받아들여 늙은 군인이 내민 팔을 잡고, 다른 손에는 돈이 든 손수건 뭉치를 들었다. 우리는 딜러의 안내를 받아, 복도를 따라가서 계단을 올라가 내가 오늘 밤 묵게 될 침실로 들어갔다. 그 군인이 날 잡고 부드럽게 흔들면서, 내일 아침을 같이 먹자고 하고, 날 방에 남겨 두고 딜러를 따라 나갔다.

나는 세면대로 달려가, 주전자에 있는 물을 좀 마시고, 나머지는 세면대에 따른 후 그 속에 얼굴을 처박았다가, 의자에 앉아 정신을 차리려고 애를 썼다. 기분이 곧 나아졌다. 악취가 풍기고 텁텁한 도박장에 있다가 서늘한 방에 들어오니 막힌 가슴이 뻥 뚫리는 기분이었고, 마찬가지로 눈이 부시게 밝은 도박장의 가스등 불빛 아래 있다가 침실에 단 하나 있는 촛불의 조용하고 희미하게 깜박거리는 불빛을 보니 눈도 맑아지고, 찬물을 얼굴에 끼얹어서 원기도 회복되는 것 같았다. 현기증이 가시면서 다시 정신이 좀 드는 것 같았다. 그러자 제일 먼저 든 생각은 밤에 도박장에서 자는 건 위험하다는 것이었다. 두 번째는 이미 문을 닫아 버린 마당에 여기서 빠져나가는 건 더 위험한 데다, 수중에 큰돈을 지닌 채 밤중에 파리 거리를 혼자 가는 건 더 위험하다는 것이었다. 나는 여행하면서 여기보다 더 형편없는 숙소에서도 자 봤다. 그래서 방문을 잠그고, 빗장을 지른 후, 문 앞에 바리케이드를 치고 내일 아침까지 운에 맡겨 보기로 결심했다.

따라서 모든 침입자에 대비해 침대 밑도 살펴보고, 찬장도 들여다보고, 유리창이 단단히 잠겼는지 열어 보고, 가능한 모든 조치를 다 취했다는 점에 만족하고, 상의를 벗은 후에, 희미한 촛불을 깃털 같은 재가 흩어진 난로 위에 올려놨다. 그리고 침대에 올라가서, 손수건에 싼 돈은 베개 밑에 뒀다.

하지만 이내 잠만 못 자는 게 아니라 눈조차 감을 수 없는 느낌이 몰려왔다. 정신이 너무나 말똥말똥한 데다 온몸이 불덩이처럼 펄펄 끓었다. 몸에 있는 모든 신경이란 신경이 덜덜 떨렸고, 감각이란 감각은 모두 초자연적일 정도로 예민해진 느낌이 들었다. 나는 계속 뒤척이면서 할 수 있는 모든 자세를 다 취해 보며, 끈질기게 침대에서 차가운 구석을 찾아 돌아다녀 봤지만 소용이 없었다. 이불 밖으로 두 팔을 내놨다가 다시 넣었고, 두 다리를 홱 차서 침대 밑으로 내렸다가 다시 다리를 들어 올려 거의 턱까지 끌어올려 봤다. 구겨진 베개를 탈탈 털고 나서, 차가운 쪽으로 바꿔서 베어 봤다가, 납작하게 눌러서 등에 대고 누워 보기도 했다. 그랬다가 베개를 반으로 접어서, 침대 머리판자에 대놓고, 거기에 기대 앉아 보기도 했다. 무슨 짓을 해도 소용없었다. 오늘 밤 한숨도 못 잘 것 같다는 불길한 예감에 짜증이 치밀어 신음을 내뱉었다.

내가 뭘 할 수 있을까? 읽을 만한 책도 없었다. 하지만 주의를 다른 곳으로 돌릴 만한 방법을 찾아내지 않는 한 오늘 밤 내내 온갖 종류의 끔찍한 상상을 하게 될 거라는 건 확실했다. 내게 닥쳐올 수 있는 모든 위험을 예견하느라 머리를 헤집을 것이고, 간단히 말하면 상상할 수 있는 모든 형태의 불안과 공포에 밤새 시달릴 것이다.

나는 팔꿈치에 몸을 기댄 채 누워서 주위를 둘러보며—방 안은 창문을 통해 들어오는 아름다운 달빛에 환해졌다—내가 분명하게 알아볼 수 있는 그림이나 장식품은 없는지 살펴봤다. 그렇게 사방을 둘러보는 사이에 『내 방 여행하는 법』이란 그자비에 드 메스트르가 쓴 아주 작고 유쾌한 책 한 권이 떠올랐다. 나는 그 프랑스 작가를 따라 하기로 결심하고, 이렇게 잠 못 이루는 지루한 시간을 달래 줄 심심 풀이를 찾아내고야 말겠다는 생각으로 내 눈에 보이는 방의 모든 가구, 그러니까 의자나 테이블이나 세면대까지 모두 포함해서 머릿속으로 목록을 만들고, 각각의 가구들이 떠올리게 하는 생각을 따라가 보기로 했다.

그렇게 불안하고 혼란스러운 정신 상태로 있다가 물건에 대한 생각을 묘사하는 것보다 물건의 목록을 만드는 것이 훨씬 더 쉽다는 걸 깨닫고 메스트르를 따라 하는 방법은 포기하기로 했다. 아니, 사실 생각 자체를 그만두기로 했다. 나는 방에 있는 가구들을 둘러봤고, 그 이상 다른 생각은 하지 않았다.

먼저 내가 누운 침대가 있었다. 그것은 다른 어느 곳도 아닌 파리에서 보게 된 네 기둥 침대로—그렇다, 완전히 투박한 영국식 네 기둥 침대로 위쪽 테두리에는 친츠 덮개가 달렸다—다른 침대들처럼 침대 아래로 장식용 천이 늘어뜨려져 있었고, 숨이 막힐 것 같고, 건강에도 안 좋은 커튼이 달려 있었다. 처음에 이 방에 들어왔을 때 무의식적으로 그 커튼을 기둥들 옆으로 열어 제친 기억이 이제 난다. 그리고 표면을 대리석으로 처리한 세면대가 있었는데 아까 급히 따르다가 엎지른 물이 아직도 벽돌 바닥으로 천천히 뚝뚝 소리를 내며 떨어지고 있었다. 그리고 조그만 의자 두 개에 내 코트와, 조끼와 바지가 걸쳐져 있었다. 지저분한 흰색 무명 덮개가 씌워진 커다란 팔걸이의자 등받이에는 내 넥타이와 셔츠 칼라를 걸쳐 놨다. 그다음에 놋쇠 손잡이 두 개가 나간 서랍장이 하나 있었고, 그 위에 장식으로 싼

구려 티가 나는 부서진 도자기 잉크스탠드가 하나 있었다. 그다음에 아주 작은 거울과 장식용으로 아주 큰 바늘꽂이가 놓인 화장대가 있었다. 창문도 있었는데 특이하게 아주 큰 창문이었다. 그리고 어두운 색채의 오래된 그림이 한 점 있었는데 초 한 자루가 희미하게 그것을 비추었다. 그것은 높은 스페인풍의 모자를 쓴 남자를 그린 초상화로 모자 끝부분에 위로 높이 솟은 깃털들이 달려 있었다. 얼굴이 거무스름하고 사악해 보이는 인상의 악당이 한 손을 얼굴에 대서 그늘을 드리운 채 위쪽을 뚫어져라 보고 있었다. 이제 곧 매달리게 될 교수대를 보고 있을지도 모르는 일이었다. 어쨌든 교수형을 당해도 싼 그런 외모였다.

그 그림을 보자 나도 어쩐지 위쪽, 그러니까 침대 위쪽을 보기가 두려워졌다. 침대 위쪽은 어두운 데다 흥미롭지도 않았기 때문에 다시 그림을 바라봤다. 나는 그 남자가 쓴 모자에 깃털이 몇 개 꽂혔는지 세어 봤다. 그림에서 도드라지게 묘사된 깃털은 흰색이 세 개고, 초록색이 두 개였다. 나는 그의 모자 꼭대기 부분을 바라보았다. 그것은 가이 포크스*가 즐겨 써서 유행한 원뿔 모양이었다. 그림 속 사나이가 뭘 올려다보고 있는지 궁금했다. 별들은 아닐 텐데. 저런 악당이 점성술사나 천문학자는 아닐 것이다. 그건 분명 높이가 높은 교수대일 것이고, 그는 곧 교수형을 당할 것이다. 사형 집행인이 그의 원뿔형 모자와 깃털들을 가지게 될까? 나는 그 깃털들을 다시 세어 봤다. 흰색 세 개, 초록색 두 개.

이렇게 유익하고 지적인 생각을 하다가 서서히 다른 생각에 빠져

---

* 영국 화약 음모 사건의 실행 담당자.

들기 시작했다. 방을 비추는 은은한 달빛을 보자 영국에서 달빛이 비치던 어떤 밤이 떠올랐다. 웨일스 계곡에서 열린 소풍이 끝나고 찾아온 밤이었다. 달빛이 비쳐 더 아름다워 보이는 풍경 속에서 집으로 돌아오는 길에 일어난 모든 일들이 떠올랐다. 다만 몇 년 동안 그 소풍은 한 번도 생각한 적이 없었고, 기억해 내려고 애를 썼다면, 그렇게 오래전 풍경을 거의 혹은 전혀 생각해 내지 못했을 것이다. 우리가 불멸의 존재라는 걸 일깨워 주는 모든 놀라운 능력 중에서 기억보다 그 황홀한 진실을 더 잘 말해 주는 게 있을까? 지금 나는 아주 수상하고 기묘한 집에서 아주 불확실하고 심지어 위험할지도 모르는 상황에 처해 있으니 이토록 선명한 기억이 떠오른다는 건 거의 불가능해 보일지도 모르겠다. 그런데도 영원히 잊어버렸다고 생각했던 그 장소들, 사람들, 대화들, 사소한 상황 하나하나가 무의식중에 또렷하게 기억났다. 내가 자진해서 이런 기억을 떠올려 보려 했다면 아무리 큰 도움을 받더라도 할 수 없었을 텐데 말이다. 그런데 뭣 때문에 이런 기이하고, 복잡 미묘하고, 신비로운 효과가 나타났을까? 내 침실 창문에 비치는 달빛 하나 때문이었다.

나는 계속 그 소풍—집으로 돌아오는 즐거웠던 드라이브—에서 만난 감상적인 젊은 숙녀를 생각했다. 그녀는 그때 달빛이 아름답다는 이유만으로 「차일드 해럴드의 순례」*를 인용해서 읊고 있었다. 그런 과거의 장면들과 과거의 즐거운 일들에 대한 생각에 푹 빠져 있는데 갑자기 내 기억에 걸린 줄이 툭 끊어져 버렸다. 내 관심이 다시 현재로 돌아왔다. 방 안에 있는 사물들은 그 어느 때보다 더 생생해 보

---

* 바이런의 장편 서사시.

였고, 나는 이유도 모른 채 다시 그 그림을 쳐다보고 있다는 걸 깨달았다.

내가 뭘 보고 있는 거지?

맙소사! 그 남자가 모자를 끌어내려 이마를 가려 버렸어! 아니다! 모자 자체가 사라져 버렸다! 그 뿔 모양의 꼭대기는 어디에 있지? 깃털들은 어디 있는 거야? 흰색 세 개, 초록색 두 개 깃털들? 저기 없잖아! 모자와 깃털이 있어야 할 자리에, 지금 그의 이마와 눈과 그늘진 손을 가리고 있는 저 어슴푸레한 물건은 뭐지?

이 침대가 움직이고 있나?

나는 똑바로 누워서 위를 올려다봤다. 내가 미쳤나? 취했나? 꿈을 꾸고 있는 건가? 다시 어지러운가? 아니면 저 침대 윗부분이 정말 내려오고 있는 걸까? 침대 윗부분이 아주 천천히, 규칙적으로, 아무 소리도 내지 않은 채, 섬뜩하게 바로 내 위로 내려오고 있는 게 아닌가?

순간 온몸을 돌던 피가 그대로 정지된 것 같았다. 전신을 마비시키는 냉기가 슬금슬금 내 몸을 타고 오르는 동안 나는 고개를 옆으로 돌려 그림 속 남자를 계속 보면서 정말로 침대 윗부분이 움직이는지 아닌지 시험해 보기로 결심했다.

그다음 본 것으로 증거는 충분했다. 침대 윗부분에 달린 검은색의 칙칙하고 곰팡내 나는 장식용 천이 이제 그의 허리와 같은 높이에 내려와 있었다. 나는 여전히 숨도 쉬지 못한 채 그림만 보았다. 천천히, 아주 천천히 그 장식용 천이 밑으로 내려오면서 그림 속 남자와 액자의 윤곽이 내 눈 앞에서 사라지고 있었다.

나는 절대 겁이 많은 사람이 아니다. 지금까지 살아오면서 위기에 처한 적이 적어도 한 번 이상 있었고, 그런 순간에도 이성을 잃어 본 적이 없었다. 하지만 침대 윗부분이 정말 움직여서 날 향해 계속 내려온다는 확신이 들자 그대로 공황 상태에 빠져 덜덜 떨면서 무력하게 위를 올려다봤다. 나를 질식시키기 위해 점점 더 가까이 다가오는 그 흉측한 살인 기계 밑에서 꼼짝도 못 하고 누워 있었던 것이다.

나는 그렇게 고개를 들어 침대 위쪽을 보면서, 아무 말도 못 하고, 숨도 쉬지 못한 채 누워 있었다. 초가 마침내 다 타서 꺼져 버렸지만 달빛이 여전히 환하게 방 안을 비추고 있었다. 침대 윗부분은 소리 없이 멈추지도 않고 계속 내려왔는데, 날 사로잡은 무시무시한 공포가 매트리스 위에 날 단단하게 묶어 버린 것 같았다. 침대 윗부분이 점점 더 내려와 캐노피의 먼지가 내 콧구멍으로 슬금슬금 들어왔다.

그 최후의 순간 자기 보호 본능이 깨어나 나는 최면 같은 상태에서 빠져나와 마침내 몸을 움직였다. 이제는 침대 윗부분과 매트리스 사이에 내가 몸을 옆으로 굴러 빠져나올 정도의 공간만 남아 있었다. 내가 소리 없이 바닥으로 떨어졌을 때 살기를 품은 그 캐노피 끝자락이 내 어깨를 건드렸다.

나는 잠시 멈춰서 숨을 돌릴 새도 없이, 얼굴에 솟아난 식은땀을 닦을 새도 없이, 곧바로 바닥에 무릎을 꿇고 일어나서 침대 윗부분을 봤다. 그때 그 광경에 넋을 잃고 말았다. 만약 그때 뒤에서 발자국 소리가 들렸다 해도 뒤를 돌아볼 수 없었을 것이다. 그때 내게 기적적으로 탈출할 방법이 나타났다 해도 그걸 쓰려고 움직이지 못했을 것이다. 바로 그 순간 내 속에 있는 모든 생명력은 내 눈에 집중돼 있었다.

그것이 내려왔다. 옆에 천 장식이 달린 캐노피 전체가 내려왔는데, 침대 위로 얼마나 가까이 내려왔는지 침대 위쪽과 매트리스 사이에는 내 손가락 하나 끼워 넣을 공간이 없었다. 나는 그 캐노피 옆 부분을 만져 보고 밑에서 보기에는 그냥 평범한 네 기둥 침대의 캐노피처럼 보이는 물건이 사실은 아주 두껍고 널찍한 매트리스로, 그 안에 있는 알맹이는 장식용 천들로 가려진 걸 발견했다. 나는 고개를 들어 침대를 빙 둘러 서 있는 네 개의 기둥 위에 아무것도 없는 흉측한 모습을 봤다. 침대 위쪽 천장 한가운데에 거대한 목재 나사가 있었는데 천장에 있는 구멍을 통해 압축할 내용물을 찍어 누르기 위해 일반 압축기들이 작동하는 방식처럼 그 나사를 돌려서 캐노피를 밑으로 내린 것 같았다. 그 무시무시한 장치는 아무 소리도 내지 않은 채 움직였다. 내려왔을 때 삐걱거리는 소리조차 나지 않았다. 그리고 방 위쪽에서도 찍 소리도 안 났다. 죽음같이 끔찍한 침묵 속에서 나는 이교도를 심문하던 최악의 시절이나, 하르츠 산속에 있는 외딴 여인숙이나, 혹은 웨스트팔리아의 기이한 재판소에나 있었을 법한 은밀하게 사람을 질식시켜 살해하는 기계가 현재 19세기 프랑스의 개화된 수도인 이곳 파리에 있는 모습을 목도한 것이다! 나는 기계를 계속 보면서, 도저히 움직일 수도 없었고, 숨을 쉴 수도 없었지만 생각하는 힘은 회복하기 시작했고, 잠시 후에 이 끔찍한 공포 속에서 날 겨냥한 살인 음모를 알아냈다.

그들이 내 커피에 약을 탔는데 너무 독하게 탄 것이다. 나는 일종의 마약을 과다 복용해서 기계에 압사당하지 않을 수 있었다. 잠이 너무 안 와서 짜증 나고 초조했는데 결국 그것 때문에 내 목숨을 구할 수 있었던 것이다! 난 너무나도 경솔하게 그 비열한 두 악당에게 내 목숨을 맡겨 버렸다. 그들은 내가 딴 돈을 차지하고, 가장 확실하고 끔찍한 장치로 잠든 나를 은밀하게 죽이려고 이 방으로 데려온 것이다! 얼마나 많은 사람들이, 나같이 도박에서 돈을 딴 사람들이 저 침대에서 잠이 들었다가 쥐도 새도 모르게 세상에서 사라졌을까! 그 생각만 해도 몸서리가 쳐졌다.

하지만 얼마 못 가 이런 생각들은 그 살인 캐노피가 다시 한번 움직이는 걸 보고 그대로 멈추고 말았다. 그 캐노피는 침대 위에—내 짐작으로는—약 10분 정도 머물러 있다가 다시 움직이기 시작했다. 저 위에서 장치를 조종하는 악당들은 목적을 달성했다고 믿은 게 분명했다. 그 끔찍한 침대 윗부분은 내려왔을 때처럼 천천히 아무 소리도 없이 원래 있던 자리로 올라갔다. 그것이 네 개의 기둥 끝에 도착하자 천장과 맞닿았다. 이제 천장에 있는 구멍이나 나사는 볼 수 없었다. 침대는 외관상으로는 다시 평범한 침대가 됐다. 캐노피도 다시 평범한 캐노피가 됐고, 아무리 의심스러운 눈으로 봐도 이상한 구석을 찾아낼 수 없었다.

이제, 이 일이 일어난 후 처음으로 나는 몸을 움직일 수 있었다. 나는 무릎 꿇은 자세에서 일어나 상의를 입고 도망칠 방법을 궁리했다. 만약 내가 아주 작은 소리라도 내서 날 질식시켜 죽이려고 한 시도가 실패했다는 사실이 드러나면 분명 저들에게 살해될 것이다. 내가 이미 소리를 냈나? 나는 온 정신을 집중해서 문을 바라봤다.

아니다! 밖의 복도에서 발자국 소리는 전혀 들리지 않았다. 위쪽 방에서 가볍거나 무거운 발소리도 들리지 않았고, 사방에 완벽하게 침묵만 흘렀다. 문을 잠그고 빗장을 지른 것 외에도, 나는 침대 밑에서 찾아낸 오래된 나무 상자를 문 앞에 옮겨다 놓았다. 어떤 소란도 일으키지 않은 채 이 상자를(이 속에 뭐가 들었을지 떠올려 보자마자 내 피는 차갑게 식어 버렸다!) 옮기는 건 불가능했다. 게다가 오늘 밤 철저하게 문단속을 한 이 집에서 도망친다는 건 그야말로 미친 짓이었다. 내게 남은 기회는 단 하나, 창문이었다. 나는 발끝을 들고 살금살금 창가로 걸어갔다.

내 침실은 중이층 위에 있는 2층에 있어서 그대로 뒷길이 내다보였다. 그 행동 하나에, 아주 근소한 차이로 탈출할 가능성이 달렸다는 걸 알면서 손을 들어 창문을 열었다. 그들은 이 살인의 집에서 바짝 경계한 채 날 감시하고 있다. 만약 창틀의 어느 한 부분이라도 날카로운 소리를 낸다면, 만약 경첩이 조금이라도 삐걱거린다면 나는 죽은 목숨이다! 창문을 여는 데 적어도 5분은 걸렸겠지만, 내가 느낀 불안과 공포로 재 보자면 심정적으로 다섯 시간은 걸린 것 같았다. 나는 아무 소리도 내지 않고 창문을 여는 데 성공했다. 나는 가택 침입자처럼 능숙하게 창문을 열고 다시 거리를 내려다봤다. 여기서 그대로 거리로 뛰어내렸다가는 죽을 것 같았다! 그다음으로 집 옆을 둘러봤다. 왼쪽 밑에 두꺼운 배수관이 있었는데 그것이 내 방 창문 바깥쪽 근처로 지나갔다. 그 배수관을 보는 순간 살았다는 걸 알았다. 침대의 캐노피가 날 향해 내려오는 걸 본 후 처음으로 마음 놓고 숨을 쉴 수 있었다!

어떤 사람들에게는 내가 발견한 탈출 수단이 어렵고 위험해 보일 수도 있지만 내게는 그 배수관을 타고 미끄러져서 거리로 내려가는 건 위험하다는 생각조차 들지 않았다. 학교 다닐 때 체력을 유지하기 위해 평행봉 같은 체조 연습을 열심히 해서 대담한 전문 등반가가 됐다. 그리고 머리, 손, 발이 높은 곳을 내려가거나 내려갈 때 맞닥뜨릴 수 있는 어떤 위험한 상황에서도 날 충실하게 도와줄 것이란 걸 알았다. 나는 이미 창턱 밖으로 한쪽 다리를 내놨는데 그때 베개 밑에 손수건으로 꽁꽁 묶어서 놔둔 돈이 기억났다. 그 돈을 놔두고 가도 상관없을 만큼 나는 경제적으로 풍요로웠지만 이 도박장의 비열한 악당들이 그들의 피해자뿐만 아니라 약탈품까지 차지하지 못하게 만들겠다고 복수심에 차서 결심했다. 그래서 다시 침대로 돌아가 넥타이를 써서 그 묵직한 손수건 뭉치를 허리에 묶었다.

내가 막 그 돈뭉치를 단단하게 묶어서 허리에 찼을 때 방문 밖에서 누군가 숨 쉬는 소리를 들은 것 같았다. 순간 오싹해지면서 나는 집중해서 소리를 들었다. 아니었다! 그저 방 안으로 조용히 불어오는 밤바람 소리였다. 나는 곧바로 창턱으로 올라갔고, 그다음에 두 손과 무릎으로 배수관을 잡고 꼭 매달렸다.

예상했던 것처럼 조용히 아주 쉽게 거리로 미끄러져 내려와 땅에 발이 닿자마자 미친 듯이 달려서 근처에 있는 경찰서로 달려갔다. '경찰서장 대리'와 그의 정예 부하 몇 명이 마침 그 야심한 시각에 잠도 안 자고 그즈음 파리 시민 모두의 화제가 된 의문의 살인 사건의 범인을 찾기 위한 계획을 마무리하고 있었다. 내가 숨도 쉬지 않고 아주 형편없는 프랑스어로 허겁지겁 이야기를 시작했을 때 경찰서장 대리가 나를 술에 취해 누군가를 강탈한 영국인이라고 의심하는 걸 알 수 있었다. 하지만 내가 이야기를 계속하자 그는 생각을 바꿨고, 미처 이야기를 끝내기도 전에 앞에 있던 모든 서류들을 서랍에 밀어넣고, 모자를 쓴 후에, 나에게도 모자를 하나 지급하고(나는 그때 모자를 쓰지 않고 있었다), 군인들을 소집하라고 지시했다. 그리고 정예 부하들에게 문을 부수고, 벽돌 바닥을 뜯어내는 데 필요한 장비들을 준비하라고 한 후에, 아주 다정하고 친숙한 태도로 내 팔을 잡고 같이 경찰서를 나왔다. 내가 보기에 그 경찰서장 대리는 어려서 연극을 보러 갔을 때보다 지금 도박장에서 그를 기다리는 작전에 더 들뜬 것 같았다!

같이 밤거리를 걸어가면서 경찰서장 대리가 계속 질문을 퍼붓는 동시에 내가 무사히 빠져나온 것을 축하했다. 우리는 강력한 경찰 병력 앞에 서서 그들을 이끌고 행진했다. 그 도박장에 도착한 순간 건물의 앞뒤에 감시병들을 배치한 후 천둥 같은 소리를 내며 문을 두드렸다. 창문에 불빛이 하나 나타났다. 나는 경찰 뒤에 숨어 있으라는 지시를 받았다. 경찰은 다시 문을 더 거세게 두드리며 "경찰이다, 문 열어!"라고 소리쳤다. 그 무시무시한 부름에 문의 자물쇠와 빗장들이 열렸고, 경찰서장 대리가 복도로 들어가 옷을 반밖에 못 걸친 채 얼굴이 새하얗게 질린 웨이터와 마주쳤다. 이것이 둘이 나눈 짧은 대화 내용이다.

"이 집에서 자고 있는 영국인을 보고 싶은데?"

"그분은 몇 시간 전에 가셨습니다."

"그 사람은 나가지 않았어. 그 사람 친구가 갔고, 그는 여기 남았지. 그가 묵고 있는 방을 보여 줘!"

"경찰서장 대리님, 맹세컨대 그분은 여기 안 계십니다! 그분은."

"내 맹세컨대, 이 친구야. 그 신사는 여기 있어. 그는 여기서 잤어. 여기 침대가 불편해서 우리에게 신고를 하러 왔다고. 지금 우리 경찰과 같이 왔어. 그래서 내가 그의 침대에 있는 벼룩을 한두 마리 찾아낼 준비가 돼 있단 말이지. 르노뎅!" 그는 부하 하나를 불러서 웨이터를 가리켰다.

"이자를 체포해서 포박해. 여러분은 나와 같이 위층으로 갑시다!"

이 집에 있던 남자와 여자는 모두 결박당했다. 그 '늙은 군인'이 제일 먼저 잡혔다. 그리고 나는 내가 누웠던 침대를 찾아냈고, 그다음에 그 위쪽 방으로 올라갔다.

거기서 조금이라도 수상해 보이는 물건은 하나도 없었다. 경찰서장 대리는 방 안을 둘러보면서, 모두에게 조용히 있으라고 지시한 후, 방바닥을 두 번 발로 굴러 보고, 초를 한 자루 가져오라고 했다. 그리고 초를 들고 좀 전에 발을 굴러 본 자리를 주의 깊게 살펴보더니, 그 부분의 바닥을 조심스럽게 뜯어내라고 명령했다. 부하들이 금방 명령을 처리했다. 촛불을 환하게 밝히자 이 방 바닥과 그 밑에 있는 방 천장 사이에 있는 서까래에 깊은 구멍이 있는 걸 발견했다. 그 구멍을 통해 반질반질하게 기름칠을 한 일종의 철제 케이스가 수직으로 작동되었다. 케이스 안에 나사가 있었는데 그것이 이 방 바로 밑에 있는 침대 윗부분을 조정하고 있었다. 새로 기름칠을 한 아주 긴 나사, 펠트 천 덮개가 달린 조작용 레버, 모두 사악한 독창성을 발휘해 그 밑에 있는 장치와 연결되도록 구성된 묵직한 압축기의 상부 부품들이었다. 그래서 경찰이 이것들을 다시 하나하나 분해해서 해체해 모든 부품을 바닥에 내려놨다. 경찰서장 대리는 잠시 애를 먹다가 마침내 부품들을 다시 조립하는 데 성공해서 부하들에게 작동시키라고 지시하고 나와 같이 밑에 있는 방으로 내려갔다. 사람을 질식시키는 그 캐노피가 다시 내려졌지만, 간밤에 내가 본 것처럼 그렇게 소리 없이 내려오진 않았다. 그 점을 내가 경찰서장 대리에게 지적하자 무척 간단하면서도 섬뜩한 의미가 있는 대답을 했다.

"내 부하들은 생전 처음으로 이 캐노피를 작동하고 있잖아요. 당신이 돈을 딴 그 인간들은 연습을 아주 많이 했고."

우리는 경찰 두 명만 데리고 도박장을 나왔다. 그 집에 있던 사람들은 모두 그 자리에서 감옥으로 이송됐다. 경찰서장 대리는 자기 사무실에서 진술서를 받아 적은 후에 내 여권을 가져오려고 나와 같이 내가 묵고 있는 호텔로 갔다. 내가 여권을 그에게 준 후에 물었다. "서장 대리님이 생각하시기에 그들이 저를 죽이려 했던 것처럼 그 침대에서 정말로 압사당해 죽은 사람이 있을까요?"

"저는 시체 안치소에서 익사한 시체를 한 다스나 봤습니다. 그 사람들의 수첩에 센강에서 자살하겠다는 유서가 발견됐죠. 도박에서 모든 걸 잃었기 때문이라고 적혀 있었습니다. 당신이 들어간 그 도박장에 얼마나 많은 사람들이 들어갔는지 내가 알겠습니까? 당신이 딴 것처럼 그렇게 많이 딴 사람들은 얼마나 될까요? 그곳에서 잔 사람들은 또 몇 명이나 거기서 살해됐을까요? 그리고 살인자들이 유서를 써서 그들의 수첩에 끼워 놓고 몰래 강물에 던져 버렸을까요? 당신이 탈출한 그 운명을 얼마나 많은 사람들, 혹은 몇 명 안 되는 사람들이 겪었는지 아무도 알 수 없죠. 도박장 사람들은 그 침대 기계를 우리에게, 경찰인 우리에게도! 털어놓지 않고 있습니다. 죽은 자들만이 그 비밀을 간직하고 있겠죠. 안녕히 주무세요, 혹은 좋은 아침이라고 해야 하나요, 포크너 씨! 아침 9시에 다시 제 사무실로 와 주세요. 그럼 이만 안녕히!"

나머지 이야기를 들려주겠다. 나는 계속 경찰에서 질문을 받고 또 받았다. 그 도박장은 천정에서 바닥까지 철저히 수사됐고, 죄수들은 따로따로 심문을 받았다. 그들 중 비교적 죄가 가벼운 두 명이 자백을 했다. 나는 늙은 군인이 그 도박장의 주인이라는 사실을 알게 됐다. 재판에서 그가 오래전에 법을 위반해 군대에서 쫓겨난 사실이 밝혀졌다. 그는 그 후로 온갖 죄를 다 저질렀고, 훔친 물건들도 가지고 있었는데 나중에 원래 주인들이 밝혀졌다. 딜러는 또 다른 공범이었고, 내 커피를 탄 여자 모두 침대의 비밀에 관련돼 있었다. 도박장과 관련된 직원들이 그 살인 기계에 대해 조금이라도 알고 있었는지는 미심쩍었다. 그래서 그들은 증거 불충분의 경우로 무죄가 추정돼 단순히 도둑과 깡패로 취급됐다. 늙은 군인과 그의 두 심복은 교수형을 당했다. 내 커피에 약을 탄 여자는 감옥에 갔는데 형을 얼마나 살았는지는 기억이 안 난다. 그 도박장 단골들은 '의심스럽다'는 혐의를 받아 경찰의 '감시'를 받게 됐다. 그리고 나는 일주일 동안(이건 상당히 긴 시간이다) 파리 사교계의 '스타'가 되었다. 내 모험을 저명한 극작가 세 명이 극화했지만 실제로 무대에 올리진 못했다. 그 도박장의 살인 침대를 정확히 묘사해서 상연해 대중에게 소개하는 걸 검열관이 금지했기 때문이다.

내 모험의 좋은 결과 하나는 어떤 검열관이든 허가했을 만한 것이다. 나는 재미로 도박을 하는 병에서 완치됐다. 초록색 테이블보 위에 놓인 카드와 수북한 돈더미를 보면 언제나 밤의 어둠과 침묵 속에서 날 압사시키기 위해 천천히 내려오는 침대 캐노피가 떠오르니까.

가브리엘의 결혼
Gabriel's Marriage

I

프랑스 혁명이 일어난 시기의 어느 날 밤, 프랑스 북서부 브르타뉴의 어부인 프랑수아 사르조 가족은 모두 키브롱 반도에 있는 오두막 집에서 야심한 시각인데도 자지 않고 있었다. 프랑수아는 그날 밤 평소처럼 고기를 잡으러 배를 타고 바다로 나갔다. 그가 떠나고 얼마 못 가 바람이 거칠어지고, 먹구름이 몰려들면서, 그날 내내 시시때때로 몰려올 것처럼 보이던 폭풍이 밤 9시 정도부터 격렬하게 몰아쳐 왔다. 이제 11시가 됐는데 히스로 뒤덮인 황량한 반도 위를 강타하는 세찬 바람이 바다 위로 나가 더 거세게 날뛰며 파도를 찢어발기는 것 같았다. 해변에 몰려와 부서지는 파도 소리는 듣기에도 무시무시했고, 음울하고 새카만 하늘은 쳐다보기 무서울 정도였다. 폭풍이 몰아치는 소리를 더 오래 들을수록 그들은 점점 더 자주 밖을 내다보면서, 프랑수아 사르조와 그를 따라 배를 타고 바다로 같이 나간 어린 아들의 안전을 바라는 희망도 옅어져만 갔다.

　오두막집 안의 풍경은 지극히 소박하면서도 어딘가 엄숙한 분위기가 풍겼다. 오두막 한쪽의 크고 튼튼한 검은색 벽난로 가에 어린 두 소녀가 쪼그리고 앉아 있었다. 둘 중 어린 아이는 언니의 무릎을 베고 반쯤 잠들어 있었다. 이들은 어부인 프랑수아의 딸들이었다. 그 반대편에 그들의 큰오빠인 가브리엘이 앉아 있었다. 그는 최근에 영국의 축구와 비슷한 국민 스포츠인 '술Soule'에 나갔다가 오른팔을 크게 다쳤다. 그 스포츠는 양 팀 선수들 다 야만스러울 정도로 거칠게 플레이해서 항상 유혈 사태가 일어나면서 끝나, 불구가 되거나 때로는 목숨을 잃는 선수도 있었다. 가브리엘이 앉은 긴 의자 옆에 그의 약혼녀가 앉아 있었다. 열여덟 살인 그녀는 태어난 지역의 민속 의상으로 수도승 복장처럼 검은색과 흰색이 섞인 단순한 옷을 입고 있었다. 그녀는 이 해안에서 조금 떨어진 작은 농장주의 딸이었다. 벽난로를 사이에 두고 양쪽으로 둘씩 앉은 가운데 남은 빈자리는 바퀴 달린 침대 발치가 차지하고 있었다. 그 침대에 프랑수아 사르조의 아버지인 나이가 아주 많은 노인이 누워 있었다. 그의 초췌한 얼굴은 주름이 자글자글했고, 길고 하얀 머리는 베개 역할을 하는 거친 마대 자루 위로 흘러내렸고, 옅은 회색 눈은 두려움과 의심을 품은 채 끊임없이 이 사람에서 저 사람으로, 이 물건에서 저 물건으로 방 안을 둘러보고 있었다. 바람과 파도의 거센 소리가 사정없이 커질 때마다 노인은 혼잣말을 중얼거리며 낡아서 다 해진 이불 위에 놓인 두 손을 초조하게 번쩍 쳐들었다가 내렸다. 그럴 때마다 그는 벽난로 위의 벽감에 놓인 작은 성모마리아 성화를 뚫어져라 바라봤다. 할아버지가 매번 그쪽을 보는 걸 볼 때마다 가브리엘과 소녀들은 몸서리를 치며 성호를 긋곤 했다. 아직 안 자고 있는 막내까지 따라서 성호를 그었다. 적어도 노인과 손자 손녀들에게는 나이를 초월해 그들을 하나로 단단하게 묶는 감정이 존재하고 있었다. 그것은 드루이드*를 믿던 시절부터 수세기에 걸쳐 조상 대대로 내려온 미신에 대한 믿음이었다. 울부짖는 바람 소리, 요란하게 부서지는 파도 소리, 단조롭게 덜컥거리는 여닫이창 소리 속에서 노인이 들은 재앙과 죽음의 경고를 젊은 청년인 가브리엘과 약혼녀, 그리고 벽난로 옆에 웅크리고 있는 어린 아이들 모두 들었다. 성, 기질, 나이는 다 달랐지만 그 폭풍우 치는 밤, 어부의 오두막집에 있는 이들 모두 무시무시한 공포에 떨 정도로 미신의 힘은 강력했다.

불가 옆에 있는 의자와 침대를 제외하고 방에 있는 유일한 가구는 거친 목재 테이블로 그 위에 검은 빵 한 덩어리, 칼 하나와 사과주 한 주전자가 놓여 있었다. 오래된 그물들, 똘똘 말린 밧줄, 낡아서 너덜너덜한 돛들이 벽과 방을 두 개의 공간으로 나누는 목재 파티션 위에 걸려 있었다. 지푸라기와 보리 이삭들이 썩은 서까래와 오두막집 위에 있는 곡물 창고 바닥의 여기저기 구멍이 난 판자 사이로 밑을 향해 축 늘어져 있었다.

물건들과 오두막집에 있는 사람들, 이 어부 가문에서 유일하게 살아남은 이들의 얼굴은 난로불과 굴뚝 구석에 꽂힌, 그보다 더 밝은

---

* 고대 켈트족 종교였던 드루이드교의 성직자.

햇불 불빛을 받아 기이하게 환해 보였다. 붉은색과 노란색이 섞인 그 불빛이 맞은편에 누운 노인의 얼굴을 내내 비추었고, 젊은 약혼녀와 가브리엘과 두 소녀는 가끔 비쳤다. 벽에 비친 크고 어두운 그림자들이 올라왔다 떨어지면서 커지거나 작아져서 마치 초자연적인 어둠의 유령들이 살아나 움직이는 것처럼 보였다. 그런 내내 커튼도 없는 창문에 퍼져 가는 바깥의 짙은 어둠은 그 어부의 집을 영원히 가둬 버리는 단단한 어둠의 벽처럼 보였다. 오두막집 안의 풍경은 밖의 밤풍경 없이도 아주 황량하고 음울해 보였다.

방에 있는 사람들은 오랫동안 아무 말도 하지 않았고, 심지어 서로 보지도 않았다. 마침내 약혼녀가 몸을 돌려서 가브리엘의 귀에 대고 뭐라고 속삭였다.

"페린 언니? 가브리엘 오빠에게 뭐라고 했어요?" 맞은편에 앉은 아이가 쓸쓸한 침묵을 깰 첫 기회를 잡아서 물었다. 아이는 주변 분위기 때문에 나이보다도 훨씬 더 쓸쓸해 보였다.

페린은 간단하게 대답했다. "가브리엘에게 팔에 감은 붕대를 갈 시간이라고 말했어. 그리고 전에도 자주 말했지만 다시는 그 끔찍한 술 게임에 나가지 말라고 했지."

노인은 이야기를 나누는 페린과 손녀를 뚫어져라 바라보았다. 귀에 거슬리고 허허로운 노인의 목소리가 어린 페린이 부드러운 목소리로 하는 마지막 말과 섞여 드는 가운데 그는 계속 끔찍한 말을 외쳤다. "물에 빠져 죽었어! 물에 빠져 죽었다고! 아들과 손자 둘 다 물에 빠져 죽었어! 물에 빠져 죽어!"

"쉿, 할아버지. 아직은 희망을 잃어선 안 돼요. 하느님과 성모마리아님이 보호해 주고 계세요!" 가브리엘이 말했다. 그리고 그는 작은 성화를 보며 성호를 그었다. 할아버지만 빼고 모두 그를 따라 했다. 할아버지는 여전히 이불 위로 두 손을 번쩍 들면서 외치고 있었다. "물에 빠져 죽었어! 물에 빠져 죽었다고!"

"아, 빌어먹을 술! 내가 이렇게 다치지만 않았어도 오늘 밤 아버지와 같이 바다에 나갔을 텐데. 그러면 불쌍한 동생의 목숨은 적어도 구할 수 있었는데. 그 아이는 여기 남을 수 있었을 테니까." 가브리엘이 투덜거렸다.

"입 다물어!" 침대에서 노인이 다시 귀에 거슬리는 목소리로 외쳤다. "죽어 가는 이들이 울부짖는 소리가 요란한 파도 소리보다 더 커지고 있어. 악마가 부르는 찬송가 소리가 노호하는 바람 소리보다 더 높아지고 있다고! 조용히 하고 잘 들어라! 프랑수아가 물에 빠져 죽었다! 피에르가 물에 빠져 죽었어! 잘 들어! 잘 들으라고!"

할아버지가 그렇게 말하는 동안 거센 돌풍이 불어와 집을 세차게 후려쳐서 부르르 떨리게 하면서, 다른 모든 소리, 심지어 귀가 멀 정도로 어마어마하게 부서지는 파도 소리까지 지워 버렸다. 선잠을 자던 아이가 깨서 겁이 나 비명을 질렀다. 연인 앞에 무릎을 꿇고 다친 팔에 새 붕대를 감아 주던 페린은 하던 일을 멈춘 채 머리부터 발끝까지 덜덜 떨었다. 가브리엘은 창문을 바라봤다. 경험상 지금 바다에서는 허리케인 급의 태풍이 몰아칠 거라는 걸 알고 있었다. 그는 씁쓸하게 한숨을 쉬며 혼잣말을 중얼거렸다. "신이 두 사람 다 도와주시길. 신의 도움에 비하면 지금 인간의 도움은 아무것도 아니게 될 거야!"

"가브리엘!" 침대에서 다시 노인이 불렀는데 이번에는 기운이 쑥 빠진 데다 덜덜 떠는 목소리였다.

그는 할아버지의 말을 듣지도 않고 할아버지를 돌보러 가지도 않았다. 그는 발치에 무릎을 꿇고 앉은 연인을 달래면서 기운을 북돋워주려고 애쓰고 있었다.

"두려워하지 말아요, 내 사랑." 그는 그녀의 이마에 아주 부드럽고 다정하게 키스하면서 말했다. "당신은 여기 있으니 안전해. 오늘 밤 당신을 당신 집에 데려다주는 건 미친 짓이라고 한 내 말이 맞았지? 피곤하면 저 방에서 내 동생들과 같이 좀 자, 페린."

"가브리엘! 가브리엘 오빠! 할아버지 좀 봐!" 동생이 소리쳤다.

가브리엘이 침대로 뛰어갔다. 할아버지가 일어나서 앉아 있었는데, 눈이 커지고, 얼굴은 공포로 잔뜩 굳어졌고, 손자를 향해 내민 두 손은 경련하듯 떨고 있었다. "하얀 여자들! 그 하얀 여자들, 바다에서 빠져 죽은 사람들을 위해 무덤을 파는 여자들이 왔어!"

아이들은 무서워서 비명을 지르며 페린의 품으로 뛰어들었다. 가브리엘조차 두려워져서 소리를 지르며 침대에서 뒤로 물러났다.

그래도 노인은 계속 같은 말을 반복했다.

"하얀 여자들! 하얀 여자들이 왔어! 문을 열어라, 가브리엘! 서쪽을 봐 봐. 거기에 썰물이 빠지고 모래가 말랐을 거야. 거기서 어둠 속에서도 환하게 빛나는 그들, 천사처럼 키가 크고 힘이 센 그들이 길고 흰 옷자락으로 바다 위를 바람처럼 쓸면서, 흰머리를 뒤로 길게 늘어뜨리며 가고 있을 거야. 문을 열어라, 가브리엘! 그들이 네 아비와 동생이 물에 빠져 죽은 자리 위에 멈춰서 맴도는 모습이 보일 거야. 그들이 모래 위에 도착할 때까지 계속 가는 모습이 보일 거다. 거기서 그들은 맨발로 모래를 파고 미친 듯이 날뛰는 바다에게 죽은 자들을 내놓으라고 손짓하는 모습이 보일 거다."

가브리엘의 얼굴은 입술까지 새하얗게 질렸지만 그 말에 따르겠다는 뜻을 몸짓으로 전했다. 밖을 내다보는 동안 격렬한 바람에 맞서 문이 닫히지 않도록 온 힘을 다 써야 했다.

"보이니, 가브리엘? 그들이 보인다면 진실을 말해 다오." 할아버지가 소리쳤다.

"어둠밖에 안 보여요. 칠흑 같은 어둠밖에는." 가브리엘이 그렇게 대답하면서 다시 문을 닫았다.

"아! 아!" 할아버지는 신음하면서 기진해서 다시 베개 위로 푹 쓰러졌다.

"넌 어둠만 보이는구나. 하지만 그들을 볼 수 있게 허락된 눈에는 번개처럼 환한 그 모습이 보일 거야. 물에 빠져 죽었어! 물에 빠져 죽었다고! 그들의 영혼을 위해 기도해라, 가브리엘. 내가 이렇게 누워 있는 곳에서도 그 하얀 여자들이 보인다. 하지만 감히 그들을 위해 기도할 수 없어. 아들과 손자가 물에 빠져 죽다니! 둘 다 죽다니!"

가브리엘은 페린과 동생들에게로 돌아갔다.

"할아버지는 오늘 밤 대단히 편찮으셔. 너희들은 자러 가는 게 좋겠다. 내가 여기 남아서 할아버지의 시중을 들게." 그가 속삭였다.

가브리엘이 그렇게 말하자 그들은 일어나서, 성화 앞에서 성호를 긋고, 한 명씩 그에게 키스를 한 후, 한 마디도 하지 않은 채 조용히 파티션 반대편에 있는 작은 방으로 갔다. 가브리엘은 마치 잠이라도 든 것처럼 눈을 감고 조용히 누워 있는 할아버지를 봤다. 가브리엘은 난로에 새 땔감을 몇 개 던져 넣고, 아침이 올 때까지 밤을 새울 작정으로 불가 옆에 앉았다.

한밤에 울부짖는 폭풍 소리는 음산하기 그지없었지만, 혼자 있는 그의 마음에 떠오른 생각보다 더 음산하진 않았다. 그의 생각은 이 지역과 그의 가족에게 내려오는 끔찍한 미신에 의해 어두워지고 일그러졌다. 어머니가 돌아가신 후로 그는 자신의 가족이 어떤 저주에 걸렸다는 확신 때문에 계속 우울했다. 처음에는 그들도 잘 살았다. 돈도 있고, 적지만 유산도 물려받았다. 하지만 그 행운은 얼마 못 갔다. 기이하고도 갑작스럽게 끊임없이 재앙이 찾아왔다. 재정적으로 손해를 보는 일이 늘고, 불운이 찾아오고, 가난해지면서 생기는 결핍 자체가 가족들을 모두 짓눌렀다. 아버지는 성격이 너무나 비뚤어져서 오랜 친구들은 사람이 몰라볼 정도로 변했다고 했다. 이제, 그간의 모든 불행―오랜 세월에 걸쳐 지속적으로 파멸해 가는 집안―이 마침내 죽음이라는 최후이자 최악의 불행으로 끝난 것이다. 아버지와 동생의 운명은 더 이상 의심할 여지가 없었다. 가브리엘은 폭풍이 몰아치는 소리와 할아버지가 하는 말을 들으면서 바다에서 자신이 처했던 위험을 떠올리며 그들이 죽었다는 걸 알았다. 그것도 페린과의 결혼식이 다가오는 이때 가족이 둘이나 죽었다. 가장 견디기 힘들 때 가장 사악한 형태로 불행이 닥치다니!

그의 생각이 현재에서 미래로 배회할 때마다 애써 떠올리지 않으려 하는 불길한 예감이 커다란 슬픔과 섞이기 시작했다. 가브리엘이 불가에 혼자 앉아 이따금 죽은 자들의 안식을 위한 기도를 중얼거리고 있을 때 무의식중에 또 다른 기도, 살아 있는 자들의 안전을 위해 자신이 단순하게 표현한 또 다른 기도를 섞을 뻔했다. 그가 소중하게 여기는 유일한 보물인 사랑하는 약혼녀를 위해, 엄마도 없이 컸고 이제 유일하게 남은 가브리엘이 자기들을 보호해 주길 원하는 여동생들을 위한 기도를.

그는 벽난로 옆에 앉아서 깊은 생각에 빠진 나머지 오랫동안 단 한 번도 침대 쪽을 보지 않았다가 다시 할아버지의 목소리가 들렸을 때 깜짝 놀랐다.

할아버지는 덜덜 떨면서 점점 더 움츠러들며 속삭였다. "가브리엘, 가브리엘, 너 물이 똑똑 떨어지는 소리가 들리니? 천천히 떨어졌다가 다시 빨리 떨어지고 있구나. 내 침대 발치 바닥에 떨어지는 물소리 안 들려?"

"아무 소리도 안 들려요, 할아버지. 난로에서 불이 타닥거리며 타오르는 소리와 밖에서 폭풍이 치는 큰 소리만 들려요."

"똑! 똑! 똑! 점점 더 빨라지고 있어. 점점 더 분명하게 들린다고. 횃불을 가져와라, 가브리엘. 여기 밑의 바닥을 봐. 네 눈으로 직접 봐라. 거기 그 자리 젖어 있지 않니? 하늘에서 내린 비가 천장을 통해 바닥으로 떨어지는 거냐?"

가브리엘은 떨리는 손으로 횃불을 들고 바닥 위에 무릎을 꿇고 앉아 찬찬히 살펴봤다. 그러다 바닥이 말라 있는 걸 보고 움찔해서 뒤로 물러났다. 횃불이 난로 위로 떨어졌다. 가브리엘은 성화 밑에 무릎을 꿇고 앉아서 두 손으로 얼굴을 가렸다.

"바닥이 젖었니? 대답하라고 했잖아. 바닥이 젖었어?" 노인이 곧 숨을 헐떡이며 말했다.

가브리엘은 일어나 침대 옆으로 가서, 집 안에 빗물은 한 방울도 떨어진 곳이 없다고 속삭였다. 그 말을 하는 사이에 할아버지의 얼굴에 변화가 일어나는 걸 봤다. 날카로운 이목구비가 갑자기 시들어 버린 것 같았고, 간절했던 표정은 순식간에 멍하니 죽은 사람 같은 표정으로 변했다. 목소리도 달라졌다. 더 이상 귀에 거슬리면서 짜증

내는 목소리가 아니었다. 할아버지가 다시 입을 열었을 때 그의 말투는 기이하게 부드럽고, 느려졌고, 엄숙해졌다.

"난 아직도 그 소리가 들린다! 똑! 똑! 아까보다 더 빨라지고 더 분명해졌어. 그 물이 떨어지는 유령 같은 소리는 네 아비와 동생이 오늘 밤 죽었다는 치명적이자 확실한 마지막 신호다. 난 지금 이 자리, 내가 누운 자리에서만 그 소리가 들린다는 걸 알아. 이건 다가올 나의 종말에 대한 경고야. 난 아들과 손자가 먼저 간 곳으로 불려 가는 거야. 이 세상에서 날 지치게 했던 시간이 마침내 끝나는구나. 페린과 아이들이 깨어 있다면 절대로 여기 오지 못하게 해라. 걔들은 죽음을 보기엔 아직 너무 어리다."

그 말을 듣고 가브리엘이 할아버지의 손을 만졌다가 너무 차가워서 순간 소름이 끼쳤고, 울부짖는 바람 소리를 들으며 도움을 요청할 곳들이 모두 너무나 멀리 있다는 걸 깨닫고 그의 피는 차갑게 굳어 버렸다. 그래도, 아무리 폭풍이 치고, 밤이 깊고, 인가가 멀다 해도 그는 단 한순간이라도 어렸을 때부터 배운 자신의 의무를 게을리할 생각은 하지 않았다. 죽어 가는 이에게 신부님을 모셔 와야 한다는 의무 말이다.

"제가 나가 있는 동안 할아버지를 보살피라고 페린을 불러와야겠어요." 가브리엘이 말했다.

"멈춰! 멈춰라, 가브리엘. 내가 이렇게 애원하고 명령하마. 날 떠나지 마." 노인이 소리쳤다.

"할아버지, 신부님을 모셔 와서 할아버지의 고백을."

"그 고백은 너에게 해야 한다. 이렇게 사방이 어둡고, 허리케인이 불어오는데 어느 누가 황야를 가로질러 여기까지 올 수 있겠니. 가브리엘. 난 죽어 가고 있다. 네가 집에 돌아오기도 전에 죽을 것이다. 가브리엘, 제발 내가 죽을 때까지 여기 나와 같이 있어 다오. 내 시간이 얼마 남지 않았다. 숨을 거두기 전에 누군가에게 반드시 말해야 할 끔찍한 비밀이 있다! 내 입술에 네 귀를 대라. 어서! 어서!"

할아버지가 마지막 말을 하는 동안 파티션 반대편에서 작은 소리가 들리더니, 문이 반쯤 열리고, 페린이 나타나 두려움에 찬 눈으로 방을 들여다봤다. 단 한 순간도 방심하지 않는 노인의 눈(죽는 순간에도 못 미더워하는 그 눈)이 곧바로 그녀를 발견했다.

"돌아가!" 노인은 소녀가 한 마디라도 내뱉기 전에 힘없이 외쳤다.

"돌아가. 가브리엘, 저 아이를 방에 밀어 넣어라. 저 아이가 문을 닫지 않으면 네가 문에 걸쇠라도 걸어 버려."

"사랑하는 페린! 다시 방에 들어가요. 가서 아이들이 우릴 방해하지 않도록 해 줘요. 당신이 나오면 할아버지 상태가 더 나빠지기만 할 거예요. 여기서 당신이 우릴 도와줄 수 있는 일은 없어요." 가브리엘이 애원했다.

그녀는 말없이 순순히 다시 문을 닫았다.

그동안 노인은 손자의 팔을 붙잡고 계속 한 말을 하고 또 했다.

"어서! 어서! 내 입에 네 귀를 대 다오." 가브리엘은 페린이 동생들(둘 다 안 자고 있었다)에게 하는 말을 들었다. "할아버지를 위해 다 같이 기도하자." 가브리엘이 침대 옆에 무릎을 꿇고 앉는 동안, 그의 귀에 동생들의 귀엽고 아이 같은 목소리와 소리를 죽인 부드러운 소녀의 목소리가 들려왔다. 그녀가 아이들에게 기도를 가르치는 목소리가 밖에서 울부짖는 바람과 파도의 근엄한 소리와 섞여서 죽어 가는 노인이 헐떡이며 속삭이는 쉰 목소리에 비해 아주 고요하면서도 순수하게 들렸다.

"난 절대 그걸 말하지 않겠다고 맹세했다, 가브리엘. 내게 좀 더 가까이 다가와라! 난 힘이 없고, 저 방에 있는 아이들은 절대 내가 하는 말을 들어선 안 된다. 난 절대로 그걸 말하지 않겠다고 맹세했지만, 죽음은 모든 이들이 그런 맹세를 깨는 걸 정당화시켜 주니까. 잘 들어라. 내가 하는 말을 한 마디도 놓쳐선 안 된다. 고개를 돌려 방 안을 보지 마라. 피의 대가로 치른 죄의 얼룩이 이 방을 영원히 더럽혀 놨으니까! 쉿! 쉿! 내가 말하게 해 다오. 이제 네 아비가 죽었으니 나는 그 무서운 비밀을 안고 무덤으로 갈 수 없다. 자, 기억을 더듬어 보렴, 가브리엘. 만약 내가 앓아눕기 전이 언제였는지 기억할 수 없다면 10년 전, 그리고 그 이전을 떠올려 봐. 네 엄마가 죽기 한 6주 전이었다. 이 말을 하면 너도 기억할 수 있겠지. 너와 다른 아이들은 모두 네 엄마와 같이 저 방에 있었다. 넌 자고 있었을 거야. 그때는 밤이었어, 아주 늦은 시간은 아니었다. 9시밖에 안 됐지. 네 아비와 나는 문 앞에 서서 달빛에 비치는 히스를 내다보고 있었다. 네 아비는 그 당시 너무 가난해서 하는 수 없이 가지고 있던 배도 팔아야 했는데 이웃 사람들은 아무도 그를 데리고 고기를 잡으려고 하지 않았어. 네 아비를 좋아하는 이웃은 하나도 없었지. 음, 그때 어떤 낯선 사람이 우리를 향해 다가오는 게 보였다. 아주 젊은 남자였는데 등에 배낭을 하나 메고 있었어. 그는 옷차림이 좀 변변치 않긴 했지만 신사처럼 보였다. 그 청년이 와서 자기가 지금 너무 지쳤는데 그날 밤 마을까지 갈 순 없을 것 같으니 아침이 올 때까지 좀 재워 줄 수 없겠냐고 부탁하더구나. 그러자 네 아비가 그러마고 했다. 지금 아내가 아프고 아이들이 자고 있으니 시끄럽게만 하지 않으면 된다고. 그러자 그 청년은 그저 불 옆에서 자기만 하면 된다고 했다. 우리는 그에게 줄 게 검은 빵밖에 없었지. 그런데 청년은 그보다 더 나은 음식이 있다고 하면서 그걸 꺼내려고 배낭을 열었는데, 가브리엘! 난 쓰러질 것 같아. 마실 것! 마실 것을 좀 다오. 목이 너무 마르다."

시체처럼 창백한 얼굴로 가브리엘은 테이블 위에 있는 주전자에서 사과주를 컵에 따라서 노인에게 갖다줬다. 그 효과는 약하긴 했지만 즉각적으로 나타났다. 흐릿한 눈이 조금 환해지면서 그는 아까처럼 속삭이는 목소리로 이야기를 계속했다.

"그 청년이 좀 서둘러서 음식을 꺼내는 바람에 가방에 있던 다른 작은 물건들이 바닥에 떨어졌다. 그중에 수첩이 하나 있었는데 그걸 네 아비가 주워서 다시 청년에게 돌려줬어. 청년은 그걸 코트 주머니에 넣었지. 수첩 한쪽의 종이는 다 찢겨 나가 있었고, 그 자리에 들어 있던 지폐들이 튀어 나왔지. 난 그걸 봤고, 네 아비도 그걸 봤지(내게서 멀어지지 마라, 가브리엘, 내 옆에 있어. 네가 날 피할 이유는 없다). 아무튼, 그는 정직한 사람답게 자기가 가져온 음식을 우리와 나눠 먹었지. 그리고 주머니에 손을 넣었다가 내게 4, 5리브르*를 주고 불 앞에 누워 잘 준비를 했다. 청년이 눈을 감자 네 아비가 날 봤는데 그 눈길이 영 마음에 들지 않았다. 네 아비는 그전부터 식구들에게 아주 까칠하고 사납게 대해 왔지. 살림이 축나고, 네 어미는 아프고, 너희들은 먹을 걸 더 달라고 계속 울어 대서 마음이 비뚤어진 게야. 그래서 네 아비가 아까 받은 돈을 가지고 가서 장작과 빵과 와인을 좀 사 오라고 했을 때 가고 싶지 않았다. 어쩐지 그 낯선 사람과

---

* 옛 프랑스의 통화 단위.

네 아비 둘만 남겨 두고 가는 게 내키지 않았어. 그래서 그날 밤 마을에서 물건을 사기엔 너무 늦었다고 변명을 늘어놨지(그건 사실이기도 했어). 하지만 네 아비는 화를 벌컥 내면서 자기가 시키는 대로 가서 만약 가게 문이 닫혀 있으면 문을 두드려서라도 사람들을 깨우라는 거야. 네 아비가 두려워서 밖에 나가긴 했다. 사실 그때 우리 모두 그랬잖니. 하지만 집에서 멀리 갈 마음을 먹을 수 없었어. 무슨 일이 일어날 것 같아 두려웠던 거야. 그게 뭔지는 감히 생각하려고도 하지 않았지만 말이다. 나는 10분 정도 지난 후에 살금살금 우리 오두막 집으로 돌아와서 창문 안을 들여다봤다. 그리고 봤다, 오, 주여! 그를 용서하소서! 오 주여! 저를 용서해 주소서! 난 봤다. 좀 더 마셔야겠다, 가브리엘! 더 이상 말을 할 수 없구나. 좀 더 마실 걸 주렴!"

옆방에서 들리던 목소리들이 그쳤다. 하지만 잠시 침묵이 흐른 후에 가브리엘은 동생들이 페린에게 키스하고 잘 자라고 인사하는 소리를 들었다. 셋 다 다시 자려고 했다.

"가브리엘! 기도해라, 그리고 기도한 후에 아이들에게 가르쳐라. 네 아비는 지금 그가 간 곳에서 어쩌면 용서를 받게 될지도 모른다고. 나는 지금 너를 보는 것처럼 아주 분명하게 네 아비가 무릎을 꿇고 한 손에 칼을 든 채 그 잠자는 청년을 보는 걸 봤다. 네 아비는 청년의 주머니에 있던, 돈이 든 수첩을 꺼내는 중이었어. 그리고 그 수첩을 손에 쥔 채 잠시 생각에 잠겼어. 나는 믿었지. 아! 아! 난 네 아비가 후회하고 있다고 믿었어. 분명 네 아비가 그 수첩을 다시 청년의 주머니에 넣을 거라고 확신했다. 하지만 바로 그 순간 낯선 청년이 움직이면서 한 손을 들었어, 마치 금방이라도 잠이 깨려는 것처럼 말이다. 그때 네 아비가 저항할 수 없을 정도로 악마의 유혹이 커져 버렸다. 나는 네 아비가 칼을 든 손을 올리는 걸 봤지만 그 이상은 보지 않았다. 차마 창문으로 그 광경을 볼 수 없었어. 난 그 자리를 떠날 수도 없었고, 소리를 지를 수도 없었다. 그저 바다 쪽으로 돌아선 채, 온몸을 덜덜 떨었다. 그때는 더운 여름이었는데도 말이다. 난 뒤에 있는 방에서 어떤 비명도, 어떤 소리도 듣지 못했다. 너무 겁이 나서 거기에 얼마나 서 있었는지 모르겠다. 그러다 문이 열리는 소리가 나서 돌아봤지. 그때 네 아비가 노란 달빛 속에서 우리와 같이 자기 음식을 나눠 먹고 우리 불가에서 잠이 든 그 불쌍한 청년의 피 흘리는 시신을 안고 내 앞에 서 있는 모습이 보이더구나. 쉿! 쉿! 그렇게 신음하면서 울지 마! 이불로 입을 틀어막아. 쉿! 이러다 옆방에 있는 아이들이 다 깨겠다!"

"가브리엘. 가브리엘!" 파티션 뒤에서 목소리가 들렸다.

"무슨 일이에요? 가브리엘! 내가 가서 당신 옆에 있게 해 줘요!"

"안 돼! 안 된다!" 노인이 마지막 남은 힘을 그러모아 바람 소리에 지지 않으려고 애쓰면서 소리 질렀다. "거기 그대로 있어. 말하지도 말고, 나오지도 마. 내가 그러라고 했잖아! 가브리엘(노인이 목소리를 낮춰서 작게 속삭였다). 날 일으켜 다오. 넌 지금 이 이야기를 전부 다 들어야 한다. 날 일으켜 줘. 목이 메서 말을 잘 못 하겠다. 내게 가까이 와서 잘 들어라. 난 길게는 이야기를 못 하겠다. 어디까지 말했니? 아, 네 아비! 네 아비가 그 일을 비밀로 하지 않으면 날 죽이겠다고 협박했다. 난 목숨이 두려워 말하지 않겠다고 맹세했지. 네 아비는 시체 운반하는 걸 돕게 했어. 우리는 시체를 들고 히스를 가로질러 걸어갔다. 아! 환한 달빛 밑에서 끔찍하기도 하지, 끔찍해(날 좀 더 일으켜 다오, 가브리엘). 너도 저쪽에 이교도들이 세워 놓은 그 거대한 돌들이 있는 곳 알지. 그들이 '상인의 테이블'이라고 부른 돌들 밑에 움푹 들어간 곳이 있는 것도 알 것이고. 우린 거기에 그를 눕혔어. 자리가 아주 넓더구나. 그렇게 청년을 숨기고 다시 집으로 달려왔다. 그 일이 일어난 후로 다시는 그 근처에 가지도 않았다. 네 아비도 그랬고! (날 좀 더 일으켜서 앉혀 달라니까, 가브리엘! 다시 목이 막히잖니.) 우리는 그 수첩과 배낭을 태워 버렸다. 청년의 이름은 결코 알아내지 못했어. 그리고 돈은 우리가 가지고 있다가 쓰고. (왜 날 일으켜 앉히지 않니. 가까이 와서 듣지도 않고!) 너와 네 어미가 그 돈이 어디서 났느냐고 물었을 때 네 아비는 유산이라고 말했지. (아프다, 가브리엘, 네가 그렇게 흐느껴 우는 걸 보니 내 마음이 갈기갈기 찢어지는 것 같구나.) 그 돈 때문에 우리에게 저주가 내렸다. 그 저주가 네 아비와 네 동생을 익사시킨 거야. 그 저주가 날 죽이고 있어. 하지만 난 고백했다. 죽기 전에 신부에게 고백하는 것처럼 했어. 저 아이를 말려라! 페린을 말려! 그 아이가 일어나는 소리가 들린다. 그 청년의 유골을 상인의 테이블 밑에서 꺼내서 신의 축복을 받을 수 있게 잘 묻어 줘라! 그리고 신부님에게 말씀드려라. (내가 무릎을 꿇는 자세가 될 때까지 날 더 높이 일으켜 세워라.) 만약 네 아비가 살아 있다면 날 죽일 게다. 하지만 신부에게 말해. 나의 죄 많은 영혼 때문에, 제발 기도하고 그 상인의 테이블을 잊지 말고, 묻고 기도해 주고, 항상 기도하고."

페린이 노인의 속삭이는 소리를 희미하게 들은 순간, 그녀의 귀에는 아무 말도 가 닿지 않았지만, 그녀는 파티션의 문을 열려다 뒤로 물러섰다. 왜 그런지 이유도 모르지만 그녀를 겁에 질리게 했던 그 속삭이는 소리가 들리다 이내 멈춰 버렸다. 그다음에 흐느껴 우는 소

196

리를 들었다. 그녀는 옆방에서 누가 우는지 알 수 있었다. 그녀는 두려움보다 더 강한 새로운 감정에 사로잡혀 망설이지 않고, 떨지도 않고 문을 열어젖혔다.

노인의 얼굴 위에 이불이 덮여 있었고, 가브리엘은 얼굴을 두 손으로 가린 채 침대 옆에 무릎을 꿇고 있었다. 그녀가 말을 걸었을 때 그는 대답을 하지 않았고, 그녀를 보지도 않았다. 잠시 후에 온몸을 들썩이며 울던 그가 울음을 그쳤다. 하지만 여전히 움직이지 않았고, 그녀가 그를 만졌을 때 느닷없이 몸서리를 쳤다. 그녀의 손길에 몸서리를 치다니! 그녀는 그의 여동생들을 불렀고, 그들이 와서 오빠에게 말을 걸었지만 가브리엘은 여전히 아무 대답도 하지 않았다. 그들은 울었다. 하나씩 그에게 애정 어린 말로 호소했지만 그는 비탄에 빠져 넋을 잃은 채 아무 말도 하지 않았고 움직이지도 않았다. 아무리 사랑하는 이들이 울면서 달래 봐도 가브리엘은 꿈쩍도 하지 않았다.

새벽이 가까워지고, 폭풍도 잠잠해졌지만 가브리엘에게는 여전히 아무 변화가 없었다. 페린은 한두 번 가브리엘 옆에 무릎을 꿇고, 그녀가 옆에 있다는 걸 알아차리게 하려고 했지만 허사였다. 그녀는 노인이 아주 약하게 숨을 쉬는 소리를 들은 것 같다는 생각이 들어서 이불 위로 손을 뻗었다. 그러나 감히 노인을 건드리거나 얼굴을 볼 용기가 나지 않았다. 그녀가 임종 자리에 있는 건 이번이 처음이었다. 방에 흐르는 침묵과 절망에 빠져 망연자실한 가브리엘 때문에 너무 겁이 나서 페린은 옆에 있는 아이들만큼이나 어찌할 바를 몰랐다. 오두막집 창문에 차갑고 음울하지만 한편으로 안심이 되는 여명이 비치고 나서야 그녀는 다시 정신을 차렸다. 그녀는 자신이 할 수 있는 최선은 가까운 이웃집에 즉시 도움을 청하는 거란 걸 깨달았다.

그녀가 가브리엘의 여동생들에게 잠시 나갔다 올 테니 집에서 가브리엘과 같이 있으라고 설득하는 동안 문 밖에서 발자국 소리가 나서 그녀는 깜짝 놀랐다. 문이 열리고 한 남자가 문지방 앞에 나타나 희미한 빛 속에 잠시 서 있었다.

그녀는 좀 더 가까이 정신을 집중해서 내다봤다. 그 사람은 프랑수아 사르조였다!

II

어부의 온몸에서 물이 뚝뚝 떨어지고 있었다. 하지만 항상 창백하고 완고했던 얼굴은 간밤에 겪은 위기 때문인지 조금 달라져 보였다. 어린 피에르는 의식을 잃고 그의 팔에 축 늘어져 있었다. 페린은 그를 알아본 순간 놀란 데다 두려워져 비명을 질렀다.

"자, 자, 자!" 그는 아들을 안고 벽난로를 향해 다가오면서 짜증스럽게 말했다. "소란 떨지 마. 너희들은 우릴 다시 보게 될 거라곤 예상 못 했겠지. 우리도 다 포기했다가 기적적으로 탈출했으니까."

그는 불의 온기를 제대로 쬘 수 있는 곳에 아들을 내려놨다. 그리고 돌아서서, 주머니에서 고리버들 덮개를 씌운 병을 꺼내며 말했다. "브랜디가 없었다면." 그는 갑자기 말을 멈추고, 병을 근처에 있는 의자에 내려놓고 재빨리 침대로 걸어왔다.

페린은 프랑수아가 가는 걸 지켜보다가 문이 열렸을 때 일어선 가브리엘이 다가오는 아버지를 피해 침대에서 뒤로 물러나는 모습을 봤다. 가브리엘의 얼굴이 갑자기 돌처럼 굳어 버렸다. 무표정해진 데다 지독하게 창백해진 얼굴은 보기가 처참할 정도였다. 가브리엘은 벽에 닿을 때까지 천천히 뒷걸음질 쳤다가, 벽에 가만히 기대서서, 멍한 눈으로 아버지를 보면서 손을 앞뒤로 움직이며, 뭐라고 중얼거렸지만 제대로 들을 수 있는 말은 한 마디도 하지 않았다.

프랑수아는 아들의 그런 행동을 눈치채지 못한 것 같았다. 그는 이불보를 손으로 잡았다. "무슨 일 있었니?" 그는 그렇게 물어보면서 이불보를 홱 젖혔다.

그런데도 가브리엘은 여전히 말을 하지 못했다. 페린이 알아차리고 그를 대신해 대답했다.

"가브리엘은 불쌍한 할아버지가 돌아가신 것 같아 두려워하고 있었어요." 그녀가 초조하게 속삭였다.

"죽었다고!" 그 말을 하는 프랑수아의 말투에서 슬픈 기색은 전혀 비치지 않았다. "할아버지가 간밤에 상태가 안 좋았나? 정신이 오락가락하셨어? 할아버지가 요즘 많이 어지러워하시긴 했지."

"할아버지가 아주 불안해하시면서 우리가 다 아는 유령들의 경고를 말씀하셨어요. 할아버지는 아버님과 피에르가 세상을 떠났다는 걸 말해 주는 많은 것을 보고 들으셨다고 하셨는데. 가브리엘!" 그녀는 갑자기 말을 멈추고 소리를 질렀다. "할아버지를 봐! 얼굴을 보라고! 할아버지는 안 돌아가셨어!"

바로 그 순간 프랑수아가 아버지의 얼굴을 들어서 자세히 들여다보고 있었다. 정말로 시체처럼 창백한 노인의 얼굴에 희미하게 경련이 일면서 입술이 덜덜 떨리고, 턱이 축 늘어졌다. 프랑수아는 그 얼굴을 들여다보다 몸서리를 치고 나서 재빨리 침대에서 멀어졌다. 그 순간 가브리엘이 벽에서 떨어졌다. 그의 표정이 달라지고, 창백한 뺨이 갑자기 불그레하게 물들면서, 의자에 있던 병을 낚아채서 조금밖에 남지 않은 브랜디를 할아버지의 입 속에 부었다.

그 효과가 즉시 나타났다. 떨어져 가던 생명의 힘이 순간 잠시 회복됐다. 노인이 다시 눈을 번쩍 떠서 방 안을 둘러보다 불가 근처에서 있는 프랑수아를 뚫어져라 바라봤다. 바로 그 순간 그의 처지가 매우 힘들고 끔찍하긴 했지만 가브리엘은 간신히 페린의 귀에 대고 몇 마디 속삭일 수 있을 정도의 이성은 유지했다. "아이들을 데리고 다시 침실로 돌아가. 우린 너희들이 듣지 않는 편이 나을 이야기를 해야 할 것 같아."

"아들아, 네 할아버지가 온몸을 벌벌 떨고 계시는구나. 할아버지가 죽어 간다면 감기 때문에 그러시는 거야. 내가 할아버지를 들게 좀 도와주렴. 침대째로 들고 가자."

"아니, 아니야! 절대 네 아비가 날 건드리게 놔두지 마라! 네 아비가 날 저런 식으로 보게 놔두지 마! 절대 내 옆에 오게 하지 마, 가브리엘! 저건 아비의 유령이냐? 아니면 정말 아비가 온 거냐?" 할아버지가 헐떡이며 말했다.

가브리엘이 대답하고 있을 때 문을 두드리는 소리가 들렸다. 프랑수아가 문을 열자 이웃 어촌에서 온 사람들이 몇 명 보였다. 그들은 이 가족을 동정해서라기보다는 호기심에 프랑수아와 아들 피에르가 어젯밤 무사히 살아 돌아왔는지 물어보러 온 것이었다. 프랑수아는 사람들에게 들어오란 말도 안 하고 뚱한 표정으로 문간에 서서 그들이 하는 질문에 통명스럽게 대답했다. 그렇게 그가 이웃과 이야기를 하는 동안 가브리엘은 할아버지가 명하니 그에게 중얼거리는 소리를 들었다. "어젯밤은? 어젯밤은 어땠느냐, 손자야? 내가 어젯밤 무슨 이야기를 했니? 네 아비가 물에 빠져 죽었다고 했냐? 그런 멍청한 소리를 했는데 아비가 다시 살아서 돌아온 모습을 보게 됐구나! 하지만 그게 그런 게 아니었다. 내가 정신이 너무 쇠약해서 기억이 하나도 나질 않는구나. 어제 내가 무슨 말을 했냐, 가브리엘? 너무 끔찍해서 차마 입에 올릴 수도 없는 말을 했니? 네가 지금 온몸을 덜덜 떨면서 내게 속삭이는 그런 말을 했다고? 난 그런 끔찍한 말은 하지 않았다. 범죄라니! 살해라니! 난 여기서 일어난 그 어떤 범죄나 살해에 대해 아는 게 하나도 없다. 그런 말을 하다니 내가 어제 너무 두려워 정신이 나갔나 보다! 상인의 테이블이라고? 그건 그저 오래된 돌무더기일 뿐이야. 폭풍이 하도 거세고, 내가 죽을 거란 생각이 드는데다, 네 아비가 걱정돼서 제정신이 아니었던 게야. 그런 허튼소리는 두 번 다시 생각도 하지 마라, 가브리엘! 난 이제 나아졌다. 우리 모두 불쌍한 할아비가 잠결에 범죄와 살해에 대한 헛소리를 늘어놨다고 웃으며 오래오래 살 거야. 아, 가련한 노인네, 어젯밤, 정신이 혼미해서 말도 안 되는 상상을 했다. 왜 그 말에 웃지 않는 거니? 난 웃고 있는데. 너무 어지럽고 정신이 혼미—"

할아버지가 갑자기 말을 멈췄다. 공포와 고통 때문에 낮은 신음 소리가 할아버지의 입에서 새어 나왔다. 할아버지가 이야기하는 동안 슬픔과 불안과 어리석음과 교활함이 뒤범벅이 되어 뒤틀린 표정에서 그런 감정들이 차츰 희미해졌다. 할아버지는 살짝 몸서리를 치더니, 한숨을 한두 번 쉬고, 이내 고요해졌다.

할아버지는 거짓말을 하고 돌아가신 걸까?

가브리엘은 주위를 둘러보고 오두막집 문이 이미 닫혔고, 아버지가 그 문 앞에 버티고 선 모습을 봤다. 아버지가 얼마나 오랫동안 거기 서서 할아버지가 남긴 마지막 말을 들었던 걸까? 추측하긴 힘들지만 아버지가 서서히 냉혹한 얼굴을 찌푸리면서 의심이 섞인 표정으로 시신을 보다 아들을 봤는데 그걸 보자 가브리엘은 몸서리가 쳐졌다. 프랑수아가 또다시 침대로 다가오면서 한 첫 번째 질문은 나직한 목소리로 하긴 했지만 무시무시한 의미를 담고 있었다.

"할아버지가 어젯밤 무슨 이야기를 하셨냐?" 그가 물었다.

가브리엘은 대답하지 않았다. 그가 들은 모든 이야기와 그가 본 지금까지의 광경과 아직 오지 않은 불행과 공포에 머리가 멍해져 버렸다. 현재 당면한 형언할 수 없는 위험이 너무 커서 미처 알아차릴 수 없었다. 그저 지치고 무기력한 상태에서 그에게 다가오는 무시무시한 압박감만 희미하게 느낄 수 있었을 뿐, 그의 육체적, 정신적 능력은 갑자기 그를 버리고 완전히 떠나 버린 것 같았다.

"너 팔뿐만 아니라 혓바닥까지 다친 거냐?" 아버지는 씁쓸한 웃음을 터트리며 말했다. "난 기적적으로 살아나서 너에게 돌아왔다. 그런데 넌 내게 한마디도 하지 않는구나. 저기 저 노인네보다 차라리 내가 죽길 바란 거냐? 노인네는 이제 네가 하는 말을 들을 수 없다. 그러니 어젯밤 노인네가 무슨 헛소리를 했는지 말해. 하지 않겠다고? 당장 하라니까!" (아버지는 방을 가로질러 가서 문을 등지고 섰다.) "우리 둘 중 하나가 이 집을 나가기 전에 어서 고백해! 너도 내가 빨리 교회에 가서 신부님에게 네 할아버지가 돌아가셨다는 말을 전하는 것이 내 의무란 걸 알고 있겠지. 내가 그 의무를 이행하지 않는다면, 그건 네 잘못이란 걸 기억해라! 네가 날 여기 잡아 둔 거야. 그러니 네가 내 말에 따를 때까지 난 여기서 꼼짝도 안 할 거다. 내 말 알아들었냐, 이 멍청아? 말해! 당장 말해, 안 그러면 네가 죽는 날까지 그 말만 계속하게 만들어 줄 테다. 다시 물어보지. 네 할아버지가 어젯밤 정신이 오락가락할 때 너에게 뭐라고 했지?"

"할아버지는 다른 사람이 저지른 범죄에 대해 말씀하시고, 그 비밀을 지켰기 때문에 자신에게 죄가 있다고 하셨어요." 가브리엘은 천천히 준엄하게 말했다. "그리고 오늘 아침에 숨을 거두시면서 자신이 하신 말씀을 부인하셨어요. 하지만 어젯밤에 할아버지가 만약 진실을 말하셨다면."

"진실! 무슨 진실?" 프랑수아가 말했다.

그는 말을 멈추고, 밑을 바라봤다가, 다시 시신을 봤다. 그는 몇 분 동안 숨을 거칠게 쉬면서 시신을 보며 생각에 잠겨 이마를 몇 번 문질렀다. 그런 다음에 다시 아들을 봤다. 그 짧은 순간 그는 겉보기에는 완전히 다른 사람이 됐다. 표정, 목소리, 태도, 모든 게 달라졌다.

"하늘이 날 용서해 주시길! 하지만 이런 엄숙한 순간에 이렇게 바보같이 말하고 행동하다니 나 자신이 우스울 지경이구나! 할아버지가 당신이 한 말을 부인하셨다고? 불쌍한 노인네! 사람들이 죽을 때가 되면 정신이 나갔다가도 돌아온다고 하더니 할아버지가 그 증거구나. 사실대로 말하자면, 가브리엘, 나도 좀 정신이 없었다. 왜 안 그렇겠니, 어젯밤 내가 어떤 고난을 헤치고 오늘 아침에 집에 돌아왔는지 생각해 봐라. 너나, 아니 다른 누가 죽어 가는 노인네의 정신 나간 소리를 진지하게 믿을 거라고 생각하겠니? (페린은 어디 있니? 왜 그 아이를 저 방에 보냈니?) 네가 아직도 좀 놀라고, 울적한 듯 보이는 것도 당연하겠지. 너도 어젯밤 정말 모든 면에서 힘든 시간을 보냈으니까. 할아버지는 어젯밤 당신과 나에 대한 두려움이 너무 커서 아주 큰 충격을 받으셨을 거다. (노인의 기괴한 상상 때문에 네가 날 조

금 두려워한다고—그건 자연스러운 일이다만—내가 화를 내다니)
페린 어서 이리 나오너라. 언제고 거기 있기 지겨워지면 그 침실에서
나와라. 너도 조만간 죽음을 침착하게 바라보는 법을 익혀야 하니까.
악수하자, 가브리엘. 나랑 화해하고 오늘 일어난 일에 대해선 더 이
상 말하지 말자. 알겠지? 내가 방금 한 말 때문에 아직도 화가 풀리지
않았니? 아! 내가 돌아올 때쯤이면 너도 생각이 달라져 있을 거다.
자, 나와라, 페린. 우리 가족에게 비밀이란 없다."

"어디 가시는 거예요?" 아버지가 급히 문을 여는 걸 보고 가브리엘
이 물었다.

"신부님에게 신도 한 명이 세상을 떠났다고 말씀드리고 사망 신고
를 해야지. 그게 내 의무니 그걸 이행하고 나서 쉬어야지." 프랑수아
가 대답했다.

그는 그런 말을 하면서 서둘러 나갔다. 가브리엘은 아버지가 등을
돌리는 바로 그 순간부터 자신이 아까보다 더 편하게 숨을 쉰다는
걸, 육체적으로나 정신적으로나 느껴지는 끔찍한 압박감이 줄어들었
다는 걸 깨닫고 몸서리를 칠 뻔했다. 지금은 그런 생각이 두렵긴 해
도 어쨌든 아까는 전혀 하지 못했던 생각이란 걸 할 수 있게 됐으니
훨씬 나아진 셈이다. 아버지의 행동은 무고한 자의 행동과 일치하는
걸까? 오늘 아침에 할아버지가 아들이 있는 자리에서 정신없이 부인
한 이야기가 어젯밤 손자와 단둘이 있을 때 했던 고백에 대한 반증이
될 수 있을까? 가브리엘은 이제 스스로에게 그런 끔찍한 질문을 했
다가 무의식중에 움츠러들면서 대답을 하지 못했다. 하지만 그 의혹,
그의 인생에 돌이킬 수 없는 영향을 미치게 될 그 의혹을 조만간 어
떤 식으로든 어떤 위험을 무릅쓰고라도 풀어야 했다!

그 의혹을 풀 길이 있을까? 그래, 하나 있다. 아버지가 안 계신 동안 즉시 그곳에 가서 상인의 테이블 밑에 있는 움푹 파인 땅을 살펴보는 것이다. 만약 할아버지가 정말 정신이 멀쩡할 때 고백하신 거라면, 그곳(가브리엘은 그곳이 비바람을 피해 가려져 있다는 걸 알았다)은 범인이 범죄를 저지른 후 범인이나 내키지 않았던 공범이나 한 번도 찾아가지 않았던 곳이다. 물론 시간이 오래돼서 시신이 망가졌겠지만 머리카락과 유골은 남아 진실을 증언해 줄 것이다. 만약 할아버지가 정말로 진실을 말했다면 말이다. 그런 확신이 커지자 가브리엘의 뺨에서 핏기가 가시면서 난로와 문 사이 중간쯤 되는 곳에서 마음을 정하지 못한 채 멈췄다. 그리고 침대에 누워 있는 시신을 의심스러운 눈빛으로 내려다봤을 때 갑자기 역겨운 감정이 치밀었다. 그는 더 이상 시간을 끌지 않고 최악의 경우가 생기더라도 알아내야겠다는 초조하고 격렬한 갈망에 사로잡혔다. 그는 페린에게 곧 돌아올 테니 그가 없는 동안 시신을 지키라는 말만 한 채 대답을 기다리지도 않고 집을 나섰다. 심지어 문을 닫을 때 돌아보지도 않았다.

상인의 테이블로 가는 길에는 두 개의 길이 있었다. 둘 중 더 먼 길은 해안 절벽 옆을 지나가는 길이고, 또 하나는 히스를 가로질러 가는 것이었다. 두 번째 길은 더 가깝긴 하지만 마을과 교회로 가는 길이기도 하다. 가브리엘은 그 길로 갔다가 아버지의 관심을 끌게 될까 두려워 해안으로 가는 길을 택했다. 그 길은 중간에 내륙으로 뻗어나가 이 지방 곳곳에 흩어진 수많은 드루이드 기념물 중 일부를 돌아간다. 그곳은 높은 지대에 있어서 마을로 가는 길이 내려다보이는데 거기서 마을과 상인의 테이블로 가는 길이 갈라지는 것이다. 거기서 가브리엘은 해안을 등진 채 서 있는 한 남자의 모습을 아득히 먼 곳에서 발견했다.

그 사람은 너무 멀리 떨어져 있어서 확실히 그 정체를 분간하긴 힘들었지만, 프랑수아 사르조처럼 보였다. 그가 누구건 남자는 언뜻 보기에도 어느 길로 가야 할지 고민하고 있었다. 처음에 그는 상인의 테이블을 향해 몇 걸음 걸어갔다. 그러다 다시 멀리 떨어진 집들과 교회가 있는 방향으로 돌아왔다. 그는 두 번이나 이런 식으로 망설였는데 두 번째는 아주 오랫동안 멈춰 서 있다가 마침내 마을로 가는 길을 택한 것처럼 보였다.

드루이드 석재 기념물들 사이에서 그 모습을 관찰하다 나온 가브리엘은 본능적으로 몇 분 기다렸다가 이제 갈 길을 가기 시작했다. 그 남자가 정말 아버지일까? 만약 그렇다면, 아버지는 왜 두 번이나 정확히 반대편에 있는 상인의 테이블로 가는 길로 가려다 포기하고 마침내 볼일을 봐야 할 마을로 가려고 마음을 먹었을까? 정말 아버지가 그곳에 가고 싶었을까? 할아버지가 죽어 가면서 한 말 중에 나온 상인의 테이블이란 이름을 아버지가 들었을까? 아버지는 그걸 치워서 모두 안전하게 하려는 용기를 차마 내지 못한 것일까? 마지막 질문은 너무 끔찍해서 더 이상 생각할 수 없었다. 가브리엘은 겁이 나서 그 질문을 마음속에 꾹꾹 눌러 담아 둔 채 계속 걸어갔다.

그는 가는 길에 어느 누구와도 마주치지 않은 채 거대한 드루이드 기념물에 도달했다. 해가 뜨고 있었고, 간밤의 거셌던 먹구름들은 동쪽 수평선에서 사방으로 흩어지고 있었다. 파도는 여전히 높이 뛰어오르며 물거품이 솟아났지만, 사나운 바람도 순해져서 상쾌한 산들바람이 불어왔다. 가브리엘은 고개를 들어 오늘은 무척이나 화창한 날이 될 거란 하늘의 약속을 보다가 이제부터 하려는 수색을 생각하자 몸서리가 쳐졌다. 아름답고 상쾌한 일출 광경이 그의 마음을 악랄하게 괴롭히는 살인에 대한 의심과 끔찍한 부조화를 이뤘다. 하지만 이 용건을 반드시 처리해야 한다는 걸 알았기 때문에 용기를 내서 끝까지 해내기로 했다. 그는 이 미스터리를 깨끗이 해결하기 전까지는 집에 돌아가지 않기로 마음먹었다.

상인의 테이블은 세 개의 거석 위에 두 개의 거석이 수평으로 놓여서 형성됐다. 반세기 전의 어수선한 시절에는 브르타뉴의 드루이드 기념물을 꾸준히 보러 오는 관광객들이 없었다. 그리고 그 돌들 밑에 있는 움푹 꺼진 곳의 출입구는 가시가 있는 관목들과 잡초들로 거의 막혀 있었다. 이렇게 무성하게 자란 덤불이 엉킨 출입구를 처음 봤을 때 아마 몇 년 동안 살아 있는 사람은 여길 들어가지 않았을 거라는 확신이 들었다. 그는 망설이지 않고(조금이라도 망설였다간 결심이 무너질 것 같았다) 그 가시덤불을 조심스럽게 지나쳐서 돌들 밑에 있는 텅 빈 곳의 낮고, 어둡고, 들쭉날쭉한 출입구를 무릎 꿇고 기어서 들어갔다.

심장이 미친 듯이 펄쩍펄쩍 뛰고, 숨이 막힐 것 같았지만 억지로 조금 더 기어가서 텅 빈 공간 속으로 들어가 주위의 땅바닥을 두 손으로 더듬었다.

뭔가 손에 잡혔다! 순간 살갗이 스멀스멀한 느낌이 들어서 만지고 싶지 않았다. 본능적으로 떨어뜨렸을 수도 있지만 그는 자기도 모르게 그것을 꽉 움켜쥐었다. 그리고 햇살이 비치고 바람이 부는 밖으로 다시 기어 나왔다. 그건 인간의 뼈였을까? 아니다! 가브리엘은 소름 끼치는 공포에 속았다. 그가 쥐고 나온 것은 마른 나무토막이었다.

그런 착각을 한 것에 수치스러워진 그는 그 나무토막을 던져버리고 다시 들어가려고 했다. 그러다 또 다른 아이디어가 떠올랐다.

그 돌 속 공간에 한두 군데 틈으로 희미하게 햇빛이 들어오긴 하지만, 멀리 있는 안쪽은 여전히 너무 어두워서 아무리 화창한 날이라고 해도 육안으로 완벽하게 살펴볼 수 없었다. 그 점을 생각한 그는 부싯깃 상자와 성냥을 꺼냈다. 그는 다른 주민들처럼 파이프 담배에 불을 붙일 목적으로 항상 이것을 휴대하고 다녔는데, 방금 주운 나무토막을 횃불로 써서 구멍 속의 어두운 구석을 비추기로 결심했다. 다행히 나무토막은 구멍 속에서 아주 오랫동안 건조한 상태로 보존됐기 때문에 종이에 불을 붙인 것처럼 쉽게 불이 붙었다. 나무토막에 불이 잘 붙어서 활활 타올랐을 때 가브리엘은 그걸 들고 이번에는 곧장 구멍 속 가장 깊은 곳까지 들어갔다.

그는 나무토막이 거의 끝까지 타들어 갈 정도로 그 속에서 오랫동안 머물렀다. 마침내 나와서 타오르는 나뭇조각을 던져 버렸을 때, 그의 얼굴은 붉게 상기됐고, 눈은 반짝반짝 빛났다. 그는 몇 분 전까지만 해도 아주 조심스럽게 지나갔던 덤불 위를 훌쩍 넘어서 히스 위로 뛰어올라가 소리쳤다. "나는 이제 떳떳한 마음으로 페린과 결혼할 수 있게 됐다. 난 브르타뉴에서 그 누구보다 정직한 사람의 아들이다!"

그는 구멍 속을 구석구석 꼼꼼하게 살펴봤지만 상인의 테이블 밑에 있는 움푹 꺼진 곳에 시체가 있었다는 흔적은 털끝만큼도 찾아낼 수 없었다.

"나는 이제 떳떳한 마음으로 페린과 결혼할 수 있게 됐다!"

세상에는 손님을 친절하게 대접하고 보호하라는 법칙을 깨고 몰래 손님을 죽인 아버지의 죄 때문에 그 범죄에 어떤 식으로도 가담하지 않은 아들마저 약혼녀와 결혼할 가치가 없는 비양심적인 인간으로 판단하지 않는 곳도 있을 것이다. 하지만 가브리엘이 사는 지방의 소박한 주민들에겐 이런 일은 다른 모든 일반적인 법칙처럼 예외가 될 수 없는 지극히 비양심적인 일이었다. 브르타뉴 주민들은 무지하고 미신을 믿는 사람들일지 모르겠지만 국가적인 신앙에 따른 의무를 지키는 것처럼 손님을 환대하라는 의무를 충실하게 지킨다. 부자건 빈자건 그들의 집에 찾아온 낯선 손님은 신성한 존재다. 손님의 안전은 주인이 특별히 책임져야 하며, 손님의 재산 또한 지켜야 한다. 주민들은 반쯤 굶주리며 살아갈지 몰라도 자식들과 나눠 먹는 것처럼 손님들과 마지막 남은 빵 부스러기라도 기꺼이 나눠 먹는다.

여기서 나고 자란 사람들은 모두 이렇게 손님을 환대하라는 미덕을 어기는 자를 대단히 역겨워하며 증오하고 매도하는 벌을 내린다. 할아버지의 침대 옆에 있을 때 가브리엘의 마음속에서 가장 고통스러웠던 짐은 바로 이 수치였다. 어떤 식으로도 지울 수 없는 최악의 불명예를 질까 봐 두려워져 페린 앞에서 말문이 막힌 것이다. 그 불명예를 상상하기만 해도 수치스럽고 소름이 끼친 그는 그녀의 얼굴을 볼 자격도 없다고 느꼈고, 상인의 테이블 밑을 수색한 결과 할아버지가 말한 범죄의 증거가 하나도 없다는 점이 입증되자 말할 수 없이 안도하고 행복해졌다. 그 발견의 환희는 마음속에 간절히 품고 있다가 마침내 터져 나온 그의 말에서 오롯이 표현됐다. 그는 정직한 사람의 아들이니 이제 떳떳한 마음으로 페린과 결혼할 수 있다!

가브리엘이 오두막집으로 돌아왔을 때 프랑수아는 아직 돌아오지 않았다. 페린은 가브리엘의 돌변한 태도에 깜짝 놀랐다. 피에르와 여동생들까지 그렇게 말했다. 지금까지 푹 쉬면서 불을 쬔 덕분에 기운을 회복한 가브리엘의 남동생은 어젯밤 바다에서 겪은 위험한 모험을 조금이나마 들려줄 수 있게 됐다. 그들이 피에르의 이야기를 듣고 있을 때 마침내 프랑수아가 돌아왔다. 이제 가브리엘이 먼저 아버지를 향해 손을 내밀고 화해하자고 나섰다.

놀랍게도 아버지는 그를 피해 뒤로 물러났다. 마을에 가 있는 동안 프랑수아의 변덕스러운 기분이 또다시 돌변한 모양이었다. 그는 아들에 대한 불신으로 어두워진 얼굴을 사정없이 찌푸리며 아들을 바라보았다.

"나는 나를 한 번이라도 의심한 사람과는 손을 잡지 않는다. 내가 그들을 항상 의심하게 될 테니까. 넌 나쁜 아들이다! 넌 감히 대놓고 비난하지도 못하는 악행을 저질렀다고 아비를 의심했다. 죽어 가면서 반쯤 정신이 나간 노인이 주절거리는 허튼소리를 듣고 말이다. 내게 말하지 마! 난 한 마디도 듣지 않을 테니까! 정직한 사람과 스파이는 가까워질 수 없다. 가서 날 욕해라, 이 가면을 쓴 배신자야! 난 너의 비밀이나 너에겐 아무 관심도 없다. 저 페린이란 애는 아직도 우리 집에서 뭘 하는 거냐? 왜 아직 제집에 가지 않은 거냐? 신부님이 오신다. 상갓집에 낯선 사람이 있는 건 원치 않는다. 저 아이를 농장에 데려다주고, 그러고 싶다면 거기서 개랑 살아라. 우리 집에선 아무도 널 원하지 않는다!" 아버지는 큰 소리로 화를 내며 외쳤다.

프랑수아가 그 말을 할 때의 태도와 표정이 너무나 낯설고, 사악한 데다 표현할 수는 없지만 어쩐지 그 이면에 훨씬 더 깊은 의미를 담고 있는 것 같아서 가브리엘은 곧바로 자신의 마음이 움츠러드는 걸 느꼈다. 그리고 거의 동시에 무시무시한 의문이 다시 고개를 쳐들었다. 아버지가 상인의 테이블까지 그를 미행한 게 아닐까?

설사 가브리엘이 말하고 싶었더라도 이제 그럴 수 없게 됐다. 반면 그 의혹과 그에 따라온 의심이 오늘 아침에 그를 안도하게 했던 모든 희망과 확신을 철저하게 박살 내고 있었다. 한껏 기뻐하다가 고통스러운 상황에 직면하면서 닥친 정신적 고통이 그의 육체에도 영향을 미쳤다. 아버지와 같이 있는 집 안의 공기가 숨이 막히는 것처럼 갑갑해졌다. 그리고 페린이 서둘러 옷을 챙겨 입고 붉게 상기됐다가 다시 창백해진 얼굴로 문에 섰을 때 그는 마치 집에서 도망치는 것처럼 그녀와 같이 급하게 나왔다. 바깥의 신선한 공기와 햇빛이 그에게 이토록 천국에 온 것 같은 효과를 낼 줄은 몰랐다!

그는 페린의 농가로 같이 돌아가면서 그녀를 가혹하게 대한 아버지를 대신해서 달래 주고, 어떤 일이 있어도 자신의 애정은 변하지 않는다고 맹세해서 페린을 안심시켜 줄 수도 있었지만 그런 일은 하나도 할 수 없었다. 그는 감히 지금 자신에게 가장 중요한 문제를 그녀에게 털어놓을 수 없었다. 그의 마음을 괴롭히는 끔찍한 비밀을 다른 사람들에겐 털어놓을 수 있다 해도 그녀는 결코 아니었다. 농가가 보이는 곳에 이르자마자 가브리엘은 멈춰 서서 그녀에게 곧 다시 보자고 약속하고, 겉으론 평소처럼 자연스럽게 그녀를 보냈지만 사실 마음은 끝없이 절망하고 있었다. 저 불쌍한 아가씨가 어떻게 생각하건 간에 지금은 차마 그녀의 아버지를 만나서 그가 기분 좋게 다가올 결혼식에 대해 하는 이야기를 들을 수 없을 것 같았다.

혼자가 된 가브리엘은 히스가 무성하게 자란 황무지를 정처 없이 방황하면서, 어느 쪽으로 가야 할지 알 수 없었고, 관심도 없었다. 아버지의 결백에 대한 의심은 상인의 테이블에 찾아가서 불식됐지만, 아버지의 말과 태도 때문에 다시 살아났다. 다만 감히 그 점을 아직까지는 스스로에게 인정할 수 없었다. 그가 아침에 한 수색의 결과가 어쨌든 결정적인 건 아니라는 점을 인정하는 것만으로도 이미 가브리엘은 힘들었다. 즉 그 미스터리가 진실인지는 아직 밝혀지지 않았다. 아버지가 격노하면서 불신에 차서 그에게 퍼부어 댄 말들, 그 말을 하면서 아버지의 태도에서 나타난 갑작스럽고 표현할 수 없는 변화들. 그게 대체 다 무슨 뜻일까? 죄가 있다는 뜻인가, 아니면 없다는 뜻인가? 할아버지가 돌아가시면서 한 고백을 의심하는 것은 이제 더 이상 타당하지 않은 걸까? 반대로 오늘 아침에 할아버지가 간밤에 한 고백을 부인한 것은 할아버지가 공포에 사로잡혀 양심이 흔들리고, 지적인 능력이 쇠퇴해서 한 일이라고 생각하는 것이 더 그럴듯하지 않을까? 이런 의문들을 생각하면 할수록, 스스로가 더 무능해지는 기분이 들었다(그럴 의지도 점점 더 줄어들었고). 자신보다 더 현명한 이의 조언을 구해야 할까? 아니, 아버지가 결백할 가능성이 손톱만큼이라도 있는 상황에선 그럴 수 없다.

그런 생각이 마음속을 떠돌 때 가브리엘은 자신이 다시 집 앞에 서 있는 걸 깨달았다. 그가 문 앞에서 여전히 망설이고 있을 때 문이 조심스럽게 열리는 게 보였다. 남동생인 피에르가 밖을 내다보다가 그를 보고 달려왔다. "들어와요, 형. 아, 들어와요! 우린 아버지랑 같이 있기 무서워요. 형 이야기를 했다고 아버지가 우리를 사정없이 두들겨 팼어." 피에르가 간절하게 말했다.

가브리엘이 들어갔다. 아버지가 벽난로 앞에 서 있다가 고개를 들어 "스파이!"라고 한 마디 내뱉더니 경멸스러운 몸짓을 했지만 가브리엘에겐 한 마디도 걸지 않았다. 침묵 속에서 몇 시간이 흘러갔다. 오후가 저물어 밤이 됐고, 밤이 가고 아침이 왔다. 그래도 그는 여전히 어느 자식에게도 말을 걸지 않았다. 날이 어두워지자 그는 집에서 스파이랑 같이 있으니 바다에서 혼자 있는 편이 낫다고 하면서 그물을 가지고 나가 버렸다.

다음 날 아침 프랑수아가 돌아왔을 때도 아무런 변화가 없었다. 며칠이 지나고, 몇 주가 지나고, 몇 달이 지나서 다른 자식들에게는 아주 서서히 예전처럼 대하기 시작했지만, 장남에 대한 태도는 달라지지 않았다. 어쩔 수 없이 꼭 말을 해야 하는 경우를 제외하고는 절대 장남과 말을 섞지 않았다. 그는 다시는 바다에 가브리엘을 데리고 가지 않았고, 집에서 가브리엘과 단둘이 앉지도 않았고, 같이 밥을 먹지도 않았다. 다른 자식들이 그에게 가브리엘에 대해 이야기하게 허락하지도 않았고, 가브리엘에게서 폭풍우가 치던 밤 돌아가신 할아버지가 한 이야기나, 할아버지의 행동에 대한 이야기도 들으려 하지 않았다.

이렇게 집 안에서 추방을 당한 것과 다름없는 잔인한 상황에 처한 가브리엘은 비탄에 젖어 성격이 변한 나머지 페린마저 그를 이해할 수 없을 정도였다. 가브리엘은 마음속에서 잠시도 떠나지 않는 의혹과 무엇보다 자신이 꼭 이행해야 할 중대한 의무이자 책임을 회피하고 있다는 생각 때문에 끊임없이 양심의 가책에 시달려 지쳐 갔다. 하지만 아무리 집에서 학대받고, 신실한 가톨릭 신자로서 신부님에게 죄를 고백해야 하는 의무를 저버리고 있다는 양심의 가책에 시달렸지만 그렇게 삶을 갉아먹는 억압을 받는 상황에서도 도저히 그 비밀을 밝힐 수 없었다. 일단 그걸 밝히면 아버지의 유죄 여부와 상관없이 사람들이 그의 가족을 의심하고 비방할 것이고, 그와 결혼할 폐린까지 그런 영향을 받게 될 것이다. 그런 오명은 그들이 사는 시대에는 도저히 씻어 낼 수 없다. 세상 사람들의 비난은 이웃끼리 서로 아는 사람 하나 없이 지내는 혼잡한 도시에서도 끔찍하지만, 모르는 사람 하나 없고, 감추는 것도 없으며, 매도하는 사람들의 횡포를 피할 수 없는 시골에서는 훨씬 더 끔찍하다.

아무리 정의를 실현하고, 속죄하고, 진실을 밝힌다는 성스러운 목적을 추구한다고 해도 그런 상황에 직면해 평생에 걸친 오명에 시달리게 될 무시무시한 위험을 무릅쓸 용기는 나지 않았다.

IV

가브리엘이 여전히 그의 몸과 마음을 갉아먹는 고통에 갇혀 있을 때 브르타뉴에 거대한 재앙이 찾아와 잠시 모든 개인적인 불행들을 덮어 버렸다. 그때는 점점 기세를 더해 가던 프랑스 혁명이란 폭풍이 절정에 달한 시기였다. 권력을 잡은 혁명 세력의 새 수장들이 최후이자 최악의 광기를 부려서 종교를 말살하고 그들이 지배하는 나라 전체에 종교를 상징하는 모든 것들을 파괴하라는 칙령을 내렸다. 이미 그 칙령은 파리와 근교에서는 글자 그대로 철저하게 실시됐다. 이제 프랑스에 아직까지 남은 최후의 보루이자 가장 강력한 본거지인 브르타뉴에서 기독교를 뿌리 뽑으라는 임무를 받은 사령관들은 군인들을 이끌고 이곳으로 오고 있었다.

그들은 그들을 보낸 상관들보다도 더 악독하게 임무를 시작했다. 교회들을 불태우고, 예배당들을 허물어 버리고, 행군하면서 길가에 서 있는 십자가들을 발견하는 족족 뽑아 버렸다. 파리 거리에서 그랬던 것처럼 끔찍한 단두대들이 브르타뉴 마을에서 수많은 사람들의 목숨을 집어삼켰다. 군인들은 도로와 샛길에서 소총과 검으로 사람들을 학살했으며, 무릎을 꿇고 기도하는 여자들과 아이들까지 죽였다. 신부들의 은신처도 밤낮으로 추적해, 그들이 예배 드리는 곳을 찾아내는 즉시 모조리 죽였다. 군인들이 가는 곳마다 학살이 자행됐지만 그래도 기독교는 그 어떤 피바다보다 더 넓게 퍼져 갔고, 그들을 짓밟는 군인들의 발길 밑에서도 그 어느 때보다 더 강력하게 솟아났다. 신앙을 가진 사람들은 모두 목숨을 걸고 자신의 믿음을 지켰고, 그들 옆에는 언제나 그들이 간절하게 필요로 하는 신부들이 굳건하게 버티고 있었다. 공화국의 사형 집행자들은 브르타뉴를 배교자의 지역으로 만들라는 지시를 받고 파견됐다. 그들은 최악의 방식으로 임무를 수행했지만 그곳은 순교자들의 지역이 됐다.

어느 날 저녁 무시무시한 박해가 여전히 기승을 부릴 때 가브리엘은 평소보다 늦게까지 페린의 아버지 집에 붙들려 있게 됐다. 최근에 그는 농가에서 더 많은 시간을 보냈다. 그 농가는, 가브리엘이 한때는 집이라고 불렀으나 이제는 고통과 침묵과 은밀한 수치심에 시달리는 자신의 집을 피할 수 있는 유일한 은신처가 됐다. 그날 밤 가브리엘이 페린에게 잘 자라는 작별 인사를 하고 막 농가 문을 열려고 하던 차에 그녀의 아버지가 그를 제지하고 굴뚝이 있는 구석의 의자를 가리켰다. 그리고 딸에게 말했다.

"자리를 좀 비켜 주렴, 아가. 가브리엘과 이야기를 하고 싶구나. 넌 옆방에 있는 엄마에게 가 봐라."

이웃 사람들이 페르* 보난이라고 부르는 그가 가브리엘과 단둘이 한 이야기 덕분에 뜻밖의 사건들이 일어나게 됐다. 노인은 최근에 가브리엘의 태도에 나타난 변화들을 언급하면서 그를 의심하는 건 아니지만 아직도 페린에 대한 애정이 있냐고 서글프게 물었다. 가브리엘이 아주 간절하게 그렇다고 대답하자 페르 보난은 여전히 이 지역에서 맹위를 떨치고 있는 종교 박해를 언급하며 그것 때문에 그도 다른 신자들처럼 박해받고 죽게 될지도 모른다고 했다. 만약 이렇게 스스로를 희생해야 할 일이 일어나게 된다면 페린은 약혼자가 결혼하겠다는 약속을 이행해서 지체 없이 그녀의 법적 후견인이 되지 않는 한 그 누구의 보호도 받지 못한 채 외톨이로 남겨질 것이라고 했다. "자네가 그 약속을 이행할 것인지 대답해 주게. 페린이 혼자 남지 않을 거라는 걸 알게 된다면 나는 그 어떤 일이 닥치더라도 감수할 수 있네." 노인이 이야기를 끝맺었다.

가브리엘은 그러겠다고 진심을 담아 대답했다. 그리고 작별 인사를 하려고 할 때 노인이 다시 말했다.

"내일 여기에 다시 오게나. 내일쯤이면 지금보다 이 상황에 대해 더 많이 알게 될 거야. 자네와 페린의 결혼식 날짜를 내일이면 확실히 정할 수 있을 것이네."

가브리엘은 왜 문 앞에서 망설이면서, 페르 보난을 보며 뭔가 말할

---

* Père. 아버지, 신부, 그에 상응하는 힘을 지닌 인물.

216

듯하다가 하지 않았던 것일까? 왜 밖에 나가서 몇 발자국 가다가, 갑자기 멈춰서, 재빨리 농가로 돌아와, 문 앞에서 잠시 마음을 정하지 못한 채 서 있다가, 다시 가면서 땅이 꺼져라 한숨을 쉬었지만 다시는 멈추지 않고 집으로 돌아간 것일까? 그는 할아버지가 요구한 대로 약속을 지키겠다고 한 후로 그가 안은 끔찍한 비밀의 무게가 더 이상 참을 수 없을 정도로 무거워졌기 때문이다. 곧 아내가 될 사랑하는 여인의 아버지에게 그동안 숨기고 있던 두려움과 의혹을 솔직하게 털어놓고 싶은 강한 충동이 일었지만, 그보다 더 강한 충동이 자신이 정직한 사람의 아들인지 혹은 살인자이자 강도의 아들인지 알 수 없다는 끔찍한 고백을 입에 담지 못하게 막았던 것이다. 이런 상황에 절망한 그는 서둘러 집으로 가면서 최악의 경우를 무릅쓰고라도 아버지에게 솔직하게 그 치명적인 질문을 꼭 해야겠다고 결심했다. 가브리엘이 집에 들어갔을 때 마침 프랑수아는 출타 중이었다. 그는 어린 자식들에게 다음 날 정오나 돼야 돌아올 거라고 말하고 나갔다.

다음 날 아침 일찍 가브리엘은 지시받은 대로 페린의 농가로 갔다. 페린에 대한 사랑의 힘과 아버지가 무고할지도 모른다는 가냘픈 희망에 의지해(마음은 한없이 괴롭지만 그 희망을 지키려고 안간힘을 썼다) 그는 이제 겉으로는 완벽하게 침착한 분위기를 유지했다. '만약 내가 페린의 아버지에게 비밀을 말하면, 미래에 당신의 자식을 보호하고 지켜 줄 사람이 나밖에 없다고 믿는 그분의 마음이 불안해질지도 모른다.' 가브리엘은 페르 보난의 손을 잡고 그의 말을 간절히 기다리는 동안 마음속으로는 그런 생각을 하고 있었다.

노인이 입을 열었다. "우리는 잠시 위험을 피하게 됐다, 가브리엘.

우리 교회를 약탈하고 신자들을 살해한 놈들이 이쪽으로 오던 중에 다른 지역에서 온 정보 때문에 잠시 멈췄다고 하는구나. 이런 평화와 안전은 오래 못 갈 테니 이때를 반드시 이용해야 한다. 내 이름이 그들의 처형 명단에 올라가 있다. 만약 공화국 군인들이 날 찾아낸다면, 하지만 그 이야기는 그만하기로 하자. 이제부터는 페린과 네 이야기를 해야겠다. 오늘 저녁 우리의 신성한 종교 의식에 따라 너희의 결혼식을 치를 것이다. 그리고 신부님이 너희에게 축복의 기도를 해주실 것이다. 그러니까, 가브리엘, 너는 오늘 밤 반드시 페린의 남편이자 보호자가 되어야 한다. 내 말을 잘 들어라. 결혼식을 어떻게 치를지 말해 주마."

이것이 바로 가브리엘이 페르 보난에게 들은 내용이다.

브르타뉴가 박해받기 얼마 전에 폴 신부라는 이름으로 알려진 신부가 이 지방의 북부 교구 신부로 임명됐다. 그는 자신이 맡은 교구에 있는 모든 신도들의 신뢰와 애정을 받았고, 다른 교구 신자들까지 존경하는 목소리로 종종 그의 이름을 거론할 정도로 아주 훌륭하게 맡은 역할을 수행해 왔다. 하지만 기독교 박해라는 재앙이 발생해서 교회가 파괴되고 신도들이 목숨을 잃기 시작하면서 그는 브르타뉴 전역에서 명성을 떨치게 됐다. 박해가 시작된 첫날부터 폴 신부의 이름은 군인들에게 쫓기는 농부들을 단합시키는 하나의 구호가 됐다. 그는 군인들의 탄압을 받으면서도 신자들을 독려했고, 위험 속에서 그들의 본보기가 되었으며, 죽음이 다가왔을 때 최후의 순간에 유일하게 그들을 위로해 준 사람이었다. 재앙과 파괴가 가장 극심하게 일어난 곳이 어디든, 군인들의 추적이 가장 맹렬하고 가장 잔인한 살육이 일어난 곳이 어디든, 그 대담한 신부가 모든 위험에 맞서 신성한 의무를 이행하는 모습을 볼 수 있었다. 죽음의 위기에서 간발의 차이로 탈출하고, 아무도 다시는 그를 볼 수 있을 거라고 예상하지 못한 곳에서 놀랍게 다시 등장한 신부를 가난한 이들은 거의 미신을 믿는 수준으로 경외심을 가지고 존경했다. 검은 사제복을 입고, 침착한 얼굴로 항상 가지고 다니는 상아 십자가를 손에 쥔 폴 신부가 나타나면 그곳이 어디든 사람들은 그를 비범한 존재로 숭배했고, 결국엔 그 혼자 힘으로 공화국 군인들을 상대해서 자신의 종교를 성공적으로 지켜 낼 것이라고 믿게 됐다. 하지만 군인들에게 저항하는 신부의 힘에 대한 사람들의 소박한 믿음은 곧 흔들리게 됐다. 브르타뉴에 새 증강 병력이 도착해 이 지역 전체를 초토화시켰다. 어느 날 아침 허물어진 교회에서 미사를 드린 후 그를 집요하게 추적해 오는 군인들을 피해 간신히 도망친 신부가 사라졌다. 그의 행방에 대한 조사가 은밀하게 사방팔방으로 진행됐지만 그의 모습은 보이지 않았다.

사람들을 지치게 하는 수많은 날들이 흘러갔고, 낙담한 농민들이 이미 신부가 죽었다고 슬퍼할 때 북쪽 해안가의 어부 몇 명이 짐을 가볍게 실은 배 한 척이 앞바다에서 해안으로 보내는 신호를 봤다. 그들이 출항해서 그 배로 가서 올라가자 갑판에 사람들이 너무나 잘 기억하는 폴 신부가 서 있었다.

신부는 신도들에게 돌아왔고, 배의 갑판에서 미사를 드릴 수 있도록 새 제단을 찾아낸 것이다. 육지의 교회들은 쑥대밭이 됐지만 그들의 교회 자체는 파괴되지 않았다. 폴 신부와 그와 같이 행동하는 신부들이 교회를 바다로 피난시킨 것이다. 그때부터 그들이 아주 오랫동안 박해받으면서도 인내심을 잃지 않고 지켜 온 그 오래된 종교에 의지해 신도들의 아이들은 계속 세례를 받을 수 있었고, 아들딸은 계속 결혼식을 올릴 수 있었으며, 세상을 떠난 이들의 장례식도 치를 수 있었다.

고난의 시기가 끝날 때까지 배에서 올리는 미사는 그 누구의 방해도 받지 않은 채 계속됐다. 신호 체계가 확립돼서 해안의 신도들은 항상 바다에 있는 형제들을 미사를 방해하는 적들이 오지 않을 해안가로 안내해서 서로 만날 수 있었다. 가브리엘이 농가로 간 그날 아침에 그런 신호를 사용해 키브롱 반도 끝 쪽으로 배가 오도록 연락이 취해졌다. 그 지역 신도들은 모두 밤에 그 배가 올 것으로 예상하고 언제라도 출항해서 예식에 참석할 수 있도록 각자 보트를 준비해 놨다. 페르 보난은 이 미사가 끝나면 자신의 딸과 가브리엘의 결혼식이 거행될 수 있도록 처리해 놨다.

그들은 농가에서 밤이 되길 기다렸다. 해가 지기 조금 전에 배가 보인다는 신호가 들어왔다. 그때 페르 보난과 그의 아내, 가브리엘과 페린이 히스를 넘어 해변으로 출발했다. 프랑수아 사르조를 제외한 온 마을 사람들이 이미 거기에 모였고, 그 속에 가브리엘의 남동생과 여동생들도 있었다.

그날은 몇 달 만에 가장 잔잔한 밤이었다. 별들이 반짝이는 밤하늘에 구름 한 점 없었고, 고요한 바다 표면에 잔물결 하나 일렁이지 않았다. 꼬마들은 해변에서 뛰어다니고 싶은데 엄마가 못 하게 해서 괴로워했다. 바다의 파도는 아무 소리도 내지 않은 채 순하게 잠이 든 것처럼 마치 내륙의 호수에 온 듯 너무나 잔잔했다. 변화를 감지할 수 없을 정도로 아주 서서히 배가 다가왔다. 배를 밀어 줄 바람은 거의 불지 않아 그 시간에 육지를 향해 흐르는 조류를 타고 부드럽게 떠왔고, 돛은 한가롭게 늘어져 있었다. 해가 지고 오랜 시간이 흐른 후에도 신도들은 여전히 해변에서 그 모습을 지켜보며 기다렸다. 하늘에 달과 별들이 눈부시게 아름답게 떴을 때 배가 닻을 내렸다. 그다음에 조용한 바다 위로 종소리가 엄숙하게 울려 퍼졌다. 그 후에 사람들의 시선이 닿는 곳마다 해안을 따라 모든 만에서 어부들이 탄 검은 형체의 보트들이 은밀하면서도 신속하게 반짝이는 바다로 나왔다.

그 보트들이 배 옆에 도착할 무렵, 제단 앞에 있는 램프에 불이 밝혀져 밝은 달빛 속에서 붉고 흐릿하게 빛났다. 배에 탄 신부 두 명은 미사를 집전할 예복을 차려입고 지정된 자리에서 미사를 시작하기 위해 기다리고 있었다. 하지만 세 번째 신부는 평범한 사제복을 입은 채 신도들과 섞여서 배에 올라타는 이들을 하나씩 맞아 인사를 나누고 있었다. 한 번도 그 신부를 본 적이 없는 사람들은 자기를 맞아 주는 그가 손에 쥔 유명한 상아 십자가로 폴 신부란 사실을 알았다. 가브리엘은 처음 보는 그 신부를 놀라움과 경외심이 섞인 눈으로 바라보았다. 그 유명한 브르타뉴 기독교의 수장이 겉보기에는 자기보다 고작 몇 살밖에 많지 않아 보였기 때문이다.

그 차분하면서도 창백한 신부의 얼굴에 떠오른 표정이 너무나 다정하고 친절해서 아이들은 푸른 눈의 신부가 자신들과 눈이 마주쳐서 이리 오라고 손짓을 하면 주저 없이 다가가 오랫동안 친했던 사람을 대하는 것처럼 그의 검은 사제복 자락을 잡았다. 폴 신부의 얼굴에 단 한 부분만 제외하면 아무도 그가 얼마나 무시무시한 위험에 처했는지 짐작하지 못했을 것이다. 그의 이마에는 검에 베였다가 아직 채 낫지 않은 긴 흉터가 있었다. 그가 군인들의 약탈을 피해 마지막까지 남은 브르타뉴의 한 교회 제단 앞에서 무릎을 꿇고 있을 때 생긴 상처였다. 그는 그 자리에서 목숨을 잃을 수도 있었지만, 그때 그와 같이 기도하던 농부들이 무장도 하지 않은 맨몸으로 모두 합심해서 신부를 구하기 위해 군인들에게 호랑이처럼 덤벼들어 자신의 목숨을 바치는 엄청난 희생을 치렀다. 그런 일이 또 일어난다면 지금 이 배에 탄 사람들 중에서 폴 신부를 구하기 위해 망설일 사람은 하나도 없었다.

미사가 시작됐다. 원시 기독교도들이 땅속 동굴에서 예배를 드리기 시작한 이후로, 그 어떤 예배도 이보다 더 고귀할 수 없었고, 지금 이보다 더 숭고한 환경에서 올릴 수 없었을 것이다. 여기에는 인위적이고 화려한 의식도 없고, 천박한 장식물도 없고, 위엄 있는 척 권세를 부리는 권력자 신도들도 없었다. 고요한 바다 위로 이 교회의 모든 것에서 고요하면서도 경외심을 불러일으키는 위엄이 퍼져 나갔다. 크기를 헤아릴 수 없는 광대한 하늘인 이 성당의 지붕을 순결한 달이 비추었으며, 셀 수 없는 별들이 이곳의 유일한 장식품이었다. 여기에는 돈을 주고 고용한 가수들이나 부유한 왕족 같은 사제들도 없고, 신앙심도 없이 그저 궁금해서 구경하러 온 사람들도 없었고, 달콤한 찬송가 소리에 이끌려서 온 경솔한 사람들도 없다. 이 신자들과 이들을 한데 불러 모은 사람들은 모두 다 같이 가난하고, 모두 박해받으며, 모두 같이 예배를 드리고, 그들의 세속적인 이익을 빼앗기고, 목숨까지 빼앗기는 위험한 상황에서도 믿음을 잃지 않는 사람들이다. 제단 위와 그 앞에 있는 사람들을 달빛이 얼마나 환하고 부드럽게 비추던지! 그들이 읊는 통회의 기도 소리와 배의 삭구를 흔들어 대는 상쾌한 밤바람이 부르는 노랫소리가 섞여 만들어 내는 화음이 얼마나 엄숙하면서도 성스럽던지! 신부의 말에 다 같이 대답하는 사람들의 웅얼거리는 목소리들이 작아졌다가 다시 커지면서 부드럽고 신비로운 밤공기 사이로 사라지는 소리가 얼마나 달콤하던지!

나이에 상관없이 모든 신도들 중에서 단 한 사람만 이 감동적인 미사가 주는 위안이나 평화의 영향을 받지 않았다. 바로 가브리엘이었다. 그는 오늘 하루 내내 양심의 가책에 시달렸다. 해변에서 배를 기다릴 때도 은밀한 수치심과 불안에 사로잡혀 페린과 그의 아버지를 자주 외면했다. 배의 갑판에 올라온 후에 그는 다른 사람들처럼 솔직하게, 기꺼이, 애정을 가지고 폴 신부와 눈을 마주치려고 애를 썼지만 허사였다. 신부 앞에 나가자 마음속에 감춘 비밀의 무게가 너무 무거워 감당할 수 없었다. 그토록 괴로운 상황에서도 그는 여전히 그 짐을 지고 있었던 것이다! 하지만 다른 신도들과 함께 무릎을 꿇고 난 후에 폴 신부가 바로 옆에서 무릎을 꿇는 걸 봤을 때, 이 엄숙한 밤공기와 고요한 바다의 평온함이 가슴을 채우는 게 느껴졌을 때, 첫 번째 기도 소리가 영혼의 언어로 그의 영혼에게 말을 걸었을 때, 그동안 피해 왔던 할아버지의 고백이 떠올랐을 때, 그리고 이제 아무런 마음의 준비도 안 된 상태에서 곧 혼배 성사를 받게 된다는 무시무시한 공포가 더 이상 참을 수 없을 정도로 커져 버렸다. 그러면서 자신은 이제 곧 제단 앞에 같이 서게 될 여인의 믿음과 신뢰를 받을 가치가 없는 인간이란 생각에 어마어마한 수치심이 밀려들었다. 다른 신도들과 같이 제단 앞에 무릎을 꿇기만 했는데도 그가 알고 있고 고발해야 할 범죄에 대해 침묵하고 비밀을 지킴으로써 간접적인 공범이 되어 버린 것 같고 다시는 용서받을 수 없는 신성모독을 저지른 것 같아 오싹해졌다. 가브리엘은 참으려고 안간힘을 썼지만 눈물이 뺨을 타고 흘러내렸다. 참으려고 그토록 애썼건만 저도 모르게 흐느낌이 터져 나왔다. 그는 페린뿐만 아니라 다른 사람들도 놀라고 두려워하면서 그를 바라보고 있다는 걸 알았다. 하지만 자제할 수 없었고, 그 자리를 떠날 수도 없었고, 고개조차 들 수 없었다. 그러다 갑자기 어깨에 누군가의 손길이 느껴졌다. 아주 가벼웠지만 그 느낌이 몸속까지 순식간에 전달돼서 고개를 들었다가 옆에 폴 신부가 서 있는 걸 봤다.

폴 신부는 그에게 따라오라고 손짓하고, 나머지 신도들에게는 미사를 계속하라고 신호한 후에 그를 데리고 그곳을 벗어나, 잠시 멈춰 생각하다가, 다시 배의 선실로 데려가서, 조심스럽게 선실 문을 닫았다.

"당신은 뭔가 고민이 있군요." 폴 신부는 조용한 목소리로 간단히 말하고 가브리엘의 손을 잡았다.

"어떤 고민인지 말하면 제가 그걸 덜어 줄 수 있을지도 모릅니다."

가브리엘이 그 다정한 말을 듣고, 벽에 걸린 십자가 앞에서 타오르는 램프 불빛에 신부가 서글프고 친절한 표정으로 그를 바라보는 것을 보자, 순식간에 그의 마음을 짓누르던 압박이 사라지는 것 같았다. 그의 치명적인 의혹과 비밀을 누설하는 것에 대한 절대적인 공포가 폴 신부의 손길에 사라졌다. 그는 이때 처음으로 다른 사람의 귀에 대고 폭풍우가 치던 밤 오두막집에서 할아버지가 돌아가시기 전에 했던 이야기를 거의 하나도 빼지 않고 말했다. 그동안 갑판에 있는 신도들이 하는 기도와 찬양의 웅장한 소리는 계속 커졌다.

폴 신부는 딱 한 번 가브리엘이 속삭이는 이야기를 중단시켰다. 가브리엘이 할아버지가 한 고백을 시작해서 두 번째, 혹은 세 번째 문장을 말했을 때 신부의 어조가 순식간에 바뀌면서 가브리엘의 이야기를 중단시키고 그의 이름과 사는 곳을 물었다.

가브리엘이 그 질문에 대답했을 때 폴 신부의 침착한 표정이 변하면서 갑자기 동요했다. 하지만 다음 순간 다시 단호하게 평정을 되찾고, 이야기를 재개하라고 고개를 끄덕였다. 신부는 떨리는 두 손을 부여잡고 마치 소리 없이 기도를 드리는 것처럼 두 손을 올린 채 십자가를 뚫어져라 바라보았다. 그 끔찍한 이야기가 계속되는 동안 신부는 단 한 번도 십자가에서 눈을 떼지 않았다. 하지만 가브리엘이 상인의 테이블 밑에서 한 수색을 묘사했을 때, 그리고 그 후에 일어난 아버지의 행동 변화를 언급했을 때, 신부에게 그 범죄가 정말로 일어난 것인지에 대한 자신의 의혹이 자식으로서 정당화될 수 있을 것인지(겉보기엔 패륜처럼 보이지만) 알고 싶다고 했을 때 폴 신부는 다시 그의 곁으로 다가와서 말했다.

"진정하고 날 봐요." 폴 신부는 다시 전처럼 서글프면서도 다정한 목소리와 태도로 돌아와 말했다. "내가 당신의 의혹에 완전히 종지부를 찍어 줄 수 있어요. 가브리엘, 당신의 아버지는 그 의도로나 행동으로나 범죄를 저질렀어요. 하지만 그 범죄의 피해자는 아직 살아 있어요. 내가 그걸 입증할 수 있어요."

가브리엘의 심장이 사정없이 뛰었다. 폴 신부가 입고 있던 신부복의 칼라 부분을 끄르는 걸 보면서 무시무시하게 차가운 기운이 그의 전신을 휩쓸었다.

바로 그 순간 갑판 위에 있는 신도들의 기도 소리가 멈추고, 갑작스럽게 침묵이 흘렀다. 신부 혼자 드리는 기도 소리가 울려 퍼졌지만 침묵이 깨진 것이 아니라 오히려 더 깊어진 것 같았다. 신부는 천천히 떨리는 손가락으로 목에 찬 칼라를 벗고 잠시 멈춰 깊이 한숨을 쉬고 나서 목 한쪽에 이제 뚜렷하게 보이는 흉터를 가리켰다. 신부는 동시에 뭐라고 했지만 그 순간 갑판에서 종이 울렸다. 성찬식을 알리는 종소리였다. 가브리엘은 팔 하나가 다가와, 그를 천천히 무릎 꿇게 하면서 바닥에 쓰러지지 않게 받쳐 주는 게 느껴졌다. 그 후에 종소리가 멈춘 걸 느꼈고, 죽음과 같은 침묵이 흐르는 동안 폴 신부 가 십자가 밑에서 그의 옆에 무릎을 꿇고 고개를 숙인 채 있는 게 느 껴졌다. 그 후로 주위의 모든 물체들이 사라졌고, 아무것도 보이지도 않았고, 아무것도 알 수 없었다.

다시 의식을 회복했을 때 그는 아직 선실에 있었다. 그의 아버지가 죽이려고 했던 남자가 허리를 숙이고 그를 내려다보며 그의 얼굴에 물을 뿌리고 있었다. 그리고 여자들과 아이들의 목소리가 하느님의 어린 양을 부르는 남자들의 목소리와 합쳐졌다.

신부가 말했다. "두려워하지 말고 나를 봐요, 가브리엘. 나는 복수 를 하고 싶은 마음이 없어요. 나는 아버지가 지은 죄 때문에 자식에 게 벌을 주지 않습니다. 고개를 들고, 내 말을 들어요! 당신에게 들려 줄 기이한 이야기가 있습니다. 그리고 나는 아침이 되기 전에 해야 할 신성한 임무가 있습니다. 당신이 그 임무에서 내 안내자가 되어야 합니다."

가브리엘은 무릎을 꿇고 신부의 손에 키스하려 했지만 폴 신부가 그를 제지하고, 십자가를 가리키며 말했다.

"같은 인간이자 당신의 친구인 내가 아니라 십자가 앞에 무릎을 꿇 으세요. 난 당신의 친구가 될 것입니다, 가브리엘. 자비로운 하느님 이 제게 그리 하라고 명령했다고 믿습니다. 이제 내 말을 들어요." 이 야기를 계속하는 신부의 형제처럼 다정한 태도에 가브리엘의 마음이 미어졌다.

"미사가 거의 끝났습니다. 당장 그 이야기를 당신에게 해야 합니다. 당신이 안내해 줘야 할 제 임무는 내일 동이 트기 전에 반드시 해야 합니다. 내 옆에 앉아서 지금부터 내가 하는 말을 잘 들어요!"

가브리엘은 그 말에 따랐다. 폴 신부는 이야기를 시작했다.

"당신 할아버지가 당신에게 한 고백은 하나도 빼지 않고 다 사실이라고 믿습니다. 할아버지가 당신에게 말했던 오래전 그날 밤 나는 하룻밤 묵을 곳을 찾아 당신 집으로 갔습니다. 당시 나는 지금 내가 하고 있는 이 성직에 몸담기 위해 아주 열심히 공부한 끝에 공부를 다 마치고, 신부가 되기 전에 마음대로 쓸 수 있는 한가한 시간을 브르타뉴를 도보 여행하면서 즐겁게 보내고 있었습니다. 내가 당신 아버지에게 다가가 말을 걸었을 때 나는 길을 잃고 몇 시간 동안 계속 걸었던 터라 어디든 쉴 수만 있다면 아주 기쁠 거라고 생각했습니다. 당신 아버지의 집에 들어간 후 내게 일어난 일들에 대해 자세히 이야기해서 당신을 괴롭게 만들 필요는 없을 거라고 생각합니다. 내가 그날 밤 불가 옆에 누워서 잠이 들었다가 당신이 상인의 테이블이라고 부르는 곳에서 다시 의식을 찾을 때까지 일어난 일들에 대해선 하나도 기억이 나지 않습니다. 정신이 들었을 때 처음 느낀 건 공기가 차가운 곳으로 내가 옮겨졌다는 것이었습니다. 눈을 떴을 때 거대한 드루이드 석상들이 내 위에 있는 게 보였고, 내 양옆에 남자들이 하나씩 서서 주머니를 뒤지는 모습이 보였습니다. 그들은 내 주머니에서 가치가 있는 것을 아무것도 못 찾고 그냥 날 거기 버려 두고 가려고 했는데, 내가 가까스로 기운을 내서 그들의 탐욕을 이용해 자비를 호소했습니다. 그때 나는 재산이 풍족했기 때문에 어디든 치료를 받을 수 있는 곳으로 나를 데려다준다면 보상을 두둑하게 하겠다고 제안했습니다(그들은 결국 내가 약속한 보상금을 받았습니다). 그들은 내 말투와 억양, 그리고 아마도 내가 입고 있는 옷으로 보아(아주 자세히 훑어봤습니다) 겉보기에는 수수해 보여도 내가 신분이 높아서 약속을 지킬 수 있을 거라고 추측한 것 같았습니다. 한 남자가 다른 사람에게 하는 말을 들었습니다. '어디 한번 모험을 해 보지 뭐.' 그들은 날 해변에 있는 보트까지 안고 가서 태우고 노를 저어 앞바다의 배로 갔습니다. 다음 날 나를 팽뵈프에 내려 줬습니다. 거기서 나는 필요한 치료와 지원을 받을 수 있었습니다. 보상금을 받기 위해 어쩔 수 없이 나를 믿어야 했던 그들이 하는 말을 통해 그들은 밀수꾼들이며 내가 누워 있던 그 땅속 공간은 원래 장물을 숨기는 공간으로 쓰는 습관이 있었다는 걸 알았고, 그들이 공범에게 보낸 어음 발행 통지서도 있었습니다. 그렇게 그들이 어떻게 날 찾아냈는지 알아냈습니다. 내 상처에 대해 말하자면 나를 치료한 의사 말로는 칼날이 불과 0.25인치 차이로 치명적인 부위를 피해 갔다고 합니다. 그리고 그날 밤공기가 차가워서 칼에 찔린 상처의 피가 응고돼 일차적으로 제 생명을 구할 수 있었다고 합니다. 간단히 말하면 나는 오랫동안 앓고 난 후에, 파리로 돌아와, 신부가 됐습니다. 제 윗분들의 뜻에 따라 어쩔 수 없이 대도시에서 처음 신부로서 시작하게 됐습니다. 하지만 저는 당신이 사는 이 지역으로 오고 싶었습니다, 가브리엘. 그 이유를 알겠습니까?"

그 질문에 대한 답을 가브리엘은 마음으로 알았지만 방금 들은 이야기에 너무 깊이 감동한 데다 충격을 받은 나머지 아무 말도 할 수 없었다.

"그럼 제 동기가 뭐였는지 말하겠습니다. 먼저 지금까지 내가 그 누구에게도 어디서, 누구에게 목숨을 잃을 뻔했는지 밝히지 않았다는 점을 당신이 알아야 합니다. 날 구해 준 사람들, 그 의사, 심지어내 친구들에게까지 비밀로 했습니다. 그렇게 한 이유는 종교적인 이유 때문입니다. 나는 항상 내가 이 성스러운 일을 하게 될 운명이었고, 하느님의 도움을 받아 이 일을 할 만한 가치가 있는 사람이라는점을 입증하고 싶은 소박하면서도 간절한 소망이 있었습니다. 하지만 죽음으로부터 기적적으로 탈출하면서 나는 깊은 감동을 받았고,이 일을 무한히 높이 평가하게 됐습니다. 이 생각을 나는 지금까지유지하려고 노력해 왔고, 앞으로도 그럴 것입니다. 회복기 초기에 누워서, 내 마음속을 돌아보면서, 완전히 건강을 되찾으면 당신의 아버지에게 어떻게 행동하는 것이 내 의무일지 생각하다 방법이 한 가지떠오르면서 마음이 고요해지고, 편안해지고, 모든 의문이 풀렸습니다. 나는 혼잣말을 했습니다. '몇 달 후에 나는 신이 선택한 성직자로신의 부름을 받게 될 것이다. 내가 그 소명을 다할 가치가 있는 사람이라면, 내 목숨을 빼앗으려 한 그자에게 내가 처음 하고 싶은 일은그가 인간의 정의에 따라 벌을 받았는지 확인하는 것이 아니라 그가진실로 그리고 종교적으로 회개하고 그의 죄에 대한 속죄를 했는지확인하고 싶다. 그렇게 회개하고 속죄하라고 청하는 것이 내 의무다.만약 그자가 그걸 거부하고 나를 다치게 한 그를 용서했기 때문에 나에게 더 냉혹하게 대한다면 그의 이웃들에게 그가 저지른 죄를 고발할 때가 된 것이다. 다른 모든 사람들 중에서 내게 가장 잔인한 범죄를 저지른 그자의 영혼이 지옥에 가지 않도록 구하는 일로 성직을 시작한다면 저에게 아주 좋을 거라고 생각했습니다. 가브리엘, 바로 그이유로 내가 당신 아버지의 오두막집에 가서 내가 죽었다고 믿는 그를 갱생시키고 싶었기 때문에 그 비밀을 간직하고 나를 브르타뉴로 보내 달라고 윗분들에게 호소했습니다. 하지만 아까 말한 것처럼 내 청은 받아들여지지 않았고, 마침내 그렇게 됐을 때 내 부임지는 여기서 꽤 먼 교구였습니다. 그때 우리가 지금까지 고통받는 박해가 시작되면서 내 인생에 대한 설계가 바뀌어 버렸습니다. 더 이상 나 스스로의 의지만으로 내 삶을 이끌어 갈 수 없게 된 겁니다. 하지만 아주 오랜 시간이 흐른 후에 슬픔과 고통, 위험과 유혈 사태를 통해 신부가 됐을 때 처음 품었던 목적을 이루라고 하느님이 인도해 주셨습니다. 가브리엘, 이 미사가 끝나고, 신도들이 흩어지면, 날 당신 아버지의 집으로 안내해야 합니다.”

가브리엘이 막 대답하려고 했을 때 폴 신부가 두 손을 들어 입을 다물라는 신호를 보냈다. 그때 막 갑판에서 미사를 집전하던 신부들이 마지막 축성식이 끝났다고 선언했다. 그것이 끝났을 때 폴 신부가 선실 문을 열었다. 그가 계단을 올라가고, 이어서 가브리엘이 올라갔을 때 페르 보난이 그들을 맞았다. 노인은 미심쩍은 눈으로 미래 사위를 주의 깊게 살펴보면서 신부의 귀에 대고 공손하게 몇 마디를 속삭였다. 폴 신부는 그 말을 집중해서 듣고, 노인에게 대답을 속삭인 후, 가브리엘에게 돌아섰다. 신부는 먼저 가까이 있는 사람들 몇 명에게 조금 물러나 달라고 부탁했다.

“나는 당신의 결혼식에 무슨 장애가 생겼는지 질문을 받았습니다. 그래서 그런 문제는 하나도 없다고 대답했습니다. 당신이 내게 한 이야기는 고해성사였으며 우리 둘 사이의 비밀입니다. 그 점을 기억하고, 동시에 결혼식을 치른 후에 내가 당신에게 요청한 일은 절대 잊지 말아요. 페르 보난은 어디 있습니까?” 신부는 큰 소리로 주위를 둘러보며 물었다. 노인이 앞으로 나왔다. 폴 신부는 그의 손을 잡아 가브리엘의 손을 잡게 했다.

"식을 올릴 새 신부를 제단 앞으로 데려오고, 거기서 날 기다려요." 폴 신부가 말했다.

한 시간이 지난 후에 보트들이 배 옆을 떠나고, 신도들이 흩어졌지만 신부가 탄 배는 여전히 떠나지 않았다. 배에 남은 사람들은 평소보다 더 걱정스러운 표정으로 육지를 지켜보았다. 폴 신부가 공화국 군인들에게 발각될 위험을 무릅쓰고 해안으로 갔다는 걸 알았기 때문이었다. 보트 한 척이 그가 해변으로 돌아오길 기다리며 해변에 있었다. 선원들 반은 무장한 채 히스의 고지대에서 다양한 방향에 정찰병으로 배치됐다. 그들은 신부의 목적지까지 따라가면서 그를 보호하려고 했지만 신부가 막았다. 그리고 젊은 남자 하나만 동반자로 데리고 갑자기 출발해서 재빨리 걸어갔다.

가브리엘은 남동생과 여동생들을 페린에게 봐 달라고 맡겼다. 그들은 그날 밤 새 신부와 장인 장모님과 함께 농가에 가서 잘 것이다. 폴 신부가 그러길 원했다. 가브리엘과 그가 단둘이서 오두막집으로 가는 동안 신부는 그에게 한 마디도 하지 않았고, 한 번도 옆을 돌아보지 않은 채 항상 상아 십자가상을 가슴에 꼭 대고 있었다. 마침내 문 앞에 도착했다.

"문을 두드리고 여기서 나랑 같이 기다려요." 폴 신부가 가브리엘에게 속삭였다.

문이 열렸다. 오래전 환한 달빛이 비치는 밤에 프랑수아 사르조가 피가 뚝뚝 떨어지는 청년을 품에 안고 문지방 앞에 서 있었다. 이제 환한 달빛이 비치는 가운데 그는 그 자리에 다시 서서 자기가 죽으려

했던 남자를 마주 보면서도 알아보지 못했다.

폴 신부는 앞으로 몇 걸음 더 걸어가서 달빛이 그의 이목구비를 더 밝게 비추도록 하고, 모자를 벗었다.

프랑수아는 그 얼굴을 보고, 깜짝 놀라, 뒤로 한 발자국 물러선 후에 아무 말도 하지 못한 채 그대로 서 있었다. 그의 얼굴에서 조금이라도 있었던 감정의 흔적들이 순식간에 사라졌다. 신부의 침착하고 분명한 목소리가 죽음과 같은 침묵 위로 부드럽게 흘렀다.

"오래전 손님으로부터 평화와 용서의 메시지를 가지고 왔습니다." 그는 그렇게 말하고 목에 부상을 당한 바로 그 자리를 손으로 가리켰다.

가브리엘은 아버지가 잠시 동안 머리에서 발끝까지 전신을 격렬하게 덜덜 떨다가 마치 강경증에 걸린 것처럼 갑자기 사지가 뻣뻣해지면서 움직임이 멈추는 걸 봤다. 그의 입술이 벌어졌지만 떨리진 않았다. 그가 노려봤지만 눈동자는 움직이지 않았다. 초자연적인 공포를 느껴 일그러진 아버지의 얼굴을 비치는 아름다운 달빛마저 섬뜩하고 끔찍해 보였다! 가브리엘은 깜짝 놀라 외면해 버렸다. 그리고 폴 신부가 하는 말을 들었다. "내가 돌아올 때까지 여기서 기다려요."

다시 침묵이 흘렀다가 신을 부르는 것같이 낮게 신음하는 소리가 들렸다. 아버지의 목소리 같았는데 가브리엘이 지금까지 들어 본 그 어떤 인간의 목소리와도 다른 목소리였다. 문이 닫히는 소리가 났다. 가브리엘은 고개를 들어서 자신이 오두막집 밖에 혼자 서 있는 걸 깨달았다.

시간이 좀 흐른 후에 그는 창가로 다가갔다.

유리창을 통해 상아 십자가상을 높이 든 신부의 손만 보였다. 더 이상 보지 않았던 이유는 어떤 말들, 어떤 소리들이 들려서 허겁지겁 원래 서 있던 자리로 돌아왔기 때문이다. 거기서 그는 오두막집에서 뭔가가 묵직하게 떨어지는 소리가 들릴 때까지 밖에 서 있었다. 그는 다시 문을 향해 다가가서 폴 신부가 기도하는 소리를 몇 분 동안 들었다. 그 후에 신음하는 소리를 들었고, 이제 신부의 목소리에 누군가 흐느껴 울다가 목이 메는 소리가 합쳐졌다. 그는 다시 한번 소리가 들리지 않는 곳으로 가서 다시는 그 자리에서 움직이지 않았다. 거기서 아주 오랫동안 지칠 때까지 기다렸다. 너무나 오래 기다린 나머지 정찰병 하나가 그에게 다가왔다. 신부님이 늦게까지 돌아오지 않자 의심을 품은 게 분명했다. 가브리엘은 손을 저어서 그를 돌려보내고, 다시 문을 바라봤다. 마침내 문이 열렸다. 폴 신부가 프랑수아 사르조의 손을 잡고 가브리엘에게 다가왔다.

그 어부는 결코 숙인 고개를 들어 아들의 얼굴을 보려 하지 않았다. 그의 뺨에 소리 없이 눈물이 흐르고 있었다. 그는 마치 어린아이처럼 신부를 따라와 신부 옆에서 그가 하는 말을 한 마디 한 마디 겸손하면서도 걱정스럽게 듣고 있었다.

"가브리엘." 폴 신부의 목소리는 그날 밤 처음으로 조금 떨렸다.

"가브리엘, 나를 이곳에 데려온 목적을 완벽하게 이룰 수 있도록 허락해 주신 하느님이 기뻐하셨습니다. 당신이 들어야 하고 듣고 싶어 하는 그 이야기, 당신이 여기서 날 기다리는 동안 무슨 일이 있었는지에 대한 이야기를 하겠습니다. 내가 이런 이야기를 하는 이유는 당신 아버지가 간절하게 바라기 때문입니다. 아버지의 소원에 따라 당신 아버지가 당신이 상인의 테이블로 가는 걸 몰래 미행했으며, 그가 죄를 저지른 증거가 하나도 남아 있지 않다는 걸 발견했다고 저에게 고백했으며 그걸 당신에게 전합니다. 이 사실을 인정하는 것으로 그때부터 지금까지 당신 아버지가 당신에게 그동안 왜 그렇게 대했는지 설명이 될 겁니다. 그다음에 당신에게 할 이야기는 (이것도 당신 아버지가 원했습니다) 내가 있는 자리에서 당신 아버지는 약속했고, 지금 당신 앞에서 다시 약속하는데, 자신의 회개가 진심이라는 점을 이런 식으로 실행하겠다고 했습니다. 우리 종교에 대한 박해가 끝나면, 당연히 그렇게 될 것이고, 그것도 조속히 그렇게 될 겁니다, 그때부터 자신의 인생과 힘과 지금 가지고 있거나 앞으로 가지게 될 재산을 다 바쳐서 그의 고향에서 그동안 뽑혀 나간 길가의 십자가들을 다시 세우고 복원하는 일을 하겠다고 했습니다. 그리고 어딜 가든 착한 일을 하겠다고 약속했습니다. 난 이제 내가 해야 할 말을 다 했으니 작별 인사를 해야 합니다. 이제 나는 두 분이 서로 화해하고 원래의 부자 사이로 돌아가게 됐다는 행복한 기억을 가지고 돌아가겠습니다. 하느님이 당신과 당신에게 소중한 이들을 축복하시고 모두 번성하게 해 주시길 기원합니다, 가브리엘! 하느님이 당신 아버지의 회개를 받아들이시고, 그가 미래에 이끌어 갈 인생 또한 축복해 주시길 빌겠습니다!"

폴 신부는 두 사람의 손을 오랫동안 따뜻하게 꼭 잡고 있다가, 돌아서서 재빨리 해변으로 가는 길로 걸어갔다. 가브리엘은 아직은 자신의 입에서 어떤 말이 나올지 몰라 차마 입을 열 수 없어 그저 두 팔을 올려 아버지의 목을 부드럽게 안았다. 두 사람은 그렇게 한동안 끌어안고 서서 끊임없이 눈물이 흘러내리는 희부연 눈으로 밖을 봤다. 그들은 밝은 달빛 아래 보트가 출발해서 배 옆에 도착하는 모습을 지켜보고, 배가 돛을 펴고 천천히 움직이다가 멀리 있는 곳을 지나 마침내 보이지 않을 때까지 눈을 떼지 않았다.

그 후에 부자는 같이 집에 들어갔다. 그때는 몰랐지만, 그들이 폴 신부를 본 것은 그때가 마지막이었다.

V

그 선한 신부가 예견한 사건들은 예상보다 훨씬 더 일찍 일어났다. 새 정부가 프랑스의 운명을 결정하게 되면서 브르타뉴에서의 종교 박해가 중지됐다.

그때 의회에 제출된 법률 개정안 중에 브르타뉴의 도로변에 있는 십자가들을 다시 복구하자는 의견도 있었다. 하지만 조사를 해 보자 파괴된 십자가들이 수천 개에 달해서 거기에 들어가는 목재 비용만 해도 당시 파산한 국가 재정으로는 감당할 수 없을 정도로 높았다. 의회에서 이 프로젝트를 논의한 끝에 결국 부결되기도 전에, 정부는 시도조차 하기 부담스러워하는 그 일을 한 남자가 맡아서 착수했다. 가브리엘이 남동생과 여동생들을 데리고 집을 떠나 처가에 살러 갔을 때, 프랑수아 사르조 역시 폴 신부에게 한 약속을 지키기 위해 집을 떠나 길로 나섰다. 그 후로 오랫동안 그는 한시도 쉬지 않고 그 일을 계속했다. 그런 내내 항상 착한 일을 하면서 만나는 사람은 누구든 도와주고 친절하게 대하고 자선을 행했다. 프랑수아는 기나긴 길을 걷고 또 걸어가면서 온 힘을 다해 길가에 십자가들을 세우는 힘든 일을 하고, 십자가 하나를 복원하는 데 필요한 목재를 얻기 위해 스스로를 낮춰 가며 다른 사람들에게 애원했다. 누구도 그가 불평하는 것을 듣지 못했고, 짜증 내는 것도 보지 못했으며, 자신의 임무를 수행함에 있어 주저하는 모습도 찾을 수 없었다. 그는 비바람을 피할 수만 있고, 물 한 잔과 딱딱한 빵 껍질만 있으면 만족하는 것처럼 보였다(그것들은 언제고 근처 농부에게서 얻을 수 있었다). 늘 꾸준히 노력하는 그의 모습을 지켜본 사람들 사이에서 그가 브르타뉴의 모든 도로변 십자가들을 다 복원할 때까지 그의 목숨이 기적적으로 연장될 것이라는 믿음이 싹트기 시작했다. 하지만 현실은 그렇지 못했다.

어느 쌀쌀한 가을 저녁에 그가 평소처럼 말없이 열심히 작업해서 과거 박해받던 시절 산산조각 났던 십자가 대신 새로운 십자가를 만드는 모습이 목격됐다. 다음 날 아침 그는 원래 십자가가 있던 자리에 밤새 자신이 직접 완성해서 세운 새 십자가 밑에서 죽은 채로 발견됐다. 사람들은 그가 누워 있던 곳에 그를 묻어 줬다. 그리고 그 땅에 축성한 신부는 가브리엘이 아버지가 만든 그 십자가에 아버지의 묘비명을 새길 수 있게 허락해 줬다. 거기에는 고인의 이름의 머리글자에 이어 이런 문구가 새겨졌다. **'그의 영혼이 쉴 수 있도록 기도해 주소서. 그는 자신이 지은 죄를 회개하고, 착한 일을 하다가 세상을 떠났습니다.'**

그 후로 가브리엘은 폴 신부의 소식을 딱 한 번 들었다. 그 선한 신부는 그에게 아주 큰 은혜를 입고 행복해진 가족을 잊지 않고 편지를 한 통 보냈다. 그 편지는 '로마'에서 보낸 것으로 적혀 있었다. 폴 신부는 브르타뉴에서 그동안 한 일들 덕분에 새롭고 훨씬 더 영광스러운 신임을 받게 되었다고 했다. 그는 가톨릭 본부로부터 지시를 받아 신앙이 미치지 않은 야만인들이 사는 아주 먼 땅으로 그들을 전도하는 포교단의 단장으로 곧 떠날 것이라고 했다. 그는 같이 떠나는 다른 동료들처럼 이곳을 떠나기 전에 여기 있는 모든 친구들에게 편지를 쓴다고 했다. 그들은 자신이 믿는 종교를 전파하기 위해 선택된 사람들로서 모두 기꺼이 목숨을 걸고 그 일을 할 것이라고 폴 신부는 썼다. 그는 프랑수아 사르조, 가브리엘 그리고 그의 가족을 축복하면서 마지막으로 애정을 담아 작별 인사를 썼다.

그 편지에 페린에게 보내는 추신이 있었다. 그녀는 그 후로도 추신을 종종 눈물 어린 눈으로 읽곤 했다. 신부는 그녀가 아이들을 낳게 되면 그들에게 머나먼 땅에 있는 폴 신부가 하는 일에 축복이 내릴 수 있도록 기도하는 법을 가르쳐서(페린 그녀도 기도해 주길 바라고) 자신에 대한 애정을 보여 달라고 호소했다.

그 신부의 애정 어린 간청을 페린은 결코 잊지 않았다. 페린이 첫 아기에게 처음으로 기도하는 법을 가르쳐서 그 꼬마는 엄마의 무릎에 앉아서 기도를 드리고 끝부분에 항상 "폴 신부님에게 축복을 내려 주소서"라고 말하게 됐다.

*

그 말로 수녀님은 이야기를 끝낸 후 오래된 나무 십자가를 가리키며 내게 말했다.

"저 십자가가 바로 그가 만든 수많은 십자가 중 하나란다. 그로부터 몇 년이 지난 후에 비바람에 너무 오랫동안 시달려서 더 이상 그 자리에 세워 둘 수 없게 됐단다. 브르타뉴에 있는 신부님 한 분이 수도원에 있는 한 수녀님에게 이 십자가를 주셨어. 수녀원장님이 왜 이 십자가를 항상 성유물이라고 부르는지 아직도 궁금하니?"

"아뇨. 저 나무 십자가에 대한 사연을 듣고도 수녀원장님이 저걸 성유물이라고 부른 이유에 대해 종교적 확신을 느끼지 못하는 사람이 있다면 오히려 놀라울 것 같아요. 실로 그 이름이야말로 저 십자가에 아주 잘 어울린다는 생각이 드니까요."

꿈속의 여인
The Dream Woman

네 개의 이야기로 구성된 미스터리

등장인물

프랜시스 레이븐	말구종
레이븐 부인	그의 어머니
찬스 부인	그의 이모
퍼시 페어뱅크	그의 주인
페어뱅크 부인	그의 안주인
조지프 리고베르	동료 하인
얼리샤 워록	그의 아내

시대

요즘

장면

일부는 영국, 일부는 프랑스

첫 번째 이야기

퍼시 페어뱅크가 소개하는 이야기의 도입부

"거기 누구 없소? 말구종 나와라! 거기 누구 없소?"

"여보! 초인종을 울리지 그래요?"

"찾아봤는데 종이 없어."

"마당에 아무도 없네. 아, 정말 이상한 곳이야! 다시 한번 불러 봐요, 여보."

"말구종 나와라! 거기 누구 없소?! 말구우우종!"

내가 두 번째로 부르는 소리가 텅 빈 공간에 울려 퍼졌지만 나오는 사람 하나 없었고, 아무 일도 일어나지 않았다. 이제 어쩔 도리가 없었다. 무슨 말을 해야 할지, 뭘 어떻게 해야 할지 알 수 없었다. 나는 지금 낯선 마을에 단 하나 있는 여관 마당에 말 두 마리의 고삐를 잡고 서 있었다. 거기다 내가 보살펴야 할 귀부인도 한 명 있었다. 공교롭게도 말 한 마리는 다리를 심하게 절뚝였고, 그 귀부인은 내 아내라서 책임이 더 막중했다.

내가 누구냐고 여러분은 물어볼 것이다.

그 질문엔 대답할 시간이 많으니 차차 하기로 하고. 그렇게 목이 터져라 불렀는데도 아무 일도 일어나지 않았고, 우리를 맞으러 나오는 사람도 없었다. 먼저 나와 내 아내 소개를 하겠다.

내 이름은 퍼시 페어뱅크로 영국 귀족이며, 나이는 그러니까 마흔 살에 직업은 없고, 정치적 견해는 중도파에 신장은 중키, 피부는 하얗고, 느긋하고 너그러운 성격에 부자다.

아내는 프랑스 출신 귀부인이다. 프랑스에 있는 그녀의 본가에서 처음 소개받은 그녀의 이름은 클로틸드 데로헤였다. 나는 그녀와 사랑에 빠졌는데 이유는 나도 정말 모르겠다. 그때 내가 더할 나위 없이 한가한 데다 할 일이 하나도 없어서 그랬는지도 모르겠다. 아니면 내 친구들 모두 나는 절대 그녀랑 결혼하지 않을 거라고 해서 했는지도 모르겠다. 외견상으로는 아내와 나 사이에 공통점이 하나도 없다는 사실을 인정해야겠다. 그녀는 키가 크고, 피부는 까무잡잡한 데다, 신경이 예민하고, 흥분하기 쉬운 성격에 정열적이다. 게다가 생각이 극단적으로 흐르는 경향이 있다. 그녀는 나의 어디가 좋았을까? 나는 그녀의 어디가 좋았을까? 도통 그걸 모르겠다. 아무튼 이해는 못 하겠지만 우리는 묘하게 궁합이 잘 맞았다. 결혼한 지 10년이 됐는데 우리 사이에 자식이 없다는 점 하나가 애석할 뿐이다. 남들은 어떻게 볼지 몰라도 나는 우리 부부가 대체로 행복하게 잘 살고 있다고 생각한다.

우리 이야기는 이만하기로 하고. 그다음 질문으로 우리가 왜 이 여관 마당까지 왔으며, 내가 왜 어쩔 수 없이 말고삐를 잡은 마부 신세가 됐을까?

우리 부부는 대체로 아내와 내가 처음 만난 프랑스의 시골 저택에서 살다가 가끔 기분 전환 삼아 영국에 있는 내 친구들을 보러 간다. 지금도 그렇게 한 친구 집에 놀러 와서 지내고 있었다. 우리 부부를 초대한 친구는 오래전 나와 같이 대학을 다닌 동창으로 서머셋에 아주 넓은 영지가 딸린 저택이 있다. 우리는 사냥철이 끝나 갈 무렵 팔레이 홀이라고 하는 그의 저택에 도착했다.

지금 이 글을 쓰는 이날—우리 달력에서 영원히 잊지 못할 날이 될 날—팔레이 홀에서 사냥개들이 모였다. 아내와 나는 친구의 마구간에서 가장 좋은 말 두 마리를 탔다. 우리는 사냥은 잘 모르고, 관심도 없어서 그렇게 특별 대접을 받을 필요가 없었는데. 하지만 승마를 좋아해서 봄날 아침에 부는 산들바람과 우리를 둘러싼 영국의 비옥하고 상쾌한 풍경을 한껏 즐겼다. 한참 사냥하는 동안 우리는 사냥꾼들을 따라다녔다. 하지만 사냥개들이 사냥감의 냄새를 놓치고 멈춰 서면서 점점 시간만 흐르고 슬슬 인내심에도 한계가 왔다. 혼란스러워진 사냥개들이 사방으로 뛰어가고, 사냥을 나왔다가 화가 난 사람들 입에서 거친 말들이 나오자 우리는 사냥에 대한 흥미를 잃어버렸다. 그래서 풀로 뒤덮인 길과 시원한 나무 그늘이 진 곳으로 말을 이끌었다. 즐거운 마음으로 그 길을 따라가자 탁 트인 공유지가 나왔다. 그 공유지를 전속력으로 달리다 보니 구불구불 휘어진 두 번째 길이 나왔다. 그렇게 개울을 하나 건너고, 마을 하나를 지나 언덕 사이에서 고요한 시골 풍경을 음미했다. 말들도 고개를 젖히면서 자기들끼리 히이힝거리며 우리처럼 즐거워했다. 사냥은 다 잊어버렸다.

우리는 아이들처럼 행복해하며 프랑스 노래까지 불렀다. 그러다 우리의 유쾌한 순간이 순식간에 끝나 버렸다. 아내가 탄 말이 한쪽 발굽으로 돌멩이를 밟았다가 삐끗하면서 비틀거렸다. 아내가 재빨리 고삐를 잡아채지 않았더라면 말은 쓰러졌을 것이다. 하지만 다시 출발하려고 했을 때 슬픈 사실이 드러났다. 말이 발목을 삐어서 다리를 절게 됐다.

이제 어떻게 해야 하나? 우리는 낯선 시골에 단둘만 있었는데. 아무리 사방을 둘러봐도 인가는 보이지 않았다. 어쩔 수 없이 내가 말고삐를 잡고 언덕 위로 올라가서 맞은편에 뭐가 보이는지 찾아볼 수밖에 다른 도리가 없었다. 나는 두 말의 안장을 바꿔서 내 말에 아내를 태웠다. 내 말은 여자를 태우는 데 익숙하지 않아서 자신의 몸에 느껴지는 남자의 묵직한 무게가 그리워 안절부절못하면서 발길질을 해 댔다. 먼지가 뿌옇게 피어올랐다. 나는 다리를 절뚝이는 말의 고삐를 잡고 내 말에서 조금 떨어져서 따라갔다. 세상에서 다리를 절뚝이는 말보다 더 우울해하는 생물이 있을까? 다리를 절어도 유쾌한 사람과 개는 봤지만 말처럼 자신의 불운에 비통해하는 경우는 본 적이 없다.

그 후 30분 동안 아내는 승마용 길을 따라 깡충거리는 말을 타고 갔고, 나는 그 뒤를 따라 터덜터덜 걸어갔다. 상심한 말이 내 뒤에서 절뚝거리며 따라왔다. 우리의 우울한 행렬은 언덕 꼭대기 근처 밭에서 일하는 서머셋 농부 하나를 발견했다. 나는 그에게 이리 와 보라고 불렀다. 남자는 들판 한가운데서 아무 관심도 없는 표정으로 나를 스윽 봤지만 그 자리에서 한 발자국도 떼지 않았다. 나는 큰 소리로 여기서 팔레이 홀까지 얼마나 머냐고 물었다. 그 농부도 고래고래 소리를 질러 대답했다.

"이이십 킬로미터여. 인자 사과주 내노아."

나는 아내를 위해 그 서머셋 사투리를 다시 표준어로 번역해 줬다. 여기서 팔레이 홀까지는 20킬로미터 남았고, 들판에서 일하는 저 친구가 그걸 알려 준 대가로 사과주를 달라고 한다고. 이 시골 풍경에 딱 어울리는 농부지 뭐야! 거기다 성격도 괄괄하고! 참 재미난 친구군!

아내는 나처럼 그 농부의 성격을 관찰하며 즐거워하지 않았다. 긴장하고 초조해서 쉴 새 없이 움직이는 말 때문에 아내는 심기가 불편해지기 시작했다.

"이런 식으로 20킬로미터를 갈 순 없어. 여기서 가장 가까운 여관이 어디래요? 들판에 있는 저 무식한 인간에게 물어봐요!" 아내가 말했다.

나는 주머니에서 1실링을 꺼내 환한 햇빛 속에서 높이 치켜들었다. 그 1실링이 자석 같은 효과를 발휘해 들판 한가운데 있던 농부를 내 쪽으로 천천히 끌어 왔다. 나는 우리 말들은 쉬라고 맡겨 놓고 팔레이 홀로 타고 갈 마차를 한 대 구하고 싶다고 말했다. 어디 가면 그런 용무를 볼 수 있겠는가? 농부는 내 실링만 뚫어져라 쳐다보며 대답했다.

"욘더브리지쥬(언더브리지죠)."

"여기서 언더브리지까지 먼가?"

농부가 내가 한 말을 다시 했다. "욘더브리지까지 머냐고?" 그러더니 웃음을 터트리며 말했다. "하하하하!" 아무래도 그 언더브리지라는 곳이 길만 제대로 안다면 가까운 모양이었다. 나는 정중하게 고개를 숙이면서 그 실링을 손으로 가리켰다. 그러자 농사만 짓는 사내의 머리가 재빨리 돌아갔다. 그도 우리의 우울한 행렬에 참가했다. 내 아내는 미인이지만 그는 단 한 번도 그녀를 보지 않았고, 그보다 더 놀랍게도 내 말들에게조차 눈길을 주지 않았다. 그의 눈과 마음은 오로지 내 실링에만 못 박혀 있었다.

마침내 언덕 꼭대기에 올라가서 맞은편을 바라보자 골짜기 속에서 우리 순례 길의 성지와도 같은 언더브리지 마을이 보였다! 우리 길 안내자는 돈을 달라고 하면서 여기서부터 여관까지는 우리끼리 알아서 찾아가라고 했다. 나는 원래 예의 바른 사람이라 떠나는 그에게 "잘 가시게"라고 인사했다. 그는 내가 준 1실링짜리 동전이 정말 금인지 이빨로 물어보면서 나를 힐끗 봤다. "돈!" 그는 그렇게 사납게 부르짖더니 우리 때문에 기분이 상한 것처럼 홱 돌아섰다. 이런 문명화된 세상에서 이렇게 기이한 인간이 태어나다니 참 이상하기도 하다. 언더브리지에 교회 첨탑이 보이지 않았더라면 우리가 야만인의 땅에서 길을 잃었다고 생각할 뻔했다.

*

마을에 도착하자 여관은 쉽게 찾았다. 그 마을엔 사람들은 하나도 없는 황량한 거리가 딱 하나 있었는데 그 중간에 여관이 있었다. 아주 오래된 석재 건물로 여기저기 손볼 곳이 한두 군데가 아닌 듯 보였다. 간판에 그린 그림은 오랜 세월이 흐르면서 희미해졌고, 앞쪽에 있는 긴 창문은 덧문이 내려져 있었다. 문간에 있는 수탉 한 마리와 암탉들만 유일하게 살아서 돌아다니는 생물이었다. 이 여관은 분명

역마차가 호황이던 시절에 우후죽순처럼 들어섰다가 철도가 깔려서 망한 곳 중 하나일 것이다. 우리는 활짝 열린 아치 스타일의 문 안으로 들어갔지만 우리를 맞아 주는 이는 하나도 없었다. 나는 마구간이 있는 뒷마당으로 가서 아내가 말에서 내리는 걸 도와줬다. 그렇게 이 이야기가 시작될 때 나왔던 바로 그 상황에 처하게 됐다. 사람을 부르려고 해도 울릴 종도 없었고, 내 부름에 응답하는 사람도 없었다. 나는 두 마리 말의 고삐를 손에 쥔 채 하릴없이 서 있었다. 아내는 마당 안을 우아하게 걸어 다니면서 여자들이 낯선 곳에 있을 때 하는 행동을 그대로 했다. 그녀는 걸어 다니면서 나오는 문마다 다 열고 안을 들여다보았다. 내가 숨을 돌리고 세 번째이자 마지막으로 말구종을 부르려고 목청을 가다듬었는데 갑자기 나를 부르는 소리가 들렸다.

"퍼시! 이리 와 봐요!"

아내의 목소리는 열성적이면서 불안한 듯했다. 아내는 마당에 있는 마지막 문을 열었다가 그 안의 광경을 보고 놀라 뒤로 물러났다. 나는 근처 벽에 둘러진 녹슨 가로장에 말고삐를 매어 두고 아내에게 갔다. 아내는 창백해진 얼굴로 나를 보면서 초조하게 내 팔을 잡았다.

"맙소사! 저것 좀 봐요!" 아내가 말했다.

내 눈에 뭐가 보였겠는가? 두 칸으로 나눠진 작고 우중충한 마구간이 보였다. 한 칸에는 말 한 마리가 옥수수를 우적우적 먹고 있었고, 그 옆 칸에는 한 남자가 짚 위에 누워 자고 있었다.

말구종 옷을 입은 그는 몹시 지치고 쇠약해 보이는 데다 수심에 잠긴 표정으로 자고 있었다. 듬성듬성 반백이 된 머리, 바짝 마르고 누런 피부에서 과거에 큰 슬픔이나 고통을 겪었음이 짐작되었다. 그는 알 수 없는 불길한 예감에 눈썹을 찌푸렸고, 입가 한쪽은 고통스러울 정도로 긴장해서 오므리고 있었다. 처음 안을 들여다봤을 때 그는 경련하듯 숨을 쉬면서 몸서리를 치며 한숨을 쉬었다. 보기 좋은 광경은 아니어서 본능적으로 밝은 햇살이 비치는 마당을 향해 돌아섰다. 아내가 다시 나를 마구간 문이 있는 쪽으로 돌려세웠다.

"잠깐만! 잠깐만 기다려 봐요! 저 사람이 또 그럴지도 모르니까." 아내가 말했다.

"뭘 또 해?"

"내가 처음 들여다봤을 때 저 사람이 잠꼬대를 하고 있었어, 퍼시. 악몽을 꾸고 있었나 봐. 쉿! 저 사람 다시 시작했어."

나는 그를 지켜보면서 소리를 들었다. 그 남자는 초라한 지푸라기 위에서 뒤척였다. 그러더니 이를 악문 채 다짜고짜 사납게 속삭였다. "일어나! 일어나! 저기! 살인이다!"

그러더니 잠시 침묵이 흘렀다. 그는 한 팔을 천천히 움직여서 자기 목 위에 얹었다. 그리고 몸서리를 치더니 몸을 돌렸다. 그런 다음 목에 얹었던 팔을 들어 힘없이 뻗었다가 방금 돌아누운 짚단 옆을 손으로 움켜잡았다. 그는 뭔가의 가장자리를 꼭 잡고 있다고 생각하는 것 같았다. 다시 그의 입술이 움직이는 게 보였다. 나는 살금살금 마구간 안으로 들어왔고, 아내도 내 손을 꼭 잡은 채 따라 들어왔다. 우리는 고개를 숙이고 그를 내려다봤다. 그는 다시 잠꼬대를 했다. 미치광이의 잠꼬대처럼 기이한 말을 했다.

"옅은 회색 눈동자(그가 이렇게 말했다), 왼쪽 눈꺼풀이 살짝 처지고, 금발 머리. 맞아요, 어머니! 하얀 팔에 솜털이 났어요. 귀부인처럼 작은 손이고 손톱 주위가 불그스름해요. 그 칼. 그 저주받은 칼을 한 손에 잡더니 그러다 다른 손에 바꿔 쥐고. 아, 이 악마야! 그 칼은 어디 있어?"

그는 말을 멈췄고 갑자기 온몸을 들썩였다. 짚단 위에서 몸부림을 치는 모습이 보였다. 그러다 두 손을 번쩍 위로 치켜들면서 숨을 쉬려고 헐떡거렸다. 갑자기 눈을 번쩍 떴다. 그 눈은 잠시 아무것도 보지 않은 채 멍하니 반짝거리기만 했다. 그러다 다시 눈을 감고 아까보다 깊은 잠에 빠져들었다. 이 사람 아직도 꿈꾸고 있나? 그렇다. 하지만 이제 새로운 꿈을 꾸는 것 같았다. 다시 입을 열었을 때 어조가 바뀌어 있었다. 몇 마디 안 되는 말을 서글프게 애원하듯 하고 또 했다. "날 사랑한다고 말해 줘! 난 당신을 정말 사모하고 있어. 날 사랑한다고 말해 줘! 날 사랑한다고 말해!" 그는 점점 더 깊은 잠에 빠져들면서 점점 더 희미해지는 목소리로 그 말을 반복했다. 그러다 더이상 말하지 않았다.

이쯤 되자 아내는 두려움을 극복하고 궁금해서 어쩔 줄 몰라 했다. 짚단에 누워 있는 이 불쌍한 사람이 아내의 상상력에 불을 지핀 것이다. 로맨스라면 사족을 못 쓰는 아내는 더 알고 싶어서 안달이 났다. 아내는 내 팔을 잡고 초조하게 흔들어 댔다.

"저 소리 들었어? 분명 치정에 얽힌 꿈일 거야, 여보. 이건 사랑과 살인에 대한 이야기라니까, 퍼시! 여관 사람들은 어디 있지? 마당으로 가서 다시 불러 봐."

내 아내는 외가 쪽으로 프랑스 남부 출신이다. 프랑스 남부 여자들은 아주 아름답고 성격이 급하다. 더 이상 말하지 않겠다. 유부남들은 내 입장을 잘 이해할 것이다. 독신 남성들은 아내를 사랑하고 존중해야 할 뿐만 아니라 때로는 그녀의 말에 무조건 복종해야 할 경우가 있다는 점을 알아 두기 바란다.

나는 아내의 뜻에 따라 돌아섰다가 우리 몰래 살금살금 다가와 있던 낯선 사람과 정통으로 마주쳤다. 그는 키가 아주 작고 졸린 표정에 혈색이 불그스름한 노인이었다. 푸딩처럼 납작한 얼굴은 멍한 표정이었고, 머리는 반짝거리는 대머리였다. 그는 칙칙한 반바지에 각반을 차고 오래돼 보이는 점잖은 검은색 코트를 입고 있었다. 나는 그가 이 여관 주인임을 본능적으로 알아차렸다.

"안녕하세요, 나리. 제가 좀 귀가 먹어서요. 좀 전에 마당에서 부르신 분이 나리이신가요?" 혈색 좋은 노인이 말했다.

내가 대답하기도 전에 아내가 끼어들었다. 아내는 (귀가 먹은 주인을 위해 카랑카랑한 목소리로) 저기 저 짚단에서 자는 불쌍한 사람이 누구냐고 물었다. "저 사람은 고향이 어디에요? 왜 자면서 저런 끔찍한 말을 하죠? 저 사람은 유부남이에요, 아니면 독신이에요? 저 사람은 여자 살인자와 사랑에 빠져 본 적이 있나요? 그 여자는 어떻게 생겼어요? 그 여자가 정말 저 남자를 칼로 찔렀나요? 간단히 말해서, 우리에게 그 이야기를 다 해 주세요!"

우리의 친애하는 여관 주인은 페어뱅크 부인의 이야기가 끝날 때까지 졸린 표정으로 듣다가 다음과 같이 대답했다.

"저 사람 이름은 프랜시스 레이븐이라고 합니다. 저 사람은 감리교 신자이고, 지난번 생일에 마흔다섯 살이 됐습니다. 그리고 저 사람은 말구종입니다. 이게 저 사람의 사연입니다."

성질 급한 아내는 발을 굴러서 초조한 심정을 드러냈다.

주인은 나른하게 돌아서서 우리가 데려온 말들을 바라봤다. "마당에 있는 저 두 놈들 아주 잘생겼네요. 제 마구간에서 쉬게 할까요?"
나는 고개를 끄덕여서 그러라고 대답했다. 여관 주인은 내 아내의 비위를 맞추기 위해 허리를 숙이고 말했다. "제가 가서 프랜시스 레이븐을 깨우겠습니다. 저 사람은 감리교 신자이고, 지난번 생일에 마흔다섯 살이 됐습니다. 그리고 저 사람은 말구종입니다. 이게 저 사람의 사연입니다."

이렇게 흥미로운 두 번째 소개를 마치고 주인은 마구간으로 들어갔다. 우리는 주인이 어떻게 프랜시스 레이븐을 깨울 것인지, 그렇게되면 무슨 일이 일어날 것인지 보러 따라 들어갔다. 마구간 한쪽 구석에 빗자루가 세워져 있었다. 주인이 그걸 들고 자고 있는 말구종에게 가더니 마치 우리에서 자는 짐승을 깨우듯 냉정하게 빗자루로 쿡쿡 찔러 깨웠다. 프랜시스 레이븐은 겁이 나서 비명을 지르며 벌떡 일어나 사나운 표정으로 우리를 보았다. 그의 눈에 우리를 의심하는 기색이 떠올랐다. 그러다 정신을 차리자 갑자기 점잖고 말수가 적으며 예의 바른 하인으로 변신했다.

"죄송합니다, 마님. 죄송합니다, 나리."

사과하는 그의 어조와 태도 둘 다 이런 마구간에서 지내기엔 지나칠 정도로 점잖고 품위가 있었다. 나도 아내처럼 이 남자에게 흥미가 생기기 시작했다. 우리 부부는 그를 따라 마당으로 나와서 그가 우리 말들을 어떻게 다룰지 지켜봤다. 다리를 저는 말의 다친 다리를 조심스럽게 들어 올리는 태도를 보자 매우 숙련된 말구종이라는 것을 알아차렸다. 그는 조용히 그러면서도 신속하게 말들을 텅 빈 마구간으로 데려갔다. 그리고 재빨리 따뜻한 물이 든 들통을 가져와 말의 다친 다리를 넣었다. "따뜻한 물에 담그면 붓기가 가라앉을 겁니다, 나리. 그다음에 다리에 붕대를 감아 놓겠습니다." 그는 이 모든 조치를 아주 똑똑하게 처리했고, 말도 조리 있게 했다. 이제 그에게서 사납거나 기괴한 면은 전혀 보이지 않았다. 이 사람이 우리가 잠꼬대 소리를 들은 바로 그 사람 맞나? 두려워서 비명을 지르며 깨어나 지독한 의심에 찬 눈으로 우리를 본 그 사람 맞아? 나는 그에게 질문을 한두 가지 해 보기로 결심했다.

*

"여기는 할 일이 별로 없겠군." 내가 그 말구종에게 말했다.

"별로 없습니다, 나리." 그가 대답했다.

"여관에 묵는 손님이 있나?"

"지금은 한 분도 안 계십니다."

"난 다들 죽은 줄 알았네. 여러 번 불렀는데 대답하는 사람이 하나도 없어서 말이야."

"집주인 나리는 귀가 심하게 먹었고, 웨이터는 심부름을 나갔습니다."

"그렇군. 그리고 자네는 마구간에서 곤히 자고 있었지. 낮에 종종 그렇게 낮잠을 자나?"

그 말구종의 고단해 보이는 얼굴이 희미하게 빨개졌다. 그때 처음 그는 내 눈을 피했다. 아내가 몰래 내 팔을 꼬집었다. 이제 마침내 진실을 알아내게 될까? 나는 다시 같은 질문을 했다. 그는 이제 대답하지 않으면 무례해 보일 위험에 처하게 됐다. 그래서 대답했다.

"피곤해서 그랬습니다, 나리. 안 그랬다면 제가 낮잠을 자는 모습

252

은 못 보셨을 겁니다."

"피곤해서 그랬다는 거지? 일을 굉장히 열심히 했나 보군?"

"그건 아닙니다, 나리."

"그럼 뭣 때문에 그렇게 피곤했나?"

그는 다시 망설이다가 마지못해 대답했다. "제가 어젯밤을 꼬박 새웠습니다."

"밤을 새웠다고? 마을에서 무슨 일이 있었나?"

"아무 일도 없었습니다, 나리."

"누구 아픈 사람이 있었나?"

"없었습니다, 나리."

그게 마지막 대답이었다. 아무리 애를 써도 그에게선 더 이상 아무것도 알아낼 수 없었다. 그는 돌아서서 말의 다리를 보살피는 데만 열중했다. 나는 마구간을 나와서 우리를 팔레이 홀로 태워다 줄 마차에 대해 주인과 의논하려고 갔다. 아내는 마구간에 남아 있다가 내가 나갈 때 슬쩍 나를 보았다. 그 표정은 이런 의미였다. '이 남자가 왜 어젯밤을 새웠는지 알아내고야 말겠어. 이 사람은 내게 맡겨 둬요.'

마차 문제는 쉽게 해결됐다. 여관 주인에게 말 한 마리와 마차가 한 대 있었다. 주인은 말의 사연과 마차의 사연을 들려줬다. 프랜시스 레이븐의 사연과 비슷했다. 다만 말과 마차는 다니는 교회가 없다는 점만 빼고. "이 말은 다음번 생일에 아홉 살이 됩니다. 마차는 제가 24년간 가지고 있었습니다. 언더브리지 사는 맥스 씨가 그 말을 키웠죠. 그리고 요빌 사는 폴리 씨가 그 마차를 제작했습니다. 이제는 다 내 말이고 내 마차입니다. 그것이 그들의 사연이죠!" 이런 소상한 내용을 전한 후에 그는 말에 마구를 채우기 시작했다. 나는 그를 돕기 위해 마차를 마당으로 끌고 나왔다. 준비가 막 끝날 무렵에 아내가 나타났다. 잠시 후에 말구종이 아내를 따라 나왔다. 그는 말 다리에 붕대를 감았고 이제 우리를 마차에 태우고 팔레이 홀로 떠날 준비가 되었다. 그의 불안한 얼굴과 태도로 봐서 아내가 그를 설득해 비밀을 털어놓게 했다고 짐작할 수 있었다. 나는 마당 한구석으로 아내를 데려가 몰래 물었다. "왜 프랜시스 레이븐이 어젯밤을 새웠는지 알아냈소?"

아내는 극적인 효과를 주기 위해 눈을 깜박였다. 간단하게 대답하는 대신 내게 다시 질문을 던져서 더 궁금하고 초조하게 만들었다.

"오늘이 며칠이죠, 여보?"

"오늘은 3월 1일이지."

"여보, 3월 1일은 프랜시스 레이븐의 생일이에요."

나는 그 말에 흥미로워하는 표정을 지어 보려고 했지만 실패했다.

"프랜시스 레이븐은 오늘 새벽 2시에 태어났어요." 아내는 심각한 표정으로 이야기를 계속했다.

나는 아내가 이 여관 주인을 닮아 가는 게 아닌가 하는 생각이 들기 시작했다. "그게 다요?" 내가 물었다.

"그럴 리가. 프랜시스 레이븐은 자는 게 무서워서 생일날 새벽까지 안 잤대요."

"왜 자는 게 무서워?"

"목숨이 위험한 상황에 처했으니까."

"자기 생일에?"

"자기 생일 새벽 2시에. 매년 생일마다 그런대요."

거기서 아내는 이야기를 멈췄다. 그녀가 그 이상을 알아냈을까? 그녀가 알아낸 건 거기까지였다. 나는 그게 무슨 뜻이냐고 애타게 물었다. 아내는 마차를 손으로 가리켰다. 프랜시스 레이븐(지금까지는 우리의 말구종이었고, 이제 우리의 마부가 될 인물)이 우리가 마차에 타길 기다리고 있었다. 그 마차는 앞에 좌석이 두 개가 있었고, 뒤쪽에 하나가 있었다. 아내는 나를 경고하는 표정으로 보더니 자기가 앞에 앉았다.

그렇게 해야 두 시간 넘게 걸리는 여정에서 그녀가 프랜시스 옆에 앉아서 갈 수 있으니까. 그 결과가 어땠는지 굳이 내 입으로 말해야 하나요? 그건 독자 여러분을 바보로 보는 짓일 테니 그만두죠. 나는 마차 뒤쪽에 앉았고, 이제부터 프랜시스 레이븐이 자기 입으로 자신의 끔찍한 사연을 말하도록 합시다.

두 번째 이야기
말구종이 직접 털어놓은 자신의 이야기

제 인생에서 큰 위기가 일어난다는 첫 경고를 받은 10년 전, 예지 몽을 꿨습니다.

여러분이 10년 전 케임브리지셔에 있는 작은 오두막집에서 우리 가족과 같이 차를 마시고 있다고 상상하면 이 이야기를 좀 더 잘 이해하실 수 있을 겁니다.

그때는 하루가 거의 다 저물어 가는 시간으로 저와 제 어머니와 이모 이렇게 셋이 테이블 앞에 앉아 있었습니다. 사람들은 우리 이모를 찬스 부인이라고 부릅니다. 어머니와 이모 두 분 다 스코틀랜드 출신이고, 두 분 다 미망인이었습니다. 그것 말고는 내 기억에 닮은 점이 별로 없었던 것 같습니다. 어머니는 평생 잉글랜드에 사셔서 저처럼 스코틀랜드 억양은 전혀 없었습니다. 하지만 찬스 이모는 이모부가 세상을 떠난 후 우리 집에 와서 같이 살기 전까지 스코틀랜드를 떠난 적이 한 번도 없었습니다. 그래서 입만 열면 아주 강한 스코틀랜드 억양이 흘러나왔죠.

그러고 보니 그날 저녁 우리는 아주 중요한 의논을 하고 있었습니다. 바로 제가 다음 날 아침에 걸어서 아주 먼 곳에 다녀오는 것이 과연 현명한 일인지 아닌지를 결정하는 문제였습니다.

마침 다음 날 아침은 제 생일 전날이었습니다. 저는 우리 마을 바로 옆 마을 대저택에 마부로 지원을 하러 가려고 했습니다. 앞으로 3주 내에 공석이 생길 것 같다는 말을 들었거든요. 저는 그 자리에 지원할 자격이 충분히 있었습니다. 우리 집이 잘살던 시절에 아버지가 경주마들을 훈련시키는 마구간 책임자여서 어렸을 때부터 마부로 일했습니다. 이렇게 시시콜콜한 이야기까지 다 하는 점을 이해해 주시기 바랍니다. 곧 아시겠지만 다 이제부터 나올 이야기와 관련된 내용입니다.

불쌍한 어머니는 다음 날 나갔다 오려는 저를 결사적으로 막으셨습니다.

"내일 아침에 출발하면 절대 밤까지 돌아오지 못해. 결국 생일은 밖에서 자게 될 거야. 아버지가 돌아가신 후로 그런 적은 한 번도 없잖니, 프랜시스. 이제 와서 이러는 게 나는 마음에 안 든다. 하루만 더 기다려라, 아들아. 딱 하루만." 어머니는 그렇게 말씀하셨습니다.

저는 일도 없이 빈둥거리는 데 지쳐서 하루를 더 기다려야 한다는 생각을 참을 수 없었습니다. 하루 만에 상황이 달라질지도 모릅니다. 다른 사람이 그 사이에 그 자리를 차지해 버릴지도 모르잖아요.

"제가 그동안 얼마나 쉬었는지 생각해 보세요. 그러면 더 기다리라고 못 하실 걸요. 어머니를 실망시켜 드리지 않을 게요. 마지막 남은 6펜스를 다 주고 수레를 타고 오는 한이 있더라도 내일 밤까지 꼭 돌아올게요." 저는 그렇게 말했습니다.

어머니는 고개를 저었습니다. "난 마음에 안 든다, 프랜시스. 마음에 안 들어!" 무슨 말을 해도 어머니의 마음은 바뀌지 않았습니다. 우리는 끝도 없이 입씨름을 했지만 결론을 내리지 못했어요. 결국 이 문제의 판단을 찬스 이모에게 맡기기로 했습니다.

우리 모자가 서로를 설득하려고 무진 애를 쓰는 동안 이모는 멍하니 앉아서 차를 홀짝홀짝 마시며 자기만의 생각에 빠져 있었습니다. 그러다 우리가 각자의 처지를 호소하자 그제야 잠에서 깬 것처럼 보였습니다. "그러니께 두 사람 모두 내 판단에 맡긴단 말이재?" 이모는 강한 스코틀랜드 억양으로 말했습니다. 우리 둘 다 그러겠다고 대답했습니다. 대답을 들은 이모는 테이블 위에 있던 물건들을 다 치우고 입고 있던 드레스 주머니에서 카드 한 벌을 꺼냈습니다.

이모가 우리를 즐겁게 해 주려는 가벼운 마음으로 이런 행동을 한다는 생각은 하지 마세요. 찬스 이모는 카드로 점을 쳐서 미래를 읽을 수 있다고 아주 진지하게 믿었으니까요. 이모는 항상 카드 점을 치지 않고는 어떤 일도 하지 않았습니다. 이모는 이제 내 미래에 대한 관심보다는 자신이 내놓을 증거에 더 집중하고 있었습니다. 이모를 모욕하려고 하는 말이 아니라 그저 사실을 말하는 겁니다. 어쩌다 그렇게 됐는지 잘 설명할 순 없지만 이모는 카드 점을 종교처럼 열렬히 믿었습니다. 여러분은 요즘 영혼의 존재를 믿고 테이블과 의자를 사용해서 영혼을 불러내는 일을 하는 사람들을 만나 본 적이 있을 겁니다. 같은 원칙으로(그런 일에 원칙이 있다면 말입니다) 우리 이모는 신의 섭리가 카드를 통해 나타난다고 믿었습니다.

"프랜시스 네 말이 옳은지, 아니면 언니 말이 맞는지, 그 일로 네 일이 잘 풀릴지 아닐지, 내일 네가 떠나야 할지 말아야 할지는 카드가 다 말해 줄 거야. 우리는 신의 섭리를 벗어날 수 없어. 카드에 다 나올 거야."

이모의 말을 듣자 어머니는 뚱한 표정으로 고개를 돌려 버렸습니다. 어머니가 보기엔 동생 생각은 그저 신성모독에 지나지 않았으니까요. 하지만 어머니는 아무 말도 하지 않았습니다. 솔직히 말하면 이모는 세상을 떠난 남편이 남긴 연금으로 1년에 30파운드씩 받고 있었습니다. 이 돈은 우리 살림에 크게 보탬이 됐기 때문에 가난한 친척인 우리 모자는 이모의 심기를 상하지 않게 신경 써야 했습니다. 나로 말하면 불쌍한 아버지가 형편이 힘들어져서 남겨 준 것은 하나 없어도, 잘 가르쳐 주셨고, (정말 다행히도) 모든 종류의 미신을 믿지 않게 키워 주셨습니다. 하지만 당시엔 재미있는 일이 워낙 없어서 카드 점을 믿진 않지만 간절한 마음으로 이모가 내 운명을 말해 주길 기다렸습니다.

이모는 이상야릇한 주문을 외우면서 테이블에 7 아래 숫자의 카드들을 던졌습니다. 그리고 부정 타지 말라고 왼손으로 나머지 카드를 섞었습니다. 그렇게 섞은 카드를 내게 내밀고 떼라고 했습니다. "왼손으로 해라, 프랜시스. 잊지 마! 네가 신의 섭리 안에 있다는 걸 잊지 말고. 하지만 너의 운명이 네 왼손에 달렸다는 점도 잊지 마라!" 그다음에 이모는 또 카드를 한 장씩 빼서 마침내 이모 앞에 깔끔하게 반원 모양으로 놓인 카드 열다섯 장이 남았습니다. 그 카드 행렬의 오른쪽 맨 끝에 놓인 카드는 규칙에 따라 나를 나타내기 위해 선택된 카드라고 했습니다. 실직한 가난한 마부라는 내 처지와 아주 잘 어울리게 그 카드는 다이아몬드 킹이었습니다.

"그 다이아몬드 킹에서부터 시작하자잉. 오른쪽부터 왼쪽으로 카드 일곱 장을 셀 거다. 그다음에 일어날 일에 대해선 겸손하게 감사 기도를 올려야지." 이모는 마치 식전 기도를 하는 것처럼 눈을 감은 후에 내게 그 일곱 번째 카드를 들어 올려 보였습니다. 그 카드는 스페이드의 여왕이었습니다. 이모는 얼른 눈을 뜨더니 네 시커먼 속을 내가 다 안다, 는 그런 눈빛으로 나를 힐끗 봤습니다.

"스페이드의 여왕은 검은 머리의 여자를 의미하지. 너 그런 여자를 몰래 마음속에 품은 거여, 프랜시스?"

남자가 석 달 넘게 일이 없어서 노는데 여자 생각을 할 여유가 어디 있겠습니까? 그 여자의 머리카락이 검든 희든 말입니다. 저는 그 대저택의 마부 자리를 생각하고 있었고, 이모에게 그렇게 말하려고 애를 썼습니다. 하지만 찬스 이모는 내 말을 들으려 하지 않았습니다. 이모는 내 해석을 비웃었습니다. "흥. 말도 안 되는 소리! 이게 바로 네가 잡은 카드잖아! 오늘 네가 그 여자를 생각했다면, 내일도 그 여자를 생각하게 될 게야. 검은 머리 여자를 생각하는 게 무슨 해가 된다고 그렇게 질색 팔색이냐? 나도 이렇게 하얗게 세기 전에는 머리카락이 흑단처럼 검었다. 마음 편히 가지고 카드를 잘 지켜봐."

저는 이모가 시키는 대로 나오는 카드를 지켜봤습니다. 테이블에는 이제 일곱 장의 카드가 남아 있었습니다. 이모가 한쪽 끝에 있는 카드 두 장을 치우고, 반대쪽 끝에 있는 카드 두 장도 들어냈습니다. 그리고 이제 테이블에 남은 카드 세 장 중에서 왼쪽과 오른쪽에 있는 카드를 한 장씩 확인하라고 지시했습니다. 클럽 에이스와 다이아몬드 10이 나왔습니다. 그걸 보고 이모가 아주 확고한 믿음에 차서 뭔가를 감사하는 눈빛으로 천장을 올려다봤고, 그걸 본 어머니는 한바탕 퍼붓고 싶은 걸 참느라 애를 써야 했습니다. 클럽 에이스와 다이아몬드 10을 하나로 합치면 첫 번째는 희소식(분명 마부 자리가 내 것이 된다는 소식!)이고 두 번째는 앞으로 내가 하게 될 여행(두말할 것 없이 내일 내가 그 저택으로 가는 길을 뜻하겠죠!)을 의미한다고 했습니다. 세 번째이자 마지막으로 곧 내 주머니에 들어올 큰돈(아마 마부로 일하고 받을 월급이겠죠!)이 날 기다린다고 했습니다. 이렇게 나를 격려하는 의미로 내 운명을 말해 준 이모는 그 실험을 끝내려고 했습니다. "아, 애야! 물론 이렇게 카드 점을 치다 보면 카드에 나온 이상을 물어보고 싶은 마음이 당연히 들겠지. 내일 그 저택에 가거라. 저택 문 앞에서 검은 머리 여자가 너를 맞을 거야. 그리고 그 여자가 너의 취직을 도와줄 거야. 아주 기쁘고 감사한 일이 생길 것이다. 큰돈을 벌면 너의 불쌍한 찬스 이모를 잊지 마. 1년에 30파운드로 살아가는 네 이모가 품위를 잃지 않고 살아갈 수 있게 도와줘야 한다!"

저는 텅 빈 제 주머니가 돈으로 가득 차는 행복한 일이 생기면 찬스 이모(이모는 돈을 지나치게 밝히는 결점이 있습니다)를 잊지 않겠다고 약속했습니다. 그렇게 이야기를 끝내고 어머니를 봤습니다. 어머니는 우리 논쟁의 심판으로 이모를 받아들였는데 이모가 내 편을 들어준 거죠. 그래서 더 이상 반대하지 않았습니다. 어머니는 말없이 일어나서 내게 키스하고 땅이 꺼져라 한숨을 쉬면서 방을 나갔습니다. 찬스 이모는 고개를 흔들었습니다. "네 엄마는 카드 점이 야만적이라고 생각하는 거야."

다음 날 아침 동이 텄을 때 저는 길을 떠났습니다. 대문을 열면서 다시 우리 집을 돌아봤죠. 한쪽 창가에 어머니가 손수건을 눈에 댄 채 서 있었습니다. 다른 쪽 창가에는 찬스 이모가 출발하는 나를 격려해 주려고 스페이드 여왕 카드를 들고 있었습니다. 저는 두 사람에게 손을 흔들어 보이고 재빨리 길로 들어섰습니다. 그날은 2월의 마지막 날이었습니다. 제발 이 사실과 연결해서 제가 3월 1일 새벽 2시에 태어났다는 점을 기억해 주세요.

*

이제 제가 어떻게 집을 떠나게 됐는지 여러분은 모두 알게 됐습니다. 그다음에 할 이야기는 여행에서 일어난 일입니다.

우리 집이 거기서 꽤 먼 곳에 있는 것치고는 저택에 상당히 빨리 도착했습니다. 카드의 예언은 첫 단계부터 틀렸습니다. 그 저택의 정문에서 저를 맞은 사람은 검은 머리 여자가 아니었습니다. 사실 여자가 아니라 남자아이였습니다. 그 아이가 하인들을 관리하는 사무실로 나를 안내했습니다. 그 부분에서 카드 점은 또 틀렸습니다. 저택에서 여자를 한 명이 아니라 세 명이나 만났지만 검은 머리 여자는 없었습니다. 저는 미신을 믿지 않는다는 점을 이미 말씀드렸습니다. 하지만 집사에게 정중하게 고개를 숙여 인사하고 무슨 용건으로 찾아왔는지 말했을 때 기대감에 가슴이 좀 설레었던 건 사실입니다. 집사의 대답으로 우리 이모의 카드 점이 완전히 실패했다는 점이 드러났습니다. 내 불운은 여전히 끝나지 않았던 겁니다. 바로 그날 아침 다른 남자가 찾아와 마부로 써 달라고 부탁해서 벌써 그 자리를 차지했다는 겁니다.

저는 최선을 다해 실망한 마음을 감추고 집사에게 고맙다고 하고 마을에 있는 여관을 찾아갔습니다. 쉬면서 뭘 좀 먹어야 했기 때문이죠.

집으로 돌아가는 길을 떠나기 전에 여관 사람들에게 물어봐서 새로 난 길을 따라가면 조금 더 일찍 도착할 수 있을지도 모른다는 사실을 알아냈습니다. 그 길은 중간에 몇 번 방향을 꺾어야 했기 때문에 여러 번 되풀이해서 물어본 후에 출발했습니다. 걸어가면서 빵과 치즈를 먹느라고 잠시 멈춘 것 외에는 쉬지 않고 계속 갔습니다. 날이 어두워지기 시작하면서 비가 내렸고 바람이 거세지기 시작했습니다. 설상가상으로 저는 완전히 낯선 곳에 있었습니다. 거기서 집까지 20킬로미터 정도 남았을 거라는 짐작만 대충 들었죠. 그러다 중간에 길을 물어보려고 들른 여관은 울창한 숲 가장자리 길가에 있었습니다. 외딴 곳에 홀로 서 있는 그 여관 주인은 길을 잃고 시장한 데다 목도 마르고 먼 길을 걸어와서 발은 쑤시고 비에 흠뻑 젖은 여행자를 반겨줬습니다. 주인은 예의 바르고 점잖게 생긴 사람이었습니다. 하룻밤 숙박료도 괜찮았습니다. 어머니를 실망시키게 돼서 마음이 몹시 안 좋았지만 집까지 타고 갈 교통수단도 없었고, 그날 밤은 더 이상 걸을 수 없었습니다. 너무 지쳐서 그 여관에서 묵어야 했죠.

전 술을 절제해서 마시는 사람이란 말씀을 드려야겠습니다. 그날 밤 저는 저녁으로 얇게 저민 베이컨 한 장, 집에서 만든 빵 한 조각과 맥주 1파인트로 간단하게 먹었습니다. 이 소박한 식사를 마친 후에 곧장 잠자리에 들지 않고 여관 주인과 같이 앉아, 오랫동안 일이 없었는데 앞으로도 별 전망이 없어 보이는 제 불운에 대해 이야기를 나누었습니다. 그러다가 말고기와 경마에 대한 이야기로 화제가 넘어 갔습니다. 그날 밤 저나 여관 주인이나 그 바에 있었던 일꾼 몇 명 중 제 흥미를 자극하거나 제 상상력을 촉발시키면서 제 상식을 가지고 장난을 칠 만한 이야기를 한 사람은 하나도 없었습니다(저는 여유로 운 상황에서도 상상력이 활발한 사람이 못 됩니다).

11시가 조금 지나서 여관은 문을 닫았습니다. 저는 주인과 같이 집 안을 돌아다니면서 주인이 여러 개의 문과 창문을 잠글 동안 촛불을 들고 있었습니다. 저는 그 문과 창문에 달린 빗장과 가로장과 강철을 씌운 덧문이 아주 단단하고 튼튼한 걸 보고 깜짝 놀랐습니다.

"손님도 보셔서 아시겠지만 이 근방엔 우리 여관밖에 없거든요. 아 직까지 여관에 강제로 침입하려는 사람은 없었지만 그래도 문단속을 확실하게 해 두는 편이 낫죠. 투숙객이 없을 때는 집 안에 남자라곤 저밖에 없거든요. 제 아내와 딸은 소심하고, 하녀도 제 안식구들과 성격이 똑같아요. 잠자리에 들기 전에 맥주를 한 잔 더 들겠어요? 아 니라고요! 이런 곳에 오는 손님치고 자제력이 대단하시네요. 자, 이 방이 손님이 묵으실 방입니다. 오늘 밤 이곳에 묵는 분은 손님 한 분 이세요. 편하게 지내실 수 있도록 제 아내가 만반의 준비를 해 놨답 니다. 정말 맥주 한 잔 더 안 하시겠어요? 좋습니다. 푹 쉬세요."

우리가 계단을 올라가 침실로 갔을 때 복도에 있는 시계는 11시 반 이었습니다. 내 방 창문으로 여관 뒤쪽에 있는 숲이 보이더군요.

저는 방문을 잠그고, 서랍장 위에 촛불을 놓은 후에, 녹초가 된 몸 으로 잘 준비를 했습니다. 음산한 바람이 여전히 불고 있었는데 점점 크게 울부짖는 바람 소리가 고요한 밤에 듣기에 아주 음울했습니다. 몸은 지칠 대로 지쳤지만 이상하게도 금방 잠이 안 와서 졸릴 때까지 촛불을 켜 놓기로 했습니다. 사실 그때 조금은 제정신이 아니었습니다. 아침 일 때문에 실망해서 우울한 데다 하루 종일 걸어서 몸이 물에 젖은 솜처럼 무거웠습니다. 그런 상황에서 어둠 속에서 뜬눈으로 누워 숲속에서 불어오는 음울한 바람의 신음소리를 듣는다는 생각만 해도 끔찍했습니다.

그러다 나도 모르게 슬슬 잠이 들기 시작했습니다. 저절로 눈이 감기면서 촛불을 꺼야겠다는 생각도 못 하고 깜빡 잠이 들었습니다.

그다음 기억은 머리부터 발끝까지 온몸이 가볍게 떨리고, 가슴이 무지근하게 아팠다는 겁니다. 그런 느낌은 처음이었습니다. 몸이 떨리는 느낌은 불편한 정도였지만 가슴의 통증은 곧바로 잠이 깰 정도로 컸습니다. 저는 대번에 깨서 눈을 번쩍 떴는데 정신은 기적적으로 또렷했습니다.

촛불은 거의 끝까지 탔지만, 아직 꺼지지 않은 심지가 촛농 속으로 막 떨어지면서 순간 불빛이 환하게 타올랐습니다.

그때 제 침대 발치와 닫힌 문 사이에 누군가가 있는 걸 봤습니다. 어떤 여자가 한 손에 칼을 들고 서서 저를 내려다보고 있었습니다.

이런 말 하기 부끄럽지만 사실은 사실이니까요. 그 여자를 본 순간 무서워서 아무 말도 할 수 없었습니다. 저는 침대에 누운 채 그 여자를 보았고, 그 여자는 서서 (한 손에 칼을 든 채) 저를 보았습니다.

우리가 그렇게 빤히 상대의 얼굴을 보는 동안 그 여자는 한 마디도 하지 않았습니다. 그러다 아주 살짝 움직여서 침대 왼쪽으로 천천히 다가오기 시작했습니다.

촛불의 불빛이 그녀의 얼굴을 정면으로 비췄습니다. 피부가 하얗고 아름다운 여자로 금발 머리에 옅은 회색 눈동자고 왼쪽 눈꺼풀이 살짝 처졌습니다. 그런 특징들을 눈여겨보고 제 마음에 새겨 놓았을 때 그녀가 침대 옆으로 거의 다 돌아왔습니다. 여자는 한마디 말도 없이, 돌처럼 굳은 표정으로 아무 소리도 내지 않은 채 점점 더 가까이 다가왔습니다. 그러다가 침대 머리 쪽에서 멈춰 서서 날 찌르려고 칼을 쳐들었습니다. 저는 찔리지 않으려고 팔을 들어 목에 댔지만 칼날이 다가오는 걸 보고 손을 침대 오른쪽으로 뻗으면서 제 몸도 그쪽으로 돌렸습니다. 그 순간 칼이 번개처럼 내려와 밑을 찔렀는데 간발의 차로 제 어깨를 빗나갔습니다.

저는 그 여자의 팔과 손에만 온 정신을 집중했습니다. 여자는 천천히 침대에 박힌 칼을 빼냈습니다. 그녀의 희고 날씬한 팔에 보드라운 솜털이 나 있었습니다. 우아한 숙녀의 손으로 손톱 주위의 동그란 살은 불그스름했습니다.

그 여자는 칼을 빼서 또다시 천천히 침대 발치로 가더니 잠시 서서 나를 보더군요. 그다음에 한마디 말도 없이, 또다시 돌처럼 굳은 표정으로, 아무 소리도 내지 않은 채 이제 제가 누워 있는 쪽으로 왔습니다.

제게 가까이 다가온 그 여자는 다시 칼을 들었고, 저는 왼쪽으로 몸을 피했습니다. 그 여자는 팔을 세게 휘둘러서 또다시 저를 찌르려다가 아까처럼 간발의 차로 빗나가 매트리스를 찔렀습니다. 이번에 저의 시선은 그 여자와 칼 사이를 오락가락했죠. 그 칼은 노동자들이 빵과 베이컨을 썰 때 쓰는 큼지막한 접는 식칼이었습니다. 섬세하고 작은 손에 칼자루가 3분의 2 정도 가려져 있었습니다. 저는 그 자루가 사슴뿔로 만들어진 것으로 칼날처럼 깨끗하고 반짝거린다는 점을 눈치챘습니다. 그건 새 칼처럼 보였습니다.

그 여자는 다시 침대에서 칼을 뽑아 들었다가 갑자기 입고 있던 드레스의 널찍한 소매 속에 감추었습니다. 그러고는 침대 옆에 서서 나를 지켜봤습니다. 그 여자가 그 자세로 선 모습이 보였는데 그때 다 타들어 간 촛불의 심지가 양초의 움푹 파인 구멍 속으로 떨어졌습니다. 촛불이 아주 작고 파란 점으로 줄어들다가 마침내 방 안이 어두워졌습니다.

그리고 1초 정도 흐른 후에 심지에서 연기가 나면서 마지막으로 다시 한번 환하게 타올랐습니다. 그때 저는 침대 오른쪽에 선 그녀를 찾고 있었습니다. 하지만 아무리 눈에 힘을 주고 봐도 아무것도 보이지 않았습니다. 칼을 든 여자는 사라져 버렸습니다.

저는 다시 정신이 들기 시작했습니다. 제 심장이 쿵쿵 소리를 내며 뛰는 게 느껴졌고, 숲속에서 바람이 구슬프게 울부짖는 소리가 들렸습니다. 저는 침대에서 벌떡 일어나 그 여자가 집에서 도망치기 전에 경고했습니다. "살인이다! 모두 일어나시오! 살인이오!"

그 소리에 아무도 대답하지 않았습니다. 저는 일어나서 어둠 속에서 더듬거리며 문으로 갔습니다. 그 여자는 분명 문으로 들어왔을 겁니다. 그리고 문으로 나갔을 것이고.

하지만 방문은 내가 침대로 가기 전에 그랬던 것처럼 아주 꼭 잠겨 있었습니다!

저는 창문을 바라봤습니다. 거기도 확실하게 잠겨 있었습니다!

그때 밖에서 사람의 목소리가 들려서 문을 열었습니다. 여관 주인이 복도에서 한 손에는 촛불을 들고, 다른 손에는 총을 들고 저를 향해 다가왔습니다.

"무슨 일이오?" 그는 아주 험상궂은 표정으로 말했습니다.

저는 속삭이는 목소리로 대답할 수밖에 없었습니다. "손에 칼을 든 여자가 내 방에 있었어요. 피부가 흰 금발 머리 여자가. 그 여자가 날 두 번이나 칼로 찔렀어요."

그는 촛불을 들고 나를 머리부터 발끝까지 찬찬히 살펴봤습니다.

"그 여자가 당신을 놓친 것 같은데. 그것도 두 번이나."

"제가 피했습니다. 그때마다 그 칼이 침대에 박혔고. 들어와서 확인해 보세요."

주인은 촛불을 가지고 내 방으로 당장 들어왔습니다. 그리고 1분도 못 돼서 복도로 다시 뛰쳐나왔습니다.

"악마가 당신과 그 칼을 든 여자와 같이 있다가 가 버렸나 보지! 내 침대 시트에 칼자국은 하나도 없었소. 대체 무슨 생각으로 내 집에 와서 꿈을 꾼 것 때문에 온 식구들을 혼비백산하게 만든 거요?"

꿈이라고? 날 칼로 찌르려고 했던 여자가 나처럼 살아 있는 사람이 아니었다고? 저는 온몸을 덜덜 떨기 시작했습니다. 생각만 해도 무서워서 죽을 것 같았습니다.

"난 이 집을 나가겠어요. 그런 무서운 걸 보고도 이 방에 다시 들어가느니 차라리 비 내리는 어두운 길가로 나가는 편이 낫겠어요. 옷을 입을 수 있게 촛불을 빌려 줘요. 그리고 방값을 알려 줘요." 내가 말했습니다.

주인은 촛불을 가지고 앞장서서 내 방으로 들어갔습니다. "방값? 아래층에 내려가면 숙박부에 요금이 적혔을 거요. 이렇게 밤중에 소리를 지르면서 난리를 칠 줄 알았다면 돈을 아무리 많이 준다고 해도 안 받는 건데. 침대를 좀 봐요. 거기에 칼자국이 어디 있어요? 창문도 보고. 저기 자물쇠가 부서지기라도 했나? 방문도 보고. 방문도 말짱하잖아. 거기다 당신이 직접 잠그는 소리도 아까 들었는데. 내 집에 칼을 든 여자가 와서 살인을 하다니! 부끄러운 줄 알아요!"

내 눈은 그가 가리키는 손을 따라 먼저 침대를 보고, 그다음에 창문에 이어서 방문을 봤습니다. 그의 말을 부정할 수 없었어요. 침대 시트는 처음에 깔렸을 때처럼 흠 하나 없이 말짱했고, 창문은 단단히 잠겨 있었거든요. 문도 마찬가지고. 저는 아무 말 없이 서둘러 옷을 입었습니다. 그리고 주인과 같이 아래층으로 내려갔죠. 바의 벽에 걸린 시계를 보니 새벽 2시 20분이더군요. 저는 돈을 내고 나왔습니다. 비는 그쳤지만 여전히 밖은 어두운 밤이었고 바람은 아까보다 훨씬 더 거세게 불었습니다. 어둠, 추위, 집으로 가려면 어느 길로 가야 할지 그런 건 전혀 중요하지 않았습니다. 그런 생각을 할 겨를이 없었습니다. 그저 침실에서 본 그 환영만 생각났습니다. 내가 본, 나를 살해하려고 했던 그것의 정체는 뭘까? 그건 그저 꿈의 산물인가? 아니면 소위 유령이라고 하는, 저승에서 온 존재일까? 그 밤에 혼자 걸어가면서 그 상황을 도저히 이해할 수 없었습니다. 한낮이 돼서 몇 번이나 길을 잃었다가 마침내 우리 집 문 앞에 섰을 때도 마찬가지로 이해할 수 없었습니다.

*

돌아온 저를 맞아 주려고 어머니 혼자 나오셨더군요. 우리 모자 사이에 비밀은 없었습니다. 저는 여러분에게 말한 것처럼 지금까지 일어난 일을 다 어머니에게 말했습니다.

어머니는 제가 이야기를 마칠 때까지 침묵을 지켰습니다. 그리고 질문을 하나 하셨죠.

"네 꿈에서 그 여자를 본 게 몇 시였니, 프랜시스?"

그 여관을 나올 때 시계를 봤는데 그때 시곗바늘이 20분을 가리키고 있었습니다. 여관 주인과 이야기를 하고 제가 옷을 입은 시간을 감안하면 처음 그 여자를 본 시각은 새벽 2시가 틀림없다고 대답했습니다. 다시 말하면 그 여자를 제 생일에 봤을 뿐만 아니라 제가 태어난 시각에 본 겁니다.

어머니는 여전히 깊은 생각에 잠겨 아무 말도 하지 않고 있다가 제 손을 잡고 거실로 데려갔습니다. 벽난로 옆에 어머니의 책상이 있었습니다. 어머니는 그걸 열고 저에게 옆에 있는 의자에 앉으라고 손짓했습니다.

"아들아! 네 기억력도 좋지 않고, 나도 기억력이 하루가 다르게 나빠지고 있다. 그 여자가 어떻게 생겼는지 다시 말해 봐라. 앞으로 몇 년이 지나도 지금처럼 우리 둘 다 생생하게 그 여자를 기억하면 좋겠구나."

저는 어머니가 무슨 기묘한 생각을 하시는지 궁금해하면서도 그 말에 따랐습니다. 제가 말하면 어머니가 그 말을 그대로 받아 적었습니다.

"옅은 회색 눈동자에 왼쪽 눈꺼풀이 살짝 처지고. 금발 머리. 흰 팔에 솜털이 나 있다. 귀부인의 손처럼 작은 손에 손톱 주위가 불그스름하다."

"옷은 어떤 옷을 입고 있었는지 잘 봤니?"

"아니요, 어머니."

"그 칼은 잘 봤어?"

"네, 접는 방식의 큰 칼이고, 사슴뿔로 만든 자루는 새것 같았어요."

어머니는 칼에 대한 묘사도 덧붙였습니다. 꿈의 여인이 나타난 것으로 짐작되는 시각과 날짜와 연도도 적었습니다. 그러고 나서 그 종이를 책상에 넣고 잠갔습니다.

"이모에게는 입도 벙긋하지 마라, 프랜시스. 그 누구에게도 말해선 안 된다. 네 꿈은 우리 둘만의 비밀로 해 두자."

몇 주가 지나고 몇 달이 지났습니다. 어머니는 두 번 다시 그 이야기를 입에 올리지 않으셨습니다. 시간이 흐르면 모든 것이 닳고 희미해지기 마련인 것처럼 그 꿈에 대한 제 기억도 희미해져 갔습니다. 그 여인의 이미지는 조금씩 흐릿해졌습니다. 그렇게 그 여자는 조금씩 내 마음에서 사라져 갔습니다.

*

그 경고에 대한 이야기를 이제 해 드리겠습니다. 다음 해 제 생일에 일어난 일을 들을 때 그것이 진짜 경고인지 아니면 가짜인지는 여러분의 판단에 맡기겠습니다.

여름이 왔을 때 마침내 운명의 수레바퀴가 저를 위해 돌아갔습니다. 저는 어느 날 우리 마을 입구의 오래된 채석장 근처에서 파이프 담배를 피우고 있었습니다. 그때 마차 사고가 일어나면서 제 운명이 바뀌었습니다. 그것은 흔한 사고로 길게 말할 가치도 없습니다. 귀부인이 마차를 몰고 가는데, 말의 고삐가 풀렸고, 같이 타고 있던 겁 많은 남자 하인은 놀라서 어찌할 바를 몰랐던 거죠. 거기다 채석장 바로 근처라 상황이 안 좋았습니다. 그걸 제가 순간적으로 본 겁니다. 저는 그 고삐 풀린 말을 채석장 가장자리에서 잡아서 멈춰 세우다가 마차의 끝채에 조금 다쳤습니다. 하지만 그건 중요하지 않았죠. 그 귀부인은 제가 생명의 은인이라고 했고, 남편과 같이 다음 날 우리 집에 찾아와서 저를 그 자리에서 고용했습니다. 그 귀부인이 마침 피부가 까무잡잡했습니다. 그래서 찬스 이모가 바로 자기 카드 점이 맞았다는 증거라고 주장했습니다. "이게 바로 스페이드의 여왕 카드가 실현된 것 아니겠어, 검은 피부의 귀부인이 나타났잖니. 내 말이 맞지! 앞으로는 카드 점을 무시하지 말아야 한다. 신의 섭리는 네가 상상도 할 수 없는 방식으로 이뤄진단 말이다. 그러니 함부로 입을 놀려선 안 돼. 네 주머니에 돈이 쏟아질 때 이 찬스 이모를 잊지 마라. 1년에 30파운드라는 푼돈으로 살아가는, 지붕 위의 참새처럼 버려진 불쌍한 이모를 말이다."

저는 다음 해 봄이 될 때까지 그렇게 새 주인님의 집(런던의 웨스트엔드)에서 계속 지냈습니다.

그즈음 주인어른의 건강이 나빠졌습니다. 의사들이 외국에 가서 휴양하라고 권해서 저는 그 집을 떠나야 했습니다. 하지만 제 운은 변하지 않았습니다. 그곳을 떠날 때 친절한 주인어른이 배려해 주셔서 1년 치 수당을 받았습니다. 제가 마님의 생명을 구해 줬기 때문입니다. 그리고 미래에 제가 원하면 다시 그 일자리로 돌아갈 수 있었어요. 그 돈으로 저는 어머니와 같이 살아갈 수 있었습니다.

주인 나리와 마님은 2월 말에 영국을 떠났습니다. 두 분을 위해 처리해야 할 일이 몇 가지 있어서 저는 2월 마지막 날까지 런던에 붙들려 있었습니다. 마침내 밤이 되어서야 매년 그렇듯이 제 생일을 어머니와 같이 보내기 위해 열차를 타고 고향으로 갈 수 있었습니다. 집에 도착했을 때는 잘 시간이었는데 유감스럽게도 어머니가 건강이 안 좋으셨습니다. 설상가상으로 평소에 먹던 약이 다 떨어져서 의사가 엄격하게 지시한 대로 새 약을 받아 와야 했는데 깜박했던 겁니다. 그 약은 의사 선생님이 만들어서 직접 파는 약이기 때문에 제가 가서 받아 오겠다고 했습니다. 어머니는 그러지 말라고 만류하시고 제게 저녁을 차려 주신 후에 먹고 자라고 하셨죠.

저는 잠깐 잠이 들었다가 다시 깼습니다. 어머니의 침실이 바로 제 옆방인데 방에서 분주하게 왔다 갔다 하는 찬스 이모의 발소리가 들렸거든요. 뭔가 잘못됐다 싶어서 가서 노크를 했습니다. 어머니의 통증이 다시 시작돼서 얼른 고통을 덜어 드려야 했습니다. 저는 옷을 입고 그 약병을 들고 마을 반대쪽 끝에 있는 의사 선생님 댁으로 달려갔습니다. 거기에 막 도착했을 때 교회 종이 울려 퍼지면서 새벽 1시 45분이라는 걸 알았습니다. 제 생일 새벽이었던 거죠. 야간용 벨을 한 번 울리자 선생님은 곧바로 침실 창가로 와서 저와 이야기를 했습니다. 선생님은 진료소 문을 여는 동안 잠깐 기다리라고 했습니다. 기다리는데 그날 밤은 3월치고는 상당히 하늘이 맑고 따뜻하더군요. 그 마차 사고가 일어났던 오래된 채석장도 진료소 근처였습니다. 맑은 하늘에 뜬 달이 낮처럼 환하게 세상을 비추고 있었습니다.

1, 2분 정도 지난 후에 선생님이 문을 열어 줬습니다. 저는 들어가면서 진료소 문을 닫다가 선생님이 옷을 아주 가볍게 입고 침실에서 나온 걸 알아차렸습니다. 선생님은 친절하게도 약이 떨어지면 바로 새로 받으러 오라는 말을 듣지 않았던 어머니의 실수를 괜찮다고 해주고 즉시 약을 조제하기 시작했습니다. 우리는 둘 다 약병에만 관심을 쏟았습니다. 선생님이 약병에 약을 채우고 저는 촛불을 들고 있었

죠. 그때 갑자기 밖에서 누군가 진료소 문을 여는 소리가 들렸습니다.

*

새벽 2시 무렵 조용한 우리 마을에서 누가 잠도 안 자고 이렇게 돌아다닐까요?

진료소 문을 연 사람은 촛불이 비치는 곳에 모습을 드러냈습니다. 놀랍게도 여자였습니다!

그녀는 카운터로 걸어와서 제 옆에 나란히 서서 얼굴에 쓴 베일을 들어 올렸습니다. 그녀가 얼굴을 드러낸 순간 교회 시계가 두 번 치는 소리가 들렸습니다. 그녀는 낯선 사람으로 나도, 의사 선생님도 모르는 사람이었습니다. 또한 제가 지금까지 본 여자 중에서 가장 아름다운 사람이었습니다.

"진료소 문 밑으로 불빛이 보여서요. 약을 사고 싶어요." 그녀가 말했습니다.

그녀는 새벽 2시에 이렇게 마을에 혼자 나와서 나를 따라 진료소로 들어와 약을 달라는 것이 아무 일도 아닌 것처럼 꽤 침착하게 말했습니다! 의사 선생님은 내가 지금 헛것을 보고 있나, 라는 표정으로 그녀를 빤히 보았습니다. "당신은 누구죠? 어떻게 이런 야심한 새벽에 혼자 돌아다닙니까?" 선생님이 물었습니다.

그녀는 선생님의 질문은 들은 척도 하지 않고 그저 차분하게 자신이 뭘 원하는지만 말했습니다.

"제가 치통이 심해서요. 아편팅크 한 병을 사고 싶어요." 의사 선생님은 그녀가 아편팅크를 달라고 하자 정신을 차렸습니다. 아편팅크는 선생님의 전문 영역이니, 이번에는 아주 현명하게 대처했습니다.

"아, 치통이 있다고요? 어디 그 치아를 보여 주겠어요?"

그녀는 고개를 흔들면서 카운터에 2실링짜리 동전을 올려놨습니다.

"굳이 수고스럽게 제 이까지 보실 건 없고요. 여기 돈이 있습니다. 괜찮으시다면 아편팅크를 한 병 주세요." 그녀가 말했습니다.

의사 선생님은 그 돈을 다시 그녀의 손에 올려놨습니다.

"전 모르는 사람에게는 아편팅크를 팔지 않아요. 당신의 몸이나 마음이 괴롭다면 그건 또 다른 문제입니다. 그렇다면 기꺼이 도와드리죠." 선생님은 그렇게 대답했습니다.

그녀는 그 돈을 자기 주머니에 넣었습니다. "선생님은 저를 도우실 수 없어요. 그럼 안녕히 계세요." 그녀는 아주 조용히 말했습니다.

그리고 문을 열고 다시 거리로 나갔죠.

그때까지 저는 한 마디도 하지 않고 그 상황을 지켜보았습니다. 촛불을 손에 든 채(제가 그러고 있는지도 몰랐어요) 그녀만 뚫어져라 보면서 뭔가에 홀린 사람처럼 그녀만 생각하고 있었습니다.

그녀의 말보다도 표정에서 어떤 식으로든 죽으려는 결연한 의지가 보였습니다. 그녀가 진료소 문을 열었을 때 무슨 일이 일어날지 모른다는 두려움 때문에 저절로 말문이 트였습니다.

"멈춰요! 잠깐만 기다려 줘요. 당신이 가기 전에 이야기를 하고 싶습니다." 내가 소리쳤습니다.

그녀는 놀라서 눈을 치켜떴고 입술엔 비웃는 미소가 떠올랐습니다.

"당신이 내게 무슨 할 말이 있을까요?" 그녀는 그렇게 말하고 잠시 입을 다물더니 혼자 웃었습니다. "뭐 못 할 것도 없죠. 전 할 일도 없고, 갈 곳도 없으니까." 그녀는 그렇게 말하고 고개를 끄덕여 보였습니다.

"당신은 이상한 사람이군요. 당신 말대로 해 줄게요. 밖에서 기다리죠." 진료소 문이 닫히고, 그녀는 나갔습니다.

그다음에 일어난 일을 고백하자니 수치스럽군요. 제가 할 수 있는 유일한 변명은 그때 저는 정말 뭔가에 홀렸다는 겁니다. 저는 어머니 생각은 하지도 않고 돌아서서 그녀를 따라가려 했습니다. 그러자 의사 선생님이 저를 잡더군요.

"약 가져가야지. 그리고 충고 하나 해 주지. 저런 여자와는 엮이지 말게. 가서 순경을 깨워. 저런 여자를 돌보는 일은 자네가 아니라 경찰이 해야지." 선생님이 말했습니다.

저는 말없이 약을 달라고 손을 내밀었습니다. 그 말에 대꾸를 했다간 선생님에게 무례한 말을 할 것 같아서였죠. 선생님도 저처럼 그 여자가 자살하려고 아편팅크를 달라고 했던 걸 알았던 겁니다. 제가 보기에 선생님은 그 문제를 아주 냉정한 시각으로 바라봤습니다. 선생님이 약을 줬을 때 고맙다는 말만 하고 나왔습니다.

그녀는 약속대로 나를 기다리고 있었습니다. 우아하게 키가 큰 그녀는 환한 달빛을 받으며 천천히 혼자 왔다 갔다 걸어 다니고 있었습니다. 달빛에 하얀 살결, 환한 금발 머리, 커다란 회색 눈동자가 눈부시게 빛났습니다. 그녀의 아름다움에 아주 잘 어울리는 조명이었습니다. 그녀가 처음에 날 향해 돌아서서 말을 했을 때 도무지 살아 있는 인간 같지 않았습니다.

"원하는 게 뭐죠?" 그녀가 말했습니다. 저도 자존심이 있고, 낯도 가리고, 이성적이기도 하지만 아무튼 그런 건 상관없고, 그 순간 저는 그녀에게 정신없이 반해 버렸습니다. 저는 그녀의 두 손을 맞잡고 마치 그녀를 오래 알아 왔던 것처럼 멋대로 말해 버렸습니다.

"당신은 자살할 작정이죠. 당신이 그러지 못하게 제가 막을 생각입니다. 제가 오늘 밤 내내 당신을 따라다니면 당신은 죽을 수 없겠죠." 내가 말했습니다.

그녀가 깔깔 웃었죠. "그 의사가 내게 아편팅크를 안 팔 거라는 걸 당신도 알았군요. 당신은 정말 내가 죽든 살든 관심이 있어요?" 그녀는 내 손을 부드럽게 잡으면서 물었습니다. 그녀는 나른하면서도 결코 잊을 수 없는 눈빛으로 내 눈을 바라봤는데 그 눈빛에 온몸이 타오르는 것처럼 느껴졌습니다. 내 목소리는 그만 힘을 잃어서 그녀의 질문에 대답할 수 없었습니다.

내가 아무 대답도 하지 않았는데도 그녀는 내 마음을 이해했습니다.

"당신이 이렇게 친절하게 말해 줘서 다시 살고 싶어졌어요. 친절은 여자와 개와 가축들에게 아주 근사한 효과를 발휘하죠. 그런 친절이 먹히지 않는 건 남자뿐이에요. 걱정하지 말아요. 난 이 세상에서 가장 행복한 사람인 것처럼 날 소중히 돌보겠다고 약속할게요! 저 때문에 이렇게 밖에 서 있지 말고 어서 집에 가세요. 어느 쪽으로 가시죠?"

나같이 한심한 놈도 없을 겁니다. 약병을 손에 들었으면서도 어머니를 까맣게 잊고 있었으니까요! "집으로 갑니다. 당신은 어디서 묵나요? 여관에서?" 내가 물었습니다.

그녀는 쓸쓸하게 웃더니 채석장을 가리켰습니다. "저기가 오늘 밤 내가 묵을 여관이에요. 걷다가 지치면 저기서 쉬어야죠."

우리 집을 향해 그녀와 같이 걸어갔습니다. 실례를 무릅쓰고 그녀에게 친구는 없냐고 물어봤습니다.

"친구가 하나 남아 있다고 생각했어요. 그렇지 않았다면 아까 거기서 당신과 만날 일도 없었겠죠. 알고 보니 내 생각이 틀렸더라고요. 몇 시간 전에 친구에게 문전박대를 당했어요. 친구 하인들은 경찰을 부르겠다고 협박했고, 당신 동네에서 내 운을 시험해 본 후에는 더이상 갈 곳도 없더라고요. 가진 거라곤 아까 그 2실링과 지금 입고 있는 이 누더기 같은 옷밖에 없어요. 어떤 여관 주인이 나 같은 여자를 받아 주겠어요? 저는 어떻게 하면 내 모습이 흉해지지 않고, 고통도 별로 없이 이 세상을 떠날 수 있을지 고민하면서 걸어 다녔어요. 이 마을엔 강도 없더군요. 그렇게 무작정 걸어 다니다 당신이 진료소의 벨을 누르는 소리를 들었어요. 아까 그 선생님이 문을 열어 줬을 때 안에 있는 약병들이 언뜻 보였어요. 그때 바로 아편팅크 생각이 나더군요. 당신은 거기서 뭘 했어요? 그 약은 누구 건가요? 당신 아내?"

"난 결혼 안 했어요."

그녀가 다시 웃었습니다. "결혼 안 했다! 내가 좀 더 괜찮은 옷을 입고 있기만 했어도 나에게도 가능성이 좀 있었을지도 모르겠군요. 당신은 어디 사나요? 여기?"

우리는 이제 집 앞에 도착했습니다. 그녀가 작별 인사를 하려고 손을 내밀었습니다. 그녀는 집도 없는 신세였지만 그날 밤 단 한 번도 내게 재워 달라는 부탁을 하지 않았습니다. 내가 어머니와 이모 모르게 우리 집에 와서 자라고 제안했죠. 우리 집 부엌이 집 뒤쪽에 있어서 아침에 식구들이 일어나기 전까지는 거기서 들키지 않고 밤을 보낼 수 있을 것 같았거든요. 저는 그녀를 데리고 부엌으로 가서 불길이 사그라지는 벽난로 옆에 의자를 놓고 거기에 그녀를 앉혔습니다. 그날 밤 일어난 일은 굳이 잘잘못을 따지자면 제 잘못이었습니다. 수치스럽지만 어쩔 수 없죠. 여러분이 제 입장이었다면 어떻게 했을지 궁금하긴 합니다. 사나이로서 명예를 걸고 그렇게 아름다운 여자가 떠돌이 개처럼 채석장을 은신처 삼아 돌아가게 놔뒀을까요? 당신이 만약 그렇게 했다면 당신을 믿고 사랑할 만큼 어리석은 그 여자를 신이 도와줬을까요?

저는 그녀를 벽난로 옆에 놔두고 어머니의 방으로 갔습니다.

*

당신이 단 한 번이라도 심적 고통을 느껴 본 적이 있다면 어머니가 제 손을 잡고 이렇게 말했을 때 제가 얼마나 죄송스러웠을지 짐작할 수 있을 겁니다. "나 때문에 쉬지도 못하고 미안하다, 프랜시스." 저는 약을 드리고 어머니의 통증이 줄어들 때까지 옆에서 기다렸습니다. 찬스 이모는 자기 방으로 돌아갔고 어머니와 나만 남았습니다. 저는 어머니의 책상이 원래 있던 곳에서 침대 옆으로 옮겨진 걸 봤습니다. 어머니는 제가 그 책상을 보는 걸 봤습니다. "오늘은 네 생일이다, 프랜시스. 나한테 뭐 할 말 없니?" 어머니가 물었습니다. 저는 제 꿈에 대해 까맣게 잊고 있어서 어머니가 물었을 때 속으로 무슨 생각을 하고 계신지 전혀 몰랐습니다. 잠시 어머니가 뭔가 의심하는 것 같아 죄책감이 들면서 두려웠습니다. 저는 어머니를 외면하면서 말했습니다.

"아뇨, 어머니. 할 말 없어요." 어머니는 제게 가까이 다가와 키스해 달라고 손짓했습니다. "신의 축복이 내리길 빈다, 사랑하는 아들. 생일 축하하고." 어머니는 제 손을 다독이고, 물기 어린 눈을 감고 서서히 평온하게 잠이 들었습니다.

저는 다시 살금살금 아래층으로 내려갔습니다. 그러면서 어머니의 선한 영향력이 저를 따라 내려오고 있다고 생각했습니다. 어쨌든 그건 사실입니다. 저는 닫힌 부엌문에 손을 대고 멈춰 서서 혼잣말을 했습니다. "내가 더 이상 그녀를 보거나 말을 하지 않고 그냥 이 집과 이 마을을 떠나면 어떻게 될까?"

이 문제를 저 혼자 결정할 수 있는 상황이었다면 그런 식으로 그 유혹에서 정말 도망쳤을까요? 그걸 누가 알겠습니까? 그때 저는 혼자 결정할 수 있는 상황이 아니었습니다. 속으로 이런 고민을 하고 있을 때 그녀가 내 발소리를 듣고 부엌문을 열어 버렸으니까요. 우리의 눈이 마주쳤습니다. 그걸로 제 고민은 끝나 버렸습니다.

그 후 두 시간 동안 우리는 아무 의심도, 방해도 받지 않은 채 단둘이만 있었습니다. 그녀가 자신의 망가진 인생의 비밀을 털어놓기에 충분한 시간이었죠. 그녀가 저를 자기 것으로 만들고 자기 마음대로 요리하기에 충분한 시간이기도 했고. 그녀를 타락시킨 불행에 대해 자세하게 말할 필요는 없을 것 같습니다. 그건 누구의 관심도 끌지 못할 정도로 아주 평범한 불행이니까요.

그녀의 이름은 얼리샤 워록이었습니다. 그녀는 귀족 가문에서 태어나 귀부인으로 자랐죠. 하지만 자신의 사회적 지위와 평판과 친구들을 다 잃었습니다. 그녀는 순결을 잃고 타락하게 됐죠. 충격적이면서도 아주 흔한 이야기입니다. 제겐 그녀의 과거가 중요하지 않았습니다. 이미 말한 것처럼, 그리고 다시 말하지만 전 그녀에게 홀렸으니까요. 거기에 뭔가 근사한 면이 있었을까요? 제가 어떤 사람이었는지 떠올려 보세요. 평생 정직하게 일만 하며 사는 여자들 속에서 살아온 제가 어디서 그런 여자를 만날 수 있었겠어요? 그 여자들이 얼리샤처럼 걸을 수 있을까요? 그녀처럼 아름다울까요? 그들이 내게 키스할 때 그 여운이 그녀처럼 그렇게 오래 남을까요? 그들이 그녀처럼 피부가 곱고, 매력적으로 웃고, 손과 발이 아름답고, 손길이 부드러울까요? 그녀는 평생 손에 흙이라곤 만져 본 적도 없었습니다. 그녀의 살은 향수처럼 향기로웠죠. 그녀가 날 안았을 때 그 두 팔은 천사의 날개처럼 날 감쌌습니다. 그녀의 미소는 천국의 햇살처럼 절 보드랍게 비춰 줬죠. 여러분이 절 비웃든 멍청한 제가 불쌍해서 울든 상관없습니다. 전 지금 변명을 하려는 게 아니라 설명을 하려는 거니까요. 여러분은 귀족이십니다. 저를 눈부시게 만들고 저의 넋을 빼앗는 모든 것들을 여러분은 일상적으로 경험하잖아요. 타락한 여자건 아니건, 천사건 악마건 그녀는 제게 귀부인이었습니다. 저는 일개 마부고.

집안사람들이 일어나기 전에 그녀를 데리고 나가서 우리 지방에 있는 커다란 공장 지대 마을로 (기차를 타고) 갔습니다.

거기서 제가 모은 돈으로 그녀에게 근사한 옷을 사 주고 돈만 주면 아무것도 묻지 않는 집에서 셋방을 얻었습니다. 저는 이런저런 핑계를 대며 그녀를 찾아갈 수 있었습니다. 거기서 함께 우리의 미래를 계획할 수 있었습니다. 제가 그녀와 결혼하겠다고 맹세한 건 말할 필요가 없을 것 같군요. 나 같은 신분의 남자는 항상 그런 부류의 여자랑 결혼하는 법이죠.

제가 그때 행복했는지 궁금하십니까? 단 하나만 빼면 완벽하게 행복했을 겁니다. 그건 바로 이것이었습니다. 미래를 약속한 그녀와 같이 있을 때면 어쩐지 항상 마음이 어딘가 불편했습니다.

그녀와 있을 때 제가 낯을 가리거나 그녀를 의심하거나 그녀를 수치스럽게 생각했다는 말이 아닙니다. 제가 말하는 불편함이란 제 마음속에 생긴 희미한 의심 때문이었습니다. 우리가 새벽에 진료소에서 만나기 전에 그녀를 어딘가에서 본 적이 있지 않나, 하는 의심 말입니다. 계속 그녀의 얼굴을 보면 누군가가 떠오를 듯 말 듯 했습니다. 그게 누군지는 결코 기억이 안 나고. 그 묘한 느낌, 결코 풀리지 않는 의문 때문에 환장할 지경이었습니다. 기이하게도 밤에 촛불을 켜 놓고 그녀와 있을 때 종종 그 의문이 떠오르곤 했습니다. 여러분도 잊어버린 사람을 기억해 내려 애쓰지만 도저히 그럴 수 없을 때가 있을 겁니다. 제가 그랬습니다. 여러분이 그 이름을 기억해 낼 수 없는 것처럼 저 역시 그 얼굴을 대체 어디서 봤는지 기억이 나질 않았습니다.

우리는 3주 동안 우리 사이에 대해 의논하고 집에 이 일을 어떻게 털어놓을지 결정했습니다. 얼리샤의 충고에 따라 런던에서 그 친절한 주인 부부 밑에서 같이 일한 동료였다고 말하기로 했습니다. 어머니가 그 소식을 듣고 놀라고 충격을 받아 건강에 해가 될 일은 없었습니다. 3주 동안 어머니의 건강이 많이 좋아지셨거든요. 3주 만에 처음으로 티타임 때 평소 앉던 자리에 앉으실 수 있게 되셔서 용기를 내 결혼할 여자가 생겼다고 말했습니다. 불쌍한 어머니는 기뻐서 제 목을 와락 껴안고 울음을 터트렸습니다. "아, 프랜시스! 내가 죽고 없을 때도 너를 보살펴 줄 사람이 생기다니 너무 기쁘구나!" 찬스 이모가 그 소식을 듣고 어떻게 반응했을지는 제가 말 안 해도 아시겠죠. 아, 정말 못 살아! 카드 점에 정말 미래를 예언하는 효력이 있었다면, 그날 밤 얼마나 끔찍한 경고가 나왔을까요?

그래서 다음 날 약혼녀를 우리 집으로 데려와 저녁을 먹기로 했습니다.

*

미리 약속한 시간에 우리 집의 작은 거실로 그녀를 데려왔을 때 얼리샤가 무척 자랑스러웠습니다. 제 눈에는 그날처럼 그녀가 아름다웠던 적은 없었던 것 같습니다. 전 단 한 번도 다른 여자가 입은 드레스는 눈여겨본 적이 없었는데 그날은 마치 여자처럼 그녀의 드레스를 주의 깊게 살펴보게 되더라고요! 그녀는 단순한 모양의 칼라와 커프스가 달린 검은 실크 드레스를 입고, 옆에 백장미 한 송이를 꽂은 라벤더 색의 수수한 보닛을 쓰고 왔습니다. 가장 좋은 나들이옷을 차려입은 어머니는 일어나서 곧 며느리가 될 여자를 맞느라 허둥지둥했습니다. 어머니는 반쯤은 웃고 반쯤은 눈물을 글썽거리며 얼리샤를 향해 걸어가서 그녀의 얼굴을 정면으로 보고 그 자리에서 우뚝 멈춰 섰습니다. 순식간에 어머니의 뺨에 핏기가 사라지고, 눈에 두려움이 어리고, 두 손은 힘없이 축 처졌습니다. 어머니는 비틀거리면서 뒤로 물러나다가 뒤에 서 있던 이모의 품으로 쓰러졌습니다. 기절하신 건 아닙니다. 의식은 또렷하셨죠. 어머니의 시선이 얼리샤에게서 내게로 천천히 향했습니다. "프랜시스, 저 여자 얼굴을 보면 뭐 떠오르는 거 없니?" 어머니가 말했습니다.

제가 대답하기도 전에 어머니는 벽난로 옆에 있는 책상을 가리켰습니다. "저걸 가져와! 가져오라고!" 어머니는 소리를 질렀습니다.

바로 그 순간 얼리샤의 손이 내 어깨에 닿는 게 느껴졌습니다. 돌아보니 화가 난 그녀의 얼굴이 벌게졌더군요. 당연한 일이죠!

"저 말이 무슨 뜻이에요? 지금 당신 어머니가 날 모욕하는 건가요?" 얼리샤가 물었습니다.

그녀를 진정시키기 위해 몇 마디 했는데 뭐라고 했는지는 기억이 나지 않습니다. 전 그때 너무나 혼란스럽고 놀랐거든요. 어머니의 분부대로 하기 전에 어머니가 내 뒤에 와서 서는 소리가 들렸습니다.

이모가 그 책상을 이쪽으로 끌고 와서 어머니가 그걸 열고 거기서 종이를 한 장 꺼냈습니다. 어머니는 그걸 가지고 벽에 의지해 한 발짝 한 발짝 우리에게 다가왔습니다. 어머니는 그 종이를 보고 얼리샤의 얼굴을 보고 그녀가 입고 있는 드레스의 긴 소맷자락을 들어서 그녀의 손과 팔을 살펴봤습니다. 얼리샤의 눈에 갑자기 두려움이 떠오르는 게 보였습니다. 그러더니 제 어머니의 손을 뿌리쳤습니다. "미쳤군!" 그녀는 혼잣말을 했습니다. 그리고 "프랜시스는 내게 그런 말을 한 적이 없어요!"라는 말을 하고는 방에서 뛰쳐나갔습니다.

내가 허겁지겁 쫓아가려고 했을 때 어머니가 멈추라는 신호를 보냈습니다. 그리고 종이에 쓴 글을 읽었습니다. 어머니는 한 단어 한 단어씩 천천히 읽으며 열린 문을 손으로 가리켰습니다.

"옅은 회색 눈동자에 왼쪽 눈꺼풀이 처지고. 금발 머리. 살결이 하얀 팔에 솜털이 나 있다. 귀부인의 손처럼 작은 손에 손톱 주위가 불그스름하다. 그 꿈에 나온 여자다, 프랜시스! 너의 꿈에 나온 여자라고!"

어머니가 그 말을 하는 사이에 우리 거실 유리창이 갑자기 뭔가에 가려져 어두워졌습니다. 나는 곁눈질로 그걸 봤습니다. 얼리샤 워록이 돌아온 겁니다! 그녀는 블라인드를 내린 창문으로 우리를 들여다보았습니다. 창가에 바로 그 외딴 여관 침실에서 나를 봤던 그 치명적인 얼굴이 있었던 겁니다! 저기 블라인드 위에 대고 있는 그 사랑스럽고 작은 손은 바로 나를 찔러 죽이려고 칼을 쥐었던 손이었습니다. 저는 그녀를 마을에서 만나기 전에 본 적이 있었습니다. 제 꿈에 나온 여자! 바로 그 여자였습니다!

*

그다음에 제가 한 일에 대해선 아무도 잘했다고 하지 않을 걸 압니다.

어머니가 얼리샤를 제 꿈에 나온 여자라고 알아본 날로부터 3주가 지난 후에 저는 얼리샤 워록을 교회에 데려가 결혼식을 올렸습니다. 저는 뭔가에 홀린 남자였습니다. 다시 말하지만 완전히 홀린 거죠!

제가 결혼식을 올리기까지 3주 동안 우리 집에선 분란이 일어났습니다. 제 어머니와 이모가 말다툼을 했습니다. 그 꿈을 믿는 어머니는 제게 파혼하라고 애원했습니다. 카드 점을 믿는 이모는 결혼을 재촉했고요.

그렇게 의견이 극명하게 갈린 두 사람은 언쟁을 벌였고 결국 찬스 이모는 자신이 미신을 믿고 있다는 생각은 꿈에도 하지 못한 채 다시 카드 점을 쳐서 제가 결혼하면 행복하게 잘 살 것이라고 말했습니다. 그리고 어머니에게 "이 카드 점을 보고도 그런 꿈을 믿는다니 언니야말로 눈먼 이교도와 다를 바 없이 어리석다"고 퍼부어 댔습니다. 물론 어머니는 그 말을 듣고 더 이상 참지 못하셨죠. 그렇게 두 분은 서로에게 거친 말을 퍼부었고, 찬스 이모는 화가 나서 스코틀랜드에 있는 친구들과 살겠다고 돌아가 버렸습니다. 이모는 카드 점에서 나온 내 미래에 대한 점괘를 적어 놓고, 우편물을 받을 수 있는 주소도 같이 남겨 놓고 갔습니다. "내 조카 프랜시스가 1년에 30파운드로 살아가는 불쌍한 과부인 내게 얼마나 큰 빚을 졌는지 깨닫는 날이 금방 올 것이다."

제 결혼을 허락하지 않은 어머니는 결혼식에도 오지 않았고, 그 후에도 얼리샤를 보러 오지 않았습니다. 화가 나서 그런 건 아니었습니다. 그저 제 꿈을 믿고 아내가 살인을 저지를까 봐 두려워서 그런 거죠. 전 그 점을 이해하고 섭섭하게 생각하지 않았습니다. 우리 모자 사이에 나쁜 말은 오가지 않았습니다. 제게 유일하게 행복한 기억은 이제 이거 하나입니다. 제가 어머니의 뜻을 어기고 결혼하긴 했지만 제 선량한 어머니가 돌아가실 때까지 사랑하고 존경했다는 겁니다.

제 아내는 시어머니와 사이가 소원해진 것은 안타까워하지 않았습니다. 우리는 그 문제에 대해선 더 이상 이야기하지 않기로 합의를 봤습니다. 우리는 아까 말한 그 공장 마을에서 자리를 잡고 하숙집을 차렸습니다. 친절한 옛 주인에게 부탁을 드리자 연금 대신 넉넉하게 돈을 융통해 주셨습니다. 그래서 괜찮은 가구를 갖춘 꽤 좋은 집을 구할 수 있었습니다. 한동안은 별일 없이 잘 살았습니다. 그때는 저도 행복했다고 할 수 있겠네요.

제 불행은 어머니가 앓으시던 질환이 재발하면서 시작됐습니다. 의사 선생님에게 물었더니 이번에는 어머니의 상태가 위험하다고 솔직히 말해 주더군요. 그 말을 들은 후에 자연스럽게 본가에서 시간을 많이 보내게 됐습니다. 하숙집 일도 아내에게 맡기게 됐죠. 그러다 저에 대한 그녀의 태도가 조금씩 달라지는 걸 알아차렸습니다. 제가 집을 비운 사이에 그녀는 인성이 의심스럽고 방탕한 사람들과 알고 지내게 됐습니다. 어느 날 아내의 태도를 보고 그동안 그녀가 술을 마셨다는 의심을 굳히게 된 일이 있었습니다. 그 주가 다 끝나기 전에 제 의심은 확신으로 변했습니다. 술고래들과 어울리다 보니 그녀도 술고래가 된 겁니다.

저는 그녀를 갱생시키기 위해 할 수 있는 일은 다 했습니다. 소용없었어요! 사실 그녀는 저에 대한 애정이 없었던 겁니다. 그래서 그녀에게 아무 영향도 미칠 수 없었고, 아무것도 할 수 없었습니다. 이 참담한 이야기를 들은 어머니가 당신이 할 수 있는 일은 해 보자고 결심했습니다. 병중인데도 어느 날 어머니가 외출하려고 옷을 입고 있더군요.

"난 이제 갈 날이 얼마 안 남았다, 프랜시스. 죽을 때까지 널 행복하게 살 수 있도록 최선을 다하지 않는다면 내가 마음 편히 눈을 감을 수 없잖니. 그 아이에 대한 두려움과 다른 감정들은 일단 제쳐 두고 너와 같이 가서 그 아이를 되돌릴 수 있는 일은 다 해 보마. 나랑 같이 너의 집에 가자, 프랜시스. 너무 늦기 전에 내 아들을 도울 수 있는 일은 다 하게 해 다오."

그런 어머니의 뜻을 어떻게 거역할 수 있겠습니까? 우리는 기차를 타고 갔습니다. 30분밖에 안 걸리는 가까운 곳입니다. 우리는 오후 1시에 제 집에 도착했습니다. 그때는 식사 시간이라 얼리샤는 부엌에 있었습니다. 저는 어머니를 조용히 거실로 모시고, 그다음에 아내에게 어머니를 맞을 준비를 시키려고 했습니다. 그녀는 술을 마시긴 했지만 아직 이른 시간이라 조금밖에 안 마셨고, 운 좋게 그날따라 성질도 부리지 않았습니다.

얼리샤는 나를 따라 거실로 들어왔고, 둘의 만남은 감히 예상했던 것보다 훨씬 좋게 흘러갔습니다. 다만 한 가지 문제가 있었습니다. 어머니가 아무리 안 그러려고 애를 써도 얼리샤의 얼굴만 보면 움츠러들었습니다. 얼리샤가 식사 준비를 한다고 일어섰을 때 저는 비로소 안도했습니다.

얼리샤는 식탁에 식탁보를 깔고, 빵이 든 쟁반을 가져와서 큰 덩어리에서 몇 조각을 잘랐습니다. 그다음에 부엌으로 돌아갔습니다. 바로 그 순간, 제가 계속 걱정스럽게 어머니를 지켜보고 있었는데 어머니의 얼굴이 얼리샤와 처음 만났을 때처럼 순식간에 핏기가 가셨습니다. 제가 미처 입을 떼기도 전에 어머니가 두려워하는 표정으로 일어났습니다.

"날 다시 데려다 다오! 집으로 데려다줘, 프랜시스! 어서 여기서 나가서 다시는 돌아오지 말자!"

저는 왜 그러냐고 묻기도 두려웠습니다. 그저 어머니에게 조용히 하시라고 손짓을 한 후에 재빨리 어머니를 부축해서 문으로 갔습니다. 테이블에 있는 빵 쟁반을 지나쳤을 때 어머니가 멈춰 서서 그걸 가리켰습니다.

"네 아내가 너에게 줄 빵을 뭐로 잘랐는지 봤니?" 어머니가 물었습니다.

"아뇨, 어머니. 안 봤는데. 그게 뭐였는데요?"

"네 눈으로 봐라!"

저는 그렇게 했습니다. 빵 쟁반에 있는 빵 옆에 사슴뿔 손잡이가 달린 접는 식칼이 있었습니다. 제가 손을 뻗어서 얼른 그 칼을 가져 가려는 순간 부엌에서 요란한 소리가 나자 어머니가 제 팔을 움켜잡 았습니다.

"꿈에 나온 그 칼이다! 프랜시스, 난 너무 무서워 기절할 것 같다. 저 여자가 나오기 전에 얼른 날 밖으로 데려가 다오!"

저는 어머니를 달래거나 그 말에 대꾸하기 위해 입을 뗄 수조차 없 었습니다. 저는 미신을 믿지 않지만 그 칼을 발견하자 저도 휘청거릴 수밖에 없었습니다. 저는 묵묵히 어머니를 집으로 모시고 갔습니다.

그리고 이만 가야겠다고 했습니다. 어머니는 저를 막으려 했습니 다. "돌아가지 마라, 프랜시스! 돌아가지 마!"

"그 칼을 반드시 손에 넣어야 해요, 어머니. 전 다음번 기차로 돌아 가야 합니다."

저는 그 결심을 지켰습니다. 다음번 기차로 돌아갔죠.

*

아내는 물론 우리가 말도 없이 몰래 나간 사실을 알아챘습니다. 그 리고 술을 마시고 있었죠. 그녀는 화가 머리끝까지 나 있었습니다. 부엌에 있던 음식은 개수대에 던져 버렸고, 식탁보도 던져 버렸더군 요. 칼은 어디 있을까?

저는 바보같이 칼이 어디 있느냐고 물었습니다. 아내는 내놓으려 하지 않았습니다. 그 후로 아내와 다투다가 그 칼에 끔찍한 사연이 있음을 알게 됐습니다. 그 칼은 몇 년 전에 살인 사건의 흉기로 쓰였지만 범인이 아주 감쪽같이 감춰서 재판에서 증거로 사용할 수 없었다는 겁니다. 아내가 질이 안 좋은 친구들의 도움을 받아 그 살인 사건의 증거물이자 유물을 산 겁니다. 기본적으로 성격이 비뚤어지고 못된 아내는 무의식중에 그 칼을 애지중지하고 있었습니다. 좋게 말해서는 그걸 찾을 가능성이 없다는 걸 알고 나중에 몰래 그걸 찾아보기로 결심했습니다. 하지만 소용없었습니다. 밤이 됐을 때 집을 나와 거리를 무작정 걸어 다녔습니다. 아내와 한 방에서 자는 게 두려웠다고 하면 제가 그때 얼마나 힘들었을지 이해할 겁니다.

그렇게 3주가 지났습니다. 아내는 여전히 그 칼을 내놓으려 하지 않았고, 저는 아내와 한 방에서 자기가 두려웠습니다. 그래서 밤이면 거리를 헤매거나, 거실에서 졸거나, 어머니의 침대 옆에 앉아 어머니를 지켜보며 보냈습니다. 다음 달의 첫 주가 끝나 갈 무렵 제 인생에서 가장 큰 불행이 닥쳤습니다. 어머니가 돌아가셨습니다.

그때는 제 생일이 얼마 남지 않았을 때였습니다. 어머니는 그날까지 살길 바라셨습니다. 저는 어머니의 임종을 지켰는데 제게 마지막 말씀을 남겼습니다.

"돌아가지 마라, 아들아. 돌아가지 마."

저는 아내를 감시하기 위해서라도 돌아가야 했습니다. 어머니가 위독해지셨을 때 앙심을 품은 아내는 장례식에 참석할 권리를 행사하겠다고 주장해서 저를 더 괴롭혔습니다. 제가 무슨 짓을 하고 무슨 말을 해도 아내는 뜻을 굽히지 않았습니다. 장례식 날 술을 마시고는 부끄러운 줄도 모르고 잔뜩 흥분해서 어머니의 무덤까지 가는 행렬에 참석하겠다고 했습니다.

그렇지 않아도 아내 때문에 그동안 너무나 괴로웠는데 이런 모욕까지 당하자 더 이상 참을 수 없었습니다. 저는 순간 홱 돌아 버렸습니다. 부디 정신 나간 남자가 한 행동이라고 이해해 주세요. 저는 그녀의 뺨을 때렸습니다.

때린 그 순간 바로 후회했습니다. 아내는 아무 말 없이 방구석에 쭈그리고 앉아 제게서 눈을 떼지 않았습니다. 그 표정을 보자 펄펄 끓던 피가 순식간에 서늘해져 버렸습니다. 이제 속죄를 해야겠다는 생각을 할 시간조차 없었습니다. 그저 최악의 사태가 일어날 위험을 무릅쓰고 장례식이 끝날 때까지 그녀가 오지 못하게 막는 수밖에 없었습니다. 저는 그녀를 침실에 가뒀습니다.

어머니의 장례를 치르고 돌아왔을 때 그녀는 침대 옆에 앉아 있었는데 표정과 태도가 확연하게 달라졌고, 무릎에 꾸러미 하나가 있었습니다. 그녀는 침착하게 나를 보면서 기이하게 차분한 목소리로 말했습니다. 정말 소름끼치게 부자연스러운 침착한 표정과 태도였습니다.

"내게 손찌검을 한 남자는 당신이 처음이야. 내 남편인 당신에게도 더 이상의 기회는 없을 거야. 문 열어서 날 보내 줘." 아내가 말했습니다.

그녀는 내 옆을 지나서 방을 나갔습니다. 저는 그녀가 거리를 걸어가는 모습을 지켜봤습니다.

그녀는 영원히 떠난 것일까요?

저는 그날 그녀가 돌아올지 밤새 지켜보면서 기다렸습니다. 우리 집 근처에서 발자국 소리는 들리지 않았습니다. 다음 날 밤 너무 지쳐서 졸음을 참지 못한 저는 방문을 잠그고, 옷을 입은 채 침대에 누워 있었습니다. 방문 열쇠는 테이블 위에 있었고, 촛불이 타고 있었죠. 아무도 제 잠을 방해하지 않았습니다. 세 번, 네 번, 다섯 번, 여섯 번의 밤이 흘러갔는데 아무 일도 일어나지 않았습니다. 일곱 번째 밤에 저는 여전히 뭔가 일어날 거라고 의심하고, 옷을 입은 채, 방문을 잠그고, 테이블 위에 방문 열쇠를 놔둔 채 촛불을 켜 놓고 있었습니다.

하지만 깊이 잠들 수 없었습니다. 불편한 곳도 없는데 두 번이나 잠이 깼습니다. 세 번째 깼을 때는 그 외딴 여관에서 보낸 밤에 느낀 그 끔찍한 몸의 떨림과 가슴이 밑으로 한없이 꺼지는 것 같은 느낌이 다시 나타나서 곧바로 잠에서 깼습니다.

순간적으로 침대 왼쪽을 봤습니다. 거기에 서서 날 보는 사람은 다시 꿈에 나온 여자인가요? 아닙니다! 제 아내였습니다. 꿈에 나온 여자의 얼굴을 한 살아 있는 여자, 하지만 꿈에 나온 여자처럼 팔을 치켜들고 그 섬세한 하얀 손에 칼을 잡고 있었습니다.

저는 그녀를 향해 달려들었지만 그녀가 칼을 숨기는 걸 막을 정도로 빠르진 못했습니다. 나는 한마디 말도 하지 않았고, 그녀도 비명조차 지르지 않았습니다. 나는 그녀를 의자에 억지로 앉히고 두 팔을 꽉 잡았습니다. 그리고 한 손으로 그녀의 소매 속을 더듬었는데 거기, 그 꿈에 나온 여자가 칼을 숨긴 바로 그곳에 아내도 칼을 숨겨 놨습니다. 새것처럼 보이는 사슴뿔 자루가 달린 그 칼.

그걸 발견했을 때 제 기분이 어땠는지는 그때도 모르고 지금도 제대로 표현할 수 없습니다. 나는 칼을 손에 잡은 채 그녀를 한번 봤습니다.

"당신 나를 죽일 작정이었어?" 내가 물었습니다.

"그래. 당신을 죽이려고 했어." 그녀가 대답했습니다. 그리고 팔짱을 끼더니 냉랭한 눈빛으로 나를 바라봤습니다. "그 칼로 당신을 다시 죽일 거야."

그때 뭐에 씌었는지 모르겠지만─맹세코 전 겁쟁이가 아닙니다─그런데도 겁쟁이처럼 행동했습니다. 전 너무나 두려웠습니다. 그래서 그녀의 얼굴을 볼 수도 없었고, 말도 할 수 없었습니다. 저는 그녀를 거기에 내버려 두고 (손에 그 칼을 든 채) 어두운 밤거리로 나갔습니다.

집 밖에는 음산한 바람이 불었고, 공기 중에 비 냄새가 났습니다. 마을에 있는 마지막 집을 지나치는 순간 교회 종소리가 15분이 지났다는 걸 알렸습니다. 저는 처음 만난 경찰에게 지금 몇 시냐고 물었습니다.

그는 시계를 보더니 대답해 주더군요. "2시네요." 새벽 2시. 그리고 몇 월 며칠이었더라? 저는 어머니의 장례식에서부터 거꾸로 날짜를 계산해 봤습니다. 그 꿈과 현실의 끔찍한 일치가 이뤄졌습니다. 그날은 제 생일이었습니다!

그 꿈에서 예견한 치명적인 위험에서 제가 도망친 걸까요? 아니면 그냥 두 번째 경고를 받은 걸까요?

그런 의문이 마음을 스치는 사이에 마을을 빠져나오다 멈춰 섰습니다. 상쾌한 밤공기에 다시 힘이 나면서 정신이 좀 돌아왔습니다. 조금 생각한 후에 나는 아내가 멋대로 가고 싶은 곳으로 가서 하고 싶은 일을 할 수 있도록 놔두고 온 것이 실수였다는 점을 깨달았습니다.

저는 바로 돌아서서 집으로 갔습니다.

집은 여전히 어두웠습니다. 침실에 촛불을 켜 두고 나왔는데. 침실 창문을 올려다봤더니 불빛은 보이지 않았습니다. 저는 현관문으로 다가갔습니다. 가면서 문을 닫고 나온 기억이 나더군요. 그런데 가 보니 문이 열려 있었습니다.

저는 동이 틀 때까지 밖에서 기다리면서 내내 집에서 눈을 떼지 않았습니다. 그다음에 위험을 무릅쓰고 집 안으로 들어가서 소리를 들어봤지만 아무 소리도 들리지 않아서 부엌, 거실을 다 살펴봤습니다. 하지만 아무도 없었습니다. 마침내 침실로 올라갔습니다. 그곳은 텅 비어 있었습니다.

바닥에 자물쇠 여는 도구가 있는 걸 보고 그녀가 어떻게 간밤에 들어왔는지 알게 됐습니다. 그리고 그것이 꿈에 나온 여자의 유일한 흔적이었습니다.

*

저는 마을 사람들이 일어날 때까지 집에서 기다렸다가 변호사를 찾아가 상담했습니다. 당시 제 머릿속은 혼란스럽기 그지없었지만 한 가지는 확실하게 해 둘 생각이었습니다. 저는 집을 팔고 그 동네를 떠날 결심을 했죠. 그런데 미처 예상하지 못한 문제들이 있었습니다. 그곳을 떠나기 전에 빚쟁이들에게 빚을 갚아야 한다는 말을 들었습니다. 그동안 아내에게 매주 생활비를 주고 각종 비용을 처리하게 했는데! 조사해 보니 내가 믿고 맡긴 돈을 동전 한 푼 남기지 않고 다 마음대로 써 버린 겁니다. 그 빚을 어쩔 수 없이 제가 다 갚아야 했습니다.

이렇게 난감한 상황에서 저는 변호사의 도움을 받아 상황을 바로

294

잡아야 했습니다. 어쩔 수 없이 그곳에 머무르면서 저는 어리석은 짓을 두 가지 했습니다. 그 결과 아내에 대한 소식을 마지막으로 듣게 됐습니다.

우선 그 칼을 손에 넣은 저는 그걸 주머니에 넣어 두는 경솔한 짓을 하고 말았습니다. 두 번째로 변호사에게 해야 할 중요한 이야기가 있어서 해가 지고 난 깜깜한 밤에 혼자 그의 집으로 걸어서 찾아갔습니다. 그곳에는 안전하게 도착했습니다. 하지만 돌아오는 길에 두 남자에게 잡혀서 외딴 골목으로 끌려가 강도를 당했습니다. 그때 수중에 있던 얼마 안 되는 돈뿐만 아니라 그 칼까지 빼앗겼습니다. 변호사 생각엔 (제 생각도 그랬는데) 그 강도들이 제 아내와 어울리는 질이 안 좋은 인간들로 제 아내가 선동해서 저를 공격한 것 같다고 했습니다. 다음 날 받은 편지로 그 의견이 사실이라는 점이 확인됐습니다. 날짜도, 주소도 적지 않은 그 편지는 얼리샤가 쓴 것이었습니다. 편지 첫 줄에 그 칼이 다시 자기 수중에 들어왔다고 적혀 있었습니다. 두 번째 줄에는 내가 그녀를 때린 날이 언제인지 다시 일깨워 주는 내용이 적혀 있었습니다. 세 번째 줄에는 그때 맞은 걸 내 피로 갚아 줄 것이라면서 이렇게 말했습니다. "그 칼로 그렇게 할 거야!"

그 일이 일어난 게 1년 전입니다. 절 털었던 남자들은 경찰에 잡혔습니다. 하지만 지금까지도 아내의 흔적은 발견되지 않았습니다.

이게 제 이야기입니다. 저는 빚쟁이들에게 빚을 다 갚고 변호사에게 수임료도 지불하느라 집을 팔고 나자 겨우 5파운드를 손에 쥐게 됐습니다. 처음부터 다시 시작해야 했죠. 그 후로 몇 달 동안 이곳저곳 떠돌다가 여기 언더브리지로 흘러 들어오게 됐습니다. 이 여관 주인은 과거에 우리 아버지의 가족과 알고 지낸 사이였습니다. 그는 내게 음식을 주고 마당의 마구간에서 지내게 해 줬습니다. 장날이 아니면 여기는 할 일도 없습니다. 올겨울에 이 여관은 닫는다고 하니 전 다시 떠나야 합니다. 제가 부탁하면 옛날 주인님이 도와주시겠지만 그러고 싶지 않습니다. 이미 분에 넘치게 잘해 주셨으니까요. 게다가 1년 뒤에 이 모든 고난이 끝날지 누가 알겠습니까? 겨울이 되면 제 생일도 가까워지고, 다음번 생일이 제가 죽는 날이 될 겁니다! 간밤에 제가 밤을 꼴딱 새운 건 사실입니다. 그러다 새벽 2시를 알리는 종소리를 들었지만 아무 일도 일어나지 않았습니다. 그렇다 해도 미래의 제 생일에 무슨 일이 일어날지는 아무도 모릅니다. 제 아내는 그 칼을 가지고 저를 찾아다니고 있습니다. 제가 미신을 믿지 않는다는 점은 꼭 알아주십시오! 그렇다고 꿈을 믿는 것도 아닙니다. 그저 얼리샤 워록이 절 찾고 있다는 말을 하는 겁니다. 제가 틀릴 수도 있습니다. 맞을 수도 있고요. 그걸 누가 알 수 있겠습니까?

세 번째 이야기

퍼시 페어뱅크에 의해 계속되는 이야기

우리는 프랜시스 레이븐에게 다시 연락하겠다고 말하고 팔레이 홀의 문 앞에서 헤어졌다.

그날 밤 아내와 나는 편안한 침실에서 의논했다. 우리 이야기의 주제는 「말구종의 이야기」로 그에게 어느 정도 자선을 베풀어야 하는지를 놓고 논쟁을 벌였다.

그의 이야기를 듣고 난 후에 나는 냉정하게 상황을 판단했다. 내가 보기에 그는 자신의 기괴한 꿈과 악독한 아내 사이에 있는 모호한 연관성에 대해 지나치게 골똘히 생각하다 살짝 망상에 빠진 것 같았다. 나는 그에게 돈을 조금 주고 그가 정말 위험한 상황에 처해서 조언을 받고 싶다면 내 변호사에게 추천해 줄 마음은 있었다. 고통받는 그 남자에 대한 내 의무는 그 정도면 될 것이라고 생각했다.

합리적인 내 의견을 들은 아내는 늘 그렇듯이 정열적인 기질에 불타올라 극단으로 치달았다. "프랜시스 레이븐의 다음번 생일에 무슨 일이 일어날지 보지 않는 건 아주 흥미진진한 책을 읽다가 마지막 장을 안 읽고 내려놓는 거나 마찬가지예요. 프랑스로 돌아갈 때 그를 마부로 고용해서 데려갈 작정이에요, 여보. 우리 같은 부자가 마부 하나 더 둔다고 뭐가 달라지겠어요?" 이런 식으로 기쁠 때나 슬플 때나 항상 내 옆에 있는 동반자인 그녀의 이야기는 끝나질 않았고, 상식에 호소하는 내 말은 귓등으로도 듣지 않았다. 유부남 동지들에게 우리의 논쟁이 어떻게 끝났는지 알려 줄 필요가 있을까? 대화를 하다가 아내 때문에 짜증이 난 내가 신랄하게 쏘아붙였다. 그러자 그녀는 화가 나서 나와 같이 쓰는 베개에서 고개를 홱 돌리고 울음을 터트렸다. 그래서 나는 허겁지겁 변명을 늘어놓았고, 아내는 자기 뜻대로 일을 추진할 수 있었다.

그 주가 끝나기 전에 우리는 말을 타고 언더브리지로 가서 프랜시스 레이븐에게 우리 저택에 와서 필요도 없는 마부 일을 해 달라고 요청했다.

처음에 그 불쌍한 남자는 자신에게 끝내주는 행운이 찾아왔다는 사실을 알아차리지 못한 것처럼 보였다. 그러다 정신을 차린 그는 겸손하게 그리고 상황에 알맞게 제대로 고마운 마음을 표현했다. 늘 그렇듯이 내 아내는 그를 동정하는 말을 쏟아 냈다. 아내는 삶에 찌들어 머리가 희끗희끗해진 말구종에게 마치 아이에게 하는 말투로 프랑스에 있는 우리 저택에 대해 설명했다. "아주 매력적인 고택이야, 프랜시스. 거기 정원들은 또 얼마나 아름답다고. 우리 집에 있는 마구간도 여기 있는 것보다 열 배는 더 커. 네가 고를 수 있는 방도 여러 개 있고. 우리 저택 이름도 알아야지. 메종 루즈라고 해. 우리가 사는 마을에서 가장 가까운 마을은 메츠고. 우리 저택에서 걸어서 갈 수 있는 거리에 아름다운 모젤강이 있어. 가끔 분위기를 바꿔 보고 싶을 때 기차를 타고 국경으로 가면 바로 독일이 나와."

어리둥절한 표정으로 이야기를 듣고 있던 프랜시스가 갑자기 놀라더니 아내가 문장을 끝맺자 얼굴색이 변했다.

"독일요?" 그가 다시 물었다.

"그래. 독일 하니까 뭐 떠오르는 게 있어?"

그는 슬픈 표정으로 땅바닥을 내려다봤다.

"제 아내가 떠오릅니다." 그가 대답했다.

"정말? 왜?"

"아내가 독일에 살았던 적이 있다고 말했거든요. 제가 그녀와 만나기 아주 오래전에 그랬답니다. 어린 소녀였을 때."

"그때 친척이나 친구들하고 살았대?"

"외국인 가정에서 가정교사로 살았답니다."

"독일 어디?"

"기억이 안 납니다, 마님. 아내가 제게 말해 준 것 같지도 않고요."

"부인이 그 가족의 이름은 말해 줬어?"

"네, 마님. 그게 외국 이름이라 오래전에 잊어버렸습니다. 그 집안의 가장은 대규모로 포도주용 포도를 재배하는 사람이었다고 들었습니다. 그건 기억납니다."

"어떤 종류의 와인인지 들었어? 우리 동네에 그런 재배업자들이 몇 명 있거든. 그거 모젤 와인이었을까?"

"잘 모르겠습니다. 그런 이름은 들어 본 적도 없는 것 같아요."

그리고 대화가 끊겼다. 우리는 영국을 떠나기 전에 프랜시스 레이븐과 이야기를 나누기로 약속하고 갔다.

나는 영국에 있는 친구들을 다 찾아가 보고 여름에 메종 루즈로 돌아가도록 일을 처리해 놨다. 출발하기 전날 밤 아일랜드에 있는 내 부동산과 관련된 문제가 생겨서 어쩔 수 없이 계획을 수정해야 했다. 프랑스에 있는 우리 집으로 여름에 돌아가는 대신 크리스마스를 한두 주 남기고 돌아왔다. 프랜시스 레이븐이 우리와 같이 와서 명목상 마구간에서 일하는 하인으로 자리를 잡았다.

얼마 못 가 사람들이 들고 일어나 그의 채용을 반대했다. 나는 그 점을 예견하고 아내에게 이야기도 했지만 아내는 들은 척도 안 했는데 결국 불쾌한 일이 일어난 것이다.

프랜시스 레이븐은 우리 저택에서 일하는 동료 하인들과 사이가 원만하지 못했다(그럴까 봐 내가 처음부터 걱정했었다). 하인들은 모두 프랑스인이어서 그의 영어를 알아듣는 사람이 하나도 없었다. 프랜시스도 불어를 전혀 할 줄 몰랐다. 게다가 속내를 잘 드러내지 않고, 침울한 성격에 혼자 있기를 좋아하는 면이 그에겐 다 불리하게 작용했다. 하인들은 그를 '영국 곰'이라고 불렀다. 그는 우리 동네에서 그 별명으로 불리게 됐다. 사람들끼리 말다툼이 일어났다가 한두 번 주먹질을 하는 경우도 있었다. 내 아내인 페어뱅크 부인이 보기에도 뭔가 바뀌어야 했다. 우리 모두 계속 무엇을 바꾸어야 할지 고민하는 동안 그 불행한 말구종은 마구간에서 사고를 당해 우리의 동정에 의지하는 신세가 되고 말았다. 그의 불운은 여전히 끝나지 않아서 말에게 차인 다리 한쪽이 부러졌다.

그는 마구간에 있는 편안한 침실에서 우리 주치의의 진료를 받았다. 생일이 다가오는 동안 그는 여전히 침대에서 일어나지 못했다.

육체적으로만 따지면 건강한 편이었다. 하지만 정신적인 면에서 의사는 그의 상태가 만족스럽지 않다고 했다. 프랜시스 레이븐은 기묘한 심리적 장애가 있어서 그것 때문에 밤에 잠을 잘 못 자고 있다고 의사가 말했다. 그 말을 들은 나는 환자가 무엇 때문에 그렇게 괴로워하는지 의사에게 말해 주는 게 의무라고 생각했다. 현실적인 의사는 나와 생각이 같아서 그 말구종이 아내와 꿈 문제로 망상에 시달리고 있다고 봤다.

"실험만 제대로 할 수 있다면 그건 치료할 수 있는 망상이라고 봅니다." 의사가 덧붙였다.

"어떻게 실험하시려고요?" 내가 물었다.

의사는 내 질문에 대답하는 대신 내게 먼저 질문했다.

"혹시 올해가 윤년인 거 알고 계셨습니까?" 그가 물었다.

"어제 집사람이 알려 줬습니다. 그렇지 않았으면 몰랐을 겁니다." 내가 대답했다.

"프랜시스 레이븐은 올해가 윤년인 걸 알까요?"

(이 의사가 뭘 노렸는지 희미하게나마 이해하기 시작했다.)

"그에게 영국 책력이 있느냐, 없느냐에 달렸겠죠. 그에게 그게 없다고 치면 그다음엔 뭘 하는 거죠?" 내가 물었다.

"그 경우엔 프랜시스 레이븐은 올해 2월 29일이 있다는 사실을 모르고 있는 겁니다. 그 결과 어떻게 할까요? 그는 칼을 든 여인이 나타날 거라고 예상할 겁니다. 3월 1일이 아닌 2월 29일 새벽 2시에 말이죠. 그 친구가 미신에서 비롯된 공포 때문에 엉뚱한 날 밤에 괴로워하도록 일단 놔둡시다. 그리고 진짜 생일인 다음 날 새벽 2시에 다른 사람들처럼 아주 평화롭게 단잠을 자도록 놔두는 겁니다. 그리고 다음 날 아침 편안하게 일어나서 식사를 하려고 할 때 진실을 밝혀서 창피한 줄을 알고 망상에서 벗어나게 하는 겁니다."

나는 그 실험을 하는 데 동의했다. 내 아내에게 윤년에 대한 이야기를 프랜시스에게 하지 말라고 경고하는 일은 의사에게 맡겼다. 나는 그를 보러 마구간으로 갔다.

*

그 불쌍한 친구는 불길한 날인 3월 1일에 자기에게 닥쳐올 운명을 예감하며 잔뜩 겁에 질려 있었다. 그는 자기 생일날 새벽에 같이 밤을 새울 남자 하인 하나를 보내 달라고 간절하게 애원했다. 그의 부탁을 들어주면서 이번 주에 어느 요일이 그의 생일인지 물었다. 그는 올해가 윤년이란 걸 전혀 모르고 손가락으로 날짜를 헤아려 보더니 2월 29일이 자기 생일이라고 말했다. 그는 그날이 3월 1일이라고 철석같이 믿고 있었다. 의사가 제안한 실험을 해 보기로 약속한 나는 물론 그의 착오를 바로잡아 주지 않았다. 그렇게 나는 아무것도 모른 채 말구종의 꿈에 나오는 드라마의 마지막 부분을 향해 첫발을 뗐다.

다음 날 집 안에 작은 문제가 생겼는데 그 일이 기묘하게도 다가올 파국과 간접적으로 관계되었다.

아내가 편지를 한 통 받았는데 근교에 사는 독일인 벨트하이머 부부의 '은혼식'을 축하하는 파티에 참석해 달라는 초대장이었다. 벨트하이머 씨는 모젤 강가의 강둑에 있는 아주 큰 포도원 주인이었다. 그의 집은 프랑스와 독일의 경계에 있었는데 거기서 우리 집까지는 상당히 멀어서 거기 가면 하룻밤을 자고 와야 했다. 지금 이 상황에서 그의 초대를 받아들이면 3월 1일 새벽에 우리는 집을 떠나 있게 된다. 프랜시스 레이븐의 생일에 무슨 일이 일어날지, 혹은 일어나지 않을지 자기 눈으로 꼭 봐야겠다고 말도 안 되는 고집을 부리는 아내는 가지 않겠다고 단호하게 거절했다. "못 가겠다고 변명하는 편지를 보내는 건 일도 아니잖아요." 아내는 평소처럼 즉흥적으로 말했다.

나로서는 도저히 그 난감한 상황에서 쉽게 빠져나올 방법이 보이지 않았다. 독일에서 '은혼식'은 행복하게 살아온 결혼 25주년을 기념하고 축하하는 행사인데 그런 자리에 친구로서 와 달라는 초대를 거절하는 건 예의에 어긋났다. 오랫동안 의논했지만 도저히 아내의 고집을 꺾을 수 없었고, 우리 둘 다 그 파티에 불참하면 초대한 사람들의 마음이 상할 테니 아내에게 못 가는 이유는 직접 말하고 나는 가겠다고 전하라고 했다. 그렇게 해서 나는 아무것도 모른 채 그 말구종의 꿈에 나오는 드라마의 마지막 부분을 향해 또 한 발자국 다가갔다.

한 주가 흘러 2월의 마지막 날이 다가왔다. 그때 또다시 집에 일이 생겼다. 이 사건 역시 기묘하게 다가올 파국과 관련돼 있었다.

우리 마구간의 책임자는 조지프 리고베르였다. 그는 성격이 안 좋고, 자신의 외모에 지나치게 자신만만한 데다 여자들에게 양심에 거리끼는 짓을 일삼는 인간이었다. 다만 말에 대한 애정이 커서 자신이 맡은 말들은 아주 잘 보살핀다는 장점이 있었다. 한마디로 말해 일을 너무 잘하는 마부라 쉽게 해고할 수 없었다. 그렇지 않았다면 오래전에 내보냈을 것이다. 새로 일어난 사건이란 바로 우리 집사가 내게 리고베르가 요즘 계속 게으름을 피우고 복장 상태도 엉망이라고 보고한 것이다. 그리고 가장 큰 잘못으로 그날 메츠에서 어떤 여자(영국 여자 같았다고 한다)와 같이 있는 광경이 목격됐다는 것이다. 원래 저택에서 일하고 있어야 할 시간에 선술집에서 여자와 노닥거리다 들킨 것이다. 리고베르는 내게 '그 귀부인'(그는 그 여자를 그렇게 불렀다)은 영국에서 온 외국인으로, 메츠시의 지리를 잘 몰라서, 어디서 가벼운 식사를 할 수 있는지 물어보기에 알려 준 것뿐이라고 변명했다. 나는 그 일은 더 추궁하지 않고 농땡이를 피운 점에 대해 꾸짖었다. 그렇게 나는 아무것도 모른 채 그 말구종의 꿈에 나오는 드라마의 마지막 부분을 향해 세 번째 발자국을 디뎠다.

2월 28일 밤에 나는 마구간에서 일하는 하인들에게 너희 중 하나가 영국 하인의 침대 옆에서 그를 지켜보며 밤을 보내야 한다고 말했다. 그 일에 조지프 리고베르가 바로 하겠다고 나섰다. 분명 다시 내 환심을 사려고 그랬을 것이다. 나는 그의 자원을 받아들였다.

그날 의사가 와서 우리 부부와 같이 저녁을 먹었다. 자정이 가까워지자 그와 같이 흡연실을 나와서 프랜시스 레이븐의 침실로 갔다. 리고베르는 오만상을 찡그린 채 그의 침대 옆에 있었다. 그 프랑스인과 영국인은 여전히 사이가 안 좋은 모양이었다. 프랜시스 레이븐은 힘없이 침대에 누워 새벽 2시가 돼서 꿈의 여인이 나타나길 말없이 기다리고 있었다.

"잘 자라고 인사하러 왔어, 프랜시스. 내일 아침 식사할 때 들렀다가 나는 여행을 떠날 걸세." 나는 유쾌하게 말했다.

"친절하게 대해 주셔서 감사합니다, 주인님. 내일 아침엔 살아 있는 저를 보지 못하실 겁니다. 이번에는 그녀가 날 찾아낼 겁니다. 제 말을 명심하세요. 이번에는 꼭 찾아낼 겁니다."

"이런 어리석은 사람을 봤나! 그 여자는 영국에서 자네를 찾아내지 못했어. 그런데 어떻게 프랑스에 있는 자네를 찾아낼 수 있겠나?"

"그녀가 날 여기서 찾아낼 거라는 점이 분명해졌습니다. 제 생일 새벽 2시에 그녀를 다시 만날 것이고, 마지막으로 그녀를 보게 될 겁니다."

"그 여자가 자네를 죽인다는 뜻인가?"

"그렇습니다, 주인님. 그녀가 그 칼을 가지고 저를 죽일 겁니다."

"리고베르가 자네를 지키기 위해 이 방에 있는데도?"

"제 운은 다했습니다. 리고베르가 50명이 있다고 해도 저를 보호할 수 없습니다."

"그런데도 자네 옆에 누군가 있어 주길 바란 거야?"

"제가 약하기 때문에 그렇습니다, 주인님. 죽을 때 혼자 있고 싶지 않아서요."

나는 의사를 힐끗 봤다. 의사가 허락했다면 그를 동정하는 마음에 우리가 그를 속였다는 사실을 털어놓았을 것이다. 하지만 의사는 실험을 고수하길 원했다. 그의 표정에 분명하게 드러나 있었다. '절대 말하면 안 됩니다.'

다음 날(2월 29일)이 '은혼식' 날이었다. 나는 아침 일찍 프랜시스 레이븐의 방에 갔다. 리고베르가 문가에서 나를 맞았다.

"그 친구는 간밤에 어떻던가?" 내가 물었다.

"기도를 하고 유령을 찾더군요. 그런 자는 정신병원에 있어야 하는데 말입니다." 리고베르가 대답했다.

나는 침대 옆으로 다가갔다.

"이거 봐. 프랜시스. 어젯밤 내게 한 말과 달리 자네는 아주 멀쩡하게 살아 있잖나."

그는 뭐가 뭔지 잘 모르겠다는 멍한 눈빛으로 나를 바라봤다.

"이해가 안 됩니다." 그가 말했다.

"새벽 2시가 됐을 때 자네 아내를 봤나?"

"아뇨, 주인님."

"무슨 일이 일어났나?"

"아무 일도 일어나지 않았습니다, 주인님."

"자네가 틀렸다는 사실이 만족스럽지 않나?"

그의 눈은 여전히 의문이 가시지 않는 표정이었다. 그는 아까 했던 말만 다시 했다. "이해가 안 됩니다."

나는 그의 힘을 북돋워 주기 위해 최후의 시도를 했다. "그러지 마, 프랜시스! 기운을 내. 자네는 2주 후에 침대에서 일어나게 될 거야."

그는 베개 위에서 머리를 흔들었다. "뭔가 잘못됐습니다. 주인님이 제 말을 믿어 줄 거라는 기대는 안 합니다. 전 그저 뭔가 잘못됐다고 말씀드리는 겁니다. 시간이 지나면 알게 되실 겁니다."

나는 방을 나와 30분 후에 벨트하이머 씨의 집을 향해 출발했다. 3월 1일 새벽에 대한 준비는 의사와 아내에게 맡기고.

은혼식에 온 손님들과 만났을 때 특히 인상적이었던 일 한 가지를 여기서 꼭 언급해야겠다. 이 기쁜 행사에서 눈에 띄는 귀부인 한 명이 풀이 죽어 있었다. 다른 사람도 아닌 바로 그 파티의 주인공으로 은혼식을 치를 당사자였다!

파티가 한창이던 저녁에 나는 벨트하이머 씨의 장남에게 그의 어머니를 화제로 이야기를 건넸다. 이 가문의 오랜 친구로서 나는 그런 일을 물어볼 자격이 있어서 그 친구도 선뜻 대답해 주었다. "저희 집에 아주 불쾌한 일이 있었는데 그것 때문에 어머니가 아직 힘들어하고 계십니다. 오래전 제 누이들이 어렸을 때 집에 영국인 가정교사를 둔 적이 있었습니다. 그 여자 가정교사는 결혼하려고 우리 집을 떠난 것으로 알고 있었습니다. 그 후로 소식이 끊겼는데 그러다 일주일에서 열흘 정도 전에 어머니가 편지 한 통을 받으셨어요. 그 옛날 가정교사가 자기가 지금 아주 가난하고 고통스러운 상황에 있다는 편지를 보낸 겁니다. 그 여자는 오랫동안 망설이다가 자기에게 친절하게 대해 준 한 귀부인의 제안으로 예전에 고용주였던 우리 어머니에게 편지를 썼다면서 옛정에 호소했습니다. 선생님도 저희 어머니 성품을 잘 아시잖습니까. 어머니는 지극히 다정하고 선량할 뿐만 아니라 굉장히 순진하신 분이죠. 어머니의 그런 면을 이용하려 드는 나쁜 사람들이 세상에 얼마나 많은지 설득하기가 쉽지 않아요. 어머니는 그 여자에게 답장을 보내서 여기로 오라고 하면서 여행 경비를 동봉하셨습니다. 아버지가 집에 오셔서 그 이야기를 듣고 즉시 런던에 있는 대리인에게 가정교사가 보낸 편지의 주소를 알려 주고 그 여자에 대해 알아보라고 지시하셨습니다. 대리인의 답장이 오기도 전에 그 여자가 우리 집에 도착했습니다. 여자는 저희 아버님 마음에 최악의 인상을 남겼죠. 며칠 후에 도착한 대리인의 편지로 아버님의 의심이 사실로 판명됐습니다. 그 가정교사는 우리 집을 떠난 후로 아주 불명예스러운 삶을 살았습니다. 그래서 아버님이 여자를 따로 불러 말씀하셨죠. 그 여자가 우리 집을 떠나는 조건으로 영국으로 돌아갈 상당한 액수의 돈을 주겠다고 제안하셨습니다. 거절하면 경찰에 신고해서 공개적으로 망신을 주겠다고 하셨죠. 그 여자는 돈을 받고 우리 집을 나갔습니다. 영국으로 돌아가는 길에 여자는 메츠시에 들른 모양입니다. 요전 날 선생님 댁에서 일하는 잘생긴 마부 조지프 리고베르와 같이 선술집에 있는 모습이 목격됐다는 말을 들으시면 그 여자가 어떤 부류의 여자인지 아시겠죠."

청년이 이런 사정을 이야기하는 동안 내 기억력이 정신없이 돌아갔다. 프랜시스 레이븐이 자기 아내가 과거에 독일 가정에서 가정교사로 일했다고 언급한 기억이 났다. 그러자 순간 내 마음에서 어떤 의혹이 떠올랐다. "그 여자 이름이 뭐였죠?" 내가 물었다.

벨트하이머 씨 아들이 대답했다. "얼리샤 워록입니다."

이야기를 듣자마자 어서 집으로 돌아가야겠다는 생각밖에 들지 않았다. 그때가 밤 10시였는데 메츠로 가는 마지막 열차는 떠난 지 오래였다. 나는 그 친구에게 내 사정을 자세히 설명한 후 오늘 여기서 묵는 다른 손님들과 같이 내일 아침 식사를 하는 대신 나는 내일 일어나자마자 곧바로 첫차를 타고 집에 가기로 결정했다.

다음 날이 밝을 때까지 계속 메종 루즈에서 무슨 일이 벌어지고 있을지 걱정하며 초조하게 기다렸다. 다음 날인 3월 1일 아침 일찍 집으로 가는 내내 같은 의문이 마음속에 떠올랐다. 그 사건에서 드러난 대로 우리 저택에서 단 한 사람만이 프랜시스 레이븐의 생일에 마구간에서 정말 무슨 일이 일어났는지 알고 있었다. 조지프 리고베르가 나 대신 화자로 나서서 이 이야기의 결말을 여러분에게 해 줄 것이다. 그는 이 이야기를 그의 변호사와 내게 이미 말했다.

네 번째(마지막) 이야기

조지프 리고베르의 진술 : 재판에서 그를 변호한 변호사에게 쓴 글

존경하는 변호사님, 지난 2월 27일에 저는 메종 루즈의 마구간에 관련된 일로 메츠라는 도시에 심부름을 갔습니다. 시내 산책로에서 아주 아름다운 여인을 만났습니다. 금발 머리에 새하얀 피부의 영국 여인이었습니다. 우리는 서로 넋을 잃고 바라보다 대화를 하게 됐습니다(그녀는 영국식 억양으로 완벽하게 프랑스어를 구사했습니다). 제가 어디 가서 한잔하자고 제안하자 그녀는 그러자고 했습니다. 우리는 아주 길고 흥미로운 이야기를 나눴습니다. 우린 서로가 천생연분이라는 사실을 깨달았습니다. 여기까지는 누가 우리를 탓할 수 있겠습니까?

세상 모든 여자들이 다 동의하듯 제가 잘생긴 게 잘못입니까? 애정이라는 귀여운 약점에 굴복한 게 범죄는 아니지 않습니까? 다시

여쭙지만 누굴 탓할 수 있겠습니까? 누굴 탓해야 한다면 분명 인간의 본성을 탓해야죠. 그 아름다운 여인도 아니고, 미천한 저도 아닙니다.

다시 이야기를 시작하겠습니다. 아무리 매정한 사람이라도 천생연분인 두 남녀가 만났으면 다시 만날 약속을 하지 않고는 헤어지지 않을 거라는 점은 이해할 겁니다.

저는 그 여인의 숙소를 메종 루즈 근처 마을에 잡았습니다. 그녀는 29일 밤에 마구간에 있는 제 방에 와서 저랑 같이 저녁을 먹기로 약속했습니다. 약속 시간은 다른 하인들이 하루 일과를 끝내고 자기 방으로 돌아가는 11시로 정했습니다.

마구간에서 일하며 자는 마부 중에 다리가 부러져서 누워 있는 영국 남자가 하나 있었습니다. 그의 이름은 프랜시스였습니다. 그는 평소 태도가 역겨운 데다 프랑스어는 한 마디도 할 줄 모릅니다. 주방에서 그는 '영국 곰'이란 별명으로 통했습니다. 그런데 이상하게도 저희 주인님과 마님은 그를 아주 마음에 들어 하셨죠. 주인님은 심지어 이 불쾌한 인간이 겪고 있는 미신에서 비롯된 공포를 달래 주고 비위를 맞춰 주셨습니다. 나같이 시대를 앞서가는 자유 사상가로서는 의문을 품을 가치도 없는 그런 미신 따위를 말입니다.

2월 28일 저녁에 영국 남자는 좀 전에 언급한 바로 그 공포 때문에 동료 하인에게 그날 밤만 같이 밤을 새워 달라고 부탁했습니다. 거기다 페어뱅크 나리가 그가 원하는 대로 하게 해 주라는 말씀까지 하시면서 힘을 실어 주셨죠. 이미 주인님의 노여움을 한 번 산 저는—왜 그런 일이 일어났는지는 제 품위를 지키기 위해 언급하지 않겠습니다—자발적으로 그 영국 곰의 침대 옆에서 밤을 새우겠다고 나섰습니다. 제 목적은 주인님과 저 사이에 그런 언짢은 일이 있긴 했지만 저는 아무런 악감정도 품지 않았다는 사실을 알리고 주인님을 흡족하게 해 드리기 위해서였습니다. 그 가련한 영국 남자는 밤새 망상에 시달렸습니다. 그의 야만스러운 언어를 한 마디도 이해하지 못하는 저로서는 그저 몸짓으로 그가 자신의 침대 옆에 있는 상상 속의 유령을 치명적으로 두려워한다는 것만 짐작할 수 있었습니다. 가끔 그 미친놈이 지르는 소리에 자다 깨면 그에게 욕설을 퍼부어 입을 다물게 했습니다. 이 방법만이 그런 망상에 빠진 자를 아주 쉽고 빠르게 다룰 수 있었으니까요.

2월 29일 아침에 페어뱅크 씨가 여행을 떠나셨습니다.

그날 오후 저는 그 영국 놈을 돌보는 일이 아직 끝나지 않았다는 사실을 알고 경악했습니다. 주인님이 집을 비우신 사이에 마님이 망상에 빠진 그 자식이 밤에 잘 잘 수 있을지 크게 관심을 가지게 된 겁니다. 또다시 우리 하인 중 하나가 놈의 침대 옆에서 보초를 서면서 무슨 일이 일어나면 보고해야 했습니다. 제 아름다운 여인이 저녁 식사를 하러 오기로 했는데 그러자면 다른 하인들이 그날 밤 다 자기 방에 있어야 했습니다. 그래서 제가 다시 한번 그날 밤 놈을 지켜보겠다고 자원했습니다. 마님은 인정도 많다고 저를 칭찬하셨습니다. 저는 원래 감정을 잘 통제하는 편이라 얼굴 하나 붉히지 않고 그 칭찬을 들었습니다.

어둠이 내린 후에 마님과 의사 선생님(주인님이 집을 비우신 동안 여기 머물렀습니다)이 그 영국 놈의 방에 와서 두 번이나 이런저런 걸 물어보셨습니다. 제 아름다운 여인이 도착하기 전에 한 번, 그리고 도착한 후에 한 번 오셨죠. 두 번째 경우엔 어쩔 수 없이 그 매력적인 손님을 마구를 보관하는 방에 숨겨야 했습니다(제 방이 그놈의 바로 옆방이기 때문이었습니다). 그녀는 천사처럼 그 상황을 감수하고 자신의 품위를 희생해서까지 제 비굴한 상황에 맞춰 줬습니다. 그렇게 사랑스러운 여인은 (지금까지) 만나 본 적이 없다니까요!

두 분이 두 번째로 다녀간 후에 저는 자유의 몸이 됐습니다. 그때가 자정이 가까운 시간이었죠. 그때까지 그 미친 영국 남자의 행동에는 마님과 의사가 친히 찾아올 이유가 될 만한 점은 하나도 없었습니다. 그는 반쯤 자고 반쯤 깬 상태로 얼굴에는 기이하게 뭔가 의아해하는 표정으로 누워 있었습니다. 마님은 그 방을 나가면서 특히 새벽 2시가 가까워질 무렵에 그를 주의 깊게 지켜보라고 지시했습니다. 의사 선생님은 (혹시 무슨 일이 생길 경우를 대비해) 제게 커다란 종 같은 걸 줬는데 그걸 흔들면 온 집안사람들이 쉽게 들을 수 있었습니다.

저는 그 아름다운 여인에게 돌아가 저녁상을 차렸습니다. 파테, 소시지 하나, 모젤 와인 몇 병의 간소한 식사였습니다. 하지만 사람을 흥분시키는 사랑의 환상 덕분에 서로 열렬히 사모하는 두 사람에게는 세상에서 가장 소박한 식사도 연회로 변신하는 법입니다. 우리는 더할 나위 없이 즐거운 마음으로 식탁에 앉았습니다. 제가 그 눈부신 미인을 의자에 앉혔을 때 옆방에 있는 미친놈이 많고 많은 순간 중에 하필 그 순간 가만히 있질 못하고 시끄럽게 소란을 피우는 겁니다. 그 인간이 지팡이로 바닥을 탕탕 치면서 공포에 질려서 환장한 목소리로 소리를 질렀습니다. "리고베르! 리고베르!"

갑자기 우리 귀를 공격하는 그 통탄할 목소리에 아름다운 여인이 겁을 집어먹었습니다. 그녀의 매력적인 얼굴이 하얗게 질렸습니다.

"맙소사! 저 옆방에 있는 사람은 누구죠?" 그녀가 소리쳤습니다.

"정신 나간 영국 사람입니다."

"영국인이라고요?"

"진정하세요, 나의 천사. 내가 저 인간을 조용히 시키고 올게요."

그 통탄할 목소리가 다시 나를 불렀습니다. "리고베르! 리고베르!"

나의 아름다운 여인이 내 팔을 잡았습니다. "저 사람은 누구죠? 이름이 뭐예요?" 그녀가 부르짖었습니다.

그 질문을 할 때 그녀의 표정이 심상치 않았습니다. 저는 순간 질투심이 솟구쳤습니다. "저 남자를 알아요?" 내가 물었죠.

"저 사람 이름. 이름을 말하라고요!" 그녀가 격렬하게 다시 말했습니다.

"프랜시스." 내가 대답했습니다.

"프랜시스 뭐요?"

나는 어깨를 으쓱했습니다. 그 상스러운 영국인의 성은 기억나지도 않았고, 발음할 수도 없었습니다. 그냥 'R'로 시작된다는 대답만 할 수 있었습니다.

그녀는 다시 의자에 털썩 주저앉았습니다. 이러다 기절하려나? 하지만 아니었습니다. 그녀는 정신을 차렸고, 안색도 원래대로 돌아왔습니다. 그녀의 눈이 아주 근사하게 반짝였습니다. 그게 무슨 뜻이었을까요? 제가 여자 심리에는 훤하지만 이 여인은 도무지 속을 알 수 없었습니다!

"저 사람을 알아요?" 나는 다시 물었습니다. 그녀는 나를 보고 웃었습니다. "무슨 그런 실없는 소리를 해요! 내가 저 사람을 어떻게 알겠어요? 가서 저 불쌍한 인간의 입을 다물게 해요."

그 근처에 거울이 있었습니다. 그걸 힐끗 보자 정신이 제대로 박힌 여자라면 나보다 저 영국 놈을 좋아할 리가 없다는 걸 깨닫고 나는 만족했습니다. 나는 다시 자존감을 회복하고 급히 그 영국인의 침대 옆으로 달려갔죠.

내가 나타난 순간 그는 내 방을 열심히 손으로 가리켰습니다. 그러면서 영어를 폭포수처럼 쏟아 내서 그만 당황하고 말았습니다. 그의 격렬한 몸짓과 표정으로 내게 손님이 찾아온 걸 알아챘다는 사실을 깨달았습니다. 어떻게 그럴 수 있었는지는 지금도 모를 일입니다. 그보다 더 기이한 일은 내 방에 낯선 사람이 있다는 생각만으로도 그가 몹시 겁에 질렸다는 겁니다. 나는 아까 언급한 방법대로 그를 진정시키려고 무진 노력했습니다. 다시 말하면 사정없이 욕을 퍼부었습니다. 그래도 만족스러운 결과가 나오지 않아서 주먹을 휘둘러 그의 얼굴을 한번 갈기고 방을 나왔습니다.

다시 아름다운 내 친구에게 돌아왔을 때 그녀가 흥분해서 내 방을 왔다 갔다 걸어 다니고 있었는데 그 모습이 정말 어찌나 황홀했는지 모릅니다. 그녀는 내가 따라 주길 기다리지도 않고 내가 없는 사이에 모젤 와인을 넉넉히 따라서 마시기 시작했더군요. 저는 아주 힘들게 그녀를 다시 식탁 앞에 앉혔습니다. 하지만 아무리 설득해도 뭘 통 먹으려 하지 않더군요. "식욕이 사라졌어요. 와인을 따라 줘요." 그녀가 말했습니다.

모젤 와인은 그 명성에 걸맞게 혀에 닿을 때는 섬세한 맛이 나지만 밀도는 아주 풍성하고 묵직하답니다. 하지만 나의 절세미인 손님은 이렇게 독한 와인을 마시고도 전혀 취기를 보이지 않았습니다. 오히려 마시면 마실수록 정신이 더 맑아지면서 기운이 나는 것처럼 보였습니다. 내가 아무리 화제를 돌리려고 애를 써도 그녀는 나직한 목소리로 아주 노련하게 옆방에 있는 영국 남자 이야기를 꺼냈습니다. 다른 여자가 이런 식으로 나왔으면 분명 기분이 상했을 겁니다. 하지만 이 여인에겐 도저히 저항할 수 없는 매력이 있었습니다. 그래서 그녀가 하는 모든 질문에 아이처럼 온순하게 대답했습니다. 그녀는 영국인 특유의 재미있고 유별난 면을 다 갖추고 있었습니다. 그 영국 남자가 사고를 당해서 지금 침대에서 일어날 수 없는 처지란 말을 하자 그녀가 벌떡 일어섰습니다. 그때 아주 황홀한 미소가 얼굴에 떠올라 그녀의 미모를 빛냈습니다. 그녀가 말했습니다. "그 영국인의 다리를 부러뜨린 말을 보여 줘요! 그 말을 반드시 봐야겠어요!" 나는 그녀를 데리고 마구간으로 갔습니다. 그녀는 그 말에 키스했습니다. 제가 거짓말을 하는 게 아닙니다. 그 여자가 정말 말에게 키스를 했다니까요! 그걸 보자 깨달았습니다. "당신은 정말 그 남자와 아는 사이군요. 그 남자가 뭘 했는지 모르겠지만 당신에게 잘못을 저질렀고." 그런데 그 여인은 그때도 절대 아니라고 잡아떼더군요. "난 잘생긴 짐승들에겐 다 키스해요. 내가 당신에게 키스하지 않았나요?" 그녀는 그렇게 아주 사랑스럽게 자신의 행동을 설명하고 다시 계단을 뛰어 올라갔습니다. 나는 뒤에 남아서 마구간 문을 잠그고 올라갔습니다. 그녀에게 갔을 때 놀라운 사실을 발견했습니다. 그녀가 영국 남자의 방에서 나오는 겁니다.

"난 당신을 부르려고 다시 내려가려던 참이었어요. 저 방에 있는 남자가 다시 시끄럽게 굴더군요."

그 미친 영국 놈의 목소리가 다시 우리 귀를 공격했습니다.

"리고베르! 리고베르!"

이번에 봤을 때 그의 모습은 정말 끔찍했습니다. 눈에는 광기가 흘렀고, 얼굴에 땀이 비 오듯 흘렀습니다. 그는 무시무시한 두려움에 사로잡혀 두 손을 꼭 맞잡고 하늘을 향해 들어 올렸습니다. 그는 자신이 할 수 있는 모든 신호와 몸짓으로 절대 다시는 자신을 떠나지 말아 달라고 애원했습니다. 난 정말 웃지 않을 수 없었습니다. 내가 그와 같이 이 방에 있으려고 그 아름다운 여인을 옆방에 혼자 내버려 둘 리가 있나요!

나는 문으로 돌아섰습니다. 그 미친놈이 내가 방을 나가는 걸 보자 절망해서 비명을 질렀습니다. 그 소리가 너무나 날카롭고 커서 하인들이 깰까 봐 두려웠습니다.

내가 급할 땐 어떤 성질을 부리는지 아는 사람은 다 안답니다. 저는 침대 시트와 베갯잇을 넣어 두는 장롱을 확 열어서 손수건을 한 움큼 집어 그의 입에 재갈을 물리고 손도 묶었습니다. 이제 그가 다른 하인들을 놀라게 할 위험은 사라졌습니다. 마지막 매듭을 묶은 후에 고개를 들었습니다.

그런데 영국 놈의 방과 내 방 사이의 문이 열려 있었습니다. 나의 아름다운 친구가 문지방에 서서 침대 위에 힘없이 축 늘어진 그를 지켜보고 있었습니다. 매듭을 묶는 나도 보고 있었죠.

"거기서 뭐하는 겁니까? 왜 방문을 열었어요?" 내가 물었습니다.

그녀는 내게 다가와 내 귀에 대고 속삭이면서도 내내 침대 위의 남자만 보았습니다.

"저 남자가 지르는 소리를 들었거든요."

"그런데요?"

"당신이 저 사람을 죽이는 줄 알았어요." 그 말을 듣는 순간 오싹해져서 뒤로 물러섰습니다. 나를 의심하는 그 암시만으로도 가증스러웠지만 그 말을 하는 태도가 훨씬 더 역겨웠습니다. 난 너무 큰 충격을 받았고 마치 기어가는 뱀을 봤을 때 그렇듯 온몸에 소름이 끼치는 걸 느끼면서 그 미녀에게서 얼른 물러났습니다.

그 말에 대답하려고 정신을 차리기도 전에 또 다른 충격에 빠지고 말았습니다. 갑자기 마구간 마당에서 저를 부르는 주인마님의 목소리가 들린 겁니다.

이제는 생각할 시간도 없고 그저 어떻게든 대처해야 했습니다. 주인마님이 위로 올라와서 저의 여자 손님뿐만 아니라 입에 재갈이 물리고 두 손이 묶인 채 침대에 누워 있는 영국 놈을 보지 못하게 막아야 했습니다. 나는 허겁지겁 마당으로 갔습니다. 계단을 내려가는 동안 마구간에 있는 시계에서 새벽 2시가 가까워진 게 보였습니다.

주인마님은 불안해하고 계셨습니다. 옆에 같이 있는 의사 선생님은 마치 혼자만의 생각에 잠긴 듯 싱글벙글 미소를 짓고 있었죠.

"프랜시스 깨어 있는가, 아니면 자고 있는가?" 마님이 물어보셨습니다.

"그는 제대로 잠을 못 자고 있었습니다, 마님. 하지만 이젠 조용해졌습니다. 그러니까 깨우지 않는 편이 좋겠습니다. 마님이 계단을 올라가지 않도록 하려고 나는 그 말을 덧붙였습니다.

"곧 조용히 잠들게 될 겁니다."

"내가 아까 다녀간 후로 별다른 일은 없었나?"

"아무 일도 없었습니다, 마님."

의사는 내 대답에 우스꽝스럽게 눈썹을 찡긋해 보였습니다.

"아이고, 페어뱅크 부인. 아무 일도 일어나지 않았잖아요! 모험의 시간은 지나갔다니까요!"

"아직 2시가 안 됐어요." 부인은 조금 짜증 난 목소리로 말했습니다.

새벽 공기에 마구간 냄새가 지독하게 났습니다. 부인은 코에 손수건을 대고 마당에서 나가 북쪽 문으로 갔습니다. 그 문은 정원과 집을 연결하는 통로입니다. 나는 부인과 의사 선생님을 따라오라는 지시를 받았습니다. 일단 마구간 냄새에서 벗어나자 부인은 다시 질문하기 시작했습니다. 부인은 자기가 없는 동안 아무 일도 없었다는 내 말을 믿으려 하지 않았습니다. 저는 그때그때 즉석에서 최선을 다해 얼버무렸죠. 의사 선생님은 우리 옆에 서서 웃고 있었습니다. 그렇게 몇 분 지나서 시계가 두 번 쳤습니다. 그때 마님이 영국인의 방으로 직접 가서 보시겠다고 하셨습니다. 천만다행으로 의사 선생님이 끼어들어서 마님을 막았습니다.

"프랜시스가 이제 막 잠이 들었다는 말을 들었잖습니까. 만약 지금 그의 방에 들어가면 깰지도 모릅니다. 그가 밤새 푹 자는 것이 제 실험의 목적입니다. 그래야 그에게 진실을 말하기 전에 자신의 생각이 미신이었다는 걸 인정할 거 아니겠습니까. 그러니 절대 그의 수면을 방해하지 마세요, 부인. 무슨 일이 생기면 리고베르가 종을 울릴 겁니다."

마님은 그 말에 굴복하려 하지 않았습니다. 그렇게 두 사람 사이에 적어도 5분 동안 열띤 토론이 이어졌습니다. 결국 마님은 당분간은 의사 선생님의 제안을 따르기로 했습니다. "30분 안에 프랜시스는 깊이 잠들거나 아니면 다시 깰 거야. 30분 후에 다시 올게." 부인은 의사 선생님의 팔을 잡고 같이 집으로 돌아갔습니다.

다들 가고 이제 30분이란 시간이 생긴 나는 그 영국 여인을 마을로 데려다 놓겠다고 결심했다. 그다음에 마구간으로 돌아가서 프랜시스의 입에 물린 재갈을 빼고 손의 결박도 풀어 준 후에 실컷 소리를 지르게 하려고 했죠. 나를 난감하게 만드는 그 여자 손님을 치워 버린 후라면 그가 지르는 소리에 집안사람들이 다 깨어난들 무슨 상관이 있겠습니까?

그런데 마당으로 돌아왔을 때 문이 열리면서 경첩이 늘어져서 삐걱거리는 듯한 소리가 들렸습니다. 북쪽 문은 분명 좀 전에 내 손으로 닫았는데. 저는 마구간 뒤쪽에 있는 서쪽 문으로 돌아갔습니다. 그 문은 두 개의 오솔길이 나 있는 들판을 향해 열려 있었습니다. 그 들판 역시 페어뱅크 나리의 땅입니다. 가장 가까운 오솔길은 마을로 이어졌고, 또 다른 길로 죽 가면 주요 도로와 강이 나옵니다.

서쪽 문에 도착한 나는 그 문이 열려 있는 걸 발견했습니다. 문이 차가운 새벽바람에 앞뒤로 천천히 흔들거리고 있었습니다. 제가 그 아름다운 여인을 11시에 이 문으로 들인 후에 제 손으로 잠그고 빗장까지 질렀는데 말입니다. 뭔가 잘못됐다는 어렴풋한 두려움이 서서히 들기 시작했습니다. 저는 서둘러 마구간으로 돌아갔습니다.

그리고 제 방을 들여다봤습니다. 제 방은 텅 비어 있었습니다. 저는 마구를 놔둔 방을 봤습니다. 거기에도 여자는 흔적도 없었습니다. 저는 영국 남자의 침실로 다가갔습니다. 내가 없는 동안 그녀가 계속 거기 있었을까요? 이상하게도 영국 남자의 방문을 열기가 망설여져서 문의 자물쇠에 손을 대고 잠시 가만히 있었습니다. 그리고 소리를 들었습니다.

방 안에서는 아무 소리도 나지 않았습니다. 저는 조용히 그 여인을 불렀습니다. 아무 대답도 없었습니다. 저는 여전히 망설이면서 한 발자국 뒤로 물러섰습니다. 그때 뭔가 어두운 것이 문의 밑과 방바닥의 널빤지 사이에서 천천히 움직이는 것이 보였습니다. 나는 테이블에 있는 촛불을 낚아채서 그걸 아래로 내리고 찬찬히 살펴보았습니다. 그 천천히 움직이는 어두운 것은 바로 피였습니다!

그 끔찍한 광경에 벌떡 일어나서 방문을 열었습니다.

영국 남자는 침대에 누워 있었는데 방에는 그밖에 없었습니다. 그는 목과 가슴 이렇게 두 군데가 칼에 찔려 있었습니다. 흉기는 두 번째 상처에 그대로 꽂혀 있었습니다. 영국제 칼로 새것 같은 사슴뿔 손잡이가 달려 있었습니다.

저는 즉시 종을 울렸습니다. 그다음에 일어난 일은 증인들이 말할 수 있을 겁니다. 제가 그 살인을 저질렀다는 추측은 말도 안 됩니다. 제가 어리석은 행동을 했다는 점은 인정합니다. 하지만 절대 범죄는 저지르지 않았습니다. 게다가 저는 그 남자를 살해할 동기가 하나도 없습니다. 제가 없는 틈을 타서 그 여자가 그를 살해한 겁니다. 제가 마님에게 이야기를 하는 동안 그 여자가 서쪽 문으로 도망친 겁니다. 전 더 이상 할 말이 없습니다. 제가 여기 적은 내용은 3월 1일에 일어난 모든 일을 하나도 빼놓지 않고 사실 그대로 쓴 진술서라는 점을 맹세합니다.

변호사님에 대한 저의 깊은 감사와 존경의 마음을 받아 주시길 바랍니다.

조지프 리고베르

마지막 문단

퍼시 페어뱅크에 의해 추가된 내용

프랜시스 레이븐의 살해 혐의로 재판을 받은 조지프 리고베르는 무죄를 선고받았다. 살해된 남자가 가지고 있던 서류들은 그에 대한 그의 아내의 치명적인 적의를 확인하기에 충분한 증거가 됐다.

살인 사건이 일어난 날 아침 실시된 수사에 따르면 그 살인자는 마구간을 나와서 오솔길을 따라 강으로 갔다. 경찰들이 강바닥을 샅샅이 훑어서 수색했지만 아무것도 나오지 않았다. 현재까지 그 여자가 익사했는지 아닌지는 확실치 않다. 얼리샤 워록이 그날 이후로 다시는 목격되지 않았다는 점만 확실할 뿐이다.

그래서 미스터리로 시작해 미스터리로 끝난 꿈속의 여인은 그렇게 사라졌다. 그 여자가 유령인지, 악마인지, 아니면 인간인지는 아무도 알 수 없게 됐다. 어떤 경이로운 존재들이 우리 주위에 있는지, 혹은 우리 안에 있는지 알 수 없을 때 가장 위대한 시인이 한 말을 되새겨 보는 것도 좋을 것이다.

"우리는 꿈으로 만들어진 존재이고, 우리의 보잘것없는 삶은 잠으로 끝난다."

앤 로드웨이

Anne Rodway

앤의 일기장에서 발췌

Taken From Her Diary

1840년 3월 3일. 오늘 로버트에게서 장문의 편지가 왔다. 그것 때문에 놀라고 골머리를 앓느라 일이 손에 잡히지 않아 밀리고 말았다. 로버트는 지난번 편지를 썼을 때보다 더 풀이 죽어 있었다. 그는 미국으로 건너갔다가 더 가난해져서 고향인 런던으로 돌아오기로 결심했다고 말했다.

그가 돈을 많이 벌어서 돌아온다고 했다면 그 소식에 얼마나 행복해졌을까? 나는 그를 지금도 아주 많이 사랑하지만 삶에 실망하고, 지칠 대로 지친 데다 전보다 더 가난해진 그를 다시 만나는 게 기대되지 않는다. 그를 보면 우리 둘의 미래가 두려워질 것 같았다. 나는 지난 생일에 스물여섯이 됐고 그는 서른세 살인데 우리가 결혼할 수 있는 기회는 점점 더 멀어지는 것만 같다. 내가 할 수 있는 일이라곤 계속 바느질을 하고 그가 성공하리라는 믿음을 버리지 않는 것뿐이다. 로버트는 3년 전에 작은 문방구 사업에서 실패한 후 나보다 더 힘든 처지에 있다.

나 때문에 이렇게 상심하는 건 아니다. 여자들은 원래 인생 자체가 고해인 데다 특히 나같이 재봉사로 일하다 보면 남자들보다 더 인내심을 기르는 법을 익히게 된다. 내가 겁이 나는 이유는 로버트가 의기소침해진 데다, 이 비정한 도시에서 나와 결혼할 수 있을 정도로 돈을 버는 건 고사하고 먹고 사는 데도 엄청난 고생을 하게 될 것 같아서이다. 가난한 사람들은 아무리 정직하고 마음이 따뜻하고 일할 의지가 충만하다 해도 워낙 가진 게 없어서 둘이 같이 살림을 꾸리고 단란하게 살아가는 것마저도 여의치 않은 것 같다. 지난주 일요일 저녁에 목사님이 세상만사 최고의 결실을 거두는 것이 하느님의 뜻이며, 우리 모두 우리에게 가장 잘 맞는 처지에서 살아가도록 태어났다는 설교를 하셨는데. 교회 하나를 신자들로 가득 채우는 똑똑한 신사가 한 말씀이니 맞는 것 같기도 했다. 허나 내 처지는 그저 평범한 재봉사에 지나지 않아 배가 그렇게 고프지만 않았어도 목사님의 설교를 더 잘 이해했을 것 같긴 했다.

3월 4일. 메리 맬린슨이 차를 마시려고 내 방에 왔다. 나는 그녀만 힘든 게 아니라는 걸 보여 주려고 로버트의 편지를 조금 읽어 줬다. 하지만 그렇게까지 했는데도 그녀의 기분은 나아지지 않았다. 메리는 자기 인생이 너무 박복하다고 하면서 기억을 아무리 뒤져 봐도 감사할 행운이라고 할 만한 게 하나도 없다고 했다. 나는 메리에게 거울을 보고도 그런 말이 나오느냐고 대꾸했다. 메리는 아주 예쁜 소녀여서 표정이 조금만 더 밝아지고 옷도 더 단정하게 입으면 훨씬 예뻐 보일 것이다. 하지만 그런 칭찬을 해도 메리의 기분은 나아지지 않았다. 그녀는 덜거덕 소리를 내며 티스푼으로 찻잔 속을 초조하게 저어 대다가 말했다. "내가 자기만큼 바느질 솜씨가 뛰어날 수만 있다면 런던에서 가장 못생긴 소녀와 이 얼굴을 바꿀 수 있어."

"말도 안 되는 소리!" 나는 그렇게 대꾸하면서 웃었다. 메리는 잠시 나를 보다가, 고개를 설레설레 젓더니, 내가 말릴 새도 없이 그대로 나가 버렸다. 메리는 울음이 터질 것 같을 땐 항상 그런 식으로 내뺀다. 자존심이 세서 다른 사람들에게 우는 모습을 들키고 싶지 않아서 그런 것이다.

3월 5일. 메리 때문에 겁이 난다. 메리는 나와 직장이 달라서 오늘은 하루 종일 보지 못했다. 그런데 저녁에 차를 마시러 내 방에 오지도 않았고, 내게 자기 방으로 오란 연락도 하지 않았다. 그래서 잠자리에 들기 전에 잘 자라는 인사를 하려고 위층으로 갔다.

메리의 방문을 노크했을 때 아무 대답도 들리지 않았다. 그래서 조용히 방 안으로 들어가자 메리는 반도 못 끝낸 일감이 방 안에 여기저기 굴러다니게 놔둔 채 자고 있었다. 별다른 점은 없어서 그냥 발끝을 들고 나가려고 했을 때 침대 옆에 있는 의자에 아주 작은 병 하나와 와인 잔이 눈에 띄었다. 나는 아파서 약을 먹었나 보다 생각하고 그 병을 자세히 들여다봤다. 그 약병에는 큰 글씨로 '아편팅크-독'이라고 적혀 있었다.

순간 병이 내 손에서 날아가 버릴 것처럼 심장이 철렁 내려앉았다. 나는 두 손으로 그녀를 부여잡고 사정없이 흔들었다. 메리는 아주 깊이 잠들었다가 천천히 깨어났다. 내가 보기엔 너무 천천히 깼지만 그래도 깨긴 깼다. 아편팅크를 먹은 사람들은 일어나서 걷게 해야 한다는 말을 들은 적이 있어서 그녀를 침대에서 끌어내서 걸어 다니게 하려고 했지만 메리가 거부하면서 나를 확 밀어 버렸다.

"앤! 맙소사, 대체 왜 이래! 너 미쳤어?" 메리가 놀라서 말했다.

"오, 메리! 메리!" 나는 그 약병을 그녀의 눈앞에 들어 보이면서 말했다.

"내가 아까 들어오지 않았다면." 그리고 다시 그녀를 붙잡고 몸을 흔들어 댔다.

그녀는 잠시 어리둥절한 표정으로 나를 보더니 미소를 지었다(그녀가 그런 건 아주 오랜만이었다). 그녀는 내 목을 끌어안았다.

"나 때문에 놀라지 마, 앤. 난 그럴 가치가 없어. 그럴 필요도 없고." 메리가 말했다.

"그럴 필요가 없다니! 그럴 필요가 없다니. 이 병에 독이라는 표시가 돼 있는데 그런 말을 해!" 나는 숨 가쁘게 말했다.

"다 마시면 독이 되지. 하지만 조금 마시면 밤에 푹 잘 수 있어." 메리가 나를 아주 다정하게 바라보며 말했다.

나는 잠시 그녀를 물끄러미 바라보며 이 말을 믿어야 할지 아니면 집안사람들을 깨워야 할지 고민했다. 하지만 이제 메리의 눈에 졸린 기운은 없었고 목소리도 말짱했다. 그리고 아무 데도 손을 짚지 않고 아주 쉽게 침대에서 일어나 앉았다.

"너 때문에 내가 얼마나 놀랐는지 알아, 메리?" 나는 그렇게 말하면서 침대 옆에 있는 의자에 앉았다. 너무 놀란 나머지 이번에는 내가 기운이 빠져서 기절할 것 같았다.

메리는 얼른 침대에서 뛰쳐나와 내게 물 한 모금을 마시게 해 주고 키스한 후에 정말 미안하다고, 자기는 그런 관심을 받을 자격도 없는 사람이라고 했다. 그러면서 내가 꼭 쥐고 있는 아편팅크 약병을 다시 가져가려고 애를 썼다.

"안 돼. 넌 요즘 너무 풀이 죽은 데다 절망하고 있잖아. 널 믿고 이걸 내줄 수 없어." 내가 말했다.

"유감스럽지만 그거 없이는 잠을 못 잘 것 같아." 메리는 항상 그렇듯이 나직하게 아무런 희망도 없는 목소리로 말했다.

"내가 끝내야 하는 일도 잘 못하고, 여러 가지 문제들이 자꾸 떠올라서 그거 몇 방울 마시지 않으면 잠을 못 자. 그거 가져가지 마, 앤. 그거야말로 내 비참한 처지를 잊을 수 있게 해 주는 유일한 약이야."

"너의 비참한 처지를 잊는다고! 너처럼 어린 아이는 그런 식으로 말하면 안 돼. 열여덟 살밖에 안 된 여자아이가 매일 밤 아편팅크 병이 옆에 있어야 잔다니 너무 끔찍한 생각이잖아. 문제는 누구나 다 있어. 나라고 그런 문제가 없겠니?" 내가 말했다.

"넌 나보다 바느질을 두 배나 빨리, 두 배나 더 잘하잖아. 넌 바느질 못한다고 야단맞고 욕을 먹은 적이 한 번도 없잖아. 하지만 난 항상 그래. 넌 일해서 매주 방세를 낼 수 있지만 난 벌써 3주나 밀렸어."

"바느질 연습을 조금 더 하고 조금 더 용기를 내면 너도 곧 잘할 수 있어. 앞으로 얼마나 창창한 인생이 남았는데 그런 소릴 해." 내가 말했다.

"그냥 죽어 버렸으면 좋겠어. 세상천지에 의지할 데라곤 하나도 없는 외톨이로 살자니 너무 힘들어." 메리가 끼어들어서 말했다.

"그런 말을 하다니 부끄러운 줄 알아. 나는 네 친구가 아니야? 네가 계모랑 살던 집을 나와서 이 집에 하숙하러 왔을 때 내가 널 바로 좋아하게 됐잖아? 그 후로 너랑 나랑 자매처럼 지내 오지 않았어? 네가 천애고아라 해도 나라고 뭐 나을까? 나도 너 같은 고아잖아. 나도 너만큼이나 전당포에 잡힌 게 얼마나 많니? 네가 빈털터리라고 해도 나도 이번 주말까지 9펜스로 살아야 해."

"너의 부모님은 정직한 분들이셨잖아. 우리 엄마는 집을 나갔다가 병원에서 죽었어. 아버지는 항상 술에 취해 나를 두들겨 팼고. 계모는 나에게 손톱만큼도 관심이 없으니 죽은 거나 마찬가지야. 하나밖에 없는 오빠는 멀리 떨어진 외국에 있으면서 편지 한 통 보낸 적이 없고, 날 도와주려고 동전 한 푼 보낸 적 없어. 내 애인은." 메리는 고집스럽게 말하다가 입을 다물었다. 그녀의 얼굴이 붉어졌다. 그런 식으로 계속하다간 가장 슬픈 사연이 나올 것이고, 그러면 그녀나 나나 더 괴로워질 거라는 걸 알았다.

"내 애인은 너무 가난해서 나랑 결혼할 수도 없어, 메리. 그러니까 그 문제도 나는 부러워할 처지가 아니야. 하지만 누가 더 불행한지 겨루는 건 그만하기로 하자. 침대에 누워, 내가 이불 덮어 줄게. 네가 잠이 들 동안 남은 일을 좀 해 놓을게."

내가 시킨 대로 하는 대신 메리는 울음을 터트리면서(그녀는 원래 좀 애 같은 면이 있다) 내 목을 꽉 끌어안아서 목이 아플 지경이었다. 나는 그녀가 지칠 때까지 그렇게 있게 내버려 뒀다. 마침내 그녀가 침대에 누웠다. 하지만 잠들기 전에 마지막으로 이런 말을 해서 반쯤은 놀라고 반쯤은 두려워졌다.

"난 널 오래 괴롭히진 않을 거야, 앤. 네가 두려워하는 것처럼 나는 이 세상을 살아갈 용기가 나지 않아. 워낙 시작부터 비참한 인생이었으니 끝날 때도 비참하게 끝날 운명이겠지."

메리가 눈을 감았기 때문에 또다시 잔소리를 해 봤자 소용없었다.

그녀에게 이불을 목까지 덮어 줬는데 이불이 너무 얇은 데다 그녀의 손이 차디차서 그 위에 그녀의 속치마까지 덮어 줬다. 잠이 든 메리는 너무 예쁘고 연약해 보였다. 방금 그런 이야기를 나눈 후에 그런 사랑스러운 모습을 보노라니 가슴이 찢어질 것 같았다. 나는 그녀가 깊이 잠들 때까지 기다렸다가 그 끔찍한 아편팅크 병을 개수대에 쏟아 버리고, 반쯤 하다 만 그녀의 일감을 들고 조용히 방을 나왔다.

3월 6일. 로버트에게 그렇게 낙심하지 말고, 다시 노력도 안 해 보고 미국을 떠나지 말라고 애원하고 호소하는 긴 편지를 보냈다. 그가 절망에 빠져 무기력해진 남자가 돼서 새로 시작하기엔 너무 늦은 나이에 부질없이 다시 시작하려고 애를 쓰는 불쌍한 모습을 보는 고통만 빼면 그 어떤 시련도 견딜 수 있다고 적었다.

그 편지를 부치고 나서 로버트가 내게 보낸 편지를 다시 읽다 보니 갑자기 로버트가 이 편지를 보낸 직후에 영국으로 오는 배를 탄 게 아닌가 하는 의심이 들었다. 그 편지에 로버트는 서둘러 계획한 프로젝트가 하나 있다고 넌지시 말했다. 정말 그런 거라면 처음에 읽을 때 알아챘어야 했는데. 우리 둘 다를 위해 이런 내 해석이 틀렸기를 간절히 빌었다.

오늘은 하루 종일 우울했다. 로버트 때문에 불안했고, 메리 때문에도 마음이 편치 않았다. 메리가 마지막으로 한 말이 머릿속을 떠나지 않았다. "워낙 시작부터 비참한 인생이었으니 끝날 때도 비참하게 끝날 운명이겠지." 메리는 평소에도 이렇게 심난한 말을 자주 했지만 지금처럼 속이 시끄러운 적은 처음이었다. 아마 메리의 방에서 아편 팅크 병을 발견해서 그럴 것이다. 메리를 위해서 뭘 해야 할지 알 수 있다면 어떤 대가라도 치를 텐데. 2년 전에 이 하숙집에서 메리와 처음 만났을 때 그녀가 바로 마음에 쏙 들면서 내가 원래 정이 많은 사람은 아니지만 메리를 위해서라면 세상 끝까지라도 갈 수 있을 것 같은 기분이 들었다. 하지만 메리를 왜 그렇게 좋아하느냐고 누가 묻는다면 이상하게도 어떻게 대답을 해야 할지 알 수 없었다.

3월 7일. 이걸 보는 사람이 나밖에 없는 이 일기장에 적는 것조차 부끄럽지만 나 스스로에게 솔직하게 털어놔야 한다. 그래서 지금 새벽 1시가 다 된 시각에 너무 불안해서 잠도 안 자고 일어나 있다. 메리가 아직까지 집에 오지 않았기 때문이다.

오늘 아침에 메리와 같이 그녀가 일하는 곳에 걸어가면서 아직 살아 있는 그녀의 친지들에 대한 이야기를 꺼내 보려고 애를 썼다. 그렇게 이야기하다가 메리가 흘리는 단서에서 그녀를 마땅히 도와줘야 할 사람들에 대해 알아내서 메리를 도울 수 있지 않을까, 하는 마음에서였다. 하지만 그렇게 알아낸 얼마 안 되는 정보로는 아무 소득이 없었다. 계모와 오빠에 대한 내 질문에 대답하는 대신 메리는 처음부터 이상하게도 오래전에 세상을 떠난 아버지와 아버지에게 음주와 도박을 가르친 최악의 친구인 노아 트루스콧에 대해서만 끈질기게 이야기를 계속했다. 마침내 오빠 이야기를 하게 됐을 때 오빠가 차를 재배하는 인도의 아삼이라는 곳으로 떠났다는 사실만 안다고 했다. 오빠가 거기서 어떻게 지내는지, 아직도 거기 있는지는 모르는 것 같았고, 지금까지 오빠 소식을 전혀 듣지 못했다고 했다.

계모 이야기는 내가 꺼내자마자 메리가 자연스럽게 흥분해 버렸다. 해머스미스에서 식당을 하는 계모는 메리를 거기서 일하면서 안정적으로 살아가게 할 수도 있었지만 그녀를 지독하게 싫어하면서 학대했다. 그래서 어쩔 수 없이 집을 나와 혼자서 어떻게든 살아갈 수밖에 없었다고 했다. 그 여자의 남편(그러니까 메리의 아버지)이 그 여자에게 못되게 굴었던 모양이었다. 그래서 메리의 아버지가 세상을 떠나자 악랄하게도 의붓딸에게 복수한 것이다. 그 말을 듣자 메리가 그 집으로 돌아갈 형편이 아니고, 그녀도 나만큼이나 인생이 힘든 데다 의지할 곳도 없이 혼자서 잘 살아 보려고 애쓰는 수밖에 없다는 사실을 알았다. 나는 그 점을 인정하고 메리에게 지금 내가 다니는 직장에 취직할 수 있도록 힘써 보겠다고 했다. 이곳이 보수도 더 많고, 지금 그녀가 일하는 가게 주인보다 직원들에게 훨씬 더 너그럽게 대하니까.

사실 자신은 별로 없었지만 메리에겐 그렇게 큰소리를 치고 헤어졌다. 내 생각에 메리는 평소보다 기분이 더 좋았던 것 같다. 메리는 오늘 밤 9시에 차를 마시러 오겠다고 했는데 지금 새벽 1시가 다 됐는데 아직 집에 안 들어왔다. 만약 다른 사람이었다면 이렇게 불안해하지 않았을 것이다. 아마 가게에서 급히 해야 할 일이 남아서 야근을 시키는 모양이니 이만 자야겠다고 생각했을 것이다. 하지만 메리는 하는 일마다 운이 따라 주지 않는다며 팔자타령을 멈추지 않고 다른 사람은 하지도 않을 걱정을 태산같이 하는 사람이다. 이런 생각을 이렇게 글로 쓰는 건 고사하고 생각만 해도 내가 너무 바보 같지만 왠지 사고가 생긴 것 같은 무시무시한 두려움을 떨칠 수 없었고—

그런데 지금 바깥 현관문을 요란하게 두드리는 저 소리는 무슨 뜻일까? 밖에서 들리는 저 목소리와 묵직한 발자국 소리는 다 뭐지? 아마 어떤 하숙생이 열쇠를 잃어버린 모양이다. 그런데 내 심장은 왜 이렇게 미친 듯이 뛰는 걸까? 갑자기 왜 이리 겁쟁이가 됐지? 어서 문으로 달려가서 무슨 일인지 봐야 한다. 아, 메리! 메리! 제발 너로 인해 두려워하는 일은 없기를 빌지만 슬프게도 그럴 것 같은 느낌이 든다.

　3월 8일
　3월 9일
　3월 10일

　3월 11일. 아! 이제까지 살면서 생긴 문제들은 지금 내가 처한 곤경에 비하면 아무것도 아니다. 어렸을 때부터 규칙적으로 써 온 이 일기장에 사흘 동안 단 한 줄도 쓸 수 없었다. 그동안 로버트는 단 한 순간도 생각하지 못했다. 다른 때는 항상 로버트 생각만 하던 내가.

　내가 사랑하는 불쌍하고 불행한 메리! 그날 밤 내가 혼자 앉아 너에 대해 두려워한 일은 실제로 일어난 끔찍한 재앙에 비하면 정말 새발의 피였어. 지금 내 눈에는 눈물이 가득 고여 있고, 손은 쉴 새 없이 떨리는데 어떻게 이 일기를 쓸 수 있을까? 내가 지금 왜 이 책상 앞에 앉아 있는지도 모르겠다. 너무 슬프고 두려워서 아무 일도 할 수 없을 것 같은데도 매일 일기를 쓰던 오래된 습관 때문에 이러는 거겠지.

　그 끔찍한 날 밤 하숙집 사람들은 다 자거나 느긋하게 쉬고 있어서 시끄러운 소리에 문을 연 사람은 바로 나였다. 현관문 밖에서 두 경찰이 죽은 소녀처럼 보이는 사람을 들고 들어오는 모습을 봤을 때 어떤 느낌이었는지는 글로도 말로도 표현할 수 없다. 물론 말로 하는 게 훨씬 더 쉽긴 하겠지만. 그 소녀는 바로 메리였다! 내가 그녀를 붙들고 비명을 질러서 온 집안사람들이 식겁한 모양이었다. 겁에 질린 사람들이 잠옷 바람으로 계단을 뛰어 내려와 아래층에 몰려들었으니까. 사방이 끔찍하게 혼란스럽고 다들 요란한 소리로 떠드느라 시끄러웠지만 메리를 내 방으로 데려가 침대에 눕히기 전까지는 아무 소리도 들리지 않았고 아무것도 보이지 않았다. 나는 허둥지둥 그녀의 뺨에 키스를 하려고 허리를 숙였다가 왼쪽 관자놀이에 뭔가에 세게 맞은 자국을 봤다. 그와 동시에 아주 가냘프게 그녀가 쉬는 숨이 내 뺨에 느껴졌다. 메리가 아직 죽지 않았다는 사실을 알아차리자 나는 다시 정신을 차린 것 같다. 나는 경찰에게 가장 가까이 있는 의사를 데려와 달라고 말하고 그가 떠난 후에 침대 옆에 앉아서 찬물로 그녀의 불쌍한 손을 씻어 줬다. 메리는 눈을 뜨지 않았고, 움직이지도 않았고, 입도 열지 않았다. 하지만 숨은 쉬고 있었고, 나로서는 그걸로 충분했다. 메리가 살아 있는 것만으로도 충분했다.

방을 나간 경찰은 체격이 건장하고, 목소리가 굵고, 거만한 남자로 겁이 나서 말없이 모여 있는 사람들 앞에서 신나게 떠들어 댔다. 그는 술집에 있는 사람들에게 수다 떠는 것처럼 어떻게 메리를 발견했는지 이야기했다. "젊은 여자가 술에 취한 것 같지는 않더라고요."

술에 취하다니! 나의 메리, 타고난 귀부인처럼 술이라곤 입에 댄 적도 없는 메리를 보고 취하다니! 이렇게 누워 있는 그녀에게 저런 말을 잘도 지껄여 대는 경찰을 한 대 치고 싶었다. 불쌍한 천사 같은 메리, 저렇게 핏기 없이 새하얀 얼굴로 힘없이 누워 있는 메리에게 무례한 말을 하다니. 그래서 그를 노려봤지만 그는 너무 둔해서 내 눈빛은 이해도 못 한 채 했던 말을 하고 또 했다. 하지만 그들이 메리를 찾은 사연은 현실에서 내가 들어 본 모든 슬픈 이야기들이 그렇듯 사실은 아주 짧았다. 경찰들은 메리가 여기서 조금 떨어진 거리의 연석에 누워 있는 걸 보고 그녀를 경찰서로 데려갔다. 거기서 그녀의 몸을 수색하니 주머니에서 내 명함이 나왔다. 그것은 내게 일자리를 주겠다고 약속하는 여자들에게 내가 주는 명함이었다. 그래서 그들이 메리를 우리 하숙집으로 데려온 것이다. 이게 경찰이 실제로 한 이야기의 전부였다. 메리가 발견됐을 때 근처에는 아무도 없었고, 그녀가 어떻게 관자놀이를 저렇게 심하게 맞았는지를 보여 주는 증거도 없었다.

의사가 오기까지 시간이 얼마나 오래 걸리던지, 그리고 의사가 메리를 진찰한 후에 그가 한 말을 듣는 게 얼마나 끔찍했는지 모른다. 그는 유감스럽지만 세상의 모든 의사를 다 불러와도 아무 소용이 없다고 했다! 그가 아무리 애를 써도 메리는 아무것도 삼킬 수 없었고, 아무리 깨어나게 하려고 해도 성공할 가능성은 점점 더 멀어지는 것처럼 보였다. 의사는 메리의 관자놀이에 맞은 자국을 살펴보고 메리가 일종의 발작을 일으켜서 쓰러지다가 머리를 인도에 찧은 것 같다고 생각했다. 그래서 뇌가 치명적인 충격을 받은 것 같다고. 나는 메리가 밤에 의식이 돌아오면 뭘 해야 하는지 물었다. 그는 곧바로 자기를 부르러 사람을 보내라고 했다. 그리고 잠시 멈춰서 그녀의 머리를 부드럽게 쓰다듬으며 혼잣말을 했다. "불쌍한 소녀군. 이렇게 젊고 예쁜데!" 몇 분 전에 그 경찰을 한 대 치고 싶었던 것처럼 이제는 의사의 목을 끌어안고 키스하고 싶은 기분이 들었다. 의사가 모자를 들었을 때 내가 손을 내밀자 의사가 아주 친절하게 그 손을 잡아 줬다. "희망을 품지 말아요, 아가씨." 그는 그렇게 말하고 나갔다.

나머지 하숙생들은 모두 충격을 받아서 말없이 의사를 따라 나갔다. 다만 우리 같은 불쌍한 사람들에게 쥐어 짜낸 높은 방세로 빈둥거리며 사는, 인정이라고는 손톱만큼도 없는 집주인만 남았다.

"저 여자는 집세가 3주나 밀렸어. 그 돈은 이제 어디서 받아 내지?" 그는 얼굴을 찌푸리며 욕을 해 댔다. 정말이지 짐승만도 못한 인간!

나는 메리 옆에서 혼자 오랫동안 울었더니 기분이 조금 나아졌다. 눈물을 닦아 내고 다시 그녀를 봤을 때 조금도 나아지지 않은 것 같았다. 나는 옆에 있는 그녀의 오른손을 잡았다. 메리는 오른손의 주먹을 꽉 쥐고 있었다. 나는 꽉 쥔 손을 풀려고 애를 쓰다 잠시 후에야 성공했다. 그녀의 손을 펴자 손바닥에서 뭔가 어두운 물건이 떨어졌다.

집어서 펴 보니 남자의 크라바트* 끝부분이었다.

그것은 아주 오래되고, 낡은 데다 칙칙한 라일락색 줄무늬가 있는 검은 실크 크라바트였다. 때가 묻어서 흐릿하게 지워진 그 선들은 일종의 격자무늬였다. 그 크라바트 끝부분은 단처리가 돼 있었지만 내가 손에 쥐고 있는 부분이 찢어진 것처럼 들쭉날쭉했다. 그걸 보고 있자니 온몸에 소름이 돋았다. 그 얼룩지고, 더럽고, 한심하게 구겨진 넥타이 끝 조각이 내게 이렇게 말을 하는 것 같았다. "그녀가 죽으면 범죄에 희생된 것이고, 내가 그 증인이에요."

나는 메리와 단둘이 있을 때 그녀가 나도 모르는 사이에 죽어 버

---

* 넥타이처럼 매는 남성용 스카프.

릴까 봐 두려웠는데 이제는 정말 그런 끔찍한 일이 일어나 두려워서 미칠 것 같았다. 그 어마어마하게 슬픈 밤 나는 5분마다 일어나서 가냘픈 숨결이 느껴지는지 보려고 그녀의 입가에 뺨을 대 보느라 한숨도 자지 못했다. 그 숨결은 처음 느꼈을 때와 한 치도 변함이 없었지만 그녀의 숨이 멎어 버린 건 아닌가 하는 상상을 하며 자주 두려워졌다. 교회 시계가 4시를 쳤을 때 방문이 열리는 걸 보고 깜짝 놀랐다. 집안일을 도맡아서 하는 하녀 '먼지투성이 샬'(이 집 사람들은 그녀를 그렇게 불렀다)이었다. 그녀는 침대에서 덮는 담요를 둘러쓰고, 머리카락은 산발을 한 데다, 졸려서 금방이라도 감길 것 같은 눈으로 내가 앉은 침대 옆으로 왔다.

"오늘 일을 시작하기 전까지 두 시간 남았어요. 그래서 교대해 주려고 왔어요. 저기 저 양탄자 위에 누워서 눈 좀 붙여요. 이 담요 덮고. 난 추워도 괜찮아요. 그러면 잠도 달아나겠죠." 그녀는 졸리고 쉰 목소리로 말했다.

"넌 아주 친절하고 사려 깊구나, 샐리. 하지만 지금은 너무 괴로워서 자든 쉬든 아무것도 하고 싶지 않아. 그냥 여기 앉아서 메리의 상태가 좋아지길 비는 게 낫겠어." 내가 말했다.

"그럼 나도 여기서 기다릴게요. 나도 뭔가 해야 해요. 기다리는 것밖에 할 일이 없다면 기다리겠어요." 샐리가 말했다.

샐리는 내 맞은편의 침대 발치에 앉아서 몸을 덜덜 떨면서 담요를 뒤집어썼다.

"너처럼 고된 일을 하면 당연히 조금이라도 쉬고 싶을 거야." 내가 말했다.

"아가씨 빼고." 샐리는 묵직한 자신의 팔을 들어 아주 서투르지만 부드럽게 메리의 발에 대고 베개를 벤 메리의 창백하고 고요한 얼굴을 바라봤다. "아가씨만 빼면 메리 아가씨가 이 집에서 내게 욕을 하거나 마음에 맺히는 모진 말을 하지 않은 유일한 사람이었어요. 아가씨가 주일마다 푸딩을 만들어서 메리 아가씨에게 절반을 주면 메리 아가씨는 내게도 나눠 줬죠. 다른 사람들은 나를 먼지투성이 살이라고 부르는데. 아가씨와 메리 아가씨만 나를 샐리라고 불렀죠. 마치 친구처럼 말이에요. 내가 여기 있어 봤자 도움이 되진 않겠지만 그렇다고 해를 끼치지도 않잖아요. 아가씨와 교대로 메리 아가씨를 돌보겠어요. 그렇게 할 거예요!"

그녀는 그렇게 말하면서 메리의 발 가까이에 얼굴을 대고 더 이상 아무 말도 하지 않았다.

한두 번 샐리가 잠들었다는 생각이 들었지만 그녀는 볼 때마다 무거운 눈꺼풀을 힘겹게 들고 있었다. 샐리는 교회 시계가 여섯 번 칠 때까지 그 자세로 있다가 메리의 발을 팔로 한번 살짝 누르고 나서 말도 없이 발을 질질 끌고 나갔다. 1, 2분 정도 지난 후에 샐리가 평소처럼 아래층에 있는 부엌에 불을 지피는 소리가 들려왔다.

잠시 후에 의사 선생님이 밤새 환자 상태에 변화가 있었는지 보려고 아침 먹기 전에 들렀다. 그는 메리를 봤을 때 아무 희망도 없는 것처럼 고개만 저었다. 믿고 의논할 사람이 없어서 그에게 그 크라바트 끝부분을 보여 주고, 그걸 그녀의 손에서 찾아냈을 때 생겼던 끔찍한 의심에 대해 말했다.

"그걸 잘 간직하고 있다가 조사할 때 내놓도록 해요. 하지만 그걸로 뭘 알아낼 수 있을 것 같진 않은데. 그 천 조각은 환자가 쓰러졌을 때 근처 땅바닥에 있던 걸 무의식중에 움켜쥐었을 수도 있으니까. 환자가 기절하는 증세가 자주 있었나요?"

"그렇지 않아요, 선생님. 그냥 열심히 일하지만 항상 불안에 시달리고, 가난해서 몸이 약한 여자들이 기절하는 그 정도죠." 내가 대답했다.

"그 관자놀이의 상처가 쓰러져서 생긴 게 아니라는 말은 못 하겠어요. 다른 사람에게 맞아서 생긴 게 확실해 보이지도 않고. 하지만 간밤에 환자의 건강 상태가 어땠는지 확인해 봐야죠. 어젯밤 환자가 어디 있었는지 혹시 알아요?" 의사 선생님이 메리의 관자놀이를 다시 보면서 물었다.

나는 선생님에게 메리가 직장이 있고, 어제 평소보다 늦게까지 거기에 있었던 것 같다고 말했다.

"오늘 아침에 왕진 갈 때 그곳을 지나니까 들러서 물어볼게요." 의사 선생님이 말했다.

나는 고맙다고 말했다. 선생님은 방문을 닫으려고 하다가 다시 방 안을 들여다봤다.

"환자가 당신의 동생인가요?" 그가 물었다.

"아뇨, 선생님. 그냥 친한 친구예요."

선생님은 더 이상 아무 말도 하지 않았지만 조용히 방문을 닫았을 때 한숨을 쉬는 소리가 들렸다. 아마 그에게도 세상을 떠난 여동생이 있는 걸까? 어쩌면 선생님의 여동생이 메리와 닮았던 걸까?

의사 선생님이 간 지 몇 시간이 됐다. 나는 형언할 수 없는 쓸쓸함과 무력감이 느껴져서 로버트가 정말 미국에서 배를 타고 출발해서 제때 여기 런던에 도착해서 나를 도와주고 위로해 줬으면 하는 이기적인 마음이 들었다.

내 방에 샐리 말고는 아무도 오지 않았다. 샐리가 처음 왔을 때는 차를 갖다줬고, 그다음과 세 번째 왔을 때는 그냥 메리 상태에 변화가 있는지 보러 와서 침대의 발치만 힐끗 보고 갔다. 샐리가 그렇게 말수가 적은 줄 처음 알았다. 이 끔찍한 사고 때문에 말을 잃어버린 것 같았다. 나라도 샐리에게 말을 걸어야 했지만 그녀의 표정을 보면 선뜻 말이 나오지 않았다. 게다가 걱정이 돼서 입이 바짝바짝 마르기 시작하는 게 다시는 말이 나오지 않을 것 같은 느낌이 들었다. 나는 여전히 메리가 나도 모르게 죽을 것 같다는 무시무시한 불안 때문에 괴로웠다. 그 낡은 크라바트 끄트머리를 볼 때마다 메리가 한마디도 하지 않고 죽어서 관자놀이에 생긴 상처에 대한 의문도 풀지 못하는 게 아닐까 두려운 마음이 들었다.

마침내 의사 선생님이 돌아왔다.

"저 천 조각 때문에 생긴 의심은 잊어도 좋을 것 같아요. 메리는 당신 짐작대로 사장이 늦게까지 잡아 놓아서 일하다 작업실에서 기절했답니다. 그런데 다시 깨어나자마자 기운을 차릴 만한 건 하나도 안 주고 무정하게 그냥 혼자 집에 가게 내보냈다는군요. 아마 메리가 집에 오는 길에 두 번째로 기절했을 가능성이 커요. 누가 잡아 주는 사람도 옆에 없는데 인도에 쓰러지면 우리가 보는 것보다 더 심각한 부상을 입을 수도 있어요. 내가 보기에 저 불쌍한 소녀가 겪은 유일하게 부당한 행위는 사장이 방치한 것밖에 없는 것 같아요."

"선생님은 아주 합리적으로 말씀하시네요. 그래도 저는 메리가 여전히—"나는 여전히 그 상황을 납득하지 못한 채 말했다.

"불쌍한 아가씨. 내가 희망을 품지 말라고 말했잖아요."선생님이 내 말을 자르고 말했다. 그는 메리에게 가서 눈꺼풀을 들어서 한동안 그녀의 눈을 들여다보다가 덧붙였다. "이 상처가 어떻게 생겼는지 아직 의심이 풀리지 않았다 해도 메리가 일어나 그 의문을 풀어 줄 거란 생각은 하지 말아요. 메리는 다시는 말을 하지 못할 테니까."

"죽은 건 아니죠! 아, 선생님, 제발 메리가 죽었다는 말은 하지 마세요!"

"환자는 고통과 슬픔을 느끼지 못합니다. 말도 못 하고 아무것도 알아차리지 못해요. 하늘을 날아다니는 아주 작은 곤충도 지금 그녀보다는 훨씬 더 생기가 있을 겁니다. 이제 메리를 보면 천국에 있다고 생각하도록 하세요. 냉엄한 진실을 말했으니 이것이 내가 당신에게 줄 수 있는 최선의 위로입니다."

나는 그의 말을 믿지 않았다. 믿을 수 없었다. 메리가 숨을 쉬는 한 희망을 가지겠다고 결심했다. 의사 선생님이 떠난 직후에 샐리가 다시 들어왔다가 내가 메리의 입술에 귀를 대고 숨 쉬는 소리를 듣고 있는 모습을 봤다. 그녀는 벽에 걸린 작은 손거울을 가져와서 내게 줬다.

"입김에 거울이 흐려지는지 보세요." 샐리가 말했다.

그랬다. 자국이 나긴 했지만 아주 희미했다. 샐리는 앞치마로 거울을 문질러 닦고 다시 돌려줬다. 그러면서 메리의 얼굴 쪽으로 손을 반쯤 뻗다가 마치 자신의 딱딱하고 거친 손가락으로 만지면 메리의 섬세한 피부가 더러워지기라도 하는 것처럼 얼른 움츠렸다. 그녀는 나가다가 침대 발치에 멈춰 서서 메리의 신발에 묻은 진흙을 긁어냈다.

"내가 항상 메리 아가씨의 신발을 닦아 줬어요. 아가씨 손이 더러워지지 않도록 말이죠. 이 신발을 벗겨 가서 다시 닦아 와도 되나요?"

샐리가 물었다.

나는 마음이 너무 무거워서 아무 말도 하지 못한 채 고개만 끄덕였다. 샐리는 천천히 아주 어색하면서도 다정한 손길로 신발을 벗겨서 나갔다.

한 시간 정도 지나서 다시 거울을 그녀의 입술 위에 댔을 때 아무 자국도 보이지 않았다. 나는 좀 더 가까이, 더 가까이 댔다. 그러다 무심코 내 입김에 거울이 흐려져서 닦았다. 그리고 다시 그녀의 입술 위에 댔다. 아, 메리, 메리, 의사 선생님 말이 맞았다! 네가 천국에 있다고 생각했어야 했구나!

한마디 말도 없이, 어떤 신호도 없이, 심지어 그녀를 죽음에 이르게 한 상처에 대한 진짜 사연을 말해 줄 표정도 짓지 못한 채 죽어 버리다니! 나는 누구를 부를 수도 없었고, 울지도 못한 채, 거울을 내려놓지도 못하고, 그녀에게 마지막 키스를 하지도 못했다. 거기 그 자리에 멍하니 앉아서 눈이 벌게지고 손은 시체처럼 차가워진 상태로 얼마나 오랫동안 앉아 있었는지 모르겠다. 그러다 샐리가 깨끗하게 닦고 또 때가 묻을까 봐 앞치마에 조심스럽게 싼 신발을 가지고 돌아왔다. 그리고 그 광경을 본—

더 이상 쓸 수 없다. 종이 위로 눈물방울이 너무나 빨리 떨어져서 아무것도 보이지 않는다.

3월 12일. 메리는 3월 8일 오후에 죽었다. 9일 아침에 의무적으로 해머스미스에 사는 그녀의 계모에게 편지를 썼다. 하지만 답장이 없었다. 다시 편지를 보냈지만 오늘 아침에 뜯지도 않은 채로 반송됐다. 그 여자는 아무 관심이 없으니 메리는 극빈자로 묻히게 될지도 모른다. 하지만 내가 가진 걸 다 팔아서라도, 지금 입은 이 드레스까지 저당을 잡혀서라도 그렇게 하진 않을 것이다. 메리가 구빈원에 의해 묻힌다는 생각만 해도 기운이 솟아서 눈물을 닦고 장의사를 찾아가 내 처지를 설명했다. 가장 저렴하면서도 점잖은 장례식을 치르는데 얼마나 나올지 견적을 뽑아 주면 내가 그 돈을 모아 보겠다고 말했다. 그는 평범한 계산서를 뽑는 것처럼 이렇게 견적서를 작성해서 줬다.

걸어서 가는 장례식 비용	1파운드	13	8
제의실	0	4	4
교구 목사	0	4	4
교회 서기	0	1	0
교회 머슴	0	1	0
교구 직원	0	1	0
교회 종	0	1	0
6피트 묘지	0	2	0
합계	2파운드	8	4

내게 이 문제에 대해 생각할 여력이 좀 있었다면 교회가 가난한 사람들을 묻는 데 그렇게 자잘한 비용들을 많이 청구하지 않아도 될 여유가 있으면 좋겠다고 빌었을 것이다. 가난한 유가족에겐 1실링도 어마어마한 거금이니까. 하지만 불평해 봤자 소용없었다. 즉시 장례 비용을 모아야 했다. 가난한 사람들을 돕는 의사 선생님이—본인도

가난하다. 그렇지 않았다면 우리 동네에 살지 않았을 테니까―10실 링을 기부했고, 사인을 밝히기 위한 조사가 끝났을 때 검시관이 5실 링을 보태 줬다. 아마 다른 사람들도 도와줄지 모른다. 그러지 않는 다면 내게 다행히 저당 잡힐 옷가지와 가구가 좀 있다. 13일인 내일 장례식을 치러야 하니 그 옷과 가구들과 당장 작별해야 한다.

장례식, 메리의 장례식이라니! 차라리 이렇게 해결해야 할 문제들 이 산적해서 바짝 긴장하고 있는 게 다행이었다. 비탄에 빠질 여유가 있었다면 어떻게 용기를 내서 내일 장례식에 대처했겠는가?

다행히 메리의 시체를 검시할 때 나를 부르지 않았다. 의사와 경찰 과 그녀가 일했던 곳에서 두 명이 증인으로 나와서 사인은 사고사라 는 결정이 내려졌다. 그 크라바트 끄트머리를 제출했고 검시관은 확 실히 의심을 가지기에 충분하다고 말했다. 하지만 확실한 증거가 없 는 상황에서 배심원단은 메리가 기절해서 쓰러졌다가 관자놀이를 다 쳤다는 의사의 의견을 받아들였다. 그들은 메리가 일하던 가게 사람 들이 메리가 과로해서 쓰러졌는데 브랜디 한 방울 마시게 하지 않고 그냥 집에 보냈다고 꾸짖었다. 검시관은 그들이 그런 책망을 들어도 싸다고 덧붙였다. 그 후에 크라바트 끄트머리는 내가 요구해서 다시 돌려받았다. 경찰은 그런 사소한 단서만으로는 사건 수사를 할 수 없 다고 말했다. 그들은 그렇게 생각할 수 있고, 검시관과 의사와 배심 원단도 그렇게 생각할 수 있지만 나는 그 어느 때보다 강하게 내 친 구 메리의 관자놀이에 있는 상처에 아직 밝혀지지 않는 끔찍한 미스 터리가 있을 것이란 강한 확신이 들었다. 그리고 그 미스터리는 그녀 의 손에서 발견한 크라바트를 통해 드러날 것 같았다. 왜 그렇게 생 각하는지 그럴듯한 이유를 댈 수는 없지만 내가 배심원 중 하나였다면 사고사 같은 판결에는 절대 수긍하지 않았을 것이다.

내 소지품을 저당 잡히고 그래도 모자란 장례 비용은 지금 일하는 곳에서 가불해 달라고 애걸해서 보충한 나는 내일 큰일을 치르기 위해 조용히 쉬면서 준비할 시간이 있을 거라고 생각했다. 하지만 세상일이란 게 내 뜻대로 되지 않는 법이다. 집에 돌아오자 집주인이 복도에서 나를 막아 세웠다. 술에 취한 그는 그 어느 때보다 더 악랄하고 매정한 눈빛으로 나를 보며 말했다.

"그러니까 너는 그년의 장례 비용을 댈 정도로 멍청하단 말이지?" 그가 내게 처음 한 말이었다.

나는 너무 지치고 속상해서 대꾸도 할 수 없었다. 그저 그의 옆을 지나가서 내 방으로 가려고 했다.

"그년을 묻을 돈을 네가 낼 수 있다면 그년이 진 빚도 갚을 수 있겠네. 그년은 내게 3주치 방세를 빚졌어. 네가 그 돈도 모아서 내게 줄 수 있지? 이건 농담이 아니야. 내가 반드시 그 돈을 받아 내고야 말겠어. 맹세해. 누군가 그 돈을 내지 않으면 그년의 시체를 몰수해서 구빈원으로 보내 버릴 거야!" 그는 내 앞을 막아서며 말했다.

두렵기도 하고 역겨운 마음으로 그의 발밑에서 기절이라도 해야 하나 생각했다. 하지만 절대 이 인간에게 겁먹은 모습은 보여 주지 않겠다고 단호하게 결심했다. 그래서 모든 의지를 끌어 모아 시신에 그런 악독한 짓을 할 법적 근거가 없다고 믿는다고 대답했다.

"법이 뭔지 내가 가르쳐 주지. 너는 그년이 내게 빚진 채 죽게 놔두면서 귀부인처럼 그년을 장사 지낼 돈을 모은다는 거잖아? 내가 내 권리를 짓밟히고도 가만히 있을 줄 알아? 내가 어떻게 하는지 잘 봐! 오늘 밤까지 잘 생각해. 내일까지 그년이 내게 빚진 3주치 방세를 갚지 않으면 살았든 죽었든 그년은 구빈원으로 보낼 거야!" 그가 말했다.

이번에는 나도 간신히 그를 밀치고 내 방으로 가서 그의 면전에서 문을 잠가 버릴 수 있었다. 방에 혼자 남겨지자마자 숨도 못 쉬고 울음을 터트렸다. 하지만 울어 봤자 아무 소용없었고, 아무도 도와주지 않는다. 나는 한참 울고 난 후에 최선을 다해 마음을 가라앉히고 누구에게 가서 도움과 보호를 청할 것인지 생각해 봤다.

제일 먼저 생각난 사람은 의사 선생님이었다. 하지만 선생님은 오후엔 항상 환자들을 보러 나간다. 그다음에 떠오른 사람은 교구 직원이었다. 메리 사건을 조사하러 왔던 그는 아주 위엄 있어 보이고 범접하지 못할 카리스마가 있었다. 하지만 나와 조금 이야기를 나눈 후에 내가 아주 착하다고 말했고, 나를 측은히 여기는 것 같았다. 그래서 그에게 내게 닥친 위험과 고통을 호소해 보기로 결심했다.

다행스럽게도 그는 마침 집에 있었다. 내가 그에게 집주인의 악랄한 협박과 그로 인해 내가 겪는 고통을 이야기하자 분연히 일어서서 일요일에만 쓰는, 금몰로 장식된 모자를 가져오라고 해서 쓰고 윗부분이 상아로 장식된 긴 지팡이를 들었다.

"내가 그 인간을 야단쳐 주겠어. 나랑 같이 가지, 아가씨. 수사할 때 내가 아가씨는 착한 사람이라고 말했잖아. 그때 말하지 않았다면 지금 다시 말해 주지. 내가 그놈을 혼쭐내 줄게! 어서 가자고."

모자를 쓰고 긴 지팡이를 들고 성큼성큼 걸어가는 그를 따라갔다.

"집주인 나와 보게!" 그는 우리 집 복도에 들어선 순간 지팡이로 바닥을 쿵쿵 내려치면서 불렀다. "집주인 나오라고!" 그는 그 말과 함께 마치 영국 왕이 짐승을 부르는 것처럼 위풍당당한 표정으로 주위를 둘러봤다.

집주인이 나와서 누가 왔는지 본 순간 그의 눈은 그 모자에 못 박힌 채 얼굴이 하얗게 질려 버렸다. "어떻게 감히 이 불쌍한 아가씨를 겁줄 수 있지? 어떻게 이렇게 슬픈 때에 이 아가씨를 들들 볶으면서 자네도 할 수 없는 일을 하라고 협박하는 거야? 어떻게 사내답지 못하게 남을 못 살게 굴면서 허풍을 떨고 비열한 짓을 하지? 내게 말대꾸하지 마. 한 마디도 안 들을 테니까. 당신을 이 런던 교구 관계자들 앞에 세우겠어. 내가 그동안 당신을 지켜보고 있었고, 런던 교구도 당신을 지켜보고 있었어. 목사님도 그랬고. 이 거리 모퉁이에 있는 당신의 그 콧구멍만 한 가게도 우리 마음에 안 들어. 거기를 들락거리는 고객들도 못마땅하고. 우린 질서를 어지럽히는 사람들은 좋아하지 않아. 그리고 결단코 당신 같은 사람은 좋아하지 않아. 썩 꺼져! 이 젊은 아가씨를 건드리지 마. 앞으로 한 번이라도 입을 또 놀리면 내가 당장 고발할 거야. 이 인간이 앞으로 또 한 마디라도 하거나 당신 일에 끼어들면 내게 와서 말해요, 아가씨. 이 인간은 남을 괴롭히고, 사내답지 못하게 허풍이나 치는 집주인에 불과하니까 내가 놈을 고발하겠소."

그 말을 하고 교구 직원은 큰 소리로 헛기침을 하고 나서 지팡이로 바닥을 한 번 더 세게 친 후에 미처 고맙다는 말을 하기도 전에 성큼성큼 나가 버렸다. 집주인은 한마디 말도 없이 슬금슬금 자기 방으로 도망쳐 버렸다. 나 혼자 남았다. 마침내 누구의 방해도 받지 않은 채 내일 있을 불쌍한 친구의 장례식을 치르기 위해 기운을 내려고 하면서.

3월 13일. 이제 다 끝났다. 일주일 전에 메리는 내 품에서 안식을 취했다. 이제 그녀는 교회 경내에 안장됐고, 그녀의 무덤 위로 새 흙이 묵직하게 덮였다. 가장 친한 친구이자 사랑하는 자매인 그녀와 나는 이 세상에서 영원히 헤어졌다.

나는 사람들로 붐비는 잔인한 거리를 홀로 걸어 그녀의 장례를 따라갔다. 샐리가 같이 가겠다고 할 줄 알았는데 그녀는 내 방에 찾아오지도 않았다. 그렇다고 샐리를 나쁘게 생각하고 싶지는 않았는데 그러길 잘했다. 교회에 도착해 보니 무덤 옆에 서 있는 두 서너 사람 중에 샐리가 보였기 때문이다. 그녀는 누더기가 다 된 회색 숄을 두르고 여기저기 천을 덧댄 검은색 보닛을 쓰고 있었다. 샐리는 나를 못 본 것 같더니 장례식을 마치고 목사님이 가고 나서야 내게 와서 말을 걸었다.

"저는 아가씨와 같이 장례 행렬을 따라갈 수 없었어요. 입고 갈 만한 제대로 된 옷이 없거든요. 저도 아가씨처럼 실컷 울어서 후련해지고 싶지만 그럴 수도 없어요. 오랫동안 굶주리면서 힘들게 살다 보니 눈물도 말라 버렸거든요. 집에 왔을 때 불 피울 생각은 하지 마세요. 제가 해 놓고 차를 끓여서 위로해 드릴게요."

샐리는 그러고 좀 더 다정한 말을 하려는 듯했지만 교구 직원이 오는 걸 보고 두려워하며 물러나서 묘지를 나갔다.

"여기 내가 보태는 장례요." 교구 직원이 장례비로 받은 돈을 돌려주며 말했다. "아무 말도 하지 말아요. 다른 사람 귀에 들어가면 교구 사업에 손해를 입혔다는 말이 돌지도 모르니까. 집주인이 그 후로 아가씨에게 또 뭐라고 안 했어요? 아니라고, 그럴 줄 알았어. 날 귀찮게 하지 않을 정도의 예의는 아는 인간이라고 생각했거든. 여기선 이제 그만 울고, 아가씨. 장례식에 익숙한 내 조언을 들어요. 이제 집에 가요."

그의 조언을 받아들이려 했지만 다른 사람들이 다 그녀를 저버린 마당에 이렇게 가 버리면 나마저 메리를 떠나는 것 같았다.

나는 무덤에 흙을 끼었고 교구 직원이 그 자리를 떠날 때까지 기다렸다가 다시 무덤으로 돌아갔다. 아, 초록색 떼도 입히지 않고 헐벗은 무덤을 보니 얼마나 마음이 쓰라리던지! 그 흙더미를 혼자 서서 지켜보면서 그 밑에 숨겨진 메리의 인생을 생각하자 죽는 것보다 사는 것이 얼마나 더 힘들어 보이던지!

나는 한없이 절망해서 집으로 돌아왔다. 샐리가 내 방에서 불을 피우는 모습에 조금 마음이 따뜻해졌다. 샐리가 갔을 때 다시 로버트의 편지를 꺼내서 이제 내가 세상에서 유일하게 관심을 가진 주제에 정신을 집중했다.

편지를 읽자 로버트가 미국에서 이 편지를 보낸 후에 영국으로 출발했을 거라는 의심이 다시 살아났다. 슬픔과 고독 때문인지 전에 로버트가 돌아온다고 했을 때 느꼈던 감정에 기이하게도 변화가 일어났다. 나는 그간의 신중함과 자제력을 다 잃었고, 그의 딱한 형편에 대해선 더 이상 신경 쓰지 않게 됐다. 그저 그가 너무 그리워서 그가 돌아올 가능성만이 이제 나를 위로하고 지탱해 주게 됐다. 내가 약해져서 이렇게 느끼는 거고, 그가 돌아온다고 해도 우리 둘에게 좋은 일은 없을 거라는 사실을 알지만 이제 내게 남은 사랑하는 이는 그하나밖에 없었다. 그리고 이유는 설명할 수 없지만 로버트를 껴안고 메리에 대해 말하고 싶었다.

3월 15일, 16일, 17일. 일, 일, 일을 하자. 녹초가 돼서 쓰러지지만 않으면 직장에서 가불받은 돈을 일주일 내로 다 갚을 수 있다. 그다음에 매일 쓰는 생활비를 조금 더 아껴 쓰면 메리의 무덤에 떼를 입힐 1, 2실링 정도 벌 수 있고, 어쩌면 무덤 주위에 꽃을 조금 키울 수 있는 돈까지 생길지도 모른다.

3월 18일. 하루 종일 로버트 생각을 했다. 이건 정말 그가 돌아온다는 뜻일까? 그렇다면 뉴욕에서 여기까지 거리와 배가 영국에 도착하는 시간을 고려해 볼 때 로버트를 4월 말이나 5월 초에는 볼 수 있다.

3월 19일. 어제는 그 크라바트 끄트머리에 대해 생각을 한 기억이 없고, 본 적도 없다. 그런데도 어젯밤 그것에 대한 기묘한 꿈을 꿨다. 그것이 마치 숨은 연인에게로 이끄는 명주실처럼 아주 길게 늘어진 단서 같다는 생각이 들었다. 나는 그걸 잡고 조금 따라가다가 겁이 나서 돌아가려고 했지만 계속 나아가야 한다는 점을 깨닫고 무심결에 계속 갔다. 그곳은 우리 어머니가 가지고 있던 책인 『천로역정』에 나오는 죽음의 음침한 골짜기 같았다. 몇 달 동안 쉬지도 못하고 계속 그걸 따라가자 마침내 눈이 메리의 눈과 똑같은 천사와 마주쳤다. 그 천사가 내게 말했다. "계속 가세요. 진실이 이 길 끝에서 당신이 오길 기다리고 있어요." 나는 울음을 터트렸다. 그 천사의 눈만 아니라 목소리까지 메리와 똑같아서. 순간 잠이 깨자 심장이 쿵쿵 뛰었고, 뺨은 눈물로 축축하게 젖어 있었다. 이 꿈의 의미는 뭐지? 꿈이 현실로 이뤄질지도 모른다는 믿음은 미신인가?

*

4월 30일. 그걸 찾아냈다! 그것 때문에 어떤 결과가 나올지는 신만이 아시겠지만 메리가 손에 쥐고 있던 그 크라바트의 끄트머리가 어디서 찢겨 나갔는지 확실히 알아내서 이렇게 일기장에 쓴다. 그걸 어젯밤에 발견했지만 너무 가슴이 떨리고 긴장되고 혼란스러워서 미처 이 놀랍고 예상치 못했던 사건을 일기장에 적을 수 없었다. 이제 그 기억을 잊지 않게 글로 적어 보겠다.

어제 늦게 퇴근하고 집에 가는데 갑자기 전날 밤 양초 사는 걸 깜박한 기억이 떠올랐다. 오늘 사지 않으면 오늘 밤도 깜깜한 어둠 속에서 지내게 될 처지였다. 평소에 자주 다니는 가까운 가게는 도착하기도 전에 닫혔을 것이다. 그래서 지나가다 촛불을 파는 가게가 보이면 곧바로 들어가자고 결심했다. 그렇게 들어간 작은 상점에 계산대가 두 개 있었는데, 한쪽 계산대에서는 일반적인 식료품과 잡화를 팔고, 또 다른 계산대에서는 해진 천과 병과 낡은 철사 줄 같은 중고 물품을 팔고 있었다.

가게에 들어갔을 때 식료품 칸에 손님이 몇 명 있어서 주인이 올 때까지 텅 빈 반대편 계산대에서 기다렸다. 주위에 있는 쓰레기 같은 물건들을 둘러보는데 문득 계산대 위에 놓인 천 뭉치가 눈에 들어왔다. 이제 막 들여와서 거기 놔둔 것처럼 보였다. 단순한 호기심에 그 천 뭉치를 들여다보는데 그중에 오래된 크라바트 같은 것이 보였다. 그걸 곧바로 집어 들어 가스등 불빛에 비춰 봤다. 흐릿해진 라일락 선이 칙칙한 검은색 천을 배경으로 격자무늬 구조로 찍혀 있었다. 끄트머리를 봤는데 한쪽이 찢어져 있었다.

그걸 보고 숨도 쉴 수 없이 놀란 마음을 어떻게 가까스로 감췄는지는 말로 다 할 수 없었다. 하지만 가까스로 목소리를 가다듬고 손님을 응대하는 남자와 여자에게 양초를 달라고 침착하게 주문했다. 다른 손님들은 다 가고 없었다.

남자가 양초 몇 개를 선반에서 내리는 동안 내 머릿속은 정신없이 돌아가면서 아무 의심도 사지 않고 저 크라바트를 손에 넣는 방법을 궁리했다. 마침 찾아온 기회를 내가 재빨리 잡은 덕분에 목적을 이룰 수 있었다. 양초를 세서 챙긴 남자가 여자에게 양초를 포장할 종이를 가져오라고 시켰다. 여자가 포장지로 쓰기엔 너무 작고 얇은 종이를 내놔서 남자가 더 나은 걸 가져오라고 하자 그날 쓸 두꺼운 종이는 다 떨어졌다고 대꾸했다. 남자는 여자가 재고 관리를 형편없이 한다고 벌컥 화를 냈다. 두 사람이 격렬하게 다투기 시작했을 때 나는 낡은 천들이 놓인 계산대로 가서 그 크라바트를 슬쩍 집어 들고 아무렇지 않게 말했다.

"이런, 제 양초 때문에 싸우지 마세요. 이 낡은 천 조각으로 양초를 싸서 끈으로 묶어 주시면 제가 아주 편하게 집까지 들고 갈 수 있겠어요."

남자는 계속 두꺼운 종이를 내놓으라고 고집을 부리고 싶은 눈치였지만, 남자를 괴롭힐 기회가 생겨서 기뻤던 여자가 얼른 양초를 낚아채서 그 찢어진 크라바트에 쌌다. 화가 머리끝까지 난 남자가 여자의 따귀라도 때리지 않을까 조마조마했지만 다행히 그때 다른 손님이 들어와서 어쩔 수 없이 그의 손을 비폭력적이고 좋은 용도에 써야 했다.

"저 계산대에는 온갖 종류의 물건들이 있네요." 여자에게 양초 값을 내면서 내가 말했다.

"그래요. 게으르고 짐승 같은 남편과 사는 아주 불쌍한 여자가 주워 온 넝마를 한꺼번에 내다 판 거예요. 그 인간은 일을 마누라에게 다 시키고 자기는 쓰기만 한다니까." 여자는 옆에 서 있는 남자를 한껏 독기 어린 눈빛으로 노려보며 대답했다.

"아내가 넝마나 줍고 다닌다면 남편이란 사람도 쓸 돈이 별로 없겠는데요." 내가 말했다.

"형편이 나아지지 않는다고 그 여자를 탓할 순 없어요. 그 여자는 할 수 있는 일은 뭐든 하려고 드는 사람이니까. 청소, 빨래, 파출부, 빈집 관리. 뭐든 똑소리 나게 해내는 사람이에요. 나와 이복 자매 지간이니 잘 알죠." 그녀는 조금 화가 난 목소리로 말했다.

"방금 청소 일도 한다고 하셨나요?" 나는 그 여자를 고용할 만한 사람을 아는 것처럼 물어봤다.

"네, 그렇게 말했어요. 당신이 내 동생에게 일자리를 소개시켜 준다면 그 주인이 큰 덕을 보는 거죠. 그 아이는 여기서 오른쪽으로 가면 나오는 뮤스 거리에 살아요. 성은 홀릭이라고 하고. 정말 아주 정직해요. 자, 부인은 뭘 드릴까요?" 그 여자가 물었다.

그때 막 들어온 또 다른 손님에게 여자가 관심을 돌렸다. 나는 가게를 나와서 뮤스 거리로 가는 갈림길을 지나치면서, 다시 그곳을 찾기 위해 거리 이름의 표지판을 봐둔 후에, 최대한 빨리 집으로 달려왔다. 아마 간밤에 꾼 이상한 꿈이 갑자기 떠올라서 그랬을지도 모르고, 아니면 방금 알아낸 사실 때문에 충격을 받아서 그랬는지도 모르지만, 이유도 없이 두려워지기 시작해서 어서 안전한 내 방으로 들어가고 싶었다.

로버트가 돌아온다면 얼마나 좋을까! 아, 로버트가 돌아온다면 얼마나 안심이 되고 도움이 될까!

5월 1일. 어젯밤 집에 들어오자마자 불을 킨 후에, 양초를 쌌던 그 크라바트를 펼쳐서 테이블에 반듯하게 폈다. 그다음에 내 책상에서 불쌍한 메리의 손에서 빼낸 그 끄트머리를 가져와서 맞춰 봤다. 그것은 크라바트의 찢어진 부분과 완벽하게 맞았다. 나는 두 조각을 맞춰 놓고 이것이 바로 그 물건임에 틀림없다고 확신하고 만족했다.

그날 밤 내내 뜬눈으로 밤을 지새웠다. 열에 들뜬 것처럼 흥분해서 여기서 나아가 어떤 위험이 나를 기다리건 더 많은 사실을 알아내야겠다는 생각에 잠이 오지 않았다. 그 크라바트는 정말로 내 꿈에서 본 단서라는 생각이 들어서 무슨 일이 있어도 추적하겠다고 결심했다. 오늘 저녁에 일을 끝내고 홀릭 부인을 찾아가야겠다고 마음먹었다.

뮤스 거리는 쉽게 찾았다. 거리 모퉁이에 등이 휘어진 난쟁이 같은 남자가 파이프 담배를 피우며 얼쩡거리고 있었다. 그의 표정이 마음에 안 들어서 홀릭 부인이 어디 사는지 묻지 않고 그냥 걸어가다가 만난 여자에게 물었다. 여자는 집이 어디 있는지 알려 줬다. 문을 두드리자 비쩍 마른 몸집에 심술궂고, 뚱해 보이는 표정의 여자가 나왔다. 나는 다짜고짜 그녀에게 파출부로 일하는 근무 조건에 대해 물어보러 왔다고 말했다. 그녀는 잠시 나를 빤히 보다가 적당히 예의를 갖춰서 대답했다.

"갑자기 낯선 사람이 찾아와서 놀란 모양이네요. 어젯밤에 당신 언니에게서 당신에 대한 이야기를 들었어요. 그 이야기를 나누게 된 계기가 참 기묘하긴 했지만." 내가 말했다.

그리고 그녀에게 어젯밤 양초 가게에서 찢어지고 오래된 크라바트에 내가 산 양초를 싸서 집에 가져간 사정을 이야기해 줬다.

"그 인간 물건이 쓸모가 있었다는 이야기는 머리털 나고 처음 들어보네요." 홀릭 부인이 쓸쓸하게 말했다.

"뭐라고요! 그 낡고 오래된 넥타이가 부인 남편 것이었나요?" 나는 될 대로 되라 싶어서 넌지시 물었다.

"그래요. 내가 그이의 걸레 같은 넥타이와 넝마를 갖다 팔았어요. 그 김에 아예 그 인간도 팔아 치울 수 있으면 얼마나 좋아. 어느 헌옷 가게건 받아 주기만 하면 그냥 팔아 버릴 텐데. 저 인간은 저기 저렇게 뮤스가 모퉁이에 서서 파이프 담배나 뻐끔뻐끔 피우잖아요. 실직한 지가 벌써 몇 주나 됐는데 저렇게 농땡이나 치고 있으니. 아마 런던에서 가장 게으른 돼지일 거야!"

부인은 내가 뮤스가로 들어올 때 지나쳤던 그 남자를 가리켰다. 내 뺨이 벌겋게 달아오르고 무릎이 떨리기 시작했다. 크라바트 주인을 찾으면 새로운 사실을 발견할 수 있으니까. 나는 홀릭 부인과 작별 인사를 하고 그녀의 도움이 필요한 날짜를 적은 편지를 보내겠다고 말했다.

예전에 들은 말이 떠올라 더 이상 걸어가기가 두려워졌다. 사람들이 어지러워질 때 어떤 느낌인지 들은 적이 있는데 뮤스가로 다시 나가는 순간 나도 그런 느낌이 들었다. 머리가 어지럽고, 아까 그 자리에서 담배를 피우는 키 작고 등이 굽은 남자 말고는 아무것도 보이지 않았다. 그 남자 말고는 아무것도 안 보였고, 불쌍한 메리의 관자놀이에 생긴 맞은 자국 말고는 아무것도 생각할 수 없었다. 너무 어지러워서 등이 굽은 남자에게 가까워지는 순간 그럴 생각도 없었는데 그만 멈춰 서고 말았다. 몇 분 전만 해도 그 남자와 이야기할 생각이 전혀 없었다. 어떻게 말해야 할지, 어떤 식으로 이야기를 시작해야 안전할지도 알 수 없었고. 그렇지만 그와 얼굴을 마주치는 순간 내 마음 속의 뭔가가 내 발을 멈춰 세웠다. 나는 어떤 말을 해야 할지, 결과가 어떨지 생각도 안 하고 무작정 말을 걸었다. 이 말을 내뱉기 직전까지도 내가 무슨 말을 하게 될지도 몰랐다.

"당신의 그 오래된 넥타이가 찢어졌을 때 한쪽 끝이 헌옷 가게로 가고, 남은 끄트머리는 내 손에 들어올 거라는 걸 알았나요?"

나는 그에게 대담하게 말했는데 거기에는 내 의지나 생각이 전혀 들어가지 않은 것처럼 느껴졌다.

그는 깜짝 놀라서 나를 빤히 보다가 얼굴색이 변했다. 내가 갑자기 말을 걸어서 대답도 못 하는 것 같았다. 그러다 입을 열었지만 대답이 아니라 혼잣말 같았다.

"당신은 그 여자가 아니잖아."

"아니죠. 난 그녀의 친구예요." 나는 마음이 아리는 걸 느끼며 대답했다.

이제 그는 놀란 마음을 진정시켰고, 자신이 쓸데없는 소리를 뱉었다는 걸 알아차린 눈치였다.

"당신이 여기 와서 헛소리를 주절거리지 않는 한 당신이 누구 친구건 관심 없어. 난 당신이 누군지 몰라. 당신 농담도 이해하지 못하겠어." 그 남자가 상스럽게 말했다.

그리고 재빨리 돌아서서 나를 외면했다. 내가 그에게 말을 건 후로 그는 단 한 번도 내 얼굴을 똑바로 보지 않았다.

바로 저 손으로 메리를 쳤을까? 주머니엔 6펜스밖에 없었지만 그걸 꺼내 들고 그를 따라갔다. 내게 5파운드 지폐가 있었더라도 이런 상황이었다면 똑같이 행동했을 것이다.

"맥주 한잔하면 나를 이해하게 될까요?" 나는 그에게 6펜스를 내밀며 말했다.

"맥주 한잔이 별건가." 그는 미심쩍은 표정으로 그 돈을 받으면서 대꾸했다.

"좀 더 좋은 게 나올지도 모르잖아요." 내가 대꾸했다. 그의 눈이 반짝이기 시작하면서 가까이 다가왔다. 아, 다리가 얼마나 떨리던지. 머리는 또 얼마나 어지럽던지!

"이게 다 당신 좋고 나 좋으라고 이러는 거지?" 그가 속삭이는 목소리로 물었다.

나는 고개를 끄덕였다. 그 순간 한 마디도 할 수 없었다.

"물론 다 좋으라고 이러겠지. 안 그러면 여기 경찰이 왔겠지. 그 여자가 너에게 말했나? 난 그 남자가 아니라고?" 그 남자는 계속 그렇게 혼잣말을 했다.

나는 다시 고개를 끄덕였다. 쓰러지지 않기 위해선 그렇게 고개를 끄덕이는 것이 고작이었다.

"내 생각엔 그 남자에게 경찰에 신고하겠다고 협박해서 1, 2파운드 받아 내고 조용히 합의하는 게 좋을 것 같은데? 당신이 그 남자를 찾아내면 내게 얼마나 떨어지지?"

"절반요."

내가 계속 입을 다물면 남자가 의심할까 봐 두려워지기 시작했다. 그 남자의 눈이 반짝이더니 다시 가까이 다가왔다.

"내가 그 남자를 도드가와 러들리가 사이에 있는 레드 라이언 펍으로 태워다 줬어. 그 집은 잠겨 있었지만 문을 두들기니까 들여보내 주더군. 집주인이 잘 아는 남자 같았어. 그게 내가 말할 수 있는 전부야. 그리고 그게 분명한 사실이야. 그 남자는 그날 밤 내가 태운 마지막 승객이었어. 다음 날 아침 회사 사장이 날 잘랐거든. 내가 그의 옥수수와 승객들을 훔쳐 갔다고. 내가 그런 짓을 하고 잘렸으면 억울하지나 않지."

나는 이 말에서 등이 굽은 이 남자가 마차를 몰던 마부였다는 사실을 알아냈다.

"왜 아무 말도 안 하지? 그 여자가 나에 대해 거짓말만 늘어놓은 거 아니야? 그 여자가 집에 왔을 때 당신에게 뭐라고 했어?" 남자가 수상하다는 표정으로 나를 보며 물었다.

"그녀가 뭐라고 해야 했는데요?"

"내 승객이 취했는데 그 사람이 마차에 타려고 했을 때 자기가 방해가 됐다고. 처음에 그렇게 이야기를 시작했어야지."

"하지만 그 후에는?"

"뭐, 그 후에는 그 손님이 네 친구에게 장난을 친답시고 네 친구의 발을 걸어 넘어지게 했지. 그 여자가 비틀거리다가 넘어지기 직전에 나를 잡는 바람에 내 넥타이 한쪽 끝이 찢어져 버렸어. '이게 무슨 짓이야, 이 짐승 같은 인간아?' 네 친구는 다시 일어나자마자 돌아서서 손님에게 그렇게 말했지. '네년에게 공손하게 말하는 법을 가르치려고 그랬다.' 남자가 그렇게 말하더니 주먹을 휘둘렀어. 그런데 당신 표정이 왜 그래? 왜 그런 기분 나쁜 표정으로 나를 보는 거야? 나같이 키 작고 왜소한 남자가 어떻게 곰처럼 큰 남자에게 맞서서 그 여자 편을 들 수 있겠어? 꼬나보고 싶으면 실컷 꼬나봐. 당신이 나와 같은 입장이었다면 뭐 달리 행동했을 것 같아? 그 인간이 내게 주먹을 휘두르면서 당장 출발하지 않으면 죽여 버리겠다고 했단 말이야."

나는 그가 점점 분노하는 모습을 바라봤지만 내 목숨이 달렸다 해도 더 이상 그와 가까이 있거나 그를 바라볼 수 없었다. 그래서 오늘 먼 길을 걸어왔는데 평소에는 이렇게 운동을 하지 않아서 피곤하고 어지러워 쓰러질 것 같다고 더듬더듬 변명을 늘어놨다. 그렇게 말하자 화난 표정이었던 그의 얼굴이 뚱한 표정으로 바뀌었다. 나는 그에게서 조금 떨어진 후에 내일 저녁에 여기 서 있으면 내가 할 이야기도 더 있고, 돈도 더 많이 주겠다고 했다. 그는 내가 돌아올지 모르겠다고 투덜거렸다. 다행히 바로 그 순간 경찰 하나가 반대쪽으로 지나갔다. 그가 바로 뮤스 거리 안쪽으로 슬금슬금 물러나는 바람에 거기서 도망칠 수 있었다.

대체 어떻게 집에 왔는지 나조차 알 수 없었다. 정신없이 달려온 내게 샐리가 문을 열어 줬다가 내 얼굴을 보고 무슨 일이 있냐고 물었다. 나는 아무것도 아니라고 대답했다. 방으로 가려고 하자 샐리가 날 붙들고 말했다. "머리도 좀 매만지고, 옷깃도 똑바로 세우고 가세요. 어떤 신사분이 방에서 아가씨를 기다리고 있어요."

그러자 가슴이 뛰기 시작했다. 순간 그가 누군지 알아차리고 미친 여자처럼 방으로 돌진했다.

"오, 로버트, 로버트!"

나는 그 단 두 마디에 내 모든 마음을 쏟아 냈다.

"맙소사, 앤. 무슨 일 있었어? 당신 어디 아파?"

"메리! 불쌍한 나의 메리! 메리가 살해됐어, 아, 불쌍한 메리!"

그의 품에 쓰러지기 전에 그 말만 할 수 있었다.

5월 2일. 온갖 불운과 실망 때문에 로버트는 몹시 슬퍼하긴 했지만 나에 대한 마음은 변하지 않았다. 그는 언제나 그렇듯 착하고, 친절하고, 다정하고, 나에 대한 애정이 넘쳤다. 로버트만큼 메리의 죽음에 대한 이야기를 다정하고 안타까운 마음으로 들어주는 남자는 세상에 없을 것이다. 이야기를 하는 동안 그는 한 번도 끼어들지 않았고, 내가 의도했던 것보다 더 자세히 말하도록 이끌어 갔다. 그리고 이야기를 끝냈을 때 다정하고 관대하게 자기가 직접 메리의 무덤에 떼를 입히고 꽃을 심겠다고 했다. 로버트가 그 약속을 했을 때 무릎을 꿇고 그에게 경배를 드릴 뻔했다.

이렇게 세상에서 가장 멋지고, 다정하고, 고귀한 남자가 평생 불행에 시달리는 법은 없으리라! 그가 미국에서 잘 살아 보려고 그토록 정직하게 노력했던 일들이 다 허사로 돌아가고 주머니에 단 몇 파운드만 지닌 채 돌아왔다는 사실을 생각하면 내 뺨이 벌겋게 달아올랐다. 로버트 같은 남자가 거기서 성공할 수 없었던 점을 보면 미국 사람들은 분명 나쁜 사람들임에 틀림없다. 그는 이제 다소 체념한 목소리로 이 대도시에서 먹고 살기 위해 남자가 할 수 있는 일이라면 아무리 보수가 적더라도 다 해 볼 생각이라고 침착하게 말했다. 프랑스어도 할 줄 알고, 글씨도 너무나 아름답게 쓰는 이 사람이 그런 일을 하다니! 아, 일자리를 마음대로 줄 수 있는 사람들이 나처럼 로버트를 잘 알았더라면 로버트가 얼마나 두둑한 월급을 받았을 것이며, 또 얼마나 높은 자리에 가게 될까!

나는 지금 혼자서 이 일기를 쓰고 있고, 로버트는 어제 말한 그 악독하고 무정한 인간을 상대하러 뮤스로 갔다.

　로버트는 그 인간의 비위를 살살 맞춰 주면서 불쌍한 메리의 최후에 대해선 가르쳐 주지 말아야 한다고 했다. 그래야 술 취해서 메리에게 주먹을 휘둘러 죽게 한 그 괴물을 찾아서 법의 심판을 받게 할 수 있다고 했다. 그 살인자가 잡혀서 죄에 대한 대가를 치르기 전까지 나는 한시도 마음이 편하지 않을 것이다. 나도 로버트와 같이 가고 싶었지만 그는 내가 이미 너무 지쳤으니 남은 조사는 자기가 마무리하는 것이 최선이라고 했다. 그는 지금까지 내가 한 일들에 대해 아주 열렬한 찬사를 퍼부었다. 너무 부끄러워서 그가 한 말들을 다 여기에 적을 순 없고 그럴 필요도 없다. 그의 입에서 나온 칭찬은 죽는 날까지 잊지 못할 테니까.

　5월 3일. 로버트는 어젯밤 늦게까지 밖에 있다가 돌아와서 무슨 일이 있었는지 말해 줬다. 그는 내가 묘사한 외모에 뮤스가 모퉁이에서 있는 등이 굽은 남자를 아주 쉽게 알아봤다. 하지만 그에게 돈을 주면서 살살 구슬렸는데도 로버트가 낯선 사람인 데다 남자기 때문에 그 비열한 인간이 쉽게 의심을 풀지 않았다고 한다. 하지만 결국 그렇게 되면서 큰 문제가 해결됐다. 돈을 더 받아 낼 수 있을 것 같아 흥분한 남자는 곧장 레드 라이언으로 가서 자기가 마차로 태워 온 남자에 대해 물어봤다. 로버트는 그를 따라가서 거리 모퉁이에서 기다렸다. 그 마부는 정말 뜻밖의 소식을 가져왔다. 그 살인자는—그것 말고 다른 호칭으로는 적을 수 없다—마차를 타고 레드 라이언으로 온 바로 그날 밤 병이 나서 그때부터 몸져누워 지금까지 그러고 있다고 했다. 그는 술병이 났는데 그 병은 육체뿐 아니라 정신에도 영향을 미친다면서 여인숙에 있는 사람들이 끔찍하다고 말했다고 한다.

그 소식을 들은 로버트는 여인숙에 직접 찾아가서 병든 남자의 친구로 가장해 더 알아내려고 결심했다. 그런 식으로 중요한 사실을 두 가지 알아냈다. 먼저 그 남자를 치료하는 의사의 이름과 주소를 알아냈다. 그리고 여인숙의 바텐더를 속여서 살인자의 이름을 알아냈다. 그 마지막 발견이 메리의 불행한 죽음에 대해 형언할 수 없이 무시무시한 흥미를 더해 줬다. 내가 메리와 마지막으로 대화를 나눴을 때 그녀는 자신의 아버지에게 술을 가르쳐서 파멸시킨 친구 이름이 바로 노아 트루스콧이라고 했다. 그런데 술에 취해 메리에게 주먹을 휘둘러 죽게 한 그 남자가 바로 노아 트루스콧이었던 것이다. 이 끔찍한 우연의 일치는 듣는 사람으로 하여금 전율하게 만드는 섬뜩한 면이 있다. 로버트는 신의 손길이 나를 인도해서 그 모든 사실의 단초가 된 단서를 제공한 가게로 이끌었다는 내 의견에 동의했다. 로버트는 우리가 정의로운 응징을 내리는 신의 도구라고 믿는다면서, 자기가 가진 마지막 한 푼까지 다 써서라도 조사를 마쳐서 꼭 그 살인자를 법정에 세우겠다고 했다.

5월 4일. 로버트는 전에 알고 지내던 변호사와 오늘 상의하러 갔다. 변호사는 이 사건에 관심이 많긴 했지만 메리의 죽음과 그에 따른 사건들에 대한 이야기에 우리와 같은 깊은 인상을 받진 못했다. 그는 로버트에게 레드 라이언에 있는 그 악당을 치료하는 의사에게 가져갈 친서를 주었다. 로버트는 편지를 의사에게 남기고 일단 갔다가 다시 찾아가 만났다. 의사는 환자의 상태에 차도가 있어서 열흘에서 2주 정도 지나면 자리에서 일어날 수 있을 거라고 말했다. 그 말을 로버트가 변호사에게 전하자 변호사는 여인숙을 감시하고, 그 후 2주 동안 그 꼽추인 마부(가장 중요한 증인)를 면밀하게 살피는 작업에 착수했다. 그래서 이 끔찍한 용무는 더 이상 진척을 보이지 못한 채 잠시 중단하게 됐다.

5월 5일. 로버트는 친구인 그 변호사 사무실에서 서류를 옮겨 적는 임시 일자리를 얻었다. 나는 전보다 바느질을 더 열심히 해서 최근에 잃어버린 시간을 벌충했다.

5월 6일. 일요일인 오늘 로버트가 메리의 무덤을 보러 가자고 제안했다. 자신이 해야 할 선행은 잊어버리는 법이 없는 로버트가 시간을 내서 우리가 처음 만났던 날 밤 내게 한 약속을 실천했다. 무덤은 그의 지시에 따라 떼가 입혀지고 주위에는 관목들이 심어져 있었다. 이곳에 묻힌 사랑하는 친구에게 어울리게 여기를 더 아름답게 꾸미도록 꽃과 키 작은 비석 하나가 추가될 예정이었다. 아, 로버트와 결혼한 후에도 오래 살 수 있기를! 그에 대한 고마운 마음을 다 보여 줄 수 있을 만큼 많은 시간이 주어지기를!

5월 20일. 오늘은 정말이지 내 용기가 시험대에 오르는 하루였다. 나는 경찰에 가서 증거를 제출하고 메리를 죽인 그 살인자를 봤다.
그의 얼굴은 딱 한 번 봤다. 그의 체격이 거대한 것만 볼 수 있었다. 그는 사정없이 찌푸린 짐승 같은 얼굴을 증인석으로 돌려 핏발이 잔뜩 선 멍한 눈으로 날 뚫어져라 보았다. 그 표정을 정면으로 보며 제대로 상대해 주려고 그의 통통 부은 얼굴, 짧고 희끗희끗한 머리, 울퉁불퉁한 오른손을 칸막이 너머로 축 늘어뜨린 모습을 집중해서 보려 했다. 그 손은 마치 숨은 자기 소굴 속에서 앞을 향해 내민 짐승의 발 같았다. 그러다 그에 대한 공포—그에게 맞선다는 공포와 그가 늙은 남자인 걸 보고 느낀 공포—가 한꺼번에 밀려와 그만 고개를 돌려 버렸다. 머리가 어지러워지면서 토할 것 같았고, 온몸이 덜덜 떨렸다. 다시는 그의 얼굴을 정면으로 보지 않았다. 그리고 증거를 제출하는 절차가 끝났을 때 로버트가 사려 깊게 날 데리고 나왔다.

수사가 끝나 갈 무렵 로버트와 또 한 번 만났을 때 그는 죄수가 절대 입을 열지 않는 데다 태도도 바꾸지 않았다고 전했다. 미개인 특유의 잔인한 평정심 덕분에 기운이 생겼거나, 아니면 최근에 쇠약해지게 된 원인인 그 술병에서 아직 회복되지 않은 것 같다고 했다. 치안판사는 그의 정신 상태가 온전한지 의심했다고 했다. 하지만 의사가 제출한 증거로 그 불확실한 상황이 해결됐고, 죄수는 과실치사 혐의로 재판을 받게 됐다. 왜 살인이 아닌 과실치사? 내가 그렇게 묻자 로버트가 법에 대해 설명해 줬다. 그 말에 수긍했지만 만족스럽진 않았다. 메리 맬린슨은 노아 트루스콧이 휘두른 주먹에 맞서서 죽었다. 그것은 하느님이 보시기에 살인이잖아. 그런데 왜 법이 보기엔 살인이 아니란 말인가?

*

6월 18일. 내일은 런던의 중앙 형사 법원에서 재판이 열리는 날이다. 오늘 오후에 해가 지기 전에 메리의 무덤을 보러 갔다. 마지막에 본 후로 무덤에 입힌 떼가 진한 초록색으로 잘 자랐고, 꽃들도 아름답게 피어나고 있었다. 메리의 이름과 나이가 새겨진 짤막하고 흰 비석 위에 새 한 마리가 앉아 깃털을 고르고 있었다. 나는 그 작은 새에게 방해가 되지 않도록 가까이 가지 않았다. 비석 위에 있는 새는 메리처럼 순진하고 아름다웠다. 새가 날아갔을 때 가서 한동안 비석 옆에 앉아 거기 새겨진 슬픈 글을 읽었다. 아, 나의 사랑! 나의 메리! 네가 지금까지 살면서 대체 무슨 짓을 했다고 치한의 주먹에 맞아 고작 열여덟 살에 세상을 떠야 했니?

6월 19일. 재판. 경찰서에 증거를 제출하러 갔을 때처럼 법정에 출두해서 증언했을 때도 시간은 오래 걸리지 않았다. 법정에서는 치안 판사 앞에서 했던 말보다 훨씬 더 말을 많이 시켰다. 심문과 반대 심문 사이에 이 일기장에 쓴 불쌍한 메리와 그녀의 장례식에 대한 세세한 내용을 다 말해야 했다. 배심원단은 내가 하는 말 한 마디 한 마디를 아주 열심히 들었다. 내 증언이 끝나자 판사는 내 행동을 칭찬하는 말을 몇 마디 했고, 그다음에 법정이 있는 사람들 몇 명이 박수를 쳤다. 나는 너무 긴장하고 흥분해서 진술을 끝내고 밖으로 나왔을 때 전신이 부들부들 떨렸다.

나는 증인석에 들어갔을 때 죄수가 있는 피고석을 보고 나올 때 또한 번 봤다. 그의 상스럽고 막돼먹은 표정은 변함이 없었지만 경찰서에서 봤을 때보다 몸과 정신은 훨씬 더 생기가 돌고 관찰력도 예리해진 것 같았다. 그러다 내가 메리의 이름을 언급하면서 그녀의 관자놀이에 맞은 자국에 대해 언급하는 동안 그의 얼굴에 언뜻 두려운 기색이 비치더니 법정이 있는 사람들이 다 들을 수 있을 정도로 숨을 거칠게 쉬기 시작했다. 죄수에 대해 뭔가 알고 있느냐는 질문을 받은 내가 그저 메리의 이야기를 통해 그가 메리의 아버지를 파멸시킨 장본인이라는 말만 들었다고 하자 그는 끙 소리를 내뱉었다. 그러더니 피고석을 두 손으로 탁 내리쳤다. 내가 법정을 나갈 때 피고석 밑을 지나가자 그가 갑자기 나를 향해 몸을 내밀었다. 내게 무슨 말을 하려고 그랬는지 아니면 나를 한 대 치려고 했는지는 알 수 없었다. 그가 갑자기 몸을 앞으로 내밀자 옆에 있던 간수 두 명이 그를 일으켜 세웠기 때문이다. 내가 한 증언을 토대로 재판이 진행되는 동안(로버트가 그 과정을 내게 설명해 주었다) 죄수가 미신에서 비롯된 공포에 시달린다는 징조가 점점 더 확연히 드러났다. 그러다 마침내 변호사가 일어나서 변론을 시작하려고 했을 때 죄수가 느닷없이 꽥 소리를 질러서 저 높은 곳에 앉은 판사까지 포함해서 모두 다 깜짝 놀랐다. "그만!"

모두 하던 일을 멈추고 그를 바라봤다. 그의 얼굴에서 물처럼 땀이 흘러내렸다. 그는 맞은편에 있는 판사를 향해 기이하고 무례한 손짓을 했다. "다 그만해요! 난 그 아비와 딸을 다 죽게 만들었어. 내가 더한 해를 끼치기 전에 날 매달아요! 제발 날 교수형에 처해서 더 이상 사람들이 고통받지 않게 하라고!" 그는 그렇게 소리를 질렀다. 너무나 놀라운 자백 때문에 사람들이 받은 충격이 좀 있다 진정되고, 죄수가 법정 밖으로 끌려 나가고 난 후에, 죄수가 제정신인지 아닌지를 놓고 격렬한 토론이 이뤄졌다. 그 문제는 배심원단이 판단해서 평결을 내리기로 결정됐다. 배심원단은 죄수의 정신이상을 인정하지 않고 과실치사 혐의에 대해 유죄 판결을 내렸다. 죄수는 다시 법정으로 끌려와서 종신형 선고를 받았다. 그 끔찍한 선고를 받는 동안 죄수는 그저 자신이 좀 전에 했던 절망적인 말만 되풀이했다. "내가 더한 해를 끼치기 전에 날 매달아요! 제발 날 교수형에 처해서 더 이상 사람들이 고통받지 않게 하라고!"

6월 20일. 어제 슬픈 마음으로 일기를 썼지만 오늘도 기분은 나아지지 않았다. 살인자를 잡아서 마땅히 받아야 할 벌을 받게 하는 것도 대단한 일이다. 하지만 메리의 죽음에 대한 정의로운 복수가 행해졌다는 걸 알아도 위로가 되진 않았다. 법은 노아 트루스콧이 지은 죄에 따라 그를 벌했지만, 그렇다고 교회 묘지에 묻힌 메리가 살아 돌아올 수 있을까?

법에 대해 쓰는 김에 옆에 있는 메리가 맞아서 쓰러지는데도 보호하려는 노력조차 하지 않았던 그 무정한 마부도 무사히 빠져나가지 못했다는 사실을 적어야겠다. 그를 감시하던 경찰이 그를 재판에 참석시켰고, 그 과정에서 그가 과거에 저지른 다른 범죄들로 벌을 줄 수 있다는 사실을 알아냈다. 그래서 메리 살인자의 재판에서 증인으로 진술을 하고 법원을 나간 직후 그는 다시 잡혀서 치안판사 앞에 소환됐다.

이렇게 몇 줄 적고 일기장을 덮으려고 했을 때 방문을 노크하는 소리가 들렸다. 로버트가 집에 가는 길에 잘 자라는 인사를 하러 들른 줄 알고 문을 열었다가 낯선 신사와 얼굴을 마주쳤다. 그는 내게 앤 로드웨이가 있느냐고 물었다. 내가 본인이라고 대답하자 그 신사는 자기와 5분만 이야기를 할 수 있겠냐고 청했다. 나는 하숙집 뒤쪽에 있는 작은 빈방으로 그를 데리고 가서 다소 놀라고 당황스러운 마음으로 어떤 이야기를 할지 기다렸다.

피부가 거무스름하고 태도가 진중하며 아주 짧고 엄격한 방식으로 말을 하는 그가 낯선 사람이라는 점은 확실했다. 하지만 얼굴이 어딘가 모르게 낯익었다. 그는 주머니에서 신문을 꺼내 노아 트루스콧이 과실치사 혐의로 받은 재판에서 증인으로 나온 사람이 내가 맞는지 물었다. 나는 곧바로 그렇다고 대답했다.

"런던에서 거의 2년 동안 메리 맬린슨을 찾아다녔는데 항상 허사로 끝났습니다. 내가 메리에 대해 처음 찾아낸 유일한 소식은 어제 있었던 재판을 보도한 이 신문 기사에서였습니다." 그가 말했다.

그는 여전히 침착하게 말했지만 눈빛에서 어딘가 아주 고통스러워하는 기색이 느껴졌다. 나는 갑자기 조바심이 밀려와 어쩔 수 없이 앉아야 했다.

"메리 맬린슨을 아시나요, 선생님?" 나는 최대한 조용히 물었다.

"내가 그 아이의 오빠입니다."

나는 절망해서 두 손을 맞잡고 거기에 얼굴을 파묻었다. 아, 이 몇 마디만 듣고도 가슴이 찢어질 듯 아프다니!

"당신은 메리에게 아주 친절하게 대해 주셨더군요. 메리를 대신해 감사드립니다." 그 남자는 눈물도 보이지 않은 채 침착하게 말했다.

"아, 선생님은 외국에 계실 때 왜 메리에게 편지를 한 번도 안 쓰셨어요?" 내가 물었다.

"나는 편지를 자주 썼고, 매번 그 편지에 돈을 동봉했습니다. 메리가 계모가 있다는 말은 안 하던가요? 그랬다면 메리가 왜 제 편지를 한 통도 못 받았는지 짐작하실 겁니다. 그 여자가 제 동생이 받을 돈을 뺏어 갔다는 사실을 이제야 알게 됐습니다. 그 여자가 그동안 메리가 사는 곳을 전혀 모른다고 했던 말이 다 거짓말이었나요?" 그가 물었다.

메리가 계모와 헤어진 후 일체 연락을 끊었다고 했던 말이 기억났다. 그래서 계모가 한 그 말은 사실이라고 안심시켜 줬다.

그는 그 말을 들은 후에 잠시 아무 말도 하지 않고 있다가 한숨을 쉬었다. 그리고 지갑을 꺼내면서 말했다.

"이번 재판으로 인해 발생한 법적 비용은 이미 다 지불되도록 처리해 놨습니다만, 그래도 당신이 그렇게 관대하게 내주신 장례식 비용을 갚고 싶습니다. 이런 문제를 이렇게 노골적으로 이야기해서 죄송합니다. 전 돈에 관련된 문제는 사무적으로 처리하는 데 익숙해서요."

나는 그가 지갑에서 지폐를 몇 장 꺼내는 모습을 보고 제지했다.

"제 형편이 넉넉하지 않으니 제가 낸 얼마 안 되는 돈은 감사한 마음으로 돌려받겠습니다. 거절하면 무례한 짓이 될 것 같기도 하고요. 하지만 지폐를 꺼내시는 걸 봤는데 그건 선생님이 갚아야 할 금액을 훨씬 넘어서는 액수입니다. 제발 그 지폐들은 다시 지갑에 넣으세요, 선생님. 선생님이 잃어버린 그 가여운 여동생을 위해 제가 한 일은 다 제가 그녀를 좋아하고 사랑해서 한 일입니다. 그 점에 대해선 이미 감사하셨으니 그걸로 충분합니다." 내가 말했다.

그는 그때까지는 자신의 감정을 숨기고 있었지만, 이제는 더 이상 참을 수 없어 하는 표정이 보였다. 그는 부드러워진 눈빛으로 내 손을 잡고 꼭 쥐었다.

"실례했습니다. 정말 진심으로 사과드립니다."

한동안 침묵이 흘렀다. 나는 하염없이 우느라 말을 할 수 없었고,

그도 마음으로는 울었을 거라고 믿는다. 마침내 그가 내 손을 놓고 원래 침착했던 태도로 돌아가려고 애쓰는 것 같았다.

"제가 도와드릴 아가씨의 가족은 없으신가요? 재판에 나온 증인들 중에 나중에 죄수가 유죄 판결을 받게 된 조사 과정에서 아가씨를 도와주는 것처럼 보이던 청년의 이름이 보이던데요. 그분은 가족이십니까?" 그가 물었다.

"아뇨, 선생님. 적어도 지금은 아니지만 앞으로 그러길 바라는—"

"무슨 말씀이신지?"

"그가 저에게 언젠가는 여자가 가질 수 있는 가장 가깝고 소중한 가족이 되길 바라고 있습니다." 이렇게 대담하게 말한 이유는 그러지 않으면 이 신사가 나와 로버트의 관계에 대해 오해할까 봐 두려워서였다.

"언젠가요? 언젠가는 오랜 시간이 걸릴 수도 있는데요." 그가 말했다.

"우리 둘 다 형편이 넉넉하지 않아서요, 선생님. 언젠가란 우리가 지금보다 조금 더 여유로워졌을 때를 말한 겁니다." 내가 대답했다.

"그 청년은 교육을 제대로 받았나요? 그가 자신의 인품에 대한 추천서를 마련할 수 있습니까? 그 명함 뒷면에 그 청년의 이름과 주소를 적어 주십시오."

내가 부끄럽게도 잘 못 쓰는 글씨로 적자 그는 또 다른 명함을 꺼내서 줬다.

"전 내일 영국을 떠납니다. 이제 고국에 있어야 할 이유가 없어졌거든요. 아가씨에게 힘들거나 괴로운 일이 생긴다면 (부디 그런 일이 없기를 기도하지만) 거기 명함에 나온 제 런던 대리인에게 연락을 주세요. 거기에 주소가 있습니다."

그는 말을 멈추고 잠시 나를 찬찬히 바라보다가 다시 내 손을 잡았다.

"메리는 어디에 묻혔습니까?" 그가 갑자기 그렇게 빠르게 속삭이면서 고개를 돌렸다.

나는 그에게 알려 주고 우리가 최선을 다해 잔디와 꽃으로 무덤을 아름답게 가꿨다고 덧붙였다. 그러자 그의 입술에서 핏기가 가시면서 바르르 떨리는 것이 보였다.

"신의 축복과 보답을 받으시길!" 그는 그렇게 말하더니 나를 재빨리 끌어당겨 이마에 키스했다. 나는 어쩔 줄 몰라서 그대로 푹 주저앉아 테이블에 얼굴을 묻었다. 다시 고개를 들었을 때 그는 떠난 후였다.

*

1841년 6월 25일. 이 일기는 나의 결혼식 날 아침에 쓴다. 오늘로 로버트가 영국에 돌아온 지 1년이 조금 넘었다.

그의 월급은 어제 올라서 연봉으로 150파운드를 받는다. 맬린슨 씨가 어디 있는지 알 수만 있다면 지금 우리가 얼마나 행복한지 알리는 편지를 쓸 텐데. 그가 친절하게도 로버트를 도와줘서 오늘 이렇게 기쁜 날을 맞았는데도 아직 우리는 그의 연락처를 구할 수 없다.

나는 앞으로 집에서 일할 것이고, 샐리가 우리의 새집에서 집안일을 도와줄 것이다. 메리가 살아서 이날을 볼 수 있다면 얼마나 좋을까! 내게 찾아온 축복과 행운이 고맙지 않은 건 아니지만 오늘같이 특별한 날 아침엔 더욱더 그 예쁜 얼굴이 그리워진다!

　나는 오늘 아침 일찍 일어나 혼자 무덤에 가서 그곳을 동그랗게 둘러싸며 자란 꽃들에서 떨어진 꽃을 주워 꽃다발을 만들었다. 로버트가 날 데리고 교회에 가려고 오면 이 꽃다발을 가슴에 안고 갈 것이다. 메리가 살아 있었다면 내 들러리가 됐을 텐데. 난 아직도, 결혼식날 아침인 오늘도 메리를 잊을 수 없다.

가족의 비밀
The Family Secret

I

집집마다 벽장에 해골* 하나씩 감추고 있다는 말을 처음 한 사람은 영국인일까, 아니면 프랑스인일까? 나는 배움이 짧아서 그 답을 모르겠지만 그 말을 누가 했건 그 통찰력에는 경의를 표하지 않을 수 없다. 그 말은 상황에 어울리는 섬뜩한 은유를 통해 놀라운 진실을 표현하고 있다. 나 역시 실제 경험을 통해 그 진실을 발견했다. 우리 집 벽장에도 그런 해골이 하나 있었는데 그 이름은 바로 조지 삼촌이었다.

* 남의 이목을 꺼리는 집안의 수치를 뜻한다.

나는 우리 집에 이 해골이 존재한다는 사실을 알게 된 후로 조금씩 그것이 숨겨진 벽장을 추적해 냈다. 처음에 우리 집에 그런 것이 있다는 의심을 시작한 것은 어렸을 때였는데 성인이 되어 마침내 내 의심이 맞았다는 사실을 알게 됐다.

우리 아버지는 상당히 큰 지방에서 잘나가는 의사였다. 아버지는 집안 식구들의 뜻을 거스르고 어머니와 결혼했다고 들었다. 아버지 가족이 어머니의 출신이나, 성장 환경이나 성격을 이유로 들어 반대할 순 없었고, 그냥 어머니를 너무 싫어했다. 친할아버지와 친할머니, 삼촌들과 고모들은 모두 우리 어머니가 매정한 데다 가식적이라고 보고 어머니의 태도, 의견, 심지어 얼굴 표정까지 마음에 안 들어 했다. 아버지의 막냇동생인 조지 삼촌만 빼고.

조지 삼촌은 우리 친가 식구들 중에서 가장 불운한 사람이었다. 다른 식구들은 다 영리한데 삼촌만 머리가 좋은 편이 아니었다. 다른 식구들은 다 인물이 훤했지만 삼촌은 여자들이 두 번도 안 쳐다봤다. 다른 식구들은 다 성공해서 잘살았지만 삼촌은 그렇지 못했다. 조지 삼촌도 우리 아버지처럼 의사였지만 개업의로 시작하고 나서도 그다지 잘 풀리지 않았다.

의사를 고를 형편이 안 되는 가난한 사람들이 병들면 삼촌을 불렀는데 그들은 삼촌을 좋아했다. 부자, 특히 귀부인들이 병이 나서 다른 의사를 부를 수 있는 상황이라면 절대 삼촌을 부르지 않았다. 삼촌은 의사로 일하면서 무수한 경험을 쌓았지만 돈과 명성은 전혀 늘지 않았다.

겉으로 보기에 아무리 둔하고 매력이 없는 사람이라고 해도 본디 마음속에 깊은 열정과 로맨스가 없는 사람은 없을 것이다. 조지 삼촌이 마음속에 품은 모든 열정과 로맨스는 우리 아버지에 대한 사랑과 존경에 집중됐다.

조지 삼촌은 맏형인 우리 아버지를 세상에서 가장 고귀한 인간으로 우러러보고 진심으로 숭배했다. 아버지가 어머니와 약혼했을 때, 아까 말했다시피 다른 식구들은 장남이 택한 신붓감의 성격에 대해 노골적으로 싫은 내색을 했을 때, 태어나서 단 한 번도 다른 식구들의 의견에 반대해 본 적이 없는 조지 삼촌이 놀랍게도 미래 형수를 변호하는 역을 맡았다. 그것도 아주 열성적이고 적극적으로.

조지 삼촌이 판단하기에 형의 선택은 성스럽고 반론의 여지가 없었다. 형수가 될 귀부인이 삼촌을 대놓고 경멸하고, 삼촌의 실수가 잦고 허술한 행동을 비웃고, 삼촌이 말을 더듬을 때면 초조해져서 발끈하는데도 삼촌의 생각은 변함이 없었다. 형이 선택했다는 이유만으로도 그녀는 형수가 되기에 충분했다.

아버지는 결혼하고 나서 얼마 후에 막냇동생인 조지 삼촌을 조수로 받아들여 한집에 살게 했다.

조지 삼촌이 의대 학장으로 뽑혔더라도 그 새로운 직책보다 더 뿌듯하고 행복하게 받아들이진 않았을 것이다. 유감스럽게도 아버지는 막냇동생이 형인 자기를 얼마나 사랑하는지 알아차리지 못했다. 그때부터 힘든 일은 다 조지 삼촌 몫이었다. 밤에 먼 길을 가야 하는 왕진들, 가난하고 지친 환자들에게 약을 먹이는 일, 취한 환자들, 역겨운 환자들을 대상으로 하는 고되고 단조롭고 지저분한 수술들은 다 삼촌에게 넘어갔다. 그런데도 매일매일 삼촌은 단 한 번도 투덜거리지 않고 묵묵히 그 일들을 해 나갔다. 형과 형수 부부가 지방의 귀족 집안에 초대를 받아서 저녁 식사를 하러 갔을 때도 삼촌은 그 누구의 주목도 받지 못한 채 혼자 집에 남겨지는 처사에 대해 불평해야 한다는 생각조차 하지 못했다. 형 부부가 그 초대에 화답해 다른 사람들을 초대해서 만찬을 열고, 삼촌이 저녁을 먹으러 왔다가 만찬 구석에 혼자 있다 해도 사람들이 그를 무시한다거나 존경하지 않는다는 생각도 하지 않았다. 삼촌은 붙박이 가구처럼 집의 일부가 됐고, 형이 그를 어디에 써먹건 그를 불러 준다는 이유만으로 기뻐했다.

이것이 조지 삼촌에 대해 내가 다른 사람들에게 들은 이야기다. 삼촌에 대한 기억은 내가 어렸을 때밖에 없어서 별로 할 이야기가 없다. 하지만 먼저 우리 부모님과 누나와 나에 대해 해 둬야 할 말이 있다.

누나는 우리 집 장녀로 사랑을 가장 많이 받았다. 나는 누나와 네 살 터울이고, 우리 남매 외에 다른 자식은 없었다. 캐롤라인 누나는 어렸을 때부터 빼어나게 예쁘고 건강했다. 반면 나는 몸집도 작고 약골인 데다, 솔직히 말하면 조지 삼촌만큼이나 누나에 비해 모든 면에서 평범했다. 우리 친가가 어머니에 대해 반감을 느낄 만한 이유가 있었다고 생각한다면 그거야 말로 배은망덕한 불효자의 생각일 것이다. 내가 용기를 내어 할 수 있는 말은 우리 남매는 어머니에 대해 불평할 만한 이유가 전혀 없다는 것이다.

캐롤라인 누나를 향한 엄마의 열렬한 애정, 누나의 미모에 대한 어머니의 자부심을 나는 잘 기억한다. 또한 나에 대한 어머니의 다정하고 너그러운 애정도 잘 기억하고 있다. 부모님은 나의 개인적인 결함에 대해 남몰래 괴로워하셨겠지만 단 한 번도 캐롤라인 누나와 나를 차별하는 태도를 보이지 않으셨다. 캐롤라인 누나가 선물을 받을 때면 나도 받았다. 아버지와 어머니가 누나를 번쩍 들어 올려 키스할 때면 그 후에 나도 조심스럽게 안아서 키스해 줬다. 아이 특유의 본능으로 부모님이 누나를 볼 때와 나를 볼 때 짓는 미소가 미묘하게 다르다고 느끼긴 했다. 그리고 나보다 캐롤라인 누나에게 더 따뜻하게 키스하고, 어렸을 때 울음을 터트리면 나보다 누나의 눈물을 더 다정하게 닦아 줬다고 느꼈다. 하지만 그 어떤 부모도 이렇게 작고 사소하게 한 자식을 편애하게 되는 마음을 쉽게 자제할 순 없으리라고 생각한다. 나는 당시 부모님의 그런 면을 투덜거리면서 보기보다는 그저 놀랍게 바라봤다. 그리고 지금은 아무런 쓰라린 감정 없이 그런 부모님을 회상하게 됐다. 두 분 다 나를 사랑하셨고, 두 분 다 내게 부모로서의 의무를 다했다. 내가 여기서 두 분에 대해 말할 때 좀 난감해하는 것처럼 보인다고 해도 그건 나 때문이 아니다. 그 점은 진심으로 말할 수 있다.

심지어 조지 삼촌조차 나도 예뻐했지만 어리고 천사처럼 아름다웠던 캐롤라인 누나를 더 예뻐했다.

내가 장난으로 머리숱도 별로 없고 볼품없이 곧게 뻗은 삼촌의 머리채를 잡아당기면 삼촌은 부드럽게 웃으면서 내 손에서 자신의 머리를 빼곤 했다. 하지만 캐롤라인 누나가 그런 장난을 하면 그의 흐릿한 회색 눈동자가 깜빡거리다 아파서 눈물이 날 때까지 참곤 했다. 삼촌이 나를 목마 태우고 정원에서 놀 때는 서투르게 말 흉내를 내며 경중경중 뛰었지만, 캐롤라인 누나를 태워 줄 때는 절대 뛰지 않고 아주 천천히 걷곤 했다. 삼촌이 우리를 데리고 산책을 나갈 때면 캐롤라인 누나는 항상 벽 쪽에 붙어서 걷게 했다. 삼촌이 수술실에서 지저분한 일을 하고 있을 때 내가 방해하면 삼촌은 같이 놀아 줄 준비가 될 때까지 가서 놀라고 말하곤 했다. 하지만 누나가 그러면 들고 있던 약병들을 내려놓고, 입고 있는 앞치마에 손을 닦은 후에, 마치 세상에서 가장 고귀한 귀부인을 대하는 것처럼 조심스럽게 캐롤라인 누나를 데리고 나왔다. 아, 삼촌이 누나를 얼마나 사랑했던가! 그리고 고맙게도 나도 얼마나 사랑해 줬던가!

내가 여덟 살이 되고, 누나가 열두 살이 됐을 때 나는 한동안 집을 떠나 있게 됐다. 나는 그전에 여러 달 동안 병을 앓았는데 바닷가에 갔을 때 상태가 나아졌다가 우리가 사는 중부 지방의 시골로 돌아오자 재발했다. 부모님은 오랫동안 상의한 끝에 결국 내 체질이 더 튼튼해질 때까지 남쪽 해안가에 사는 이모네에 보내기로 결정했다.

내 기억에 나는 선물을 잔뜩 가지고 다시 바다를 본다는 생각에 기뻐하면서, 아이들이 다 그렇듯 미래에 대해선 아무 근심 없이 현재에만 집중해서 즐거운 마음으로 떠났다. 조지 삼촌이 나를 바닷가로 데려다줄 수 있도록 휴가를 달라고 호소했지만 진료소는 삼촌 없이는 돌아가지 않았다. 삼촌은 아주 근사한 배의 모형을 만들어서 나를 달래 줬다.

이 글을 쓰는 지금도 그 모형이 눈앞에 있다. 그것은 오래돼서 먼지가 끼었고, 거기에 칠한 페인트는 갈라졌고, 배의 밧줄들은 엉켰고, 돛은 좀먹고 누렇게 변해 있었다. 선체는 균형이 잘 맞지 않고, 배에 있는 각종 장치들은 선원인 동료들이 보면 다 웃을 만큼 우스꽝스럽게 만들어졌다. 하지만 낡을 대로 낡았고, 지금은 장난감 가게 진열장에서 아주 쉽게 볼 수 있는 모형이기는 해도 내가 가진 물건 중에서 조지 삼촌의 배보다 더 소중히 여기는 건 없다.

바닷가 생활은 즐겁고 행복했다. 나는 이모와 같이 1년 넘게 살았다. 내가 잘 지내는지 보려고 어머니가 종종 찾아왔다. 처음에는 누나와 같이 왔지만 내가 이모네에서 보낸 마지막 8개월 동안 누나는 한 번도 오지 않았다. 또한 같은 기간에 어머니의 태도에도 변화가 생긴 걸 눈치챘다. 어머니는 매번 올 때마다 점점 더 안색이 창백해지고 얼굴에 수심이 더 짙어졌다. 그리고 항상 이모랑 둘이서만 몰래 오랫동안 뭔가 의논하다 갔다. 결국 어머니는 더 이상 우리를 보러 오지도 않고 편지만 보내서 내 건강에 대해 묻곤 했다.

아버지도 초반에는 내가 잘 회복되고 있는지 보려고 여건이 되는 대로 자주 보러 왔는데 금세 어머니처럼 나와 거리를 두었다. 내가 그곳에 있는 동안 단 한 번도 휴가를 받지 못해 나를 보러 오지 못한 조지 삼촌도 그때까지는 종종 편지를 쓰고 내게도 제발 답장 좀 하라고 애걸했는데 그 무렵엔 삼촌의 편지도 뚝 끊어져 버렸다.

나는 자연스럽게 이런 변화에 당황하고 놀라서 이모에게 이유를 말해 달라고 졸랐다. 처음에 이모는 이런저런 변명으로 둘러대려고 애를 썼다. 그러다 우리 집에 문제가 생겼다는 사실을 인정했고, 마침내 누나가 아파서 그랬다고 실토했다. 누나가 무슨 병이 생겼는지 물어보자 내게 그런 걸 설명하는 건 쓸데없는 짓이라고만 했다. 나는 그다음에 집에서 일하는 하인들에게 물어봤다. 그중 이모보다 신중하지 못한 하인 하나가 내 질문에 대답해 주긴 했는데 내가 이해할 수 없는 용어들을 썼다. 그래서 그가 오랫동안 설명을 한 후에야 '우리 누나의 목에 뭔가가 자라고 있으며, 그것이 누나의 미모를 영원히 망칠 것이고, 그걸 제거하지 않으면 아마도 죽게 될 것'이라는 사실을 이해하게 됐다. 그 치명적인 '뭔가!'라는 모호한 것을 상상했을 때 너무 무서워서 온몸이 덜덜 떨리던 그 느낌을 아주 잘 기억한다. 나는 누나의 목에 자란 그걸 내 눈으로 직접 보고 싶은 호기심과 누나에 대한 걱정이 겹쳐서 괴로웠다. 이모에게 집에 가서 누나의 간호를 도울 수 있게 해 달라고 애원했지만 말할 필요도 없이 거부당했다.

몇 주가 지나갔지만 여전히 집에선 누나가 계속 아프다는 것 외에 다른 소식은 오지 않았다.

어느 날 나는 몰래 조지 삼촌에게 캐롤라인 누나의 병에 대해 말해 달라고 부탁하는 편지를 썼다. 나는 어렸고 유치했다.

우체국이 어디 있는지 알던 나는 아침에 다른 사람들에게 들키지 않게 슬쩍 빠져나가서 우체통에 내가 쓴 편지를 넣었다. 그리고 정원으로 해서 살그머니 집에 들어와 1층에 있는 뒤쪽 거실 창문으로 올라갔다. 그 위쪽 방이 우리 이모 침실이었는데 집에 들어간 바로 그 순간 위에서 신음 소리와 발작하듯 크게 울음을 터트리는 소리가 들렸다. 우리 이모는 원래 대단히 조용하고 항상 침착한 숙녀였다. 그래서 이모가 저렇게 큰 소리로 통곡하리라고는 도저히 상상할 수 없어서 더럭 겁이 나서 우리 이모 방에서 누가 저렇게 심하게 울고 있느냐고 하인들에게 물으려고 부엌으로 달려갔다.

부엌에 들어가자 하녀와 요리사가 심각한 얼굴로 소곤소곤 이야기하고 있었다. 그들은 게으름을 피우다 주인어른에게 딱 걸린 것처럼 날 보고 깜짝 놀랐다.

"도련님은 너무 어려서 별 느낌이 없을 거야. 도련님으로 봐선 시간을 더 끄느니 이렇게 된 게 차라리 다행일지도 몰라." 한 사람이 상대에게 이렇게 말하는 소리가 들렸다.

몇 분 후에 그들은 내게 최악의 소식을 전했다. 침실에서 그렇게 큰 소리로 울던 사람은 바로 이모였다. 캐롤라인 누나가 죽었다.

나는 하인들이나 다른 사람들의 예상보다 훨씬 더 큰 충격을 받았다. 그럼에도 여전히 어렸기 때문에 정신적인 충격에서 받은 회복도 빨랐다. 만약 그때 나이가 더 많았더라면 슬픔에 빠져들어 그날 늦게 이모가 정신을 가다듬고 나를 불렀을 때 이모의 반응을 제대로 살펴보지 못했을 것이다.

나는 이모의 퉁퉁 부은 눈이나 하얗게 질린 뺨, 그리고 나를 품에 안고 또다시 눈물을 터트렸을 때 놀라지 않았다. 하지만 그때 이모의 표정에 서린 공포를 감지하고 놀라고 당혹스러웠다. 캐롤라인 누나가 죽었기 때문에 이모가 슬퍼하고 우는 건 당연했지만 마치 또 다른 재앙이 일어난 것처럼 저렇게 겁에 질린 표정은 뭐지?

나는 집에서 캐롤라인 누나의 죽음에 대한 소식 말고 또 다른 끔찍한 소식이 왔느냐고 물었다. 이모는 기이하게 감정을 억누른 목소리로 "아니다"라고 대답하고 갑자기 나를 외면해 버렸다. 아버지가 돌아가셨나? 아니다. 어머니가? 그것도 아니다. 혹시 조지 삼촌이? 이모는 그 질문에도 아니라고 대답하면서 갑자기 전신을 덜덜 떨며 더 이상 묻지 말라고 했다. 이모는 지금 그런 이야기를 나눌 상태가 아니라고 하면서 하인에게 날 방에서 데리고 나가라고 신호를 보냈다.

다음 날 장례식이 끝난 후에 집에 가게 될 거란 말을 들었다. 저녁이 가까워졌을 때 하녀와 같이 나가게 됐다. 산책도 가고 또 상복을 맞추기 위해 치수를 재러 나가는 이유도 있었다. 양복점을 나온 후에 하녀를 설득해서 바닷가를 따라 같이 걸어가면서 세상을 떠난 누나에 관련된 사소하지만 애정 어린 일화들을 머릿속에 떠오르는 대로 하나씩 이야기했다. 하녀는 내 이야기를 듣는 데 푹 빠졌고, 나는 나대로 말하는 데 열중하느라 집에 돌아올 생각을 하기도 전에 해가 져 버렸다.

그날 저녁은 구름이 잔뜩 끼고 날이 흐렸고 다시 마을에 가까워졌을 때는 이미 어두워졌다. 하녀는 어린 나만 데리고 해변에 혼자 있으니 초조해져서 집으로 가는 길에 한두 번 불안한 눈빛으로 뒤를 돌아봤다. 그러다 갑자기 내 손을 꼭 쥐면서 말했다.

"어서 저기 절벽 위로 빨리 올라가자."

하녀가 그 말을 하자마자 바로 뒤에서 발자국 소리가 들렸다. 한 남자가 재빨리 옆으로 다가와서, 하녀의 손을 잡고 있던 나를 낚아채, 높이 들어 품에 안고, 한마디 말도 없이 내 얼굴에 키스를 퍼부었다. 그 남자는 울고 있었다. 내 뺨이 그 남자의 눈물로 금방 흠뻑 젖어 버렸다. 하지만 날이 너무 어두워서 그 사람이 누군지, 심지어 어떤 옷을 입었는지조차 볼 수 없었다. 내 생각에 그는 나를 채 30초도 안고 있지 않았던 것 같았다. 하녀가 도와 달라고 소리를 지르자, 낯선 남자는 나를 조심스럽게 모래 위에 내려놓고 곧바로 어둠 속으로 사라져 버렸다.

이 놀라운 모험을 이모에게 말했을 때 이모는 처음에는 어리둥절한 표정이었다가, 시간이 조금 흐른 후에 갑자기 뭔가가 떠오르거나 생각난 것처럼 표정이 싹 바뀌었다. 이모는 갑자기 시체처럼 창백해져서 평소답지 않게 서둘러 말했다.

"그 일은 마음에 담아 두지 말고, 다른 사람에겐 말해선 안 된다. 그건 그저 너를 겁주려는 짓궂은 장난에 불과해. 그건 다 잊어라, 아가야. 다 잊어야 한다."

그런 충고를 하긴 쉬웠지만 거기에 따르긴 쉽지 않았다. 그 후로 수많은 밤마다 내게 키스하고, 나를 안고 울었던 그 낯선 남자를 생각했다.

그 사람이 누구였을까? 나를 아주 사랑하는 사람이고, 아주 큰 슬픔에 빠져 있는 사람이었는데. 내 유치한 논리로는 거기까지밖에 생각이 미치지 못했다. 하지만 나를 아주 많이 사랑하는 신사들을 다 떠올려 보려고 하자 아버지와 조지 삼촌 말고는 생각나는 사람이 없었다.

II

나는 정해진 날짜에 집에 보내져 시련을 겪었다. 아무리 어린 나이라지만 처절하게 슬퍼하는 어머니와 절망에 빠져 아무 말도 하지 못하는 아버지를 보는 건 너무 힘들었다. 캐롤라인 누나가 죽고 나서 한 우리 가족의 첫 재회는 현명하고 사려 깊은 이모가 나를 방에서 데리고 나와 오래 지속되진 않았다. 이모는 나를 데리고 나와 방문을 닫은 후에도 내가 옆에 있길 바란 것 같았지만 나는 이모의 품에서 뛰쳐나와 계단을 달려 내려가서 진료소로 향했다. 누나와 같이 모든 게임을 해 줬던 조지 삼촌에게 가서 누나의 죽음을 슬퍼하며 울려고 했던 것이다.

하지만 진료소 문을 열었을 때 아무도 보이지 않았다. 나는 눈물을 닦고 주위를 둘러봤지만 그곳은 텅 비어 있었다. 나는 다시 계단을 달려 올라가서 조지 삼촌이 쓰던 다락방으로 갔다. 하지만 거기에도 삼촌은 없었고, 삼촌이 쓰는 싸구려 헤어브러시와 할아버지에게 물려받은 오래된 면도기 케이스도 화장대 위에 없었다. 조지 삼촌이 방을 옮겼나? 나는 층계참으로 나와서 알 수 없는 두려움을 느끼며 무너져 가는 마음으로 조용히 삼촌을 불렀다.

"조지 삼촌!"

아무도 대답하지 않고, 이모가 급히 다락방으로 올라왔다.

"조용히 해! 이 집에서 다시는 그 이름을 입에 올려선 안 된다." 이모가 말했다.

이모는 그러다 말을 멈췄는데 마치 자기 말에 자기가 겁을 먹은 것 같았다.

"조지 삼촌이 죽었어요?" 내가 물었다.

이모는 얼굴이 빨개지면서 갑자기 더듬거렸다.

나는 이모의 대답을 기다리지 않고, 이모 옆을 지나 계단을 내려갔다. 심장이 터질 것 같았고, 피부는 차갑게 느껴졌다. 나는 숨도 쉬지 않고 다짜고짜 아버지와 어머니가 나를 맞았던 방으로 달려갔다. 두 사람은 여전히 그대로 앉아 있었다. 나는 부모님께 달려가, 두 손을 맞잡고, 눈물을 펑펑 흘리면서 울며 소리쳤다.

"조지 삼촌 죽었어요?"

그 순간 어머니가 비명을 질러서 더럭 겁이 난 나는 즉시 입을 다물었다. 아버지는 순간 어머니를 보고, 벨을 눌러 하녀를 부른 후에, 내 팔을 거칠게 움켜잡고, 방에서 끌어냈다.

아버지는 나를 서재로 데려가서 평상시에 앉는 안락의자에 앉은 후에 나를 당신의 두 무릎 사이에 세웠다. 아버지의 입술은 하얗게 질려 있었다. 내 어깨를 꽉 움켜쥔 아버지의 두 손이 격렬하게 떨리는 게 느껴졌다.

"다시는 조지 삼촌의 이름을 입에 올리지 마라. 내게도, 네 어머니에게도, 이모에게도, 이 세상 그 누구에게도 하지 마! 절대, 절대, 절대 해선 안 돼!" 아버지는 화가 나서 떨리는 목소리로 재빨리 속삭였다.

그 말을 할 때 한껏 억누른 아버지의 격렬한 감정보다 그 말을 반복해서 하는 게 더 무서웠다. 아버지는 잔뜩 겁을 집어먹은 내 얼굴을 보고 조금 누그러진 태도로 이야기를 계속했다.

"다시는 조지 삼촌 이야기를 하지 마라. 네 어머니와 나는 너를 아주 많이 사랑하지만, 내가 지금 한 이야기를 잊어버리면 집에서 먼 곳으로 쫓아 버릴 거야. 다시는 그 이름을 말하지 마. 절대 다신 해서는 안 돼! 이제 내게 키스하고 가거라." 아버지가 말했다.

아버지의 입술이 얼마나 떨리던지, 그리고 내 입술에 닿는 그 입술의 감촉이 얼마나 차갑던지!

나는 아버지의 키스를 받고 방에서 나가서 정원에 숨었다.

"조지 삼촌은 가 버렸어. 다시는 삼촌을 볼 수 없어. 다시는 삼촌에 대해 말해서도 안 돼." 혼자가 된 순간 형언할 수 없는 공포와 혼란을 느끼며 계속 스스로에게 이렇게 되뇌었다. 항상 지켜야 한다는 말을 들은 이 미스터리에는 어린 내 마음에도 뭔가 끔찍하게 느껴지는 게 있었고, 그 미스터리는 결코 풀릴 수 없을 거라고 그때는 생각했다. 아버지와 어머니와 이모는 모두 이제 정체는 알 수 없지만 결코 통과할 수 없는 장벽에 막혀 분리된 것처럼 보였다. 캐롤라인 누나가 죽고 조지 삼촌이 떠난 집은 더 이상 집처럼 느껴지지 않았고, 절대 말해선 안 되는 금기의 화제가 나와 부모님 사이를 영원히 가로막았다.

아버지가 서재에서 내린 명령은 단 한 번도 어기지 않았지만(아버지의 말과 표정, 어머니의 그 끔찍한 비명 소리가 아직도 내 귀에 울리는 것 같아 그 명령에 충실하게 따랐다), 조지 삼촌의 운명을 가린 그 어둠을 꿰뚫어 보고 싶은 은밀한 욕망은 결코 사라지지 않았다.

나는 2년 동안 집에서 지냈지만 아무것도 알아내지 못했다. 하인들에게 물어보면 어느 날 아침 갑자기 삼촌이 사라졌다는 말밖에 하지 않았다. 친가 친척들에게 어떻게 된 일이냐고 물어볼 수도 없었다. 그들은 멀리 떨어져 사는 데다 우리를 보러 온 적이 한 번도 없었다. 그리고 당시 나는 어리기도 했고 내 처지에 친척들에게 편지를 쓴다는 건 불가능했다. 이모는 우리 부모님만큼이나 그 문제에 대해선 아예 말도 붙이지 못할 정도로 침묵을 지켰다. 하지만 어느 날 밤 내가 하녀와 같이 해변을 걸어서 집에 오다가 겪은 놀라운 모험을 듣고 뭔가를 순간 떠올린 후에 변했던 표정을 결코 잊을 수 없었다. 이모의 표정 변화와 내가 본가에 돌아온 날 일어났던 일을 연결해서 생각하면 할수록 '내게 키스하고 날 안고 울었던 그 남자가 다름 아닌 조지 삼촌이었다'는 확신이 점점 더 커져 갔다.

집에서 지낸 지 2년이 되었을 때 내가 간절히 원해서 상선을 타고 바다로 떠나게 됐다. 나는 처음 바닷가에 있는 이모 집에서 살 때부터 선원이 되겠다고 다짐했고, 그 결심을 오랫동안 굽히지 않아서 부모님이 마침내 소원을 들어주었다.

새로운 인생을 살게 돼서 기뻤던 나는 외국에서 4년 넘게 머물렀다. 마침내 집으로 돌아왔을 때 새로운 고통이 우리 집에 그늘을 드리우고 있다는 사실을 알았다. 내가 영국으로 돌아오는 항해를 시작한 바로 그날 아버지가 돌아가셨다.

그동안 집을 떠나 있었고 여러 변화가 일어났지만 조지 삼촌의 실종에 대한 미스터리를 풀고 싶은 마음은 결코 변하지 않았다. 어머니의 건강 상태가 위태위태해서 어머니가 있는 자리에서 그 금기의 화제를 입에 올리기를 한동안 망설였다. 그러다 마침내 용기를 내서, 어렸을 때는 나를 생각해서 신중하게 입을 다물었다 해도 이제는 성인이니 그 이야기를 해 줘도 되지 않겠냐고 넌지시 말하자 어머니는 갑자기 격렬하게 몸을 떨면서 더 이상 그 이야기는 하지 말라고 단호하게 말했다. 아버지가 그 이야기는 아버지 사후에도 절대 언급해선 안 된다는 유언을 남기셨다고 어머니가 말했다. 아버지는 생전에도 그 이야기를 할 권한을 주시지 않았는데, 이제 돌아가신 마당에 어머니 마음대로 그 이야기를 할 생각은 전혀 없다고 딱 잘라 말했다. 이모에게 호소했을 때 이모도 사실상 같은 대답을 했다. 하지만 절대 굴하지 않겠다고 결심한 나는 여행을 떠났다. 표면적으로는 친가 친척들을 찾아 뵈러 가는 여행이었지만 사실 조지 삼촌에 대해 알아낼 수 있는 건 다 알아내겠다는 은밀한 목적이 있었다.

거기서 조금 성과가 나오긴 했지만 만족스럽진 않았다. 친가의 아름다운 고모들과 잘사는 형제들은 조지 삼촌을 항상 무시했고, 우리 아버지가 가족의 반대를 무릅쓰고 결혼을 강행했을 때 형을 지지한 조지 삼촌의 입지는 더 좁아졌다. 가서 만나 본 친척들은 모두 삼촌을 깔보며 대수롭지 않게 이야기했다. 그들은 모두 조지 삼촌 소식은 한 번도 들은 적이 없고, 삼촌에 대해선 아무것도 모른다고 말했다. 다만 삼촌이 우리 아버지에게 아주 나쁘고 비열한 짓을 저지른 후에 외국 어딘가로 가서 정착했다는 이야기를 들었다고 했다. 삼촌의 행방을 추적해 보니 런던에 간 것이 밝혀졌고, 거기서 할아버지가 돌아가신 후 받은 얼마 안 되는 유산을 정리해서 그 돈을 가지고 그날 오후에 프랑스로 가는 배의 갑판에 서 있는 모습이 목격됐다고 했다. 그것 말고는 삼촌에 대해 알려진 게 하나도 없었다. 삼촌이 저질렀다고 하는 그 비열한 짓이 뭐였는지에 대해선 삼촌들이나 고모들이나 아무도 대답을 해 주지 못했다. 우리 아버지는 삼촌이 사라졌을 때뿐만 아니라 그 화제가 거론될 때마다 항상 자세한 언급을 피했다고 했다. 조지 삼촌은 항상 집안의 골칫덩어리였고, 자신의 비열함에 대해 잘 알고 있었을 것이라고, 그렇지 않았다면 자신의 행동이 정당했음을 밝히고 그 사정을 설명하는 편지를 쓰지 않았겠느냐고 다들 말했다.

친가 친척들을 찾아갔을 때 알아낸 정보는 그 정도였다. 내 생각에 그 정보는 삼촌의 실종에 관한 미스터리를 풀기보다 오히려 더 깊어지게 했다. 그렇게 다정하고, 온화하고, 애정이 넘치던 조지 삼촌이 그토록 좋아하고 존경하는 큰형에게 말이나 행동으로 상처를 입혔다는 것은 믿을 수 없었다. 더군다나 우리 누나가 죽어 갈 때 비열한 짓을 했다는 건 도저히 있을 수 없었다. 하지만 캐롤라인 누나가 죽고 조지 삼촌이 실종된 일이 그 한 주에 일어났다는 이해할 수 없는 사실은 엄연히 존재했다. 친가 친척들이 해 준 이야기를 들은 후에 우리 가족의 비밀에 대해 전보다 더 큰 의문에 빠져 반드시 이걸 풀어야겠다고 결심했다.

그 후 몇 년 동안 내 삶에서 일어난 사건들은 간단히 언급하고 지나가겠다.

선원으로서의 인생에 충실하다 보니 나는 항상 고국과 친구들을 떠나 있게 됐다. 하지만 어떤 일을 하고, 어딜 가건 조지 삼촌에 대한 기억과 삼촌의 실종이란 미스터리를 풀고 싶은 마음이 이제는 익숙해진 유령처럼 날 항상 따라다녔다. 종종 밤에 혼자 바다에서 불침번을 설 때면 해변의 어두운 밤, 낯선 사내가 나를 와락 껴안았던 일,

내 뺨에 느껴지던 놀라운 눈물의 감촉, 내가 숨을 돌리고 정신을 차려 입을 열기도 전에 사라져 버린 그에 대해 떠올렸다. 그리고 누나의 장례를 치른 후 내가 집으로 돌아왔을 때 일어났던 그 설명할 수 없는 사건들을 생각했고, 그보다 더 자주 지금까지 그토록 고집스럽게 입을 다물고 있는 어머니나 이모를 설득해서 비밀을 털어놓게 할 계획을 헛되이 짜 보곤 했다. 조지 삼촌에게 정말 무슨 일이 일어났는지 알 수 있는 가능성, 삼촌을 다시 볼 수 있는 유일한 희망은 나의 가장 가까운 가족이자 친지인 그들에게 달려 있었다. 어머니와 그때 그 일이 있은 후에 금기의 화제에 대해 어머니의 입을 열게 할 희망을 잃었지만 이모를 설득해서 이야기를 들을 가능성은 좀 더 낙관적으로 생각했다. 하지만 이모에 대한 내 기대는 실현되지 못할 운명이었다. 그 후에 영국에 왔을 때 이모가 마비성 발작을 일으켜서 실어증에 걸렸다는 사실을 알게 됐다. 이모는 얼마 못 가 내 품에 안겨 숨을 거뒀고, 내가 이모의 유일한 상속자가 됐다. 나는 우리 가족의 비밀에 대한 언급이 있을까 싶어 이모가 남긴 서류들을 열심히 찾아봤지만 날 이끌어 줄 단서는 하나도 없었다. 캐롤라인 누나가 병들었다가 죽을 때까지 어머니가 이모에게 보낸 편지는 한 통도 남아 있지 않았다.

Ⅲ

그 후로 몇 년이 또 흘러갔다. 어머니가 이모를 따라 저세상으로 갔지만 여전히 조지 삼촌에 대해 어떤 새로운 사실도 알아내지 못했다. 어머니가 돌아가신 후 내 건강이 나빠져서 의사의 충고에 따라 프랑스 남쪽에 있는 온천에서 요양을 하기로 했다.

나는 목적지를 향해 천천히 가면서, 그곳으로 가는 직선 도로를 벗어나 언제든 마음이 내킬 때 멈춰서 쉬었다. 어느 날 저녁, 목적지인 온천에서 2, 3일 정도 가야 나오는 언덕 꼭대기에 있는 그림 같은 풍경의 작은 마을을 보고 첫눈에 반했다. 그래서 좀 더 가까이 가서 보고, 마음에 들면 거기서 하룻밤 묵어가기로 마음먹었다. 마을에 있는 여인숙을 찾아가 보니 깨끗하고 조용해서 방을 잡고 저녁을 먹은 후에 근처 교회를 구경하러 산책을 나갔다. 교회에 들어갔을 때 조지 삼촌에 대한 생각은 전혀 하지 않았다. 그런데도 바로 그 순간 알 수 없는 손길이 나를 이끌어 지난 오랜 세월 동안 알아내려고 그토록 노력했지만 허사였던 진실, 어머니가 돌아가신 후로 모든 희망을 포기했던 그 진실을 알아내게 됐다.

교회 안에는 볼거리가 하나도 없어서 다시 나가려다 옆문으로 아담하고 예쁜 광경이 언뜻 보여 멈춰서 감탄하며 바라봤다.

교회 경내가 전경에 있었고, 그 밑으로 언덕의 비탈길이 완만하게 내려가다가 평야가 나왔는데 거기에서 태양이 찬란하게 저물어 가고 있었다. 그 교회의 주임 사제가 성무일도를 읽으면서 여러 줄로 선 무덤들 사이의 자갈길을 왔다 갔다 거닐고 있었다. 나는 선원으로 온 세상을 방랑하고 다니다 프랑스어를 배워서 영어처럼 유창하게 구사하게 됐다. 그래서 신부님이 내게 가까이 다가왔을 때 이곳이 참 아름답다는 찬사를 몇 마디하고, 교회 경내를 깔끔하고 아름답게 가꾼 그의 노고를 치하했다. 그는 아주 정중하게 대답했고 우리는 대화를 나누게 됐다.

자갈길을 따라 신부와 같이 걷는데 문득 다른 무덤들과 따로 떨어져 있는 한 무덤에 눈길이 갔다. 그 무덤에 꽂힌 십자가는 다른 십자가들과 달리 아주 큰 차이점이 있었다. 다들 화환이 걸렸는데 이 십자가만 휑하니 아무것도 걸려 있지 않았고, 그보다 더 놀라운 점은 그 무덤 앞에 세워진 비석에 그 어떤 이름도 새겨져 있지 않았다는 점이었다.

신부는 내가 멈춰 서서 무덤을 바라보는 걸 보고 고개를 흔들며 한숨을 쉬었다.

"당신의 동포가 여기 묻혀 있습니다. 그분의 임종을 제가 지켰습니다. 그는 이 마을에서 아주 오랫동안 너무나 큰 슬픔의 짐을 지고 사셨죠. 이곳에서 사는 내내 바르고 선하게 행동하셔서 우리는 그분을 존경하고 연민을 느끼게 됐습니다."

"그런데 어떻게 무덤에 이름을 새기지 않은 겁니까?" 내가 물었다.

"본인이 그렇게 원하셨습니다. 그분은 마지막 순간에 그동안 여기서 가명으로 살아오셨다고 제게 털어놓으셨습니다. 제가 본명을 여쭤 보자 그 이름과 함께 자신의 슬픈 사연을 소상히 이야기해 주셨죠. 그분에겐 돌아가신 후에 잊히고 싶어 하는 특별한 이유가 있었습니다. 그분이 하신 마지막 말씀이 바로 이것이었습니다. '제 이름이 저와 같이 죽게 놔두세요!' 그것이 마지막 부탁이었기 때문에 단 한 사람만 빼고 세상의 다른 모든 이에게 그분의 이름을 비밀로 하기로 했습니다." 신부는 잠시 망설이다가 설명했다.

"그 한 사람이 친척인 모양이죠?" 내가 말했다.

"그렇습니다. 조카입니다." 신부가 말했다.

그 말이 신부의 입에서 나온 순간 내 심장이 기이하게도 펄쩍 뛰었다. 내 안색도 갑자기 변했는지 신부가 갑자기 관심을 가지고 내 얼굴을 자세히 바라봤다.

"그분이 자식처럼 사랑하셨던 조카라고 하셨습니다. 그분이 만약 조카가 자신의 무덤까지 추적해서 찾아내 그분에 대해 물어본다면 제가 아는 모든 사실을 뜻대로 알려 줘도 된다고 하셨습니다. '나의 어린 찰리가 진실을 알면 좋겠습니다. 우리가 비록 나이 차는 컸지만 찰리와 나는 오래전에 놀이 친구였답니다.' 그분이 그렇게 말씀하셨죠."

내 심장이 더 빨리 뛰었고, 신부가 죽어 가는 남자의 마지막 말을 전해 주면서 무심코 내 세례명을 말했을 때 갑자기 목이 메어 왔다.

나는 떨지 않고 말할 수 있게 됐을 때, 놀랐던 마음이 확실히 진정됐을 때, 내 이름을 신부에게 말해 주고 혹시 그 이야기가 그분이 지켜 달라고 부탁한 비밀의 일부가 아니냐고 물었다.

신부는 놀라서 몇 걸음 뒤로 물러나며 두 손을 맞잡았다.

"어떻게 이런 일이?" 그는 간절한 눈빛으로 나를 보면서, 조금 두려워하는 표정으로 나직하게 말했다.

나는 그에게 내 여권을 주고 다시 고개를 돌려 무덤을 바라봤다. 지난날의 추억들이 밀려들면서 내 눈에 눈물이 고이기 시작했다. 나는 무의식중에 무덤 옆에 무릎을 꿇고 앉아 손으로 잔디를 쓸어내렸다. 아, 조지 삼촌, 왜 당신의 비밀을 오래된 놀이 친구에게 말해 주지 않았어요? 왜 친구를 떠나서 머나먼 여기서 삼촌을 찾게 하셨어요?

신부는 나를 부드럽게 일으켜 세우고 자기 집에 같이 가자고 애원했다. 거기로 가는 길에 내가 바로 그 사람이 맞는다는 점을 확인시켜 주기 위해 삼촌이 말했을 만한 사람들과 장소에 대해 이야기했다.

신부의 작은 거실로 들어가 같이 앉았을 무렵에 우리는 거의 오래 사귄 친구 같아졌다.

아무래도 내가 먼저 조지 삼촌과 삼촌의 실종에 관해 지금까지 여기에 했던 이야기들을 신부에게 하는 편이 좋겠다고 생각했다. 그는 아주 슬픈 얼굴로 내 이야기를 듣고 이야기가 끝나자 입을 열었다.

"제 이야기를 듣고 싶은 마음이 간절한 건 이해합니다만 먼저 삼촌의 이야기에서 나오는 상황이 당신으로서는 듣기 고통스러울 수도 있다는 점을 말씀드려야 할 것 같습니다." 그는 갑자기 입을 다물었다.

"조카로서 듣기 괴롭다는 말씀인가요?" 내가 물었다.

"아뇨." 신부는 그렇게 대답하고 나를 외면했다. "아들로서 말입니다."

나는 그렇게 나를 섬세하게 배려하고 경고까지 해 주셔서 고맙지만 동시에 더 이상 궁금하게 만들지 말고 아무리 듣기 고통스럽더라도 어서 진실을 말해 달라고 재촉했다.

"당신은 저에게 집안의 비밀에 대해 다 말해 주면서 누이의 죽음과 삼촌의 실종이 동시에 일어난 것이 기묘한 우연의 일치라는 말을 했습니다. 당신은 단 한 번이라도 누이가 죽은 원인이 뭔지 의심한 적이 있습니까?"

"전 그저 아버지가 해 주신 말, 그리고 제 친구들이 믿는 말만 알고 있습니다. 즉 누나는 목에 생긴 암 때문에 죽었다고요. 제가 들은 그대로 옮기자면 목에 생긴 암이 누이의 몸에 미친 영향 때문에 죽었다고요."

"누님은 그 암을 제거하는 수술을 받다 죽었습니다. 그 수술을 집도한 사람이 바로 당신의 조지 삼촌이었습니다." 그는 나직한 목소리로 말했다.

그 몇 마디로 모든 진상을 알게 됐다.

"삼촌이 오랫동안 겪은 순교자적 고통이 마침내 끝났다는 사실로 마음의 위안을 삼으시길 바랍니다." 신부는 이야기를 이어 갔다.

"그분은 평화롭게 영면하셨습니다. 그분과 꼬마 달링은 서로 이해하고 이제 행복하게 같이 있습니다. 그 생각이 그분이 마지막으로 숨을 거두는 순간까지 지탱해 줬습니다. 그분은 항상 당신 누이를 '꼬마 달링'이라고 부르셨죠. 당신 삼촌은 당신 누이가 저세상에서 그를 용서하고 위로해 주려고 기다린다고 굳게 믿었습니다. 그분의 믿음이 헛되다고 누가 감히 말할 수 있겠습니까?"

난 아니다! 평생 단 한 번이라도 누군가를 사랑해 고통받은 이라면 절대 그러지 않겠지!

"조카딸을 위해 스스로를 희생하는 헌신적인 사랑이 너무 깊었기 때문에 그분은 아주 큰 용기를 내서 그 수술을 맡았습니다. 당신 아버님은 당연히 그 수술을 집도하길 피했습니다. 그가 상의한 동료 의사들을 불러와 환자의 상태를 보게 하자 모두 그 암을 제거하는 수술은 그 상황에서 적절하지 못하다고 판단했습니다. 당신 삼촌만 의견이 달랐죠. 하지만 그분은 너무 겸손하셔서 그런 말은 하지 않으셨습니다. 하지만 당신 어머니가 그 사실을 알아냈죠. 예뻤던 딸의 외모가 망가지는 것에 당신 어머니는 몸서리를 쳤고 누구든 그걸 고쳐 준다고 하면 지푸라기만 한 희망이라도 잡을 정도로 필사적이었습니다. 그래서 당신 어머니가 삼촌을 설득해서 그 의견을 증명해 보이라고 했습니다. 자식의 기형이 끔찍한 데다 평생 갈지도 모른다는 사실에 절망해서 수술이 위험하다는 사실에 전적으로 눈을 감으신 것 같았습니다. 그분의 아들인 당신에게 이 이야기를 어떻게 해야 할지 정말 모르겠지만 그래도 말해야 할 것 같습니다. 어느 날 당신 아버지가 외출했을 때 당신 어머니가 삼촌에게 형이 그 수술을 하는 데 동의했다고 거짓말을 했습니다. 그리고 차마 수술 장면을 볼 수 없어서 일부러 외출했다고 했습니다. 그 말을 듣고 삼촌은 더 이상 망설이지 않았습니다. 그는 용기만 확실히 낼 수 있다면 그가 두려워하는 결과는 나오지 않을 거라고 생각했습니다. 다만 칼을 들고 조카의 살을 건드려야 하는 끔찍한 상황에 처하게 되자 조카에 대한 애정이 그에게 미치는 영향이 너무 두려웠다고 합니다.

나는 감정을 자제하려고 무진 애를 썼지만 그 말을 듣자 몸서리가 쳐지는 걸 참을 수 없었다.

"자세한 내용을 이야기해서 당신에게 충격을 줄 필요는 없죠." 신부가 사려 깊게 말했다. "그저 당신 삼촌에게 용기가 가장 필요한 순간에 그 용기가 나지 않았다고만 해도 충분할 것 같습니다. 전에 수술할 때는 한 번도 떨리지 않던 그 굳센 손이 조카에 대한 애정 앞에서 그만 흔들리고 말았답니다. 한 마디로 말해 수술은 실패했습니다. 당신 아버지가 돌아와서 자식이 죽어 가는 걸 발견했습니다. 진실을 들었을 때 극도로 절망한 당신 아버지가 한 행동은 차마 제 입에 올리기에도 충격적이었습니다. 당신 아버지는 먼저 당신 삼촌을 주먹으로 두들겨 패서 모멸감을 준 후에 동생이 저지른 치명적으로 경솔한 행위를 법정에서 재판받게 해서 처벌을 받게 하겠다고 맹세했습니다.

당신 삼촌은 그때 일어난 일에 너무너무 비통해서 형의 말과 행동에 격노조차 느끼지 못했습니다. 그는 형수를 찾았습니다(지금부터 할 이야기 때문에 그분을 당신 어머니라고 부르고 싶지 않습니다). 형수가 그 수술을 하라고 부추겼고, 형이 수술을 허락했다고 거짓말까지 했던 걸 인정하리라 생각했던 겁니다. 하지만 형수는 아무 말이 없었고, 마침내 입을 열었을 때 남편 편에 서서 당신 삼촌을 자기 자식을 죽인 살인자라고 맹렬하게 비난했습니다. 당신 아버지의 분노가 두려워서 그랬는지 아니면 당신 삼촌에게 화가 나서 복수하고 싶은 마음에서 그랬는지는 제가 감히 짐작할 수 없습니다. 전 그저 사실만 말할 수 있습니다."

신부는 거기서 잠시 이야기를 멈추고 걱정스러운 표정으로 나를 바라봤다. 그 순간 나는 아무 말도 못 하고 그저 그의 손을 꼭 잡아서 어서 이야기를 계속하라고 재촉할 수밖에 없었다.

신부가 이야기를 계속했다.

"한편 당신 삼촌은 형을 보면서 이 세상에서 형에게 하게 될 마지막 말을 했습니다. 그분은 이렇게 말했습니다. '형이 어마어마하게 화를 낸다고 해도 나는 당해도 싼 놈이지만, 공개 법정에서 날 재판에 회부해 온 집안이 추문에 휩싸이는 일은 막아 줄게. 법정에서 유죄로 판결되면 가장 엄중한 벌이라고 해 봐야 내 조국과 친구들에게서 떨어져 추방되는 것이겠지. 내가 조카를 기형과 고통에서 구해 줄 수 있다고 솔직하게 믿은 건 하느님도 아셔. 난 모든 걸 걸었지만 다 잃었어. 내 심장과 영혼은 산산조각 났어. 난 아무짝에도 쓸모없는 인간이지만 이제 이곳을 떠나서 영원히 숨어 살게. 다시는 돌아오지 않을 것이고, 형의 동정이나 용서는 기대하지 않겠어. 내가 떠났을 때 나에 대한 분노가 좀 누그러진다면 지금 일어난 일은 비밀로

396

해 줘. 형과 형수가 내게 했던 말을 다른 사람은 모르게 해 줘. 그 관대한 행위가 나에 대한 보상으로 충분하다고 생각할게. 내가 받을 자격이 있는 것보다 훨씬 큰 보상으로 받아들이겠어. 이 세상에서 나는 잊어 줘. 우린 나중에 다른 세상, 우리 모두 마음에 품은 비밀들이 밝혀지는 곳, 우리보다 먼저 세상을 떠난 아이가 우리를 화해시켜 주는 곳에서 만나기로 해!' 당신 삼촌은 그렇게 말하고 떠났습니다. 당신 아버지는 다시는 동생을 보지도, 소식을 듣지도 못했죠."

나는 이제 왜 아버지가 가족까지 포함해서 그 진실을 다른 누구에게도 밝히지 않았는지 알게 됐다. 어머니는 여동생인 이모에게 비밀을 지키란 조건하에 모든 걸 고백한 모양이었다. 그 후로 그 끔찍한 폭로는 감춰졌다.

"당신 삼촌이 말씀하셨어요. 그분이 영국을 떠나기 전에 당신이 지내는 바닷가 마을에 몰래 찾아갔다고요. 당신에게 마지막으로 키스하지 않고는 고국과 친구들을 떠날 마음이 차마 들지 않았다고 합니다. 그분은 어둠속에서 당신을 따라가서, 안아 보고, 당신이 자기를 알아보기 전에 얼른 떠났다고 합니다. 그다음 날 그분은 영국을 떠났어요." 신부가 이야기를 계속했다.

"이곳으로 오셨나요?" 내가 물었다.

"그렇습니다. 그분은 전에 여기서 친구분과 일주일 동안 묵으신 적이 있었대요. 그때 학생이었는데 디우 호텔에서 묵었다고 합니다. 그래서 이곳으로 돌아와 숨어 살면서 괴로워하다가 돌아가셨습니다. 우리는 모두 그분이 엄청난 슬픔에 짓눌려 고통스러워한다는 걸 알고 그와 그의 고통을 존중했습니다. 그분은 혼자 살면서 저녁 무렵에만 밖에 나와서 언덕 꼭대기에 앉아 두 손을 턱에 괴고 영국을 바라보곤 했습니다.

 그분은 그 장소를 좋아하시는 것 같았고, 그 근처에 묻혔죠. 그분은 저 말고는 그 누구에게도 과거의 삶에 대해 밝히지 않았습니다. 제게도 마지막 숨을 거두기 직전에야 털어놓으셨죠. 그 긴 추방 생활 동안 그분이 어떤 고통을 겪으셨을지는 아무도 감히 짐작할 수 없습니다. 다른 어느 누구보다 그분을 더 많이 본 저도 그분의 불평을 단한 마디도 들어 본 적이 없습니다. 그분은 순교자의 용기를 지닌 채살아가셨고, 돌아가실 때는 성인의 체념을 품고 있었습니다. 마지막순간에 그분의 정신이 잠시 혼미해지셨습니다. 꼬마 달링이 침대 옆에서 그분을 인도해 가려고 기다리는 모습이 보인다고 했습니다. 그리고 미소를 지으며 눈을 감았습니다. 그것이 제가 본 그분의 첫 미소였습니다."

 신부는 이야기를 마쳤고, 우리는 같이 서글픈 황혼이 지는 밖으로나가 조지 삼촌이 좋아했던, 항상 서서 영국이 있는 쪽을 바라보던언덕 꼭대기에서 한동안 서 있었다. 삼촌이 오랫동안 타국의 침묵과고독 속에서 얼마나 고통스러웠을지 생각만 해도 마음이 한없이 아렸다! 내가 마침내 가족의 비밀을 알아낸 건 잘한 일이었을까? 가끔은 아닌 것같이 느껴졌다. 가끔은 조지 삼촌의 운명을 가렸던 그 어둠이 결코 걷히지 말기를 바란 적도 있었다.

죽은 자의 손
The Dead Hand

    지금 우리가 사는 19세기가 시작될 무렵 아서 홀리데이라는 내 친구가 경마 주간, 다시 말하면 9월 중순에 우연히 요크셔주의 동커스터라는 마을에 도착했다.

    아서는 무모하고, 수다스러운 데다 경솔하지만 정이 많은 청년 신사로 붙임성이 좋아서 어딜 가건 친구를 아주 쉽게 사귀는 성격이었다. 그의 부친은 부유한 기업가로 중부 지방에 있는 한 군의 토지를 대량으로 사들여서 근방에 사는 토박이 대지주들의 부러움을 한 몸에 샀다. 아서는 외아들이자 부친이 사망하면 그 광대한 토지와 사업을 전부 다 물려받을 후계자로 그다지 엄하게 키우지도 않았다. 소문 혹은 스캔들에 따르면 아서의 부친인 노신사도 젊었을 때는 상당히 도락을 즐겼다고 하는데, 그래서 그런지 아들이 자신의 그런 면을 닮은 걸 알았을 때 다른 부모들처럼 노발대발하진 않았다고 한다. 그 말은 사실일 수도 있고 아닐 수도 있다. 나는 아서의 부친인 홀리데이 씨를 노년에 알게 됐는데 그때 그는 조용하고 아주 점잖은 노신사였다.

어쨌든 아까 말한 것처럼 어느 해 9월에 젊은 아서는 느닷없이 경마를 보러 가겠다는 무모한 결정을 내렸다. 그는 저녁이 다 돼서야 마을에 도착해서 곧장 그곳에서 가장 큰 호텔로 저녁과 숙소 문제를 해결하려고 갔다. 식사는 당장 할 수 있지만 방 이야기를 하자 그곳 사람들이 모두 웃었다. 경마 주간에 방을 미리 잡아 놓지 않고 동커스터를 찾아온 사람들은 여인숙 문 앞에 세워 둔 마차에서 밤을 보내는 일이 흔했다. 그보다 훨씬 지체가 낮고 경제적으로도 떨어지는 이들은 어떻게든 비바람을 피할 수 있는 곳을 찾아 남의 집 문간에서 자는 경우도 많았다. 아서가 부자긴 하지만 (예약도 안 하고 왔으니) 그날 밤 숙소를 구하기란 쉽지 않았다. 그는 두 번째 호텔을 가 보고, 세 번째 호텔도 가 본 후에, 그보다 급이 떨어지는 여인숙도 두 곳 갔지만 모두 똑같은 대답만 들었다. 그날 밤엔 어떤 숙소도 구할 수 없다는 말이었다. 그의 주머니에서 반짝이는 1파운드 금화를 아무리 많이 준다 해도 경마 주간에 동커스터에서 묵을 방은 구할 수 없었다.

아서 같은 청년에게 돈 한 푼 없는 부랑자처럼 거리로 쫓겨나는 경험은 처음이어서, 가는 집마다 그런 일을 당하는 내내 아주 새롭고 재미난 경험을 하고 있다고 생각했다. 그는 여행용 가방을 손에 든 채 여행객을 위한 숙박 시설을 볼 때마다 들어가서 물어보다가 마침내 마을 외곽까지 갔다.

이쯤 되자 가물거리던 황혼도 희미해져 가고, 안개 속에서 달이 흐릿하게 떴고, 바람은 차가워지고, 구름이 무시무시한 기세로 모여드는 모양이 금방이라도 비가 내릴 기세였다!

주위가 어두워지자 젊은 아서 홀리데이도 낙담하기 시작했다. 이제 장난이 아니라 노숙을 해야 할 처지를 심각하게 고려해야 했다. 그래서 어떻게든 숙소를 구해야겠다는 걱정을 하며 주위에 여관이 없는지 둘러보기 시작했다. 그가 흘러든 마을 외곽은 이제 불빛이라곤 보이지 않았고, 지나치는 사이에 본 집들은 점점 더 작아지고 지저분해졌다. 그러다 구불구불한 도로 저쪽에서 희미하게 빛나는 석유램프 하나가 보였다. 주위를 둘러싼 어둠 속에서 무력하고 외롭게 흐릿한 빛을 발하고 있었다. 아서는 그 램프가 있는 곳까지 가자고 결심했고, 거기 가서도 여인숙이 보이지 않는다면 다시 마을 중심부로 돌아와 호텔 의자에 앉아서라도 오늘 밤을 보내겠다고 다짐했다.

램프 근처에 가자 사람들 목소리가 들렸고, 그 밑에서 걸어 다니는 소리도 들렸다. 알고 보니 램프는 좁은 뜰로 들어가는 출입구를 밝히고 있었고 거기 담벼락에 색이 바랜 살구색의 긴 손 하나가 그려져 있었다. 그 손의 가느다란 검지가 이 이름을 가리키고 있었다.

울새 두 마리 여인숙

아서는 주저하지 않고 이 여인숙에서 묵을 수 있을지 보려고 바로 안뜰로 들어갔다. 여인숙의 문 주위를 네다섯 명의 남자들이 동그랗게 둘러싸고 있었다. 여인숙은 뜰 안쪽에 있었고, 거리로 나가는 출입구를 마주 보고 있었다. 남자들은 모두 어떤 남자가 하는 말을 듣고 있었다. 다른 남자들보다 옷을 더 잘 차려입고 나직한 목소리로 뭐라고 하는 그 남자의 이야기에 다들 아주 큰 관심을 가지고 듣고 있었다.

뜰로 들어갔을 때 한 손에 배낭을 든 낯선 남자가 아서 옆을 지나쳐 갔는데 마침 그 여인숙을 나오는 모양이었다.

"아니지." 배낭을 든 여행객이 돌아서서 뚱뚱하고, 대머리에 교활해 보이는 얼굴에 더러운 흰색 앞치마를 입고 그를 따라오는 남자에게 유쾌하게 말했다. "안 된다고, 주인 양반. 난 소소한 일에 쉽게 겁을 내지 않는 사람이야. 하지만 **그건** 도저히 참을 수 없어."

젊은 아서는 그 말을 들은 순간 이 낯선 남자가 여인숙에서 터무니없는 방값을 내라는 소리를 듣고 거부한다는 생각이 들었다. 낯선 사람에게 등을 돌린 그 순간 자신의 두둑한 지갑을 아주 편한 마음으로 떠올린 아서는 다른 여행자들이 끼어들어 더러운 앞치마를 입은 교활한 얼굴의 대머리 주인에게 선수를 칠까 봐 두려워서 얼른 말했다.

"손님에게 내줄 방이 있는데 방금 나간 저 신사가 방값을 내지 않겠다고 한다면, 내가 내겠소." 아서가 말했다.

교활한 여관 주인이 아서를 노려봤다. "정말 그러시려고, 나리?" 그는 뭔가 골똘히 생각하면서 미심쩍은 목소리로 물었다.

"방값이 얼마요, 말해 봐요." 아서는 주인이 망설이는 이유가 그에 대한 상스러운 의심 때문이라고 생각하면서 말했다. "방값을 말해 주면 즉시 내리다."

"5실링을 내실 만큼 투지만만하신가요?" 주인이 포동포동한 이중 턱을 문지르면서 생각에 잠긴 얼굴로 천장을 올려다보며 말했다.

아서는 그의 얼굴에 대고 웃을 뻔했지만 참는 편이 좋겠다고 생각하고, 최선을 다해 아주 진지한 표정으로 5실링을 내밀었다. 그 교활한 주인은 손을 내밀었다가 갑자기 다시 빼 버렸다.

"아주 공명정대한 척하시는데, 당신 돈을 받기 전에 나도 같은 방식으로 대해 드리지. 이 방의 조건에 대해 설명하자면 당신은 5실링을 내고 침대 하나를 차지할 수 있지만, 오늘 밤 묵게 될 방의 절반만 사는 겁니다. 내 말이 무슨 뜻인지 알겠어요, 젊은 신사 나리?"

"당연히 알지. 당신 말은 그 방에 침대가 두 개고, 그중 하나는 이미 다른 사람이 묵고 있다는 거 아니오?" 아서는 조금 짜증스럽게 대꾸했다.

그 주인은 고개를 끄덕이며, 자신의 턱을 아까보다 더 세게 문질렀다. 아서는 망설이면서 무의식중에 문을 향해 한두 걸음 물러났다. 생판 모르는 남과 같은 방에서 잠을 잔다는 생각은 별로 내키지 않았다. 5실링을 주머니에 넣고 다시 거리로 나가고 싶은 마음이 간절해졌다.

"할 거요, 말 거요? 빨리 결정해요. 오늘 동커스터에서 하룻밤 묵을 방을 찾는 사람은 당신 말고도 아주 많으니까." 주인이 말했다.

아서는 안뜰이 있는 쪽을 바라보며 밖의 거리에서 이미 세차게 내리는 빗소리를 들었다. 울새 두 마리 여인숙이라는 피난처를 나가겠다고 성급하게 결정하기 전에 한두 가지만 물어봐야겠다고 생각했다.

"그 방에 있는 남자는 어떤 남자요? 신사요? 내 말은 조용하고 품행이 바른 사람이냐는 거요." 아서가 물었다.

"내가 만난 사람 중에 가장 조용한 남자요." 주인은 통통한 두 손을 슥슥 문질러 대며 말했다. "술도 한 방울 안 마셨고, 생활도 아주 규칙적으로 합디다. 아직 9시도 안 됐는데 10분 전에 이미 잠자리에 들었고. 그게 당신이 생각하는 조용한 남자에 해당되는지는 모르겠지만. 나보다는 우라지게 조용하다고 할 수 있지."

"그 사람 자요?" 아서가 물었다.

"확실히 자고 있어요. 게다가 잠이 아주 깊게 들어서 당신이 무슨 짓을 해도 절대 깨지 않을 거라고 내 장담해요. 이쪽으로 오시죠, 나리." 집주인은 젊은 아서 홀리데이의 어깨 너머로 마치 다른 손님이 다가오는 것처럼 불렀다.

"여기 있어요." 아서는 지금 오는 손님이 누구건 그 사람보다 먼저 방을 차지하고야 말겠다는 마음으로 말했다. "내가 그 방을 쓸게요." 그리고 주인에게 5실링을 내밀었다. 주인은 고개를 끄덕이며 그 돈을 조끼 주머니에 건성으로 넣고, 촛불을 켰다.

"나랑 가서 방을 보시죠." 울새 두 마리 여인숙 주인이 그렇게 말하면서 뚱뚱한 체격에 비해 상당히 민첩하게 계단을 올라갔다.

두 사람은 위층으로 올라갔다. 주인이 층계참 앞에 있는 방문을 반쯤 열었다가, 돌아서서 아서를 봤다.

"이건 공평한 거래요. 당신뿐 아니라 내 입장에서 봐도 그래. 당신은 내게 5실링을 줬고, 나는 그 대가로 깨끗하고 편한 침대를 제공하는 거요. 그리고 미리 보장하는데 같은 방을 쓰는 남자가 어떤 식으로든 당신을 방해하거나 짜증 나게 하진 않을 거요." 그렇게 말한 후에 그는 잠시 젊은 아서의 얼굴을 노려보고 다시 앞장서서 방으로 들어갔다.

그 방은 아서의 예상보다 훨씬 더 크고 깨끗했다. 침대 두 개는 나란히 놓여 있었고, 그 사이의 공간은 2미터 정도 됐다. 두 침대 다 중간 크기고, 필요하면 침대를 다 가릴 수 있게 아무 무늬도 없는 흰색 커튼이 쳐져 있었다.

다른 손님이 먼저 와 있는 침대가 창가와 더 가까웠다. 커튼이 다 쳐져 있었는데 다만 창가에서 가장 먼 쪽의 커튼만 반쯤 쳐져 있었다. 잠자는 남자는 마치 엎드린 것처럼 그의 발이 이불 위로 툭 튀어나온 게 보였다. 아서는 촛불을 가지고 조심스럽게 다가가서 커튼을 치려다 우뚝 멈춰 서서 한동안 소리를 듣고는 다시 주인에게 돌아섰다.

"이 사람은 아주 조용히 자네요." 아서가 말했다.

"그렇죠. 아주 조용하죠." 주인이 대꾸했다. 아서는 촛불을 들고 가서 잠자는 남자의 얼굴을 조심스럽게 들여다봤다.

"이 사람 얼굴이 아주 창백한데요." 아서가 말했다.

"그렇죠. 충분히 창백하죠, 그렇죠?" 주인이 말했다.

아서는 그 남자를 좀 더 자세히 들여다봤다. 턱까지 덮고 있는 이불이 미동도 없었다. 그 점을 눈치채고 깜짝 놀란 아서는 허리를 숙여서 낯선 사람의 살짝 벌어진 창백한 입술을 보면서, 순간 숨소리를 들으려고 하다가, 다시 기묘하게 고요한 얼굴을 보고, 움직임이 없는 입술과 가슴을 본 후 확 돌아서서 주인을 봤다. 아서의 뺨도 침대에 누운 남자의 푹 꺼진 뺨처럼 하얗게 질렸다.

"이리 와 봐요. 이리 좀 와 봐요, 제발! 이 남자는 자는 게 아니라 죽었어요." 그는 조용히 속삭였다.

"내 생각보다 훨씬 더 일찍 알아냈네요. 맞아요, 그 사람은 확실히 죽었어요. 오늘 5시에 사망했죠." 주인은 침착하게 말했다.

"이 사람은 어떻게 죽었어요? 이 사람은 누구예요?" 아서는 그 뻔뻔하고 냉정한 대답에 놀라 휘청거리며 물었다.

"그 사람이 누군지는 나도 당신만큼이나 아는 게 없어요. 여기 이 사람 책과 편지 같은 것들을 갈색 소포 용지로 싸 놨어요. 내일이나 모레 검시관이 요청하면 보낼 겁니다. 이 사람은 여기서 일주일 동안 묵으면서 방세도 꼬박꼬박 잘 냈어요. 어디가 아픈지 통 나가질 않더군요. 우리 딸이 오늘 5시에 식사를 갖다줬는데 그걸 먹다가 갑자기 기절을 한 건지 아니면 발작을 일으킨 건지 아니면 둘 다인지 모르겠지만 하여튼 쓰러졌어요. 아무리 해도 안 깨어나서 내가 죽었다고 했죠. 의사가 왔는데 의사도 깨우지 못해서 죽었다고 했고. 사정이 그렇게 됐어요. 시간이 되는 대로 검시관이 사인을 규명할 겁니다. 그게 내가 아는 전부요." 주인이 대답했다.

아서는 촛불을 그 남자의 입술 가까이에 댔다. 촛불의 불길이 환하게 타올랐다. 잠시 침묵이 흘렀고, 빗방울이 타닥타닥 소리를 내며 유리창을 쓸쓸히 두들겼다.

"더 이상 할 말 없으면, 난 이만 가 보리다. 설마 5실링을 돌려 달라는 말은 안 하겠죠? 내가 약속한 깨끗하고 편안한 침대가 여기 있잖아요. 절대 당신을 방해하지 않을 거라고 한 남자가 여기 있고. 이 남자는 이제 영원히 조용히 있을 테니까. 만약 이 남자와 단둘이만 있기엔 너무 겁이 난다고 하면 그건 내가 알 바 아니고. 난 약속을 지켰으니 이 돈은 내 거요. 나는 여기 요크셔 토박이는 아니오, 젊은 신사 양반. 하지만 이곳에서 살 만큼 살면서 세상 이치를 깨우쳤거든. 당신도 다음에 여길 찾아올 때는 좀 더 그 이치를 깨우치길 바라겠소."

그 말을 남기고 주인은 문을 향해 돌아서서 자신이 재치 있는 말을 한 듯 흡족해하며 갔다.

충격을 받은 데다 망연자실해진 아서는 이쯤 되자 정신을 차리고 자신이 당한 사기와 집주인의 무례한 태도에 화가 났다.

"웃지 말아요. 당신도 날 상대로 웃을 처지는 아닌 것 같은데. 당신은 뭐 5실링을 거저 벌었나? 난 이 방에서 잘 거야." 아서도 사납게 응수했다.

"여기서 주무시겠다고? 그럼 잘 자요." 주인은 그렇게 말하고 나가서 문을 닫아 버렸다.

잘 자라니! 아서가 아무 생각 없이 뱉은 그 말을 후회하기도 전에 주인은 문을 닫아 버렸다. 원래 예민한 성격은 아니었고, 정신적으로나 육체적으로나 소심하지도 않지만, 방에 혼자 남아 죽은 남자와 단둘이 있게 되자 아서는 곧바로 오싹해졌다. 혼자서 내일 아침까지 여기 있겠다고 성급하게 말해 버려서 이제 나갈 수도 없게 돼 버렸다. 나이가 좀 더 지긋한 사람이었다면 그런 말은 아무렇지도 않게 생각하고 이성에 따라 행동했을 것이다. 하지만 젊은 아서는 자기보다 지위가 낮은 여관 주인에게 받은 조롱을 무시해 버리지 못했고, 한 방에서 죽은 사람과 기나긴 밤을 보내야 하는 시련보다 경솔하게 허세를 떤 자신의 과오를 인정하고 주인에게 굴욕을 당할 일이 더 무서웠다.

"그래 봐야 고작 몇 시간밖에 안 되잖아. 날이 밝는 대로 나가면 돼." 그는 마음속으로 생각했다.

그 생각이 마음속으로 스쳐 갔을 때 그는 죽은 사람이 있는 침대쪽을 보았는데 죽은 사람의 발 위를 덮은 이불이 툭 튀어나온 모습이 그의 시선을 사로잡았다. 그는 그 침대로 다가가 커튼을 치면서, 얼굴은 보지 않으려고 노력했다. 그걸 봤다간 섬뜩한 이미지가 마음에 새겨져 불안해질 것 같아서였다. 그는 아주 조심스럽게 커튼을 치면서 자기도 모르게 한숨을 쉬었다.

"불쌍한 친구. 아! 불쌍한 친구!" 아서는 커튼을 치면서 마치 그 남자를 아는 것처럼 아주 슬프게 말했다.

그리고 창가로 갔다. 깜깜한 밤이라 밖은 아무것도 보이지 않았다. 비는 여전히 세차게 유리창을 두들기고 있었다. 빗소리로 봐서 창문이 집 뒤쪽에 있는 것으로 짐작했다가, 이 집 앞쪽은 안뜰과 그 너머에 있는 건물들로 둘러싸여서 비바람을 피할 수 있다는 점을 기억해 냈다.

창가에 계속 그렇게 서 있는데 쓸쓸한 빗소리가 그의 두려움을 달래 주는 듯했다. 비는 소리도 들리고 움직이니까 생기가 느껴지고 덜 외롭게 느껴졌기 때문이다. 멍하니 밖의 어둠을 보는 동안 멀리서 교회 시계가 열 번 치는 소리가 들렸다. 아직 10시밖에 안 됐다니! 집 안 사람들이 내일 아침에 일어날 때까지 어떻게 이 밤을 보낼 것인가?

다른 때 같으면 밑에 있는 바로 내려가서, 그로그주*를 달라고 해서 거기 있는 다른 사람들과 평생 알고 지낸 사이처럼 웃고 떠들었을 것이다. 하지만 이제 그런 식으로 허송세월하는 것이 불쾌하게 느껴졌다. 어쩔 수 없이 처하게 된 이 새로운 상황이 그를 바꾸고 있는 것처럼 느껴졌다. 지금까지 그는 평범하고, 시시하고, 지루하고, 지극히 피상적인 부잣집 청년으로 살아왔다. 해결해야 할 문제도 없었고, 직면해야 할 시련도 없었다. 그는 지금까지 사랑하는 친척이나, 소중하

* 럼주에 물을 탄 것.

게 생각하는 친구를 잃어 본 적이 한 번도 없었다. 오늘 밤까지는 죽음과 접해 본 적도 없고, 죽음을 생각해 본 적도 없었다.

그는 방 안에서 왔다 갔다 하다가 멈췄다. 싸구려 카펫이 깔린 바닥을 밟는 부츠 소리가 신경에 거슬렸다. 그는 잠시 망설이다가 부츠를 벗고 아무 소리도 내지 않고 다시 왔다 갔다 걸어 다녔다.

자거나 쉬고 싶은 마음은 싹 사라졌다. 텅 빈 침대에 눕는다는 생각만 해도 곧바로 죽은 남자의 자세와 똑같다는 무시무시한 두려움이 떠올랐다. 그 남자는 누구였을까? 과거에 어떤 인생을 살았을까? 분명 가난했을 것이다. 그렇지 않았다면 울새 두 마리 여인숙 같은 곳에서 묵지 않았을 테니까. 아마 오랫동안 병을 앓으면서 약해졌을 것이다. 안 그랬으면 주인이 묘사한 그런 방식으로 죽을 수가 없을 텐데. 가난하고, 아픈 사람이 외롭고, 낯선 곳에서 죽다니. 옆에 아무도 없이 낯선 사람만 그를 동정하고 있다니. 슬픈 사연이다. 그냥 대충 봐도 아주 슬프다.

그런 생각을 하다가 아서는 무의식중에 커튼을 친 침대 발치와 가까운 창가 쪽에 섰다. 처음에는 아무 생각 없이 침대를 봤다가, 그다음엔 자신의 시선이 거기 고정돼 있다는 사실을 의식하게 됐다. 그다음엔 기이한 욕망에 사로잡혀 지금까지 절대 하지 않겠다고 다짐한 일을 하게 됐다. 죽은 사람의 얼굴을 보는 것이었다.

그는 커튼을 향해 손을 뻗었다가 커튼을 걷으려는 순간 참고, 홱 돌아서서 벽난로 위 선반으로 걸어갔다. 거기 어떤 것들이 있는지 보면서 머릿속에서 죽은 사람의 생각을 몰아낼 수 있는지 시도해 보려고 그런 것이다.

거기에는 백랍으로 만든 잉크스탠드와 흰 곰팡이가 핀 잉크병이 있었다. 그리고 가장 흔한 종류의 조잡한 도자기 장식품이 두 개 있고, 돋을새김을 한 카드도 한 장 있었다. 지저분하고 파리가 쉬를 슨 더러운 카드로 사방에 다양한 색깔로 형편없는 수수께끼들이 인쇄돼 있었다. 아서는 카드를 가지고 촛불을 놔둔 테이블로 가서, 커튼을 친 침대를 단호하게 등진 채 그걸 읽어 보려고 앉았다.

그는 첫 번째 수수께끼를 읽고, 두 번째, 세 번째를 읽었다. 모두 카드 귀퉁이에 하나씩 찍혀 있었다. 그다음엔 초조하게 카드를 뒤집어 다른 수수께끼를 봤다. 카드에 적힌 다른 수수께끼를 읽기도 전에 교회 시계 소리가 들려 멈췄다.

11시.

그는 죽은 남자와 한 방에서 한 시간을 보냈다.

그는 다시 카드를 봤다. 주인이 놔둔 촛불이 너무 희미해서 인쇄된 글자들을 읽기가 쉽지 않았다. 그것은 흔히 쓰는 수지양초에 심지를 자르는 낡은 철제 가위가 같이 딸려 왔다. 지금까지 죽은 남자를 생각하느라 촛불은 안중에도 없어서 초의 심지를 자르지 않고 놔뒀다. 그 바람에 심지가 불길보다 더 높이 올라가다가 끝부분이 기이한 옥상탑 모양으로 탔고, 거기서 검댕이 가끔씩 촛불의 불길 속으로 떨어졌다. 그는 이제 가위를 들고 심지를 잘랐다. 불빛이 곧바로 환해지면서 방이 덜 울적해 보였다.

그는 다시 한번 수수께끼로 마음을 돌려서 단호하고 끈질기게 한쪽 귀퉁이를 다 읽고 다른 귀퉁이를 찾아봤다. 다만 그렇게 애를 쓰는데도 도저히 집중이 되지 않았다. 그는 기계적으로 수수께끼를 푸는 작업에 몰두하려 했지만 자신이 읽고 있는 문장에서 아무 느낌도 받을 수 없었다. 마치 커튼을 친 침대 그림자가 그의 마음과 제멋대로 인쇄된 글자 사이에 끼어든 것 같았고, 그 그림자는 무슨 짓을 해도 없앨 수 없을 것 같았다. 마침내 그는 포기하고 카드를 던져 버린 후에, 다시 방 안을 조용히 서성이기 시작했다.

죽은 남자, 죽은 남자, 침대에 **숨겨진** 죽은 남자!

그의 마음속에서 한 가지 생각이 끈질기게 떠올랐다. 숨겨졌다! 침대 위에 있는 시체 때문에 그런 걸까, 아니면 시체가 거기 숨겨졌다는 사실이 그의 마음을 쉴 새 없이 괴롭히는 걸까? 그는 그런 의심을 품고 창가에 멈춰 서서 다시 한번 빗소리를 들으면서, 다시 한번 어두운 밖을 내다봤다.

여전히 죽은 남자 생각이 끊이질 않는다!

어둠 때문에 어쩔 수 없이 다시 생각에 잠기자 기억이 작동되면서 처음 그 시체를 봤을 때 받은 순간적인 인상이 고통스러울 정도로 생생하게 떠올랐다. 얼마 못 가 그 얼굴이 어둠 속 한가운데 떠올라 아까보다 더 하얗게 질린 얼굴로 창문을 통해 그와 마주 보았다. 완전히 감지 못한 눈 사이로 희미하게 무시무시한 빛이 비쳤고, 벌어진 입술이 점점 더 밑으로 처지고 이목구비가 점점 더 커지면서 점점 더 가까이 다가와서 마침내 유리창을 다 채우고, 빗소리를 잠재우고, 밤의 모든 소리를 지워 버리는 것 같았다.

그때 계단 밑에서 누군가가 소리를 지르는 바람에 그 병적인 상상에서 깨어났다. 주인의 목소리였다.

"12시에 문 닫아라, 벤. 나는 자러 간다." 주인이 그렇게 말했다.

아서는 이마에 고인 땀을 닦고, 잠시 스스로를 꾸짖은 후에, 그에게 끈질기게 달라붙는 그 끔찍한 상상을 떨쳐 버리기 위해 아주 잠깐만이라도 냉엄한 현실을 직시하겠다고 결심했다. 스스로에게 망설일 틈을 주지 않기 위해 침대 발치에 있는 커튼을 젖히고 안을 들여다봤다.

거기에 슬프고 고요하고 창백한 얼굴, 기이한 미스터리가 서린 얼굴의 남자가 베개를 베고 누워 있었다. 미동도 하지 않고, 그 어떤 변화도 없었다! 그는 한동안 그 모습을 바라보다가 다시 커튼을 닫았지만 덕분에 마음이 진정되고 이성을 되찾았다. 그는 다시 방 안을 서성이기 시작했는데 이번에는 시계가 다시 칠 때까지 계속 걸었다.

12시.

시계 소리가 점점 희미해지면서 아래층 바에 있던 술꾼들이 여인숙을 나가는 시끌시끌한 소리가 잇따라 들려왔다. 잠시 침묵이 흐른 후에 여인숙 문이 닫히고 빗장을 지르고, 뒤쪽에서도 덧문을 내리는 소리가 들렸다. 다시 조용해졌는데 침묵은 깨지지 않았다.

아서는 이제 아침이 올 때까지 죽은 남자와 단둘이 있어야 했다.

촛불의 심지를 다시 잘라 줘야 했다. 그는 가위를 들었다가 심지를 자르기 직전에 멈추고 촛불을 자세히 들여다봤다. 그다음엔 다시 어깨 너머, 커튼을 친 침대 쪽을 보고 다시 촛불을 봤다. 촛불은 그가 방에 들어온 후 내내 켜져 있었는데 이제 적어도 3분의 2가 타고 없었다. 한 시간만 있으면 다 타서 꺼져 버릴 것이다. 한 시간 안에 여인숙의 문을 닫은 사람을 불러 새 양초를 갖다 달라고 하지 않는 한 깜깜한 어둠 속에 있게 된다.

이 방에 들어온 후로 그는 큰 충격을 받긴 했지만, 사람들의 비웃음을 사고 겁쟁이라는 비난을 받을까 봐 두려워하는 마음은 아직 가시지 않고 있었다.

그는 이러지도 저러지도 못한 채 테이블 옆에 있으면서 문을 열고 층계참에서 여인숙의 문을 닫은 남자를 부를 용기가 날 때까지 기다렸다. 지금처럼 망설이는 상황에서는 양초의 심지를 자르는 단순한 일에 정신을 집중해서 단 몇 분이라도 버는 게 위로가 됐다. 그의 손이 조금 떨렸고, 가위는 묵직해서 자르기가 불편했다. 그는 가윗날을 너무 낮게 잡아서 심지를 잘라 버렸다. 순간 촛불이 꺼졌고, 방 안은 순식간에 아무것도 보이지 않았다.

빛이 사라지자 곧바로 떠오른 생각은 커튼을 친 침대를 믿을 수 없다는 것이었다. 그렇다고 뭐 별다른 생각이 떠오른 건 아니었지만 그렇게 모호하고 애매한 상태만으로도 너무 무서워서 의자에 꼼짝도 하지 못하고 그대로 앉아 있었다. 심장이 두방망이질을 하는 상황에서 그는 온 정신을 집중해서 방에서 나는 소리를 들었다. 유리창에 부딪치는 낯익은 빗소리만 들렸는데 아까보다 더 크고 날카로웠다.

여전히 애매한 의심과 형언할 수 없는 두려움에 사로잡힌 그는 계속 의자에서 일어서지 못했다. 그는 아까 방에 들어올 때 테이블에 여행 가방을 올려놓았다. 주머니에서 열쇠를 꺼내 조용히 손을 내밀어 가방을 열고 그 안에서 필통을 찾아 더듬거렸다. 그 안에 성냥이 몇 개 있었다. 그중 하나가 손에 잡혔을 때 이유도 모르면서 잠시 집중해서 방 안에서 나는 소리를 듣다가 조잡한 목재 테이블 한쪽 귀퉁이에 대고 성냥을 쳤다. 여전히 끊임없이 내리는 빗소리 말고는 아무 소리도 들리지 않았다.

그는 촛불을 켰고, 방이 다시 환해졌을 때 제일 먼저 눈길이 간 건 바로 커튼을 친 침대였다.

촛불이 꺼지기 직전에 침대를 봤는데 아무 변화가 없었고, 커튼도 그대로 쳐져 있었다.

이제 거길 보자 침대 옆으로 축 늘어진 길고 흰 손이 보였다.

그 손은 시체의 머리 쪽과 발치를 가린 두 장의 커튼이 만나는 곳에 꼼짝도 않고 늘어져 있었다. 더 이상은 아무것도 보이지 않았다. 커튼은 모든 것을 감춘 채 길고 흰 손만 보여 주었다.

그는 서서 그걸 보았다. 움직일 수도 없었고, 누군가를 부를 수도 없었고, 아무것도 느끼지 못했고, 아무것도 알 수 없었다. 그에게 있는 모든 능력이 시각에 모여 그 안으로 사라져 버렸다. 그 첫 공황 상태에 얼마나 빠져 있었는지는 알 수 없었다. 순간일 수도, 몇 분 동안이었을 수도 있다. 그가 어떻게 침대로 갔는지, 미친 듯이 달려갔는지, 아니면 천천히 다가갔는지, 어떻게 죽을힘을 다해 용기를 내 커튼을 젖히고 안을 들여다봤는지 아서는 기억해 내지 못했다. 아마 죽는 날까지 기억해 내지 못할 것이다. 그가 침대로 갔고, 커튼 안을 들여다봤다는 사실만으로도 충분하다.

남자가 움직였다. 그의 한 팔이 옷 밖으로 빠져나왔고, 얼굴은 베개에서 조금 틀어졌으며, 눈을 번쩍 뜨고 있었다. 자세가 바뀌고, 이목구비 상태도 조금 달라지긴 했지만 그 점을 제외하면 얼굴은 무서울 정도로 변하지 않았다. 여전히 시체처럼 창백하고 고요했다.

아서는 그 얼굴을 힐끗 본 순간에 이 모든 것을 봤다. 그리고 숨도 안 쉬고 문으로 달려가 온 집안사람들을 깨웠다.

여관 주인이 '벤'이라고 부른 남자가 제일 먼저 계단을 달려 올라왔다. 아서는 단 네 마디로 무슨 일이 일어났는지 말하고 어서 가장 가까운 곳에 있는 의사를 불러오라고 했다.

지금 여러분에게 이 이야기를 하는 나는 당시 동커스터에서 개업의로 일하던 의사 친구가 런던에 가서 진료소를 비운 동안 거기서 묵으면서 친구의 환자들을 보살피고 있었다. 그래서 그때 가장 가까이 있던 의사가 바로 나였다. 그 여관에서 낯선 사람이 그날 오후에 쓰러졌을 때 나를 데리러 왔지만, 마침 진료소에는 내가 없어서 다른 진료소 의사를 데려갔었다. 울새 두 마리 여인숙에서 일하는 남자가 야간 진료 벨을 울렸을 때 나는 막 잠자리에 들려던 참이었다. 나는 당연히 '죽은 남자가 다시 살아났다'는 그의 이야기를 믿지 않았다. 하지만 모자를 쓰고, 강장제 두어 병을 챙겨서, 그 여인숙으로 달려갔다. 도착하면 발작을 일으킨 환자 말고 놀라운 일은 하나도 없을 거라고 예상했다.

그 남자가 정말 사실을 말했다는 걸 알고 놀랐지만, 그 방에 들어갔다가 아서 홀리데이와 마주쳤을 때도 마찬가지로 크게 놀랐다. 어쨌든 그때는 설명을 하거나 들을 시간이 없어서 악수를 한 후에, 아서만 빼고 방에 있는 사람들은 다 나가라고 하고, 서둘러 침대에 누운 그 남자에게 갔다.

다행히 부엌의 불을 끈 지 얼마 안 돼서 주전자에 뜨거운 물이 충분히 있었고, 수건도 넉넉했다. 그것들과 내가 가져온 약과 내 지시에 아서가 따라 줘서 그 남자를 글자 그대로 죽음의 문턱에서 끌어낼 수 있었다. 내가 불려 온 지 한 시간도 못 돼서 남자는 검시관의 검시를 기다리며 누워 있던 침대에서 다시 살아나 이야기를 했다.

여러분은 당연히 그에게 무슨 문제가 있었냐고 물을 것이고, 나는 어려운 용어를 잔뜩 써 가며 기나긴 이론을 풀어놓을 수도 있다. 하지만 이 경우에는 어떤 이론을 갖다 대도 원인과 결과가 명확하게 맞아 떨어지지 않는다는 말로 설명을 대신하고 싶다. 생명에는 여러 가지 신비가 있고, 인간의 과학으로는 아직 헤아릴 수도 없는 조건들이 있다. 그리고 솔직히 털어놓는데, 그 남자를 다시 살려 내면서 나는 그야말로 어둠 속에서 닥치는 대로 답을 찾아 헤맸다. (그날 오후 그를 진찰했던 의사의 증언을 들어 보면) 그의 생명을 유지하는 데 필수적인 기관들이 모두 우리가 감지할 수 있는 면에서 확실히 작동을 멈췄다는 사실을 알았다. 그런데 나도 그와 마찬가지로 그에게서 그런 생명의 징후들이 사라지지 않았다고 확신했다. 이건 내가 그를 살리면서 알게 된 사실이다. 그 환자가 오랫동안 복잡한 질환에 시달려 왔으며 그의 신경계가 완전히 교란됐다고 덧붙이는 것으로 울새 두 마리 여인숙에서 죽었다 살아난 환자의 몸 상태에 대해 내가 아는 건 다 말한 셈이다.

다시 살아난 그는 핏기가 하나도 없는 얼굴에, 뺨은 움푹 들어가고, 까칠해 보이는 까만 눈에, 길게 기른 까만 머리 때문에 아주 눈에 띄는 외모였다. 그가 말을 할 수 있게 됐을 때 내게 처음 한 질문 때문에 그가 나와 같은 직업의 종사자가 아닐까 하는 의심을 품게 됐다. 그런 추측을 그에게 언급하자 그는 맞는다고 대답했다.

그는 파리에서 왔고, 거기서 의대를 다니다 최근에 영국으로 돌아와 에든버러로 가서 학업을 계속할 계획이었다고 말했다. 그러다 여행 중에 병이 나서 동커스터에서 쉬면서 회복하려고 머물렀다고 했다. 자신의 이름이나, 자신이 누구인지에 대해선 한 마디도 하지 않았고, 나도 묻지 않았다. 그가 이야기를 멈추었을 때 의학의 어떤 분야를 추구하고 싶으냐고 물었다.

"어느 분야건 가난한 자가 먹고살 수 있는 거면 되겠죠." 그는 씁쓸하게 말했다.

그때까지 호기심에 차서 입을 다물고 그를 지켜보던 아서가 평소처럼 충동적으로 쾌활하게 끼어들었다.

"내 사랑하는 친구여(아서에게는 모든 사람이 '내 사랑하는 친구'다). 이렇게 다시 살아났는데 세상에 돌아오자마자 미래에 대해 그렇게 낙심하진 맙시다. 그 문제는 내가 책임지겠습니다. 의학 공부를 하는 데 재정적으로 도울 수도 있고, 내가 못 하면 우리 아버님이 하실 수 있을 겁니다."

의대생은 아서를 찬찬히 바라봤다.

"고맙습니다. 아버님이 누군지 물어봐도 되겠습니까?" 그는 냉정하게 물었다.

"아버님은 이 지방에서는 아주 유명하신 분입니다. 위대한 기업가로 존함은 홀리데이죠." 아서가 대답했다.

이 간단한 문답이 오가는 동안 나는 남자의 손목을 잡고 맥을 재고 있었는데 홀리데이라는 이름이 나오자마자 손가락 밑에서 잡혀지는 맥이 떨리다가, 잠시 멈췄다가 갑자기 열에 시달리는 사람처럼 1, 2분 동안 사정없이 뛰었다.

"여긴 어떻게 오게 됐습니까?" 낯선 남자는 갑자기 흥분해서 물었다.

아서는 이 여인숙에서 하룻밤 묵게 된 이야기를 간단하게 했다.

"그렇다면 나는 홀리데이 씨의 자제분에게 빚을 지게 됐군요. 당신이 제 목숨을 살려 줬으니까." 그 의대생은 이상하게도 비꼬는 목소리로 혼잣말을 했다. "이쪽으로 오세요!"

그는 길고 마르고 흰 오른손을 내밀었다.

"그러죠." 아서가 그의 손을 다정하게 잡고 말했다. "이제 와서 자백하지만, 당신 때문에 놀라서 기절할 뻔했어요." 아서가 웃으며 이야기를 계속했다.

그 남자는 아서의 이야기를 듣고 있는 것 같지 않았다. 검은 눈으로 아서의 얼굴을 요모조모 뜯어보면서 뼈만 남은 긴 손으로 아서의 손을 꽉 잡고 있었다. 아서는 그 의대생의 기묘한 말투와 태도에 놀라기도 하고 어리둥절해하면서 마주 보고 있었다. 그렇게 얼굴을 가까이 한 두 사람을 보다가 문득 두 사람이 닮았다는 느낌이 들었다. 이목구비나 안색이 아니라 표정이 아주 흡사했다. 나는 평소에 그런 방면에 둔하기 때문에 내가 알아챘다면 둘이 아주 닮은 게 분명했다.

"당신이 내 목숨을 구했군요." 낯선 남자는 여전히 아서의 얼굴을 뚫어져라 보면서, 그의 손을 꽉 잡은 채 말했다. "당신이 내 친형제였다고 해도 그보다 더한 일을 해 줄 수는 없었을 겁니다."

그는 이상하게도 '내 친형제'라는 말을 특별히 강조해서 말했고, 그때 표정이 미묘하게 변했다. 그게 어떤 변화였는지는 내가 표현력이 부족해서 도저히 묘사할 수가 없다.

"당신을 위해 해 줄 수 있는 일이 아직 남았으면 좋겠네요. 집에 도착하는 즉시 아버님에게 당신에 대해 이야기할게요." 아서가 말했다.

"당신은 아버지를 아주 좋아하고 자랑스러워하는 것처럼 보이는군요. 당신 아버지도 당신을 좋아하고 자랑스러워하겠죠?" 의대생이 말했다.

"물론 그렇죠. 그게 뭐 이상한가요? 당신 아버님도 당신을 좋아—" 아서가 웃으며 말하는데 갑자기 그가 아서의 손을 놓더니 외면해 버렸다.

"죄송합니다. 제가 일부러 그런 건 아니지만 마음이 상하신 건 아니길 빕니다. 혹시 아버님이 돌아가셨나요?" 아서가 물었다.

"한 번도 없었던 아버지를 잃을 수는 없죠." 의대생은 귀에 거슬리는 소리로 비웃으며 대꾸했다.

"아버지가 한 번도 없었다고요!"

의대생이 갑자기 다시 아서의 손을 잡고 그의 얼굴을 뚫어져라 보았다.

"그래요." 그는 그렇게 말하면서 다시 씁쓸하게 웃었다.

"당신은 이 세상에서 딱히 할 일도 없는 불쌍한 인간을 살려 낸 겁니다. 제 말에 놀랐습니까? 음, 보통 나와 같은 처지라면 감추고 싶을 이야기를 하고 싶군요. 난 성도 없고 아버지도 없습니다. 이 사회의 자비로운 법칙에 따라 나는 그 누구의 아들도 아니라고 하네요! 당신 아버지에게 혹시 내 아버지가 돼 주실 수 있는지 물어보세요. 가문의 성을 따르게 해서 내가 이 세상에서 잘 살아갈 수 있게 해주실 수 있는지 물어보세요."

아서는 아까보다 더 당혹스러운 표정으로 나를 바라봤다.

나는 더 이상 아무 말도 하지 말라고 신호를 하고 다시 그의 손목을 잡고 맥을 짚어 봤다. 방금 그가 한 놀라운 이야기에도 불구하고, 내가 생각했던 것처럼 의식이 혼미한 상태는 아니었다. 그의 맥은 아까와 달리 천천히 그리고 조용히 뛰었고, 피부는 촉촉하고 차가웠다. 열이 난다거나 동요하는 조짐은 찾아볼 수 없었다.

우리 둘 다 그의 말에 대꾸하지 않는 걸 알아차리고, 그는 내게 얼굴을 돌려서 그의 사례에 대해 이야기하며 앞으로 어떻게 치료를 받아야 할지 조언을 구했다. 나는 이 경우엔 세심하게 생각을 해 봐야 하니 시간이 조금 흐른 후에 처방전을 보내겠다고 제안했다. 그는 다음 날 아침 내가 일어나기도 전에 동커스터를 떠날 가능성이 높으니 당장 처방전을 써 달라고 했다. 이런 몸으로 여행을 떠나는 것은 아주 어리석고 위험한 일이라고 설득해 봤자 아무 소용이 없었다. 그는 내 말을 공손하게 들었지만, 고집을 굽히지 않았고, 그 결정에 대해 어떤 이유를 대거나 설명도 하지 않은 채 계속 처방전을 써 줄 거면 지금 써 달라고 졸랐다.

그 말을 들은 아서가 가방 속에 있는 필통을 빌려 주겠다고 제안하면서, 그걸 가져와서 평소처럼 조심성 없이 가방에 있던 노트를 흔들어서 꺼내려고 했다. 그때 노트가 침대 위로 떨어지면서 반창고 하나와 풍경을 그린 작은 수채화가 한 장 떨어졌다.

그 의대생이 그걸 집어서 보다가 그림 한쪽 구석에 단정하게 적은 머리글자를 봤다. 그는 깜짝 놀라 덜덜 떨었다. 그렇지 않아도 창백한 얼굴이 더 하얗게 질리면서 검은 눈으로 아서를 뚫어져라 바라봤다.

"아주 예쁜 그림이군요." 그는 아주 나직한 목소리로 말했다.

"아! 거기다 정말 예쁜 숙녀의 작품이죠. 아, 대단한 절세미인이죠! 이게 풍경화가 아니라 그녀의 초상화였다면 얼마나 좋을까!" 아서가 말했다.

"그 숙녀에게 아주 많이 반했나 봅니다?"

아서는 반쯤은 장난으로, 반쯤은 진심으로 자기 손에 키스하는 것으로 대답했다.

"첫눈에 보고 반했습니다." 아서가 그림을 가방에 넣으면서 말했다. "하지만 사귀기가 쉽지 않아요. 뭐 옛날부터 흔히 있는 이야기죠. 미녀들이 다 그렇듯 그녀에겐 남자가 있습니다. 그녀와 결혼할 만큼 돈을 충분히 벌 수 없는 가난한 남자와 성급하게 약혼을 해 버린 거죠. 그 이야기를 제때 들어서 다행이지, 안 그랬으면 내게 이 그림을 그려 줬을 때 고백할 뻔했지 뭡니까. 자, 의사 선생님. 여기에 펜과 잉크와 종이가 준비됐습니다."

"그녀가 언제 그 그림을 줬습니까? 그녀가 준 거죠? 줬죠?"

그는 그렇게 말하면서 갑자기 눈을 감았다. 순간 얼굴이 일그러졌고, 이불을 움켜쥐고 잔뜩 힘을 주는 게 보였다. 이러다 다시 아플 것 같아서 더 이상 말하지 말라고 애원했다. 내가 그렇게 말하자 그는 다시 눈을 뜨고 아서를 찾아서 천천히 하지만 분명하게 말했다.

"당신은 그녀를 좋아하고, 그녀는 당신을 좋아합니다. 그 불쌍한 남자는 아마 죽어서 당신에게 방해가 안 될지도 모릅니다. 그렇게 되면 그녀가 당신에게 그림뿐만 아니라 자신도 주는 일이 생길지 누가 알겠습니까?"

아서가 그 말에 대꾸하기도 전에 그는 내게 얼굴을 돌려서 속삭였다. "이제 그 처방전을 주십시오." 그때부터 그는 아서에게 이야기는 했지만 얼굴은 계속 외면했다.

내가 처방전을 써 주자, 그는 자세히 읽어 보고, 찬성한 후에, 갑자기 잘 자라고 인사해서 우리 둘 다 깜짝 놀라게 했다. 내가 그의 옆에 앉아서 밤을 새우겠다고 하자 고개를 저었다. 아서도 그렇게 제안했지만 그는 천천히 고개를 돌리며 안 된다고 했다. 그러면 다른 사람이라도 옆에 둬야 한다고 내가 주장했다. 그는 내가 단호한 걸 보고 한발 양보해서 여인숙에 있는 웨이터의 간호를 받겠다고 했다.

"두 분 다 고맙습니다. 마지막으로 한 가지 부탁드릴 것이 남았습니다. 의사 선생님에게 드리는 부탁이 아닙니다. 당신은 의사로서 신중하게 행동하시겠지만 홀리데이 씨에게 하는 부탁입니다." 우리가 가려고 일어섰을 때 환자가 말했다. 그렇게 아서에게 말하는 동안에도 내내 아서가 아닌 나만 바라보았다.

"홀리데이 씨에게 이 방에서 일어난 사건과 여기서 우리가 나눴던 말을 누구에게도, 특히 당신의 아버지에게 하지 말아 줄 것을 부탁드립니다. 나를 당신의 기억 속에 완전히 묻어 주길 간청합니다. 당신에게 나는 죽은 사람이나 다름없기를 바랍니다. 이런 기이한 요구를 하는 이유는 말해 줄 수 없습니다. 그저 그렇게 해 달라고 애원하는 수밖에 없습니다."

그의 목소리는 그때 처음 흔들렸고, 그러고 나서 그는 베개에 얼굴을 묻었다. 도무지 영문을 모른 채 어리둥절해진 아서는 그러겠다고 맹세했다. 나는 그 후 바로 아서를 데리고 내 친구 집으로 가면서, 그 의대생이 아침에 떠나기 전에 여인숙에 찾아와서 만나겠다고 다짐했다.

나는 다음 날 아침 8시에 여인숙에 돌아왔지만 아서는 일부러 깨우지 않았다. 그는 내 친구의 소파에서 자면서 간밤에 일어난 사건으로 인한 흥분과 피로를 풀고 있었다. 나는 내 방에 혼자 있게 되자마자 어떤 의심이 들어서 홀리데이와 그가 목숨을 구해 준 낯선 사람의 만남을 가능하면 막아야겠다고 다짐했다.

나는 이미 아서의 아버지가 젊은 시절에 했던 일에 대한 소문이나 스캔들에 대해 안다고 언급한 적이 있다. 그날 밤 여인숙에서 일어났던 일과 그 의대생이 홀리데이란 이름을 들었을 때의 맥박수 변화와 그와 아서의 표정이 아주 많이 닮았다는 점을 내가 알아차린 점. 그리고 그 의대생이 '내 친형제'라는 세 마디를 유독 강조했던 점과 이해할 수 없는 이유로 자신이 사생아라는 점을 인정한 점을 생각하다가 불현듯 아서 아버지에 대한 소문이 떠올라 그 두 가지를 연결시켜 보게 됐다. 내 안의 뭔가가 속삭였다. '그 두 청년이 다시는 만나지 않는 것이 최선이겠다.' 나는 잠이 들기 전에 그렇게 느꼈고, 아침에 깼을 때도 그렇게 느꼈고, 지금 여러분에게 말한 것처럼 다음 날 아침 여인숙에 혼자 있을 때도 그렇게 느꼈다.

나는 그렇게 이름도 모르는 환자를 다시 볼 기회를 놓치고 말았다. 내가 가서 그를 찾았을 때 그는 이미 한 시간 전에 그곳을 떠나고 없었다.

이제 여러분에게 동커스터의 여인숙에 있는 더블 베드룸에서 내가 살려 낸 남자에 관해 내가 아는 점은 다 말했다. 이제부터 덧붙일 내용은 내가 한 추론과 짐작이지, 엄격하게 말해 분명하게 밝혀진 사실은 아니다.

먼저 아서 홀리데이가 그에게 풍경 수채화를 준 젊은 숙녀와 결혼할 것이라는 그 의대생의 짐작이 기이하게도 적중했다는 점을 말해야겠다. 그 결혼은 내가 방금 언급한 사건들이 일어나고 1년이 조금 지난 후에 이뤄졌다.

아서 부부는 당시 내가 개업의로 정착한 동네에 와서 살았다. 나는 결혼식에 참석했는데 아서가 결혼식 전이나 후에 나와 둘만 있을 때도 그 젊은 숙녀가 전에 했던 약혼에 대해선 유독 언급을 삼가는 것을 보고 놀랐다. 그는 그저 아내가 그 문제에 있어서 아주 명예롭게 처신했으며, 그녀의 부모님의 승낙을 받아 아주 순탄하게 파혼했다는 말만 했다. 더 이상은 말하지 않았다. 그 부부는 3년 동안 아주 행복하게 살았다. 그러다 3년이 끝나 갈 무렵 아서 홀리데이 부인에게 아주 심각한 질환의 징후들이 나타났다. 그것은 알고 보니 아주 오랫동안 앓다가 목숨을 잃게 되는 불치병이었다. 나는 그녀를 치료했다. 우리는 그녀가 건강했을 때도 아주 친했지만 그녀가 병들자 더 가까워지게 됐다. 간간히 그녀의 통증이 좀 줄어들 때 우리는 길고 흥미로운 대화를 많이 나눴다. 그런 대화에서 나온 결과를 여기 간단하게 적고 나머지는 여러분의 자유로운 추론에 맡기겠다.

지금 여기 적는 대화는 홀리데이 부인이 죽기 얼마 전에 나눈 것이다.

평소처럼 어느 날 저녁 그녀를 찾아갔다가 혼자 있는 걸 봤다. 눈을 보니 울었던 흔적이 역력했다. 그녀는 처음에는 그냥 기분이 좀 안 좋아서 그랬다고 했지만 그러다 옛날에 받았던 편지들을 읽고 있었다고 고백했다. 그것은 그녀가 아서와 결혼하기 전에 약혼했던 남자에게 받은 편지들이었다. 나는 그녀에게 어떻게 파혼하게 됐느냐고 물었다. 그녀는 누가 먼저 나서서 파혼한 것이 아니라 아주 기이한 방식으로 인연이 끊어졌다고 말했다. 그녀의 약혼자는—그녀는 첫사랑이라고 불렀다—아주 가난해서 두 사람이 가까운 시일 내에 결혼할 가능성은 없었다. 그는 나처럼 의사가 되기 위해 외국으로 공부하러 갔다. 두 사람은 정기적으로 편지를 주고받았는데 그가 영국으로 돌아왔을 즈음 연락이 끊겼다고 했다. 그때부터 편지가 오지 않았다. 그는 조바심을 잘 내고 예민한 성격이어서 자신이 의도치 않게 했던 말이나 행동에 그가 기분이 상한 게 아닌지 두려웠다고 그녀는 말했다. 이유가 뭐건 그는 다시는 그녀에게 편지를 보내지 않았고, 1년 동안 기다린 후에 그녀는 아서와 결혼했다. 정확히 언제부터 두 사람의 사이가 소원해지기 시작했는지 물었다가 그녀의 첫사랑이 편지를 보내지 않게 된 시기가 내가 올새 두 마리 여인숙에 가서 그 미스터리한 환자를 치료했던 시기와 일치한다는 점을 깨달았다.

나와 대화를 나누고 2주 후에 그녀는 세상을 떠났다. 세월이 흐르고 아서는 재혼했다. 최근에는 주로 런던에서 지내서 그의 소식은 거의 못 들었다.

그로부터 몇 년이 지나서야 단편적인 결론 비슷한 것에 이르게 됐다. 그렇게 시간이 흘렀는데도 결론은 금방 끝나게 됐다.

어느 비 오는 가을날 저녁에 여전히 시골 의사로 일하던 나는 혼자 앉아서 당시 치료 중인 한 환자의 사례를 생각하고 있었다. 아주 난감한 사례였는데 그러다 내 방문을 작게 노크하는 소리가 들렸다.

"들어오세요." 나는 그렇게 말하면서 대체 누가 날 보자고 하는지 궁금해서 고개를 들었다.

잠시 시간이 흐른 후에, 문고리가 움직이더니 마르고 길고 하얀 손이 문을 밀어서 열었다. 그렇게 들어온 남자의 얼굴을 본 순간 아주 기이한 느낌을 받았다. 그의 얼굴엔 아주 낯익은 느낌과 동시에 뭔가 변한 느낌도 들었다.

그는 조용히 자신을 '론'이라고 소개하면서 아주 완벽한 직업적 소개장을 건네고, 당시 공석이었던 내 조수직에 자원하러 왔다고 말했다. 그렇게 자기소개를 하는 동안 우리가 처음 만난 사이 같지 않다는 느낌을 강하게 받았다. 나는 그를 봤을 때 깜짝 놀랐지만 그는 전혀 그런 기색이 없었다.

하마터면 우리가 전에 만난 적이 있다는 말이 나올 뻔했다. 하지만 그의 표정 어딘가가, 내 기억의 뭔가가—그게 뭔지는 나도 말할 수 없지만—나를 막았다. 그렇지만 그를 보자마자 뭐라고 설명할 수 없는 매력에 이끌려서 흔쾌히 기쁜 마음으로 그의 제안을 받아들였다.

그는 바로 그날 내 조수로 채용됐다. 우리는 처음부터 오랜 친구였던 것처럼 아주 잘 맞았다. 하지만 우리 집에서 지내던 내내 그는 단 한 번도 자신의 과거에 대해 털어놓지 않았고, 나도 그 금기의 화제에 대해 가끔 암시만 흘렸는데 그는 단호하게 그 말을 알아듣지 못한 척했다.

　나는 그 여인숙에 있었던 환자가 아서 홀리데이의 부친인 홀리데이 씨의 친아들일 거라고 오랫동안 생각하고 있었고, 그가 또한 아서의 첫 번째 부인의 약혼자였을 거라고 생각했다. 이제 론 씨만이 그럴 마음이 있다면 나의 두 가지 의문을 풀어 줄 수 있는 유일한 사람이라는 생각이 들었다. 하지만 그는 결코 그렇게 하지 않았고, 나도 결코 그 의문을 풀 수 없었다. 그는 내가 내과 의사로서 새로운 도전을 해 보기 위해 다시 런던으로 갈 때까지 조수로 일했다. 그다음에 그는 자기 갈 길을 갔고, 나도 내 길을 갔다. 그렇게 우리는 다시는 만나지 못했다.

　더 이상은 덧붙일 이야기가 없다. 내 의구심이 옳았을 수도 있고, 틀렸을 수도 있다. 내가 아는 거라곤, 시골에서 의사로 일하는 동안 집에 늦게 들어왔다가 자고 있는 조수를 보고 깨웠을 때, 막 잠에서 깨어난 그의 표정이 그 오래전 동커스터 여인숙에서 잊을 수 없는 밤 낯선 환자를 살려 냈을 때의 표정과 너무나 똑같았다는 점이다.

얼어붙은 땅

The Frozen Deep

1장

무도회장

I

시대는 지금으로부터 20년에서 30년 전. 장소는 영국의 항구 도시. 시간은 밤. 한창 무도회에서 사람들이 춤을 추고 있다.

시장과 시 자치 위원단이 주도해서 그곳 항구에서 출발할 북극 탐험대의 출항을 축하하는 성대한 무도회를 열었다. 탐험을 떠나는 배는 방랑자호와 갈매기호 두 척이었다. 이들은 다음 날 아침 (북서쪽 해로를 찾기 위해) 떠날 예정이었다.

시장과 자치 위원단에게 경의를 표하라! 무도회는 아주 성대하고, 악단의 연주는 완벽하고, 무도회장은 널찍했다. 무도회장 끝에 있는 온실은 수많은 등으로 환하게 빛나고, 관목과 꽃들로 아름답게 장식

돼 있었다. 무도회에 참석한 모든 육군과 해군 장교들은 예의를 갖춰 제복을 입었고, 귀부인들은 당혹스러울 만큼 수많은 드레스의 향연(남자들은 도무지 이해하지 못하는 주제)을 펼쳤다. 그녀들의 미모 수준(남자들도 이해하는 주제)도 평균적으로 아주 높았다.

현재 사람들이 추는 춤은 카드리유*였다. 춤을 추는 여인들 중 사람들의 감탄을 가장 많이 자아내는 여인은 두 명이었다. 한 사람은 여성스러움이 절정에 달한 흑발 미녀로 방랑자호 소속인 크레이퍼드 중위의 부인이다. 또 한 사람은 젊은 아가씨로 흰 피부에 섬세한 외모가 두드러진다. 그녀는 단순한 흰색 드레스를 입었고 아름다운 갈색 머리카락에는 아무 장식도 꽂지 않았다. 그 아가씨는 고아인 클라라 번햄 양이다. 그녀는 크레이퍼드 부인과 가장 친한 친구로 크레이퍼드 중위가 북극 탐험을 떠나 집에 없는 동안 크레이퍼드 부인 집에서 지내기로 했다. 번햄 양은 마침 중위와 짝을 지어 춤을 추고 있었고, 크레이퍼드 부인은 헬딩 대령(방랑자호의 함장)과 맞은편에서 춤을 추고 있었다.

춤을 추는 중간중간 헬딩 함장과 크레이퍼드 부인은 클라라에 대해 이야기했다. 헬딩 함장은 클라라에게 관심이 아주 많았다. 그는 그녀의 미모에 감탄했지만 젊은 아가씨치고는 묘하게 분위기가 심각하고 좀 침울하다고 생각했다. 혹시 건강이 안 좋은가요?

크레이퍼드 부인은 고개를 젓고 나서, 이상하게 한숨을 쉬더니 대답했다.

"몸이 약하긴 하죠, 헬딩 함장님."

---

* 네 쌍 이상의 사람들이 네모꼴을 이루며 추는 춤.

"혹시 폐결핵 환자입니까?"

"그건 아닙니다."

"그 말을 들으니 기쁘군요. 그녀는 아주 매력적인 아가씨입니다, 크레이퍼드 부인. 전 그녀에게 아주 관심이 많아요. 제가 스무 살만 더 젊었어도, 뭐 이 말은 이쯤에서 끝내는 게 낫겠죠? 그렇다면 저 아가씨에게 무슨 문제가 있는지 물어봐도 실례가 안 될까요?"

"낯선 사람이 물어본다면 실례겠지만, 함장님처럼 오랜 친구는 뭐든 물어보셔도 됩니다. 저도 클라라에게 무슨 문제가 있는지 말해 드릴 수 있으면 좋겠어요. 의사들도 원인이 뭔지 알아내지 못했어요. 제 짧은 소견으로는 클라라가 자란 환경 탓도 일부 있지 않을까 합니다."

"그렇군요! 그래요! 안 좋은 학교를 다닌 모양이군요."

"아주 안 좋았죠, 헬딩 함장님. 하지만 함장님이 지금 생각하시는 그런 학교 문제가 아니랍니다. 클라라는 어렸을 때 스코틀랜드의 산악 지대에 있는 오래된 집에서 외롭게 컸습니다. 주위에 있던 무지한 사람들이 그녀에게 지금 제가 함장님에게 말하는 그런 해로운 영향을 끼쳤습니다. 그들은 클라라의 어린 마음을 지금도 그 북쪽 황무지에서는 사실이라고 믿는 미신들로 가득 채웠습니다. 그중에서도 특히 천리안이라고 하는 미신이 가장 크죠."

"저런! 지금 클라라 양이 그런 미신을 믿는다는 말을 하시는 겁니까? 이런 개화된 시대에!" 함장이 부르짖었다.

크레이퍼드 부인은 비꼬는 미소를 지으며 댄스 파트너를 바라봤다.

"이렇게 개화된 세상에 사는 우리도 테이블들이 저절로 춤을 추고 저세상에 있는 유령들이 보냈다는 메시지를 믿잖아요, 함장님. 그 철자도 안 맞는 메시지들 말입니다! 그런 미신에 비교하면, 천리안은 그래도 어딘가 시적이지 않습니까? 뭐 좋게 말하자면 말입니다. 함장님이 한번 판단해 보세요." 그녀는 이야기를 계속해서 이어 갔다.

"제가 방금 묘사한 그런 환경이 섬세하고 예민한 아이에게 미치는 영향을 한번 판단해 보시라고요. 원래 상상력이 풍부한 아이가 현명한 어른들의 보살핌을 받지 못하고 외롭게 성장했다면 어땠겠어요. 그녀가 그런 분위기에 물들었다고 해도 놀랄 일은 아니지 않을까요? 그래서 그녀의 체질이 그것 때문에 고통을 받는다고 해도 이해 못 할 일은 아니잖아요?"

"그렇죠, 크레이퍼드 부인. 부인 말씀대로 아주 당연한 일입니다. 그래도 저같이 평범한 남자가 무도회에서 천리안을 믿는 젊은 아가씨를 만나다니 여전히 좀 놀랍군요. 클라라가 정말 미래를 볼 수 있다고 주장했습니까? 그녀가 정말 무아지경에 빠져 머나먼 나라에 있는 사람들이 보이고, 앞으로 일어날 사건들을 예견했나요? 그게 천리안이잖아요, 그렇죠?"

"그게 천리안 맞습니다, 함장님. 그리고 클라라는 정말 그렇게 합니다."

"지금 우리 맞은편에서 춤을 추는 저 젊은 아가씨가?"

"지금 우리 맞은편에서 춤을 추는 저 젊은 아가씨가요."

함장은 그에게 쏟아지는 새로운 정보의 흐름을 받아들이고 소화시키려고 잠시 기다리며 입을 다물었다. 그 과정이 끝나자 북극 탐험가인 함장은 더 많은 사실을 알아내기 위해 단호하게 다시 질문을 시작했다.

"부인, 저 아가씨가 그렇게 무아지경에 빠지는 모습을 부인 눈으로 직접 보신 적이 있습니까?" 그가 물었다.

"제 여동생과 제가 클라라의 그런 모습을 한 달쯤 전에 봤습니다. 그날 오전 내내 클라라는 이상하게 초조해하면서 짜증을 냈어요. 그래서 바람 좀 쐬라고 정원으로 데려갔죠. 그런데 갑자기 아무 이유도 없이 클라라의 얼굴이 백지장처럼 하얗게 변하더군요. 클라라는 저와 제 동생 사이에 서 있었는데, 우리가 건드려도 아무것도 느끼지 못하고, 우리가 뭐라고 해도 듣지 못한 채 석상처럼 자리에 서 있었고, 순간 시체처럼 온몸이 차가웠습니다. 그렇게 몇 분이 지나서야 변화가 일어나더군요. 클라라의 손이 마치 허공을 더듬는 것처럼 천천히 움직였습니다. 그러더니 그녀의 입술에서 마치 잠꼬대를 하는 것처럼 아주 멍하게 말이 한 마디씩 흘러나왔습니다. 클라라가 한 말이 과거를 향한 건지 아니면 미래를 향한 건지는 저도 모르겠습니다. 클라라는 외국에 있는 사람들에 대해 말했습니다. 우리는 전혀 모르는 사람들이었죠. 잠시 시간이 흐른 후에 클라라는 다시 입을 다물었습니다. 안색이 좋아졌다가 다시 창백해지더니 눈을 감고 의식을 잃은 채 그대로 우리 품으로 쓰러졌습니다." 부인이 말했다.

"의식을 잃고 부인의 품으로 쓰러졌다." 함장은 그 새로운 정보를 들으면서 부인이 했던 말을 다시 했다. "제가 들어 본 이야기 중 가장 놀라운 이야기군요! 그런데 그렇게 몸이 안 좋은데도 저 아가씨는 파티에 나와서 춤을 추는 군요. 그건 더 놀라운데요!"

"그건 함장님 오해십니다. 클라라는 오늘 밤 그저 제 기분을 맞춰 주려고 여기 나온 겁니다. 지금은 제 남편을 기쁘게 하려고 같이 춤을 추는 거고. 클라라는 대체로 남들과 잘 안 어울려요. 의사가 집에만 있지 말고 밖에 나가서 즐겁게 시간을 보내라고 권했습니다. 그래도 의사 말을 잘 안 들어요. 오늘같이 특별한 날이 아니면 클라라는 항상 집에만 있으려고 합니다."

헬딩 함장은 의사 말이 나오자 표정이 환해졌다. 의사가 현실적인 방안을 내놓을지도 모른다. 의사는 과학자니까. 그러니 분명 이 모호한 문제를 새로운 시각에서 볼 수 있겠지. "의사는 이걸 어떻게 생각합니까? 단순히 하나의 사례로 봤을 때 의사 생각이 어떻냐는 거죠?" 함장이 물었다.

"긍정적인 의견은 절대 내놓지 않죠. 의사 선생님이 의료계에서 클라라 같은 사례가 드물지는 않다고 했어요. '뇌의 문제와 신경계가 합쳐져서 부인이 묘사한 그런 놀라운 결과가 나올 수 있습니다. 하지만 우리가 아는 건 거기까지입니다. 내 과학 지식이건 다른 사람의 과학 지식이건 이 경우에 얽힌 미스터리는 풀 수 없습니다. 이 경우가 특히 까다로운 이유는 번햄 양의 어릴 적 양육 환경으로 인해 자신의 병이 미신과 관련 있다고 믿기 때문입니다. 그걸 히스테리성 질환이라고 부르는 의사들도 있습니다. 번햄 양의 전반적인 건강을 유지하기 위한 지시 사항을 알려 드리겠습니다. 그리고 생활에 변화를 주는 것도 좋아요. 먼저 그녀가 남몰래 고민하는 문제가 있을지 모르니 그것부터 해결하고 말입니다." 부인이 대답했다.

함장은 그 말에 만족스러운 듯 미소를 지었다. 자신도 그런 대답을 예상했다. 의사가 이 문제에 대해 현실적인 해결책을 제안했군.

"그래요! 그렇다니까요! 결국 우리가 정곡을 찔렀네요. 남몰래 하는 고민. 맞아요! 그거야! 그 정도는 충분히 알 수 있죠. 연애에서 실망스러운 일이 있었던 거 아니겠습니까, 크레이퍼드 부인?"

"전 잘 모르겠어요, 헬딩 함장님. 클라라의 그런 면에 대해선 전혀 아는 바가 없어서. 클라라가 다른 이야기는 다 하지만 의사가 말하는 그 남모르는 고민에 대해선 절대 입을 열지 않아서. 그것만 빼면 우리는 친자매 같은데. 가끔 정말 클라라가 몰래 괴로워하는 일이 있는 건 아닌지 걱정이 될 때가 있어요. 그렇게 클라라가 입을 꼭 다물고 있을 때는 좀 섭섭하고 속상하기도 하더군요."

헬딩 대위는 이 문제에 대해 그만의 현실적인 해결책을 금방 내놨다.

"말해 보라고 자꾸 독려하면 하게 돼 있어요, 부인. 제 말을 믿으세요. 이 문제는 전적으로 부인에게 달렸습니다. 간단히 말하면 그래요. 그러지 말고 털어놓아 보라고 용기를 북돋워 주면 그렇게 할 겁니다."

"클라라와 저만 집에 남을 때까지 기다렸다가 그렇게 해 보려고 해요, 함장님. 함장님을 포함한 남자들이 모두 북극 바다로 항해를 떠난 후에 말이죠. 그동안은 제가 지금까지 한 이야기는 절대 다른 사람에겐 말하지 말아 주세요. 그리고 이 이야기는 더 이상 하고 싶지 않다고 해도 저를 용서해 주실 거죠?"

함장은 부인의 말이 무슨 뜻인지 눈치챘다. 그는 이번에는 안전하게 직업적인 주제로 즉시 화제를 바꿨다. 그는 외국에 나가라는 명령을 받은 배들에 대해 말했지만 크레이퍼드 부인이 아무 관심을 보이지 않자 곧 이곳으로 돌아올 다음 배들에 대해 말했다. 이번에는 효과가 있었지만, 함장이 미처 예상하지 못했던 효과였다.

"아탈란타호가 아프리카 서쪽 해안에서 돌아와 당장 오늘이라도 이곳에 도착할지 모르는데 그거 아십니까? 거기 탄 장교들 중에 혹시 아는 사람이 있으세요?"

공교롭게도, 함장이 크레이퍼드 부인에게 질문을 했을 때 그들은 마침 맞은편에 있는 댄스 커플과 서로가 하는 이야기가 들릴 만큼 가까운 거리에 있었다. 그 순간 클라라 번햄을 지켜보던 친구들과 그녀의 미모에 감탄하고 있던 사람들이 모두 놀랐다. 그녀가 실수를 해서 카드리유 댄스가 엉망으로 엉켜 버린 것이다! 모두 그녀가 실수를 바로잡는 걸 보기 위해 기다렸지만 그녀는 시체처럼 창백해진 얼굴로 파트너의 팔을 움켜잡았다.

"너무 더워요! 날 데려가 주세요. 바람을 쐴 수 있게 밖으로 데려가 주세요." 그녀가 힘없는 목소리로 말했다.

크레이퍼드 중위는 즉시 그녀를 데리고 무도회장 끝에 있는 서늘하고 텅 빈 온실로 데려갔다. 헬딩 함장과 크레이퍼드 부인도 동시에 카드리유 댄스에서 빠져나왔다. 함장은 가면서 농담을 했다.

"지금이 바로 그 무아지경이 일어나는 때인가요? 만약 그렇다면, 북극 탐험대의 사령관으로서 특별히 부탁할 일이 있습니다. 클라라의 천리안으로 우리가 영국을 떠나기 전에 북서쪽 항로로 가는 가장 빠른 길을 볼 수 있을까요?" 그가 속삭였다.

크레이퍼드 부인은 그의 농담에 장단을 맞춰 주지 않았다. "실례지만 전 이만 가서 클라라에게 무슨 문제가 생겼는지 알아봐야겠어요." 그녀는 조용히 말했다.

온실 입구에서 크레이퍼드 부인은 남편과 마주쳤다. 그는 키가 훤칠하고 잘생긴 중년 남성이었다. 사람들의 마음을 끄는 소박하고 부드러운 태도에 파랗고 용감한 눈동자에는 보는 사람의 마음을 무장해제시키는 다정함이 깃들어 있다. 한마디로 말하면 아내까지 포함해 만인의 사랑을 받는 사람이다.

"놀라지 말아요. 너무 더워서 그랬다는군. 그게 다야." 그가 말했다.

크레이퍼드 부인은 고개를 흔들면서 반쯤은 애정 어린, 반쯤은 비꼬는 표정으로 남편을 바라봤다.

"이 순진한 양반아. 그 변명이 당신에겐 통할지 몰라도 나는 아니야. 가서 다른 파트너를 찾아서 춤을 추고, 클라라는 내게 맡겨요." 그녀가 말했다.

그리고 온실로 들어가 클라라 옆에 앉았다.

Ⅱ

"자, 자기야. 이게 다 무슨 일이지?" 크레이퍼드 부인이 이야기를 시작했다.

"아무것도 아니에요."

"말도 안 되는 소리. 다시 말해 봐."

"무도회장이 너무 더워서―"

"그것도 말이 안 된다니까. 비밀을 말하고 싶지 않다고 하면 이해할게."

그때 처음으로 클라라는 슬퍼 보이는 투명한 회색 눈동자를 들어 크레이퍼드 부인의 얼굴을 바라봤는데 갑자기 그 눈에 눈물이 고였다.

"제가 그 이야기를 할 수만 있다면! 지금까지 절 그렇게 좋게 봐주셨는데 그 이야기를 했다가 저를 보는 눈이 달라질까 두려워요, 루시."

크레이퍼드 부인의 태도가 변했다. 그녀는 심각하고 근심스러운 표정으로 클라라의 얼굴을 봤다.

"너에 대한 나의 애정은 그 무엇에도 흔들리지 않는다는 건 너도 잘 알잖아. 그러니 오랜 친구의 믿음에 보답해 줘. 우리가 하는 이야기를 들을 사람은 여기 아무도 없어. 마음을 열어 봐, 클라라. 네게 문제가 생긴 건 알겠어. 그 문제를 내게 털어놨으면 좋겠어." 부인이 말했다.

클라라는 항복하기 시작했다. 다시 말하면 조건을 걸기 시작했다.

"내가 한 이야기는 다른 사람에게는 절대 하지 않겠다고 약속할래요?" 그녀가 이야기를 시작했다.

크레이퍼드 부인은 그 질문에 또 다른 질문으로 응수했다.

"다른 사람이라는 게 내 남편도 포함되는 거야?"

"다른 누구보다 특히 그분이 더 그렇죠! 전 그분을 사랑하고 존경해요. 아주 고귀하고, 선량한 분이잖아요! 제가 지금부터 하는 이야기를 그분이 알게 되면 저를 경멸하실 거예요. 남편에게 비밀을 지켜 달라는 제 요구가 너무 큰 부탁이라면 말하세요, 루시."

"말도 안 되는 소리. 너도 결혼해 보면 세상에서 비밀을 지키기가 가장 쉬운 사람이 남편이라는 걸 알게 될 거야. 내가 약속할게. 이제 이야기를 시작해 봐!"

클라라는 고통스러울 정도로 망설였다.

"어디서부터 이야기를 시작해야 할지 모르겠어요. 말이 나오질 않아요." 그녀는 절망해서 외쳤다.

"그럼 내가 도와줘야겠네. 오늘 밤 몸이 안 좋았던 거야? 요전 날 나와 내 여동생과 같이 정원에 있을 때 느낀 그런 기분이었어?"

"아뇨."

"몸이 안 좋은 것도 아니고, 더워서 그런 것도 아닌데 얼굴이 하얗게 질려서 카드리유를 나와야 했잖아! 분명 무슨 이유가 있었을 텐데."

"이유가 있었어요. 헬딩 함장님이—"

"헬딩 함장님이라니! 대체 함장님이 이 일과 무슨 관계가 있는데?"

"함장님이 아탈란타호에 대해 뭐라고 하셨잖아요. 아탈란타호가 아프리카에서 오늘이라도 돌아올 수 있다고."

"아, 그런데 그게 뭐? 그 배에 관심 가는 사람이라도 있는 거야?"

"여기로 돌아오는 게 두려운 사람이 그 배에 타고 있어요."

크레이퍼드 부인은 놀라서 아름다운 눈이 왕방울처럼 커졌다.

"어머나, 클라라! 그게 대체 무슨 뜻이야?"

"잠깐 내 이야기를 먼저 들어 보고 판단하세요, 루시. 옛날 이야기부터 할게요. 제 사정을 이해하려면 그렇게 해야 해요. 우리가 서로를 알기 전 해, 우리 아버지가 돌아가신 그해에 대한 이야기요. 아버지가 편찮으셔서 켄트에 있는 친구가 빌려 준 집으로 이사 가서 사셨다는 말을 전에 한 적이 있나요?"

"아니, 켄트에 있는 집에 대해선 들은 기억이 없는데. 좀 해 봐."

"이거 말고는 별로 할 이야기도 없어요. 그 새집은 개인 소유 공원에 자리 잡은 아주 근사한 시골 대저택 근처에 있었어요. 그 저택 주인은 워도르라는 신사였죠. 그분도 아버지 친구셨어요. 그분에게 외아들이 있었어요."

클라라는 이야기를 멈추고 잠시 초조하게 부채만 만지작거렸다. 크레이퍼드 부인은 그녀를 주의 깊게 바라봤다. 클라라는 부채만 보면서 더 이상 이야기를 이어 가지 않았다.

"그 아들의 이름이 뭐였지?" 크레이퍼드 부인이 조용히 물었다.

"리처드."

"리처드 워도르 씨가 너에게 반했니?"

그 질문은 부인이 예상했던 효과를 내서 클라라는 이야기를 계속했다.

"처음엔 나도 잘 몰랐어요. 그 사람이 나에게 반했는지 아닌지. 그 사람은 성격이 좀 이상했거든요. 고집이 셌죠. 지독하게 고집이 센데다 아주 정열적이었어요. 하지만 그런 단점이 있긴 해도 너그럽고 정이 많은 사람이었죠. 그런 성격 아세요?"

"그런 성격이 얼마나 많은데. 나도 성질이 급한 단점이 있지. 벌써 그 리처드라는 사람이 마음에 들기 시작했는데. 계속해 봐."

"며칠이 가고, 몇 주가 흘러갔어요, 루시. 우리 둘이만 자주 시간을 보낼 때가 많았죠. 그러다 그의 마음이 조금씩 짐작되기 시작했어요."

"리처드가 그 짐작이 맞는다고 확인시켜 줬겠지, 그렇지?"

"아뇨. 그렇지 않았어요. 안타깝게도 그는 그런 남자가 아니어서 나에 대한 자신의 감정을 절대 말하지 않았어요. 내가 그냥 눈치챈 거죠. 모를 수가 없었죠. 나는 그에게 우리는 남매 같은 사이가 될 수는 있지만 그 이상은 아니라는 점을 보여 주려고 최선을 다했어요. 그는 내 의도를 이해하지 못했어요. 아니면 이해하지 않으려 했거나. 어느 쪽인지는 저도 모르겠어요."

"이해하지 않으려고 했을 것 같아. 계속해 봐."

"아마 당신 말이 맞을 거예요. 그는 거칠면서도 수줍어하는 면이 있었어요. 그래서 혼란스러웠죠. 절대 자기 마음을 표현하는 법도 없고. 어렸을 때부터 우리가 함께 있는 미래가 결정된 것처럼 나를 대했어요. 내가 뭘 할 수 있었겠어요, 루시?"

"뭘 하다니? 아버지에게 그 어려움을 끝내 달라고 부탁할 수도 있었잖아."

"불가능했어요! 내가 방금 한 이야기를 잊었어요? 아버지는 그 당시 중병을 앓고 계시다가 결국 그것 때문에 돌아가셨어요. 그런 일에 참견할 수 있는 상태가 아니었어요."

"널 도와줄 사람이 하나도 없었니?"

"하나도 없었어요."

"비밀을 털어놓을 수 있는 나이 든 귀부인도 없었고?"

"근방에 있는 숙녀들 중에 아는 사람은 몇 명 있었지만 친한 사람은 하나도 없었어요."

"그럼 그때 어떻게 했어?"

"아무것도 안 했어요. 계속 머뭇거리면서 너무 늦어 버릴 때까지 내 마음을 밝히는 걸 미루기만 했죠."

"너무 늦어 버리다니, 그게 무슨 뜻이야?"

"제 이야기를 들어 보세요. 리처드 워도르가 해군이라는 말을 미리 했어야 했는데."

"어머, 정말. 그 사람에 대해 관심이 더 가는데. 그래서 어떻게 됐어?"

"어느 봄날 리처드가 배를 타고 떠나기 전에 우리 집에 작별 인사를 하러 왔어요. 나는 그가 갔다고 생각하고 옆방으로 갔죠. 그 방은 정원에서 안으로 들어올 수 있는 구조였어요."

"그래서?"

"리처드가 날 지켜보고 있었던 게 틀림없어요. 그가 갑자기 정원에 나타났어요. 내가 들어오라고 말하는 걸 기다리지도 않고 다짜고짜 내 방으로 들어왔죠. 나는 조금 놀랐지만 간신히 그런 마음을 감추고 말했어요. '무슨 일이에요, 워도르 씨?' 그는 내게 가까이 다가와서 다짜고짜 이렇게 말했어요. '클라라! 난 아프리카 해안으로 떠나요. 내가 살아 있다면 진급해서 돌아올 거예요. 그럼 우리 둘 다 그때 무슨 일이 일어나게 될지 알고 있죠.' 그는 내게 키스했어요. 난 반쯤 겁이 나고 반쯤은 화가 났어요. 내가 정신 차리고 미처 입을 열기도 전에 그는 다시 정원으로 나가 버렸어요. 가 버렸다고요! 그때 분명하게 말했어야 했다는 건 나도 알아요. 그건 고결한 행동이 아니었죠. 그에게 못 할 짓을 했다는 거 나도 알아요. 내가 아무리 용기가 없고 솔직하게 행동하지 못했다고 꾸짖으셔도 저 스스로 자책하는 마음이 더 클 거예요!"

"애야, 난 너를 나무랄 생각 없어. 그저 그에게 편지를 썼을 수도 있잖아."

"편지를 썼어요."

"솔직하게 썼어?"

"네, 그는 지금 잘못 생각하고 있고, 난 절대 그와 결혼할 수 없다고 누누이 썼어요."

"양심대로 솔직히 썼네. 그렇게까지 했으니 널 탓할 일은 아니지. 그런데 왜 그렇게 초조해하는 거니?"

"그 사람이 제 편지를 못 받았으면 어떻게 해요?"

"왜 그런 생각을 해?"

"편지를 썼을 때 답장을 달라고 부탁했어요, 루시. 꼭 답장을 해 달라고요. 그런데 답장이 오지 않았어요. 그러니 결론이 뭐겠어요? 내 편지를 못 받은 거죠. 그런데 이제 아탈란타호가 돌아온다잖아요! 리처드 워도르가 영국으로 돌아오고 있어요. 돌아와서 날 아내로 삼겠다고 할 거예요! 이제 내가 그렇게 초조해하는 이유를 알겠죠? 이래도 나를 의심하겠어요?"

크레이퍼드 부인은 멍하니 의자에 기대앉았다. 클라라와 이야기를 시작한 후 처음으로 그녀는 클라라의 질문에 대답하지 않았다. 사실 그녀는 생각 중이었다.

그녀는 클라라의 입장을 분명하게 볼 수 있었고, 왜 그렇게 불안해하는지 그 이유도 이해할 수 있었다. 하지만 그간의 사정을 다 감안해 봐도, 아직도 왜 그렇게 클라라가 초조해하고 불안해하는지 이해가 되지 않았다. 클라라의 표정을 살펴보니 이제 비밀을 털어놓고 마음의 짐을 덜었을 텐데도 전혀 후련한 기색이 없었다. 분명 뭔가 감춰진 게 아직 남아 있었다. 밝혀 내야 할 중요한 사실이 하나 더 있는 것이다. 그 순간 상황을 재빨리 판단한 크레이퍼드 부인은 불현듯 뭔가가 떠올라서 어린 친구에게 불쑥 물어봤다.

"혹시 내게 아직 안 한 이야기가 있어?"

클라라는 그 질문에 겁을 집어먹은 것처럼 흠칫 놀랐다. 이제 확실한 단서를 손에 넣었다고 생각한 크레이퍼드 부인은 일부러 표현을 바꿔 다시 물어봤다. 클라라는 대답하는 대신 갑자기 고개를 들었다. 그와 동시에 그녀의 얼굴이 살짝 발그레 물들었다.

그걸 보고 본능적으로 고개를 든 크레이퍼드 부인은 온실에 누가 들어온 것을 알아차렸다. 젊은 신사 하나가 클라라에게 곧 시작될 왈츠의 파트너가 돼 달라고 들어온 것이다. 크레이퍼드 부인은 다시 생각에 잠겼다. 이 젊은 신사가 클라라가 미처 끝내지 못한 이야기의 결말과 관련이 있는 게 아닐까(그녀는 자문했다). 이 신사가 바로 리처드 워도르의 임박한 귀환을 클라라가 이렇게 남몰래 두려워하는 진정한 이유가 아닐까? 크레이퍼드 부인은 이 추측이 맞는지 시험해 보기로 했다.

"자기 친구야? 소개 좀 해 주지 그래." 그녀는 아무렇지 않게 물어봤다.

클라라는 당황하면서 그 젊은 신사를 소개했다.

"프랜시스 앨더슬리 씨예요, 루시. 앨더슬리 씨는 북극 탐험대의 일원이랍니다."

"북극 탐험대의 일원이라고?" 크레이퍼드 부인은 그렇게 따라 말했다.

"저도 나름 그 탐험대와 관계가 있답니다. 클라라가 저를 소개하는 건 잊은 것 같으니 제 소개는 직접 할게요. 전 크레이퍼드 부인이에요. 제 남편은 방랑자호의 크레이퍼드 중위죠. 당신도 그 배 소속인가요?"

"안타깝게도 그런 영광은 제게 주어지지 않았답니다, 크레이퍼드 부인. 전 갈매기호 소속입니다."

크레이퍼드 부인은 예리한 눈썰미로 클라라와 프랜시스 앨더슬리를 번갈아 보며 클라라가 말하지 않은 뒷이야기를 알아챘다. 그 젊은 장교는 생기가 넘치고, 미남인 데다, 귀족적인 분위기가 물씬 풍겼다. 리처드 워도르라는 난감한 상황을 심각하게 꼬이게 만든 장본인인 것이다! 이제 더 이상 질문을 할 시간이 없었다. 악단이 왈츠 전주곡을 연주하기 시작했고, 프랜시스 앨더슬리는 파트너를 기다리고 있었다. 그 젊은 신사에게 사과를 하고, 크레이퍼드 부인은 재빨리 클라라를 옆으로 데려가서 속삭였다.

"자기가 다시 무도회장으로 돌아가기 전에 한마디만 할게. 자기가 내게 해 준 짧은 이야기만 듣고 이런 말을 하면 괜히 오지랖을 피우는 것일 수도 있겠지만, 지금 자기가 어떤 입장인지 알 것 같아. 아마 자기보다 더 잘 알 거야. 내 의견을 듣고 싶어?"

"간절히 듣고 싶어요, 루시! 당신의 의견이 필요해요. 충고해 주세요."

"아주 짧고 간단하게 이야기해 줄게. 먼저 내 생각은 이래. 워도르 씨가 돌아오는 즉시 그에게 자기 감정을 솔직하게 설명하는 수밖에 없어. 두 번째로 그 설명을 워도르 씨에게 쉽게 하고 싶다면 누구에게도 마음을 주지 말고 아직 혼자일 때 하도록 해."

크레이퍼드 부인은 혼자라는 말을 특별히 강조한 후에 프랜시스 앨더슬리를 의미심장한 표정으로 바라봤다. "이제 파트너에게 가 봐, 클라라." 그녀는 그렇게 말하고 무도회장으로 돌아갔다.

Ⅲ

크레이퍼드 부인이 그 말을 한 후로 클라라가 진 심적 부담은 그 어느 때보다 무겁게 느껴졌다. 그런 상황에서 춤을 추기엔 너무 울적했다. 무도회장을 한 바퀴 돈 후에 그녀는 파트너에게 피곤하다고 호소했다. 프랜시스 앨더슬리는 온실을 한번 보고(항상 그렇듯이 기분 좋게 서늘한 데다 아무도 없었다) 그녀를 다시 그곳으로 데려가 관목 사이에 있는 의자에 앉혔다. 그녀는 그를 내보내려고 노력했다(적극적으로 노력하진 않았다).

"나 때문에 춤도 못 추고 여기 있지 말아요, 앨더슬리 씨."

그는 그녀 옆에 앉아서 감히 그를 정면으로 보지도 못한 채 고개를 숙이고 있는 그녀의 아름다운 얼굴을 마음껏 바라봤다. 그는 그녀에게 속삭였다.

"프랭크라고 불러 줘요."

그녀도 그를 프랭크라고 부르고 싶은 마음이 간절했다. 온 마음을 다해 그를 사랑하고 있으니까. 하지만 크레이퍼드 부인의 경고가 아직도 뇌리를 떠나지 않고 있어서 입을 열지 않았다. 그녀의 연인은 조금 더 가까이 다가와 또 다른 간청을 했다. 이럴 때 남자들은 어쩌면 이렇게 다 똑같은지. 여자가 입을 다물고 있으면 더 안달이 나서 달려든다.

"클라라! 어제 내가 음악회에서 했던 말 잊었어요? 다시 말할까요?"

"아뇨!"

"난 내일 북극해로 떠나요. 몇 년 동안 못 돌아올지도 몰라요. 그러니 아무 희망도 주지 않고 날 보내지 말아요! 그 깜깜한 북극에서 보내게 될 길고 외로운 시간을 생각해 봐요! 날 위해 그 시간을 행복하게 만들어 줘요."

그는 사나이의 열정을 가지고 말했지만 그래 봤자 아직은 혈기왕성한 청년에 지나지 않았다. 이제 고작 스무 살이 그 얼어붙은 북극에 젊은 목숨을 건 것이다! 클라라는 그가 너무나 불쌍하게 느껴졌다. 그가 부드럽게 그녀의 손을 잡자 그녀는 그 손을 뿌리치려 했다.

"뭐야! 마지막 날 밤인데 이런 작은 부탁마저 안 들어줄 셈이오?"

그러자 저도 모르게 그녀의 순정이 그에게 기울었다. 그에게 손을 잡힌 채 그대로 있으면서 그녀를 부드럽게 설득하는 그에게 압박감을 느꼈다. 클라라는 길을 잃었다. 이제 그에게 마음이 넘어가는 건 시간문제다!

"클라라, 날 사랑해요?"

잠시 그녀는 아무 말도 하지 않았다. 그저 계속 그를 외면하면서 기쁨과 고통이라는 두 개의 모순된 감각에 전율했다. 그가 그녀를 슬쩍 한 팔로 껴안고 다시 속삭였다. 그 말을 하는 그의 입술이 그녀의 작은 분홍빛 귀에 닿을락 말락했다.

"날 사랑해요?"

클라라는 두 눈을 힘없이 감았고―아무것도 들리지 않고 그 말만 들렸고, 그녀를 껴안은 그의 팔만 느껴지면서―크레이퍼드 부인의 경고를 잊고, 리처드 워도르도 잊고, 몸을 돌려서 사랑에 빠진 여인이 다 그렇듯 머리를 그의 가슴에 기대고 대답했다. 마침내!

그는 고개를 숙이고 있는 아름다운 그녀의 턱을 들어 그녀와 첫 키스를 했다. 두 사람은 천국에 있는 것 같았다. 흠칫 놀라 그들을 다시 지상으로 데려온 사람은 클라라였다. 클라라가 말했다. "아! 내가 무슨 짓을 한 거야!" 후회는 항상 그렇듯 너무 늦게 왔다.

프랭크가 그 질문에 대답했다.

"당신이 날 행복한 남자로 만들어 줬죠, 나의 천사. 돌아오면, 당신을 아내로 맞이할 거요."

그녀는 덜덜 떨었다. 그 말에 다시 리처드 워도르가 떠올랐다.

"명심해요! 내가 허락하기 전까지는 아무도 우리가 약혼했다는 사실을 알아선 안 돼요. 이 말을 잊지 말아요!"

그는 그러겠다고 약속했다. 그는 그녀를 한 번 더 안으려고 했다. 안 돼! 그녀는 자기 자신의 주인이고, 아까는 그가 키스하게 놔뒀지만 이제 그를 아주 세게 밀어낼 수 있게 됐다!

"가세요! 크레이퍼드 부인이 보고 싶어요. 부인을 찾아오세요! 내가 여기 있다고, 이야기를 하고 싶다고 전해 줘요. 얼른 가세요, 프랭크. 날 위해 제발."

이제는 어쩔 수 없이 그녀의 말을 따르는 수밖에 없었다. 그는 마지막으로 그녀의 미모를 실컷 바라봤다. 그리고 얼른 그녀가 시킨 일을 하러 갔다. 이 무도회장에서 가장 행복한 남자가 돼서. 5분 전까지만 해도 그녀는 그저 댄스 파트너일 뿐이었는데. 그는 고백했고, 그녀는 그와 평생의 파트너가 되겠다고 맹세했다!

IV

군중 속에서 크레이퍼드 부인을 찾기란 쉽지 않았다. 여기저기 찾고 다니던 프랭크의 눈에 낯선 사람이 보였다. 그도 누군가를 찾고 있는 것처럼 보였다. 그는 검은 머리에, 양미간을 찌푸리고 있었고, 건장한 체격의 남자로 낡고 허름한 해군 장교 제복을 입고 있었다. 눈에 띄게 단호하면서도 자제력이 강한 태도로 보아 분명 신사였다. 그는 천천히 군중 속을 돌아다니면서, 여자와 마주칠 때마다 잠시 멈춰서 보고 나서 얼굴을 찌푸리며 외면하곤 했다. 그는 조금씩 온실을 향해 다가가 입구에서 잠시 고심하다가 관목들과 꽃 사이 멀리에서 하얀 드레스가 언뜻 비치는 걸 보고 들어가서 그녀를 조금 더 가까이 보기 위해 다가갔다. 그러다 클라라가 보이자 기쁨의 탄성을 질렀다.

그녀는 벌떡 일어났다. 말문이 막혀서, 꼼짝도 하지 못한 채 돌처럼 굳어서 서 있었다. 지금껏 살아오면서 모든 것을 봐 온 그녀의 눈에 리처드 워도르가 보였다.

그가 먼저 입을 뗐다.

"깜짝 놀라게 해서 미안해요, 달링. 당신을 다시 만났다는 행복에 겨워 다른 건 다 잊어버려서 이렇게 됐군. 우리 배는 불과 두 시간 전에 도착했어요. 당신을 찾느라 시간이 좀 걸렸고, 당신이 무도회장에 있다는 말을 듣고 입장권을 구하느라 시간이 또 조금 걸렸지. 축하해 줘요, 클라라! 난 진급했어요. 이제 당신을 아내로 맞으러 돌아왔소."

그녀의 멍한 얼굴에 순간 두려움이 일면서 표정이 변했다. 그리고 얼굴이 살짝 붉어지면서 입술이 움직였다. 그녀가 갑자기 물었다.

"내 편지 받았어요?"

그는 깜짝 놀랐다. "당신 편지? 못 받았는데."

순간적으로 그녀의 얼굴에 떠오른 생기가 다시 시들어 버렸다. 그녀는 그에게서 물러나 의자에 털썩 주저앉았다. 그는 깜짝 놀라서 그녀를 향해 다가갔다. 그녀는 마치 그를 두려워하는 것처럼 그 자리에서 움츠러들었다.

"클라라! 당신은 나와 악수를 하지도 않았잖소! 그게 무슨 뜻이지?"

그는 말을 멈추고 대답을 기다리면서 그녀를 지켜봤다. 그녀는 아무 대답도 하지 않았다. 성질 급한 그의 눈에 순간 불꽃이 일었다. 그는 좀 더 크고 근엄한 어조로 다시 물었다.

"그게 무슨 뜻이지?"

클라라가 이번에는 대답했다. 그의 어조에 기분이 상해서 수그러들던 용기가 다시 솟아났다.

"그건 당신이 처음부터 오해했다는 뜻이에요."

"내가 어떻게 오해를 했다는 거요?"

"당신은 그동안 쭉 잘못 생각하고 있었고 내게 그걸 바로잡을 기회도 주지 않았어요."

"내가 뭘 잘못 생각하고 있었다는 거요?"

"당신은 우리 둘에 대해 너무 급하고 너무 자신만만하게 행동했어요. 제 감정에 대해 전적으로 오해하고 있었다고요. 당신을 괴롭게 만들어서 슬프지만 당신을 위해 분명하게 말해야겠어요. 난 항상 당신의 친구였어요, 워도르 씨. 난 절대 당신의 아내가 될 수 없어요."

그는 기계적으로 클라라가 마지막으로 한 말을 따라 했다. 그 말을 제대로 들었는지 확신을 하지 못하는 것 같았다.

"당신은 절대 내 아내가 될 수 없다고?"

"절대 그럴 수 없어요!"

"왜?"

그녀는 대답하지 않았다. 그에게 거짓말을 할 수는 없었다. 그렇다고 사실을 말하기도 수치스러웠다.

그는 그녀를 내려다보고 서 있다가 갑자기 그녀의 손을 잡았다. 그녀의 손을 세게 잡은 채 허리를 조금 더 숙여서 그녀의 얼굴에서 대답이 될 만한 걸 찾으려고 찬찬히 뜯어봤다. 그렇게 바라보는 그의 얼굴이 서서히 어두워졌다. 그는 그녀를 의심하기 시작했고, 그다음에 한 말에서 그 마음이 드러났다.

"나에 대한 당신의 태도가 변했는데, 클라라. 누가 당신을 변하게 했군. 어쩔 수 없이 이 질문을 하게 만드는데. 다른 남자가 생긴 거요?"

"당신에게 그걸 물어볼 권리는 없어요."

그는 그녀의 대답은 듣지도 않은 채 계속 말했다.

"우리 사이에 다른 남자가 끼어든 거요? 난 지금 솔직하게 물어보는 거니까 당신도 솔직하게 대답해요."

"내가 말했잖아요. 더 이상 할 말 없어요."

잠시 침묵이 흘렀다. 그녀는 그의 눈에서 거세게 타오르는 정열 이면에 경고의 불빛이 보였다. 그리고 그녀를 잡은 손에 힘이 점점 더 들어가는 게 느껴졌다. 그는 마지막으로 호소했다.

"다시 생각해 봐요. 너무 늦기 전에. 침묵은 당신에게 도움이 되지 않을 테니. 계속 그렇게 고집 부리면서 대답 안 하면 인정한다는 뜻으로 받아들이겠소. 내 말 알아들어요?"

"알겠어요."

"클라라 번햄! 날 이렇게 하찮게 보지 말아요. 클라라 번햄! 진실을 말해요. 당신은 내게 충실하지 못했던 거요?"

그녀는 면전에서 자기를 모욕하며 속을 떠보는 질문에 벌컥 화를 냈다.

"워도르 씨! 감히 그런 질문을 하다니 자신의 본분을 잊으셨군요. 난 단 한 번도 당신의 감정을 부추기지 않았어요. 단 한 번도 당신에게 약속이나 맹세를 한 적도 없고."

그녀가 더 말하기도 전에 그가 열불을 내며 끼어들었다.

"당신은 내가 없을 때 약혼했잖아. 당신 말에서 그게 보이고, 표정에도 보여! 당신은 다른 남자와 약혼한 거야!"

"내가 약혼했다고 쳐도, 당신이 무슨 권리로 항의하는 거죠? 당신이 무슨 권리로 내 행동을 통제할—" 그녀가 단호하게 말했다.

그러다 이어서 하려던 말이 쏙 들어가고 말았다. 그가 잡고 있던 그녀의 손을 놓아 버려서. 그의 눈에 뚜렷한 표정 변화가 나타났다. 그의 마음속에 있던 지독한 열정이 그녀 때문에 풀려나면서 생긴 변화라는 걸 알았다. 그의 얼굴에서 그녀를 덜덜 떨게 만드는—그녀 때문이 아니라 프랭크 때문에—징조를 희미하게 읽어 냈다.

그의 얼굴에서 그 어두운 기색이 조금씩 희미해져 갔다. 그는 나직한 목소리로 조용히 작별 인사를 했다.

"더 이상 말하지 말아요, 번햄 양. 그만하면 충분해요. 내 질문에 대한 대답을 들었고, 나는 거부당했죠." 그는 말을 멈추고 그녀에게 다가와 그녀의 팔에 손을 댔다.

"언젠가 때가 올 겁니다. 내가 당신을 용서하는 때가. 하지만 내게서 당신을 뺏어 간 남자는 당신과 처음 만난 날을 후회하게 되는 날이 반드시 올 겁니다."

그는 돌아서서 떠났다.

몇 분 후에 크레이퍼드 부인이 온실로 들어가다가 무도회장에서 일하는 하인 하나와 마주쳤다. 그는 할 말이 있는지 그녀를 보고 멈춰 섰다.

"무슨 용건이 있나요?" 그녀가 물었다.

"죄송하지만 부인, 혹시 정신을 들게 하는 약을 가지고 계십니까? 온실에 쓰러지신 젊은 숙녀가 있어서요."

막간

부잔교

V

다음 날 아침―배들이 떠나는 날 아침―은 하늘이 맑고 산들바람
이 불었다. 크레이퍼드 부인은 남편을 따라 항구로 나가 남편이 배에
타기 전에 마지막으로 볼 준비를 하고, 나가는 길에 클라라의 방에
들렀다. 젊은 친구가 간밤을 어떻게 보냈는지 궁금해서였다. 놀랍게
도 클라라는 이미 일어나서 옷을 다 차려입고 나갈 준비를 마친 상태
였다.

"이게 다 뭐야, 자기야? 어젯밤에 그 남자를 만나서 그렇게 충격을
받았잖아. 왜 내 충고대로 집에서 쉬지 않고?"

"쉴 수 없어요. 밤새 한숨도 못 잤어요. 밖에 나갔다 오셨어요?"

"아니."

"리처드 워도르에 대해 뭐든 듣거나 본 것이 있나요?"

"그게 무슨 황당한 질문이야!"

"질문에 대답해 주세요! 절 그렇게 우습게 보지 마시고!"

"진정해, 클라라. 리처드 워도르에 대해선 보거나 들은 거 없어. 내 말 믿으라니까. 그 사람은 지금쯤 아주 먼 곳에 있을 거야."

"아니에요! 그 사람은 여기 있어요! 우리 가까이에 있어요! 밤새 불길한 예감이 떠나질 않았어요. 프랭크와 리처드 워도르는 만나게 될 거예요."

"클라라! 대체 무슨 생각을 하는 거야? 그들은 서로 생판 모르는 사이잖아."

"뭔가 일어나서 둘이 만나게 될 거예요. 난 느낄 수 있어요! 난 알아요! 그들은 만나서 목숨을 걸고 싸우게 될 거예요. 그건 다 제 탓이고. 아, 루시! 내가 왜 당신의 조언대로 하지 않았을까요? 왜 정신을 놓고 프랭크에게 사랑하는 마음을 보여 줬을까요? 지금 부잔교에 갈 건가요? 난 준비됐어요. 같이 가요."

"그렇게 생각하면 안 돼, 클라라. 거기 물가에는 사람이 너무 많아서 정신이 하나도 없을 거야. 넌 그런 상황을 감당할 수 없어. 기다려. 내가 금방 갔다 올 테니까. 그때까지만 기다려."

"난 반드시 당신과 같이 가야 해요! 사람이 많다고요? 사람들 속에 그 사람이 있을 거예요! 정신없을 거라고요? 그 난리판을 틈타 그는 프랭크를 찾을 거예요. 내게 기다리라고 하지 마세요. 기다리다간 돌아 버릴 거예요. 프랭크를 내 눈으로 보고, 그이가 배로 보트에 안전하게 타는 모습을 보지 않는 한 한순간도 편하게 있을 수 없어요. 이미 모자도 쓰셨네요. 그럼 대체 왜 여기서 이렇게 꾸물거리고 있죠? 어서 가요! 아니면 저 혼자라도 가겠어요. 시계를 보세요. 이러고 있을 시간이 없어요!"

클라라와 입씨름을 해 봤자 아무 소용없었다. 크레이퍼드 부인은 항복하고 같이 집을 나섰다.

부잔교는 크레이퍼드 부인이 예측한 대로 구경꾼들이 모여 바글바글했다. 북극으로 항해를 떠나는 이들의 가족, 친지, 친구들뿐만 아니라 아무 관계없는 사람들도 배들이 떠나는 모습을 보러 몰려왔다. 클라라는 군중 속에 있는 낯선 얼굴들을 두려움에 차서 여기저기 찾아봤다. 보길 두려워하는 얼굴, 결코 찾지 않았으면 싶은 얼굴을 찾아 계속 두리번거렸다. 그렇게 바짝 긴장하고 있느라 갑자기 뒤에서 프랭크 목소리가 들리자 놀라서 비명을 지르고 말았다.

"갈매기호로 가는 보트들이 기다리고 있어요. 난 가야 해요, 달링. 당신 얼굴이 너무 창백하군요, 클라라! 어디 아파요?"

그녀는 질문에 대답하지 않고 눈을 크게 뜨고 떨리는 입술로 물었다.

"당신에게 무슨 일이 일어나지 않았어요, 프랭크? 뭐 특이한 일 없었어요?"

프랭크는 그 이상한 질문에 껄껄 웃었다.

"뭐 특이한 일 없었냐고? 내가 알기론 북극해로 떠나는 거 말고는 없는데. 그건 특이한 일 아닌가요?" 그가 말했다.

"어젯밤 이후로 누가 말을 건 적 있어요? 거리에서 낯선 사람이 당신을 따라오지 않던가요?"

프랭크는 놀라서 고개를 돌려 크레이퍼드 부인을 바라봤다.

"클라라가 대체 무슨 이야기를 하는 거죠?"

크레이퍼드 부인은 순간적으로 재치를 발휘해 대답했다.

"꿈을 믿나요, 프랭크? 물론 안 믿겠죠! 클라라가 당신 꿈을 꿨는데 그걸 믿을 정도로 바보 같지 뭐예요. 그게 다예요. 뭐 이러쿵저러쿵 말할 가치도 없는 일이에요. 어머나! 사람들이 당신을 부르고 있어요. 지금 작별 인사를 하지 않으면 보트 놓치겠어요."

프랭크가 클라라의 손을 잡았다. 그로부터 오랜 시간이 흐른 후—암울한 북극의 낮, 지루한 북극의 밤—에 그가 잡은 그녀의 손이 얼마나 차갑고 소극적이었는지 떠올렸다.

"용기를 내요, 클라라! 선원의 아내는 작별에 익숙해져야 해요. 이 시간은 곧 지나갈 거요. 잘 있어요, 나의 달링! 잘 있어요, 나의 아내여!" 그는 유쾌하게 말했다.

그는 그녀의 차가운 손에 키스하고, 마지막으로—아마도 몇 년간은—그 창백하고 아름다운 얼굴을 바라봤다. "그녀는 정말 나를 사랑하는구나. 나랑 헤어져서 너무 괴로워하는군!" 그는 그렇게 생각하면서 클라라의 손을 꼭 쥐었다. 크레이퍼드 부인이 현명하게 손을 흔들면서 밀어내지 않았더라면 좀 더 머물렀을 것이다.

두 여자는 그가 군중을 헤치고 가서 보트에 올라타는 모습을 지켜봤다. 선원들이 노를 젓기 시작했고, 프랭크는 모자를 벗어 클라라에게 흔들었다. 순간 정박된 배에 보트가 가려 보이지 않았다. 그들은 프랭크가 북극으로 가는 마지막 모습을 봤다!

"저 보트에 리처드 워도르는 없는데. 해안에도 보이지 않고. 그러니까 이걸 교훈으로 삼아요, 아가씨. 그런 불길한 예감을 믿을 정도로 바보처럼 굴지 말라고." 크레이퍼드 부인이 말했다.

클라라는 여전히 의심스러운 눈빛으로 사람들을 훑어보았다.

"아직 만족 못 한 거야?" 크레이퍼드 부인이 물었다.

"네. 아직 만족 못 했어요." 클라라가 대답했다.

"뭐라고! 아직도 그를 찾고 있다고? 이건 정말 너무 터무니없는 짓이야. 저기 내 남편이 오는군. 남편에게 마차를 불러 달라고 해서 너를 집에 보내야겠어."

클라라는 몇 발자국 뒤로 물러섰다.

"전 절대 방해하지 않을게요, 루시. 당신이 사랑하는 남편과 헤어질 때 말이에요. 여기서 기다릴게요." 그녀가 말했다.

"여기서 기다린다고! 무엇을?"

"아직 보지 못한 무언가, 혹은 듣지 못한 뭔가를요."

"리처드 워도르?"

"리처드 워도르요."

크레이퍼드 부인은 더 이상 아무 말도 하지 않고 남편에게 돌아섰다. 클라라는 아무리 충고를 해도 소용없이 자신의 믿음에 깊이 빠져 있었다.

갈매기호의 보트들이 떠난 자리를 방랑자호로 가는 보트들이 차지했다. 물가 가까이 서 있는 사람들에게서 환호가 터져 나온 것으로 봐서 탐험대 사령관이 도착한 걸 알 수 있었다. 헬딩 함장이 나타나 중위를 찾아 여기저기 둘러봤다. 아내와 같이 있는 크레이퍼드를 발견하자 함장은 최선을 다해 둘의 작별을 방해한 걸 사과했다.

"잠깐만 용무를 보게 남편 좀 빌려 주세요, 크레이퍼드 부인. 그다음엔 남편과 30분 동안 같이 계실 수 있습니다. 이렇게 작별하는 부부 사이에 끼어든 건 함장인 제가 아니라 북극 탐험 탓을 해 주시고요. 제가 크레이퍼드였다면 북서쪽으로 가는 항로는 젊은 총각들이 발견하게 놔두고, 집에서 부인과 같이 있었을 겁니다!"

그렇게 부인에게 노골적인 찬사를 퍼부어 사과를 대신하고 헬딩 함장은 크레이퍼드를 옆으로 몇 발짝 떨어진 곳으로 데려갔는데, 마침 클라라가 그 근처에 서 있었다. 함장과 중위 둘 다 일 이야기에 너무 몰두해서 근처에 있는 클라라를 보지 못했다. 그들이 하는 이야기를 클라라가 한 마디 한 마디 다 듣고 있으리라곤 생각지도 못했다.

"오늘 아침에 내가 보낸 전갈 받았나?" 함장이 이야기를 시작했다.

"그럼요, 함장님. 안 그랬으면 벌써 배에 타고 있었을 겁니다."

"난 이제 바로 배를 타러 가야 해. 하지만 자네는 30분만 더 기다리다 보트를 타게. 그러면 자네도 부인과 더 오래 있을 수 있잖아. 내가 그렇게 배려했다네, 크레이퍼드."

"저야 함장님이 시키는 대로 해야죠. 이렇게 통상적인 순서를 바꾸는 데는 뭔가 이유가 있겠죠? 함장님이 승선하셨는데 중위가 아직 밖에 있다니요."

"그렇다네! 이유가 또 하나 있지. 좀 전에 막 입대한 지원병을 자네가 기다려 줬으면 해서."

"지원병이라고요!"

"그래. 복장이랑 장비를 서둘러 준비하느라 30분 후에 도착한다고 하더군."

"갑작스러운 입대네요, 그렇지 않나요?"

"그거야 그렇지. 아주 갑작스러운 일이지."

"죄송하지만 고작 한 사람 때문에 배들을 이렇게 기다리게 하는 이유가 뭡니까?"

"그 말도 맞아. 하지만 그럴 가치가 있는 사람이야. 우리 탐험대에 들일 가치가 있는 인물이라고. 우리 같은 탐험대에게는 그야말로 황금 같은 존재지. 그는 모든 기후와 혹독한 피로에 철저하게 단련돼 있어. 굉장히 강하고 용감하며 똑똑한 친구지. 한마디로 말해 끝내 주는 장교야. 난 그 친구를 잘 아네. 안 그랬으면 애초에 받아 주지도 않았어. 새 지원자는 조국을 위해 아주 많은 일을 했다네, 크레이퍼드. 그는 외국 근무를 마치고 어제 막 돌아왔어."

"외국 근무를 마치고 어제 막 돌아왔다고요! 그런데 오늘 아침에 북극 탐험을 가겠다고 자원했단 말입니까? 놀라운 일이군요."

"그렇다니까! 그 친구가 호텔에 찾아와서 자기 뜻을 밝혔을 때 얼마나 놀랐는지 몰라. '이런, 이 친구야, 자네는 이제 막 고국으로 돌아왔잖은가. 자유를 맛본 지 몇 시간이나 됐다고 벌써 지겨워졌나?' 내가 그렇게 물었는데 그 친구 대답이 또 걸작이었어. 그 친구가 그러더군. '제 인생이 지겹습니다, 함장님. 고국이라고 오자마자 문제가 생기더군요. 가슴이 찢어질 것 같았습니다. 외국에서 열심히 일하는 것으로 위안을 삼지 못한다면 저는 그야말로 길 잃은 인생이 될 겁니다. 저에게 피난처를 주시지 않겠습니까? 그 친구가 한 말을 한 마디도 빼놓지 않고 그대로 옮긴 거야, 크레이퍼드."

"그 사정에 대해 좀 더 자세히 물어보셨어요?"

"아니! 난 그 친구의 가치를 알아. 그래서 그 자리에서 그 불쌍한 인간을 덥석 받아들였지. 더 이상 물어봤자 그 친구만 괴롭지. 굳이 개인사에 대해 구구절절 물어볼 필요도 없고. 이런 경우엔 문제가 뭔지 뻔하지. 다 그렇고 그런 사연이지, 이 친구야. 여자 문제 아니겠나."

인내심을 한껏 발휘해 남편이 돌아오길 기다리던 크레이퍼드 부인은 누군가 그녀의 어깨를 손으로 잡는 바람에 깜짝 놀랐다.

돌아보자 거기에 클라라가 있었다. 처음엔 놀랐지만 클라라를 본 부인은 불안해졌다. 클라라는 머리에서 발끝까지 덜덜 떨고 있었다.

"무슨 일이야? 뭣 때문에 그렇게 두려워하는 거야, 클라라?"

"루시! 그 사람에 대한 이야기를 들었어요!"

"또 리처드 워도르 이야기야?"

"내가 전에 이야기한 거 기억나죠. 방금 헬딩 함장님과 중위님이 주고받은 이야기를 다 들었어요. 오늘 아침에 한 남자가 함장님에게 와서 방랑자호에 태워 달라고 지원했대요. 그래서 함장님이 그를 받아들였어요. 그 남자가 리처드 워도르예요."

"설마! 확실해? 헬딩 함장님이 그 사람 이름을 말하는 걸 들었어?"

"아뇨."

"그럼 그 사람이 리처드 워도르인지 어떻게 알아?"

"저에게 묻지 마세요! 전 그 사람이 리처드 워도르라는 걸 확실하게 알아요! 그들은 같이 떠나요, 루시. 같이 영원히 얼음과 눈만 있는 곳으로 떠난다고요. 제 불길한 예감이 실현됐어요! 두 사람은 만나게 될 거예요. 나랑 결혼할 사람과 나 때문에 가슴이 갈기갈기 찢어진 남자가요!"

"너의 불길한 예감은 실현되지 않았어, 클라라! 그 남자들은 여기서 만나지 않았고, 다른 곳에서도 만날 가능성은 없어. 둘은 각각 다른 배에 타라는 지시를 받았잖아. 프랭크는 갈매기호 소속이고 워도르는 방랑자호야. 봐! 헬딩 함장님의 이야기가 끝났어. 남편이 이쪽으로 오고 있으니까 확인해 보자. 그이랑 말해 볼게."

크레이퍼드 중위가 부인에게 돌아왔다. 그녀는 남편에게 즉시 말했다.

"윌리엄! 방랑자호에 자원해서 새로 입대한 사람이 있어요?"

"뭐야! 당신, 함장님과 내가 하는 말을 듣고 있었어?"

"난 그 사람 이름이 알고 싶다고요."

"대체 어떻게 우리가 하는 이야기를 들었지?"

"그 사람 이름은요? 함장님이 그 사람 이름을 알려 줬어요?"

"흥분하지 말아요, 부인. 이거 봐! 당신 때문에 지금 번햄 양이 불안해하잖아. 새 지원자는 우리가 모르는 사람이야. 여기 승선 명단 마지막에 그 사람 이름이 있어요."

크레이퍼드 부인은 남편이 들고 있던 명단을 낚아채서 그 이름을 읽었다. "리처드 워도르."

2장
갈매기호 오두막

VI

영국이여, 안녕! 인간이 사는, 문명화된 나라여, 안녕!

여행자들이 고국의 해안을 떠나 항해를 시작한 지 2년이 지났다. 그들의 모험은 실패했다. 북극 탐험대는 길을 잃고 북극 바다의 얼음 속에 갇혀 꼼짝도 못 하는 처지가 됐다. 얼음에 갇힌 방랑자호와 갈매기호는 더 이상 바다를 항해하지 못할 것이다. 배에 있던 가벼운 목재들을 다 써 버린 두 배는 배를 뜯어서 가장 가까운 땅에 오두막 집을 두 채 지었다. 길을 잃어버린 사람들의 피난처가 된 그 오두막 집 중에서 더 큰 오두막에 살아남은 장교들과 갈매기호 선원들이 지 냈다. 오두막의 방 한쪽에 침대와 벽난로가 있다. 반대쪽에는 캔버스

천으로 만든 널찍한 출입구가 있는데 그것을 통해 그 안에 있는 상급 장교들의 방으로 갈 수 있었다. 거친 서까래를 댄 지붕에 걸린 해먹도 침대로 썼다. 이불을 머리부터 발끝까지 뒤집어쓴 남자 하나가 그 해먹에서 자고 있었다. 벽난로 옆에 두 번째 남자가 있었다. 그 남자는 원래 보초를 서야 했지만 지금은 아주 깊게 단잠을 자고 있었다. 불쌍한 인간 같으니라고! 그 잠자는 남자 뒤에 테이블로 쓰는 낡은 술통 하나가 있었다. 테이블 위에는 막자와 막자사발, 짐승들의 마른 뼛조각이 가득 든 냄비가 하나 있었다. 다시 말하면 오늘 먹을 저녁이다. 칙칙한 갈색 벽에서 고드름들이 장식품처럼 목재 틈마다 달려서 벌건 벽난로 불빛에 가끔 반짝였다. 쓸쓸한 그 집 밖에서 바람이 윙윙거리는 소리는 들리지 않았다. 새 소리도, 짐승 소리도 들리지 않았다. 집 안팎으로 북극 황무지의 지독한 침묵이 머물렀다.

VII

처음 그 침묵을 깨는 소리가 집 안쪽에 있는 방에서 나왔다. 장교 하나가 갈매기호의 천 가리개를 들추고 방으로 들어왔다. 추위와 궁핍 때문에 계급 구별이 크게 의미가 없어졌다. 그 배의 사령관인 앱스워스 함장은 지금 어제오늘 하며 위독한 상태였다. 거기다 중위는 이미 사망했다. 헬딩 함장의 허락을 받고 방랑자호의 장교가 당분간 그들의 자리를 채우고 있었다. 그 자리에 임명된 장교가 바로 크레이퍼드 중위였다.

그는 벽난로 옆에서 자는 남자에게 다가가 그를 깨웠다.

"일어나, 베이트슨! 보초 교대 시간이야."

그와 교대하는 새 보초는 오두막집 뒤쪽에 있는 낡은 돛 더미 속에서 나타났다. 베이트슨은 하품을 하면서 침대로 갔다. 크레이퍼드 중위는 혈액순환이 원활해지도록 오두막집 안에서 힘차게 왔다갔다 걸어 다녔다.

그러다 테이블 위에 놓인 막자사발과 막자가 눈에 들어왔다. 그는 멈춰서 해먹에 누워 있는 사내를 올려다봤다.

"저 요리사를 깨워야겠어." 그는 피식 웃으며 혼잣말을 했다.

"저 친구는 자기 때문에 내 기분이 얼마나 밝아지는지를 모르지. 그야말로 세상 최고 불평꾼이지만 본인은 자기가 이 배에서 가장 밝은 사람이라고 떠들어 대지. 존 원트! 존 원트! 일어나!"

취침용 모자를 쓴 머리 하나가 서서히 이불 속에서 나왔다. 그는 해먹 가장자리에 울적해 보이는 코를 대고 눌렀다. 그리고 코맹맹이 소리로 북극 기후에 대한 자신의 의견을 밝혔다.

"하느님 맙소사! 하느님 맙소사! 도대체가 이불 밖으로 나오면 숨을 쉴 수가 없어. 이불 밖으로 고개만 내밀면 사방에 고드름이 주렁주렁 달렸잖아. 코만 골아도 어디 한 군데가 얼어붙는다니까. 이불 덮고 자는 침대까지 얼 정도면 이젠 더 이상 살 수가 없다는 뜻이지. 신경 쓰지 마세요! 지금 불평하는 거 아닙니다."

크레이퍼드는 조바심을 내며 뼈가 든 냄비를 톡톡 쳤다. 존 원트는 숨도 쉬지 않고 투덜거리면서 해먹 머리 쪽에 있는 서까래에 달린 밧줄을 잡고 해먹에서 내려왔다. 하지만 곧장 상관에게 가기는커녕 절뚝거리고 덜덜 떨면서 불가로 가서 최대한 턱을 불에 바짝 들이댔다. 크레이퍼드가 그런 그를 눈으로 좇았다.

"이봐! 지금 거기서 뭐해?"

"제 턱수염을 녹이고 있습니다, 중위님."

"당장 여기 와서 이 뼈들 좀 어떻게 해 봐."

존 원트는 불 위에 뭔가를 들고 선 채 꼼짝도 하지 않았다. 크레이퍼드는 화가 나기 시작했다.

"대체 거기서 지금 뭐하고 있냐고?"

"제 시계를 녹이고 있습니다, 중위님. 밤새 베개 밑에 시계를 놔뒀는데 너무 추워서 시계가 서 버렸어요. 정말이지 여긴 너무나 유쾌하고, 건강에 좋고, 차갑고 상쾌해서 살기 좋은 곳 아닌가요? 신경 쓰지 마세요. 지금 불평하는 거 아닙니다."

"신경 안 써. 우리 다 아는 거잖아. 여길 좀 봐! 이 뼈다귀들 이만하면 잘게 갈렸나?"

존 원트는 중위에게 다가가 아주 흥미롭다는 표정으로 그를 바라봤다.

"죄송하지만 중위님 목소리가 오늘 아침엔 정말이지 너무 기운 없게 들립니다!" 그가 말했다.

"내 목소리는 신경 쓰지 말고. 이 뼈다귀들! 이것 좀 보라니까!"

"네, 중위님. 뼈다귀들. 그건 조금만 더 빻아야겠습니다. 제가 중위님을 위해 최선을 다해 해 보겠습니다."

"그게 무슨 뜻인가?"

존 원트는 고개를 흔들고 나서 아주 쓸쓸한 미소를 지으며 크레이퍼드를 바라봤다. "제가 중위님을 위해 앞으로 뼈다귀 수프를 만들어 드리는 영광을 오래 누리진 못할 것 같습니다. 중위님은 오래 사실 것 같으세요? 중위님 면전에서 이런 말 하긴 그렇지만 제가 보기엔 아닐 것 같거든요. 기껏해야 앞으로 한 주 아니면 열흘 정도 버틸 수 있을 것 같습니다. 신경 쓰지 마세요! 지금 불평하는 거 아닙니다."

그는 뼛조각들을 막자사발에 붓고 투덜거리면서 빻기 시작했다. 그때 선원 하나가 안쪽 오두막에서 나타났다.

"앱스워스 함장님이 메시지를 보내셨습니다, 중위님."

"뭐지?"

"함장님 상태가 더 안 좋아지셨습니다. 즉시 중위님을 불러오라고 하셨습니다."

"당장 가겠네. 의사를 깨우게."

크레이퍼드는 그 선원을 따라 안쪽에 있는 오두막으로 들어갔다. 존 원트는 다시 고개를 절레절레 흔들면서 아까보다 더 씁쓸한 미소를 지었다.

"의사를 깨우라고? 의사가 얼음땡이 됐으면 어쩌려고? 의사도 어젯밤에 온기라곤 하나도 없고, 목소리는 또 얼마나 매가리 없던지. 뼈는 이 정도면 됐나? 그래, 이 정도면 됐어. 자, 널 냄비에 넣어 주마." 존 원트는 뼈를 냄비에 넣으며 다시 말했다. "할 수 있다면 뜨거운 물을 넣어서 맛을 낼 텐데! 내가 한때 페이스트리 전문 요리사 밑에서 도제로 일할 때를 떠올려 보면—그 덥고 유쾌한 주방에서 어마어마한 양의 거북이 수프를 직접 저었을 때를 기억해 보면—지금은 여기서 이렇게 뼈다귀나 빻으면서 수프랍시고 뜨거운 물을 넣어도 바로 꽝꽝 얼어 버리는 걸 보지만, 내가 이렇게 원체 긍정적이지만 않았어도 하염없이 불평만 하고 있을 거야. 존 원트! 존 원트! 너 바다에 나가겠다고 결심했을 때 원래 그 성격은 다 어디다 팔아먹은 거냐?"

오두막집 한쪽 구석에 있는 침대에서 누군가가 요리사를 불렀다.

"거기 그렇게 불가에서 쉰 목소리로 중얼거리는 인간은 누구지?"

"쉰 목소리로 중얼거린다고?" 존 원트는 아무 이유 없이 모욕을 받은 사람처럼 그 말을 따라 했다. "목이 쉬었다고요? 그런 프랭크 씨는 뭐 목소리가 안 변한 줄 알아요? 내가 보기엔 저 사람이야말로." 그는 목소리를 낮춰 아주 작은 소리로 혼잣말을 했다. "잘해야 명줄이 여섯 시간 정도 남았구먼. 저 사람이야말로 투덜이 대마왕이지."

"거기서 뭐하고 있어?" 프랭크가 물었다.

"뼈다귀 수프를 만들면서 내가 애초에 바다에는 왜 나왔나, 고민하고 있었죠."

"그래. 자네는 왜 바다에 나왔는데?"

"저도 잘 모르겠습니다, 프랭크 씨. 원래 타고난 성미가 비딱해서 그런 것 같고. 뱃멀미를 극복했다는 허황한 자부심 때문에 그런 것 같기도 하고 『로빈슨 크루소』와 무슨 일이 있어도 바다로 나가지 말라고 경고하는 책들을 읽어서 그런 것 같기도 해요."

프랭크가 웃었다. "자넨 정말 특이한 친구야. 뱃멀미를 극복했다는 허황한 자부심이라니, 그게 무슨 뜻이야? 뭐 새로운 방식으로 뱃멀미를 극복했다는 소리인가?"

그 말에 존 원트의 우울한 얼굴이 불현듯 환해졌다. 프랭크의 말을 듣고 과거에 했던 특기할 만한 항해를 기억해 낸 것이다.

"바로 그겁니다! 세상에 뱃멀미를 완전 새로운 방법으로 치료한 사람이 있다면 바로 접니다. 전 아주 혹독한 식사법을 이용해 뱃멀미를 극복했죠. 처음 바다에 나갔을 때 저는 우편선의 승객이었습니다. 저녁 먹을 때 파도가 엄청 거칠어졌고, 식탁에 수프가 올라왔을 때 속이 메스꺼워지기 시작했습니다. '속이 안 좋아요?' 선장님이 물었죠. '그렇습니다, 선장님.' 내가 대답했죠. '내가 애용하는 치료법을 한번 시도해 볼래요?' 선장님이 물었죠. '그러죠, 선장님.' 제가 대답했습니다. '금방이라도 토할 것 같아요?" 선장님이 물었습니다. '아직은 아닙니다.' 내가 그랬죠. '가짜 거북 수프*를 먹어 봐요.' 선장님이 그렇게 말하시면서 수프를 직접 덜어 주셨습니다. 전 두어 숟가락 떠먹고 얼굴이 백지장처럼 하얗게 질렸죠. 선장님이 눈을 치켜뜨고 절 봤습니다. '갑판에 나가서 수프를 토하고 선실로 돌아와요.' 선장님이 말했습니다. 저는 시킨 대로 하고 선실로 돌아왔습니다. '대구머리와 어깨 부위요.' 선장님이 그렇게 말하면서 제 접시에 덜어 줬습니다. '도저히 못 먹을 것 같습니다.' 제가 그렇게 말했더니 '먹어요, 이게 치료제예요'라고 선장님이 그러더라고요. 선장님이 또 그러더군요. '대구머리를 토해 버리고 선실로 돌아와요.' 난 그렇게 나갔다 다시 왔습니다. '삶은 양다리 고기와 곁들인 음식 좀 먹어 봐요.' 선장님은 또 음식을 덜어 줬습니다. '기름기는 안 먹겠습니다.' 내가 그렇게 말했더니 '기름기가 약이라니까.' 그러고는 억지로 먹게 했습니다. 살코기도 치료제라고 먹게 했고요. '이제 속이 좀 편해요?'라고 선장님이 묻더군요. '울렁거립니다.' 내가 말했더니 다시 갑판으로 나가서 지금 먹은 거 토하고 다시 선실로 돌아오라고 하더군요. 전 갑판으로 나갔다가 비틀거리면서 돌아왔는데 몰골이 시체 같았죠. '맵게 양념한 콩팥 요리예요.' 선장님이 또 권하더군요. 저는 눈을 질끈 감고 억지로 삼켰습니다. 치료가 다시 시작된 거죠. '이제 양갈비와 피클을

---

* 바다거북 대신 송아지 머리 고기를 써서 비슷하게 맛을 낸 수프.

먹어요.' 나는 또다시 눈을 질끈 감고 또 삼켰죠. '고춧가루를 친 삶은 햄도 먹어요. 흑맥주 한 잔과 크랜베리 타르트도 먹고. 다시 갑판으로 나가고 싶어요?' 선장님이 물었습니다. '아닙니다, 선장님.' 제가 이렇게 말했더니 '이제 다 나았군요. 다시는 당신의 위장에 굴복하지 말아요. 그러면 영원히 그렇게 될 테니까.' 선장님이 그때 그렇게 말씀하셨답니다."

이렇게 뭐라고 대꾸할 수도 없는 터무니없는 교훈을 던지고 존 원트는 냄비를 가지고 부엌으로 들어갔다. 잠시 후에 크레이퍼드가 오두막으로 들어왔다가 프랭크 앨더슬리에게 뜻밖의 질문을 던져 놀라게 했다.

"자네 침대에 뭐 중요한 거 있나, 프랭크?"

프랭크는 어리둥절한 표정이었다.

"제가 침대에서 나왔으니 그런 건 하나도 없습니다. 그건 대체 무슨 뜻입니까?" 그가 대답했다.

"우린 지금 식량뿐만 아니라 연료도 거의 바닥이 난 상태야. 자네 침대는 불에 아주 잘 탈거야. 내가 베이트슨에게 10분 내로 도끼를 가지고 여기로 오라고 했어." 크레이퍼드가 대답했다.

"아주 사려 깊은 조치이십니다만, 베이트슨이 제 침대를 부셔서 장작으로 쓰면 저는 어디서 잡니까?" 프랭크가 물었다.

"어디서 자야 할지 짐작도 못 하겠어?"

"그동안 추위에 시달리느라 뇌가 멍해진 것 같습니다. 도무지 이 수수께끼를 풀 수 없군요. 힌트를 하나 주실 수 없나요?"

"그러지. 곧 남는 침대들이 나올 걸세. 결국 우리의 이 비참한 삶에도 변화가 찾아오는 거야. 이제 무슨 뜻인지 알겠나?"

프랭크의 눈이 반짝였다. 그는 침대에서 벌떡 뛰쳐나오면서 기뻐서 쓰고 있던 털모자를 흔들었다.

"알겠냐고요? 당연히 알죠! 마침내 탐험대가 떠나는군요. 저도 거기에 들어가나요?" 그가 소리쳤다.

"자네는 의사의 진료를 받은 지 얼마 안 되잖나. 탐험대에 들어갈 수 있을 정도로 체력이 회복됐는지 잘 모르겠는데." 크레이퍼드는 다정하게 말했다.

"체력이 회복됐건 안 됐건, 여기서 이렇게 비통해하면서 죽어 가는 것보다는 어떤 위험이건 짊어지는 게 더 낫죠. 그 탐험대 지원자 명단에 저도 넣어 주세요, 크레이퍼드 중위님."

"이번에 지원자는 받지 않아. 헬딩 함장님과 앱스워스 함장님은 그런 식으로 인원을 뽑으면 심각한 반발을 살 거라고 생각하셔."

"그렇다면 그분들이 직접 뽑겠다는 겁니까? 그건 반대인데요." 프랭크가 말했다.

"조금만 기다려 봐. 자네 어제 다른 장교랑 주사위 놀이했지? 그 보드는 자네 건가, 아니면 그 장교 건가?" 크레이퍼드가 물었다.

"제 겁니다. 여기 사물함에 넣어 뒀어요. 그건 뭐에 쓰시게요?"
"그 주사위와 박스로 제비뽑기를 하려고. 내 생각엔 가장 현명한 방법이야. 누가 그 탐험대에 들어가고, 누가 남을지 운으로 결정하는 거니까. 몇 분 후에 방랑자호의 장교들과 선원들이 제비뽑기를 하러 여기에 올 거야. 자네든 어느 누구든 그런 식으로 선발하는 데에 반대할 수 없겠지. 모두 다 같이 행운에 맡기는 거니까 공평하잖아."

"전 만족합니다. 하지만 장교들 중에 불평할 사람이 하나 있을걸요."

"그 사람이 누군데?"

"중위님도 잘 아는 사람이죠. '탐험대의 곰' 리처드 워도르요."

"프랭크! 프랭크! 또 그 세 치 혀를 마음대로 놀리는 몹쓸 버릇이 나왔군. 내 친구인 리처드 워도르를 그런 바보 같은 별명으로 부르지 말라니까."

"중위님 친구요? 크레이퍼드! 그런 남자를 좋아하다니 놀랍습니다."

크레이퍼드는 프랭크의 어깨에 다정하게 한 손을 얹었다. 갈매기호 소속 장교들 중에 크레이퍼드가 가장 아끼는 장교는 프랭크였다.

"왜 그게 놀라워? 자네가 그 사람을 판단할 기회는 없었잖아? 지금까지 둘은 내내 다른 배 소속이었으니까. 난 자네랑 워도르가 단둘이 있는 모습을 5분도 본 적이 없어. 그래 놓고 그 친구의 성격을 어떻게 제대로 판단할 수 있겠어?"

"전 다른 사람들이 내린 전반적인 평가를 받아들인 겁니다. 그는 인기가 없어서 자기 배에서 그런 별명이 생긴 거죠. 그를 좋아하는 사람은 하나도 없어요. 거기엔 분명 그럴 만한 이유가 있겠죠." 프랭크가 대답했다.

"이유는 하나밖에 없어. 리처드 워도르를 이해하는 사람이 하나도 없어서 그런 거야. 그냥 하는 소리가 아니야. 잊지 마, 난 영국에서부터 방랑자호를 타고 그와 같이 항해했어. 우리가 얼음 속에 갇힌 후에야 갈매기호로 전출됐고. 그렇게 몇 달 동안 배 위에서 리처드 워도르와 같이 지내면서 그를 잘 알게 됐어. 겉보기엔 단점이 많아도 사실 마음이 따뜻하고 너그러운 사람이야. 자네가 그 친구를 나처럼 잘 알게 될 때까지 일단 판단은 보류해 봐. 이제 이 이야기는 더 이상

하지 말자고. 주사위랑 박스 좀 주게."

프랭크가 사물함을 연 순간 눈이 쌓인 황무지의 침묵이 깨지면서 사람들이 큰 소리로 인사하는 소리가 밖에서 들렸다. "갈매기, 어이!"

VIII

보초를 서던 선원이 바깥쪽 문을 열었다. 방랑자호 장교들이 무시무시하게 흰 눈을 터벅터벅 걸어서 오두막을 향해 다가오고 있었다. 무자비한 검은 하늘 아래 선원들과 장교들, 개들과 썰매들이 여기저기 흩어진 채 지극히 위험한 데다 성공을 거둘 가능성이 희박한 항해를 출발하라는 명령이 떨어지길 기다리고 있었다.

방랑자호의 헬딩 함장이 장교들을 데리고 곧 새로운 변화가 일어날 것을 생각하며 기분 좋게 오두막에 들어왔다. 그들 뒤에서 혼자 어슬렁거리고 있던, 가무잡잡한 피부에 얼굴을 잔뜩 찌푸리고 뚱한 표정의 사내 하나가 천천히 들어왔다. 그는 입을 열지 않았고, 다른 사람들에게 악수를 청하지도 않았다. 여기 모인 사람들 중에서 앞으로 닥쳐올 자신의 운명에 대해 무심해 보이는 사람은 그 하나뿐이었다. 그가 바로 동료 장교들이 '탐험대의 곰'이라는 별명을 지은 사람, 다시 말하면 리처드 워도르였다.

크레이퍼드가 먼저 나가서 헬딩 함장을 반갑게 맞아들였다. 방금 크레이퍼드에게 들었던 애정 어린 핀잔을 기억한 프랭크가 방랑자호의 다른 장교들을 지나쳐서 크레이퍼드의 친구에게 정중하게 대하려고 특별히 신경 썼다.

"좋은 아침입니다, 워도르 씨. 이 끔찍한 곳을 떠나게 될 가능성이 생긴 것에 대해 서로 축하하도록 하죠." 프랭크가 말했다.

"당신은 그렇게 생각할지 모르지만 난 여기가 마음에 드는데요." 워도르가 응수했다.

"마음에 든다고요? 맙소사! 왜요?"

"여기엔 여자가 하나도 없으니까."

프랭크는 더 이상 리처드 워도르와 대화를 이어 가려는 노력을 하지 않고 동료 장교들에게로 돌아섰다. 탐험대의 곰은 정말이지 붙임성이라곤 전혀 없는 인간이었다.

한편 오두막집 안은 두 척의 배를 타고 온 몸이 튼튼한 장교들과 선원들로 북적거렸다. 그 한가운데 헬딩 함장이 있고 옆에 크레이퍼드가 서서 그들을 둘러싼 군중에게 이번 탐험의 목적에 대해 설명을 시작했다.

함장은 이렇게 시작했다.

"방랑자호와 갈매기호의 동료 장교들과 선원 여러분. 앱스워스 함장과 제가 도움을 요청하기 위해 탐험대를 보내기로 결정한 이유를 간단히 말하겠습니다. 지난 2년간 우리가 겪었던 그 모든 역경을 다시 떠올릴 필요는 없을 겁니다. 우리 배 두 척이 차례차례 파괴됐고, 용감하고 실력 있는 동료들이 목숨을 잃었고, 얼음과 눈을 상대로 우리가 헛된 전투들을 치러 왔고, 이렇게 척박하고 적막한 지역에서 그동안 고생해 왔던 이야기 말입니다. 이런 일들을 더 이상 곱씹지 않더라도 지금 우리가 피난처로 삼은 이곳이 과거 탐험대가 지나간 경로에서 아주 멀리 떨어져 있어서 우리를 찾기 위해 보냈을지도 모르는 구조대에 발견될 가능성이 희박하다는 점을 여러분에게 상기시키는 것이 제 의무입니다. 여기까지는 모두 제 의견에 동의하시겠죠, 여러분?"

(뚱한 얼굴로 입을 꾹 다물고 저만치 떨어져 있는 워도르만 제외하고) 장교들 모두 거기까지 동의했다.

함장은 이야기를 이어 갔다.

"그래서 우리는 또다시, 아마 마지막으로 이 곤경에서 빠져나갈 노력을 해야 할 필요성이 생겼습니다. 겨울이 머지않았고, 잡을 수 있는 사냥감은 점점 줄어들고, 식량은 바닥나는 중이고, 환자들, 특히 이런 말을 해서 유감스럽지만 방랑자호에 있는 환자들이 매일 늘어가고 있습니다. 우리의 목숨과 우리에게 의지하고 있는 다른 이들의 목숨을 생각하면 더 이상 허비할 시간이 없습니다."

장교들은 그 말을 유쾌하게 따라 했다.

"맞아요! 맞습니다! 더 이상 허비할 시간이 없습니다."

헬딩 함장이 이야기를 다시 시작했다.

"그래서 우리 중에 신체 건강한 장교들과 선원들을 골라 당장 오늘 파견대를 보내자고 제안합니다. 이들은 다시 한번 사람들이 사는 가장 가까운 정착지에 도착할 수 있도록 시도해 볼 겁니다. 거기서 도와줄 사람들과 식량을 구해서 여기 남은 사람들에게 보낼 수 있을지도 모릅니다. 이 파견대가 가야 할 새로운 방향과 예방 조치들은 다 처리해서 준비됐습니다. 이제 우리 앞에 놓인 유일한 문제는 누가 남고, 누가 이 여행을 떠날 것이냐는 겁니다.

장교들은 모두 한 마음으로 그 질문에 대답했다.

"지원자들!"

부하들도 장교들이 한 대답을 그대로 따라 했다. "옳소, 옳소, 지원자들."

워도르는 여전히 뚱한 얼굴로 입을 열지 않았다. 크레이퍼드는 그가 다른 사람들과 떨어져서 서 있는 모습을 보고 그에게 물었다.

"자네는 아무 말도 안 하나?"

"할 말 없어요. 가든 여기 남든 나에겐 똑같으니까." 워도르가 대답했다.

"그 말이 진심은 아니길 바라네." 크레이퍼드가 대답했다.

"진심인데요."

"그런 말을 듣다니 유감이군, 워도르."

헬딩 함장은 지원자로 하자는 사람들에게 질문을 하나 했다. 그러자 열광적으로 끓어오르던 회의 분위기가 대번에 가라앉았다.

"자네들 말대로 지원자들을 뽑아서 간다고 해 보지. 그럼 누가 여기 오두막에 남겠다고 지원할 건가?" 함장이 말했다.

그러자 죽음과 같은 침묵이 흘렀다. 장교들과 선원들은 당황해서 서로를 바라봤다. 함장이 이야기를 이어 갔다.

"지원하는 방식으론 이 문제를 해결할 수 없다는 걸 여러분도 이제 알았습니다. 여러분은 모두 가고 싶어 하죠. 사지를 자유롭게 움직일 수 있는 사람이라면 당연히 그럴 겁니다. 하지만 그럴 수 없는 사람은 어떻게 되는 겁니까? 우리 중 일부는 여기 남아서 환자들을 보살펴야 합니다."

모두 그 말이 맞는다는 점을 인정했다.

"그래서 건강한 사람들 중 누가 가고, 누가 남을 것인가란 문제로 다시 돌아왔습니다. 앱스위스 함장과 저는 운에 맡기기로 했습니다. 여기 주사위가 있습니다. 숫자는 6까지 나온 주사위를 두 번 굴려서

12까지 세기로 하겠습니다. 주사위를 던져서 6 밑으로 나온 사람은 남고, 6 이상이면 가는 겁니다. 방랑자호와 갈매기호 장교 여러분, 이런 식으로 문제를 해결하는 것에 찬성합니까?"

여전히 입을 다물고 있는 워도르만 제외하고 모든 장교가 동의했다.

"방랑자호와 갈매기호 선원 여러분, 장교들은 모두 제비뽑기에 동의했습니다. 여러분도 동의합니까?"

선원들도 전원 동의했다. 크레이퍼드가 박스와 주사위를 헬딩 함장에게 건넸다.

"함장님이 먼저 던지세요. 6 아래면 남으시고, 6 위면 가시는 겁니다."

헬딩 함장이 주사위를 던졌다. 술통을 테이블 삼았다. 7이 나왔다.

"가시는군요. 축하드립니다, 함장님. 이제 제 기회가 왔군요." 크레이퍼드는 주사위를 던졌다. "3, 여기 남아야겠군요! 아, 뭐. 제 의무를 다해서 다른 이들에게 도움이 될 수 있다면 제가 가건 여기 남건 뭐가 그리 중요하겠습니까? 워도르, 이제 자네가 던져 보게."

워도르는 주사위를 흔들지도 않고 던지려고 했다.

"상자를 흔들어, 이 친구야! 자네의 행운을 시험해 봐야지." 크레이퍼드가 외쳤다.

워도르는 박스에 있는 그대로 주사위를 흔들지 않고 내려놓겠다고 고집했다.

"전 됐습니다! 워낙 운이 없는 놈이니까." 그는 그렇게 중얼거렸다.

그러면서 그는 주사위가 든 상자를 내던지고 가까이 있는 나무 상자에 앉아 결과는 보지도 않았다.

크레이퍼드가 살펴봤다. "6이군! 좋네! 자네 의사와 반대로 두 번째 기회가 찾아왔어. 정확히 6이 나왔으니까 다시 한번 던지게."

"쳇! 뭐하러 귀찮게 다시 일어나요. 다른 사람이 대신 좀 던져 줘요." 그는 그렇게 으르렁거리듯 말하더니 갑자기 프랭크를 바라봤다.

"당신! 당신은 여자들이 말하는 행운아의 얼굴이네."

프랭크가 크레이퍼드에게 물었다. "제가 던져요?"

"본인이 원한다면 그렇게 해." 크레이퍼드가 말했다.

프랭크가 주사위를 던졌다. "2! 남게 됐네요! 워도르. 이런 결과가 나오다니 미안해요."

"가건 남건 나에게는 그게 그거라니까. 당신 운명을 위해 던질 때는 지금보다 더 행운이 따라올 거요, 청년." 워도르가 다시 말했다.

프랭크는 이번에는 자기를 위해 주사위를 던졌다.

"8이다. 야호! 난 간다!"

"내가 뭐라고 했소? 행운은 당신 거라고 했잖아. 당신은 내 불운을 딛고 잘나가는 거요."

워도르는 그렇게 말하면서 일어나서 오두막을 나가려고 했다. 크레이퍼드가 잡았다.

"뭐 특별히 할 일이 있나, 리처드?"

"제가 굳이 여기 남아 있어야 해요?"

"그럼 잠깐만 기다려. 이 일이 끝나면 자네와 이야기를 하고 싶으니까."

"내게 좋은 충고를 해 줄 생각인가요?"

"그렇게 뚱한 표정으로 보지 마, 리처드. 물어볼 게 하나 있어서 그래."

워도르는 더 이상 아무 말도 하지 않고 그의 말에 따랐다. 그는 아까 그 나무 상자로 돌아가서, 냉소적인 표정으로 앉아 있다가 잠이 들었다. 남은 사람들의 제비뽑기가 빠르게 진행됐다. 30분 후에 갈지, 남을지를 놓고 모든 사람들의 운명이 똑같은 방식으로 결정됐다. 선원들은 오두막을 나갔다. 장교들은 아파서 자리보전 중인 갈매기호 함장과 마지막 회의를 하기 위해 안쪽 방으로 들어갔다. 이제 워도르와 크레이퍼드 단둘만 남았다.

IX

크레이퍼드는 친구의 어깨를 만져서 일어나게 했다. 워도르는 얼굴을 찌푸리며 짜증스럽게 고개를 들었다.

"방금 막 잠이 들었는데. 왜 깨워요?"

"주위를 좀 둘러봐, 리처드. 우리 둘만 남았어."

"흠, 그게 뭐요?"

"자네랑 개인적으로 하고 싶은 이야기가 있어. 지금이 그 기회인 거지. 자네는 오늘 나를 실망시키고 놀라게 했어. 왜 자네가 여기 남건 가건 다 매한가지라고 했나? 왜 우리가 구조되건 그렇지 못하건 자네는 항상 매사에 관심이 없어 보이지?"

"사람이 항상 자기의 이상한 태도나 이상한 말에 대해 이유를 댈 수 있나요?" 워도르가 대꾸했다.

"친구가 물어보면 노력은 해 볼 수 있잖아." 크레이퍼드가 조용히 말했다.

워도르의 태도가 누그러졌다.

"그건 맞는 말이죠. 저도 노력은 해 볼게요. 우리가 방랑자호를 타고 영국에서 출항한 첫날밤을 기억해요?"

"어제 일처럼 생생하게 기억하고 있지."

"바다가 고요하고 잔잔한 밤이었죠. 구름도 없고, 별도 안 뜨고. 하늘엔 풍만한 달만 하나 떠 있고, 잔잔한 바다에 비치는 달빛을 휘저을 파도 하나 치지 않았죠. 전 그날 밤 야간 당직이었고. 그런데 중위님이 갑판에 나왔다가 저 혼자 있는 걸 발견했고—"

그는 그러다 말을 멈췄다. 크레이퍼드가 그의 손을 잡고 그를 위해 말을 끝냈다.

"혼자서 눈물을 글썽이고 있었지."

"제 인생에서 흘리는 마지막 눈물이었죠." 워도르가 비통하게 덧붙였다.

"그런 말 하지 말게! 살다 보면 더 이상 눈물을 흘리지 못하는 남자가 불쌍해질 때도 온다네. 어서 이야기를 계속해 보게, 리처드."

워도르는 다정해진 말투로 그 오래된 기억을 풀어 갔다.

"그 순간 나를 놀라게 한 사람은 상대가 누구건 싸웠을 겁니다. 하지만 방해해서 미안하다고 용서를 청한 중위님의 목소리에 그만 제 마음이 누그러지고 말았습니다. 중위님에게 평생 갈 실망스러운 일이 하나 있었다고 했죠. 더 이상 설명하고 자시고 할 것도 없는 일이었죠. 이 세상에서 가망 없는 불행은 죄다 여자들이 원흉이니까."

"여자들로 인해 생기는 행복이야말로 유일하게 100퍼센트 순수한 행복이기도 하다네." 크레이퍼드가 말했다.

"중위님의 여자 경험은 그럴지도 모르겠지만 전 달라요. 전 모든 헌신, 인내심, 겸손, 숭배의 마음을 한 여인에게 다 바쳤습니다. 그녀는 여자들이 으레 그렇듯 그런 내 마음을 아주 쉽고 우아하게, 무심하게, 당연하다는 듯이 받아들였습니다. 전 용기를 내서 그녀의 마음을 얻기 전에 출세부터 하려고 영국을 떠났습니다. 대담하게 위험을 무릅쓰고, 죽음에 맞섰습니다. 아프리카의 열 습지에서 목숨을 걸었습니다. 단지 그녀를 위해서 승진을 하고 싶었고 결국 했습니다. 영국으로 돌아와 그녀에게 그 모든 걸 바치고 대가로 그저 지친 제 마음에 태양 같은 그녀의 미소를 받으며 쉬고 싶었습니다. 그런데 그녀가 그 입술—헤어질 때 내가 키스했던 그 입술—로 다른 남자가 그녀의 마음을 뺏어 갔다는 말을 하더군요. 그 고백을 들었을 때 저는 몇 마디 말만 남기고 그녀를 영원히 떠났습니다. 그때 이렇게 말했습니다. '내가 당신을 용서하는 날이 올 거요. 하지만 내게서 당신을 빼앗아 간 자는 당신과 처음 만난 날을 후회하게 될 거요'라고요. 그 상대가 누구였는지 묻지 마세요! 저도 아직 알아내지 못했으니까. 그녀는 자기와 같이 나를 배반한 상대를 비밀로 했습니다. 그를 어디서 찾아낼 수 있는지, 그가 누군지 아무도 말해 줄 수 없었습니다. 그게 무슨 문제가 되겠습니까? 저는 그 고통을 이겨 내고 살아남아 스스로에게 의지할 수 있었습니다. 저는 끈기 있게 저의 때가 오길 기다리고 있습니다."

"자네의 때? 무슨 때?"

"저와 그 남자가 얼굴을 맞대고 만날 때 말입니다. 전 그때 알았고, 지금도 알아요. 그때 제 마음에 새겨졌고, 지금도 제 마음에 새겨져 있습니다. 우리 둘이 만나면 서로 알게 될 거라는 걸! 그렇게 강한 확신이 있었기 때문에 이 일에 자원한 겁니다. 고통과 나 사이에 일과 역경과 위험이라는 장벽을 세워 줄 수 있는 일이라면 뭐든 자원했을 겁니다. 전 그때와 같이 강한 확신이 있기 때문에 여기 환자들과 같이 남아 있는 강한 자들과 같이 탐험을 떠나든 다를 바가 없다는 말을 한 겁니다. 전 그자를 만날 때까지 살 겁니다! 우리 사이에는 이미 정해진 심판의 날이 있습니다. 여기 모든 것이 꽁꽁 얼어붙는 추위 속이건 치명적인 열기 속이건, 전투를 치르는 중이거나 조난 사고를 당했거나, 굶어 죽을 위기에 처했거나 역병이 돌거나, 주위에 수백 명이 쓰러져 죽는다고 해도 나는 살 겁니다! 다가올 그날을 위해 살 겁니다! 그자를 만날 날을 위해 살 겁니다!"

그는 너무나 굳게 믿고 있는 그 끔찍한 미신에 사로잡혀 온몸과 마음을 부들부들 떨면서 이야기를 마쳤다. 두려워진 크레이퍼드는 말없이 뒤로 물러났다. 워도르는 그걸 눈치채고 화가 나서 자신이 품고 있는 단 하나의 확신을 변호하며 호소했다.

"날 보세요! 내가 고국에서 애간장이 닳는 고통을 겪고도, 사방에서 얼음같이 차가운 북극 바람이 불어오는 이곳에서도 잘 사는 모습을 똑똑히 보란 말입니다! 난 여기 있는 사람들 중에서 가장 강해요. 이유가 뭐죠? 난 여기서 가장 노련한 사내들도 쓰러뜨릴 역경들과 싸워서 살아남았어요. 이유가 뭐냐고요? 내가 뭘 했기에 내 생명은 고국의 건강에 좋은 산들바람을 맞았을 때처럼 이토록 치명적으로 추운 땅에서 아주 힘차게 고동치는 걸까요? 내가 뭘 위해 이 목숨을 부지하고 있을까요? 언젠가 다가올 그날을 위해서라고 다시 말해드리죠. 그자와 만날 그날을 위해서죠."

워도르는 다시 입을 다물었다. 이번에는 크레이퍼드가 말했다.

"리처드! 우리가 처음 만난 이후로 나는 자네가 겉보기와 달리 속마음은 훨씬 좋은 사람이라고 믿고 있었네. 자네가 좋은 사람이라고 형제처럼 진실로, 굳게 믿었어. 그런데 지금 자네가 그런 믿음을 시험에 들게 하는군. 만약 자네의 적이 방금 자네가 했던 이야기를 하고, 지금 그 표정을 지었다면, 나는 바로 그에게 등을 돌렸을 걸세. 나의 올바르고, 용감하고, 강직한 친구를 중상하고 모략하는, 결코 용납할 수 없는 말이라고 생각하면서 말이야. 아! 나의 친구여, 내 벗이여. 내가 자네의 우정을 받을 자격이 있다면, 제발 그 생각은 이제 거둬 주게! 미신에 사로잡혀 복수하겠다는 망상은 발로 질끈 밟아서 없애 버리고 모든 원한을 깨끗이 잊은 고결한 사나이의 얼굴로 다시 나를 바라봐 줘! 지금처럼 내가 존경하고 사랑하는 형제로서 자네에게 손을 내밀 수 없는 때가 오지 말게 해 주게!"

다른 어떤 목소리로도 움직일 수 없는 리처드의 마음에 크레이퍼드의 호소가 가 닿았다. 그의 사납고 냉정한 목소리도 크레이퍼드의 영향을 받아 부드러워졌다. 리처드 워도르는 고개를 푹 숙였다.

"저 같은 인간에게 과분한 친절을 베푸시는군요. 그러니 조금만 더 친절을 베풀어서 방금 제가 한 이야기를 잊어 주세요. 제발. 더 이상 제게 그렇게 잘해 주지 말아요. 전 그럴 가치가 없는 인간이니까. 화제를 바꿔서 다시는 그 이야긴 하지 말아요. 다른 걸 합시다. 일, 그거야말로 우리 인생의 진정한 묘약이죠! 근육을 늘려 주고 피를 맑게 해 주는 일. 일을 하면 몸이 지치면서 마음이 쉬게 되는 법이죠. 제가 지금 할 수 있는 일이 없나요? 뭐 자를 거 없어요? 뭐 옮길 건요?"

리처드가 질문을 한 순간 문이 열렸다. 프랭크의 침대를 부셔서 땔감으로 만들라는 지시를 받은 베이트슨이 때맞춰 자신의 도끼를 들고 왔다. 워도르는 한마디 말도 없이 그가 들고 있던 도끼를 낚아챘다.

"이건 뭐 하려고 가져왔나?" 그가 물었다.

"앨더슬리 씨의 침대를 패서 장작으로 만들려고요."

"내가 대신 해 주지! 금방 끝내겠네!" 워도르는 크레이퍼드에게서 돌아섰다. "제 걱정은 할 필요 없어요, 고마운 중위님. 옳은 일을 할 거니까. 저는 몸을 지치게 하고 마음은 쉬게 할게요."

그의 마음속에 있는 악한 기운은 분명 진정됐다. 적어도 당분간은. 크레이퍼드는 조용히 그의 손을 잡은 후에 베이트슨을 따라 오두막을 나갔다. 이제 워도르 혼자 남았다.

X

워도르는 도끼를 들고 프랭크의 침대로 다가갔다.

"이 침대에서 장작개비들을 잘라 내는 것처럼 내 마음에서 그 생각들을 잘라 내 버릴 수 있다면 얼마나 좋을까!" 그는 도끼를 능숙하게 다루는 사람 특유의 동작으로 침대를 부수기 시작했다. "아, 내가 신사가 아니라 목수로 태어났다라면 얼마나 좋을까! 이건 아주 좋은 도끼군, 베이트슨. 어디서 샀는지 궁금한데? 도끼 자루가 손에 착착 감기는데. 불쌍한 크레이퍼드! 그의 말이 내 머릿속을 떠나지 않고 있어. 정말 훌륭한 사람이야! 고결한 사람이지! 뭐 이젠 더 이상 생각할 필요도 없고, 후회할 필요도 없어. 한 번 한 말은 두 번 다시 주워 담을 수 없지. 일하자! 일해! 일!"

널빤지가 한 장씩 계속 바닥으로 떨어졌다. 그는 이렇게 일이 쉬워지자 웃었다. "아하! 젊은 앨더슬리! 당신 침대는 금방 절단 나는데.

내가 금방 끝내 줄게! 사람들이 기회만 준다면 이 오두막도 당장에 무너뜨릴 수 있어!"

도끼질에 긴 판자 한 조각이 떨어졌는데 너무 길어서 다시 절반으로 쪼개야 했다. 그는 판자를 뒤집어서 허리를 숙이고 내려다봤다. 뭔가가 그의 시선을 사로잡았다. 거기에 글자들이 새겨져 있었다. 그는 좀 더 가까이서 들여다봤다. 그 글자들은 아주 희미한 데다 서툴게 조각돼 있었다. 글자들 중 첫 세 글자만 알아볼 수 있었는데 그것마저도 확실하지 않았다. 그 세 글자는 CLA로 보였다. 거기에 무슨 의미가 있다고 한다면 말이다. 그는 짜증을 내며 그 판자 조각을 집어던졌다.

"이걸 새긴 인간이 누군지 모르겠지만 빌어먹을 친구네! 세상에 많고 많은 이름 중에 왜 하필 그 이름을 새기냔 말이야?"

그는 하던 일을 멈추고 잠시 생각에 빠졌다가 다시 일을 하자고 마음먹었다. 조금 전에 그렇게 성질을 낸 게 수치스러워졌다. 그는 열심히 도끼를 찾았다. "일하자, 일해! 일 말고 달리 할 건 없어." 그는 도끼를 찾아서 다시 휘둘렀다.

널빤지 하나를 더 잘라냈다.

그리고 다시 멈춰 서서 의심스러운 눈빛으로 그걸 바라봤다.

이 판자에도 또 새겨진 글자가 있었다. F와 A라는 글자가 보였다.

그는 도끼를 내려놨다. 이제 그의 마음속에 희미한 의혹이 생겼는데 그것의 정체조차 아직은 알아차릴 수 없었다. 그의 마음 자체가 풀 수 없는 수수께끼가 돼 버렸다.

"또 뭘 새겨 놨네. 요새 젊은 놈팡이들은 이런 식으로 기나긴 시간을 때우는군. F. A? 이건 분명 그자의 머리글자일 텐데―프랭크 앨더슬리군. 아까 그 판자에 머리글자를 새긴 사람이 누굴까? 그것도 프랭크 앨더슬리인가?" 그는 혼잣말을 했다.

그는 판자를 손에 들고 불가로 다가가서 밑부분을 비춰 봤다. 밑에 보자 또 다른 글씨가 나타났다! F. A. 글자 밑에 C. B. 글자들이 보였다.

"C. B?" 그는 되풀이해서 읽었다. "그자 연인의 머리글자인가 보지? 그 친구 나이를 보면 당연한 일이지. 애인의 머리글자군."

그는 다시 입을 다물었다. 마음속에 품은 의문을 뚫고 격렬하게 일어난 고통이 표정에 드러났다.

"그녀의 이름 첫 글자는 C. B.야. 클라라 번햄." 그는 낙심한 목소리로 나직이 중얼거렸다.

그는 널빤지를 손에 들고 가만히 서서 스스로에게 묻는 것처럼 그이름을 거듭 되뇌었다.

"클라라 번햄? 클라라 번햄?"

그는 그걸 떨어뜨리고 순식간에 얼굴이 시체처럼 창백해졌다. 그의 시선이 바닥에 떨어진 널빤지와 반쯤 파괴된 침대 사이를 슬그머니 오락가락했다. "아, 맙소사! 내가 지금 어떻게 된 건가?" 그는 혼잣말로 속삭였다. 그리고 분노와 공포가 섞인 기이한 괴성을 지르며 도끼를 낚아채서 들었다. 그는 맹렬하게, 필사적으로 일을 계속하려고 무진 애를 썼다. 하지만 할 수 없었다! 그는 굉장히 힘이 센 사람인데도 도무지 도끼를 쓸 수 없었다. 손이 계속 덜덜 떨려서 도끼를 쥘 수 없었다. 그는 불가로 가서, 손을 불 가까이 댔다. 그 손은 여전히 떨렸고 그 떨림이 온몸으로 번져 갔다. 그의 전신이 덜덜 떨리고 있었다. 그는 두려워졌고, 자신의 생각에 겁이 났다.

"크레이퍼드! 크레이퍼드! 여기 와서 같이 사냥 갑시다." 그가 부르짖었다.

그 목소리에 대답하는 다정한 목소리는 없었다. 문가에 보이는 다정한 얼굴도 없었다.

시간이 흐른 후에 또 다른 변화가 일어났다. 아까 갑작스럽게 평정을 잃은 것처럼 또다시 느닷없이 침착해졌다. 그의 얼굴에 끔찍하고 추하고 부자연스러운 미소가 천천히, 슬금슬금, 사악하게 퍼져 나갔다. 그는 불가를 떠나 도끼를 조심스럽게 구석에 놔두고, 아까 있던 자리에 앉아서 복수를 하게 됐다는 기쁨에서 우러나온 광기를 마음껏 음미했다. 그자를 발견했다! 여기 세상 끝에서, 북극 항해자들이 기아와 죽음에 맞서 시작한 마지막 싸움에서 그자를 찾아낸 것이다!

몇 분이 흘러갔다.

갑자기 오두막집 안으로 흘러드는 무시무시하게 차가운 공기의 흐름이 느껴졌다.

돌아보자 크레이퍼드가 문을 여는 모습이 보였다. 그의 뒤에 한 남자가 서 있었다. 워도르는 간절한 마음으로 벌떡 일어나서 크레이퍼드의 어깨 너머를 바라봤다.

저 사람이 침대 널빤지에 글자들을 새긴 바로 그 남자일까? 맞다! 프랭크 앨더슬리다!

XI

"아직도 일하고 있었네!" 크레이퍼드가 그렇게 외치면서 반쯤 부서진 침대를 바라봤다. "조금 쉬게, 리처드. 탐험대는 출발할 준비가 됐어. 동료 장교들이 떠나기 전에 작별 인사를 하고 싶다면, 지금 해야 해."

크레이퍼드는 그때 리처드의 얼굴을 정면으로 보고 말을 멈췄다. "맙소사! 자네 얼굴이 너무 창백하군! 무슨 일 있었나?" 그가 소리쳤다.

탐험 갈 때 입을 만한 옷을 찾아 사물함을 뒤지고 있던 프랭크가 주위를 둘러봤다. 그는 아까 본 이후로 워도르의 얼굴에 일어난 변화를 보고 크레이퍼드처럼 깜짝 놀랐다.

"어디 아파요? 당신이 베이트슨이 해야 할 일을 하고 있다는 말을 들었는데. 일하다 다쳤어요?" 그가 물었다.

워도르는 크레이퍼드와 프랭크로부터 얼굴을 숨기려고 고개를 홱 돌렸다. 그리고 손수건을 꺼내서 왼손을 서투르게 감았다.

"네. 도끼질 하다 다쳤어요. 별거 아니니 신경 쓰지 말아요. 고통은 항상 내게 신기한 효과를 발휘하거든요. 내가 아무것도 아니라고 하잖아요! 볼 거 없어요!" 그가 말했다.

그는 갑자기 고개를 돌렸던 것처럼 또다시 갑자기 그들을 바라봤다. 그리고 프랭크에게 몇 발자국 다가가서 그가 불편해할 정도로 친숙하게 말을 걸었다.

"얼마 전에 당신이 말을 걸었을 때 내가 정중하지 못하게 대답했던 것 같군요. 아까 내가 다른 사람들과 같이 여기 들어왔을 때 말이오. 미안해요. 자, 악수합시다! 기분이 어때요? 행군할 준비가 됐어요?"

프랭크는 그렇게 갑자기 다가와 어색하게 말을 거는 그에게 아주 쾌활하게 대답했다.

"당신과 친구가 돼서 기쁘군요, 워도르 씨. 나도 당신처럼 피로에 잘 단련된 사람이면 좋을 텐데."

워도르는 냉정하고, 음산하고, 부자연스러운 웃음을 터트렸다.

"체력이 강한 편은 아닌가 봐요? 그래 보이네. 주사위가 날 보내고, 당신은 여기 있게 하는 편이 나았는데. 난 이보다 몸 상태가 더 좋게 느껴진 적이 없는데." 그는 잠시 말을 멈췄다가 프랭크를 보면서 한 마디 한 마디 강조하며 덧붙였다. "우리 켄트 사람들은 원래 체질이 튼튼하거든요."

프랭크는 리처드 워도르에게 갑자기 관심이 생겨서 한 발자국 다가갔다.

"당신은 켄트 출신인가요?" 그가 물었다.

"맞아요. 켄트 동부 출신이죠." 그는 조금 더 기다렸다가 프랭크를 노려봤다. "그 지방에 대해 좀 알아요?" 그가 물었다.

"조금은 알아야겠죠. 나의 소중한 친구가 한때 거기 살았거든요." 프랭크가 대답했다.

"당신 친구요? 그 지방 가문 사람인가 봐요?" 워도르가 말했다.

그 질문을 하면서 그는 슬쩍 뒤를 돌아봤다. 그는 그동안 크레이퍼드와 프랭크 사이에 서 있었다. 이 대화에 끼어들지 않은 크레이퍼드는 계속 그를 주시하면서 대화가 진행될수록 그가 하는 말을 더 주의 깊게 듣고 있었다. 워도르는 본능적으로 그걸 알아차리고 화가 나서 이유도 없이 짜증을 냈다.

"왜 그렇게 날 빤히 보는 겁니까?" 그가 물었다.

"왜 자네가 평소와 달라 보이지?" 크레이퍼드가 조용히 대답했다.

워도르는 아무 대꾸도 하지 않았다. 그리고 프랭크와 대화를 다시 시작했다.

"그 지방 가문 사람인가 봐요? 유 그랜지의 위더비 가문일까요?" 그가 물었다.

"아뇨. 하지만 위더비 가문의 친구죠. 번햄가입니다." 프랭크가 대답했다.

워도르는 필사적으로 자제하려고 했지만 실패해서 순간 흠칫 놀랐다. 그 바람에 서툴게 감아 놓은 손수건이 풀려 버렸다. 계속 그를 주시하고 있던 크레이퍼드가 그걸 집었다.

"여기에 자네 손수건 있네, 리처드. 그런데 이상하군!" 크레이퍼드가 말했다.

"뭐가 이상해요?"

"자네 도끼질 하다 손을 다쳤다고 했는데―"

"그런데요?"

"손수건에 피가 안 묻었군."

워도르는 크레이퍼드가 든 손수건을 사납게 낚아채고 돌아서서, 오두막집 문으로 다가갔다. "손수건에 피가 안 묻었다. 하지만 크레이퍼드가 다시 볼 때는 한두 방울 묻어 있을지도 모르지." 그는 혼잣말을 했다.

그리고 문에서 몇 발자국 떨어진 곳에 멈춰 서서 크레이퍼드에게 말했다. "너무 늦기 전에 동료 장교들에게 작별 인사를 하라고 하셨죠. 그 충고를 따르겠습니다." 그가 말했다.

그가 자물쇠에 손을 대는 순간 문이 바깥쪽에서 열렸다.

방랑자호의 갑판수 하나가 안으로 들어왔다.

"헬딩 함장님 여기 계시나요?" 그가 워도르에게 물었다.

워도르는 크레이퍼드를 손으로 가리켰다.

"중위님이 대답해 주실 거야." 그가 말했다.

크레이퍼드가 앞으로 나와서 그 갑판수에게 물었다.

"헬딩 함장님은 왜 찾는가?"

"보고할 일이 있어서요, 중위님. 얼음 위에서 사고가 있었습니다."

"자네 부하가 다쳤나?"

"아뇨. 우리 장교 하나가 다쳤습니다."

막 나가려던 워도르는 갑판수가 그렇게 대답하자 멈춰 섰다. 그는 잠시 방금 들은 말을 생각해 봤다. 그리고 천천히 프랭크가 서 있는 곳으로 돌아왔다. 크레이퍼드는 오두막집 옆에 있는 아치 모양의 문을 가리켰다.

"사고가 일어났다니 유감이군. 저 방에 헬딩 함장님이 계실 거야." 그가 말했다.

워도르는 아주 끈질기게 아까 대화를 다시 시작했다.

"그러니까 당신은 번햄 가문을 안다는 말이군요. 클라라의 아버지가 돌아가셨을 때 그녀는 어떻게 됐나요?" 그가 물었다.

순간 화가 난 프랭크의 얼굴이 벌겋게 달아올랐다.

"클라라라니! 당신이 대체 무슨 권리로 번햄 양을 그렇게 편하게 부르는 겁니까?"

워도르는 그와 언쟁할 수 있는 기회를 잡았다.

"당신은 무슨 권리로 물어보는데?" 그가 거칠게 반박했다.

프랭크의 피가 끓어올랐다. 그는 클라라와 약혼한 사실을 비밀로 하겠다는 약속을 잊어버렸다. 그런 건 다 잊어버리고 워도르의 방자하고 무례한 말과 태도만 눈에 들어왔다.

490

"당신이 그녀를 존중해 주길 요구할 수 있는 권리요. 그녀와 약혼해서 결혼할 권리지." 프랭크가 대답했다.

크레이퍼드는 여전히 그를 유심히 지켜보고 있었고, 워도르는 그걸 느꼈다. 여기서 일이 더 커지면 크레이퍼드가 적극적으로 끼어들 것이다. 워도르조차 이제는 성질을 좀 다스려야겠다고 느꼈다. 그렇지 않으면 큰 대가를 치르게 될지도 모르니까. 그는 무진 애를 써서 과할 정도로 공손하게 사과했다.

"그런 권리라면 논란의 여지가 없군요. 내가 번햄 양의 옛 친구라는 사실을 알면 날 용서해 줄지도 모르겠군요. 우리 부친과 그녀의 부친은 이웃이셨어요. 우린 항상 남매처럼 지냈—" 그가 말했다.

그러자 프랭크는 너그럽게 그의 사과를 제지했다.

"더 이상 말하지 말아요. 내가 잘못했어요. 내가 그만 흥분했네요. 용서해 줘요." 그가 끼어들어서 말했다.

워도르는 기이하게도 마지못한 표정으로 그의 말에 관심을 가지고 그를 바라보며 말했다.

그러더니 프랭크에게 아주 기묘한 질문을 했다.

"그녀는 당신을 아주 많이 좋아하나요?"

프랭크가 웃음을 터트렸다.

"아, 재미있는 분이군요. 우리 결혼식에 와서 직접 판단하세요." 그가 말했다.

"당신 결혼식에 오라고?" 워도르는 그렇게 되뇌면서 프랭크를 다시 슬쩍 봤다. 하지만 프랭크는 그걸 눈치채지 못했다(배낭의 버클을 잠그는 데 열중하고 있었다). 하지만 크레이퍼드가 그 표정을 보고 피가 서늘하게 식어 버렸다. 아까 워도르와 단둘이 있을 때 그가 했던 말과 방금 둘이 한 말을 비교해 보고, 한 가지 결론밖에 내릴 수 없었다. 워도르가 사랑했다가 실연당한 여자가 바로 클라라 번햄이다. 그녀를 그에게서 뺏어 간 남자는 프랭크 앨더슬리고. 그리고 워도르는 아까 그와 만나고 난 후에 그 사실을 알아낸 것이다. '맙소사! 주사위가 이들의 운명을 갈라놨구나! 프랭크는 탐험대와 같이 떠나고, 워도르는 여기에 나랑 같이 남는다.' 크레이퍼드는 생각했다.

그 생각이 든 순간—프랭크가 아무 생각 없이 워도르에게 결혼식 초대를 하고 난 직후—오두막집의 문간에 쳐 놓은 캔버스 가리개가 옆으로 젖혀졌다. 헬딩 함장과 그와 같이 떠나는 탐험대 장교들이 오두막집을 나가는 길에 이 방에 들어온 것이다. 그러다 크레이퍼드를 본 헬딩 함장이 멈춰 서서 그에게 다가가 말했다.

"자네에게 말해 둬야 할 피해자가 하나 생겼어. 그래서 우리 탐험대원의 숫자가 한 명 줄었어. 우리 탐험대에 들어가려던 소위 하나가 얼음 위에서 넘어졌어. 갑판수 말로 보건대 유감스럽게 다리가 부러진 것 같아."

"제가 대신 그 자리에 들어가겠습니다." 오두막집 구석에서 누군가가 외쳤다.

모두 돌아봤다. 방금 말한 사람은 바로 리처드 워도르였다.

크레이퍼드가 즉시 끼어들었다. 너무 격렬하게 반대해서 그를 아는 사람들은 다 놀랐다.

"안 돼! 자넨 안 돼, 리처드! 자넨 안 된다고!" 그가 말했다.

"왜 안 되죠?" 워도르가 사납게 물었다.

"정말 왜 안 되는데? 워도르는 긴 행군에서 아주 쓸모가 많을 친구인데. 그는 대단히 건강하고, 우리 중에 가장 최선을 다하는 사람이야. 그렇지 않아도 저 친구에게 제안할 생각이었어." 함장이 말했다.

크레이퍼드는 상관에게 평소처럼 정중하게 대할 수가 없었다. 그는 함장의 결론에 대놓고 이의를 제기했다.

"워도르는 자원할 권리가 없습니다. 누가 가고 누가 남을지는 운명에 맡기겠다고 하셨잖습니까, 헬딩 함장님." 그가 대꾸했다.

"그 운명이 이렇게 결정했잖아요. 중위님은 지금 다시 주사위를 던져서 갈매기호 장교들에게 방랑자호 장교의 자리를 대체할 기회를 줘야 한다고 생각하는 건가요? 지금 중위님 쪽이 아니라 우리 탐험대에 공석이 생겼어요. 그러니 우리 마음대로 그 자리를 채울 권리가 있어요. 제가 자원했고, 저희 함장님이 저를 지지하시잖아요. 그런데 무슨 권한으로 절 여기 두겠다는 겁니까?" 워도르가 외쳤다.

"너무 흥분하지 말게, 워도르. 신사라면 자제해서 말할 여유도 있어야 하는 법이지." 헬딩 함장이 말했다. 그리고 크레이퍼드에게 돌아섰다. "자네도 이번에는 워도르 말이 맞는다는 점을 인정하게. 이번에 빠지게 된 장교는 내 밑에 있으니, 내 장교 중 하나가 그 자리를 채우는 게 당연한 거야."

더 이상 그 문제에 이의를 제기할 수 없었다. 지금 이 자리에 있는 사람이라면 아무리 둔한 사람이라고 해도 함장의 답변에 더 이상 토를 달 수 없는 상황이란 걸 알 수 있었다. 절망한 크레이퍼드는 프랭크의 팔을 잡고 옆으로 데려갔다. 이 두 남자를 갈라놓을 마지막 기회로 프랭크에게 호소하려는 것이다.

"나의 사랑하는 친구. 자네 건강에 대해 한마디하고 싶네. 아까 자네가 탐험대에 들어갈 수 있을 정도로 충분히 회복했는지 모르겠다고 한 말 자네도 기억할 거야. 지금은 그런 생각이 더 강해졌어. 자네가 잘되길 바라는 친구의 조언을 들어줄 텐가?"

워도르가 크레이퍼드를 따라왔다. 그러더니 프랭크가 대답하기도 전에 거칠게 끼어들었다.

"이 사람은 그냥 내버려 둬요!

크레이퍼드는 끼어든 워도르에게는 전혀 신경 쓰지 않았다. 그는 프랭크가 탐험대에 들어가지 못하게 말리겠다고 굳게 마음먹은 나머지 옆에 있는 사람이 무슨 말을 하건, 어떤 행동을 하건 아랑곳하지 않았다.

"제발, 자네 몸도 성치 않은데 괜히 고난을 자처하지 말라고 이렇게 빌게! 자네 빈자리는 아주 쉽게 채울 수 있어. 마음을 바꾸게, 프랭크. 여기서 나랑 같이 있어." 그는 간곡하게 호소했다.

또다시 워도르가 끼어들었다. 그는 다시 소리쳤다.

"그를 그냥 내버려 둬요!" 그는 아까보다 더 사나워졌다. 그래도 프랭크에게만 온 정신을 집중하느라 아무것도 보이지 않고, 들리지도 않는 크레이퍼드가 프랭크에게 계속 애원했다.

"자네도 좀 전에 자네가 피로에 단련되지 않았다는 점을 인정했잖아. 그리고 지난번에 앓은 병 때문에 기운이 없을 거야. 당연히 그럴 거야. 자네도 지금 자네 몸이 추위를 견디면서 눈 위에서 오랫동안 행군할 상태가 아니란 건 잘 알잖아." 크레이퍼드는 끈질기게 설득했다.

크레이퍼드의 고집에 참을 수 없을 만큼 짜증이 나고, 프랭크의 얼굴에서 굴복하는 기색을 봤거나 혹은 봤다고 생각한 워도르는 그만 자신의 본분을 잊고, 크레이퍼드의 팔을 잡고 프랭크에게서 떼어 내려 했다. 크레이퍼드가 몸을 돌려서 그를 바라봤다.

"리처드. 자네 지금 제정신이 아니군. 불쌍하네. 그 손 놓게." 그는 아주 조용히 말했다.

워도르는 들짐승이 사육사에게 굴복하는 것처럼 시무룩한 표정으로 손을 놨다. 잠시 침묵이 흐르면서 마침내 프랭크에게 말할 기회가 생겼다.

"중위님이 제게 보여 주시는 관심은 아주 감사합니다." 프랭크는 이렇게 말을 시작했다.

"그럼 내 조언을 따를 텐가?" 크레이퍼드가 열성적으로 끼어들었다.

"전 결정했어요. 친애하는 중위님. 실망시켜 드리는 저를 용서해 주세요. 전 탐험대에 임명됐습니다. 그러니 가야죠." 그는 단호하고 슬프게 말했다. 그리고 워도르에게 가까이 다가섰다. 그에 대한 한 점의 의심도 없이 순수한 마음으로 워도르의 어깨를 다정하게 두드렸다. "내가 지치면, 당신이 날 도와줄 거잖아요, 동지. 안 그래요? 같이 가요!" 순진하고 아무것도 모르는 불쌍한 프랭크가 그렇게 말했다.

워도르는 그를 대신해서 그의 총을 든 선원의 손에서 총을 낚아챘다. 그의 거무스름한 얼굴이 갑자기 끔찍한 환희에 빛나기 시작했다.

"갑시다! 눈과 얼음을 넘어 갑시다! 가자고요! 인간의 발자국이 한 번도 찍힌 적이 없는 곳으로, 인간의 흔적이 하나도 없는 곳으로." 그가 외쳤다.

크레이퍼드는 본능적으로, 또 맹목적으로 둘을 갈라놓으려고 애를 썼다. 근처에 서 있던 동료 장교들이 그를 잡아당겼다. 그러면서 걱정스러운 얼굴로 서로를 바라봤다. 다양한 방식으로 피해자들을 공격하는 무자비하고 혹독한 추위가 때로는 사람의 이성을 제일 먼저 마비시키는 경우도 있다. 사람들은 모두 크레이퍼드를 사랑했다. 그런데 그도 역시 다른 사람들이 간 그 어두운 추락의 길을 따라가는 걸까? 그들은 크레이퍼드를 억지로 앉혔다. "진정해요, 중위님! 진정하세요!" 그들은 다정하게 말했다. 크레이퍼드는 어쩔 수 없이 굴복하면서 무력감에 마음속으로 몸부림쳤다. 그가 대체 뭘 할 수 있겠는가? 막연한 의심만 가지고 헬딩 함장에게 워도르를 고발할 수 있겠는가? 그의 말에 대한 증거 하나 없이? 함장은 워도르에 대한 그 끔찍한 고발을 언급해서 자신의 부하 장교를 모욕하는 것조차 거부할 것이다. 함장은 다른 사람들이 이미 그렇게 한 것처럼 크레이퍼드가 추위와 궁핍한 생활에 너무 스트레스를 받아서 이성을 잃어 가고 있다고 결론을 내릴 것이다. 이제는 아무 희망도 없고, 그저 탐험대 사람들만 믿어 보는 수밖에. 장교들과 부하들 모두 프랭크를 좋아한다. 그들이 손이나 발을 움직일 수 있는 한 프랭크를 도와줄 것이고, 프랭크에게 해가 미치지 않게 할 것이다.

명령이 떨어졌다. 문이 열리고, 오두막집은 신속하게 비워졌다. 인정사정없는 하얀 눈 위로, 인정사정없는 검은 하늘 밑에서 탐험대는 움직이기 시작했다. 환자들과 몸을 움직일 수 없는 사람들, 구조될 마지막 희망은 지금 떠나는 동료들에게 달려 있는 이들이 그들의 출발에 힘없이 환호했다. 살날이 얼마 남지 않은 사람들 몇 명은 여자처럼 엉엉 흐느껴 울었다. 프랭크가 그동안 아버지 같았던 친구에게 마지막 인사를 하려고 문간에서 돌아섰을 때 그의 목소리는 떨렸다.

"중위님에게 신의 축복이 있기를!" 크레이퍼드는 옆에서 그를 붙들고 있던 장교들을 떨쳐 버리고 얼른 나가서 프랭크를 두 손으로 꼭 붙잡았다. 그리고 프랭크를 절대 놔주지 않을 것처럼 꼭 끌어안았다.

"신이 프랭크 자네의 목숨을 꼭 지켜 주시길! 자네와 같이 있을 수 있다면 내 모든 걸 다 줄 텐데. 잘 가게! 잘 가!"

프랭크는 손을 흔들면서, 눈에 고이기 시작한 눈물을 얼른 훔쳐 내고 서둘러 떠났다. 크레이퍼드는 마지막으로 떠나는 프랭크를 향해 그가 할 수 있는 유일한 경고를 외쳤다.

"일어서 있을 수 있는 동안에는 절대로 탐험대와 떨어지면 안 돼, 프랭크!"

마지막까지 기다리고 있던 워도르는 프랭크를 따라 눈 더미가 쌓인 밖으로 나가다 멈춰서, 다시 돌아와, 문가에 있는 크레이퍼드에게 대답했다.

"그가 서 있을 수 있는 동안, 그는 나와 같이 있을 겁니다."

3장
빙산

XII

혼자다! 얼어붙은 땅에 홀로 있다!

북극의 해가 음울한 하늘에 흐릿하게 뜨고 있었다. 차가운 북극의
달빛이 떠오르는 햇살과 기이하게 섞여 푸른 기가 도는 회색으로 눈
덮인 평원을 뒤덮었다. 얼어붙은 들판의 머나먼 지평선에 유령 같은
그 빛이 천천히 남쪽을 향해 움직였다. 그보다 더 가까이에서 개빙
구역에 흐르는 검은 물줄기가 천천히 얼음 가장자리를 지났고, 그 물
줄기를 따라 하늘을 향해 빙산의 험준한 바위와 산봉우리가 높이 솟
아 있었다. 달빛을 받아 반짝이는 그 빙산은 회색 빛 속에서 희미한
유령 같아 보였다.

빙산의 길게 뻗어 나간 비탈길 아래쪽 중간에서 불쑥 튀어나와 황량하고 단조로운 풍경에 나타난 물체들은 뭘까? 이렇게 지독한 고독 속에서 인간이 살아 있다는 신호가 나타날 수 있을까? 그렇다! 빙산 위로 아주 힘겹게 끌어 올린 보트 한 척의 검은 윤곽이 방금 막 보였다. 보트 뒤에 있는 얼음 동굴 속에서 죽어 가는 벌건 잉걸불이 두 남자의 윤곽 너머로 가끔씩 깜박거렸다. 한 사람은 앉아서 동굴 벽에 등을 기대고 있었고, 또 하나는 몸을 가누지 못한 채 누워서 동지의 무릎에 머리를 베고 누워 있었다. 첫 번째 남자는 잠이 깨서 생각 중이었다. 두 번째 남자는 하얀 얼굴을 하늘을 향해 치켜든 채 비스듬히 누워 있었는데 자는지 죽었는지 알 수 없었다. 이 두 사람이 구조 요청을 하러 간 탐험대의 행군에서 낙오된 후 수많은 날이 흘렀다. 지치고 점점 기운을 잃어 가는 대원들이 이제는 그 둘이 길을 잃고 죽었을 거라고 생각해서 포기한 지도 제법 오래됐다. 앉아서 생각 중인 사람은 리처드 워도르고, 누워서 자는지 죽었는지 모르는 사람은 프랭크 앨더슬리다.

그 빙산은 검은 물 위로 천천히 떠돌면서 회색 빛 속을 배회했다. 시시각각 죽어 가는 불이 점점 희미해져 갔다. 시시각각 죽음을 몰고 오는 추위가 길을 잃은 두 사람에게 슬금슬금 다가오고 있었다.

리처드 워도르는 깊은 생각에서 벗어나 그의 무릎을 베고 있는 창백한 얼굴을 보고 프랭크의 가슴에 손을 대 봤다. 그의 심장이 아주 힘없이 뛰고 있었다. 보트에 남은 식량과 연료를 프랭크를 위해 다 쓰면 그는 이 위기를 넘길지도 모른다. 하지만 여기 놔두고 가면 죽는 건 시간문제다. 아마 몇 분도 안 걸릴 것이다. 누가 알겠는가?

리처드 워도르는 자는 사람의 머리를 들어서 동굴 옆에 기대 놨다.

그리고 보트로 가서 장작개비 하나를 가져왔다. 그는 허리를 숙여서 그 나무를 불에 얹으려다 멈췄다. 프랭크는 꿈을 꾸면서 꿈속에서 중얼거리고 있었다. 그의 입술에서 여자 이름 하나가 흘러나왔다.

프랭크는 꿈속에서 다시 영국의 무도회로 돌아가 클라라에게 사랑을 고백하고 있었다.

리처드 워도르의 얼굴에 살기 어린 그림자가 스쳐 지나갔다. 그는 불가에서 일어나 장작개비를 다시 보트에 갖다 놨다. 그의 강철 같은 정신력은 좀 흔들리긴 했지만 여전했다. 그들은 바다로 점점 더 가까이 흘러 들어가고 있었다. 그는 누구의 도움도 받지 않고 보트를 바다에 띄울 수 있었다. 그는 식량과 연료를 가지고 갈 수 있다. 빙산에서 자고 있는 사람은 그에게서 클라라를 뺏어 간 사람이고, 그의 인생에서 희망과 행복을 망가뜨린 사람이다. 저자를 자다가 죽게 내버려 두자!

그런 기분이 얼핏 들었다. 리처드 워도르는 보트에 힘을 주고 밀어 봤다. 그러자 움직였다. 그는 마음먹은 대로 보트를 다룰 수 있었다. 멈춰서 주위를 돌아봤다. 저기에 바다가 있다. 밑에는 그에게서 클라라를 뺏어 간 남자가 있다. 치명적인 생각의 그늘이 점점 커지면서 그의 얼굴이 어두워졌다. 그는 보트를 두 손으로 잡고 기다렸다. 기다리면서 생각했다. 빙산은 천천히 검은 물 위를 흐르면서 회색 빛 사이로 움직였다. 시시각각 죽어 가는 불이 희미해지고 있었다. 시시각각 죽음을 몰고 오는 추위가 길을 잃은 두 사람에게 슬금슬금 다가오고 있었다. 그런데도 리처드 워도르는 여전히 기다리고 또 기다리면서 생각했다.

4장

정원

XIII

봄이 왔다. 4월 밤의 공기가 자고 있는 꽃잎들을 살짝 흔들었다. 구름 한 점 없고, 별 하나 뜨지 않은 하늘에 달이 여왕처럼 당당하게 떠 있다. 땅과 바다 위에 한밤의 고요한 시간이 흐르고 있다.

와이트섬의 서쪽 해안에 있는 한 별장의 응접실에서 정원으로 통하는 유리문이 아직까지 열려 있었다. 테이블에는 갓을 씌운 램프가 아직까지 켜져 있었다. 그 램프 옆에서 한 여인이 앉아 책을 읽고 있었다. 가끔 그녀는 정원에서 하얀 옷을 입은 젊은 아가씨가 잔디밭을 비추는 환한 달빛 속에서 천천히 왔다 갔다 하는 모습을 내다봤다. 슬픔과 근심이 그 여인의 얼굴에 흔적을 남겼다. 그녀의 경쟁자들뿐만 아니라 전에는 그녀의 미모를 감탄하며 바라봤던 친구들까지도 이제는 그녀가 지치고 나이 들어 보인다는 점에 동의했다. 좀 더 후한 평가를 내린 다른 사람들이 그녀의 눈, 머리, 단정하고 우아한 모습과 품위 있는 태도는 예전의 매력을 하나도 잃지 않았다고 한 말도 똑같이 사실이었다. 진실은 항상 그렇듯 그 두 가지 극단적인 의견의 중간에 있었다. 그간 무수한 슬픔과 고통을 겪었지만 크레이퍼드 부인의 아름다움은 여전했다.

그 밤의 우아한 침묵이 정원에 있는 젊은 아가씨의 목소리에 살며시 깨졌다.

"피아노로 가요, 루시. 오늘 밤은 음악을 들어야 할 밤이네요. 이 밤에 어울리는 음악을 연주해 주세요."

크레이퍼드 부인은 벽난로 위 선반에 있는 시계를 봤다.

"사랑하는 클라라, 지금은 12시가 넘었어! 의사 선생님이 한 말 잊었어? 넌 한 시간 전에 잠자리에 들어야 했다고."

"30분만요, 루시. 30분만 더 주세요! 저 바다에 비치는 달빛을 좀 봐요. 이렇게 아름다운 밤에 어떻게 잘 수 있겠어요? 연주해 줘요, 루시. 영적이고 신성한 음악으로."

친구에게 간절하게 애원하면서 클라라가 창문을 향해 다가왔다. 그녀도 근심에 시달린 흔적이 역력히 보였다. 얼굴은 예전의 그 젊고 풋풋한 분위기를 잃었고, 말을 할 때 전과 달리 섬세하게 붉어지지도 않았다. 과거에 프랭크의 마음을 사로잡은 그 부드러운 회색 눈에 이제는 슬픔만 가득했다. 쉬고 있을 때면 그 눈은 흐릿해지면서 지친 표정이 비쳤다. 하지만 활동 중일 때는 이제 막 놀라운 꿈에서 깨어난 것처럼 굉장히 흥분하고 초조해 보였다. 하얀 옷을 입고 부드러운 갈색 머리를 어깨에 늘어뜨린 그녀가 달빛이 환하게 비치는 창가로 가까이 다가오자 유령 같아 보였다. 그녀는 친구에게 이 밤의 신비로움과 아름다움에 어울릴 만한 음악을 연주해 달라고 부탁하고 있었다.

"내가 연주해 주면 안으로 들어오겠어? 밤에 그렇게 오랫동안 밖에 있으면 건강에 좋지 않아." 크레이퍼드 부인이 말했다.

"아니야! 안 그래요! 난 이게 좋아. 내가 여기서 바다를 보는 동안 연주해 줘요. 그러면 마음이 편해지면서 기분이 좋아져요."

그녀는 유령처럼 잔디밭 위를 미끄러지듯 나아갔다. 크레이퍼드 부인은 일어나면서 읽고 있던 책을 내려놨다. 그것은 북극해 탐험에 관한 책이었다. 이 외로운 두 여인이 자신의 걱정거리와 아무 상관없는 주제에 관심을 가졌던 시기는 오래전에 지나가 버렸다. 희망이 아주 빠르게 시들어 가는 이때, 마지막으로 방랑자호와 갈매기호에 대해 들어온 소식이 2년이 지난 지금 그들은 다른 것은 아무것도 읽을 수 없고, 생각할 수도 없이 그저 그 끔찍한 북극해에서 일어난 위험과 발견들, 상실과 구조에 대해서만 읽고 생각하게 됐다.

크레이퍼드 부인은 마지못해 책을 옆에 놔두고 피아노 뚜껑을 열었다. 모차르트 변주곡집이 피아노 위에 펼쳐져 있었다. 그녀는 소박하면서도 타의 추종을 불허하는 그 작품의 아름다운 선율을 정성을 다해 한 곡 한 곡 연주해 갔다. 9번 변주곡(클라라가 좋아하는 곡)이 끝나 갈 즈음 연주를 멈추고 정원을 향해 몸을 돌렸다.

"그만 칠까?" 그녀가 물었다.

대답이 없었다. 클라라는 그녀가 사랑하는 음악, 이 밤의 부드러운 아름다움과 아주 섬세하게 어울리는 음악이 들리지 않는 곳으로 가

버린 걸까? 크레이퍼드 부인은 일어나서 창가로 걸어갔다.

아니다! 잔디밭의 비탈진 곳에 하얀 옷을 입은 그녀가 혼자 서 있었다. 그녀는 집이 아니라 고요한 밤바다를 보고 있었다. 잔잔하게 넘실거리는 바닷물은 머나먼 수평선까지 죽 뻗어 있었다. 그곳은 햄프셔 해안이었다.

크레이퍼드 부인은 유리창에 비치는 그 길을 향해 걸어가서 그녀를 불렀다.

"클라라!"

또다시 아무 대답도 들리지 않았다. 그 하얀 형체는 그 자리에 꼼짝도 하지 않고 서 있었다.

얼굴에 근심이 어렸지만 놀란 기색은 없이 크레이퍼드 부인은 방으로 돌아왔다. 그간의 경험으로 봐서 지금 무슨 일이 일어났는지 알 수 있었다. 그녀는 하인들을 불러서 그녀가 부를 때까지 응접실에서 기다리라고 지시했다. 그리고 정원으로 가서 잔디밭에 서 있는 그 신비로운 아가씨에게 다가갔다.

마치 죽어 버린 것처럼, 이미 무덤에 누운 것처럼 만져도 의식하지 못하고, 소리도 못 듣고, 돌처럼 차갑게 꿈쩍도 하지 않고 클라라는 달빛이 비치는 정원에 서서 바다를 바라보고 있었다. 크레이퍼드 부인은 옆에서 기다리면서 이제 곧 그녀에게 나타나게 될 변화를 끈기 있게 기다렸다. 어떤 사람은 클라라의 그런 증상을 '강경증'이라고 하고, 또 어떤 사람은 '히스테리'라고 했지만 이거 하나만은 확실했다. 항상 똑같은 시간이 흐른 후에 똑같은 변화가 나타났다.

이제 나타났다. 그녀의 눈은 여전히 크게 뜬 채 허공의 한 점에 고정돼서 유리처럼 무표정했다. 제일 처음 움직인 건 그녀의 손이었다.

허리께에 늘어뜨리고 있던 두 손이 천천히 올라와 어둠을 더듬는 것처럼 허공에서 흔들렸다. 시간이 좀 흐른 후에 이번에는 입술이 움직였다. 입술이 벌어지면서 덜덜 떨렸다. 몇 분이 지나자 그 벌어진 입술에서 한 마디 한 마디 말이 나왔다. 마치 잠꼬대를 하는 것처럼 멍하고 허허로운 목소리로.

크레이퍼드 부인은 집을 돌아봤다. 지금까지 겪은 슬픈 경험 때문에 하인들이 호기심을 가질까 봐 불안했다. 오래전부터 이런 일을 겪은 후로 무아지경에 빠진 클라라가 정신없이 지껄이는 말을 하인들이 듣게 내버려 둬선 안 된다는 걸 알았다. 하인들이 그 사이에 정원으로 들어오진 않았나? 아니었다. 그들은 이 소리가 들리지 않는 창가에서 도움이 필요하다는 마님의 신호를 기다리고 있었다.

다시 클라라를 향해 돌아선 크레이퍼드 부인은 그녀의 입술에서 점점 더 빨리 흘러나오는 말을 들었다.

"프랭크! 프랭크! 프랭크! 뒤처져선 안 돼. 리처드 워도르를 믿지 마. 일어설 수 있는 동안에는 항상 다른 사람들과 같이 있어, 프랭크!"

(그 황량한 북극에서 크레이퍼드가 작별 인사로 프랭크에게 한 마지막 경고를 지금 영국 집의 정원에서 클라라가 다시 하고 있다!)

잠시 침묵이 흐른 후에 클라라가 보는 환영이 바뀌었다. 이제 그녀의 눈에는 빙산에 있는 프랭크가 보였다. 그의 목숨은 지상에서 가장 강력한 적의 처분에 달려 있었다. 그녀는 그가 검은 물 위에서 회색빛 사이로 흘러 다니는 모습이 보였다.

"그만 일어나요, 프랭크! 그만 잠에서 깨서 스스로를 지켜요! 리처드 워도르는 내가 당신을 사랑하는 걸 알고 있어요. 리처드 워도르가 당신을 죽여서 복수할 거예요! 일어나요, 프랭크. 일어나! 당신은 지금 물 위를 표류하면서 죽어 가고 있어요!" 그녀에게서 두려움에 찬 신음 소리가 터져 나왔다. 몹시 불길하고 끔찍한 소리였다. "둥둥 떠다니고 있어! 둥둥 떠다니고 있다고! 둥둥 떠다니면서 죽어 가고 있어!" 그녀는 혼잣말로 속삭였다.

그녀의 멍한 눈이 갑자기 부드러워지다 감겼다. 그리고 오랫동안 전신을 부르르 떨었다. 시체처럼 창백한 그녀의 얼굴에 살짝 홍조가 돌다가 다시 엷어졌다. 그녀의 사지에서 힘이 쭉 빠졌다. 그녀는 크레이퍼드 부인의 품으로 쓰러졌다.

도와 달라는 부인의 소리를 들은 하인들이 달려와 그녀를 집 안으로 옮겼다. 그들은 의식을 잃은 그녀를 침대에 눕혔다. 30분 정도 지난 후에 클라라는 다시 눈을 떴는데 이번에는 그 눈에 생기가 돌았다. 그녀는 침대 옆에 앉아 있는 친구를 힘없이 바라봤다.

"아주 끔찍한 꿈을 꿨어요. 내가 병이 들었나요, 루시? 힘이 하나도 없는 느낌이 들어요." 클라라가 아주 희미한 목소리로 중얼거렸다.

그 말을 하는 사이에 갑자기 잠이 밀려와 마치 어린아이들이 놀다 지쳐 잠이 들어 버리는 것처럼 잠이 들었다. 이제 다 끝났지만, 더 이상 지켜보지 않아도 되지만, 크레이퍼드 부인은 그래도 침대 옆을 떠나지 않았다. 너무 걱정이 되고 잠도 오지 않아서 도저히 자기 방으로 갈 수 없었다.

다른 때 같으면 클라라가 무아지경에 빠져 중얼거리는 말은 마음에 담아두지 않았다. 하지만 이번에는 아무리 애를 써도 무시할 수 없었다. 그 말이 뇌리에서 떠나지 않았다. 부인은 무아지경에 빠져 혼잣말을 하는 클라라에 대해 의사들이 했던 말을 어렴풋이 떠올려

봤다. "클라라 양이 사랑했다가 잃어버린 남자를 위해 막연하게 두려워하는 일이, 그녀의 머릿속에서 북극해에서 일어난 시련들, 위험들, 탈출에 관해 요즘 읽고 있는 책 내용과 섞인 겁니다. 무아지경에 빠져 있을 때 하는 말이나 행동은 모두 그런 이유에서 비롯됐다고 생각하시면 됩니다." 의사들은 이렇게 말했고, 지금까지 크레이퍼드 부인도 그렇게 생각했다. 다만 오늘 밤 클라라가 한 말은 이상하게도 마치 예언처럼 느껴졌다. 오늘 밤에야 부인은 이렇게 자문했다. "클라라의 영혼이 그 외로운 북극에서 우리가 사랑하는 이들과 같이 있는 걸까? 클라라가 천리안으로 그 쓸쓸한 북극에서 죽은 사람들과 살아 있는 사람들을 볼 수 있는 걸까?"

XIV

그 밤이 지나갔다.

정오의 햇살을 듬뿍 받은 정원은 그 어느 때보다 화창하고 밝게 보였다. 생명과 활기를 품은 유쾌한 소리들이 저택 구석구석에서 들렸다. 이웃집 정원에서 아이들이 노는 소리가 커졌다. 뒤쪽 도로를 따라 수레와 마차들이 지나가는 바퀴 소리가 끝도 없이 들렸다. 저 멀리 파란 바다에서 노로 물살을 튕기는 소리, 엔진이 쿵쿵거리는 소리, 가끔 지나가는 증기선이 섬과 본토 사이 해협을 들락날락거리는 소리가 들려왔다. 나무에선 새들이 살랑거리는 나뭇잎들 사이에서 즐겁게 노래를 불렀다. 집 안에서는 여자 하인들이 일하다 농담인지 이야기인지를 듣고 웃는 소리가 들렸다. 환하고 기분 좋은 날의 생기

넘치고 유쾌한 시간이었다.

　두 귀부인은 집 밖의 정원에 나와 한 바퀴 산책을 한 후에 정원 의자에 앉아 쉬고 있었다.

　둘은 날씨에 관한 사소한 몇 마디를 주고받은 후에 더 이상 아무 말도 하지 않았다. 꿈에서 본 걸 의식하는 것처럼 클라라는 무아지경에 빠져 본 그 환영이 초자연적인 계시이자 진실이라고 믿고, 그녀가 품은 최악의 불길한 예감이 이제 현실로 실현됐다고 생각하고 있었다. 프랭크를 다시 만날 거라는 가냘픈 최후의 희망도 이제 끝났다. 클라라와 오랫동안 같이 지내서 그녀를 잘 아는 크레이퍼드 부인은 그녀가 지금 무슨 생각을 하는지 알았고, 이런 상황에서 이성적으로 설득하고 반박해 봐야 아무 소용없다는 점도 알고 있었다. 간밤에 클라라가 무아지경에 빠져 한 말이 미신이 아니라 정말 그럴 수도 있겠다고 생각했던 마음은 오늘 아침이 되자 사라져 버렸다. 밤에 쉬면서 다시 생각해 보자 혼란스러웠던 마음이 진정되면서 평소대로 냉정한 이성이 돌아온 것이다. 클라라가 침대에 누워 있을 때는 그녀의 슬픔에 공감했지만 이제 환한 햇살을 받으며 같이 앉아 있자 미래에 대한 음울한 절망에 빠져 있는 클라라에게 공감할 수 없었다. 아직까지 희망을 품은 크레이퍼드 부인은 희망을 버리고 슬퍼하는 클라라에게 해 줄 말이 없었다. 그래서 조용히 시간이 흘렀고, 두 친구는 말없이 나란히 앉아 있었다.

　한 시간이 지났을 때 저택의 초인종이 울렸다.

　둘 다 흠칫 놀랐다. 둘 다 그 벨 소리가 무슨 의미인지 잘 알고 있으니까. 지금은 집배원이 런던에서 신문을 가져오는 시간이었다. 지난날 그들은 신문의 포장지를 수백 번도 넘게 뜯고 희망과 절망이 섞인 마음으로 신문을 보곤 했던 것이다! 오늘도 어제처럼, 내일도 그럴 것처럼 하인이 루시와 클라라의 신문을 손에 들고 왔다! 두 사람은 항상 그렇듯 오늘도 그렇게 할 것인가?

아니다! 크레이퍼드 부인은 평소처럼 포장지를 벗겼다. 하지만 클라라는 자신의 신문을 옆으로 밀어 놓고, 열어 보지도 않은 채 그냥 의자 위에 그대로 뒀다.

크레이퍼드 부인은 아무 말도 하지 않은 채 항상 그렇듯 외국에서 온 최신 기사를 살펴봤다. 그 페이지를 보자마자 그녀는 기뻐서 환성을 질렀다. 그녀의 떨리는 손에서 신문이 떨어졌다. 부인은 클라라의 팔을 붙잡았다. "아, 자기야! 마침내 그들 소식이 나왔어."

클라라는 아무 대답도 하지 않고, 표정이나 태도에 아무런 변화도 없이, 땅바닥에 떨어진 신문을 집어서 대문자로 찍힌 칼럼의 제목을 읽었다.

북극 탐험대

클라라는 잠시 아무 말도 하지 않고 있다가 크레이퍼드 부인을 봤다.

"이걸 큰 소리로 읽어도 견딜 수 있겠어요, 루시?" 그녀가 물었다.

부인은 너무 흥분해서 미처 대답도 하지 못했다. 어서 읽으라고 초조하게 손짓만 했다.

클라라는 대문자로 찍힌 그 제목에 이어 나오는 내용을 읽었다. 다음과 같은 내용이었다.

"뉴펀들랜드의 세인트존스에서 다음과 같은 소식이 들어와 전해 드립니다. 포경선인 블라이더우드호가 데이비스 해협에서 북극 탐험 대의 생존자들과 만났다는 보도가 들어왔습니다. 많은 대원들이 사망했으며, 일부는 실종됐다고 전해졌습니다. 현재 포경선 선원들에 의해 구조된 생존자 명단은 정확하지 않으며, 진위를 파악하기가 현재로선 힘든 상황입니다. 포경선은 현재 운행 시간에 쫓기고 있으며, 탐험대원들은 모두 탈진해서 아직은 조사에 응할 상태가 아닙니다. 자세한 소식은 다음번에 전하도록 하겠습니다."

이어서 생존자 명단이 나왔는데 장교들의 계급 순으로 시작됐다. 그들은 그 생존자 명단을 같이 읽었다. 제일 먼저 나온 이름은 헬딩 함장이었고, 두 번째는 크레이퍼드 중위였다.

그러자 아내로서의 기쁨이 그녀를 압도했다. 조금 시간이 흐른 후에 그녀는 클라라의 허리를 한 손으로 껴안고 말했다.

"아, 자기야! 자기도 나처럼 행복해? 프랭크의 이름도 있어? 나 눈물 난다. 날 위해 읽어 줘. 난 차마 못 읽겠어." 부인이 중얼거렸다.

조용히 슬픈 목소리로 클라라가 대답했다.

"저도 부인의 남편 이름까지만 읽었어요. 더 이상 읽을 필요도 없어요."

크레이퍼드 부인은 얼른 눈물을 훔쳐 내고, 마음을 진정시킨 후에, 신문을 봤다.

생존자 명단에서 프랭크 이름을 찾는 건 허사였다. 거기에는 없었다. 두 번째로 나온 '사망자 혹은 실종자 명단'의 제일 위에 두 개의 이름이 보였다.

프랭크 앨더슬리.

리처드 워도르.

괴로움과 절망에 빠져 말문을 잇지 못한 크레이퍼드 부인이 클라라를 봤다. 그렇지 않아도 몸이 약한 클라라가 이런 충격을 감당할 만한 힘이 있을까? 있었다! 그녀는 기이하게도 초자연적인 체념을 품은 채 견디고 있었다. 그녀는 절망했고 슬프지만 침착한 표정으로 말했다.

"난 마음의 준비가 돼 있었어요. 어젯밤 그들을 봤어요. 리처드 워도르는 진실을 알아냈고, 프랭크는 목숨으로 그 대가를 치렀어요. 그건 다 내 탓이에요." 그녀는 몸서리를 치면서 자신의 가슴에 손을 댔다. "우리는 오래 떨어져 있지 않을 거예요, 루시. 난 곧 그를 따라갈 거예요. 그는 내게 돌아오지 않을 거니까."

클라라는 아주 끔찍한 확신을 가지고 침착하게 말했다. "난 더 이상 할 말이 없어요." 조금 시간이 흐른 후에 그녀는 그렇게 덧붙이고 집으로 들어가려고 일어섰다. 크레이퍼드 부인은 그녀의 손을 잡고 억지로 의자에 다시 앉혔다.

"그렇게 끔찍한 표정으로, 그런 끔찍한 말 하지 마! 클라라! 사리를 아는 사람이 신의 자비를 의심하고 그런 말을 하다니 당치 않아. 다시 신문을 봐 봐. 보라고! 신문에서 분명하게 자기들이 실은 정보는 믿을 만하지 못하다고 말했잖아. 더 자세한 소식이 들어올 때까지 기다리라고 했잖아. 이 명단 제목 자체가 그들이 아는 게 별로 없다는 걸 보여 주잖아. 이거 봐. '사망자 혹은 실종자!'라고. 이걸 보면 프랭크는 죽었을지도 모르지만 실종됐을 수도 있어. 이러다 다음번에 집배원이 프랭크가 보내는 편지를 갖고 올지도 모르는 일이야. 지금 내 말 듣고 있어?"

"네."

"내가 한 말을 부정할 수 있어?"

"아뇨."

"'네' '아뇨!' 내가 자기 때문에 이렇게 걱정하고 힘들어하는데 이렇게 성의 없이 대답하기야?"

"이렇게 말해서 미안해요, 루시. 우리가 서로 다른 시각으로 어떤 문제들을 볼 때도 있잖아요. 당신의 의견이 타당하다는 점은 반박할 수 없어요."

"반박할 수 없다고?" 크레이퍼드 부인은 따뜻하게 대꾸했다. "그게 아니지! 자기는 그보다 더 나빠. 자기 생각이 맞는다고 믿고 있잖아. 신문이 바로 앞에 있는데도 자기가 내린 결론만 고집하고 있잖아! 자기 신문을 믿어, 안 믿어?"

"난 어젯밤 내 눈으로 본 걸 믿어요."

"자기가 어젯밤 본 거라니! 자기는 교육도 받았고 똑똑한 여자면서 자기가 상상해 낸 환영이자 꿈을 믿는다니! 그런 걸 인정하면서 부끄럽지도 않나 모르겠어!"

"그걸 꿈이라고 부르고 싶으면 그렇게 부르세요, 루시. 난 전에도 다른 꿈들을 꿔 왔고, 그게 현실에서 이뤄졌다는 걸 알아요."

"그래! 한 번쯤은 우연히 이뤄졌을 수도 있지. 자기도 그걸 알아채고, 기억하고, 그걸 이유로 굳게 믿고 있잖아. 클라라, 제발 좀 솔직해져 봐! 그 감이 안 맞았고, 네가 꾼 꿈들이 현실로 이뤄지지 않았을 때도 있었잖아? 자기같이 미신을 믿는 사람들은 다 똑같아. 자기가 꾼 꿈과 불길한 예감이 틀렸을 때는 편리하게 잊어버리잖아. 자기를 위해서가 아니라면 나를 위해서." 크레이퍼드 부인은 아까보다 더 부드럽고 다정한 어조로 이야기를 이어 갔다. "좀 더 합리적으로 희망을 가져 봐. 미래에 대한 믿음을 잃지 말고, 하느님을 믿어 보라고. 우리 남편을 살려 주신 하느님이 프랭크도 살려 주실 수 있어. 의심은 할 수 있지만 희망할 수도 있는 법이야. 클라라! 나처럼 생각하려고 시도해 봐! 날 사랑한다는 걸 보여 주기 위해서라도."

부인은 클라라를 껴안고 키스했다. 클라라도 거기 화답해 키스하고 서글프고 유순하게 대답했다.

"난 정말 당신을 사랑해요, 루시. 그렇게 노력해 볼게요."

그렇게 대답하고, 클라라는 한숨을 쉬고 나서, 더 이상 아무 말도 하지 않았다. 크레이퍼드 부인처럼 눈썰미가 좋은 사람이 아니었다면 그녀가 한 조언이 클라라에게 긍정적인 영향을 미쳤다고 생각할 것이다. 클라라는 더 이상 자신의 사고방식을 변호하려 하지 않았고, 아무 말도 하지 않았다. 하지만 프랭크가 워도르의 손에 죽었다는 끔찍한 확신이 그녀의 마음에 뿌리박혀 있었다! 낙심하고 괴로워진 크레이퍼드 부인은 클라라 옆을 떠나 집 안으로 들어갔다.

XV

저택의 응접실에 태도가 정중하고 키 작은 남자가 하나 나타났다. 그의 환한 눈은 지적으로 보였고, 태도는 쾌활하고 싹싹했다. 검은 양복을 단정하게 차려입은 그는 자칭 잘나가는 시골 의사로, 환자들과 친구들 사이에서 인기 좋고 성공한 사람이었다. 크레이퍼드 부인이 그에게 다가가자 그는 재빨리 밖으로 나와 두 손을 내밀며 아주 공손하고 다정하게 그녀를 잔디밭에서 맞았다.

"친애하는 부인, 제 진심 어린 축하 인사를 받아 주세요! 신문에서 기쁜 소식을 봤습니다. 제가 크레이퍼드 중위님을 개인적으로 알았다 해도 이보다 더 기쁘진 않았을 것 같습니다. 이 경사를 저희 집에서 축하할 작정이랍니다. 여기 오기 전에 아내에게 말해 뒀습니다. '오늘 저녁은 오래된 마데이라 와인 한 병 식탁에 놓는 거 잊지 마!' 저는 중위님의 건강에 건배하며 마실 겁니다. 신이 그를 축복하길! 그건 그렇고 우리의 흥미로운 환자는 어떻습니까? 그 환자에 관한 소식은 우리가 바라는 그런 기쁜 소식이 아니더군요. 솔직히 말하면 그 소식이 미칠 영향 때문에 조금 걱정입니다. 그래서 평소보다 일찍 방문했습니다. 그렇다고 그 소식을 불길하게 보는 건 아닙니다. 절대 아니죠! 앨더슬리 씨에 관한 정보의 진위 여부는 확실하지 않으니까요. 그 점이 바로 앨더슬리 씨에게 아주 유리하기도 하고. 법정 용어를 빌려서 말해 보자면 앨더슬리 씨에게 확실한 증거가 나오기 전까지는 유리하게 해석하겠습니다. 번햄 양도 저와 같이 생각하나요? 그럴 것 같지는 않습니다만."

"번햄 양 때문에 저는 지금 슬프고 놀랐어요. 그렇지 않아도 의사 선생님을 모셔 올까 생각하던 참이었어요." 크레이퍼드 부인이 대답했다.

그 말을 시작으로 간밤에 무슨 일이 있었는지 의사에게 이야기했다. 클라라와 그날 아침에 나눈 이야기뿐만 아니라 어젯밤 무아지경에 빠진 클라라가 한 말까지 다 전했다.

의사는 주의 깊게 들었다. 부인의 이야기가 계속되자 사람 좋은 미소를 지으며 침착하게 듣던 의사는 이야기가 끝났을 때 아주 깊은 생각에 빠져 있었다. "가서 번햄 양을 한번 보도록 하죠." 그가 말했다.

그는 클라라 옆에 앉아서 그녀의 맥을 재면서 얼굴을 찬찬히 살펴봤다. 환자의 신비로운 몽상가 기질과 의사의 철저하게 현실적인 성격 사이에는 아무 공감도 존재하지 않았다. 클라라는 내심 이 의사를 싫어했다. 그녀는 의사가 자신을 꼼꼼하게 진찰하자 조바심을 냈다. 의사가 질문을 하면 짜증스럽게 대답했다. 거기서 한 발 더 나아가 (그 의사는 쉽게 물러서는 타입이 아니었다) 그는 탐험대에 대한 소식을 언급하면서 이미 크레이퍼드 부인이 한 대로 그녀의 생각에 반박했다. 클라라는 그 질문은 더 이상 논하기를 거부했다. 그녀는 형식적으로 예의를 갖춰서 일어나 집에 돌아가도 되는지 허락을 구했다. 의사는 더 이상 거절하지 않았다. "그렇게 하시죠, 번햄 양." 그는 체념하고 그렇게 대답하면서 크레이퍼드 부인을 보며 '부인은 여기 남으세요'란 눈짓을 했다. 클라라는 냉정하게 아무 말도 없이 고개만 까닥 숙여서 인사하고 가 버렸다. 의사의 환한 눈빛이 어두워지면서 우아한 모습의 그녀가 천천히 사라지는 모습을 걱정하는 표정으로 바라봤다. 그걸 본 크레이퍼드 부인 역시 더럭 불안해졌다. 의사는 클라라가 정원 옆으로 돌아가는 베란다로 사라질 때까지 아무 말도 하지 않았다.

"전에 말씀하셨던 것 같은데 번햄 양의 양친 다 돌아가셨다고 하셨죠?" 의사가 그렇게 운을 뗐다.

"네, 번햄 양은 고아예요."

"가까운 친척은 있습니까?"

"아뇨. 그녀의 후견인이자 친구인 제게 말하셔도 됩니다. 번햄 양 때문에 걱정돼서 그러시나요?"

"심각하게 걱정이 됩니다. 번햄 양을 마지막으로 본 게 불과 이틀 전인데 그 사이에 상태가 아주 크게 악화됐습니다. 육체적으로나 정신적으로나 그렇습니다. 그렇다고 놀라진 마시고요! 이 경우는 치료가 불가능한 건 아니라고 믿습니다. 앨더슬리 씨가 아직 살아 있을지 모른다는 점이 우리가 가질 수 있는 큰 희망입니다. 그렇다면 미래는 걱정하지 않습니다. 앨더슬리 씨와 결혼하면 번햄 양은 건강하고 행복해질 겁니다. 하지만 지금 상황에서 번햄 양은 앨더슬리 씨가 죽었고, 자신도 곧 그 뒤를 따를 거라고 굳게 믿고 있어서 걱정입니다. 이런 건강 상태에서 그런 생각을 한다면 (밤낮으로 이 생각만 할 텐데) 분명 환자의 몸과 마음에 나쁜 영향을 미치게 될 겁니다. 그런 악영향을 막지 않는 한, 지금 남아 있는 힘마저 사라질 겁니다. 다른 의사의 의견을 듣고 싶다면 그렇게 하십시오. 제 의견은 이렇습니다."

"전 선생님 의견에 만족합니다. 제발, 우리가 뭘 해야 할지 말해 주세요."크레이퍼드 부인이 말했다.

"전면적인 변화를 시도해 볼 수 있을 것 같습니다. 당장 이곳을 떠나게 하죠."의사가 말했다.

"클라라는 가지 않으려 할 겁니다. 제가 여러 번 제안했는데 항상 싫다고 했어요."부인이 대답했다.

의사는 생각을 가다듬는 것처럼 한동안 아무 말도 하지 않았다.

"여기 오는 길에 들은 이야기가 하나 있는데 방금 부인이 언급한 문제를 해결할 방법이 있을 것 같습니다. 제가 엄청난 오판을 한 게 아니라면 번햄 양은 제가 염두에 둔 변화를 거부하지 않을 겁니다."

"그게 뭔데요?"크레이퍼드 부인이 간절하게 물었다.

"그 대답하기 전에 먼저 질문을 하나 드려도 될까요? 혹시 해군 본부에 아는 분이 없으십니까?"

"당연히 있죠. 제 아버님이 비서실에 계세요. 그리고 해군 본부에 아버님 친구도 두 분 계시고."

"잘됐네요! 이제 아무 걱정 없이 말씀드릴 수 있겠어요. 제가 이 이야기를 하면 부인은 지금 번햄 양에게 도움이 되는 유일한 변화는 앨더슬리 씨에 대한 마음을 바꿀 수 있는 변화 하나뿐이라는 점에 동의하실 겁니다. 번햄 양이 진실을 알아낼 수 있는 곳에 가게 하죠. 그녀의 병적으로 혼란스러운 상상과 환영을 통해서가 아니라 실제 증거와 사실에 의거해 앨더슬리 씨가 살아 있는지 아닌지 밝혀내도록 하자는 겁니다. 그러면 번햄 양의 건강에 해를 끼치는 그 히스테리성 망상도 끝날 겁니다. 설사 상황이 안 좋다 해도, 앨더슬리 씨가 북극에서 죽었다고 쳐도, 본인이 직접 알아내는 편이 탐험대에서 다음번 소식이 영국에 도착할 때까지 몇 주 동안 자신의 병적인 미신과 추측을 떠올리고 곱씹으면서 괴로워하는 것보다는 훨씬 나을 겁니다. 한마디로 말하면, 이 주가 끝나기 전에 번햄 양이 현재 품고 있는 확신을 시험해 보자는 겁니다. 번햄 양에게 이렇게 말해 보면 어떨까요? '앨더슬리 씨에 대해 우리 의견이 다를 수 있어. 자기는 그럴듯한 이유도 없이 그가 확실히 죽었다고 선언했고, 그보다 더 끔찍하게도 동료 장교에게 살해당했다고 말했잖아. 나는 신문을 근거로 그런 일은 일어나지 않았다고 봐. 그리고 프랭크가 아직 살아 있을 가능성도 크고. 그러니 우리 같이 대서양을 횡단해서 누구의 생각이 맞는지 판단해 보는 게 어때?' 번햄 양이 그 제안을 거절할 거라고 생각하십니까, 크레이퍼드 부인? 제가 아는 인간의 본성으로 판단해 보자면 번햄 양은 당신이 자신의 천리안을 믿도록 그 기회를 잡을 겁니다."

"맙소사, 선생님! 지금 우리더러 바다를 건너서 고국으로 돌아오는 북극 탐험대를 만나러 가라는 겁니까?"

"잘 맞추셨습니다, 부인! 바로 그렇습니다."

"하지만 어떻게요?"

"당장 말씀드릴게요. 제가 아까 여기 오는 길에 무슨 이야기를 들었다는 말을 했죠?"

"맞아요."

"그게, 우리 집 앞에서 옛 친구를 만나서 오는 길에 좀 같이 걸었답니다. 어젯밤에 제 친구가 포츠머스 항에서 해군 제독과 저녁을 같이 먹었다더군요. 그 만찬에 참석한 손님 중에 탐험대에 대한 소식을 가져온 해군부 관리도 한 명 있었다는군요. 그 신사 말로는 해군 본부에서 즉시 미국 해안으로 증기선을 보내 구조된 사람들을 고국으로 데려올 계획이라고 합니다. 조금만 기다려 보세요, 크레이퍼드 부인! 어떤 규정에 따라 그 배가 항해할지는 아직 아무도 모릅니다. 이런 경우에는 보통 특권층이 승객이나 손님으로 그 배에 타게 됩니다. 전에 그런 일이 있었다면 이번에도 그럴 가능성이 있죠. 더 이상은 뭐라고 말씀드릴 수 없습니다. 부인이 항해를 두려워하지 않는다면, 제 환자가 가도 괜찮을 거라고(아뇨, 저는 전적으로 찬성합니다) 저는 생각합니다. 어떻게 생각하세요? 부인 아버님에게 편지를 써서 해군 본부에 있는 친구들에게 영향력을 발휘해 달라고 부탁을 해 보는 게 어떨까요?"

크레이퍼드 부인이 흥분해서 일어났다.

"쓰라고요! 쓰는 것보다 더 좋은 방법이 있어요. 제가 런던에 다녀오는 건 어렵지 않아요. 집을 비우는 동안 가정부에게 클라라를 보살피라고 맡길 수 있어요. 오늘 밤 아버지를 만나겠어요! 아버지는 해군 본부에 힘을 써 주실 거예요. 그건 믿어도 좋아요. 아, 친애하는 의사 선생님. 이 일은 정말 성공할 것 같아요! 우리 남편! 클라라! 정말 대단한 생각을 해내셨어요. 선생님은 보물 같은 분이세요! 어떻게 감사를 드려야 할지 모르겠어요."

"진정하세요, 부인. 너무 그렇게 성공을 자신하지는 말자고요. 먼저 번햄 양이 반대할지도 모른다는 점도 고려하도록 합시다. 하지만 해군 본부에서 안 된다고 하면?"

"그렇다면 제가 런던으로 찾아가겠어요, 선생님. 가서 직접 이야기할게요. 그래 봤자 그 사람들도 남자인데 제 말을 거부할 수 있는 남자는 없답니다."

그렇게 그들은 헤어졌다.

그로부터 한 주 후에 아마존호가 북아메리카로 떠났다. 일부 특권층, 특히 북극 탐험대와 관계가 있는 사람들은 그 배에 남는 선실을 써도 좋다는 허락을 받았다. 귀빈 명단에 두 숙녀, 크레이퍼드 부인과 번햄 양의 이름도 있었다.

5장
보트 창고

XVI

다시 바다. 뉴펀들랜드 해안에 밀려와 부서지는 파도! 정박 중인 영국 증기선 한 척이 출항을 앞두고 있다. 그 증기선은 해안에 있는 커다란 보트 창고의 열어 놓은 문간에서 또렷하게 보인다. 창고는 해안에 있는 어장의 부속 건물 중 하나다.

현재 그 보트 창고에는 선원 복장을 한 남자만 하나 있다. 그는 상자 위에 앉아, 손에 줄을 감은 채, 하릴없이 바다를 내다보고 있었다. 근처의 거친 목수용 테이블 위에 이런 곳에 어울리지 않는 기이한 물건이 하나 있었다. 여성용 베일이었다.

곧 출항을 앞두고 정박 중인 저 배는 무슨 배일까?

그건 북극 탐험대의 생존자들을 영국으로 데려오기 위해 파견된 아마존호였다. 이 배가 그 생존자들을 북아메리카에서 성공적으로 만난 지도 사흘이 지났다. 하지만 고국으로 가는 항해는 폭풍 때문에 원래 항로에서 벗어나 연기됐다. 사흘째 되는 오늘 처음 바다가 다시 잔잔해진 틈을 타서 아마존호의 사령관이 뉴펀들랜드 해안에 닻을 내리고, 다시 영국으로 항해를 떠나기 전에 물을 더 보충하라고 사람들을 해안으로 보낸 것이다. 지친 승객들은 폭풍에 시달린 심신의 생기를 되찾으려 배에서 내려 몇 시간 보내기로 했다. 그 승객 중에 두 명의 숙녀가 있었다. 지금 보트 창고 테이블에 놓인 베일은 클라라의 베일이었다.

그렇다면 상자에 앉아, 한 손에 줄을 감은 채 한가하게 바다를 내다보는 저 남자는 누굴까? 저 남자는 배에 탄 사람 중에서 유일하게 쾌활한 사람이다. 다시 말하면 존 원트다.

상자에 앉아 쉬는 우리 친구, 절대 불평하지 않는 그는 보트 창문 문가에 갑자기 나타난 한 선원을 보고 놀랐다.

"그 일 빨리 끝내. 존 원트! 크레이퍼드 중위님이 널 찾으러 오시고 있어." 선원이 말했다.

그는 경고를 하고 다시 사라졌다. 존 원트는 끙 소리를 내며 일어나서, 상자를 세우고, 그 줄로 상자를 묶기 시작했다. 배의 요리사인 그는 북극에서 곤경에 처한 동료들에게 활기를 불어넣었던 태도와 달리 구조된 사실을 반기지 않았다. 오히려 고마운 줄도 모르고 북극을 그리워하는 경향이 있었다.

그는 이런 생각을 하고 있었다. '구조되기 전에 이곳에 올 줄 알았더라면, 차라리 북극에 있을걸. 나는 북극에서 다른 사람들의 사기를 북돋는 역할이 아주 좋았단 말이야. 가만히 생각해 보면 난 북극에서 아주 편하게 지냈던 것 같아. 그걸 미리 알았더라면 얼마나 좋아. 다른 사람이 내 처지였다면 이 뉴펀들랜드 보트 창고는 아주 날림으로 지었고, 물기가 많아서 미끄러운 데다, 외풍도 세고, 대피소로 삼기엔 비린내가 너무 지독한 곳이라고 했을 거야. 또 다른 사람이 보면 시도 때도 없이 끼는 이곳 안개와, 시도 때도 없이 나오는 이곳 대구와 시도 때도 없이 뛰어다니는 이곳 개들이 싫다고 했을 거야. 북극에는 아주 근사한 북극곰들이 있었는데. 신경 쓰지 말자! 나야 뭐 이래도 좋고 저래도 좋은 사람이니까. 난 불평이란 걸 모르는 사람이잖아."

"그 상자를 묶으란 일은 다 끝냈나?"

이번에 들리는 목소리는 권위가 실린 목소리였다. 문간에 크레이퍼드 중위가 서 있었다. 존 원트는 그답게 아주 유쾌하게 대답했다.

"제가 아주 끝내주게 해 놨습니다, 중위님. 하지만 이곳이 워낙 습기가 지독해서 밧줄이 벌써 망가지고 있는 것 같습니다. 습기가 우리 폐에 미치는 나쁜 영향은 말도 안 하겠습니다. 그냥 밧줄 이야기만 하는 거죠."

크레이퍼드는 신랄하게 대답했다. 전과 달리 이제는 존 원트의 농담을 재미있어 하지 않는 것 같았다.

"흥! 자네의 그 찡그린 얼굴을 보니 우리가 북극에서 구조된 걸 끔찍한 비극으로 생각하는군. 자네는 다시 그곳으로 돌려보내는 게 좋겠어."

"다시 그곳에 돌아간다고 해도 저는 지금처럼 아주 쾌활할 수 있습니다, 중위님. 고마운 마음으로 그럴 수 있기를 바라겠습니다만, 이렇게 비린내가 진동하는 곳에서 북극 이야기를 듣고 싶진 않습니다. 북극은 아주 깨끗하고 눈이 많은 곳이잖아요. 여긴 아주 축축한데도 모래투성이고요. 제가 끓여 드린 뼈다귀 수프가 그립지 않으세요, 중위님? 전 그리운데. 그 수프가 맛은 좀 밍밍했을지 몰라도 아주 뜨거웠잖아요. 추위 때문에 그걸 먹으면 좀 고기 맛이 나는 것도 같았고. 어젯밤에 그렇게 기침을 오래 하신 분이 중위님 아니셨어요? 제가 주제넘게 이 지역 공기가 안 좋다고 말할 순 없지만 그렇게 속에 있는 것을 다 토해 낼 정도로 기침을 심하게 하신 분이 중위님이 아니라면 기쁠 것 같습니다. 이 밧줄이 얼마나 축축한지 한번 만져 보시겠어요? 그다음에 제 재킷에 손을 문질러 닦으시면 됩니다."

"자네는 정말이지 한 대 맞아야 정신을 차리겠군. 그 상자를 당장 배로 가져가게. 이 투덜이 같으니라고! 자네는 에덴동산에서도 불평을 해 댈 인간이야."

탐험대의 철학자인 그는 에덴동산을 들먹인다고 입을 다물 인간이 아니었다. 천국도 존 원트에겐 완벽한 곳이 아니었다.

"전 제가 어디에 있든 항상 생기가 넘치길 바랍니다, 중위님. 하지만 제 말 명심하세요. 에덴동산의 화단에도 골치 아픈 일이 태산일 겁니다."

그렇게 반박할 수 없는 항의를 한 후에, 존 원트는 상자를 어깨에 지고, 보트 창고를 쓸쓸히 나갔다.

혼자 남은 크레이퍼드는 시계를 보고 밖에 있는 선원을 불렀다.

"숙녀들은 어디 있나?" 그가 물었다.

"크레이퍼드 부인이 지금 여기로 오고 계십니다, 중위님. 중위님이 들어오시고 얼마 안 돼서 곧바로 오셨습니다."

"번햄 양도 같이 있나?"

"아뇨, 중위님. 번햄 양은 해변에서 다른 승객들과 같이 있습니다. 번햄 양이 중위님을 찾아다닌다는 말을 들었습니다."

"날 찾아다닌다고?" 크레이퍼드는 그 말을 되뇌면서 생각에 잠겼다. 그러더니 좀 더 나직하고 심각한 어조로 덧붙였다. "번햄 양에게 내가 여기 있다고 말하게."

선원은 경례하고 나갔다. 크레이퍼드는 보트 창고에서 천천히 왔다 갔다 했다.

북극의 황무지에서 죽을 뻔하다 구조돼 아름다운 아내와 재회했지만 그는 이상하게 수심에 차 있고 우울해 보였다. 무슨 생각을 하는 걸까? 그는 클라라 생각을 하고 있었다.

구조된 사람들이 아마존호에 탄 첫날 클라라는 그들에게 프랭크 앨더슬리와 리처드 워도르에 대해 다짜고짜 물어봐서 크레이퍼드뿐만 아니라 탐험대의 다른 장교들까지 당황하고 고통스럽게 만들었다. 그녀는 실종된 두 남자에게서 어떤 소식도 듣지 못했다는 말을 들었을 때 실망도, 절망도 하지 않았다. 심지어 크레이퍼드가 (그녀를 동정하는 마음에서) 그와 동료들은 두 사람을 다시 만날 희망을 포기하지 않았다고 했을 때 그녀는 서글픈 미소를 지었다. 크레이퍼드가 그렇게 말하고 그 고통스러운 화제가 더 이상 거론되지 않기를 바랐을 때 클라라는 프랭크와 워도르에 대해 아직까지 하지 않은 말이 있는데 지금 하겠다고 선언해서 모두 놀라게 했다. 그녀는 조심스럽게 말하긴 했지만 살인이 일어난 것 같다는 의심이 든다고 밝혔다. 그 말에 크레이퍼드 중위는 너무나 괴로워졌고, 동료들은 너무 놀라서 모두 뭐라 대답하지 못했다. 그 직후에 폭풍이 몰려온다는 경고가 나왔고, 하늘과 바다에서 조짐이 드러났다. 크레이퍼드는 그걸 핑

계로 그 대화가 일어난 선실을 다급하게 나왔다. 동료 장교들도 그의 본을 따서 갑판에서 할 일이 있다는 변명을 하고 따라 나왔다.

다음 날 그리고 그다음 날도 격렬한 폭풍이 몰아쳐서 승객들은 선실을 나올 수 없었다. 하지만 이제 하늘이 개이고, 배가 정박해서 장교들과 승객들 모두 해안에 나와 한가로운 시간을 보내고 있으니 클라라는 실종된 남자들이라는 화제로 돌아가 그들에 대한 질문을 할 기회를 찾을 것이다. 그때는 크레이퍼드도 대답을 못 하는 데 대한 변명을 늘어놓을 수 없을 것이다. 그녀의 질문 세례에 어떻게 대처해야 하나? 그녀가 진실을 모르도록 할 수 있을까?

이제 크레이퍼드는 그런 고민에 빠져 괴로워하느라 구조된 후에도 평소와 달리 우울하고 근심에 시달렸다. 동료 장교들이 그가 책임져 주길 바라는 것도 잘 알고 있었다. 그가 거부한다면 클라라의 마음에 도사린 그 끔찍한 의심이 맞는다고 확인해 주는 셈이 된다. 이 비상 사태에 명예롭고 자비롭게 대처해야 하지만 어떻게 해야 할지는 크레이퍼드도 알 수 없었다. 그렇게 우울한 생각에 빠져 있을 때 아내가 보트 창고에 들어왔다. 돌아서서 그녀를 본 그는 아내도 그와 똑같이 동요하고 불안한 심정이라는 걸 알아챘다.

"클라라 봤소? 그녀는 여전히 해변에 있는 거요?" 그가 물었다.

"지금 나를 따라 여기로 오고 있어요. 오전 내내 클라라에게 이야기했는데도 계속 프랭크가 실종됐을 당시의 상황을 당신에게 들어야겠다고 고집을 부리네요. 지금 같아선 당신이 클라라에게 대답해 주는 거 말고 다른 방법이 없어요."

"날 좀 도와줘요, 루시. 그녀가 들어오기 전에 애초에 어떻게 그런 끔찍한 의심을 하게 됐는지 말해 봐요. 우리가 영국을 떠나기 전에 클라라가 알아낼 수 있었던 건 두 청년이 각각 다른 배에 타게 됐다는 사실 하나뿐인데. 어떻게 둘이 같이 있을 거라고 의심하게 됐죠?"

"클라라는 탐험대가 영국을 떠났을 때 그 둘이 만나게 될 거라고 확고하게 믿었어요. 그리고 북극 여행을 다룬 책에서 행군하다가 뒤처진 사람들, 빙산 위에서 떠도는 사람들에 대한 내용을 읽었죠. 마음이 그런 이미지들과 불길한 예감으로 가득 찬 상황에서 무아지경에 빠졌을 때 (아니면 꿈을 꿨을 때) 프랭크와 워도르를 본 거죠. 그때 클라라 옆에 있다가 그 아이가 하는 말을 들었어요. 클라라는 프랭크에게 워도르가 진실을 알아냈다고 경고했어요. 그리고 소리쳤죠. '당신이 일어설 수 있는 동안은 다른 사람들과 떨어지지 말아요, 프랭크!'라고."

"맙소사! 나도 프랭크를 마지막으로 봤을 때 거의 똑같은 말을 했는데!" 크레이퍼드가 부르짖었다.

"클라라에겐 그런 내색은 하지 말아요. 당신이 방금 말한 건 클라라는 모르게 해요. 클라라는 단순히 그걸 놀라운 우연의 일치로만 받아들이진 않을 테니까. 그걸로 그 불길한 미신에 찬 믿음이 맞았다는 증거로 받아들일 테니까. 프랭크가 워도르의 손에 죽었다는 걸 당신이 정확히 알지 않는 한 클라라가 하는 말은 다 부인하세요. 그녀가 그 상황을 모르게 해요. 내가 그랬던 것처럼 그녀가 내린 결론은 다 반박해요. 클라라가 하느님의 자비를 믿는 사람이 될 수 있게 노력하는 나를 도와 달라고요!" 부인은 말을 멈추고 문가를 불안하게 돌아봤다. "쉿! 내가 방금 시킨 대로 해요. 클라라가 왔어요." 그녀가 속삭였다.

XVII

클라라는 문간에 멈춰 서서 남편과 부인 사이를 불신에 찬 눈빛으로 번갈아 봤다. 그리고 창고로 들어와 크레이퍼드에게 다가간 그녀는 그의 팔을 잡고 크레이퍼드 부인이 서 있는 곳에서 몇 발짝 떨어진 곳으로 데려갔다.

"이제 폭풍도 그치고, 배에서 하실 일도 없죠." 클라라는 슬프고 힘없는 미소를 지었는데 그걸 보자 크레이퍼드의 가슴이 미어지는 것 같았다. "당신은 루시의 남편이고, 루시 때문에 저도 중요하게 생각하시죠. 그래도 제 마음을 아프게 하지 않으려고 절 피하지 마세요. 전 고통은 견딜 수 있어요. 제 친구이자 오빠로서 제가 최악의 소식을 들을 용기가 있다는 걸 믿으시겠어요? 프랭크에 대해 속이지 않겠다고 약속하시겠어요?"

그녀의 목소리에 깃든 부드러운 체념, 그를 쳐다보며 호소하는 슬픈 표정에 처음부터 크레이퍼드는 평정을 잃고 그만 어설프게 대꾸하고 말았다. 그냥 얼버무린 것이다.

"친애하는 클라라 양, 내가 무슨 짓을 했기에 당신을 속인다고 의심하는 겁니까?" 그가 말했다.

그녀는 뭔가를 살피는 표정으로 그의 얼굴을 바라보더니 다시 믿을 수 없어 하는 표정으로 크레이퍼드 부인을 힐끗 바라봤다. 잠시 침묵이 흘렀다. 세 사람이 미처 입을 열기도 전에 크레이퍼드의 동료 장교 하나가 들어왔고, 이어서 선원 두 명이 음식이 든 바구니를 가져왔다. 크레이퍼드는 즉시 클라라의 팔을 내려놓고 화제를 전환할 수 있는 반가운 기회를 냉큼 잡았다.

"배에서 온 다른 지시는 없는가, 스티븐슨?" 그가 장교에게 다가가며 물었다.

"구두 지시만 있었습니다. 배는 만조 때 출발할 겁니다. 잠시 후에 신호탄을 발사해서 사람들을 모으고, 해안에 보트 한 척을 더 보내야 합니다. 그동안 승객들은 다과를 즐기시면 됩니다. 배 안은 지금 정신없으니 숙녀 분들은 여기서 점심을 드시는 편이 훨씬 더 편할 겁니다."

그 말을 들은 크레이퍼드 부인이 클라라의 입을 다물게 할 기회를 잡았다.

"이리 와, 자기야. 남자들이 들어오기 전에 우리가 먼저 식탁보를 깔자." 부인이 말했다.

클라라는 지금 마음먹은 목적을 달성하는 데 온 정신을 쏟아서 순순히 입을 다물려고 하지 않았다. "바로 도와드릴게요." 그녀는 그렇게 대답하고 방을 가로질러 스티븐슨이라는 장교에게 가서 말을 걸었다.

"제게 몇 분만 시간을 내 주시겠어요? 할 말이 있어서요." 그녀가 물었다.

"그럼요, 번햄 양." 그렇게 대답하고 스티븐슨은 선원 두 명을 내보냈다. 크레이퍼드 부인은 불안하게 남편을 바라봤다. 크레이퍼드는 부인에게 속삭였다. "스티븐슨에 대해선 걱정하지 말아요. 내가 이미 경고했어요. 신중하고 믿을 수 있는 친구예요."

클라라는 크레이퍼드에게 오라고 손짓했다.

"두 분을 오래 잡아 두진 않을 게요. 스티븐슨 씨를 괴롭게 하지 않겠다고 약속해요. 제가 어리긴 하지만 자제력이 있다는 사실을 알게 될 겁니다. 당신의 지난 고통에 대한 이야기를 다시 해 달라고 청하진 않을게요. 그저 한 가지에 대한 제 생각이 옳은지만 확인하고 싶어요. 구조를 요청하는 구조대가 파견됐을 때 무슨 일이 있었는지에 대해서요. 제가 이해하기론 그때 누가 구조대와 같이 가고, 누가 남을지를 놓고 장교들끼리 제비를 뽑았다고 들었어요. 프랭크는 가는 쪽을 뽑았고요." 그녀는 거기까지 말하고 몸서리를 쳤다. "그리고 리처드 워도르는 남는 쪽의 제비를 뽑았죠. 장교이자 신사로서 명예를 걸고 말해 주세요. 그게 사실인가요?"

"제 명예를 걸고 그건 사실이에요." 크레이퍼드가 말했다.

"제 명예를 걸고 그건 사실입니다." 스티븐슨도 그렇게 말했다.

그녀는 그들을 보면서 조심스럽게 다음에 해야 할 말을 골라서 했다.

"두 분 다 오두막에 남는 패를 뽑으셨어요. 그리고 두 분 다 여기 계시죠. 리처드 워도르는 남는 쪽 패를 뽑았는데 여기 없어요. 그런데 어떻게 그의 이름이 프랭크와 같이 실종자 명단에 오르게 됐죠?" 그녀는 둘을 보며 물었다.

그것은 대답하기에 위험한 질문이었다. 스티븐슨은 대답을 크레이퍼드에게 맡겼다. 그는 다시 한번 얼버무렸다.

"두 사람이 실종자 명단에 같이 올랐다고 해서 같이 있었다는 뜻은 아니에요." 크레이퍼드가 대답했다.

클라라는 신중하게 생각하지 않고 한 크레이퍼드의 답변에서 누구나 예상할 수 있는 결론을 끌어냈다.

"프랭크는 구조를 요청하러 갔다가 실종됐는데. 그럼 워도르는 오두막에 남아 있다가 실종됐다는 뜻인가요?" 그녀가 물었다.

크레이퍼드와 스티븐슨 둘 다 망설였다. 크레이퍼드 부인이 화가 난 표정으로 그들을 보고, 임기응변을 발휘해서 거짓말을 했다.

"그래! 워도르는 오두막집에서 실종됐어." 부인이 말했다.

부인이 아무리 빨리 대답을 했다고 해도 여전히 한 박자 느렸다. 클라라는 두 장교가 순간적으로 망설이는 걸 눈치챘다. 그녀는 스티븐슨에게 돌아섰다.

"난 당신의 명예를 믿어요. 크레이퍼드 부인이 오해했다는 제 생각이 맞았나요, 틀렸나요?" 그녀가 조용히 물었다.

클라라가 질문할 상대를 잘 골랐다. 스티븐슨은 그를 간섭할 아내가 옆에 없다. 명예를 걸고 대답하라는 압박을 받은 스티븐슨은 그녀의 말이 사실임을 인정해야 했다. 사고로 구조대에 합류할 수 없게 된 장교를 대신해 워도르가 그 자리에 들어갔고, 두 사람은 같이 실종됐다고.

클라라가 크레이퍼드 부인을 바라봤다.

"이 말 들었어요? 오해한 사람은 내가 아니라 루시 당신이에요. 당신은 '사고'라고 하지만 저는 '운명'이라고 부르는 것이 결국 프랭크와 워도르를 탐험대의 일원이 되게 만들었어요." 그녀는 대답을 기다리지 않은 채 다시 스티븐슨에게 돌아서서, 갑자기 그 고통스러운 화제를 바꿔 그를 놀라게 했다.

"스코틀랜드의 산악 지대에 가 본 적 있나요?" 그녀가 물었다.

"한 번도 없어요." 스티븐슨이 대답했다.

"『천리안』과 같은 산악 지대에 대한 책을 읽어 본 적 있나요?"

"네."

"천리안을 믿으세요?"

스티븐슨은 정중하게 그 질문에 대한 직접적인 답변을 거부했다.

"내가 산악 지대에서 살았더라면 뭘 믿었을지 모르겠어요. 하지만 그 주제에 대해선 생각해 볼 기회가 지금까지 없었습니다." 그가 대답했다.

"당신의 믿음을 시험하진 않을게요. 제가 얼마 전에 영국에서 아주 기이한 꿈을 꿨다는 건 믿어 주세요. 꿈에서 당신이 방금 인정한 내용과 그 이상이 나왔어요. 그 실종된 남자 두 명이 어떻게 다른 동료들과 헤어지게 됐죠? 순전히 우연히 길을 잃었나요? 아니면 행군하다 뒤에 남겨지게 됐나요?" 클라라가 계속 물어봤다.

크레이퍼드는 더 이상 클라라가 질문을 하지 못하게 하려고 마지막으로 헛된 노력을 했다.

"스티븐슨이나 나나 우리 둘 다 구조대가 아니었는데. 어떻게 그 질문에 답을 할 수 있겠어요?" 그가 대답했다.

"구조대 소속인 동료 장교들이 분명 무슨 일이 있었는지 말해 줬을 텐데요. 난 그저 그들이 두 분에게 말한 걸 제게 말해 달라고 부탁하는 것뿐이에요." 클라라가 대꾸했다.

크레이퍼드 부인이 또 끼어들어서 이번에는 현실적인 제안을 했다.

"바구니에서 아직 음식을 꺼내지도 않았잖아. 어서 와, 클라라! 이건 우리가 해야 할 일이야. 시간이 계속 지나가고 있잖아." 그녀가 말했다.

"점심은 몇 분 기다려도 돼요. 제 고집을 조금만 더 참아 주세요." 클라라는 그렇게 대답하고 나서 크레이퍼드의 어깨에 한 손을 살짝 올려놨다.

"그 두 사람이 어떻게 구조대와 헤어지게 됐는지 말해 주세요. 당신은 항상 친절한 친구였잖아요. 이제 와서 잔인하게 대하지 말아 주세요!"

그녀의 호소가 그의 마음에 가 닿았다. 그는 가망 없는 분투를 포기하고 진실의 일부를 슬쩍 드러냈다.

"사흘 째 되는 날 프랭크의 기운이 다 떨어졌어요. 너무 지쳐서 다른 사람들을 따라잡을 수 없었어요."

"그들은 분명 그를 기다려 줬을 텐데요?"

"그를 기다리는 건 지극히 위험한 일이었어요, 아가씨. 그렇게 극한 기후에서는 계속 밀고 나가야만 그들의 목숨과 오두막에서 남아 그들을 기다리는 사람들의 목숨을 구할 수 있어요. 하지만 프랭크는 사람들이 다 좋아하는 친구였기 때문에 그가 기운을 회복할 수 있게 반나절을 기다려 줬어요." 크레이퍼드가 설명했다.

그리고 입을 다물었다. 클라라에 대한 애정 때문에 경솔하게 입을 열고 말았다는 사실을 뒤늦게 깨달은 것이다.

하지만 이제는 침묵으로 피하기엔 너무 늦어 버렸다. 클라라는 더 들어야겠다는 결심만 굳어졌다.

그녀는 이제 스티븐슨에게 질문했다.

"반나절 쉰 후에 프랭크가 다시 일어나서 갔나요?"

"그러려고 했지만—"

"그러다 실패했군요?"

"맞아요."

"그가 실패했을 때 다른 사람들은 어떻게 했죠? 그들은 겁쟁이가 돼 버렸나요? 프랭크를 버리고 갔어요?"

그녀는 일부러 스티븐슨이 짜증 날 말을 해서 솔직하게 대답하게 몰아갔다. 그는 세상 물정 모르는 젊은이라 그녀가 친 덫에 걸려들었다.

"그들 중에 겁쟁이는 단 한 명도 없었어요, 번햄 양! 당신은 지금 세상에서 가장 용감한 남자들에 대해 잔인하고 부당한 평가를 하는 겁니다! 그들 중에서 가장 강한 사람이 프랭크 옆에 남아 있겠다고 자원했어요. 그는 탐험대의 흔적을 따라 프랭크를 데려가겠다고 약속했어요." 그는 다정하게 대답했다.

거기서 스티븐슨도 이야기를 너무 많이 해 버렸다는 걸 의식하고 입을 다물었다. 그 지원자가 누구였는지 그녀가 물어볼까? 아니. 그녀는 지금까지 한 중에서 가장 당혹스러운 질문을 던졌다. 스티븐슨이 밝히지도 않은 그 지원자의 이름을 직접 언급하면서.

"리처드 워도르가 왜 그렇게 프랭크를 위해 선뜻 자신의 목숨을 걸었을까요? 프랭크에 대한 우정 때문에? 분명 당신은 내게 그 이유를 말해 줄 수 있을 텐데요? 당신들 모두 같이 오두막집에서 살던 시절을 떠올려 보세요. 프랭크와 워드로가 그때 친했나요? 둘이 화가 나서 기분 나쁜 말을 주고받은 적은 없나요?" 그녀는 크레이퍼드에게 물었다.

크레이퍼드 부인이 때맞춰 남편에게 힌트를 줄 기회를 봤다.

"아이고, 클라라. 어떻게 우리 남편이 그런 걸 다 기억하겠니? 남자들이 한곳에 갇혀서 오래 있다 보면 지겨워져서 얼마나 많이 싸웠겠어." 그녀가 말했다.

"아주 많이 싸웠지! 그리고 다들 다시 화해했고." 크레이퍼드가 부인의 말을 따라 했다.

"다들 다시 화해했다잖아. 자, 됐지! 자기가 생각한 것보다 훨씬 더 간단하게 대답했잖아. 이제 만족했어? 스티븐슨 씨. 이리 와서 날 좀 도와줘요(당신이 바다에서도 그랬듯이). 이 바구니에 있는 음식 좀 꺼냅시다. 클라라가 통 나를 도와주질 않네. 여보, 거기서 그렇게 멀뚱히 서 있지 말아요. 여기 바구니에 음식이 너무 많아요. 우리 다 같이 준비해야겠어요. 당신은 이 식탁보를 여기 깔아요. 아, 그렇게 서툴게 하지 말라니! 돛을 펴는 것처럼 식탁보를 좍 펴야 해요. 나이프들은 오른쪽에 놓고, 포크들은 왼쪽에 놓고. 냅킨과 빵은 그 사이에 놔야죠. 클라라, 이렇게 화창한 날 시장하지 않다면 이상한 거지. 어서 와서 네가 할 일을 해. 어서 와서 좀 먹어!" 부인이 다짜고짜 말했다.

부인은 그 말을 하면서 고개를 들어 바라봤다. 클라라는 마침내 그녀에게 진실을 숨기려는 이들의 음모에 굴복한 것처럼 보였다. 그녀는 천천히 보트 창고 문간 쪽을 향해 돌아서서, 혼자 문지방에 서서 밖을 내다보았다. 그녀를 테이블로 데려가려고 다가간 크레이퍼드 부인은 클라라가 조용히 혼잣말을 하는 소리를 들었다. 클라라는 리처드 워도르가 무도회에서 그녀에게 했던 말을 다시 하고 있었다.

"'내가 당신을 용서할 때가 올 거요. 하지만 내게서 당신을 뺏어 간 자는 당신과 처음 만난 날을 후회하게 될 거요.' 아, 프랭크! 프랭크! 리처드가 자기 양심에 당신 피를 묻히고, 자기 심장에 내 이미지를 담은 채 아직 살아 있나요?"

갑자기 그녀는 입을 다물었다. 그녀는 흠칫 놀라더니 전신을 격렬하게 떨면서 뒤로 물러났다. 크레이퍼드 부인이 조용한 바다 풍경을 내다봤다.

"널 두렵게 할 만한 것은 아무것도 없는데, 자기야? 해변에 있는 보트 몇 척 말고는 아무것도 안 보여." 그녀가 물었다.

"나도 아무것도 안 보여요, 루시."

"그런데 여기서 뭔가 끔찍한 게 보이는 것처럼 그렇게 덜덜 떨고 있어?"

"저 밖에 뭔가 끔찍한 게 있어요! 보이진 않지만 느낄 수 있어요. 그것이 점점 가까워지고 있는 걸, 화창한 햇빛 속에서도 점점 더 어두워지는 걸 느낄 수 있어요. 그게 뭔지는 나도 모르겠어요. 날 여기서 데리고 나가 줘요! 안 돼요. 해변은 말고. 난 저 문을 넘어갈 수 없어요. 다른 곳! 다른 곳으로 가 줘요!"

크레이퍼드 부인은 주위를 돌아보고, 보트 창고 안쪽 끝에 또 다른 문이 있는 걸 알아챘다. 그녀는 남편에게 말했다.

"저 문이 어디로 통하는지 한번 봐요, 여보."

크레이퍼드가 문을 열자 반은 정원이고, 반은 마당인 쓸쓸한 장소가 나왔다. 장대 몇 개를 세워 놓고 거기에 그물을 마르라고 펼쳐 놓았다. 그거 말고 다른 건 보이지 않았고, 살아 있는 생물도 없었다.

"뭐 아주 매력적으로 보이진 않지만, 당신이 하라는 대로 할게. 어떻게 할까?"

크레이퍼드 부인은 클라라에게 팔을 내밀었지만, 클라라는 거부하고 크레이퍼드의 팔을 잡고 매달렸다.

"난 무서워요, 너무 무서워요! 나랑 같이 있어 주세요. 여자는 절 보호할 수 없어요. 전 당신과 같이 있고 싶어요." 그녀는 힘없이 그에게 말했다. 그리고 다시 보트 창고의 문간을 돌아봤다.

"아, 온몸이 다 차가워요. 이곳에 대한 공포로 얼어붙었어요. 어서 마당으로 가요! 어서 마당으로 나가요!" 그녀가 속삭였다.

"클라라는 내게 맡겨요. 밖에 나가서 바람을 쐐도 나아지지 않으면 당신을 부르리다." 크레이퍼드가 아내에게 말했다.

그는 곧장 그녀를 데리고 나가면서 마당으로 통하는 문을 닫았다.

"스티븐슨 씨, 이 상황을 이해하겠어요? 클라라가 대체 뭘 무서워하는 걸까요?" 부인이 물었다.

부인은 방금 남편과 클라라가 나간 문을 보면서 물었다. 아무 대답도 듣지 못하자 스티븐슨을 힐끗 봤다. 그는 점심을 차려 놓은 테이블의 반대쪽에 서서 보트 창고의 문 밖 풍경을 뚫어져라 보고 있었다. 부인은 스티븐슨이 보는 걸 봤다. 이번에는 뭔가가 보였다. 보트 창고 앞에 깔린 노란 모래 위에 길게 비친 인간의 그림자가 하나 보였다.

잠시 후에 더 많은 것이 보였다. 한 남자가 천천히 시야에 들어와 문지방 앞에 멈춰 섰다.

XVIII

그 남자는 아주 사악하고 끔찍해 보였다. 눈은 야수의 눈처럼 날카롭게 쏘아보았고, 머리에는 모자도 쓰지 않았고, 긴 회색 머리카락은 사정없이 엉켜 있었고, 걸치고 있는 얼마 안 되는 옷은 누더기가 돼 있었다. 그는 문간에 서서 한마디도 하지 않은 채 잘 차려진 식탁을 굶주린 개처럼 비참하고 허기진 표정으로 바라봤다.

스티븐슨이 그에게 물었다.

"당신은 누구요?"

그 남자는 허허로운 목소리로 대답했다.

"굶주린 사람."

그는 천천히 고통스럽게 몇 발자국 앞으로 다가왔다. 너무 피곤해서 금방이라도 쓰러질 것 같아 보였다.

"테이블에서 뼈다귀라도 몇 개 던져 주시오. 개에게 줄 먹이를 내게도 좀 나눠 줘요." 그가 말했다.

그 말을 하는 동안 그의 눈에 허기뿐 아니라 광기도 같이 비쳤다. 스티븐슨은 혹시 몰라서 크레이퍼드 부인을 뒤에 숨기고 마침 보트 창고 앞을 지나가던 선원 둘에게 손짓해서 오라고 했다.

"저 남자에게 빵과 고기를 갖다줘. 그리고 근처에서 기다려." 그가 지시했다.

남자는 마치 짐승의 발톱처럼 보이는 마르고 손톱이 긴 손으로 빵과 고기를 와락 움켜쥐었다. 처음에 한 입 먹은 후에 잠시 멈춰서 멍하니 뭔가를 생각하더니, 빵을 찢고 고기를 두 조각으로 나눴다. 그 절반을 어깨에 지고 있던 낡은 캔버스 백에 넣고, 나머지는 게걸스럽게 먹어 치웠다. 스티븐슨이 그에게 물었다.

"어디서 왔어요?"

"바다에서."

"난파선에서?"

"그래요."

스티븐슨은 크레이퍼드 부인에게 돌아섰다.

"이 불쌍한 남자의 말이 사실인 것 같습니다. 여기서 50, 60킬로미터 정도 떨어진 곳에서 낯선 보트 한 척이 떠돈다는 소문을 들었거든요. 어디서 조난 사고를 당한 겁니까?"

굶주린 남자는 음식에서 고개를 들고 생각을 가다듬어 보려고, 기억을 해 보려고 애를 썼다. 하지만 할 수 없었다. 그는 절망하면서 포기했다. 입을 연 그의 말은 외모만큼이나 거칠었다.

"말할 수 없어. 내 귀에서 바닷물 소리를 쫓아낼 수 없어. 내 머릿속에서 밤새 반짝이는 별들과, 낮에 이글이글 타오르는 태양을 몰아낼 수 없어. 내가 언제 조난 사고를 당했을까? 내가 언제 보트를 타고 떠돌기 시작했을까? 내가 언제 손에 키를 잡고 굶주림과 졸음을 상대로 싸우게 됐을까? 언제부터 내 가슴이 좀먹어 가고, 머리가 이글이글 타기 시작했을까? 다 잊어버렸어. 난 생각할 수도 없고, 잘 수도 없어. 내 귀에서 바닷물이 철썩이는 소리를 털어 버릴 수 없어. 왜 그런 걸 물어서 화가 나게 하는 거야? 그냥 먹게 내버려 둬!"

선원들조차 그를 동정했다. 선원들이 그가 마실 수 있게 술을 좀 가지러 갔다 와도 되느냐고 스티븐슨에게 물었다.

"저희에게 그로그주가 한 병 있습니다. 그걸 갖다줘도 될까요?"

"당연하지!"

남자는 음식을 받았을 때처럼 병을 사납게 낚아채서 조금 마신 후에, 멈춰서, 다시 생각에 잠겼다. 그리고 병을 들어서 햇빛에 비춰 보고, 술이 얼마나 남았는지 찬찬히 살펴본 후에, 조심스럽게 절반만 마셨다. 그렇게 마시고 나서 음식이 든 가방에 술도 넣었다.

"다음에 먹으려고 아껴 두는 건가?" 스티븐슨이 물었다.

"그냥 아껴 두는 거야. 이유는 신경 쓰지 마. 그건 비밀이야." 남자가 대답했다.

그는 대답을 하면서 창고를 둘러보다가 처음으로 크레이퍼드 부인이 있는 걸 봤다.

"여자가 있다니! 저 여자는 영국인인가? 젊은 여자야? 어디 한번 자세히 보게 해 줘." 남자가 말했다.

그는 테이블을 향해 몇 발자국 가까이 다가갔다.

"두려워하지 마세요, 크레이퍼드 부인." 스티븐슨이 말했다.

"두렵지 않아요. 처음에는 무서웠지만 이제는 흥미로워졌어요. 그가 원한다면 내게 말하게 놔둬요." 부인이 대답했다.

그는 말은 하지 않았다. 그저 죽음 같은 침묵 속에 서서 아름다운 영국 여인을 오랫동안 간절하게 바라봤다.

"어떤가?" 스티븐슨이 말했다.

그는 서글프게 고개를 흔들고 나서 땅이 꺼져라 한숨을 쉬며 뒤로 물러났다.

"아니야! **그녀의** 얼굴이 아니야! 아니라고! 아직도 못 찾았어." 그는 혼잣말을 했다.

크레이퍼드 부인은 더욱더 궁금해졌다. 그녀는 용기를 내어 말을 걸었다.

"당신이 찾고 싶은 사람이 누구죠? 당신 아내?" 그녀가 물었다.

그는 다시 고개를 흔들었다.

"그럼 누구? 그녀는 어떻게 생겼죠?"

그는 그 질문에 이렇게 대답했다. 잔뜩 쉬고 허허로운 목소리가 조금씩 부드러워지면서 슬프고 다정한 어조로 말했다.

"젊고, 하얀 피부에 슬픈 얼굴이지. 눈은 다정하고 친절해. 목소리는 부드러우면서도 또렷하고. 젊고 사랑스럽고 착하지. 이제 아무것도 기억할 수 없지만 그녀의 얼굴은 기억하고 있어. 난 계속 방랑하고, 방랑하고, 또 방랑해야 해. 쉬지도 못하고, 잠도 못 자고, 집도 없이 그녀를 찾을 때까지 계속 그래야 해! 얼음과 눈을 넘어서, 바다를 건너고, 땅을 지나, 밤낮으로 깨어서 그녀를 찾을 때까지 방랑하고, 또 방랑하고, 또 방랑해야 해!"

그는 작별 인사로 손을 흔들고 나서 지친 모습으로 나가려고 돌아섰다.

그때 크레이퍼드가 마당의 문을 열었다.

"당신이 클라라에게 가는 게 낫겠어." 그는 그렇게 말을 시작했다가 그 낯선 사람을 보고 멈췄다. "저 사람은 누구야?"

조난당한 남자가 또 다른 목소리를 듣고 천천히 어깨 너머로 돌아봤다. 그의 외모를 보고 퍼뜩 뭔가 떠오른 크레이퍼드가 그를 향해 가까이 다가갔다. 크레이퍼드가 아내 옆을 지나쳤을 때 그녀가 말했다.

"그냥 불쌍한 미친 남자예요, 여보. 조난 사고를 당해서 굶주린 것뿐이에요." 그녀가 속삭였다.

"미쳤다고?" 크레이퍼드는 그렇게 되뇌면서 점점 더 그 남자에게 가까이 다가갔다. "내가 지금 제정신인가?" 그는 그렇게 말하더니 갑자기 그 남자에게 달려들어 멱살을 잡았다. "리처드 워도르! 살아 있었군! 살아 있어. 프랭크에 대한 책임을 지려고." 그가 격노한 목소리로 소리쳤다.

그 남자가 몸부림을 쳤지만 크레이퍼드는 그를 꽉 잡았다.

"프랭크는 어디 있어? 이 악당아, 프랭크는 어디 있냐고?" 그가 말했다.

그 이름이 나오자 클라라가 마당에서 나타나 급하게 방으로 들어왔다.

"리처드의 이름을 들었어요! 프랭크의 이름도 듣고! 그게 무슨 뜻이죠?" 그녀가 말했다.

그녀의 목소리에 남자는 크레이퍼드의 손아귀에서 풀려나려고 다시 버둥거렸는데 이번에는 갑자기 힘이 솟아서 크레이퍼드도 더 이상 잡고 있을 수 없었다. 그는 선원들이 상관을 도우러 오기 전에 풀려났다. 방의 한가운데서 그와 클라라가 만났다. 그 불쌍한 남자의 눈이 새롭게 반짝이면서 그녀를 알아본 그가 기뻐서 소리를 질렀다. 그는 한 손을 확 올려서 정신없이 흔들었다. "찾았다!" 그는 그렇게 소리를 지르고 방에 있는 남자들이 제지하기도 전에 해변으로 달려가 버렸다.

크레이퍼드 부인이 클라라를 안고 잡았다. 클라라는 꼼짝도 하지 않았다. 한마디도 하지 않았다. 워도르의 얼굴을 보고 그녀는 무시무시하게 겁에 질렸다.

몇 분이 지나고 갑자기 해변에 어부들의 보트 근처에 있던 선원들에게서 기쁨의 탄성이 터져 나왔다. 모두 하던 일을 놔두고 모자를 들어 흔들었다. 근처에 있던 승객들도 그 열광적인 분위기를 보고 승무원들에게 다가왔다. 잠시 후에 리처드 워도르가 다시 문간에 나났는데 한 남자를 안고 있었다. 그는 그 남자를 안고 오느라 숨도 제대로 쉬지 못한 채 비틀거리며 크레이퍼드 부인에게 안겨 있는 클라라에게 갔다.

"구했어, 클라라! 당신을 위해 구했어!" 그가 외쳤다.

그는 그 남자를 클라라의 품에 놔줬다.

프랭크! 발이 아프고 지쳤긴 했지만 살아 있다. **그녀를** 위해 구해

낸 것이다!

"자, 클라라! 이제 우리 둘 중에 누구 말이 맞아? 하느님의 자비를 믿었던 나? 아니면 꿈을 믿었던 너?" 크레이퍼드 부인이 소리를 질렀다.

클라라는 대답하지 않았다. 그녀는 아무 말도 하지 못한 채 너무나 큰 기쁨에 휩싸여 프랭크에게 꼭 매달렸다. 프랭크가 살아 있는 모습을 본 환희에 빠져 그를 구해 준 남자는 보지도 않았다. 리처드 워도르는 천천히 뒤로 물러나 그들만 있게 해 줬다.

"난 이제 쉴 수 있어. 이제 마침내 잘 수 있어. 내 임무를 다한 거야. 내 투쟁은 끝났어." 그가 힘없이 말했다.

그는 마지막 남은 힘까지 다 프랭크에게 바쳤다. 이제 거기서 멈춰 비틀거렸고, 뭔가 지탱할 것을 찾아 힘없이 허공을 손으로 더듬었다. 하지만 그가 믿고 쓰러질 믿음직스러운 친구가 하나 있었다. 크레이퍼드가 그를 받았다. 크레이퍼드는 한쪽 구석에 흩어져 있는 돛 위에 오랜 친구를 다정하게 내려놓고 워도르의 지친 머리를 자신의 가슴에 기대게 했다. 그의 눈에서 눈물이 흘러내렸다.

"리처드! 사랑하는 리처드! 날 기억해 줘. 그리고 용서해 줘." 그가 말했다.

리처드는 그의 말에 주의를 기울이지도 않았고, 듣지도 않았다. 그의 흐릿한 눈은 여전히 방 건너편의 클라라와 프랭크만 보고 있었다.

"내가 그녀를 행복하게 만들었어! 이제 모든 아이들을 쉬게 만드는 어머니의 대지에 내 지친 머리를 대고 누울 수 있어. 심장아, 이제 주저앉아라! 주저앉아서 쉬어! 아, 저들을 봐!" 그는 그렇게 중얼거리다 불현듯 슬픔에 복받치는 목소리로 말했다. "저들은 벌써 **나를** 잊었어."

그건 사실이었다! 사람들은 모두 두 연인만 보고 있었다. 프랭크는 젊고 미남인 데다 인기가 많았다. 장교들, 승객들, 선원들 모두 프랭크 주위에 몰려 있었다. 그들은 그를 구하기 위해 순교자처럼 모든 걸 다 바친 남자, 크레이퍼드의 품에서 죽어 가는 남자는 잊어버렸다.

크레이퍼드는 다시 한번 그의 관심을 끌려고, 아직 시간이 있을 때 친구가 그를 알아보게 하려고 애를 썼다. "리처드, 말해 봐! 너의 오랜 친구에게 말해 보라고!"

그 남자는 주위를 돌아봤다. 그리고 힘없이 크레이퍼드가 마지막으로 했던 말을 다시 했다.

"친구? 내 눈이 흐릿하네, 친구. 내 마음은 멍해졌고. 그녀에 대한 기억 말고는 다 잊어버렸어. 생각이 다 죽어 버렸어. 다 죽고 하나만 남았어! 그런데 당신은 날 친절한 표정으로 바라보는군! 모든 기억이 무너졌을 때 당신 얼굴도 같이 사라진 걸까?" 그가 말했다.

그러다 잠시 입을 다물더니 표정이 변했다. 그의 생각이 현재에서 과거로 돌아갔고, 멍하니 크레이퍼드를 보면서 밤이 다가올 때 일어서는 수많은 그늘처럼 그의 마음에 소용돌이치는 기억 속에서 길을 잃었다.

"내 말 잘 들어, 친구, 프랭크는 절대 모르게 해 줘. 내 안에 있는 악마가 프랭크의 목숨을 원하던 때가 있었어. 난 보트에 손을 댔지. 그 악마가 나를 유혹하며 속삭이는 목소리가 들렸어. 그냥 배를 띄워, 저 자식은 여기서 죽게 내버려 둬! 난 보트를 두 손으로 잡고 기다리면서 그가 자고 있는 곳을 바라봤어. '저 자식은 내버려 둬! 내버려 두라고!' 악마가 속삭였어. '그 사람을 사랑해 줘요' 그때 저 어린 자식이 꿈속에서 그렇게 신음하며 중얼거렸어. '저 사람을 사랑해 줘요, 클라라. 저 사람이 날 도와줄 수 있도록!' 그때 북극에 내려앉은 침묵 속에서 아침 바람이 부는 소리가 들렸어. 사방에서 둥둥 떠다니는 얼음의 신음 소리가 들렸어. 둥둥 떠서 맑은 물과 훈훈한 공기가 있는 곳으로 가고 있었어. 얼음과 함께 그 사악한 목소리도 같이 둥둥 떠서 영원히 가 버렸어! '그를 사랑해 줘요! 그를 사랑해 줘요, 클라라. 나를 도와줄 수 있도록!' 그 소리는 어떤 바람도 떠나보낼 수 없었지. '그를 사랑해 줘요, 클라라.'"

리처드의 목소리가 작아지다가 끊어졌다. 그의 머리가 크레이퍼드의 가슴에 떨구어졌다. 프랭크가 그걸 봤다. 그는 피가 나는 발로 애써 일어서서 그를 둘러싼 애정 어린 사람들 옆을 떠났다. 프랭크는 생명의 은인을 잊지 않았다.

"나를 그에게 가게 해 줘요! 그에게 가야 해요! 클라라, 나랑 같이 그에게 가요." 그가 소리 질렀다.

클라라와 스티븐슨이 그를 부축했다. 그는 워도르 옆에 무릎을 꿇고 힘없이 앉아서 워도르의 가슴에 한 손을 댔다.

"리처드!"

그는 지친 눈을 다시 떴다. 그 꺼져 가는 목소리가 다시 한번 힘없이 들렸다.

"아, 불쌍한 프랭크! 난 너를 잊지 않았어, 여기 와서 구걸할 때 너를 잊지 않았어. 네가 저기 밖에 있는 그늘 속 보트에 있다는 걸 기억했어. 난 네가 먹을 음식과 술을 아껴 놨어. 이젠 힘이 없어서 가지러 가진 못하겠다! 조금만 쉬고 있어, 프랭크! 내가 곧 힘을 내서 널 다시 배로 안고 갈게."

최후가 다가오고 있었다. 이제 모두 그걸 알았다. 사람들은 죽음을 앞두고 경건하게 모자를 벗었다. 절망과 고통 속에서 프랭크는 주위에 있는 친구들에게 애걸했다.

"제발 이 친구가 기운을 낼 수 있게 뭐든 갖다줘요! 아, 여러분! 여러분! 이 친구가 아니었다면 난 여기까지 오지도 못했을 겁니다! 그는 약한 나를 보살피는 데 모든 힘을 바쳤어요. 그런데 이제 내가 얼마나 강해졌는지, 그가 얼마나 약해졌는지 봐요! 클라라, 난 얼음과 눈을 헤치고 오면서 내내 그의 팔에 매달려 왔어. 내가 보트에서 의식을 잃었을 때 그가 나를 지켰어. 우리 보트가 난파됐을 때 물속에서 그가 날 끌어내 줬어. 그에게 말해, 클라라! 말하라고!" 그는 더 이상 말을 잇지 못한 채 워도르의 가슴에 손을 떨어뜨렸다.

클라라는 흐느껴 울면서 간신히 말했다.

"리처드! 날 잊었어요?"

그는 사랑하는 이의 목소리에 힘을 냈다. 그녀가 그의 옆에 무릎을 꿇고 앉는 동안 그녀를 올려다봤다.

"당신을 잊었냐고?" 그는 여전히 그녀를 보면서 무진 애를 써서 한 손을 들어 프랭크에게 올려놨다. "내가 당신을 잊을 수 있었다면, 그를 구할 정도로 힘을 낼 수 있었을까?" 그는 잠시 기다렸다가 힘없이 크레이퍼드를 향해 고개를 돌렸다. "여기 남아! 누군가가 내게 그렇게 말했는데." 그때 그의 눈에 희미하게 알아보는 기색이 비쳤다.

"아, 크레이퍼드! 이제 기억나. 사랑하는 크레이퍼드! 더 가까이 와요! 내 정신은 또렷해졌지만 눈은 점점 더 침침해지네. 프랭크를 위해 날 다정한 사람으로 기억해 줄 거죠? 불쌍한 프랭크? 왜 저렇게 얼굴을 숨기고 있지? 울고 있나? 더 가까이 와요, 클라라. 마지막으로 당신을 보고 싶어. 내 누이여, 클라라! 키스해 줘요, 누이여, 내가 죽기 전에 키스해 줘요."

그녀는 허리를 숙여서 그의 이마에 키스했다. 그의 입술에 희미한 미소가 떠올랐다가 사라졌다. 그의 얼굴이 고요해졌다. 죽은 자의 고요한 얼굴이었다.

침묵 속에서 크레이퍼드의 목소리가 들렸다.

"우리는 그를 잃었지만 그는 승리했습니다. 그는 세상의 모든 정복 중에서도 가장 위대한 정복인 스스로를 정복했습니다. 그리고 승리를 거둔 순간 목숨을 거뒀습니다. 우리 모두 그의 영광스러운 죽음을 기리게 될 것입니다."

멀리 정박 중인 배에서 총성이 울리면서 영국으로, 고국으로 돌아가자는 신호가 들렸다.

근대 미스터리 소설의 창시자, 윌키 콜린스

위대한 시인 T. S. 엘리엇이 근대 영국 탐정소설의 시초이자 그 장르에서 가장 뛰어난 소설이라고 극찬한 『월장석 *The Moonstone*』과 당시 센세이션 소설이라는 장르에서 열렬한 인기를 누린 『흰옷을 입은 여인 *The Woman in White*』을 쓴 윌키 콜린스는 대영제국의 힘과 영광이 전 세계로 강력하게 뻗어 나가던 빅토리아 시대를 대표하는 작가 중 하나이다. 하지만 그런 그도 순탄하게 작가로서의 경력을 시작한 건 아니었다.

영국 왕립 미술원의 회원이자 유명한 풍경 화가였던, 윌키 콜린스의 부친 윌리엄 콜린스는 아들이 자신을 닮아 화가가 될 거라고 생각했다. 하지만 아니란 걸 알고 실망한 후 당시 유망한 직업이었던 성직자가 되길 바랐으나 그것에도 흥미를 보이지 않자 링컨 법학원에 입학시킨다. 윌키 콜린스는 결국 학위를 따고 변호사가 되지만 개업하지는 않았다. 대신 평생에 걸쳐 쓴 여러 작품에 법학원에서 배운 법적인 지식을 녹여 냈다. 이 단편집에 나오는 「앤 로드웨이」에도 그런 법정 장면이 생생하게 나온다.

콜린스는 그렇게 아버지가 강요한 직업들을 마다하다가 아버지의 친구가 운영하는 차 무역상에 들어가 5년간 일한다. 하지만 그의 천직은 따로 있었고, 아버지가 돌아가신 후에 아버지에 대한 회고록을 시작으로 흥미진진한 단편과 소설들을 발표하며 작가로서 본격적으로 활동한다.

윌키 콜린스를 작가로 탄생시킨 결정적인 인물은 바로 빅토리아 시대에 전 국민, 아니 유럽 대륙과 미국에서도 폭발적인 인기를 누린 찰스 디킨스였다. 윌키 콜린스는 자신보다 열두 살 연상인 대선배 작가와 친교를 쌓으며 우정뿐만 아니라 문학적으로도 큰 도움과 영감을 받는다.

당시 과거에 비해 소득과 교육 수준이 높아지면서 읽을거리에 목마른 사람들의 욕망을 여러 잡지와 소설들이 채워 주었다. 그중에서도 찰스 디킨스가 대표이자 책임 편집자로 발행하는 《1년 내내*All the Year Round*》라는 주간지가 아주 큰 사랑을 받았다. 디킨스는 작가로서 콜린스의 진가를 알아보고 그의 작품들을 꼼꼼히 읽고 수정하고 첨삭해 주었고, 그 덕분에 콜린스는 문학적으로 크게 성장할 수 있었다. 또한 그와 디킨스는 같이 희곡을 쓰고 공연을 하는 방식으로 협력적인 관계를 오랫동안 이어 왔다. 특히 디킨스가 『두 도시 이야기』를 연재한 후에 콜린스가 이어서 『흰옷을 입은 여인』을 연재하며 더 큰 인기를 얻었는데, 책으로 출판되면서도 더 잘 팔리는 놀라운 결과가 나왔다.

콜린스의 작품 활동은 1850년부터 시작됐지만 작가로서 절정에 달한 시기는 1859년 『흰옷을 입은 여인』부터였다. 그때부터 10년 동안 『무명』, 『아마데일』, 『월장석』을 발표하며 대중과 평단의 사랑을 골고루 받았다. 『월장석』의 경우, 처음 읽은 디킨스와 평론가들의 반응은 시큰둥했지만 대중은 환호했으며 근대적인 탐정소설의 시초란 평을 받았다. 도로시 세이어즈는 이 소설에 대해 "당대에 아마도 가장 훌륭한 탐정소설일 것이다"라고 말하기도 했다.

아쉽게도 『월장석』 이후에 나온 콜린스의 소설들은 대중의 마음을 쥐락펴락하며 다음 호 연재를 기다리게 만들었던 그의 장점들이 줄어들고 사회 비판이 늘어 가면서 인기가 떨어졌다. 1870년에 스승이자 가까운 벗이었던 디킨스가 세상을 떠나고, 통풍의 병세가 악화되었다. 그는 통증을 잊기 위해 아편에 의지하다 중독되어 시력이 약화됐고, 걸핏하면 소설에 사회의 부당함에 대한 격노를 풀어놓았다. 그때부터 그의 문학적 쇠퇴가 시작됐다고 사람들은 평한다.

이 단편선을 번역하며 100년도 훨씬 전에 태어난 윌키 콜린스의 모습이 이야기 사이사이, 문장 사이사이에서 언뜻언뜻 비치는 것 같아 킥킥거릴 때가 있었다. 위대한 예술가를 꿈꾸는 허세 가득한 청년 귀족이 이탈리아로 가서 무시무시한 모녀를 만나 결혼당할 뻔한 우스꽝스러운 공포 이야기(「페루지노 포츠 씨의 인생길」)에서 어렸을 때 이탈리아와 프랑스에서 살았던 작가의 경험이 얼핏 떠올랐고, 자기를 살해할 여인과 두려워하면서도 결혼하게 되는 마부 이야기(「꿈속의 여인」)는 평생 결혼 제도 자체를 거부하며, 두 명의 여인과 살았던 콜린스의 독특한 결혼관이 비치기도 한다. 콜린스는 그의 옆을 평생 지켰던 캐롤라인과 마사 둘 다 사랑했던 것 같지만 그 누구도 식장에 데려가지 않았고, 심지어 마사와 살면서 세 아이를 낳는 동안 '윌리엄 도슨'이란 이름을 썼고, 마사와 마사의 자식들도 그 성을 썼다고 한다. 성적으로 방종하며 도락을 즐겼던 그의 삶은 젊은 날 친부가 누렸던 쾌락과 타락 때문에 고통받는 사생아(「죽은 자의 손」)에 대한 이야기를 통해 슬쩍 비치기도 한다.

그러나 작가의 독특한 사생활은 논외로 치고 그가 쓴 이야기들을 읽다 보면 왜 그렇게 대중이 그의 이야기를 사랑했는지 쉽게 짐작할 수 있다. 쌍둥이 자매가 너무 닮아서 일으킨 착각 때문에 평생 독신으로 살아가는 여인의 운명을 절절하게 묘사한 이야기(「쌍둥이 자매」)에는 코가 찡해지기도 하고, 가문 대대로 내려오는 저주를 피하기 위해 사력을 다하는 청년의 이야기(「미치광이 몽크턴」)를 읽으면서 운명의 힘에 대해 다시금 돌아보기도 했다. 어느 가족에게나 있는 비밀을 추적하는 이야기에서는 겉보기에 보잘것없는 사람이지만 너무나 고결한 영혼과 품성으로 희생하는 모습(「가족의 비밀」)을 번역하다가 슬며시 눈물이 비어져 나오기도 했다.

멘토인 찰스 디킨스가 그랬던 것처럼 윌키 콜린스의 이야기에는 사랑, 믿음, 헌신, 우정, 인간애 같은 보편적이고 중요한 가치들이 생생하게 담겨 있다. 그러면서도 그는 독자로 하여금 쉴 새 없이 책장을 넘기게 만드는 기가 막힌 이야기꾼이기도 하다. 대체 가문의 저주는 무엇이란 말인가?(「미치광이 몽크턴」) 왜 꿈에 나타나는 여인은 계속 그를 죽이려는 걸까?(「꿈속의 여인」) 천리안으로 내다본 살인은 과연 현실에서 일어나는 것일까?(「얼어붙은 땅」) 이런 의문을 풀고 싶어서라도 끝까지 이야기를 읽게 만드는 힘을 작가가 노련하게 발휘한 덕분에 번역하는 내내 나 역시 난롯가에서 따끈한 차를 홀짝이며 책장을 한 장 한 장 넘기는 빅토리아 시대 여인이 된 것 같은 느낌이었다.

잘난 척하는 한 평론가는 콜린스에게 "당신 소설은 부엌데기들이 좋아한다고 하더군요"라고 비꼰 적이 있다고 한다. 그러나 콜린스는 그가 근무했던 잡지사 대표이자 문학적 스승에, 친구인 디킨스가 항상 강조했던 것처럼 무엇보다 '재미있고 잘 읽히는 이야기'를 쓰려 했고, 그 부분에 상당히 성공했다.

통풍 때문에 시작된 아편 중독과 그로 인해 말년에는 거의 앞을 보지 못하게 된 콜린스는 병에 지지 않기 위해 계속 글을 썼다. 그리고 후배 작가들을 양성하고 후배들이 소중한 저작권을 지킬 수 있도록 보호하는 일에 힘썼다고 한다. 평생 전통과 인습에 얽매이지 않고, 남들 눈치 보지 않으며, 남이 욕을 하거나 말거나 자신이 하고 싶은 대로 살았던 콜린스(덕분에 디킨스의 총애를 받았다고 한다). 인류는 그가 쓴 미스터리 소설들과 희곡들 덕분에 여가 시간을 좀 더 재미있고 스릴 넘치게 보낼 수 있게 되었다는 데에 감사해야 할 것이다. 나 역시 몇 달 동안 그의 작품을 번역하며 아주 즐거웠고, 여러 번 감동받았다는 점에 감사하며 이 글을 마친다.

1824   1월 8일 런던에서 왕립 미술원 회원이자 유명한 풍경 화가인 윌리엄 콜린스와 해리엇 게디스의 장남으로 태어남.

1828   남동생인 찰스 앨스턴 콜린스 탄생. 이후 동생과 함께 가정에서 어머니의 교육을 받고 성장.

1835   메이다 발리 아카데미 입학.

1836   1838년까지 부모와 같이 이탈리아와 프랑스에서 살았고 그로부터 큰 영향을 받음. 콜린스는 이탈리아에 살 때 이탈리아어를 배웠고 그 후 프랑스어도 유창하게 구사하게 됨.

1838	하이버리에 있는 레버런드 콜스 사립 기숙학교에 다님. 당시 한 소년에게 괴롭힘을 당했는데 그는 콜린스에게 매일 밤 잠이 잘 오도록 이야기를 하라고 억지로 시켰음. 그 덕분에 콜린스는 자신도 몰랐던 재능을 알게 됐으며, 학교를 나왔을 때도 재미 삼아 계속 이야기를 지었다고 나중에 고백함.
1841	아버지의 친구가 운영하는 홍차 중개 회사인 안트로버스의 직원으로 들어가 5년간 근무.
1843	8월《일루미네이티드 매거진》에 단편 「최후의 역마차 마부」가 최초로 실림.
1844	첫 소설인 『있는 그대로의 이오라니 혹은 타히티』를 써서 채프먼 앤드 홀 출판사에 기고.
1845	『있는 그대로의 이오라니 혹은 타히티』 출판을 거절당함(이 소설은 그의 생전에는 출판되지 않았고, 1999년에야 마침내 출판됨).
1846	아버지의 뜻에 따라 링컨 법학원에 들어가 법학을 공부하지만 대부분의 시간을 친구들과 만나거나 두 번째 소설인 『안토니아, 혹은 로마의 멸망』을 쓰며 보냄.
1847	아버지 윌리엄 콜린스 별세.

1848	첫 책인『윌리엄 콜린스의 삶에 대한 회상록』출간.
1850	『안토니아, 혹은 로마의 멸망』을 리처드 벤틀리가 출판.
1851	3월. 친구인 화가 오거스터스 에그를 통해 찰스 디킨스를 소개받고 평생에 걸친 우정과 협력 관계가 시작됨. 5월. 찰스 디킨스와 함께 에드워드 불워리턴의 희곡〈그렇게 나빠 보이진 않아〉에 출연했는데 관객 중에 빅토리아 여왕과 앨버트 대공도 있었음.
1852	단편「아주 기묘한 침대」가 찰스 디킨스가 발간하는 잡지《흔히 쓰는 말Household Words》에 실림.
1853	『숨바꼭질』을 쓰다가 통풍에 걸려 평생 고통받게 됨.
1854	『숨바꼭질』출판.
1855	찰스 디킨스가 만든 극단이 콜린스의 첫 희곡〈등대〉를 디킨스의 자택인 태비스톡 하우스에서 공연함.
1856	첫 번째 단편집『어두워진 후에』가 스미스 앤드 엘더 출판사에서 나옴. 이때부터 통풍의 통증을 달래기 위해 아편에 의지하다 중독되어 말년까지 고통받음.

1857	찰스 디킨스와 같이 희곡 〈얼어붙은 땅〉을 써서 태비스톡 하우스에서 처음으로 공연함.
1859~60	찰스 디킨스가 발간하는 잡지 《1년 내내》에서 『흰옷을 입은 여인』을 연재해 대성공을 거둠. 연재가 끝난 후 책으로 출간해 1860년 11월에 8쇄를 찍음.
1863	평생의 연인인 캐롤라인 그레이브스와 같이 독일과 이탈리아의 온천으로 요양 여행을 떠남.
1868	1월부터 8월까지 《1년 내내》에서 『월장석』 연재. 어머니 해리엇 콜린스 사망. 마사 루드와 처음 만남. 당시 그녀는 19세였음.
1869	마사와의 사이에 첫딸 메리언 태어남.
1870	소설 『남편과 아내』가 출판됨. 오랜 세월 우정을 나눈 친구이자 멘토인 찰스 디킨스가 세상을 떠나 큰 슬픔에 빠짐.
1871	둘째 딸 해리엇 콘스탄스 탄생. 『흰옷을 입은 여인』이 각색되어 10월에 올림픽 극장에서 상연됨.
1871~72	1871년 10월부터 다음 해 3월까지 『불쌍한 핀치 양』을 《카셀 매

거진》에서 연재.

1873   동생인 찰스 앨스턴 콜린스 사망(동생 찰스는 디킨스의 딸 케이
트와 결혼함).

1873~74   미국과 캐나다를 돌며 자신의 작품을 읽어 주는 낭독회 개최. 이
때 작가 올리버 웬델 홈즈와 마크 트웨인을 만남.

1874   아들 윌리엄 찰스 탄생.

1875   소설『법과 숙녀』를《그래픽 매거진》에 연재.

1884   작가 협회 부회장으로 선출됨.

1889   9월 23일 마비발작을 일으킨 후에 사망하여 런던의 켄잘 그린 묘
지에 묻힘. 묘비에는 '『흰옷을 입은 여인』을 비롯한 다수 소설 작
품의 작가(AUTHOR OF "THE WOMAN IN WHITE" AND
OTHER WORKS OF FICTION)'라는 글귀가 새겨짐.

세계문학 단편선을 펴내며

세상의 모든 이야기는 단편으로 시작되었다. 성서와 그리스 신화를 비롯해 인류의 많은 신화와 설화는 단편의 형식으로 사물의 기원, 제도와 금기의 탄생, 운명이라는 이름의 삶의 보편적 형식을 설명했다.

〈세계문학 단편선〉은 모든 산문의 형식 중 가장 응축적이고 예술성이 높은 단편소설에 포커스를 맞추어 세계문학을 바라보는 새로운 관점을 제시하고자 한다. 단편소설을 언급할 때 빼놓을 수 없는 작가들의 작품들은 물론이고, 한두 편의 장편소설로만 우리에게 알려진 세계적 작가들이 남긴 주옥같은 단편들을 통해 대가의 진면모를 총체적으로 바라볼 수 있게 할 것이다. 또한 우리에게 문학의 변방으로 여겨져 왔던 나라들의 대표적 단편 작가들도 활발히 소개할 것이며 이미 순문학과의 경계가 불분명해진 장르문학의 형성과 발전에 크게 기여한 작가들의 작품 역시 새롭게 조명해 나갈 것이다.

에드거 앨런 포는 문학작품은 독자가 앉은자리에서 다 읽을 수 있을 정도로 짧아야 한다고 했다. 바쁜 일상의 삶을 사는 현대인들에게 〈세계문학 단편선〉은 삶과 사회, 나아가 세계를 바라볼 수 있게 하는 더할 나위 없이 좋은 친구가 될 것이라 확신한다.

21세기인 현재에 이르기까지 단편소설은 그리스 신화가 그러했듯이 삶의 불변하는 조건들을 응축된 예술적 형식으로 꾸준히 생산해 왔다. 그리고 새로운 문학적 기법과 실험적 시도를 통해 단편소설은 현재도 계속 진화, 확장되고 있다. 작가의 치열한 예술적 열정이 가장 뜨겁게 반영된 다양한 개성으로 빛나는 정교한 단편들을 통해 문학의 진정한 존재 이유를 독자들이 느낄 수 있기를 소망하며 이번 〈세계문학 단편선〉을 펴낸다.

현대문학 편집부

⊞ 세계문학 단편선

옮긴이 박산호

한양대학교 영어교육학과를 거쳐 영국 브루넬대학교 대학원에서 영문학을 전공했다. 하드보일드 문학의 대가 로렌스 블록의 『무덤으로 향하다』로 출판 번역계에 입문했고 현재 전문 번역가로 활동 중이다. 『카리 모라』『임파서블 포트리스』『지팡이 대신 권총을 든 노인』『거짓말을 먹는 나무』『토니와 수잔』『레드 스패로우』『하우스 오브 카드 3』『차일드 44』『싸울 기회』『다크 할로우』『콰이어트 걸』『용서해줘, 레너드 피콕』『세계대전 Z』『인간으로 산다는, 그 어려운 일』『그 일이 일어난 방』 등 70권이 넘는 작품을 우리말로 옮겼다.

윌키 콜린스

초판 1쇄 펴낸날 2020년 9월 29일

지은이 윌키 콜린스
옮긴이 박산호
펴낸이 김영정

펴낸곳 (주)현대문학
등록번호 제1-452호
주소 06532 서울시 서초구 신반포로 321(잠원동, 미래엔)
전화 02-2017-0280
팩스 02-516-5433
홈페이지 www.hdmh.co.kr

© 2020, 현대문학

ISBN 979-11-90885-33-1 04840
세트 978-89-7275-672-9

* 책값은 뒤표지에 있습니다.
* 이 도서의 국립중앙도서관 출판예정도서목록(CIP)은 서지정보유통지원시스템 홈페이지(http://seoji. nl.go.kr)와 국가자료종합목록 구축시스템(http://kolis-net.nl.go.kr)에서 이용하실 수 있습니다. (CIP제어번호 : CIP2020039483)